WOLF SERNO
Das Lied der Klagefrau

WOLF SERNO

Das Lied der Klagefrau

Roman

Droemer

Besuchen Sie uns im Internet:
www.droemer.de

© 2011 Droemer Verlag
Ein Unternehmen der Droemerschen Verlagsanstalt
Th. Knaur Nachf. GmbH & Co. KG, München
Alle Rechte vorbehalten. Das Werk darf – auch teilweise – nur mit
Genehmigung des Verlags wiedergegeben werden.
Redaktion: Ilse Wagner
Umschlaggestaltung: ZERO Werbeagentur, München
Umschlagabbildungen: © Meekness, or Love (oil on canvas), Batoni,
Pompeo Girolamo (1708-87) / Uppark, Sussex, UK / National Trust
Photographic Library / John Hammond / Bridgeman Berlin;
© FinePic®, München
Satz: Adobe InDesign im Verlag
Druck und Bindung: – Ebner & Spiegel, Ulm
Printed in Germany
ISBN 978-3-426-19807-0

2 4 5 3 1

Für mein Rudel:
Mickey, Sumo, Eddi und Olli

Und für Fiedler und Buschmann,
die schon auf der anderen Seite
der Straße gehen

So spricht der Herr Zebaoth:
Schaffet und bestellet Klageweiber, dass sie kommen,
und schicket nach denen, die es wohl können.

Jeremia 9,17

Die wichtigsten Personen
in der Reihenfolge ihres Auftritts:

Julius Abraham (vormals Klingenthal)
Puppenspieler und Medizinstudent

Alena
Klagefrau; Abrahams Ehefrau

Listig, Pausback
Balsamträger

Ulrich*
Logis-*Commissionair* für Studenten

Catharina E. Vonnegut
Zimmerwirtin

Franz Mylius
Philosophiestudent

Henrietta (Heinrich) von Zarenthin
heimliche Medizinstudentin

August Gottlieb Richter*
Professor für Medizin und Chirurgie

Reinhardt von Zwickow
Medizinstudent und Pommeraner

LUDWIG HASSELBRINCK*
Krankenwärter in »Richters Hospital«

WARNERS
Zinngießer; Patient in »Richters Hospital«

FLESSNER, PENTZLIN, BURCK, GOTTWALD
Bergleute aus Bad Grund

GEORG CHRISTOPH LICHTENBERG*
Professor für Mathematik und Experimentalphysik

JOHANN HEINRICH MYLIUS
Patrizier; Vater von Franz

TOBIAS FOCKELE
Secrétaire der Universität

JUSTUS FRIEDRICH RUNDE*
Prorektor der Göttinger Universität

CHRISTIAN GOTTLOB HEYNE*,
AUGUST L. VON SCHLÖZER*, JOHANN STEPHAN PÜTTER*,
ABRAHAM GOTTHELF KAESTNER*,
GOTTLIEB CHRISTIAN SCHILDENFELD
Professoren der Göttinger Universität

ARMINIUS PESUS VULGO HERMANNUS TATZEL
ehemaliger Professor der Chirurgie

Die mit einem * gekennzeichneten Personen haben tatsächlich gelebt.

PROLOG

Es war an einem jener bitterkalten Morgen zu Beginn des Jahres 1786. Die Nacht war sternenklar gewesen, im ersten Licht des Tages schälten sich langsam die Konturen eines hohen Bauwerks heraus. Es war ein Turm, der da Gestalt annahm, ein steinerner Überrest, von dem manch einer behauptete, sein Alter betrage über achthundert Jahre und deshalb sei er nutzlos und überflüssig. Doch das stimmte nicht. Denn wer genau hinsah, erkannte, dass sein Mauerwerk noch immer festgefügt war und dass er viele weitere Jahrhunderte auf seinem Hügel aus Muschelkalk stehen würde.

Die weiße Farbe des Muschelkalks inmitten der dunkleren Landschaft erinnerte an die Blesse auf der Stirn eines Pferds, weshalb die Burg, deren Mittelpunkt der Turm bildete, Burg Plesse genannt wurde. Der Turm diente als Bergfried, er hatte den Herrschaften derer von Plesse oftmals in Zeiten höchster Not Zuflucht und Schutz geboten, denn sein Eingangstor befand sich in über dreißig Fuß Höhe. Niemand, der nicht willkommen war, hatte ihn betreten können, und wer sich ihm in feindlicher Absicht näherte, wurde mit einem Hagel von Pfeilen begrüßt und mit flüssigem Pech übergossen.

Von der Burg und ihren weitläufigen Befestigungen war im Jahr 1786 schon vieles durch Witterung und Winde eingeebnet worden, und die Bewohner aus den umliegenden

Dörfern hatten ein Übriges getan, indem sie die Burganlagen als Steinbruch benutzten.

Doch der Turm stand unerschütterlich da, auch wenn der Zahn der Zeit selbst an ihm nicht ganz spurlos vorübergegangen war. Hoch oben, siebzig Fuß über dem Hügelgrund, waren Teile seiner Mauer herausgebrochen, und aus einer der dadurch entstandenen Lücken wuchsen zwei Lindenbäume in den Himmel empor. Ihre Wurzeln mussten viele Ellen tief in den Turm hinabreichen, vielleicht sogar so tief, dass sie Halt in dem verschütteten Brunnen fanden.

Der untere Teil des Turms jedoch war völlig unversehrt. Er bestand aus gewaltigen behauenen Steinen, die Unverrückbarkeit, Wehrhaftigkeit und Sicherheit ausstrahlten. Diese Eigenschaften mochten auch der Grund dafür sein, warum an seinem Fuß eine seltsame Reisegruppe übernachtet hatte. Sie bestand aus einem Bauchredner und seiner Gefährtin, dazu aus sieben lebensgroßen Puppen, die abseits auf einem Karren Platz gefunden hatten. Der Name des Bauchredners lautete Julius Klingenthal.

Klingenthal war kein junger Mann mehr, denn im Frühsommer sollte er seinen fünfzigsten Geburtstag begehen. Gleichwohl galt er als einer der besten Ventriloquisten seiner Zeit. Die Menschen in Stadt und Land nannten ihn »Puppenkönig«, was er als große Auszeichnung empfand.

Seine Gefährtin hieß Alena. Sie war eine ehemalige Novizin vom Kölner Karmel *Maria vom Frieden,* die sich ihr tägliches Brot als Klagefrau verdiente. Alena war bedeutend jünger als Klingenthal, erst fünfundzwanzig Jahre alt, was ihrer Liebe zu ihm aber nicht im Wege stand. Wer sie ansah, sah zunächst nur ihre Augen. Sie hatte außergewöhnliche Augen, die in der Lage waren, alle Gefühle und Gedanken, deren ein Mensch fähig ist, auszudrücken. Sie waren schwarz wie Ebenholz und konnten lachen und weinen, lieben und hassen, streiten und schlichten, anklagen und verzeihen, je nachdem, wie ihrer Besitzerin zumute war. Nase und Mund dagegen waren weniger außergewöhnlich, doch durchaus wohlgeraten: die Nase war fein und gerade, der Mund weich und geschwungen. Alenas Figur war filigran, sie hatte einen schlanken, biegsamen Körper, hübsche runde Schultern und lange schwarze Haare, die sie aus praktischen Gründen zu einem Dutt verknotet hatte. Alles in allem wirkte sie sehr zerbrechlich – was sie in Wirklichkeit nicht war. »Klingenthal«, sagte sie, denn sie nannte ihren Geliebten meistens beim Nachnamen, »bist du schon wach?«

»Nein«, sagte Klingenthal.

Alena lachte leise und strich ihm über die Wange. »Natürlich bist du wach, sonst würdest du mir ja nicht antworten. Oder willst du etwa behaupten, du redest im Schlaf?«

»Ja, das will ich.« Klingenthal schob seinen Arm unter Alenas Taille und zog sie auf sich. Als sie über ihm lag, ihr Gesicht ganz nahe dem seinen, sagte er: »Ich habe gerade geträumt, wir wären verheiratet. Es war ein schöner Traum, also lass mich weiterschlafen.«

»Ach, Klingenthal.« In Alenas Augen trat Trauer. »Wenn das mit dem Heiraten so einfach wäre. Du bist Jude, und ich bin Katholikin, wie soll das gehen?«

»Das hast du mich schon oft gefragt, und immer habe ich dir dieselbe Antwort gegeben: Es wird sich finden.« Er küsste sie sanft auf die Nase. »Es muss sich finden. Denn nur als Ehepaar können wir während meines Studiums in Göttingen zusammenbleiben.«

»Du und dein Studium.« Alena drehte den Kopf zur Seite. »Ich habe ja nichts dagegen, dass du es noch einmal versuchen willst, ein Doktor der Medizin zu werden, aber sind das nicht Luftschlösser, die du da baust?«

Klingenthal schüttelte ernst den Kopf. »Wir waren uns einig, dass wir heiraten wollen und ich danach studiere. Dafür habe ich in den letzten Monaten jeden Pfennig und jeden Guten Groschen beiseitegelegt. Du weißt, wie wichtig mir das Studium ist. Ich werde nicht jünger.«

»Du wirst der älteste Student sein, der jemals in Göttingen Vorlesungen hörte.«

»Nirgendwo steht geschrieben, dass man mit Ende vierzig nicht studieren darf.«

»Und ebenso steht nirgendwo geschrieben, dass man mit Ende vierzig noch studieren muss.«

»Doch, ich muss es. Du weißt, warum.«

Alena seufzte. Natürlich wusste sie es. Klingenthal hatte es ihr oft genug gesagt. Er stammte aus ehrbarer Familie, sein Vater, Abraham Klingenthal, war Pfandleiher in der Elbestadt Tangermünde gewesen und hatte mit Judith, seiner Frau, eine überaus harmonische Ehe geführt. Aus der Verbindung waren sieben Kinder hervorgegangen, von denen alle eine große Liebe zur Musik entwickelten. Einzig Klingenthal war aus der Art geschlagen. Er hatte sich von Kindesbeinen an der Medizin verschrieben. So war es nur folgerichtig gewesen, dass er als junger Mann an die Universität Göttingen ging, um eine Ausbildung als Arzt zu beginnen. Das Unglück wollte es, dass er dem Professor Hermannus Tatzel bei einer Tumor-Operation assistierte, die tödlich ausging. Dem berühmten Lehrer war das Skalpell ausgerutscht, der Patient verblutete, und Klingenthal wurde dafür verantwortlich gemacht. Es hatte ihm nichts genützt, dass er wieder und wieder seine Unschuld beteuerte, denn das Wort des Professors stand gegen das seine – das

Wort eines hochgeachteten Ordinarius gegen das eines kleinen *Branders,* wie man die Studenten im zweiten Semester nannte. Klingenthal hatte die Universität verlassen müssen, verbittert bis ins Herz, und sich daraufhin in vielen Berufen versucht. Schließlich hatte er die Kunst des Bauchredens für sich entdeckt. Seitdem zog er mit seinen Puppen durch die Lande. Über ein Jahr lag es zurück, dass er Alena von seiner Absicht erzählt hatte, das Studium neu zu beginnen. Gewissermaßen aus einer späten Trotzreaktion, wie er sagte, aber auch, weil er der endlosen Tippelei auf den Chausseen überdrüssig war.

Klingenthal strich Alena über das vom Schlaf zerzauste Haar. »Wir schaffen es schon. Irgendwie schaffen wir es schon. Wir müssen nur daran glauben.«

»Ja, Klingenthal.« Alena klang nicht sehr überzeugt. Sie küsste ihn auf den Mund und spürte seine kratzenden Bartstoppeln. »Mir ist kalt.«

»Ich wärme dich.« Er umfing sie noch stärker und drückte seinen Unterleib gegen ihren.

Sie kicherte. »So stark musst du mich nun auch wieder nicht wärmen.«

»Oh, doch. Unser altes Armeezelt hält doch kaum den Frost ab.«

»Am besten, ich stehe jetzt auf. Das Feuer draußen hat bestimmt keine Glut mehr.«

»Das Feuer vielleicht nicht, aber ich.«

»Alles zu seiner Zeit, Julius Klingenthal!« Energisch löste sich Alena aus seiner Umarmung und erhob sich halb, denn das alte preußische Infanteriezelt maß kaum fünf Fuß in der Höhe. »Ich werde mich mal nach trockenem Geäst umsehen. Ob Glut oder nicht, Feuerung brauchen wir in jedem Fall.«

Er grinste und versuchte, nach ihr zu greifen, doch Alena war schneller. Sie öffnete den Zelteingang einen Spaltbreit und stieß einen Laut des Entzückens aus. »Oh, wie wunderschön! Die ganze Umgebung ist mit Rauhreif bedeckt! Es sieht aus, als hätte der liebe Gott Zucker über die Landschaft gestreut.«

»Scheint die Sonne?«, fragte Klingenthal, der weniger gefühlvoll veranlagt war.

»Sie ist eben aufgegangen! Kein Wölkchen steht am Himmel, ein herrlicher Tag.«

»Dann werden wir heute die vier oder fünf Meilen nach Göttingen leicht schaffen.« Klingenthal ließ sich zurücksinken. »Wenn du schon nach Brennholz Ausschau hältst, Liebste, dann sieh auch gleich nach meinen Puppen. Ich hoffe, sie hatten eine erholsame Nacht.«

Alena nickte und schlüpfte mit einer anmutigen Bewegung aus dem Zelt. Sie richtete sich auf und ließ ihren Blick schweifen. Von dem Hügel, auf dem der alte Turm stand, hatte man eine herrliche Aussicht. »Wie wunderschön!«, rief sie abermals, wobei sich weiße Atemwölkchen vor ihrem Gesicht bildeten. Dann wandte sie sich dem Karren zu, einem stabilen, zweirädrigen Wagen, auf dem neben den Puppen auch Klingenthals und ihre Habe verstaut war. Ein Pferd gab es nicht. Klingenthal legte sich grundsätzlich selbst ins Geschirr und steuerte mit festen Schritten das nächste Ziel an – mochte es auch noch so weit entfernt sein. Diese Art der Fortbewegung hatte ihn gestählt. Anders als die meisten Männer seines Alters hatte er kein Gramm Fett am Körper, er verfügte über einen breiten Brustkorb, kräftige Oberarme und muskulöse Schenkel. Sein Gesicht hatte durch die vielen Jahre auf der Straße eine gesunde, immerwährende Bräune angenommen, die ihn jünger aussehen ließ, als er war.

Alena trat auf den Karren zu und schlug die Plane zurück. Ja, die Puppen waren vollzählig. Sie saßen da in ihrer typischen Haltung und in genau festgeschriebener Ordnung. Diese Ordnung war wichtig, wie Klingenthal wiederholt betont hatte, denn jede Puppe besaß nicht nur eine eigene Stimme, sondern auch einen eigenen Charakter, der sich nicht unbedingt mit dem der anderen vertrug.

Auf der Rückbank in der Mitte saß Friedrich der Große, eine Figur von ganz besonderem Reiz: knorrig, knurrig, krumm. Friedrich trug einen abgewetzten, mit Niesspuren übersäten Uniformrock, auf dem der Schwarze-Adler-Orden glänzte, dazu einen Dreispitz mit weißer Generalsfeder. Seine Froschaugen über der langen Nase blickten neugierig und grimmig zugleich, während sich seine gichtigen Hände um einen dünnen Spazierstock, ein sogenanntes spanisches Röhrchen, spannten.

Flankiert wurde der Alte Fritz, der eine scharfe Zunge führte und die Frauen verachtete, vom Schultheiß, der ein ausgleichendes Wesen besaß und zum Zeichen seiner Würde eine schwere goldene Amtskette trug, sowie von einem im Harnisch steckenden Söldner, der mit Friedrichs derber Sprache spielend mithalten konnte.

Das Burgfräulein, eine ältliche Jungfer mit blasiertem Blick, Spitzhut und einem zerknüllten Taschentuch in der Hand, war möglichst weit entfernt von Friedrich plaziert worden, nämlich ganz vorn links, wodurch sie mehr oder weniger außer Reichweite seiner Beleidigungen war. Der Rest der Puppenschar verteilte sich auf dem Wagen. Er bestand aus dem Schiffer, der ähnlich wie der Söldner kein Kind von Traurigkeit war und die Dinge gern beim Namen nannte, dem Landmann, der eine Forke in der Faust hielt und, ganz gegen seine Profession, gerne und lange schlief, und nicht zuletzt der Magd. Sie war ein liebes, blondes Ding, das einen Kittel aus verblasstem Blautuch anhatte und eine gestärkte weiße Haube trug.

Alena nahm die Plane vollends ab und faltete sie zusammen. Dann schreckte sie auf, denn Friedrich der Große blaffte sie von hinten an: »Hat Sie nichts Besseres zu tun? *Accellerire* Sie Ihre Arbeit, ich will Frühstück!«

Alena schaute zum Zelt. Wie sie vermutet hatte, zeigte sich in der Öffnung der grinsende Klingenthal. Sie wollte ihm etwas Passendes antworten, doch plötzlich erwachten auch die anderen Puppen zum Leben. Sie sprachen, scherzten, fluchten jede auf ihre Art, und wie immer war Klingenthal dabei nicht die geringste Lippenbewegung anzusehen. Er hatte ihr einmal erklärt, dass ein guter Bauchredner bei der Ausübung seiner Kunst keinen Gesichtsmuskel verziehen dürfe, ein sehr guter Bauchredner es darüber hinaus verstünde, die Worte zu lenken, als kämen sie aus einem ganz bestimmten Mund, ein Meisterbauchredner aber die Worte mit individueller Stimme lenke und forme, ebenso wie er in der Lage sei, sämtliche Geräusche dieser Welt zu imitieren.

»Jawoll, Frühstück!«, brüllte der Söldner. »Antreten zum Essenfassen! Was gibt's denn, Kameraden?«

Der Schiffer rief: »Qualle, Seetang, Heringsblut ...« – »*Mon Dieu*, wie ordinär«, unterbrach das Burgfräulein – »... füllen Seemannsmägen gut!« Der Schiffer lachte und setzte gleich noch einen drauf: »Auf, auf, ihr müden Leiber, die Pier steht voller nackter Weiber!«

Das Burgfräulein schnappte nach Luft. »*Impertinent, impertinent.*«

»*Silentium*, alte Dörrpflaume!«, schnauzte Friedrich.

»Aber, aber, Majestät.« Der Schultheiß versuchte, die

Wogen zu glätten. »Höflichkeit ist die Tugend der Könige, und dem wollen wir doch Genüge tun. Ich für meinen Teil hätte gegen eine gute Bouillon mit eingeschnittenem Weißbrot nichts einzuwenden, dazu vielleicht einen Kaffee mit Kardamom.«

Die Magd pflichtete ihm bei: »O ja, Kaffee! Aber heiß müsste er sein, direkt aus einer Kanne mit Kohlebecken.«

»Papperlapapp!« Schon wieder meckerte Friedrich. »Ihr solltet froh sein, wenn ihr Gänsewein kriegt. Den habe ich im Siebenjährigen Krieg auch immer getrunken.«

»Gänsewein, was für Gänsewein?« Der Landmann gähnte, er war gerade erst wach geworden.

»Gänsewein ist Wasser, du Döskopp.«

»Ach ja, richtig«, brummte der Landmann, »ach ja, richtig.«

Und während die Puppen all das sagten, lächelte Klingenthal scheinheilig, als hätte er mit der ganzen Sache nichts zu tun.

Alena schüttelte den Kopf. »Du kannst es nicht lassen, Klingenthal, aber eines sage ich dir: Damit verblüffst du mich nicht mehr. Erteile deinen Puppen Sprechverbot, sonst kümmere ich mich nicht um das Feuer – und Frühstück gibt es dann schon gar nicht.«

»Verzeih mir, Liebste«, sagte Klingenthal mit seiner eigenen Stimme und tat zerknirscht.

»Und rasiere dich mal. Du hast dich seit drei Tagen nicht rasiert, siehst ja aus wie ein Kaktus.«

»Jawohl, Liebste.«

Alena wandte sich um und ging hangabwärts, passierte die Öffnung in der Mauer, die den Fuß der Bergkuppe stützte, und strebte dem nahen Wald zu. Es hatte vor ein paar Tagen in der Gegend kräftig gestürmt, weshalb sie hoffte, eine Menge herabgefallener Zweige zu finden. Der Wald war groß, aber jetzt im Winter wirkte er licht, denn die Bäume waren kahl, und das Laub lag in dichten Haufen auf dem Boden. Es ging sich gut auf dem federnden Waldboden, angenehmer als auf den vielen Chausseen, die das Land durchzogen. Über ein Jahr waren Klingenthal und sie unterwegs gewesen, seit sie am Heiligen Abend 1784 Potsdam verlassen mussten. Klingenthal war der Stadt verwiesen worden, weil er der Obrigkeit verschwiegen hatte, dass er Jude war. Alena rümpfte die Nase. Das angeblich so liberale Preußen war wie alle anderen Länder: voller Vorurteile. Immerhin hatte Klingenthal in den vergangenen Monaten mit seinen Darbietungen gut verdient, sehr gut sogar. Sie musste es wissen, denn nach jeder Stegreifvorstellung, die er gegeben hatte, war sie mit dem Hut herumgegangen und hatte beobachtet, wie so mancher Pfennig und so manches Vier-Groschen-Stück hineinfielen. Ein paarmal war es sogar vorgekommen, dass sich ein besonders spendabler Zuschauer von einem Mariengulden trennte. So hatte sich im Laufe der Zeit Taler für Taler angesammelt, und Klingenthal machte sich Hoffnung, dass seine Barschaft, die hauptsächlich aus landeseigener Cassen-Münze bestand, fürs Erste zum Studium reichen möge.

Alena hielt inne, denn vor ihr erstreckte sich ein besonders hoher Laubhaufen. Sie fragte sich, ob sie ihn besser umgehen solle, entschloss sich aber dann, die Richtung beizubehalten. Die Kuppe des Hügels lockte, dort lag viel heruntergefallenes, totes Geäst.

Sie ging weiter und merkte, dass sie mit jedem Schritt tiefer einsank. Es raschelte und knisterte, aber sie war sicher, es würde sich lohnen. Sie würde ein schönes Feuer entfachen und ein schönes Frühstück zubereiten, während Klingenthal schon das Zelt abbaute und die Sachen zusammenpackte. Sie würde …

Und dann dachte Alena überhaupt nicht mehr daran, was sie alles machen würde, denn etwas wurde mit ihr gemacht: Irgendjemand packte sie an den Füßen und riss sie zu Boden. Es ging so schnell, dass ihr der Schreckensruf im Hals stecken blieb. Sie fiel der Länge nach hin, Laub wirbelte auf, und zwischen den herabfallenden Blättern erschien das Gesicht eines blonden Jünglings. Der Kerl musterte sie argwöhnisch. Dann aber, als er sah, dass von Alena keine Gefahr ausging, griente er über das ganze Gesicht. Mit heller Stimme rief er: »Gott zum Gruße, Gevatterin! Wohin des Wegs vor Tau und Tag?«

»W… woher kommst du denn so plötzlich?«, stotterte Alena.

»Ich lag gerade in Morpheus' Armen, schöne Unbekannte.« Der Jüngling richtete sich halb auf und klopfte sich das Blattwerk von der Jacke. »Ich nächtigte im Bett des Waldes, wenn du das besser verstehst.«

Alena fand langsam ihre Sicherheit wieder, denn auch sie spürte, dass von ihrem Gegenüber keine Bedrohung ausging. »Wie kommst du dazu, eine wehrlose Frau zu überfallen?«

»Wie kommst du dazu, einen wehrlosen Schläfer mit Füßen zu treten?«

Alena musste lachen. Der Blonde schien nicht auf den Mund gefallen zu sein. Sie streckte die Hand aus, damit er ihr aufhelfe, aber er machte keinerlei Anstalten dazu. Er grinste sie nur fortwährend an. Alenas Augen tadelten ihn. »Ein Kavalier scheinst du nicht gerade zu sein.«

»Vielleicht bin ich einer, der's gern wär, aber nicht sein kann.«

»Du sprichst in Rätseln.« Alena stand allein auf und schickte sich an weiterzugehen.

»Ich würd dir gern helfen, Gott ist mein Zeuge. Aber ich kann es nicht, Gott sei's geklagt.« Jetzt grinste der Jüngling nicht mehr. Immer noch sitzend, stützte er sich mit den Armen nach hinten ab und hob langsam seine ausgestreckten Beine. Alena sah, dass er keine Füße hatte. Sie schluckte und sah noch einmal hin. Dann keimte ein Gedanke in ihr auf. »Sag mir deinen Namen.«

»Wenn ich ihn dir nenn, wirst du nicht glauben, dass es ein Name ist.«

»Vielleicht doch.«

»Ich bin Listig.«

Für eine Weile sagte Alena nichts. Sie betrachtete den spargeldünnen Jüngling und musste an die Erzählungen von Klingenthal denken, der oftmals von zwei ungewöhnlichen Freunden berichtet hatte. Der eine hieß Listig – genau so, wie der Jüngling hier vorgab zu heißen –, der andere Pausback. Beide waren ein Gespann, das sich trefflich ergänzte, denn Listig war ein heller Kopf, und Pausback war ein wenig schlicht. Er trug Listig stets auf seinen Schultern, und Listig schützte Pausback vor Betrügern, die ihn beim Verkauf seiner Balsame, Tinkturen und Pflaster übers Ohr hauen wollten. Alena beschloss, die Probe aufs Exempel zu machen, und sagte: »Mag sein, dass du listig bist, aber ich glaube nicht, dass du Listig heißt.«

»Dacht ich mir's doch. Und warum nicht, wenn ich fragen darf?«

»Weil der Listig, von dem ich gehört habe, niemals allein daherkommt.«

»Was du nicht sagst.« Der blonde Jüngling zog die Brauen hoch. »Und wer sagt dir, dass ich allein bin?«

»Nun … bist du etwa nicht der Einzige hier?«

Statt einer Antwort krabbelte der Blonde geräuschvoll durchs Laub und stieß an einer bestimmten Stelle den Arm bis zur Schulter hinab ins Blattwerk. »Holla, du Sohn des Enak, werde wach und richte dich auf!« Eine Weile verging, während der Jüngling mehrfach die Prozedur wiederholte. Endlich hörte man ein Brummen. Es war so tief, als käme es aus der Kehle eines Bären. Alena trat unwillkürlich einen Schritt zurück. Der Jüngling lachte. »Keine Bange, das war nur Pausback. Er braucht morgens immer ein wenig länger, um sich der Unbill des Tages zu stellen.«

»Pausback …«, wiederholte Alena und schüttelte halb ungläubig, halb verwundert den Kopf. Ihre Vermutung war also richtig gewesen. Das Leben hielt manchmal Zufälle bereit, die niemand glauben konnte, bis er sie mit eigenen Augen sah.

»Ganz recht, so heißt der Mann! Erschrick nicht, wenn du ihn gleich siehst.«

Trotz Listigs Warnung stockte Alena wenig später der Atem, denn vor ihr aus dem Laub wuchs ein Mann empor, der sich als wahrer Riese entpuppte. Niemals zuvor hatte sie einen Menschen von solcher Körperlänge gesehen. Zwar hatte Klingenthal ihr von Pausbacks ungewöhnlichen Ausmaßen erzählt, aber dass er so groß war, hatte sie nicht für möglich gehalten.

»Darf ich vorstellen, das ist Pausback Schüppling!«, rief Listig.

Alenas Augen lächelten. Sie sah in das gutmütige, rosigrunde Gesicht des Riesen und stellte fest, dass er seinen Namen zu Recht trug. »Ich freue mich, dich kennenzulernen, Pausback. Einen guten Morgen wünsch ich dir, und einen wunderschönen Tag.«

Der Riese schnaufte, trat von einem Bein aufs andere und schaute auf seine Hände.

»Ich hoffe, du hast gut geschlafen?«

Der Riese lief rot an, fast so rot wie die Weste, die zu der besonderen Tracht der Balsamträger gehörte – ebenso wie der braune Rock, die ledernen Kniebundhosen und die weißen Gamaschen über den derben Schuhen. Noch immer brachte er keinen Ton heraus. Alenas weiblicher Instinkt regte sich. Er verriet ihr, dass der Riese schüchtern war, sehr schüchtern sogar. Sie wollte ihm helfen und sagte deshalb: »Nun, Pausback, du brauchst nicht zu sprechen, wenn du nicht magst. Vielleicht bist du noch müde. Ich habe dich hoffentlich nicht gestört?«

»Hmja. Doch, ja.«

Endlich eine Antwort! Allerdings nicht im erhofften Sinne. Alenas Augen verdunkelten sich. »Tut mir leid, das wollte ich nicht.«

Jetzt mischte sich Listig ein: »Hör mal, Gevatterin, du bist zu schnell fertig mit der Rede. Pausback braucht immer Zeit für eine Antwort, und wenn er eben ›Ja‹ gesagt hat, dann bezog sich das auf deine erste Frage, ob er gut geschlafen habe.«

»Oh, das wusste ich nicht.«

»Dann weißt du es jetzt. Und wo wir gerad von dir sprechen: Du sagtest vorhin, der Listig, den du kennen würdest, trät nie allein auf. Wer bist du, dass du mich kennen willst?«

»Ich habe von dir und Pausback gehört.«

»Das haben viele.« In Listigs Stimme schwang Stolz mit. »Unser Ruf eilt uns voraus.«

»Schüpplings Olitäten haben beste Qualitäten«, brummte Pausback und schnaufte erleichtert. Er hatte im Ange-

sicht dieser atemberaubend hübschen jungen Frau seinen
ersten Satz herausgebracht.

Alena beschloss, mit ihrem Namen nicht mehr hinter
dem Berg zu halten. Sie war gespannt, ob Listig, der Ge-
witzte, damit etwas anfangen konnte. »Ich heiße Alena.«

»Soso. Aha. Wenn Namen Schall und Rauch sind, dann
handelt es sich hier um einen besonders schönen Schall und
einen besonders schönen Rauch!« Listig griente, zeigte ansonsten aber kein Erkennen. Er deutete auf eine Stelle im
Laub, und Alena sah mit Staunen, dass Pausback dort ein
mächtiges hölzernes Tragegestell hervorzog. Der Riese
stellte es aufrecht hin, ergriff seinen Gefährten, als wäre
dieser ein Spielzeug, setzte ihn in das Gestell und nahm es
auf die Schultern. Listig schien das Spaß zu machen, er verkündete aus luftiger Höhe: »Ich bin Pausbacks Kopf, und
Pausback leiht mir seine Füße. Zusammen sind wir eins,
Gevatterin Alena!« Dann hielt er inne, kräuselte die Stirn
und wiederholte nachdenklich: »Alena, Alena? Da fällt mir
etwas ein! Anderthalb Jahre ist's wohl her, dass mein Freund
Klingenthal diesen Namen erwähnte. Er tat es mit großer
Traurigkeit, weil er die dazugehörige Maid sehr vermisste.
Im Thüringischen war's, und er sagte, er hätt gehört, be-
sagte Maid sei auf dem Weg nach Potsdam, und er müsse
deshalb sofort dahin. Ich hätt gern noch ein Schwätzchen
mit ihm gehalten, über dies und das und jenes, aber er war
nicht zu bremsen. Noch in derselben Stunde zog er los. Sag,
Gevatterin, du bist nicht zufällig diese Alena?«

»Genau die bin ich.« Alenas Augen leuchteten.

»Beim Barte meiner Mutter …« Eines der wenigen Male,
bei denen Listig die Worte fehlten, war eingetreten.
»Dann … dann weißt du womöglich auch, wo Klingenthal
sich im Augenblick rumtreibt?«

25

»Ja, das weiß ich. Keine fünfhundert Schritt von hier.« Jetzt verschlug es Listig endgültig die Sprache, sein Mund klappte tonlos auf und zu, und seltsamerweise war es Pausback, der ihm schließlich aushalf: »Klingenthal, hmja, Klingenthal. Ich mag ihn.«

»Es geht ihm gut«, sagte Alena. »Er will mit mir nach Göttingen, um dort Medizin zu studieren. Aber er macht sich Sorgen wegen seines Alters.«

»Das freut mich«, brummte Pausback. »Das freut mich.«

Listig riss die Unterhaltung wieder an sich. »Ja, worauf warten wir dann noch!«, rief er. »Nichts wie hin zu Klingenthal, meinem alten Freund und Kupferstecher! Los, Pausback, zieh den Arzneiwagen aus dem Laub!«

Pausback gehorchte, und alsbald kam ein Gefährt zum Vorschein, dessen Aufbauten aus vielen Schubladen bestanden. In den Fächern befanden sich die unterschiedlichsten Medikamente mit den seltsamsten Aufschriften: *Drusenpulver, Engel-Balsam, Thüringer Cholera-Tropfen, Schwarzburger Theriak, Eisenkrauttinktur, Holzteer, Schlafmohn-Essenz* und viele mehr. Der Riese nahm einige Kalbfelle und deckte damit sorgfältig die Schubladen ab. Alena fielen die Puppen ein, die ebenfalls stets vor Wind und Wetter geschützt werden mussten, und erschrak. Klingenthal hatte die Weiterreise für den Vormittag geplant, gewiss wartete er schon. »Bevor wir gehen, muss ich noch trockenes Holz fürs Feuer sammeln!«, rief sie.

»Trockenes Holz fürs Feuer?« Listig beugte sich aus dem Reff herab. »Eher werden Raben weiß, als dass du Holz sammeln musst, liebe Alena. Ich bin einer der letzten lebenden Kavaliere und nehm dir die Arbeit gern ab.«

Alena fragte sich, wie Listig das ohne Füße anstellen wollte, aber sie musste nicht lange auf die Antwort warten, denn Pausback bückte sich und bündelte dank der gewaltigen Spannweite seiner Arme im Nu eine große Menge Holz. Er packte das Eingesammelte auf den Wagen, verzurrte es und schnaufte. »Hm, hm, Alena, Raben werden nicht weiß. Sie werden's nicht, glaub mir.«

»Danke, Pausback.« Alena setzte ihr schönstes Lächeln auf, obwohl sie es unpassend fand, dass der Riese etwas einhielt, was Listig versprochen hatte. Dann fiel ihr ein, dass die beiden ja eins waren.

»Hm, hm.« Pausback errötete schon wieder.

Alena tat, als bemerke sie es nicht. »Am besten, ihr folgt mir.«

Keine fünf Minuten später erreichten sie den Turm und blickten sich um. Das Lager der Nacht war verschwunden. Niemand war zu sehen – niemand außer den Puppen auf dem Karren.

Wo war Klingenthal? Alena rief ein paarmal laut seinen Namen. Er schien verschwunden.

»Mir scheint, liebe Alena, dein Gefährte hat vor deiner Schönheit Reißaus genommen!«, rief Listig und lachte.

»*Absurdité!* Was lacht Er so stupid?« Es war Friedrich, die Puppe, die plötzlich sprach. »Was ist Er überhaupt für ein Hänfling? Nehme Er sich an seinem Träger ein Beispiel, den hätte mein Vater, der Soldatenkönig, Gott hab ihn selig, mit *Plaisir* zu den langen Kerls gesteckt!«

Der Söldner hieb in dieselbe Kerbe: »Ja, was ist das überhaupt für ein Hänfling? Den sollte man mal Spießruten laufen lassen!«

»Oder ersäufen!«, brüllte der Schiffer. »Oder kielholen! Oder an den Mast nageln!«

»*Infam!*«, empörte sich das Burgfräulein. »Was ist das für eine Begrüßung! *Mon Dieu,* wie *infam!*«

27

»Aber, aber«, beschwichtigte der Schultheiß. »Wir wollen doch gastlich sein.«

Die Magd pflichtete ihm bei: »Es ist immerhin Besuch.«

Der Landmann gähnte. »Besuch? Wo? Wer?«

»Der Dünnmann, der da oben im Mastkorb sitzt«, erklärte der Schiffer.

»Ja, ein Dünnmann ist er«, bestätigte der Landmann.

»Vielleicht will er dicker werden?«, fragte der Söldner.

»An der Lippe vielleicht«, schlug der Schiffer vor.

»Ja, an der Lippe!«, krähte Friedrich.

»Zu Befehl, Fritz!«, rief der Söldner. »Ich mach sie ihm so dick, dass drei Hühner drauf sitzen können.«

»Gnade, Gnade, Gnade!«, rief Listig in gespielter Verzweiflung. »Hört auf, ihr Puppen!« Er hatte die Lage längst durchschaut und wusste, dass Klingenthal sich irgendwo verborgen hielt, um ihn und Pausback auf seine Art zu begrüßen. »Hör mal, Alter Fritz, wo hast du denn deinen Meister gelassen?«

»Hier!« Klingenthal tauchte mit freudiger Miene hinter einem Busch auf und kam mit schnellen Schritten heran. »Willkommen auf Burg Plesse, ihr zwei! Ich sehe, ihr habt euch mit Alena schon bekannt gemacht.«

»Haben wir, haben wir. Ich muss sagen, Julius, ich kann jetzt verstehen, warum du es damals so eilig hattest, nach Potsdam zu kommen, um dieser jungen Dame hinterherzulaufen. Wenn du dazu irgendwann mal keine Lust mehr haben solltest, sag nur Bescheid. Dann lauf ich für dich weiter.« Listig beugte sich vor und sprach in Pausbacks Ohr: »Nicht wahr, du mein braves Gehwerkzeug?«

Pausback antwortete nicht. Er starrte verlegen Löcher in die Luft.

»Nicht wahr, du mein braves Gehwerkzeug?«

»Hm, hm.«

Alena rettete die Situation, indem sie sagte: »Ich mache erst einmal Feuer, damit wir etwas zu essen bekommen.«

»Essen, sagtest du essen?« Listig klang begeistert. »Was gibt's denn?«

»Nun …« Alena zögerte. »Offen gesagt, waren Klingenthal und ich nicht auf Gäste eingestellt. Es wird wohl ein sehr einfaches Mahl werden.«

»Das macht nichts. Wie pflege ich immer zu sagen: Hunger macht rohe Bohnen süß.«

Alena lächelte. »Wenn ihr statt Bohnen mit einer Rübensuppe vorliebnehmen würdet, wäre mir schon sehr geholfen.«

»Rübensuppe ist mein Leibgericht! Ich liebe Rübensuppe!«

»Es gibt außerdem Eier und eine halbe Göttinger Mettwurst.«

»Das ist nicht viel für uns alle, aber für mich wird es grad reichen.«

»Hm, hm.« Pausback schnaufte. »Haben selbst auch was dabei. Kartoffeln vom Bauern haben wir und Zwiebeln auch.«

Listig schlug sich an den Kopf. »Natürlich, Pausback! Gerade wollt ich's sagen, da kommst du mir zuvor. Wenn wir alles zusammentun, mag noch der eine oder andere außer mir essen.«

Klingenthal trat vor, stellte sich auf die Zehenspitzen und hob Listig mit einiger Mühe aus dem Reff. Listig nutzte die Gelegenheit und drückte Klingenthal ungeniert einen Kuss auf die Stirn. »Alena scheint einen glättenden Einfluss auf deine Falten auszuüben, lieber Freund, du siehst jünger aus denn je!«

»Und du bist noch immer frech wie Fliegen und mit dem Mund vorneweg«, erwiderte Klingenthal fröhlich. Er setzte Listig vorsichtig neben der Feuerstelle ab. »Sag, wie ist es euch ergangen?«

Listig schielte auf die Flämmchen, die sich unter Alenas kundiger Hand rasch zu einem Feuer entwickelten, dazu auf das Dreibein, das den Topf mit der Suppe hielt, und sagte: »Da gibt's nicht viel zu berichten. Ein Tag ist wie der andere. Die Menschen werden immer gesünder, Gott sei's geklagt, keiner scheint Balsame zu brauchen. Im Winter, wenn's kalt ist, nicht, und im Sommer, wenn's warm ist, auch nicht. Niemandem läuft eine Laus über die Leber, niemandem kommt die Galle hoch, niemandem geht was an die Nieren. Und von Oberweißbach in Thüringen bis nach Hamburg an der Elbe sind's tausend mal tausend Meilen. So kommt's einem jedenfalls vor, wenn der Strich, den man geht, Jahr für Jahr derselbe ist. Nicht wahr, Pausback, du Sohn des Enak?«

»Hmja.« Pausback schnaufte. »In Hamburg waren wir, in der *Schwan-Apotheke* waren wir.«

»Ich weiß, wie es ist, wenn die Straßen nicht enden wollen«, sagte Klingenthal.

»Haben in der Apotheke *Otho-Balsam* gegen Ohrensausen verkauft«, brummte Pausback.

Klingenthal nickte, ging zu seinem Karren und holte Geschirr und Besteck und weitere Utensilien hervor. Alles war schon für den Abmarsch verstaut, aber nun wurde es wieder gebraucht. Er gab Alena eine große Majolika-Schüssel für die Suppe und teilte anschließend Löffel aus. Als er sah, dass Pausback etwas verloren herumstand, sagte er freundlich: »Komm, Pausback, setz dich zu uns. Du magst doch Rübensuppe? Oder sollen wir dir lieber ein paar Kartoffeln im Feuer rösten?«

»Hm, hm. Ja.« Pausbacks Blick ging hilfesuchend zu Listig. Klingenthal hatte vergessen, dass »Oder-Fragen« für den Riesen zu kompliziert waren.

Während Pausback sich im Gras niederließ, sagte Listig: »Gebt ihm, was ihr wollt, aber nicht zu viel. Er isst nur wie ein Vögelchen.« Was ausnahmsweise stimmte. So groß der Riese war, so klein war sein Appetit. Angesichts der geringen Mengen, die er aß, fragte sich jeder, wie sein Körper jemals solche Dimensionen hatte erreichen können.

»Die Suppe braucht nicht mehr lange«, sagte Alena und wischte sich ein paar Tränen aus den Augen.

»Nanu, liebe Alena, warum weinst du denn?«, erkundigte sich Listig.

Alena schniefte. »Ich weine nicht.«

»Vielleicht weinst du nicht, aber es rinnt Wasser aus deinen Augen.«

»Das sind nur eure Zwiebeln. Ich habe sie geschält und in die Suppe getan.«

Listig strahlte. »Rübenzwiebelsuppe! Welch lukullischer Genuss! Julius, du bist ein Glückspilz, hast eine Gefährtin, die kochen kann. Du solltest sie heiraten.«

»Das will ich auch«, rutschte es Klingenthal heraus.

»Wie bitte, höre ich recht?«

»Er will es, aber es geht nicht«, sagte Alena, die von der Suppe probierte.

Sie schien zufrieden, denn sie füllte das Ergebnis ihrer Bemühungen in die Schüssel.

»Ei, warum soll das nicht gehen?«

Alena stellte die dampfende Schüssel auf eine Decke im Gras. »Die Suppe ist nichts Besonderes, aber ich habe noch die Wurst hineingeschnitten und ein paar Eier hineingerührt. Nun ist sie schön dick.«

»Und wird mir zweifellos munden, liebe Alena! Warum soll das nicht gehen?«

»Du meinst die Heirat mit Klingenthal?«

»Die meine ich.«

In Alenas Augen trat Trauer. »Der Glaube steht zwischen uns. Ich bin Katholikin, und Klingenthal ist Jude.«

Listig, gerade im Begriff, als Erster seinen Löffel in die Suppe zu tauchen, hielt inne. »Was, du bist Jude, Julius? Das wusste ich ja gar nicht.«

Klingenthal verzog das Gesicht. Es war ihm nicht angenehm, dass die Unterhaltung diese Entwicklung genommen hatte. »Es gibt Dinge, mit denen ich nicht unbedingt hausieren gehe. Aber es stimmt. Ja, ich bin Jude.«

Listig nahm erst einmal ein paar Löffel Suppe, stieß dezent auf – immerhin war er in Gesellschaft einer Dame – und sagte: »Dann wirst du eben Katholik.«

»Das kommt nicht in Frage. Ich halte es mit der *Kaschrut* zwar nicht so genau, und meine Gebete verrichte ich auch nicht gerade regelmäßig, aber schon immer waren alle Mitglieder meiner Familie jüdisch, und ich werde da keine Ausnahme machen. Aber vielleicht würde Alena ja konvertieren?«

»Kann ich 'ne Kartoffel?«, fragte Pausback.

»Noch nicht«, sagte Alena, nachdem sie eine aus dem Feuer geholt und geprüft hatte. »Die Dinger sind noch nicht gar.«

Listig schien das nicht zu scheren. Er biss in einen der Erdäpfel und sagte zu Alena: »Würdest du denn Jüdin werden?«

»Das möchte ich auf keinen Fall. Ich liebe meinen Glauben. Ich käme mir wie eine Verräterin vor, wenn ich ihn aufgeben würde. Warum kann Klingenthal es nicht tun?«

»Sapperment, ihr seid aber hartnäckig! Was machen wir denn da?« Listig zog die Stirn in Falten. »Ich hab's: Wenn der eine nicht will, was der andere will, und der andere nicht will, was der eine will, dann müssen eben beide etwas wollen, das sie nicht wollen.«

»Was soll das denn heißen?« Klingenthal schüttelte unmutig den Kopf, und auch Alena blickte skeptisch.

Listig strahlte. »Ihr werdet beide protestantisch!«

»Unsinn!«, sagte Klingenthal.

»Nein!«, sagte Alena.

»Kann ich 'ne Kartoffel?«, fragte Pausback.

Keiner ging auf den Riesen ein. Stattdessen sagte Listig: »Dann liebst du Alena also nicht, Julius?«

»Natürlich liebe ich sie.«

Listig wandte sich an Alena: »Aber du liebst Julius nicht, oder?«

»Doch, selbstverständlich! Wie kannst du so etwas nur sagen!« Alenas Augen schossen Blitze.

Listig griente. »Dann müsst ihr eben weiter in Sünde leben. Aber ich sage euch: Der liebe Gott ist so groß, dass ihm die unterschiedlichen Bekenntnisse schnurzegal sind. Er würd es euch nicht übelnehmen, wenn ihr den Glauben wechselt, denn wo ihr auch hinkommt, er ist schon da.«

»Kann ich 'ne Kartoffel?«, fragte Pausback.

Alena gab ihm eine.

Klingenthal steckte seinen Löffel weg. Er hatte keinen Hunger mehr. Die Gedanken drehten sich in seinem Hirn wie in einem Karussell. Es dauerte eine Zeitlang, bis er sie wieder unter Kontrolle hatte. Dann räusperte er sich. »Wie ich bereits sagte, Listig: Du bist frech wie Fliegen und immer mit dem Mund vorneweg, aber in diesem Fall …«

»Was ist in diesem Fall?«

»Nun, in diesem Fall hast du vielleicht recht.«

»Jetzt nimmst du Vernunft an!«

»Eine Vernunft, die mir nichts nützt. Und Alena auch nicht, sollte sie dir ebenfalls recht geben.«

»Wie meinst du das, mein Freund?«

»Selbst wenn Alena und ich protestantisch werden wollten, dürfte es keinen Pfarrer auf dieser Welt geben, der uns so mir nichts, dir nichts dazu erklärt.«

Listig griente. »Wer redet denn von einem Pfarrer? Was ihr braucht, ist ein Fleppenfackler.«

»Was soll das denn nun wieder heißen?«

»Ein Fleppenfackler ist ein Fälscher. Das Wort kommt von ›Flepp‹ wie Pass und ›Fackeln‹ wie Schreiben. Der Fälscher macht euch die schönsten neuen Papiere – schwuppdiwupp. Und schon seid ihr gleichen Glaubens. Und verheiratet obendrein.«

Klingenthal holte seinen Löffel wieder hervor und aß mechanisch weiter. »An diese Möglichkeit habe ich noch nicht gedacht. Ich habe mir immer wieder den Kopf zerbrochen, ohne dass mir eine Lösung für unser Problem eingefallen wäre, und nun kommst du daher, und alles ist ganz einfach. Aber ist es das wirklich? Falsche Papiere sind ungesetzlich, und ich möchte den Bund der Ehe nicht mit einer Betrügerei beginnen.«

»Was ist heutzutage schon gesetzlich, mein Freund.«

»Andererseits«, überlegte Klingenthal, »hätten gefälschte Papiere einen zusätzlichen Vorteil. Sie würden mir aus einer Klemme helfen, für die ich bislang ebenfalls keine Lösung hatte. Immer wieder habe ich gegrübelt, wie ich es vermeiden könnte, mich unter meinem Namen in Göttingen zu immatrikulieren, denn der Name Klingenthal ist mit einem schweren Makel behaftet.«

»Einem Makel?«

Klingenthal erzählte ausführlich von dem Professor Hermannus Tatzel, dessen missglückter Operation und dem Unrecht, das ihm seinerzeit an der Georgia-Augusta-Universität widerfahren war. Listig hörte wie gebannt zu. Sein Gesichtsausdruck war ernst. Nichts erinnerte in diesem Augenblick an den Luftikus, der er sonst so gern war.

Klingenthal fuhr fort: »Mit falschen Papieren aufzutreten ist ein verlockender Gedanke. Vieles könnte dadurch einfacher werden. Aber ich will und kann nicht allein entscheiden, ob dies der richtige Weg ist. Was meinst du dazu, Liebste?«

Alena sagte nichts. Sie beschäftigte sich angelegentlich mit dem Feuer, obwohl das gar nicht nötig war, und schob Pausback ein halbes Dutzend dampfende Kartoffeln hin.

»Liebste?«

Alena seufzte. »Du stellst schwere Fragen, Klingenthal. Aber in diesem Fall habe ich das Gefühl, es kann kein Unrecht sein, wenn man etwas tut, das ein früher erlittenes Unrecht wiedergutmacht.«

Listig rief: »Es wäre eine Art Notwehr, mehr nicht!«

Klingenthals Gesichtszüge entspannten sich. »Heißt das, du ...?«

»Ja.« Alenas Augen lächelten. »Ich heirate dich und behalte meinen Gott, und du heiratest mich und behältst deinen Gott, denn beide sind identisch – egal, wie die Herren Religionsführer ihn nennen. Der Eine, der Große, der Allmächtige ist unteilbar.«

»Fehlt nur noch ein Nachname für euch beide«, meinte der praktisch denkende Listig. »Dann kannst du bis zum Sankt-Nimmerleins-Tag studieren, Klingenthal, ohne dass jemand etwas von deiner Vergangenheit ahnt. Denn eines dürfte feststehen: Du siehst heute ganz anders aus als damals.«

Nachdem nun alles geklärt war, erwies sich die Namensfindung als unerwartet schwierig, denn Alena sprach sich für einen Nachnamen aus, der an ihre Vergangenheit anknüpfte, nämlich Karmelus, und Klingenthal bevorzugte Neuberger, entsprechend jenem Zacharias Neuberger, der ihm so meisterhaft das Anfertigen von lebensgroßen Puppen beigebracht hatte. Die Rede ging hin und her, bis man sich – wie zuvor – auf eine dritte Lösung einigte. Es war der Vorname von Klingenthals Vater: Abraham.

»Julius Abraham, ei, das klingt hübsch!«, rief Listig.

»Bin satt«, brummte Pausback. Er hatte alle Kartoffeln aufgegessen. Doch keiner fand Zeit, auf ihn einzugehen.

Alena richtete sich die Haare und blickte kokett in die Runde. »Gestatten: Alena Abraham!«

»Guten Morgen, Frau Abraham!« In Klingenthals Stimme schwang Zärtlichkeit mit. Er küsste Alena, was Listig zu Beifallsrufen veranlasste und Pausback leicht erröten ließ, besonders, als Alena den Kuss erwiderte.

»Los, Pausback, du mein Gehwerkzeug, worauf wartest du noch?«, rief Listig. »Heb mich hoch, auf zum Fleppenfackler! Drei Meilen westlich von Eddigehausen sitzt einer im Wald, der ist mir noch was schuldig. Bestimmt wird er mir den kleinen Gefallen tun!«

»Wir kommen mit«, sagte Klingenthal und wollte sich erheben, aber er wurde von Listig zurückgehalten. »Besser, ihr wartet hier, ihr zwei Turteltäubchen. Der Mann ist misstrauisch, er heißt Pfister, kommt aus dem Land der Eidgenossen und ist die fleischgewordene Vorsicht. Ich kenn ihn noch aus meiner Zeit als Räuber.«

Klingenthal fügte sich widerstrebend.

36

»In ein paar Tagen sind wir zurück und machen euch zu neuen Menschen.«

Aber so schnell, wie das seltsame Gespann fortwollte, ging es doch nicht, denn es galt, noch einiges vorher zu klären, als da waren: Geburtsdatum der Eheleute, Ort der Geburt, Datum der Eheschließung, Ort der Eheschließung und so weiter. Aber irgendwann war auch das geregelt, und Pausback und Listig zogen winkend von dannen.

Wenige Schritte später allerdings blieb Pausback noch einmal stehen. Er drehte sich um und brummte scheu: »Hm, hm, Alena, Raben werden nicht weiß, sie werden's nicht, aber du und Klingenthal, ihr sollt heiraten.«

Tränen der Rührung traten in Alenas Augen. »Ja«, sagte sie leise. »Ja.« Sie hakte sich bei Klingenthal unter, und dieser sagte nachdenklich: »Pausback ist etwas langsam von Begriff, aber er hat mehr Gemüt und Verstand, als viele glauben.«

»Bestimmt hat er das. Und er ist so sanft, dass man ihn immerzu beschützen möchte.«

»Dafür sorgt Listig schon. Auch wenn er den Riesen wie ein Dragoner herumkommandiert.« Klingenthal blickte dem ungleichen Paar mit ernstem Gesicht nach. »Ich hoffe, wir machen alles richtig, Liebste.«

»Das hoffe ich auch, Klingenthal.«

Klingenthal, der sich nun Abraham nannte, und Alena marschierten mit stetem Schritt nach Süden. Der Weg war anstrengend gewesen, doch die Hannoversche Heerstraße, auf der sie die letzte Stunde gegangen waren, wurde allmählich besser. Sie wurde fester und breiter und führte, von Norden kommend, durch das Wehnder Tor direkt nach

Göttingen hinein. »Lass uns einen Augenblick verschnaufen, Liebste«, sagte Abraham und wischte sich den Schweiß von der Stirn. »Die Mittagsstunde ist eben vorbei und die Stadt schon fast erreicht. Wir werden uns am Nachmittag ohne Hast nach einer Bleibe umsehen können.«

Alena blieb stehen und ließ ihren Blick über die ausgedehnte Silhouette schweifen. Hohe Kirchtürme bestimmten das Bild, dazu ein Meer von Dächern und im Vordergrund ein Wall, der schon vor vielen Jahren entfestigt und mit Linden bepflanzt worden war. »Die Stadt ist hübsch«, sagte sie, »und irgendwie einladend. Nicht so groß wie Potsdam.«

Abraham legte Alena den Arm um die Schultern. »Ich freue mich, dass du das sagst, Liebste. Sie soll für die nächsten drei Jahre unsere Heimat sein. Der Erhabene, dessen Name und Barmherzigkeit gepriesen sei, möge uns beschützen.«

Alena lächelte und hob den Zeigefinger. »Vergiss nicht, dass du jetzt Protestant bist, Klingenthal, äh, ich meine Abraham! Ein Protestant würde unseren Herrn wohl kaum ›der Erhabene‹ nennen. Er würde einfach sagen: ›Gott möge uns beschützen.‹«

Abraham nickte und schaute für einen Moment grimmig drein. Nicht so sehr wegen der Anrede, die er wählen musste, wenn er seinen neuen, alten Gott anrief, sondern weil es ihn volle drei Wochen Wartezeit gekostet hatte, Protestant zu werden. So lange nämlich hatte Listig sich mit den versprochenen Papieren Zeit gelassen. Man schrieb bereits den vierundzwanzigsten März, und Abraham hatte Sorge, sich nicht mehr rechtzeitig für das Sommersemester einschreiben zu können.

»Tausendsackerment!«, hatte Listig gerufen und mit den

Pässen gewedelt, als er gestern endlich auf Pausbacks Schultern zum Turm zurückkehrte. »Es hat ein bisschen länger gedauert, ihr zwei! Aber dafür sind es die echtesten Papiere, die jemals gefälscht wurden.«

Abraham und Alena hatten zugeben müssen, dass ihre neuen Identitäten wirklich perfekt waren. Kein noch so pingeliger Beamter und kein noch so aufmerksamer Posten, so hatte Listig wortreich versichert, würde einen Unterschied zwischen den neuen und echten Papieren entdecken können. Ein beruhigender Gedanke. Und ein besänftigender dazu. Deshalb hatte Abraham, der in den vergangenen Tagen immer rastloser geworden war und immer häufiger die Umgebung von Eddigehausen abgesucht hatte, um die Vermissten aufzuspüren, auch auf jeden Vorwurf verzichtet. Listig war nun einmal unberechenbar, damit musste man sich abfinden.

Stattdessen hatten er und Alena sich herzlich bedankt und ein schmackhaftes Abschiedsessen zubereitet. Allen hatte es vorzüglich gemundet, zumal Listig und Pausback neben den gefälschten Papieren auch wahre Gaumenfreuden mitgebracht hatten: einen halben gekochten Schinken, dazu duftendes Mittelbrot, ein paar Unzen Butter, einen würzigen Käse und mehrere *Bouteillen* eines Rotspons, der die letzten Jahre im Fass verbracht hatte. Wo sie die Köstlichkeiten aufgetrieben hatten, verrieten sie nicht, und es fragte auch niemand danach. Trotzdem hatte Abraham gezögert, sich dem Schmaus hinzugeben, denn die *Kaschrut* verwehrte ihm, Schweinernes zu essen, ebenso wie sie ihm verbot, Fleisch und Milchprodukte gleichzeitig zu sich zu nehmen.

Listig hatte gelacht und gesagt: »Da siehst du mal, welche Vorteile es hat, Protestant zu sein, lieber Freund! Vergiss die jüdischen Speisegesetze, und halte es mit Doktor Luther, der die Gebote für die Freuden der Tafel viel großzügiger auslegte!«

Es war ein langer Abend geworden, der das Aufstehen am heutigen Morgen nicht leicht gemacht hatte, dennoch hatte Abraham auf einen frühen Aufbruch gedrängt und Pausback und Listig, die noch schliefen, einen Abschiedsbrief hinterlassen, in dem er sich noch einmal für ihre Dienste bedankte und ihnen alles Gute für ihren weiteren Strich wünschte.

Und nun waren er und Alena nur noch wenige hundert Schritt von ihrem Ziel entfernt. Hier und da tauchten schon ein Haus oder ein Gebäude auf, die Felder wurden kleiner, die Luft roch nach Frühling und Geschäftigkeit. Unternehmungslustig klopfte Abraham sich den Staub von seinem schwarzen Gehrock und tat das Gleiche bei Alena, die ebenfalls ganz in Schwarz gewandet war – eine Angewohnheit, die noch aus ihren Tagen als Karmelitin stammte.

»Auf, auf, Frau Abraham!«, rief er und zog den Karren wieder an. »Gleich sind wir da.«

Doch es sollte noch einige Zeit vergehen, bis sie das Wehnder Tor erreicht hatten, und als sie hindurch waren und die gleichnamige Straße unter ihre Füße nahmen, belebte es sich zusehends. Immer mehr Passanten und Kutschen begegneten ihnen und zwangen sie, langsamer zu werden und mitunter sogar anzuhalten. Würdige Herren stolzierten vorbei, die, ihrem Stand entsprechend, Rock und Kniehose trugen und unter dem Dreispitz die gepuderte Allongeperücke. Marktfrauen in einfachen Kittelkleidern, beladen mit Körben oder Käfigen, strebten hierhin und dorthin, Mägde mit gestärkten bunten Hauben und zierlichen Wämsern standen zu zweit oder zu dritt an den Ecken und schwatzten, spielende Kinder rannten hin und her, niemanden beachtend und alle behindernd, und zwischen all dem Treiben und all dem Trubel tauchte immer wieder einer der vielen Studenten auf, von denen die halbe Stadt lebte – manche schon im sommerlichen Kamelott, der beliebten Jacke aus Angora oder anderer Wolle, manche stattlich in Uniform mit dem Hieber an der Seite, manche auch hoch zu Ross.

Abraham und Alena bahnten sich weiter ihren Weg, sahen linker Hand den Botanischen Garten und das Anatomische Theater, später die Reformierte Kirche und die Jacobi-Kirche und rechts voraus schon den Rathausturm, dazwischen Dutzende mehrstöckige Fachwerkhäuser mit Geschäften, Handwerksbetrieben und Gaststätten. Bei der Hausnummer 42, vor einem Schild mit der Aufschrift *Zur Krone,* machte Abraham halt. »Ich glaube, eine kleine Stärkung würde uns guttun«, sagte er. »Hast du Hunger, Liebste?«

Alena nahm sich die Gurte von den Schultern. »Und ob, Abraham! Zu mehr als einem Kanten Brot war heute Morgen ja keine Zeit, wenn du dich erinnerst.«

»Tja, nun.« Abrahams Gewissen regte sich. »Du weißt, wie mir die Zeit unter den Nägeln brennt. Aber jetzt sind wir da und holen das nach. Ich verspreche dir ein fürstliches Mittagessen!« Er verkeilte die Räder des Karrens und warf einen prüfenden Blick unter die Abdeckplane.

Alena beobachtete ihn und musste lächeln. Abraham und seine Lieblinge! Wenn er ihr nicht immer wieder versichert hätte, sie sei für ihn das Kostbarste auf der Welt, hätte sie glauben mögen, die lebensgroßen Figuren seien ihm wichtiger. Aber dem war nicht so, und die Zeiten, da sie Eifersucht gefühlt hatte, lagen lange zurück. Mehr zum Scherz fragte sie: »Na, fehlt auch keine?«

»Alle Mann an Bord, mien Deern«, antwortete der Schiffer. Seine Stimme klang etwas hohl, weil er unter der Plane steckte.

»*Mon Dieu,* wie gern wäre ich auf der Burg geblieben«, näselte das Burgfräulein. »Stattdessen ist man nun wieder unter Krethi und Plethi!«

»*Silentium,* alte Dörrpflaume!«, schimpfte Friedrich der Große.

»Aber, aber Majestät ...«, mahnte der Schultheiß.

»Reg dich nicht auf, Fritz!«, rief der Schiffer. »Die alte Fregatte will doch nur beachtet werden. Klappern gehört zum Geschäft.«

»Und trommeln auch!«, fiel der Söldner ein. »Du weißt doch, was unser Adelsfräulein nachts am liebsten tut?«

»Nein, weiß ich nicht, aber du wirst es mir gleich *communitziren.*«

»Das Adelsfräulein trommelt laut des Nachts auf seiner Jungfernhaut.«

»Hähähä!« Das gefiel Friedrich.

»*Impertinent!*«, empörte sich das Burgfräulein.

»Vertragt euch«, sagte die Magd.

Abraham zog die Plane wieder zu.

Alena trat auf das schmale *Trottoir.* »Da fehlte doch eben noch jemand?«

»Wirklich, Liebste?« Abraham öffnete die Plane erneut. Ein herzhaftes Gähnen wurde hörbar. »Meintest du ihn?«

»Ja, ihn meinte ich.«

»Du weißt doch, er schläft gern ein bisschen länger.« Abraham nahm Alena beim Arm. Den Neugierigen, die wegen der seltsamen, unerklärlichen Stimmen stehengeblieben waren und Maulaffen feilhielten, rief er grinsend zu: »Das war nur der Landmann, Leute!« Dann betrat er mit seiner Frau die Gastwirtschaft.

Drinnen herrschte ein ziemlicher Hecht, was von den qualmenden Tonpfeifen der zahlreichen Gäste herrührte. Die *Krone* war wie jeden Mittag gut besucht, denn der Wirt bot vier verschiedene schmackhafte Gerichte an, jede Portion zu zwölf Groschen. Das war nicht billig, aber die *Krone* lag im Zentrum Göttingens, an der belebtesten Straße überhaupt, und das musste in Rechnung gestellt werden. Abraham suchte und fand zwei leere Stühle neben dem Schanktisch. Sie nahmen Platz. Ihnen gegenüber saß ein schwerer Mann mit rotem Gesicht und zahlreichen geplatzten Äderchen auf den Wangen. Er rauchte ebenfalls Pfeife und verbreitete Schwaden von Qualm, die Alena die Tränen in die Augen trieben.

Abraham wollte den Mann bitten, er möge seinen Rauch woandershin blasen, doch in diesem Moment nahm der Rotgesichtige die Pfeife aus dem Mund und sprach ihn an: »Fremd hier?«

»Ja«, sagte Abraham.

»Auf der Durchreise?«

»Nein.«

»Aha, dann bleibt Ihr also.«

»So ist es.« Abraham blickte sich nach der Schankmagd um.

»Ist das Eure Frau?«

»Ihr habt es erraten.« Abraham fand, dass der Rotgesichtige ziemlich viele Fragen stellte.

»Dann seid Ihr sicher ein Handwerker?«

Abraham blieb die Antwort schuldig.

»Oder Ihr wollt als Unteroffiziant irgendwo anfangen.

43

Als ob wir in der Stadt nicht schon genug Boten, Diener und Aufwärter hätten. Na, nichts für ungut« – der Rotgesichtige paffte abermals dicke Wolken –, »jeder muss sehen, wie er zurechtkommt.«

»Was darf's sein?«, unterbrach die Schankmagd.

»Was gibt es denn?«, fragte Abraham.

Die Schankmagd leierte den Speiseplan herunter: »Bouillon-Suppe mit eingeschlagenen Eiern und Perlgraupen, Gesottenes mit Reis und Bohnen, eingelegtes Gemüse mit Weißbrot, Schwarzbrot oder Mittelbrot, Brotplatte mit Mettwurst, Rotwurst, Schinken, dazu Rahmbutter, außerdem Salat aus Gurken und gekochten Früchten.«

»Gibt es auch halbe Portionen?«, fragte Alena.

»Da muss ich nachfragen.« Die Schankmagd verschwand. Abraham wollte sie aufhalten, aber sie war schon fort.

Der Rotgesichtige trank den letzten Schluck seines Göttinger Biers. »Ihr seid nicht gut bei Kasse, scheint mir. Müsst gleich am ersten Tag schon sparen. Äh, nichts für ungut, es geht mich ja nichts an.«

»Da habt Ihr zweifellos recht.«

»Na, ich will dann mal.« Der Rotgesichtige klopfte die Pfeife in einer irdenen Schale aus. »Die Pflicht ruft. Ihr glaubt gar nicht, wie viel Arbeit die *Burschen* mir dieses Jahr wieder machen. Jeder will eine Stube, und die möglichst groß und umsonst.« Er stand auf und zückte seine Geldkatze, um am Schanktisch zu zahlen.

»Einen Augenblick noch«, bat Abraham. »Verstehe ich Euch recht, dass Ihr den Studenten Unterkünfte zuteilt?«

»Genau das ist meine Arbeit.« Der Rotgesichtige ließ zwei Münzen auf den Schanktisch fallen. »Ich bin Ulrich, wenn's beliebt, der Logis-*Commissionair*. Aber eines sage ich Euch gleich: Ich bin von Amts wegen nur für Studenten zuständig. Wenn Ihr ein Zimmer sucht, müsst Ihr Euch schon selbst bemühen.«

»Aber ich bin Student.«

»Was sagt Ihr da?« Ulrich war so perplex, dass er sich wieder setzte.

»Genauer gesagt: Ich muss mich noch für das Sommersemester immatrikulieren. Ich möchte Medizin studieren. Mein Name ist übrigens Kl..., äh, Abraham, Julius Abraham, und das ist meine Frau.«

Alena grüßte freundlich.

Ulrich hatte sich wieder erholt. »Ein verheirateter Student also, das haben wir nicht alle Tage. Wenn ich's mir recht überlege, hatten wir das noch nie. Sehr ungewöhnlich. Auch Euer Alter will nicht recht passen. Äh, nichts für ungut, aber Ihr könntet eher der Vater eines *Burschen* sein.«

»Halbe Portionen kosten sieben Groschen«, meldete die Magd.

Abraham brauchte einen Augenblick, um sich auf sie zu konzentrieren. »Wieso sieben?«, fragte er dann und wies auf eine Kreidetafel. »Da steht *Gerichte à Portion 12 Groschen.* Demnach müsste die Hälfte nur sechs kosten.«

»Kann sein, ich sag nur, was der Wirt sagt.«

»Dann nehme ich eine ganze Portion Gesottenes.«

»Eine ganze Portion Gesottenes. Und was bestellt die Dame?«

»Nichts.« Alenas Augen amüsierten sich. »Die Dame isst bei dem Herrn mit. Verteile also das Gesottene auf zwei Teller und bringe zwei Bestecke.«

Ungerührt sagte die Magd: »Und zu trinken? Wollt Ihr auch bei dem Herrn mittrinken?«

»Ich nehme einen Tee.«

»Und ich ein Bier.« Abraham kam eine Idee. »Für den

Herrn Logis-*Commissionair* ebenfalls eins.« Und bevor Ulrich dagegen protestieren konnte, sagte er: »Ihr macht mir doch die Freude und stoßt mit mir an?«

Ulrich lächelte dünn. »Ich verstehe schon, ich soll Euch ein *convenables* Zimmer zuweisen, und das für möglichst kleine Münze.«

Abraham lächelte entwaffnend. »Ihr seid ein kluger Mann.«

»Der aber nicht zaubern kann.«

»Zwei Bier die Herren. Der Tee dauert, das Gesottene auch.« Die Schankmagd verschwand wieder.

»Erst einmal prosit!« Abraham hob sein Glas.

»Prosit!«

Beide tranken.

Ulrich wischte sich mit dem Handrücken über den Mund. »Um auf Euren Zimmerwunsch zurückzukommen, Herr *Studiosus in spe:* Ihr macht mir die Sache nicht leicht. Die Wirtinnen sind auf junge Herren eingerichtet, nicht auf Ehepaare.«

»Ich brauche nicht viel Platz«, sagte Alena.

»Nun, nun.« Ulrich trank einen weiteren Schluck. »Habt Ihr denn viel Gepäck?«

»Draußen steht ein Karren. Darauf befindet sich unsere Habe.« Abraham fand es besser, seine Puppen unerwähnt zu lassen.

»Einen Karren habt Ihr auch noch! Das ist schlecht.«

»Warum?«

Ulrich begann, sich eine neue Pfeife zu stopfen. Abraham und Alena sahen es mit Schrecken, mochten aber nichts dagegen sagen. Ulrich zündete den Knösel an, neues Qualmgewölk verbreitete sich. »Weil für Euch nur eine Wirtin in Frage kommt, die einen großen Hof hat oder eine Remise zur Verfügung stellen kann. Und davon gibt es nicht viele, jedenfalls nicht viele, die ihre Zimmer für einen Apfel und ein Ei vermieten.«

Abraham dachte daran, dass er seine Lieblinge über Nacht ohnehin nicht auf dem Karren lassen würde, und sagte: »Warum kann ich den Wagen nicht am Straßenrand abstellen?«

»Weil es verboten ist. *Zur Bequemlichkeit der Passage darf kein Wagen vor der Tür oder auf der Straße stehen.* So heißt es wörtlich in der Verfügung von Bürgermeister und Rat.«

»Wie viel wird denn das Logis für ein Semester kosten?«, mischte sich Alena ein.

»Die Stubenmiete hängt ganz von der Art und der Beschaffenheit des Zimmers sowie der Möblierung ab. Es geht von acht Reichstalern aufwärts. Eine sehr gute Unterkunft kann sogar mehr als fünfzig Taler kosten.«

Abraham dachte daran, dass alles, was er sich mühsam erspart hatte, nicht mehr als siebenundachtzig Taler und ein paar Groschen betrug. Wenig genug, wenn er damit das kommende Triennium bestreiten wollte. »Vielleicht wisst Ihr eine Adresse, an die meine Frau und ich uns wenden können?«, fragte er hoffnungsvoll.

»Die weiß ich nicht. Jedenfalls nicht aus dem Kopf.« Ulrich ließ die Pfeife von einer Mundecke in die andere wandern, was ein schmatzendes Geräusch verursachte. Er tat ein paar Züge, bemerkte, dass sie ausgegangen war, und steckte sie in die Tasche. »Meine Amtsstube befindet sich in der Burgstraße, dort führe ich eine alphabetische Liste darüber, welcher Bursche wo wohnt. Über hundert sind bereits ausgezogen oder werden es noch tun, weil das Wintersemester zu Ende geht, neue *Burschen* werden eintreffen.

Im Moment ist es ein rechtes Durcheinander. Wenn Ihr genaue Auskunft wollt, auch darüber, wie viel Euch das Leben in Göttingen kostet, dann kommt morgen früh in die Burgstraße. Aber nicht vor acht Uhr, wenn ich bitten darf. Danke für das Bier.«

Ulrich wollte sich erheben, wurde aber wieder von Abraham zurückgehalten. »Eine Frage noch, wenn Ihr erlaubt: Da es nicht möglich scheint, heute Eure Dienste in Anspruch zu nehmen, würde ich gern die Zeit nutzen und mich immatrikulieren – schließlich ist am ersten April Semesterbeginn. Steht aus Eurer Sicht etwas dagegen?«

Ulrich ging zum Garderobenständer und setzte seinen Dreispitz auf. Abraham dachte schon, er käme nicht zurück, aber er täuschte sich. Der Rotgesichtige drehte sich noch einmal um. »Wenn Ihr Euer Studium so hartnäckig verfolgt, wie Ihr mich mit Fragen löchert, werdet Ihr der beste Student sein, den Göttingen jemals hatte. Die Antwort ist: Ich würde es lassen. Ihr seht nun mal nicht aus wie ein Krösus, und in solchen Fällen sieht der Prorektor es lieber, wenn der Kandidat eine ordentliche Bleibe vorweisen kann. Bei Euch wird er es besonders gern sehen, weil Ihr verheiratet seid und in unserer schönen Stadt Zucht und Ordnung herrschen sollen.«

»Der Tee und das Gesottene.« Die Schankmagd knallte das Bestellte auf den Tisch. »Noch ein Bier?«

»Nein, äh, danke«, sagte Abraham hastig, denn Ulrich schickte sich abermals an zu gehen. »Hört, Herr Logis-*Commissionair*, heißt das, ich habe noch etwas Zeit mit der Immatrikulation?«

Ulrich überlegte kurz. »Das habt Ihr. Heute ist Donnerstag, wenn Ihr es im Laufe der nächsten Woche erledigt, ist es noch früh genug. Karfreitag fällt in diesem Jahr auf den vierzehnten April, wenn ich mich nicht irre, und vorher sind zwei Wochen Osterferien angesetzt. Es eilt also tatsächlich nicht.«

»Ich bin Euch sehr zu Dank verpflichtet.«

»Dankt nicht mir, dankt der Stadt, die mich bezahlt.« Ulrich tippte sich an den Dreispitz und strebte dem Ausgang zu.

Abraham schaute Ulrich nach und empfand zwiespältige Gefühle. Einerseits war er froh, dass es mit der Immatrikulation nicht so pressierte, andererseits machte er sich Sorgen wegen der Unterkunft. Alena riss ihn aus seinen Gedanken. »Guten Appetit, Julius Abraham, lass das Gesottene nicht kalt werden.«

»Äh, guten Appetit, Liebste.«

Beide aßen. Alena trank zwischen den Bissen ihren Tee und stellte anschließend die Frage, die Abraham schon die ganze Zeit auf der Seele brannte: »Und was machen wir jetzt?«

»Ehrlich gesagt, ich weiß es nicht, Liebste, ich …«

»Der Scherenschleifer ist da, schnippschnapp!« Eine schmale Gestalt stand in der Tür, schwenkte eine übergroße Holzschere in der Luft und rief lautstark einen Reim in den Raum:

»Scheren, Messer, Klingen
und jeglicher Bedarf,
ihr müsst ihn mir nur bringen,
Pilatus macht ihn scharf!«

»Wir haben keine Scheren!«, rief der Wirt, ein schmerbäuchiger Mann mit lederner Schürze. »Kannst dich rausscheren!«

Einige Männer im Lokal lachten. Pilatus, der stadtbekannte Scherenschleifer, verschwand mit einer Verbeugung.

»Macht euch keine Sorgen,
ich komme wieder morgen!«

»Liebste, ich …«, hob Abraham abermals an, wurde jedoch wie zuvor unterbrochen. »Wem gehört der Karren mit der Abdeckplane?«, ertönte eine andere Stimme von der Tür. Ein streng aussehender Soldat der Stadtwache blickte fragend in die Runde.

»Äh, mir!« Abraham erhob sich zögernd. Aller Augen ruhten auf ihm.

»Der Name?«

»Abraham, Julius Abraham, ich …«

»Schon gut. Der Wagen ist unverzüglich beiseitezuschaffen, er behindert den Verkehr. Anderenfalls lasse ich ihn *confisciren.*«

»Jawohl.«

Die Stadtwache grüßte militärisch knapp und verschwand. Die Tür fiel krachend ins Schloss.

Abraham setzte sich, um sofort danach wieder aufzustehen. »Der Karren muss fort, besser jetzt als gleich.«

»Und wohin?«, fragte Alena.

»Da wir keine Bleibe haben und den Wagen wegfahren müssen, wird es am besten sein, die Stadt zu verlassen. Wir können vor den Toren im Freien nächtigen. Morgen früh gehen wir dann zum Logis-*Commissionair* Ulrich, der uns ein Quartier zuweisen wird.«

»Das kommt überhaupt nicht in Frage!« Alena hatte so laut gesprochen, dass einige Gäste sich zu ihr umdrehten. Leiser fuhr sie fort: »Ich habe die letzten Wochen jede

Nacht in einem windschiefen, altersschwachen Armeezelt verbracht, und ich habe mich nicht beklagt, ich habe die letzten Wochen auf der nackten Erde geschlafen, und ich habe mich nicht beklagt, ich habe die letzten Wochen auf jede Bequemlichkeit verzichtet, und ich habe mich nicht beklagt, aber jetzt ist Schluss. Ich will endlich wieder einmal in einem richtigen Bett schlafen.«

»Das verstehe ich ja, aber …«

»Kein Aber, Julius Abraham! Weißt du eigentlich, was für ein schrecklicher Ort diese Burg Plesse ist?«

»Ein schrecklicher Ort? Ich dachte, der Platz am Fuß des Turms hätte dir gefallen?«

»Nur so lange, bis ich die Geschichte mit dem armen Kind hörte.«

»Jetzt verstehe ich gar nichts mehr, Liebste.«

»Als damals die Burg erbaut wurde, so heißt es, glaubten die Leute, sie könne niemals erobert werden, wenn in ihre Fundamente ein Kind eingemauert würde. Lange dauerte es, bis sich eine Mutter fand, die bereit war, sich von ihrem Kind zu trennen. Es war eine Frau aus Reiershausen, die sich derart versündigte. Sie verkaufte ihr taubstummes Jüngstes für den Judaslohn von zwanzig Talern. Als das Kind eingemauert werden sollte und alle Welt und auch die Mutter zugegen waren, öffnete es auf einmal den Mund und sagte: ›Mama‹. Doch es nützte ihm nichts mehr. Mit dem Vermauern des letzten Steins wurde es zur ewigen Finsternis verdammt. Seitdem ruft es jede Nacht um zwölf Uhr nach seiner Mutter.«

»Aber Liebste.« Abraham griff beschwichtigend nach Alenas Hand. Er fand, dass die Kinder-Spukgeschichte nichts zu tun hatte mit der mangelnden Bequemlichkeit der letzten Wochen, aber es schien ihm in diesem Augenblick besser, nicht darauf hinzuweisen. »Das ist ja ein Greuelmärchen, das du da gehört hast. Wer hat dir denn so etwas erzählt?«

»Listig war es.«

Abraham lachte etwas gequält. »Und diesen Unsinn hast du natürlich geglaubt. Hast du am Ende auch das Kind um Mitternacht rufen hören?«

»Nein, habe ich nicht. Aber die Geschichte hat nicht gerade zu meinem Wohlbefinden beigetragen, wie du dir denken kannst. Jedenfalls schlafe ich keine einzige Nacht mehr im Freien.« Alenas Augen drohten. »Unternimm etwas!«

»Gut, gut, ich weiß, wenn du so guckst, habe ich verloren.« Abraham stand auf und ging zum Schanktisch, hinter dem der Wirt geschäftig hantierte. »Habt Ihr ein Zimmer für die Nacht, Herr Wirt?«

Der schmerbäuchige Mann blickte auf. »Hab ich. Aber es ist nur klein und geht nach hinten raus. Die Remise für Euren Karren kostet extra.« Wie alle Wirte hatte er gute Ohren und Abrahams Problem sehr wohl mitbekommen.

»Wie viel?«

Der Wirt taxierte Abraham. Er versuchte, ihn einzuordnen, denn in Göttingen gab es zweierlei Preise – die einen galten für die Bürger, die von den Studenten verächtlich »Philister« genannt wurden, die anderen galten für die Studenten, die von den Bürgern einheitlich *Burschen* genannt wurden. Letztere zahlten im Zweifelsfall mehr. Da Abraham nicht wie ein Student aussah, fiel die Antwort etwas günstiger aus: »Gebt mir vier Sechs-Groschen-Stücke oder einen Mariengulden.«

»So viel?«

»Das ist nicht viel.« Der Wirt wischte sich die Hände an

der Schürze ab. »Ihr könnt gern im *Drei Lilien* nachfragen oder im *Braunen Hirschen* oder im *König von Preußen* oder sonstwo, aber billiger ist's dort auch nicht, darauf habt Ihr mein Wort.«

Abraham zögerte. Er wollte sich auf keinen Fall über den Löffel barbieren lassen.

»Ihr könnt mir auch achtundzwanzig Gute Groschen hessischer Münze geben, wenn Euch das besser passt. In jedem Fall müsst Ihr die Übernachtung im Voraus bezahlen.«

»Wäre im Preis ein Abendessen und ein Frühstück inbegriffen?«

Der Wirt lachte. »Ihr versteht es, zu handeln, wie? Meinetwegen könnt Ihr Euren Karren umsonst in meiner Remise abstellen, aber alles, was Ihr heute und morgen esst, muss ich Euch berechnen, verschenken kann ich nichts.«

»Ich danke Euch, Herr Wirt.« Vier Sechser-Stücke wechselten ihren Besitzer.

»Nichts zu danken. Niemand soll sagen, August Ludwig Wacker sei ein Halsabschneider.«

Diese letzten Worte überzeugten Abraham endgültig, dass er keinen schlechten Schnitt gemacht hatte; er ging zu Alena zurück und verkündete grinsend: »Liebste, ich habe es möglich gemacht: Du darfst heute Nacht mit mir ins Bett gehen.«

»Abraham, du bist unverbesserlich!« Alena setzte eine strafende Miene auf, doch in ihren Augen stand Freude. »Heißt das, wir bleiben hier?«

»Das heißt es«, sagte Abraham.

»Das müsste die Burgstraße sein«, sagte Abraham am nächsten Morgen. Es war schon gegen zehn Uhr, aber er und Alena waren spät aufgestanden, denn der gestrige Tag hatte sich noch als sehr anstrengend erwiesen. Sie waren den ganzen Nachmittag auf Zimmersuche gewesen, hatten ständig Augen und Ohren offen gehalten, immer wieder aufs Geratewohl hier und dort gefragt und waren so manchem Hinweis nachgegangen, den sie von Passanten oder Händlern bekommen hatten. Doch alle ihre Bemühungen waren vergeblich gewesen. Ulrich, der Logis-*Commissionair*, hatte durchaus seine Daseinsberechtigung, das war ihre Erfahrung aus vielen Stunden ermüdender Suche.

Schließlich waren sie zur *Krone* zurückgekehrt, und Abraham hatte es sich nicht nehmen lassen, seine Puppen einzeln durch die Schankstube nach oben in das gemietete Zimmer zu tragen. Er hatte seine Lieblinge in eine Wolldecke geschlagen und sie gebeten, sich ruhig zu verhalten, um unliebsame Fragen zu vermeiden. Alle hatten sich daran gehalten, nur Friedrich der Große, der alte Querulant, nicht. Er hatte krachend geniest und unter dem Stoff gemeckert: »Was macht ihr Saufköppe hier? *Pöplirt* die Kneipen, statt anständig zu arbeiten!« Doch zum Glück hatte keiner der Gäste das gehört.

Das Bett anschließend war tatsächlich sehr sauber, sehr weich und sehr einladend gewesen, was nicht nur Abraham so empfunden hatte, sondern auch Alena …

»Sieh nur, Abraham, das Schild dort!« Alena wies auf eine Tafel mit der Aufschrift *LOGIS-COMMISSIONAIR*, die über dem Eingang eines frisch getünchten Fachwerkhauses hing.

»Drück uns die Daumen.« Abraham zog Alena durch den prächtigen Eingang ins Haus und klopfte an der ent-

54

sprechenden Tür. Als das »Herein« ausblieb, drückte er die Klinke unaufgefordert nieder und spähte in den Raum. Was er sah, machte ihm nicht gerade Mut: Fünf oder sechs junge Männer saßen da und warteten darauf, zu Ulrich vorgelassen zu werden. »Das kann dauern, Liebste.« Abraham flüsterte unwillkürlich. »Setzen wir uns, fassen wir uns in Geduld. Warum soll es hier anders sein als auf anderen Ämtern.«

Doch auch das längste Warten nimmt irgendwann ein Ende, und so saßen Abraham und Alena schließlich vor Ulrich, der – Gott sei Dank nicht rauchend – an einem großen Schreibtisch residierte und geschäftig in seinen Unterlagen blätterte. »Sieh an, der *Studiosus in spe* Julius Abraham, wenn mein Gedächtnis mich nicht trügt«, sagte er zur Begrüßung und fuhr, ohne eine Antwort abzuwarten, fort: »Ihr seid verheiratet, wollt Medizin studieren und habt zu allem Übel noch einen Karren, den es unterzubringen gilt, richtig?«

Abraham fiel darauf nichts anderes ein als »Jawohl«.

»Dann wollen wir mal sehen.« Ulrich durchstöberte mehrere Stapel Papiere, runzelte die Stirn und erklärte: »Alles Adressen. Es gibt über tausend Logis-Adressen bei nur gut achthundert Studenten, also müsste es doch mit dem Teufel zugehen, wenn ich nicht … aber bei Euch …« Er blätterte weiter. »Jajaja … wenn ich mich recht entsinne, darf Eure Bleibe nur wenig kosten … tja, das ist die Schwierigkeit, und einen Antrag auf Unterstützung durch den akademischen Armenfiskus wollt Ihr wahrscheinlich auch nicht stellen, oder?«

»Ganz gewiss nicht!«

»Nichts für ungut, das dachte ich mir … jajaja … nun, ich würde Euch die Witwe Vonnegut in der Güldenstraße empfehlen. Sie hat ihr Haus erst vor ein paar Jahren erworben – von einem gewissen Horwitz. Der Mann war *Schutzjude,* aber das würde Euch nicht *incommodiren,* oder?«

»Äh, nein.«

»Die Witwe Vonnegut ist eine brave Zimmerwirtin, ein bisschen geschwätzig wie alle, die aus Frankfurt kommen, aber nett. Und billig. Für eine Doppelstube nimmt sie quartaliter fünf Taler, also zehn für ein Semester. Außerdem bietet sie ihren *Burschen* gute und ausreichende Kost.«

»Heißt das …?«

»Nein, das heißt es nicht. Soviel ich weiß, hat sie keine Stellmöglichkeit für einen Wagen. Könntet Ihr das vermaledeite Gefährt nicht verkaufen? Das braucht Ihr doch als Student gar nicht?«

»Das ist leider unmöglich.« Abraham dachte an seine Puppen, für die er eine Transportmöglichkeit benötigte, um mit ihnen auftreten zu können.

»Dann geht es nicht, schade. Sehen wir weiter … *difficil, difficil* … Eure Chancen werden immer kleiner … jajaja … doch halt, da fällt mir etwas ein. Wenn mich nicht alles täuscht, hat die Vonnegut eines der Nachbarhäuser im vorigen Monat hinzugekauft, und wenn Ihr Glück habt, gibt es dort einen Platz für Euren Karren.«

»Meint Ihr wirklich?«

»Garantieren kann ich nichts.«

»Ich weiß nicht, wie ich Euch danken soll.«

Alena schloss sich an: »Auch ich möchte Euch herzlich danken.«

»Wie ich gestern schon sagte: Dankt nicht mir, dankt der Stadt, die mich bezahlt.« Ulrich beschrieb den Weg zur Güldenstraße bis ins Kleinste, obwohl dieser wahrlich nicht schwer zu finden war, nestelte zusammenhanglos in seinen

Papieren, bat darum, ihn auf dem Laufenden zu halten, falls es mit dem Zimmer klappen sollte, und händigte ein Merkblatt aus mit der Aufschrift: *Nachricht für ankommende Fremde wegen Logis und anderer Notwendigkeiten.* Dann begann er umständlich, seine Pfeife zu stopfen – Anlass genug für Abraham und Alena, sich nochmals und diesmal abschließend zu bedanken und hastig das Weite zu suchen.

Wenig später standen sie vor dem Haus der Witwe Vonnegut und blickten einander an. »Viel Glück, Herr Abraham.«

»Viel Glück, Frau Abraham.« Abraham betätigte den eisernen Klopfer und wartete.

Nach wenigen Augenblicken öffnete sich die Tür, und eine ältere Frau erschien. Sie mochte Anfang sechzig sein, hatte ein großflächiges Gesicht mit zwei wachen Augen und einen für die kräftige Nase zu kleinen Mund. Der Mund wirkte ein wenig spöttisch, aber auch abschätzend und wissend, und die Fältchen in seinen Winkeln sprachen für einen guten Humor. »Das ist schon das dritte Mal, dass ich nicht dazu komm, die Kartoffeln abzugießen!«, kam es vorwurfsvoll aus dem Mund. »Es scheint, als hätt der Herrgott beschlossen, meine *Burschen* heut verhungern zu lassen.«

»Seid Ihr die Witwe Vonnegut?«, fragte Abraham und bemühte sich, seiner Stimme einen besonders liebenswürdigen Klang zu geben.

»Erst fällt der Hund über die Katze her, und ich muss mit dem Besenstiel dazwischen, dann kocht mir die Milch über und verbrennt mir den Herd, und nun seid Ihr an der Tür und klopft so laut, dass die Holzwürmer den Herrgott um Beistand anrufen! Wer seid Ihr? Wenn Ihr ein Händler seid, muss ich Euch enttäuschen. Ich brauch kein Salz, keine

Seife, keine Siebe, keine Strümpfe, keine Strohhüte und auch keine Singvögel.« Die Witwe griff sich an ihren Kopfaufsatz, der von modischen Rüschen umkränzt war, und rückte ihn ein wenig zurecht.

»Mein Name ist Julius Abraham, und das ist meine Frau Alena. Ich bin Student.«

»Wie meint Ihr?«

»Ich bin Student, ich …«

»Ja, ja, und Krähen krächzen nicht! Das könnt Ihr jemand anderem erzählen, aber nicht der Witwe Vonnegut. Ich wünsch Euch einen guten Tag.« Die Witwe wollte die Tür schließen, aber Abraham stellte rasch seinen Fuß dazwischen, eine Aufdringlichkeit, zu der er unter anderen Umständen niemals fähig gewesen wäre.

»Was erlaubt Ihr Euch?«

»Verzeiht.« Abraham zog den Fuß zurück. »Bitte glaubt mir, ich will mich noch heute immatrikulieren, möchte Medizin studieren, der Logis-*Commissionair* Ulrich aus der Burgstraße schickt mich.«

Sei es, dass Abrahams Verzweiflung so bemitleidenswert war, sei es, dass der Name Ulrich Wunder wirkte, in jedem Fall öffnete die Witwe die Tür und sagte: »Kommt erst mal rein. Ich hab nicht viel Zeit, meine *Burschen* fallen mir vom Fleisch, wenn sie nicht bald essen, und in der Küche herrscht Tohuwabohu, seit mir die Milch übergekocht ist.«

»Kann ich Euch helfen?«, fragte Alena. »Vier Hände schaffen mehr als zwei.«

»Das würdet Ihr tun?«

Alenas Augen lächelten. »Ich weiß, wie es ist, wenn die Milch sich im Topf selbständig macht. Ich habe eine Zeitlang in der Küche eines Kölner Karmelitinnenklosters gearbeitet.«

»Was Ihr nicht sagt.« Die Witwe staunte. »Euer *Habit* erinnert an das Gewand einer Nonne, das stimmt. Na, ich bin viel zu wenig eitel, um eine hilfreiche Hand auszuschlagen. Da geht's zur Küche.« Sie wies Alena den Weg und sagte zu Abraham: »Geht in die große Stube, da sitzen schon drei *Burschen* bei der Suppe. Wenn Ihr Glück habt, ist für Euch noch ein Teller voll da.«

Abraham bedankte sich und wollte weitere Erklärungen abgeben, aber die Frauen waren schon fort, und er stand etwas verloren im Flur. Es blieb ihm nichts anderes übrig, als den Worten der Witwe zu folgen und in die große Stube zu gehen.

Als er eintrat, blickten ihn drei junge Männer an, dem Anschein nach alle zwischen siebzehn und zwanzig Jahre alt. Betont munter sagte er: »Ich höre, hier soll es Suppe geben?«

»Ist auf der Anrichte«, meinte einer der drei einsilbig.

Abraham ging zur Anrichte, auf der eine große Terrine stand, daneben mehrere gestapelte Teller. Er füllte sich einen Teller auf und nahm einen der bereitliegenden Löffel. Um irgendetwas zu sagen, fragte er: »Ist die Suppe gut?«

»Nicht sehr bedeutend«, antwortete einer der drei. »Aber es gibt schlechteren Fraß als den Vonnegut-Fraß.«

»Aha.« Abraham setzte sich auf einen freien Platz und begann zu essen. Die drei *Burschen* taten, als sei er Luft. Das ärgerte ihn, deshalb machte er einen neuen Anlauf: »Was studiert ihr denn?«

»Wer will das wissen?«, fragte einer der drei.

»Ich bin Julius«, sagte Abraham, der das Gefühl hatte, er müsse die Distanz zwischen sich und den *Burschen* verkürzen.

»Alex.«

»Gottfried.«

»Franz.«

Die drei aßen weiter. »Und was studiert ihr?«, hakte Abraham nach.

Derjenige, der sich Alex nannte, ein gedrungener Kerl mit breiter Stirn und abstehenden Ohren, bequemte sich zu einer Antwort: »Ich reite die Juristerei im vierten Semester.«

»Ich philosophiere im zweiten«, sagte Gottfried, der vom Körperbau das genaue Gegenteil von Alex war.

»Und ich im dritten«, ergänzte Franz. Er schien von den dreien der Höflichste zu sein, denn er lächelte Abraham flüchtig an: »Und was treibt Ihr?«

»Ich möchte Medizin studieren. Will mich so schnell wie möglich einschreiben.«

»Wie?« Alex fiel fast der Löffel aus der Hand. Auch die beiden anderen schauten verblüfft.

»Was dagegen?«, fragte Abraham heftiger, als er eigentlich wollte, aber er hatte die Reaktionen auf seinen Studiumwunsch allmählich satt.

»Nein, nein«, beeilte Gottfried sich zu versichern. »Es ist nur, weil du so alt bist. Ich glaube, so ein altes *Maultier* wie dich hat die gute Georgia Augusta noch nie gesehen.«

Abraham rang sich ein Lächeln ab. Ihm war eingefallen, dass Studenten, die sich noch nicht immatrikuliert hatten, *Maultiere* genannt wurden, ebenso wie jene im ersten Semester *Füchse* hießen oder jene, die im fünften standen, *bemooste Häupter*.

»Willst du ein Bier?« Gottfried schien an Abraham etwas gutmachen zu wollen, denn er erhob sich, nahm einen Krug von der Anrichte und goss ein Glas voll. »Ist gutes Hardenberger Bier, nicht so ein schandbarer Soff wie das Göttinger

Gebräu. Neulich hatten wir von dem Zeug. Es war ekelerregend.«

»Jeder Schluck ein *Vomitiv*«, sagte Alex.

»Pechös geht's dem, der davon trinken muss«, sagte Franz.

»So ist es«, sagte Gottfried. »Das Göttinger Gebräu macht impotent. Alex und Franz können's bestätigen.«

»Du Arsch«, sagte Alex.

»*Temetfutue*«, sagte Franz.

»Danke für den Hinweis«, sagte Abraham und erhob sein Glas.

Die drei taten es ihm nach, und gemeinsam tranken sie.

»Aaah, das tut gut.« Alex schnaufte. »Als ob einem ein Engel in den Hals pisst.«

»Amen!«, riefen die beiden anderen.

Abraham musste an sich halten, um nicht zu grinsen, denn zweifellos galt die Vorstellung ihm, dem Älteren, um ihm zu zeigen, welch schneidige *Burschen* sie waren.

Alex rülpste vernehmlich, nachdem er einen weiteren kräftigen Schluck getrunken hatte. »Von mir aus kann der Hauptfraß kommen. Keine blasse Ahnung, was die Witwe heute anschleppt.«

Darüber sollte er nicht lange im Unklaren gelassen werden, denn in diesem Augenblick betrat die Vermieterin den Raum, einen mächtigen Schmortopf in den Händen. Ihr folgte auf dem Fuße Alena, die eine große Schüssel mit dampfenden Kartoffeln trug.

»Stell die Schüssel nur auf den Tisch, Alena«, sagte die Witwe. »Hier bedient sich jeder selbst. Und bevor die jungen Herrn mir ein Loch in den Bauch fragen, sag ich's lieber gleich: Im Schmortopf ist ein gutes Stück Schweineschulter, dazu Gemüse und Kräuter, alles so fein, dass ich euch eigentlich nur sonntags damit *regaliren* sollt. Komm, Franz, spiel mal den Hausherrn und zerteil das Fleisch.«

»Jawohl, Mutter Vonnegut.« Franz sprang auf und gehorchte.

»Und du, Alex, guck nicht so scheel, es ist genug für jeden da, auch wenn Alena und Julius mitessen.«

»Jawohl, Mutter Vonnegut.«

»Gottfried, räum die Suppenteller ab und leg dafür die flachen Teller aus. Und vergiss das Besteck nicht.«

»Jawohl, Mutter Vonnegut.« Auch Gottfried tat ohne Widerrede sofort, was von ihm verlangt wurde. Es war ganz offenkundig so, dass die Witwe ein strenges Regiment führte.

Durch das Gewusel um ihn herum aufgeschreckt, wollte Abraham seinen Teil beisteuern. Er stand auf und sagte: »Ich würde mich auch gern nützlich machen, kann ich noch etwas tun, Frau Vonnegut?«

»Sag ruhig Mutter Vonnegut zu mir, das tun alle.« Die Witwe setzte sich, und Alena tat es ihr mit der größten Selbstverständlichkeit gleich. »Behalt nur Platz, Julius. Du hast das Glück, mit einer prächtigen Frau verheiratet zu sein, der vor der Arbeit nicht bang ist. Das ist mir gleich aufgefallen. Die eingebrannte Milch auf den Herdringen hat sie fixfax mit Zinnsand weggekriegt, und auch sonst ist sie sehr anstellig. Danke, Franz, nicht so viel Fleisch, nehmt lieber selber davon, ihr jungen Hüpfer. Ihr sollt ja noch wachsen. Ja, da guckst du, Julius, dass ich deine Frau so lobe, aber ich rede immer frei heraus, denn es muss von der Leber herunter. Alena ist kein *unebenes Ding,* wie wir in Frankfurt sagen, und deshalb kann sie hierbleiben. Und weil sie hierbleibt, bleibst du auch hier. Ihr bekommt die beiden Zimmer im oberen Stockwerk, die Miete beträgt wie üblich bei mir zehn Taler pro Semester, eigentlich zwanzig, weil ihr ja zu zweit seid, aber weil Alena mir in der Küche hilft, bleibt es bei zehn. Deinen Wagen kannst du gegenüber in der Brettergarage abstellen, und deine Puppen dürften oben in einem der beiden Zimmer genug Platz finden. Die Miete bis zum Monatsende gibst du mir anteilig, das Essensgeld auch, ansonsten könnt ihr sofort einziehen, Alena müsste sich nur aus dem Wäscheschrank bedienen, um die Betten zu beziehen. Leinwand und Leilachen sind frisch.«

»Ja, äh …?«, krächzte Abraham.

»Und ihr, ihr Burschen? Ihr seid doch einverstanden mit unseren neuen Mietern?«

»Natürlich, Mutter Vonnegut!«

»Das ist mir angenehm zu hören. Nanu, Julius, du sagst ja gar nichts? Hat's dir die Sprache verschlagen? Jetzt, wo du aller Sorgen *quitt* bist?«

»Äh, nein«, sagte Abraham. »Es kommt nur alles ein bisschen … vielen Dank, vielen Dank.«

Am späten Vormittag des anderen Tags kam Abraham beschwingten Schrittes zurück in das Vonnegutsche Haus. Er lief schnurstracks in die Küche, wo er Alena vermutete. »Alena?«

»Ja, Abraham?« Alena stand am Spülstein und säuberte Teller und Tassen vom Frühstück. Die Witwe war nicht da, sie hatte sich zurückgezogen.

»Liebste, vor dir steht ein frischgebackener Medizinstudent!«

»Heißt das, es hat mit der Immatrikulation geklappt?«

»Du hast es erraten!«

63

Alena gab einen undamenhaften Jauchzer von sich und
fiel Abraham in die Arme. »Ich freue mich, ich freue mich
so! Komm, erzähle mir alles.« Sie nahm Abraham bei der
Hand und dirigierte ihn zum Küchentisch. »Ich habe frischen Kaffee gemacht. Es ist sogar echter, kein Zichorien-
pulver, möchtest du eine Tasse?«

»Ja, gern.«

Alena goss das heiße schwarze Getränk aus einer hoch-
beinigen Zinnkanne ein. »Und nun erzähle.«

Abraham setzte sich und trank mit spitzen Lippen einen
Schluck. »Tja, wo soll ich anfangen? Es war nicht wenig
Papierkram, den es auszufüllen galt, bis ich meine fünf Ta-
ler für das kommende Semester bezahlen durfte. Ich kann
mich gar nicht erinnern, dass es damals, als ich zum ersten
Mal an der Georgia Augusta studierte, so kompliziert war.
Überhaupt schien mir damals alles viel einfacher zu sein.
Nun ja, jedenfalls habe ich meine Eintragung in der Matri-
kel, und das ist die Hauptsache.«

»Was hat denn der Prorektor zu deinem Alter gesagt?«

»Professor Lüder Kulenkamp, ein Philosoph, glänzte
durch Abwesenheit. Er ließ sich durch einen *Adlatus* namens Fockele vertreten, der wohl auch die Stelle des *Secré-
taires* einnimmt. Als ich dachte, ich sei mit allem durch, fing
er an, mir einen Vortrag darüber zu halten, was man von
einem Göttinger Studenten erwartet und wie er sich zu verhalten hat. Demnach soll ich mir die Teilnahme an jedem
Collegium vorher genau überlegen, ich soll nie mehr als
sechs *Collegia* in einem Semester hören, im ersten würden
vier schon reichen, ich soll im Sommer spätestens um fünf,
im Winter um sechs Uhr aufstehen, ich soll niemals bis spät
in die Nacht hinein arbeiten, denn die Mitternachtsstunde
mit ihrem erquickenden Schlaf gäbe dem Körper die meiste

Energie, und nur in einer gesunden Hülle wohne ein gesunder Geist, ich soll nie im Bett lesen wegen der Feuergefahr, die entstünde, wenn man über seinen Büchern einschläft und die Kerze nicht gelöscht hat, ich soll von morgens bis mittags durcharbeiten, nur ein Frühstück von einer halben Stunde Dauer sei erlaubt, ich soll nach dem Mittagessen einen Spaziergang auf dem Wall machen, jedoch nicht länger als bis zwei Uhr, weil dann die *Collegia* wieder begännen, ich soll bis sieben Uhr am Abend weiterarbeiten und dann das Abendbrot einnehmen, ich soll mich reinlich halten und manierlich kleiden, ich soll mich von Burschenschaften fernhalten, ich soll Duelle vermeiden, ich soll mich den Bürgern gegenüber respektvoll verhalten, ich soll jungen Mädchen auf der Straße nicht nachpfeifen, ich soll üblen Kneipen, in denen gespielt und gehurt wird, aus dem Weg gehen, ich soll, ich soll, ich soll … Ich habe mich gewundert, dass er mir nicht auch noch vorschrieb, wann ich meine Notdurft zu verrichten hätte. Der Kerl war wie ein Wasserfall, ich wollte ihn ein paarmal unterbrechen, wollte ihm sagen, dass ich verheiratet und bald fünfzig bin, aber er war nicht aufzuhalten. Er sprach mit mir wie mit einem Sechzehnjährigen, dabei ist er selber erst höchstens dreißig!« Abraham blickte empört. »Und diesem dreißigjährigen Jüngelchen musste ich alles auch noch an Eides statt versichern.«

»Ich glaube, der Student, der das alles einhält, muss erst noch geboren werden.« Alena goss Abraham noch etwas Kaffee nach.

»Da hast du recht, Liebste. Am besten, ich konzentriere mich von jetzt an nur auf das Lernen und vergesse den ganzen Sermon.«

»Sermon? Was für einen Sermon?« Unvermittelt betrat

die Witwe die Küche. Sie trug an diesem Morgen keinen Kopfaufsatz, damit ihre frisch ondulierten Löckchen gut zur Geltung kamen.

Abraham stand höflich auf. »Guten Morgen, Mutter Vonnegut.«

»Guten Morgen, Julius. Bleib nur sitzen. Ich sehe, du trinkst einen Kaffee. Ich glaub, ich hätt auch gern ein Tässchen, geht das wohl, Alena? Danke, du bist ein tätig Ding. Aber auch ich hab heut Morgen schon einiges erledigt. Hab im Keller unten gesessen und ausführlich an meinen Sohn in Frankfurt geschrieben, es gibt ja genug Neues, das der Tinte wert ist, nicht wahr?« Die Witwe kicherte und trank. »Ah, der erste Schluck ist immer der beste!«

»Du schreibst im Keller, Mutter Vonnegut?« Alena wunderte sich. »Ist es da nicht viel zu finster?«

»Sehr hell ist es nicht gerad, aber die Äpfel liegen da, und wenn einer eine matschige Stelle hat, dann leg ich ihn mir neben Tinte und Feder.«

»Du tust was?«

»Ich leg ihn mir neben Tinte und Feder. Über alles rümpfen die Leut heutzutage die Nase. Sie wissen nicht, dass faules Obst den Geist beflügelt. Schiller, der Verseschmied, soll immer davon in der Schublade haben.«

»Das wusste ich nicht«, sagte Abraham.

»Jeder hat seine eigene Nase.« Die Witwe trank einen weiteren Schluck Kaffee. »Was für einen Sermon meintest du vorhin, Julius?«

»Sermon? Ach so.« Abraham erzählte von Fockeles Vortrag, den er sich hatte anhören müssen.

»Das ist trirum trarum!« Die Witwe machte eine wegwerfende Handbewegung. »Ich halte dafür, dass die Göttinger *Burschen* das Herz auf dem rechten Fleck haben.

Man muss ihnen nicht alles vorkauen, damit sie's am End wiederkäuen. Und wer andrer Meinung ist, der soll's mir ins Gesicht sagen. Natürlich schlagen sie mal über die Stränge, aber das haben wir in unserer Jugend alle getan.«

Abraham gestattete sich ein Grinsen. »Wenn ich mich recht entsinne, war es bei mir auch so.«

Die Witwe lachte. »Ich seh, wir verstehen uns. Aber das wusste ich ja schon gestern. Hat wenigstens sonst alles geklappt?«

»Ja, ich bin in der Matrikel, mit Namen und Nummer, wie sich's gehört.«

»Fein.« Die Witwe erhob sich, ging mit schweren Schritten an den Küchenschrank und kam mit einer bauchigen braunen Flasche zurück. Sie stellte die Flasche ab und holte dazu drei Gläser.

»Was soll das werden, Mutter Vonnegut?«, fragte Alena.

»Ich spendiere ein Liqueurchen. Es ist zwar noch früh, aber der Anlass heiligt die Mittel.« Die Witwe schenkte drei Gläser voll und verteilte sie. »Prosit, auf dich und dein Studium, Julius! Und auch auf dich, Alena!«

»Prosit, Mutter Vonnegut.«

»Prosit, Mutter Vonnegut.«

»Nun ist alles gut, und die Nägel stecken fest.«

Von ...

Henrietta! Henrietta, wo steckst du nur? Mir ist schon wieder siedend heiß, und die Sinne wollen mir schwinden.«

»Ich bin hier, Mutter, ich komme.« Die junge Frau, deren Zimmer dreißig Schritt entfernt im anderen Flügel des Gutshauses lag, klappte ihr Buch zu und sprang auf. Es war nichts Neues, dass die Mutter nach ihr rief, denn das tat sie mehr als ein Dutzend Mal am Tag, und ebenso wenig neu war der Grund dafür: Die Baronin Auguste Catharina von Zarenthin litt an einem unerklärlichen Fieber, dessen wütende, immer wiederkehrende Hitze sie derart schwächte, dass sie an den Rollstuhl gefesselt war.

Bevor Henrietta ihr Mädchenzimmer verließ, machte sie rasch vor dem großen Spiegel halt, denn wie stets hatte sie es sich bei ihrer Lektüre bequem gemacht und sich der Länge nach aufs Bett geworfen – ihre Lieblingsposition, wenn sie in medizinischen Werken schmökerte. Ein prüfender Blick sagte ihr, dass der Reifrock aus grünem Atlas ein wenig schief saß und gerichtet werden musste, was aber mit ein, zwei Handgriffen zu erledigen war. Als schlimmer erwies sich, dass auch ihre *Hedgehog-Coiffure* nicht mehr perfekt saß. Henrietta zupfte an den zahlreichen Igellöckchen auf ihrem Kopf und an den breiten, ihre Ohren bedeckenden Lockenrollen und versuchte, ihren Haarschmuck wieder in Form zu bringen, aber die Spannung war heraus. Da jede Locke einzeln *papillotirt* werden musste, war der Schaden nicht zu reparieren. Jedenfalls nicht auf die Schnelle. Eine Rüge der Mutter, die trotz ihrer Krankheit auf tadelloses Aussehen Wert legte, war ihr sicher. Henrietta schnitt eine Grimasse und sprach ihr Spiegelbild an: »Reg dich nicht auf, Henrietta von Zarenthin! Der Mutter kannst du es sowieso nicht recht machen, und hübsch bist du obendrein nicht. Und, bei Gott, du wirst es auch nie werden!«

Doch das stimmte nicht. Zwar entsprach ihr Äußeres nicht dem landläufigen Schönheitsideal, aber sie hatte ein schmales, feines Gesicht, in dem die hohe Stirn, die grauen Augen und das energische Kinn die bestimmenden Merkmale waren. Sie hatte kräftiges lichtblondes Haar und eine reine, ebenmäßige Haut. Alles in allem war Henriettas Erscheinung eher apart als hübsch, eher herb als lieblich, was einen ihrer vorlauten Cousins irgendwann zu der Bemerkung verleitet hatte, sie habe das Gesicht eines Jungen und die Figur eines Bretts. Letzteres jedoch traf auf keinen Fall mehr zu, denn man schrieb mittlerweile das Jahr 1789, und Henrietta hatte vor wenigen Tagen, am einundzwanzigsten März, ihren siebzehnten Geburtstag gefeiert.

»Henrietta!«

»Ich komme ja schon!« Sie riss sich von ihrem Anblick los und eilte zu ihrer Mutter, die wie immer am Südfenster ihres Salons saß und einen japanischen Fächer in der Hand hielt. »Da bist du ja endlich.«

»Entschuldigt, Mutter, ich wollte Euch nicht warten lassen, ich war nur gerade so vertieft.«

»Wohl wieder in einen deiner medizinischen Wälzer? Kind, Kind, warum kannst du nicht etwas Gutes von Wieland oder Goethe lesen, wie es sich für eine junge Dame von Stand gehört? Immer nur diese blutrünstigen Werke, da wird einem ja schon beim Lesen ganz *plumerant*.«

»Mir nicht, Mutter, warum habt Ihr mich gerufen?«

»Weil es mir *misérable* geht. Und wenn ich mir deine Frisur anschaue, geht es mir gleich noch einmal so schlecht. Ich habe wieder mein Fieber. Bitte, unternimm etwas dagegen.«

Henrietta legte ihre Hand auf die Stirn der Mutter. »Die Temperatur scheint mir nur leicht erhöht.«

»Ich glühe!«

»Soll ich den Doktor holen lassen?«

»Nein, auf keinen Fall.«

Henrietta seufzte. So bedrohlich das Leiden der Mutter grundsätzlich war, so geringfügig schien es immer dann zu sein, wenn ärztlicher Rat hinzugezogen werden sollte. »Ich mache Euch Wadenwickel.«

»Nein, keine Wadenwickel.« Die Mutter fächelte sich heftig Luft zu.

»Gut, dann hole ich Euch eine kalte Limonade.«

»Danke, Kind, ich möchte nichts trinken.«

»Ich lege Euch kalte Wasserbeutel auf die Leisten.«

»Nur das nicht, bitte!«

Henrietta seufzte abermals. »Habt Ihr denn Kopfweh?«

»Nicht direkt, der Kopf ist mir nur heiß, als hätte jemand ein Herdfeuer darin entzündet.«

»Ich fürchte, ich kann Euch nicht helfen.« Henrietta nahm der Mutter den Fächer ab und wedelte für sie weiter. »Denn abführende Mittel wollt Ihr sicher nicht, und zur Ader lassen kann ich Euch nicht. Ich bin kein Arzt.«

Die Mutter antwortete nicht. Sie hatte die Augen geschlossen und schien die Kühle der Luft zu genießen.

Henrietta wedelte stärker. »Aber ich möchte einer werden.«

»Was möchtest du werden?« Die Mutter schien nicht zugehört zu haben.

»Arzt. Ich möchte Medizin studieren.«

»Kommst du mir schon wieder damit?«

»Ich meine es ernst, Mutter.«

»Frieda!« Die Mutter klingelte heftig mit einem Glöckchen. »Frieda!« Die Hausmagd erschien und knickste. »Frieda, da bist du ja endlich, ich lasse den Baron bitten, raschestmöglich zu mir zu kommen, beeil dich.«

Frieda knickste abermals und enteilte.

»Mutter, ich …«

»Kein Wort, bevor dein Vater da ist!«

Eine Weile verging, in der sich Mutter und Tochter anschwiegen, dann näherten sich Schritte. Georg Heinrich von Zarenthin, ein stattlicher Fünfziger mit fleischigem Gesicht und weißgepuderter Perücke, erschien. »Ah, meine beiden schönen Frauen!«, rief er leutselig. »Was ist so wichtig, dass es mich bei der Karteiführung meines Naturalienkabinetts unterbrechen darf?«

»Deine Tochter will Medizin studieren«, sagte die Mutter, und es klang, als wolle Henrietta mit dem Teufel Unzucht treiben.

Der Baron stutzte, riss die Augen auf und fing an zu lachen. »*Parbleu,* dann könnte Henrietta kostenlos die ganze Familie kurieren, dich zuallererst, meine Liebe, und das Vieh in den Ställen gleich mit. Hoho, das ist ein hübscher Scherz!«

»Das ist kein Scherz«, sagte die Mutter säuerlich. »Seit Wochen liegt sie mir damit in den Ohren. Ich dachte immer, diese Hirngespinste würden sich von allein auflösen, aber das Gegenteil scheint der Fall zu sein.«

»Es stimmt, Vater, es ist mein größter Wunsch, Medizin zu studieren.«

»Unsinn.« Auf der Stirn des Barons entstand eine Falte.

»Frieda, lass uns allein!« Als die Magd sich entfernt hatte, fuhr er fort: »Ich will dir sagen, was dein größter Wunsch ist: Dein größter Wunsch ist der, den alle jungen Mädchen haben – nämlich einen passablen jungen Mann zu heiraten, einen aus guter Familie, nach Möglichkeit mit hübschem *monetairem* Polster.«

»Es ist mir ernst, Vater.«

»Das mag sein, aber dein Platz ist hier. Im Übrigen braucht dich deine Mutter.«

»Vater, bitte!« Henrietta warf den Fächer achtlos auf die Fensterbank. »Du weißt selbst, dass Mutter mich nicht braucht. Was ich tue, kann jede Aufwärterin auch tun. Jede Magd, jeder Diener, jeder Knecht, jeder Stalljunge, sogar Madame Brossér, unsere *Coiffeuse,* obwohl die natürlich viel zu vornehm dafür ist. Es gehört kein großes Geschick dazu, Wadenwickel zu machen, Weidenrindentee zu kochen und kalte Getränke bereitzustellen.«

»Deine Mutter leidet an gefährlichem Fieber.«

»An welchem denn? Es gibt hunderterlei Arten von Fieber: kaltes Fieber, Entzündungsfieber, Gallenfieber, Fleckfieber, Faulfieber, Fieselfieber, Fünftagefieber, Drüsenfieber, Wechselfieber, Brustfieber, Kopffieber, Wundfieber … ein Arzt könnte die Aufzählung beliebig fortsetzen, aber seltsamerweise will Mutter keinen Arzt, sie will immer nur mich.«

»Wie redest du über deine Mutter? Versündige dich nicht.«

»Verzeih, aber ich bin verzweifelt. Ich möchte nur das, was Dorothea von Schlözer auch durfte.« Henrietta begann zu weinen, nicht ohne Absicht, denn sie wusste, wie weichherzig ihr Vater auf die Tränen seiner Tochter reagierte.

»Schlözer?« Der Baron überlegte. »Ist das nicht dieser Geschichtsprofessor?«

»Das ist er, Vater. Seine Tochter hat vor zwei Jahren an der Georgia Augusta promoviert, es war anlässlich des fünfzigjährigen Bestehens der Universität. Sie hat mit Auszeichnung bestanden, hat seitdem die Doktorwürde der philosophischen Fakultät. Stell dir vor, sie spricht nicht weniger als zehn Sprachen! Ihr Vater hat sie von klein auf unterrichtet. Professor Michaelis, der damalige Dekan, nahm die Prüfung vor, zusammen mit den Professoren Kaestner, Gatterer, Meister und Hollmann. Ist das nicht wundervoll! Dorothea ist die erste Frau Deutschlands mit Doktortitel!«

»Du sprichst, als würdest du sie kennen.«

»Ich kenne sie, und Therese Heyne, die Tochter von Professor Heyne, kenne ich auch.«

»Soso, und nun wollt ihr Weibervolk auf einmal alle studieren, aber das ist, wenn mich meine bescheidenen Kenntnisse nicht trügen, noch immer verboten.«

»Es ist ungerecht! Wer sagt denn, dass Männer klüger sind als Frauen?«

»Die Frau sei dem Manne untertan, so steht es schon in der Heiligen Schrift, und gegen die Heilige Schrift willst du ja wohl nichts sagen?«

Henrietta begann wieder zu weinen. Diesmal heftiger.

»Nun, nun.« Der Baron kam sich recht hilflos vor. »Keine Tränen bitte. Ich habe die Gesetze doch nicht gemacht. Wenn ich's ändern könnte, würde ich's tun – vielleicht.« Er ging auf Henrietta zu und nahm sie tröstend in die Arme, den vorwurfsvollen Blick seiner Frau dabei missachtend. »Komm, geh auf dein Zimmer und mach dich zurecht, siehst ja ganz verheult aus. In einer halben Stunde ist Tischzeit, dann ist alles wieder vergessen.«

Henrietta schniefte. »Ja, Vater, bestimmt hast du recht.«

Sie reckte das Kinn vor und ging mit festen Schritten aus dem Salon, hinüber in ihr Mädchenzimmer. Sorgfältig schloss sie die Tür und trat abermals vor den großen Spiegel. Eine Zeitlang betrachtete sie sich. »*Au revoir*, Henrietta von Zarenthin«, sagte sie. »Wir sehen uns nie wieder.«

Dann wandte sie sich dem großen Kleiderschrank zu. Sie öffnete ihn, schob ihre reichhaltige Garderobe beiseite und lauschte. Nein, niemand schien ihr gefolgt zu sein. Sie betätigte einen verborgenen Hebel und beobachtete, wie sich in der Hinterwand des Schranks eine zweite Tür öffnete. Weitere Garderobe wurde sichtbar. Keine kostbaren Kleider, keine raffinierten Röcke, keine Schuhe mit rotem Absatz, die dem Adel vorbehalten waren, sondern ausnahmslos einfache, praktische, haltbare Stücke. Langsam und mit einer gewissen Scheu begann sie die Stücke zusammenzupacken, denn es handelte sich um Kleidung, die ihr fremd war.

Und die keineswegs zu einer jungen Dame von Stand passte.

Julius Abraham saß im Puppenzimmer, das gleichzeitig sein Arbeitszimmer war, und kämpfte mit den Worten. Vor ihm lag seine Dissertation, die er vor über einem Jahr begonnen, aber noch immer nicht fertiggestellt hatte. Der deutsche Kurztitel lautete:

ÜBER DIE INNEREN VERÄNDERUNGEN
DES AUGES.

Der komplette lateinische Titel klang wesentlich eindrucksvoller:

DISSERTATIO
INAUGURALIS PHYSIOLOGICA.
DE OCULI MUTATIONIBUS INTERNIS.
QUAM CONSENTIENTE
ILLUSTRI MEDICORUM ORDINE
PRO SUMMIS IN ARTE SALUTARI HONORIBUS
RITE IMPETRANDIS

Nach Erlangung des Doktorgrades würde Abraham noch seinen Namen dazusetzen, natürlich latinisiert, sowie das Datum, an dem er sein Werk öffentlich verteidigt hatte. Er seufzte. *Die Inneren Veränderungen des Auges* waren ein weites Feld, aber sie waren auch ein bevorzugtes Gebiet von Professor August Gottlieb Richter, und jener wiederum war sein Doktorvater. Abraham hatte die Arbeit in Paragrafen untergliedert, was probat war und keine Schwierigkeit darstellte; schwieriger war für ihn, dass sämtliche Abhandlungen in Latein, der Sprache der Wissenschaft, zu erfolgen hatten. Zwar konnte er gut Latein lesen und auch verstehen, aber das Schreiben war doch eine ganz andere Sache. So hatte er es sich zur Angewohnheit gemacht, seine Gedanken zunächst in Deutsch abzufassen und anschließend ins Lateinische zu übertragen. Heute wollte er, im Vorfeld seiner Ausführungen über die Hypothesen zu den inneren Veränderungen des Auges, Allgemeines über die Lichtbrechung sagen. Er kaute auf dem Federkiel, schaute in sein *Libell,* in welchem er Richters Worte während der Vorlesung präzise festgehalten hatte, und schrieb dann etwas umständlich:

§ 21
Wir sehen einen Gegenstand deutlich, wenn alle seine Teile nicht allzu klein sind, sich in Größe, Form und

Farbe unterscheiden und sich alles gut eingegrenzt erkennen lässt. Der Erste, soviel ich weiß, der wahrhaft die Art des Sehens erklärte, war der hochbedeutende KEPLER, der die Tatsache der Strahlung in der Augenflüssigkeit durch die Lichtbrechung, durch die das Bild in der Netzhaut abgebildet wird, geometrisch nachwies …

Er runzelte die Stirn, griff zu seinem Latein-Wörterbuch und übersetzte mit dessen Hilfe:

§ 21
Distincte obiectum videmus si omnes eius parte, nisi nimis parvae sint, quod magnitudinem formam et colorem distinguere …

Er hielt inne, betrachtete sein Werk, war nicht sicher, ob alles stimmte, und schrieb deutsch weiter:

… dadurch jedoch entsteht diese bildliche Wahrnehmung des Sehens, und es ist uns verborgen, was vielleicht nach EUKLID und PTOLEMAEUS, die das System des Ausflusses aus dem Auge durchdachten, die wahre und letztliche Ursache des Sehens war …

In seine Gedanken hinein ging die Tür. Alena, die der Witwe in der Küche beim Kartoffelschälen geholfen hatte, erschien. Sie trug eine Schürze, an der sie sich die Hände abtrocknete, ehe sie an Abraham herantrat. »Na, Liebster, wie fließt heute das Latein aus der Feder?« Sie küsste ihn auf den Nacken.

»*Molestissimus, molestissimus,* Liebste.« Er grinste etwas verlegen.

»So mühselig?« Alena setzte sich neben ihn. »Vielleicht kann ich dir helfen.« Gemeinsam gingen sie die Texte durch, und Alena wies auf die eine oder andere Stelle hin, wo sie einen Fehler vermutete oder die Formulierung zu verbessern sei.

»Ich wünschte, die Arbeit wäre endlich fertig«, sagte Abraham, »ich weiß genau, welche Punkte ich noch abhandeln will, es kostet alles nur so viel Zeit.«

Alena nickte. »Und seitdem du im letzten Jahr ein Semester ausgesetzt hast, musst du in diesem Jahr noch eins dranhängen.«

»Du weißt, warum. Wir waren so klamm im Beutel, dass ich über Monate Göttingens Umgebung abklappern musste, damit wir finanziell wieder auf die Beine kamen. Am Schluss kannte jeder Dörfler meine Puppen und meine Vorstellungen, von Bovende bis Rosdorf, von Wibbecke bis Gleichen.«

»Während ich Mutter Vonnegut weiter zur Hand ging und darauf hoffte, in der Nachbarschaft möge jemand das Zeitliche segnen, damit ich den Hinterbliebenen meine Dienste als Klagefrau anbieten konnte.« Alena legte den Kopf an Abrahams Schulter. »Eigentlich versündigt man sich ja, wenn man darauf hofft, dass jemand stirbt, aber ich war genauso verzweifelt wie du.«

Er drückte sie an sich. »Du und ich, wir halten zusammen, nicht wahr?«

»Das tun wir.«

»Nun lass mich weitermachen, ohne Dissertation werde ich nie ein Doktor werden.« Abraham wollte die Feder wieder ins Fass tauchen, aber Alena hielt ihn davon ab. »Du, Abraham?«

»Was ist?« An ihrem Ton merkte er, dass sie etwas Wichtiges auf dem Herzen hatte.

»Abraham, Mutter Vonnegut hat mich vorhin etwas gefragt, es war mir unangenehm, obwohl sie auf ihre Art ganz lieb und nett fragte, aber sie wollte wissen, ob sie das Zimmergeld fürs Sommersemester von dir pünktlich bekommen würde. Sie hätte eine Reihe von Auslagen und wäre auf das Geld angewiesen.«

»Hat sie nicht immer ihr Geld bekommen?« Abraham klang empörter, als es angebracht war.

»Doch, aber letztes Mal hast du die Stubenmiete erst zwei Monate später bezahlt – weil wir schon wieder so knausern mussten.«

Abraham presste die Lippen aufeinander. Was Alena sagte, stimmte. »Und daran hat sich leider nicht viel geändert. Das Geld schmilzt hier in Göttingen dahin wie Butter an der Sonne. Allein, was ein Klafter gutes Buchenholz im Winter kostet, kann einen schon an den Bettelstab bringen. Dazu die Dinge des täglichen Bedarfs, von Tinte, Federn, Schreibpapier und Wachslichtern gar nicht zu reden. Vierundzwanzig Groschen wollen die Krämer neuerdings schon für ein Pfund Lichter haben! Alles das reißt große Löcher in die Barschaft.«

»Wirst du ihr das Geld pünktlich geben?«

»Das werde ich. Gleich nachher, wenn ich zum Abendessen runterkomme.«

»Abraham?«

»Ja, Liebste, was ist denn noch?« Abraham war in Gedanken schon wieder bei seiner Dissertation.

»Wird unser Geld bis Semesterende reichen?«

Abraham schwieg.

»Wird unser Geld bis Semesterende reichen?«

»Um ehrlich zu sein, nein. Ich habe nicht so viel Glück wie meine jungen Herren Kommilitonen, die jedes Vierteljahr einen Wechsel von zu Hause erhalten, aber darüber haben wir ja schon häufig gesprochen.«

»Das haben wir.« Alenas Augen blickten düster. »Was soll dann werden?«

Der Schiffer rief dazwischen: »Da mach dir man keine Sorgen, mien Deern!« Er saß in einer Ecke des Raums, neben sich den Söldner und Friedrich den Großen. Etwas entfernt saßen die Magd, der Schultheiß und das Burgfräulein. Der Landmann schnarchte.

Friedrich nieste krachend. »Was ich beniese, wird gut! Notfalls führe ich auch hier die Kaffeesteuer ein!«

»Die gibt es schon, Majestät!«, wandte der Schultheiß ein.

»Dann besteuere ich eben die Luft, jeder, der atmet, muss blechen.«

»Halten zu Gnaden, Majestät, aber dann müsstet Ihr selbst auch Steuern zahlen.«

»*Absurdité!* Niemals! Lieber besteuere ich Fürze.«

»Aber auch Ihr, Majestät, müsst ab und zu …«

»*Kanaille*, Rathausratte, Amtsaffe! Ich muss gar nichts. Ich habe in Preußen Kaffee-Riecher losgeschickt, um den Schwarzröster vom braven Mann zu *distinguiren*, ich werde hier *Flatus*-Experten ausschwärmen lassen, um festzustellen, aus welchem Haushalt *Odeur* quillt.«

Der Schiffer begann dröhnend zu singen: »Winde weh'n, Schiffe geh'n …«

»Ich kann zaubern, Fritz!«, brüllte der Söldner. »Ich kann machen, dass Luft riecht! Soll ich?«

»*Impertinent!*«, empörte sich das Burgfräulein.

»*Silentium*, alte Dörrpflaume!«, krächzte Friedrich. »Ich werde reich, stinkreich, und allen Mammon gebe ich Abraham! *Pecunia non olet,* wie mein alter Kollege Augustus schon zu sagen pflegte.«

Alenas Augen lächelten traurig. »Du bist und bleibst unverbesserlich, Abraham. Ich weiß wirklich nicht, woher du deinen Optimismus nimmst.«

Abraham lächelte. »Denk an deine Zweifel vor drei Jahren, als wir auf der Burg Plesse waren. Du glaubtest nicht daran, dass wir jemals heiraten könnten, und ich sagte zu dir: ›Irgendwie schaffen wir es schon. Wir müssen nur daran glauben‹, und was passierte? Pausback und Listig erschienen auf der Bildfläche, wir bekamen neue Papiere und konnten heiraten.«

»Ja, es war wie ein kleines Wunder, aber Wunder wiederholen sich nicht. Ich gehe jetzt wieder hinunter zu Mutter Vonnegut und sage ihr, dass sie ihr Geld rechtzeitig bekommt.«

»Tu das, Liebste.« Abraham wandte sich wieder seiner Dissertation zu und übersetzte weiter:

Quare autem facta hac effigie visus perceptio oriatur, aeque obscurum nobis est, quam forte EUKLIDI aut PTOLOMAEO, einanationis ex oculo systema amplectentibus, vera et ultima caussa fuerit ...

Hansi war ein fröhlicher Geselle. Er lebte tief unten in der Erde und sang trotzdem den ganzen Tag. Hansi war ein Kanarienvogel, der dem Hauer Pentzlin gehörte. Pentzlins Arbeitsplatz war die Grube im Harzer Städtchen Bad Grund, wo er das Erz mit Schlägel und Meißel brach; sein Kollege Burck war Schlepper und bewegte den Wagen mit dem Fördergut; der Dritte im Bunde hieß Gottwald und war ebenfalls Hauer.

Hansi tschilpte und tirilierte an diesem Morgen, dass es

eine Lust war. Die drei Männer schätzten ihn sehr, nicht nur, weil er so schön sang, sondern auch – und das war weitaus wichtiger –, weil er ein Melder war. Einer von vielen, die vor dem gefährlichen, geruchlosen Grubengas warnten. Wenn die Vögel verstummten und starben, so wusste jeder Bergmann, war das ein sicheres Zeichen für das Vorhandensein von Gas.

Natürlich musste Hansi in seinem Käfig manchmal auch trinken oder ein paar Körner aufpicken, was ebenfalls eine Unterbrechung seines Gesangs zur Folge hatte, aber die Männer wussten das und waren nicht weiter beunruhigt. Nur wenn das Tirilieren längere Zeit aussetzte, bestand Anlass, dem nachzugehen.

So war es auch jetzt.

»Ich will mal nach Hansi gucken«, sagte Burck, der Schlepper. Er war zwar sehr stark, aber auch recht ungeschickt, weshalb er im Umdrehen die Grubenlampe umriss. Die Lampe fiel, die Flamme kam an die Luft, und augenblicklich entstand ein schlagendes Wetter. Die Explosion war so stark, dass sie den gesamten Grubenausbau zerstörte. Unter ohrenbetäubendem Getöse fielen große Gesteinsmassen herab und begruben die drei Männer unter sich. Dann, übergangslos, herrschte gespenstische Stille. Kein Lebenszeichen war mehr zu hören.

Flessner, der Steiger, war einer der Ersten, die am Unglücksort eintrafen. Unter größter Vorsicht entzündete er mehr Licht. Was er sah, gab wenig Raum für Hoffnung: Steine, Trümmer und kaputtes Werkzeug, nichts als tote Materie bot sich seinen Blicken dar. Er formte die Hände zu einem Trichter und rief die Namen der Vermissten, immer wieder, doch er bekam keine Antwort. Andere Helfer trafen ein, riefen ebenfalls, hämmerten auf die Felsen ein, lauschten angestrengt, suchten nach Spuren, nach Hinweisen, aber auch sie hatten keinen Erfolg.

Es schien, als habe Hansi, der fröhliche Melder, sein Leben umsonst gegeben.

Einen Tag später, man schrieb Sonntag, den neunzehnten April, befand sich Abraham mit seinen Puppen auf dem Ziegenmarkt nahe dem Albaner Tor und gab eine Vorstellung. Er hatte den Ort mit Bedacht gewählt, denn am siebten Tag der Woche, nach Kirchgang und einem üppigen Mittagsmahl, pflegten die Göttinger gern einen Verdauungsspaziergang zu machen, welcher sie vorzugsweise auf den Wall führte – und damit auch zum Albaner Tor.

Natürlich wusste er, dass es gewisse Regeln gab, die er als *Studiosus* einhalten musste, aber nachdem seine Darbietungen in Göttingens Umgebung schon sattsam bekannt waren, hatte er keine andere Möglichkeit gesehen, als direkt in der Stadt zu spielen. Und vielleicht war das auch gut so. Immerhin liefen am Sonntag nicht nur viele Bürger über den Wall, sondern auch viele junge Kerle, die schmachtende Blicke nach deren Töchtern warfen. Die Kerle zu unterhalten, würde nicht weiter schwer sein. Man musste nur kurze und freche Texte anbieten, und vor allem: witzige.

»Ahoi, ihr Landratten«, rief der Schiffer, der wie die anderen Puppen auf dem Karren saß, »könnt ihr mich hören?«

Das konnten die Leute gut, allerdings fragten sie sich, wer dem Schiffer seine Stimme lieh, denn auf dem Karren war kein Bauchredner zu entdecken. Genau das hatte Abraham beabsichtigt. Er stand mitten unter den Zuhörern und tat so, als wäre er selbst einer.

»Wenn ihr mich hören könnt, ihr Landratten, dann will ich euch mal 'n büschen Seemannsgarn vertellen: Ich war neulich im Anatomischen Theater, das liegt drei Strich backbord vom Botanischen Garten, wie ihr vielleicht wisst, da hat mir der Professor den Bauch aufgeschlitzt und einen Schwamm drin vergessen!«

»*Mon Dieu!*«, rief das Burgfräulein. »Einen Schwamm?«

»Genau.«

»Und? Hast du seitdem große Schmerzen?«

»Nö, aber immer großen Durst!«

Die Puppen lachten.

Auch die Zuschauer lachten. Und mit ihnen Abraham. Er hatte ursprünglich erwogen, den Leiter des Anatomischen Theaters, Professor Wrisberg, namentlich zu erwähnen, um den Witz authentischer zu machen, es dann aber lieber gelassen. Wenn herauskam, dass er es war, der hinter dieser Darbietung stand, war die Sache auch so schon brisant genug.

»*Impertinent!*«, empörte sich das Burgfräulein. »So spricht man nicht in Anwesenheit einer Dame.«

»*Silentium,* alte …«

»Aber, aber, Majestät!«, unterbrach der Schultheiß.

»*Silentium,* alte Vettel!«, brüllte Friedrich noch lauter. »Man wird die Dinge wohl noch beim Namen nennen dürfen. Da wirst auch du mich nicht dran hindern, Schultheiß! Ich zum Beispiel hab seit Tagen keinen Stuhl, also ließ ich heute Morgen Selle, meinen Leibarzt, kommen, und weißt du, was der mir geraten hat?«

»Nein«, sagte der Schultheiß. »Was denn?«

»Setzt Euch erst mal, Majestät!«

In das aufflackernde Lachen der Zuschauer, denn nicht jeder hatte den Witz gleich verstanden, rief der Söldner:

»Das ist ja noch gar nichts! Ich war heute Morgen auch beim Arzt. Ich sage zu ihm: ›Herr Doktor, helft mir, ich bekomme seit Tagen meine Vorhaut nicht zurück!‹ Da sagt er: ›Aber, aber, so was verleiht man ja auch nicht!‹«

Geteilte Heiterkeit. Die meisten der jungen Männer wieherten, Ältere schmunzelten, und einige junge Zuhörerinnen erröteten. Was sie aber nicht davon abhielt, zu bleiben.

Der Landmann, der zwischenzeitlich wach geworden war, wollte ebenfalls seinen Teil beisteuern und sagte: »Ich war auch beim Arzt, ich hatte es im Kreuz, dachte, ich müsste sterben vor Schmerzen. Da sagt der Arzt zu mir: ›Ich verschreibe dir Moorbäder.‹ Ich sage: ›Wieso Moorbäder?‹ Darauf er: ›Damit du dich schon mal an die feuchte Erde gewöhnst.‹«

Brüllendes Gelächter, besonders bei den Männern.

»Ich weiß auch noch einen Witz«, sagte die Magd. »Kennt jemand die am weitesten verbreitete Augenkrankheit? Es ist die Liebe auf den ersten Blick.«

Ein Mann Anfang zwanzig, der sich bisher zurückgehalten hatte, rief höhnend: »Na und, soll das ein Witz sein? Das ist ja ein Witz von einem Witz!«

Einige der Zuhörer belohnten sein Wortspiel mit einem Lachen.

»Kein Mensch kann so etwas lustig finden!« Der Aufzug des Zwischenrufers wies ihn als Pommeraner aus, denn er trug einen dunkelblauen Rock, eine hüftlange weiße Weste sowie eine ebenso farbene Kniebundhose. Komplettiert wurde seine Staffage durch einen goldpaspelierten Dreispitz.

»Muss es denn immer gleich eine Zote sein?«, fragte die Magd schüchtern ins Publikum.

Daraufhin antworteten gleich mehrere Zuhörer. Manche

riefen: »Ja!«, andere, und dazu gehörten die älteren Menschen, riefen: »Nein!«

Ein alter Mann mit Holzbein nieste krachend und blinzelte heftig. Dann wischte er sich die Augen. Ob seine Tränen von einer Erkältung herrührten oder vom Lachen, blieb offen.

Abraham, der noch immer inmitten der Leute stand, ließ seine Puppen weiter sprechen: »Ich habe neulich zwei Witze gehört«, sagte der Schultheiß, »sie sind allerdings nicht besonders deftig und werden dem jungen Herrn in dem dunkelblauen Rock vielleicht nicht gefallen: Ein Patient kommt zum Arzt und sagt: ›Ich glaube, ich habe ein Gerstenkorn!‹ Darauf der Arzt: ›Sehr schön, behaltet es im Auge.‹ So weit der eine Witz, der andere geht so: Der Professor kommt noch spät in der Nacht zu einem Patienten, um ihn zu untersuchen. Der Patient stöhnt: ›Das rechne ich Euch hoch an!‹ Darauf der Professor: ›Ich Euch auch.‹«

»Haha, ich lache später!«, höhnte der Pommeraner. »Das wird ja immer schlimmer! Bin gespannt, wer nachher mit dem Hut herumgeht und für solch dünne Kost auch noch Geld einsammeln will. Ich jedenfalls werde nichts geben.«

Einige im Publikum – Abraham registrierte es mit Schrecken – murmelten beifällig. Er wusste nicht, wie er sich verhalten sollte. War es richtig, dem vorlauten Rufer das Maul zu stopfen, vielleicht durch den Schiffer, der immer für eine unflätige Bemerkung gut war? Abraham entschied sich dagegen.

Er versuchte es mit einem neuen Witz und ließ den Söldner rufen: »Der alte Doktor Eisenbarth war neulich auf dem Göttinger Friedhof! Er wollte die Patienten besuchen, die er zu Tode kuriert hatte. Und wie er so an den Gräbern vorbeigeht, hört er plötzlich Stimmen aus der Tiefe. Und wisst ihr, Leute, was die Stimmen sagten? ›Herr Doktor‹, sagten sie, ›habt Ihr etwas gegen Würmer?‹«

»Den kannte ich schon!«, höhnte der Pommeraner und erstickte auf diese Weise jegliches Lachen im Keim. »Und alle anderen kannte ich auch schon. Das hier ist eine erbärmliche Vorstellung! Die ist keinen Pfennig wert!« Er genoss es sichtlich, im Mittelpunkt der Aufmerksamkeit zu stehen, und schien zu jener Spezies Mensch zu gehören, die Freude am mutwilligen Zerstören haben, egal, ob es sich um Gegenstände, Gefühle oder Darbietungen wie diese handelte.

Abraham biss sich auf die Lippe. Er wäre dem Halunken am liebsten an die Gurgel gefahren, aber damit hätte er sich zu erkennen gegeben, und auch sein Plan, den Obolus am Ende durch einen kleinen Jungen einsammeln zu lassen, wäre nicht aufgegangen. Also ließ er es.

Aber auch so ging sein Plan nicht auf. Die Leute begannen sich zu zerstreuen und strebten wieder dem Wall zu. Der Pommeraner gesellte sich zu ihnen, lachend, schwatzend und sich ganz offensichtlich mit seiner Tat brüstend. Der kleine Junge war ebenfalls verschwunden.

Abraham stand allein da. Wut und Verzweiflung stiegen in ihm hoch. Es war das eingetreten, was niemals eintreten durfte: Ein einziger Zwischenrufer hatte ihm den Auftritt verdorben. Schwerwiegender noch: Der Kerl hatte ihn um seinen Lohn gebracht. Abraham ging zu seinen Puppen und begann, sie für den Heimtransport herzurichten. »Mach dir nichts draus«, sagte der Schiffer, »nächstes Mal klappt's bestimmt, dann ruf ich den Leuten wieder zu: ›Öffnet eure Herzen, öffnet eure Beutel, aber öffnet nicht eure Hosen!‹«

»Vielleicht«, murmelte Abraham.

»Nach jedem Sturm kommt wieder Schönwetter, mien

Jung! So wahr Neptun der Herr aller Meere, Flüsse, Bäche und Pissrinnen ist.«

»*En avant,* wir haben nur eine Schlacht verloren, nicht den Krieg!«, rief Friedrich.

»Auf Licht folgt Schatten, auf Schatten Licht«, sagte der Schultheiß bedächtig.

»Mag sein, mag sein.« Abraham löste die Keile von den Rädern und schickte sich an, den Karren zurück zur Güldenstraße zu ziehen.

»Seid Ihr derjenige, der den Puppen die Stimme verleiht?« Abraham fuhr herum. Vor ihm stand ein Jüngling, fast noch ein Knabe, im *Habit* der Göttinger *Burschen.* Er trug ein Kamelott aus festem, leicht glänzendem Zeug, wie es für das Garn der Angoraziege typisch ist, dazu ein weißes Hemd mit bauschigem Jabot. Auf dem Kopf trug er nichts, seine dunkelbraunen Haare waren in der Form des gerade modern werdenden Tituskopfs geschnitten.

Im ersten Impuls wollte Abraham verneinen, aber ein Leugnen war natürlich sinnlos. »Ja«, sagte er deshalb und betrachtete den Jüngling genauer. Er sah in ein klares Gesicht mit hoher Stirn und lebhaften, freundlichen Augen. »Ja«, sagte Abraham abermals und fügte bitter hinzu: »Ich wollte etwas Geld verdienen, aber das ist, wie du sicher gemerkt hast, gründlich misslungen.«

Der Jüngling lächelte scheu. »Mir hat es insgesamt recht gut gefallen. Darf wenigstens ich meinen Beitrag leisten?« Er grub in seinen Taschen nach Münzen.

»Nein.«

»Aber warum denn nicht? Ich denke, das war der Zweck Eures Auftritts?«

Abraham hätte nicht genau zu erklären vermocht, warum ihm das Geld des Jünglings nicht willkommen war, viel-

leicht, weil er es in diesem Augenblick als Almosen empfunden hätte, vielleicht auch nicht, in jedem Fall antwortete
er: »Behalte dein Geld. Die Vorstellung war nicht besonders gelungen. Ich habe schon bessere gegeben. Witze zu
erzählen ist nicht gerade meine Stärke.«

»Ein paarmal musste ich wirklich lachen.«

Abraham runzelte die Stirn. »Du bist sehr höflich, das ist
ungewöhnlich für einen jungen *Fuchs* wie dich. Du bist
doch ein *Fuchs?*«

»Ja, mein Name ist Heinrich von Zettritz.«

»Und ich bin …« Abraham zögerte, aber früher oder
später würde der Jüngling ihn ohnehin an der Universität
sehen, und deshalb war es Unsinn, aus seiner Identität ein
Geheimnis zu machen. »Ich bin Julius Abraham, *Studiosus*
der Medizin und *Philistrant.*« Und da er das immer wiederkehrende Echo auf die Diskrepanz zwischen seinem Alter
und seinem Status mehr als leid war, fügte er rasch hinzu:
»Ich weiß, dass ich nicht mehr der Jüngste bin. Aber ich
will unbedingt Mediziner werden.«

»Genau das will ich auch!« Heinrich strahlte. »Ich finde,
um Mediziner zu werden, ist man nie zu jung oder zu alt.«

»Donnerwetter!«, entfuhr es Abraham. »Das hat, glaube
ich, außer dir noch niemand erkannt. Trotzdem ist es richtig.«

»Darf ich Euch zu einem Bier einladen?«

»Nein danke, aber du kannst ruhig Julius zu mir sagen,
schließlich sind wir von derselben Fakultät.«

»Schade.« Heinrich blickte so enttäuscht, dass er einem
fast leidtun konnte.

Abraham legte sich die Ledergurte um, wurde aber vom
Schiffer aufgehalten: »Abraham, du Spießer, was steuerst
du für einen Kurs? Leg das Ruder rum und sag: ›Aye, Sir!‹«

89

»Genau!«, brüllte der Söldner. »Früher hast du dich nicht so geziert, wenn dich einer zum Saufen einlud.«

»Brauchst du etwa eine Extra-*Invitation?*«, ereiferte sich Friedrich.

Heinrich lachte. »Ich schlage vor, du hörst auf deine Puppen, Julius, sie scheinen ein Teil von dir zu sein.«

Abraham hielt inne, das zweite Mal hatte Heinrich ihn überrascht. »Das sind sie in der Tat, jede auf ihre Weise.«

»Vielleicht hast du Lust, mir mehr über sie zu erzählen? Ich schlage vor, wir gehen zum *Schnaps-Conradi.*«

»Zum *Schnaps-Conradi?*«

»Ich weiß, die Kneipe hat keinen besonders guten Leumund, aber ich wohne im Büttnerschen Haus in der Prinzenstraße zwei, das ist ganz in der Nähe. Die Straße wurde übrigens benannt nach den drei englischen Prinzen, die im selben Haus logieren, und die gehen da auch hin, so sagte man mir. Ein gewisser Professor Lichtenberg begleitet sie häufig, denn sie stehen unter seiner Obhut.«

Abraham grinste schief. »Wenn sogar die Söhne Georgs III. dort verkehren und der Professor Lichtenberg dazu, kann ich natürlich nicht ablehnen.«

»Fein, dann gehen wir also?«

»Ja, aber ich habe nicht allzu viel Zeit.«

»Und was wird aus uns?«, empörte sich das Burgfräulein. »Willst du uns hier in der Gosse stehenlassen?«

»*Silentium,* alte Dörrpflaume!«, schimpfte Friedrich. »Abraham wird uns in der Güldenstraße absetzen, das liegt fast auf dem Weg.«

»Genau das werde ich, liebes Burgfräulein.« Abraham dachte an Alena, die seit zwei Tagen von der Witwe zum Frühjahrsputz eingeteilt war und ohnehin für ihn keine Zeit haben würde, und legte sich ins Geschirr.

»Soll ich dir helfen?«, fragte Heinrich.

»Nein, nein, es geht schon.« Abraham musterte Heinrich aus dem Augenwinkel und fand, dass der junge *Bursche* fast noch graziler gewachsen war als Alena. »Ich habe meine Puppen schon über ganz andere Strecken gezogen. Aber das ist einige Zeit her.«

»Erzählst du mir davon?«

»Nur wenn du nicht damit hausieren gehst. Der Prorektor und die *Deputation* brauchen nichts davon zu wissen.«

»Ich schwöre es!«

»Das ist nicht nötig. Dein Wort genügt mir.«

Sie gingen eine Zeitlang nebeneinander her, schweigend und ihren Gedanken nachhängend. »Weißt du, was?«, platzte Heinrich irgendwann heraus.

»Nein, weiß ich nicht«, antwortete Abraham.

»Ich bin froh, dass wir uns kennengelernt haben.«

Am selben Tag stand Flessner tief unten in der Grube von Bad Grund und hustete. Das tat er häufig, denn er hatte Staub in der Lunge. Außerdem fühlte er sich schlapp wie ein ausgewrungenes Tuch, denn er und seine Helfer waren seit dem gestrigen Unfall ohne Pause im Einsatz. Die einzige Unterbrechung war am Morgen der sonntägliche Gottesdienst gewesen, in dem der Pfarrer den Herrgott angefleht hatte, er möge Gnade walten und Pentzlin, Burck und Gottwald noch am Leben sein lassen.

»Ich glaube, wir haben jeden Stein zehnmal umgedreht«, sagte Flessner resignierend und blickte in die staubgeschwärzten Gesichter seiner Kumpel. »Jetzt können wir nur noch beten.«

»Das haben wir heute Morgen schon getan«, brummte einer der Männer. »Ich muss mal pinkeln.« Er ging einige Schritte ins Dunkle, um sein Vorhaben zu erledigen. Als er sich erleichtert hatte, wollte er zurück zu den anderen, aber er stolperte im Dämmerlicht über einige Felsbrocken und landete unsanft im Geröll.

Fluchend wollte er sich wieder erheben, doch er glaubte einen seltsamen Laut gehört zu haben. Der Laut hatte geklungen, als würde jemandem gewaltsam die Luft aus dem Brustkorb gepresst. Sollte das …? War das vielleicht …? Hektisch begann er, mit bloßen Händen das Gestein beiseitezuräumen. »Flessner! Komm mal her, ich glaube, ich hab was!«

Minuten später hatten sie einen der Vermissten befreit. Es handelte sich um Burck. »He, Burck, kannst du uns hören?«, brüllte Flessner heiser.

Burck antwortete nicht. Zwar lebte er, denn er atmete und hatte die Augen geöffnet, aber er sagte nichts. Sein Blick ging ins Leere, er erkannte seine Retter nicht.

»Flößt ihm Wasser ein«, befahl Flessner und sah mit Befriedigung, dass Burck wenigstens trank, wenn auch mechanisch wie ein Automat. »Gebt ihm nicht zu viel. Und dann schafft mehr Licht herbei, wir suchen weiter. Wo Burck war, müssen auch die anderen sein.«

Gesagt, getan. Nach einer halben Stunde waren auch Pentzlin und Gottwald geborgen.

Die Kumpel gaben ihnen Wasser, und auch sie tranken, schienen sich aber dessen gleichermaßen nicht bewusst zu sein. Flessner hustete. »Da hat man die drei nun gerettet, und keiner sagt was. Liegen da wie die Mumien. Na, egal, Hauptsache, sie leben. Fahrt sie mit dem Wagen zum Schacht, und dann hinauf mit ihnen ans Tageslicht. Doktor

Tietz soll sie untersuchen. Vielleicht kriegt der ein Wort aus ihnen raus.«

Die Männer brummten Zustimmung und gehorchten.

»Liebste, es ist wie verhext, ich kann keinen klaren Gedanken fassen.« Abraham saß in seinem Arbeitszimmer und brütete über seiner Dissertation. »Die Ereignisse heute Nachmittag, als ich beim Albaner Tor die Vorstellung gab, wollen mir nicht aus dem Kopf.«

»Das verstehe ich«, sagte Alena mitfühlend. Sie kannte bereits die ganze Geschichte, sagte aber trotzdem: »Wenn du willst, reden wir noch einmal darüber.«

»Nein, nein. Es hilft ja doch nichts.« Abraham kaute wie so oft auf dem Federkiel. »Weißt du, es ist ja nicht so schlimm, dass mir dieser Pommeraner die Vorstellung verdorben hat, viel schlimmer ist, dass er es vermutlich wieder tun wird. Und das würde bedeuten: Ich kann hier in Göttingen kein Geld für uns verdienen.«

»Was ist das nur für ein Mensch, dieser Pommeraner?« Alena saß neben einem Kerzenleuchter und stopfte Strümpfe. Sie konnte es nicht besonders gut und hatte sich vorgenommen, die Witwe bei nächster Gelegenheit zu bitten, es ihr zu zeigen.

»Ich kenne ihn nicht, aber als Pommeraner gehört er einer Landsmannschaft an, ist also Student. Wahrscheinlich ein *bemoostes Haupt,* das von einer anderen Universität nach Göttingen gekommen ist, um hier das Sommersemester zu belegen.«

»Hoffentlich studiert er nicht Medizin.«

»Das habe ich auch schon gedacht. Ich möchte dem Kerl nicht unbedingt über den Weg laufen. Allerdings ist dieser

Heinrich, von dem ich dir erzählt habe, sehr nett. Geld scheint er auch zu haben, denn er war recht freigebig beim *Schnaps-Conradi*.«

Alena kam eine Idee. »Wenn er reiche Eltern hat, kann er dir vielleicht etwas leihen? Ich meine, nur so viel, dass es bis zum Semesterende reicht. Danach bist du ja Arzt und kannst es ihm leicht zurückzahlen.«

»Das kommt nicht in Frage. So gut kenne ich ihn nun auch wieder nicht.«

Alena überlegte angestrengt. »Und was ist mit der jährlichen Preisfrage?«

»Du meinst den Wettbewerb, den Georg III. ins Leben gerufen hat? Der findet auch in diesem Semester wieder statt.«

»Dann nimm doch daran teil, letztes Jahr hat es dieser Heinrich Friedrich – wie heißt er noch gleich? – doch auch geschafft.«

»Der Mann heißt Heinrich Friedrich Link und kommt aus Hildesheim. Er schrieb eine Abhandlung mit dem Titel *Über die Erzeugung des Blasensteins.* Er schrieb sie sehr gut und sehr ausführlich, und ich könnte dir noch sehr viel mehr über sie erzählen, aber es würde uns nichts nützen.«

»Warum nicht?« Alena legte die Strümpfe beiseite.

»So eine Arbeit braucht Zeit, und was nützen uns die schönen Taler, wenn beim Schreiben das gesamte Semester draufgeht? Nichts. Ganz davon abgesehen, müsste ich den Wettbewerb erst einmal gewinnen, und das ist, weiß Gott, nicht leicht.«

»Wir haben also gar keine Chance?«

»Es sieht so aus.« Abrahams Stimme klang düster.

Alena schüttelte den Kopf und stand energisch auf. »Nein, Abraham, es gibt eine Chance.«

»Diesmal nicht.«

»Doch.« Sie trat hinter ihn und kraulte sanft seine eisgrauen Haare.

»Doch? Wie meinst du das?«

»Es gibt immer irgendeinen Weg, man muss nur daran glauben. Das hast du gestern selbst gesagt.«

»Ach, Liebste, ach, Liebste.«

Der Montagmorgen war ein grauer Tag, der ziemlich genau zu Abrahams Stimmung passte. Beim Frühstück in der Güldenstraße hatte die Witwe aus dem Fenster geschaut und gesagt: »Meiner Treu, in der Nacht sind *Schloßen* und *Ackerleinen* vom Himmel gefallen, überall Pfützen, überall Matsch, wem macht das schon Ergötzlichkeit!« Als sie keine Antwort bekam, hatte sie hinzugefügt: »Und so mag's weitergehen bis *Mamertus, Pankratius* und *Servatius.*«

»Liebste, ich werde heute mit Professor Richter sprechen«, hatte Abraham beim Abschied gesagt und sie geküsst. Und Alena hatte nur geantwortet: »Denk an unseren Satz.«

Nun lenkte Abraham seine Schritte über den großen Universitätshof, ließ rechter Hand die Professorenhäuser liegen und steuerte auf das Collegiengebäude zu. Er erklomm die Stufen bis zur hohen Tür und trat ein. Es war die erste Vorlesung des neuen Semesters, die er besuchen wollte, weshalb er noch kein Billett besaß, das ihn berechtigte, einen Platz in Richters Saal zu besetzen. Im Wintersemester hatte er Platz Nummer 15 gehabt, es war ein guter Platz gewesen. Abraham blickte sich um. Weit und breit war keine Hilfskraft zu sehen, bei der er das Billett hätte kaufen können. Er blickte zur Uhr. Donner und Doria! Die

Vorlesungen hatten schon begonnen. Deshalb war alles so grabesstill.

Unschlüssig trat er von einem Bein aufs andere, dann schlich er auf leisen Sohlen zu Richters Saal, öffnete behutsam die Tür und trat ein. Drinnen herrschte gespannte Aufmerksamkeit. Vorn an einer großen Tafel stand Richter und dozierte mit klarer Stimme. Es ging an diesem Morgen um die Schmerzen, besonders um die durch Wunden verursachten, ein Thema, das Abraham schon geläufig war, aber dennoch einer Auffrischung bedurfte. Richter, ein gutaussehender Mittvierziger, mit wachen, schnellen Augen, markanter Nase und männlichem Mund, hatte den Kopf in den Nacken gelegt und sprach, seiner Angewohnheit entsprechend, gegen die Decke: »... drittens sind die Ursachen der Schmerzen alle fremden Dinge, die in den Wunden hängen und sie irritieren, insonderheit, wenn Nerven nahe dabei liegen, viertens, wenn scharfe Sachen sich in den Wunden befinden, zum Exempel, wenn Vitriol oder andere scharfe corrosivische Medikamente zum Blutstillen gebraucht wurden, fünftens ...«

Abraham ließ seinen Blick über die Studenten schweifen, die gebeugt in ihren Bänken hockten und eifrig mitschrieben. Es mochten um die zwanzig sein, eine Zahl, die weit über dem Durchschnitt lag, denn Richter war beliebt. Er drückte sich einfach und verständlich aus und hatte seine Themen häufig gedruckt vorliegen, so dass jemand, der nicht alles mitbekommen hatte, das Fehlende noch einmal schwarz auf weiß nachlesen konnte. Ein Professor wie Richter, der mehr *Applausum* als ein anderer hatte, nahm über die Billetts auch mehr Kolleggelder ein. Ein Umstand, der nicht selten zu Zank und Streit unter den gelehrten Herren führte.

Abrahams Blick verharrte, denn er war bei seinem alten Platz angekommen, und dieser Platz war leer. Doch daneben saß jemand, der ihm lebhaft Zeichen machte. Es war Heinrich! Und er winkte ihn heran.

Abraham winkte vorsichtig zurück, dann beobachtete er wieder Richter, und während dieser konzentriert weitersprach, »... dreizehntens, wenn wegen Vollblütigkeit des Verwundeten das Blut in der Wunde stockt, große Geschwülste und Entzündungen verursacht, sonderlich bei Schusswunden, die oft nicht viel bluten ...«, eilte er, sich klein und unauffällig machend, zu seinem angestammten Platz.

»Fein, dass du da bist«, wisperte Heinrich. »Ich hatte schon geglaubt, du kämst nicht mehr.«

Abraham legte Heft und Schreibzeug auf das schmale Pult der Bank und flüsterte zurück: »Wie kommt es, dass wir zusammensitzen?«

»Ganz einfach, ich habe zwei Billetts gekauft, meins« – Heinrich zeigte ein kleines Papier, auf dem *No. 16* stand – »und deins gleich mit. Hier, nimm.«

Abraham nahm sein Billett widerstrebend an. »Ich gebe dir das Geld nachher zurück.«

»Es eilt nicht, ich ...« Heinrich unterbrach sich, denn Richter hatte den Blick von der Decke gewandt und schaute zu ihnen herüber.

»... wenn der Schmerz von einer großen Entzündung herkommt, und zwar von einer Wunde, bei der nicht viel Blut verlorengegangen und der Verletzte blutreich ist, so dass man dadurch Wundfieber und Wundbrand zu befürchten hat, kann man den Patienten zur Ader lassen, was bei allen großen Entzündungen fast das beste und vornehmste Mittel ist ...«

Richter legte den Kopf wieder in den Nacken, um fortzufahren, und Heinrich wollte weitersprechen, aber Abraham hob den Finger an die Lippen. Er wollte der Vorlesung folgen, denn dazu war er schließlich gekommen.

Eine Stunde später kam Richter zum Ende seiner Ausführungen. Freundlich, wie er war, wies er auf einen Stoß Papiere und sagte: »Meine Herren, das eben Vorgetragene findet Ihr in seinen wichtigsten Zügen hier noch einmal wiedergegeben. Wer also nicht alles mitschreiben konnte, mag sich dieser Hilfe bedienen.«

Die Studenten klopften anerkennend auf die Pulte und standen auf. Abraham erhob sich ebenfalls und kramte in seinen Taschen, um Heinrich die verauslagte Münze zurückzuzahlen, obwohl dieser nochmals betonte, es eile damit nicht.

»Doch, doch, nimm nur. Ich hasse es, Schulden zu haben.«

Heinrich lächelte. »Gestern beim *Schnaps-Conradi* fand ich es sehr nett, das müssen wir unbedingt bald wiederholen.«

Abraham dachte daran, dass beim zweiten Treffen er derjenige sein musste, der den anderen freihielt, und sagte: »Ich werde mich sicher für deine Einladung revanchieren, nur heute habe ich wenig Zeit.«

»Schade.«

»Das Studium besteht nicht nur aus Biertrinken, sondern vor allem aus angestrengtem Lernen. Daran solltest du dich von vornherein gewöhnen.«

Heinrich nickte und blickte betreten drein, wodurch er Abraham fast schon wieder leidtat.

Abraham schielte zu Richter, der wie nach jeder Vorlesung von einer Traube aus Studenten umgeben war, haupt sächlich von solchen, die sich lieb Kind machen wollten, indem sie überflüssige Fragen stellten, sich anbiederten oder Schmeicheleien absonderten. »Ich muss mit dem Professor etwas Wichtiges besprechen. Vielen Dank noch mal, dass du das Billett für mich gekauft hast.«

»Sehen wir uns morgen bei der Vorlesung?«

Abraham zögerte. »Ich habe viel Arbeit mit meiner Dissertation.«

»Ich verstehe.« Ein Anflug von Enttäuschung breitete sich auf Heinrichs Gesicht aus.

Abraham sah, dass Richters Bewunderer ihn für einen Moment freigegeben hatten, klopfte Heinrich ermunternd auf die Schulter und eilte zu seinem Doktorvater.

»Was gibt es, Abraham?« Richter schien bester Laune.

»Kann ich Euch unter vier Augen sprechen?«

»Nanu, ist es so ernst?«

»Ich fürchte, ja.«

»Gut, gehen wir auf den Hof, da können wir uns ein wenig die Beine vertreten.«

Als sie draußen waren, sagte Abraham: »Verzeiht, Herr Professor, dass ich mit der Tür ins Haus fallen muss, aber mir ist kein gescheiter Auftakt für dieses Gespräch eingefallen.«

»Ihr macht es spannend, Abraham. Schießt los.« Richters kluge Augen zeigten Abraham, dass er dessen volle Aufmerksamkeit hatte.

»Herr Professor, ich fürchte, ich werde mein Studium nicht zu Ende führen können.«

Richter blieb stehen und faltete in gewohnter Manier die Hände hinter dem Rücken. »Sagt nur nicht, es läge wieder am leidigen Geld.«

»Doch, genau daran liegt es.«

99

Richter schürzte die Lippen. »Wenn ich mich recht entsinne, habt Ihr aus diesem Grund schon einmal das Studium unterbrochen?«

»Das stimmt.«

»Danach habt Ihr es – zu meiner Freude, wie ich betonen möchte – wieder aufgenommen. Gibt es denn niemanden, der Euch unter die Arme greifen kann? Kein Verwandter, kein Freund, kein Gönner? Es wäre ein Jammer, wenn Ihr die Flinte ins Korn werfen würdet, Ihr seid einer der besten Studenten, die ich jemals hatte.«

»Vielen Dank, Herr Professor, aber leider habe ich keinen, der mich unterstützt.«

»Ich könnte ein Wort beim akademischen Armenfiskus einlegen.«

»Das möchte ich auf keinen Fall.«

»Das habe ich mir gedacht. Ihr seid ein gestandener Mann, älter als ich, und habt Euren Stolz.« Richter legte Abraham die Hand auf den Arm. »Deshalb weiß ich auch, dass Ihr zu stolz wärt, ein Stipendium anzunehmen, aber dazu würde ich Euch schon überreden, und wenn ich Euch dafür prügeln müsste.« Er hielt inne und senkte seine Stimme. »Wenn da nicht etwas anderes wäre: Es gibt Personen, glaubhafte Personen, die Euch als Puppenspieler in irgendwelchen Dörfern haben auftreten sehen, eine Tätigkeit, die sich für einen Göttinger Studenten selbstverständlich nicht ziemt. Planck, der Prorektor im vergangenen Semester, zitierte mich deshalb zu sich, was Ihr selbstverständlich nicht wisst, denn es gelang mir, die Geschichte unter den Teppich zu kehren, so dass sie weiter keine Kreise zog. Professor Runde, der Planck am Anfang dieses Jahres ablöste, war ebenfalls dabei, das heißt, auch er weiß Bescheid über Eure Stippvisiten im Göttinger Umland. Unmöglich deshalb, dass er ein Stipendium für Euch befürwortet. Mensch, Abraham, Ihr macht es mir schwer!«

»Es tut mir leid, Herr Professor.«

»Ich will Euch nicht verlieren, versteht Ihr?«

Abraham zuckte hilflos mit den Schultern.

»Macht mir bloß keine Faxen und geht mit irgendwelchen Puppen wieder auf Tour!«

»Das verspreche ich.« Abraham dachte an den fehlgeschlagenen Auftritt vom Vortag.

Richter beruhigte sich etwas. »Jedenfalls hört Ihr nicht so Knall und Fall mit Eurem Studium auf. Ihr kommt morgen früh wieder in meine Vorlesung.«

»Jawohl, Herr Professor.«

»Und nicht wieder zu spät, wenn ich bitten darf.«

Doktor Jakob August Tietz, ein noch junger Arzt, der vor wenigen Jahren promoviert worden war, schätzte sich glücklich, eine Anstellung als betreuender Mediziner für die Bergleute der Grube in Bad Grund gefunden zu haben. Er war von kleinem Wuchs, hatte schon einen erheblichen Bauch, kurzsichtige Augen und schüttere Haare, weshalb er stets Perücke trug. Er liebte Literatur und Musik, spielte die Geige mehr schlecht als recht und war den Freuden der Tafel nicht abhold.

Ein besonders guter Arzt war er nicht. Doch für die Untersuchungen, die es an den Kumpeln vorzunehmen galt, reichte es. Er behandelte ihre Quetschungen, ihre Abschürfungen, ihre Einblutungen. Er machte ihnen Kompressen und Verbände, schiente gebrochene Arme, renkte Schultergelenke ein oder setzte sein Hörrohr auf Brust und Rücken, um das Geräusch in den Lungen seiner Anbefohlenen zu kontrollieren. Gegen das Pfeifen und Rasseln verschrieb er ihnen schleimlösenden Lungentee, den er eigenhändig aus Eibisch, Huflattich und Zinnkraut zusammenstellte. Er wusste, dass dieses *Infusum* allenfalls half, die Beschwerden zu lindern – mehr nicht.

Während der Zeit, die er in seinem Ordinationsraum verbrachte, las er gern ein gutes Werk, sofern der Krankheitszustand seiner Patienten es erlaubte.

Heute war Montag, und auch heute hätte er sich gern in Goethes *Leiden des jungen Werther* vertieft, aber es war kein normaler Montag, sondern ein ganz und gar ungewöhnlicher, denn am gestrigen Sonntag hatte Flessner, der Steiger, ihm drei Männer bringen lassen, die nicht mehr am Leben zu sein schienen. Zwar konnten sie sehen, zwar konnten sie atmen, zwar konnten sie trinken und essen, aber sonst waren sie tot.

Tietz hatte seine ganze Kunst aufgeboten, um sie zum Sprechen zu bringen, schon deshalb, damit sie Auskunft darüber geben konnten, ob und wo sie Schmerzen hatten, aber der Erfolg war ihm versagt geblieben. Er hatte sie angesprochen, angerufen, angeschrien, er hatte sie zu erschrecken versucht, hatte sie geschüttelt, hatte ihnen Magnete an den Kopf gehalten und mancherlei mehr, doch alles war vergebens gewesen.

Schließlich hatte er das getan, was ihm am meisten wider die Natur ging: Er hatte einen Arzt aus Bad Grund hinzugezogen, aber auch dieser war – wie er mit einer Mischung aus Bedauern und Erleichterung registrierte – nicht in der Lage, das Mysterium zu lösen.

Nachdem der Arzt unverrichteter Dinge gegangen war, hatte Tietz, eigentlich nur der guten Ordnung halber, noch mal mittels einer Lampe ihren gesamten Körper abgeleuchtet und dabei festgestellt, dass ihre Pupillen sich bei Lichteinfall verkleinerten und bei Fortnahme des Lichts wieder vergrößerten. Allerdings wanderten sie nicht, egal, in welche Richtung er Gegenstände vor ihnen bewegte. Doch immerhin eine weitere Reaktion! Und damit vielleicht ein Fünkchen Hoffnung?

Mit diesen Gedanken war Tietz gestern Abend zu Bett gegangen, nachdem er dafür gesorgt hatte, dass die Verunglückten eine leichte Mahlzeit und einen stärkenden Tee erhalten hatten. Er hatte die Hoffnung gehegt, die Säfte der Natur würden nächtens wieder in Einklang kommen, zur *Eukrasie* zurückfinden und die Männer zum Bewusstsein erwecken.

Nun stand er enttäuscht an ihren Betten. Nichts hatte sich geändert. Er beugte sich über die Kranken und blickte ihnen direkt in die Augen. Nein, sie erkannten ihn nicht. Sie erkannten überhaupt nichts. Er hätte eine Fliege an der Decke sein können, eine Spinne, eine Schnake, ein Gecko, es wäre für sie kein Unterschied gewesen. Es half nichts. Das Problem – sein Problem! – war nach wie vor da. Tietz schielte nach Goethes Werk, das auf seinem Schreibtisch lag und darauf wartete, weitergelesen zu werden.

Wieso war das Ganze eigentlich sein Problem? Er war doch nur ein kleiner Grubenarzt, ein Knochenflicker, ein Wundenversorger und keinesfalls ein hochgelehrter Professor?

Und dann hatte Tietz eine Erleuchtung. Es war ganz einfach: Er würde sein Problem auf die Schultern eines anderen abwälzen, und dazu bedurfte es nur eines Briefes. Er setzte sich hin, spitzte die Feder und beschrieb mit wohlgesetzten Worten sein Anliegen.

Als er fertig war, fühlte er sich wesentlich besser. Er

streute Sand auf seine Zeilen, versiegelte das Schreiben und ließ nach Flessner rufen.

Wenig später waren die Kranken fort, und Tietz saß an seinem Schreibtisch. »Mein lieber junger Werther«, murmelte er, »jetzt habe ich wieder Zeit für dich.«

Von dannen ...

Am Dienstagmorgen erschien Abraham zeitig auf dem Universitätsgelände, denn er wollte auf keinen Fall wieder unpünktlich sein.

Wie immer unterschied er sich in seinem Äußeren von den anderen Studenten, denn er war nicht nur über dreißig Jahre älter als sie, er weigerte sich auch konsequent, die Kleidung der *Burschen* zu tragen – weder das Kamelott im Sommer noch den holländischen Flaus im Winter noch die Uniform irgendeiner Landsmannschaft. Er trug vielmehr seinen schwarzen Gehrock aus Nankinett, auf den er seit Jahren schwor, nicht zuletzt, weil das Tuch aus der chinesischen Stadt Nanking besonders fest und haltbar war. Der Rock wies mehrere große Taschen auf, außen wie innen, in denen sich nicht nur vielerlei Zauber-Utensilien für seine Vorstellungen unterbringen ließen, sondern auch alles an Heften, Notizen und Stiften, was er für die Vorlesungen bei Professor Richter brauchte. Bevor er das Collegiengebäude betrat, überprüfte er noch einmal seine Ausrüstung auf Vollständigkeit. Ja, nichts fehlte, er war vorbereitet.

Ein Gefühl der Beruhigung durchströmte ihn, auch wenn es heute wohl das letzte Mal war, dass er zu Richter ging. Plötzlich erklang hinter ihm eine Stimme: »Guten Morgen, Julius!«

Abraham fuhr herum und erkannte den strahlenden Heinrich.

»Ein schöner Tag zum Studieren, findest du nicht auch?«

Das fand Abraham nun nicht gerade, aber er wollte Heinrich nicht die Laune verderben und sagte deshalb: »Wie man's nimmt. Manch einer kann bei Sonnenschein besser lernen, manch einer bei Regen. Der Mensch ist verschieden.«

Heinrich wirkte weiterhin munter. »Ich fand den Tag gestern sehr aufregend, alles war noch so neu für mich! Aber beim Unterrichtsstoff hatte ich keinerlei Schwierigkeiten. Ich denke, ich werde gut mithalten können.«

Abraham betrachtete Heinrich, der an diesem Morgen ein sandfarbenes Kamelott trug, und stellte fest, dass die Jacke sehr gut zu seinem braunen Haar passte. Überhaupt wirkte Heinrich sehr gepflegt, was nicht zuletzt daran liegen mochte, dass ihm noch kein einziges Barthaar wuchs. »Es wird nicht immer so einfach sein wie gestern, Heinrich.«

»Das weiß ich, aber ich fürchte mich nicht. Ich habe schon mehrere medizinische Werke gelesen, deshalb kenne ich mich auf manchen Gebieten schon gut aus.«

»Dann kann dir ja nichts passieren.« Abraham amüsierte sich im Stillen.

Er fragte sich, ob Heinrich auch so unbeschwert daherplaudern würde, nachdem er bei Professor Wrisberg unter anderem Splanchnologie, Angiologie, Neurologie, Osteologie, Syndesmologie und Myologie gehört hatte, bei Kaestner vielleicht Mineralogie und Theorie der Erde, bei anderen sphärische Trigonometrie, Stereometrie oder angewandte Arithmetrik. Aber es machte natürlich keinen Sinn, dem jungen *Fuchs* Angst einzujagen. Er würde noch früh genug merken, dass seine Kommilitonen nicht umsonst vom Pauken oder Ochsen sprachen, wenn sie sich in kurzer Zeit tausenderlei an Informationen und Begriffen, an Zahlen und Zusammenhängen einprägen mussten.

»Komm, Heinrich, lass uns hineingehen.«

»Ja, Julius.« Wie selbstverständlich hakte Heinrich sich bei Abraham unter und schritt mit ihm ins Gebäude.

Wie sich zeigte, ersparte sich Professor Richter die Mühe, den Stoff vom Vortag zu repetieren, denn nach einer knappen Begrüßung sprach er sofort ein neues Thema an. Zu diesem Zweck hatte er eine große Schautafel mit über zwanzig chirurgischen Instrumenten aufhängen lassen und erklärte in kurzen Sätzen deren Namen und Bedeutung: »Als da sind A / B: kleine und große Lanzetten zum Aderlassen sowie zum Öffnen von Abszessen und Ähnlichem, C: eine gute gerade Schere, um allerlei zu schneiden, D: eine starke krumme Schere, um Fisteln und anderes zu öffnen, E: ein Zänglein, gemeinhin Korn-Zänglein genannt, um Splitter herauszupräparieren. Dieses Korn-Zänglein kann von Stahl sein, aber sauberer bleibt es, wenn es von Silber ist, F: ein Schermesser, G: ein Incisionsmesser, H: ein krummes Incisionsmesser ...«

Danach wandte Richter sich den Brüchen zu und gab einen kurzen Abriss über das große Gebiet der Frakturen, wobei er es nicht versäumte, auf seine zweibändige *Abhandlung von den Brüchen* zu verweisen, dann folgten die Verrenkungen, dann die Geschwülste und Geschwüre. Natürlich streifte er die Gebiete nur, um einen Eindruck über die Inhalte dieses ersten *Collegiums* zu geben, dennoch schwirrte den neuen Studenten alsbald der Kopf.

Was gestern noch in beschaulichem Tempo referiert worden war – als allgemeiner Auftakt über die Schmerzen –, wurde heute straff und ohne Pause vorgetragen. Abraham, der das alles schon kannte, erging es nicht so, aber er war ja nicht wegen der Vorlesung gekommen, sondern weil Richter ihn dazu ausdrücklich aufgefordert hatte.

Während Heinrich wie gebannt den Ausführungen des Ordinarius lauschte, hatte Abraham Muße, seinen Blick schweifen zu lassen. Ja, ein Großteil der Studenten war neu. Wie stets am Anfang eines Semesters kannte er ihre Namen und ihre Gesichter nicht, doch halt! Abraham sträubten sich unwillkürlich die Nackenhaare. Da vorn saß jemand, der neu war und den er trotzdem kannte: Es war der ältere *Bursche* in der Kluft der Pommeraner. Woher kam der Kerl auf einmal? Jetzt sah er auch noch herüber! Abraham wollte den Kopf zur Seite drehen, aber er wusste, dass dies sinnlos war. Früher oder später würde der Pommeraner ihn ohnehin erkennen.

Und genauso war es, denn Sekunden später zog sich bei ihm ein breites Grinsen von Ohr zu Ohr, gefolgt von einem fragenden Ausdruck im Gesicht. Jetzt wunderst du Halunke dich, wieso ein alter Puppenspieler dazu kommt, Medizin zu studieren, dachte Abraham grimmig. Wie ich dich einschätze, wird es dir ein Vergnügen sein, mich wegen meiner Darbietung am Albaner Tor anzuschwärzen, aber es wird dir nichts nützen, da dies ohnehin mein letzter Tag an der Georgia Augusta ist.

»... und danke ich euch, meine Herren, für eure Aufmerksamkeit. Für Fragen und Anregungen stehe ich euch noch gern zur Verfügung.«

Richter hatte seine Ausführungen beendet und ließ von einem Assistenten des Pedells die Schautafel abhängen. Wie nicht anders zu erwarten, drängten sich sofort wieder viele *Burschen* um ihn, belegten ihn mit Beschlag und quetschten ihn aus. Die meisten von ihnen waren *Füchse*. Heinrich dagegen blieb sitzen, klappte sein Heft zusammen und sagte:

»Wie sieht's aus, Julius, gehen wir noch auf ein Glas zum *Schnaps-Conradi*?«

»Glaubst du denn, so viel Zeit zu haben? Ich meine, willst du das Gehörte nicht nacharbeiten?«

Heinrich schlug die Augen nieder. »Es könnte ja ein sehr kleines Glas sein?«

Abraham legte Heinrich den Arm kameradschaftlich um die Schultern und sagte: »Ein andermal bestimmt. Glaube nicht, ich hätte vergessen, dass ich dir noch einen schuldig bin. Aber heute kann ich nicht. Ich habe eine Verabredung mit Professor Richter.«

»Worum geht es denn?«

»Du bist recht neugierig, wie?«

Heinrich schlug abermals die Augen nieder. Abraham sah, dass er lange, seidige Wimpern hatte. »Verzeihung, Julius.«

»Lass dir von einem alten *Philistranten* einen Rat geben: Versuche vom ersten Tag an, alles zu verstehen und alles zu behalten. In den nächsten Wochen und Monaten wird die Basis für dein gesamtes medizinisches Wissen gelegt, das darfst du nie vergessen. Wenn du jetzt das Studium unterschätzt, wirst du es bitter bereuen, im Zweifelsfall musst du sogar ein oder zwei Semester wiederholen. Umso später bist du dann fertig.«

»Du müsstest doch eigentlich auch schon mit dem Studium fertig sein?«

»Donner und Doria, von wem weißt du das denn?«

Heinrich spitzte die Lippen. »Ach, ich hab's heute Morgen auf dem Hof gehört. Stimmt es denn?«

»Ja, es stimmt. Aber nicht, weil ich zu wenig gepaukt hätte, es hatte andere Gründe.«

»Welche denn?«

Abraham wurde es allmählich zu viel. Er nahm den Arm von Heinrichs Schultern und sagte: »Dafür, dass ich dein Vater sein könnte, bist du etwas respektlos.«

»Du bist aber nicht mein Vater.« Heinrich schaute unschuldsvoll. »Warum hast du ein Semester ausgesetzt?«

»Darüber möchte ich nicht sprechen. Es war, äh, wegen meiner Dissertation. Teilweise jedenfalls. Es ist eine sehr aufwendige Arbeit, ich brauchte einfach zusätzlich Zeit für meine Recherchen.«

»Erzähl mir davon.«

Abraham blickte zu Richter, der noch immer von Fragern umlagert war, und sagte: »Die Arbeit handelt von den inneren Veränderungen des Auges, sie heißt *De Oculi Mutationibus Internis*.«

»Wundervoll! Ich habe am Schwarzen Brett gelesen, dass der Professor in den nächsten Tagen über das innere Auge referieren will, allerdings nicht hier, sondern zu Hause in seinen Privaträumen. Meinst du, wir sollten hingehen?«

»Für dich kommt der Stoff noch zu früh.«

»Wirst du denn hingehen?«

»Nun, vielleicht.« Abraham fand, dass Heinrich wirklich recht hartnäckig war, allerdings stellte er seine Fragen in einer Art, die es einem schwermachte, ihm das zu verübeln. »Ich sehe gerade, dass der Professor sich der Schmeißfliegen hat entledigen können. Ich werde jetzt zu ihm gehen.« Abraham steckte seine Sachen in die Rocktaschen. »Und du wirst nach Hause gehen – pauken.«

»Ja, Julius.«

Wenig später schritten Abraham und Richter Seite an Seite über den großen Hof. »Mein lieber Abraham«, begann der Ordinarius, wie üblich die Hände hinter dem Rücken gefaltet, »ich habe mir seit unserem gestrigen Gespräch ziemlich den Kopf über Euch zerbrochen, und ich muss gestehen, in Eurer Haut möchte ich nicht stecken. Darf ich ganz offen sein?«

»Selbstverständlich, Herr Professor.«

»Nun, Abraham, ich verrate Euch nichts Neues, wenn ich betone, dass Ihr tatsächlich ein herausragender Student seid, aber leider seid Ihr nicht nur das. An Euch hängt, frei herausgesagt, gleich dreierlei Makel: Ihr seid arm, Ihr seid alt, und Ihr seid anders – jedenfalls im Vergleich zu Euren Kommilitonen. Die letzten beiden Punkte wären nicht weiter schlimm, wenn Ihr einen Adelstitel besäßet, doch leider ist dem nicht so.«

»Es tut mir leid, dass ich kein Sohn von Georg III. bin.«

Richter stutzte. »Nun, ich kann Euren Sarkasmus verstehen, aber versteht bitte auch die Georgia Augusta. Je mehr ihrer Studenten von hoher Herkunft sind, desto höher ist auch ihre Wertschätzung. Und je höher ihre Wertschätzung ist, desto mehr Studenten wollen sie besuchen. Das wiederum sehen Rat und Bürgermeister gern, denn die halbe Stadt lebt von den *Burschen*.«

»Ich kann nichts dafür, dass ich arm bin.«

»Was ich auch nicht behauptet habe. Ich will nur deutlich machen, dass alles nicht so einfach ist.«

»Gewiss.« Abraham blieb stehen und deutete eine Verbeugung an. »Entschuldigt meine Bitterkeit, aber es ist schwer, zu akzeptieren, dass sich alles im Leben nur ums Geld dreht.«

»Aber es ist so, Abraham.«

»In jedem Fall danke ich Euch, dass Ihr Euch höheren Orts für mich verwendet habt. Das war mehr, als ich erwarten durfte. Wenn ich mein Studium schon nicht beenden kann, werde ich wenigstens versuchen, meine Dissertation fertigzuschreiben. Ihr kennt sie ja, weil wir das Thema gemeinsam festgelegt haben. Mit Eurer Erlaubnis werde ich sie Euch widmen.«

»Das werdet Ihr?«

»Jawohl, Herr Professor, ich danke Euch nochmals, und ich … ich …« Abraham kämpfte mit den Gefühlen, die ihn zu überwältigen drohten. »Ich wünsche Euch einen guten Tag.« Er machte abrupt kehrt, wurde aber von Richter zurückgehalten.

»Nicht so schnell, nicht so schnell, ich war noch nicht fertig.«

Abraham blieb stehen.

»Es gibt für Euch vielleicht eine Möglichkeit, durch eigene Arbeit den Rest Eures Studiums zu finanzieren.« Richter senkte die Stimme. »Und zwar ohne bauchrednerische Qualitäten, wenn Ihr versteht, was ich meine. Kennt Ihr Doktor Stromeyer?«

»Doktor Stromeyer, den Arzt vom Akademischen Hospital? Ich bin ihm ein paarmal über den Weg gelaufen.«

»Stromeyer selbst strotzt vor Gesundheit, aber er hat eine kränkelnde Mutter. Die Gute liegt seit ein paar Tagen auf den Tod. Stromeyer weicht nicht von ihrer Seite, er will sie bis zum Schluss begleiten. Ich als Hospitaldirektor habe ihn für diese Zeit selbstverständlich von seinen Obliegenheiten befreit. Natürlich könnte ich seine Aufgaben übernehmen, aber wie Ihr wisst, bin ich ein ziemlich beschäftigter Mann. Neben den *Collegia* und der *Chirurgischen Bibliothek,* die regelmäßig herausgegeben sein wollen, schreibe ich, wann immer mir Zeit dafür bleibt, an meinem Werk über die *Anfangsgründe der Wundarzneykunst.* Mit einem Wort: Ich brauche jemanden, der mir Stromeyer ohne große Bürokratie ersetzt.«

Abraham hatte mit wachsendem Staunen zugehört. »Und Ihr meint, ich könnte …?«

»Das meine ich. Wenn ich eben sagte ›ohne große Bürokratie‹, dann wollte ich damit zum Ausdruck bringen, dass Ihr Euer Geld zunächst aus meiner Privatschatulle bekommt. Ich schlage vor, zwei Taler die Woche. Das ist natürlich nicht so viel, wie Doktor Stromeyer erhält, aber immerhin vergleichbar mit dem, was Hasselbrinck, der Hospitalwärter, kriegt.«

»Ich weiß nicht, was ich sagen soll.«

»Sagt nichts, sondern hört mir weiter zu: Da Ihr noch ein halbes Jahr Studium vor Euch habt und Stromeyers Mutter sicher vorher das Zeitliche segnen wird, ist Euch langfristig nicht mit einer Vertretung des Hospitalarztes gedient. Ihr werdet deshalb später als sogenannter Obergehilfe weiterarbeiten. Der Obergehilfe ist ein Posten, den ich schon seit langem einrichten will. Ich habe dafür ältere Studenten, in Sonderheit solche im letzten Semester, vorgesehen. Demnächst werde ich eine Eingabe bei der Hohen Königlichen Regierung in Hannover machen, um mir die neue Stelle und das dazugehörige *Stipendium extraordinarium* genehmigen zu lassen.«

Richter unterbrach sich und lächelte. »Ihr seht, Euer Glück soll nicht allein vom Tod der alten Madame Stromeyer abhängen.«

Abraham wusste kaum, wie ihm geschah. Niemals hätte er gedacht, dass Verzweiflung und Freude so nah beieinanderliegen können.

»Was ist, schlagt Ihr ein?« Richter hielt Abraham die Hand hin.

»Natürlich, selbstverständlich!« Abraham dachte an Alena und den Satz, dass alles immer irgendwie weiterging, ergriff Richters Rechte und bearbeitete sie wie einen Pumpenschwengel.

»Autsch! Mann Gottes, Ihr habt ja einen Händedruck wie ein Schmied! Aber der Art Eures Zupackens entnehme ich, dass Ihr einverstanden seid. Lasst mich in diesem Fall etwas hinzufügen: Die Arbeit im Hospital ist keine Kleinigkeit, Ihr werdet dort jeden Tag viele Stunden verbringen, Stunden, die Euch fürs Studium fehlen. Traut Ihr Euch die doppelte Belastung zu?«

»Ja, Herr Professor!« Abraham jubelte innerlich. Der rettende Strohhalm war da. Endlich! Was wohl Alena dazu sagen würde?

»Dann sind wir uns einig. Kommt morgen früh um zehn zum Geismartor, dort liegt, wie Ihr wisst, das Hospital. Dann werde ich Euch einweisen.« Richter zog aus der Westentasche seine Uhr und erschrak. »Sapperlot, schon so spät? Nun muss ich aber! Also bis morgen, Abraham.«

»Bis morgen, Herr Professor, ich werde pünktlich sein!«

Es sollte noch bis zum späten Nachmittag dauern, bis Abraham seine Freude mit Alena teilen konnte, denn diese war von der Witwe fortgeschickt worden, um eine Reihe von Besorgungen zu erledigen. So saß Abraham in seinem Arbeitszimmer, hochgestimmt und voller Elan, dachte an die künftigen Aufgaben im Hospital, versuchte, sich auf die vor ihm liegende Dissertation zu konzentrieren, schaffte das selbstverständlich nicht, malte sich eine rosige Zukunft aus, dachte wieder an das Hospital, dann an Richter und wieder an seine Dissertation.

Und über alledem kroch schneckengleich die Zeit dahin. Wo Alena nur blieb?

»Nun mach dich man nicht feucht, mien Jung«, sagte der Schiffer in der Ecke gegenüber. »Alena kreuzt noch durch die Stadt, sie wird bestimmt gleich einlaufen.«

»Vielleicht wurde sie irgendwo aufgehalten?«, fragte die Magd.

Friedrich schnupfte und nieste krachend. »*Non-sense!* Was heißt hier aufgehalten! Sie ist ein hübsches *Reibzeug* für die Männer, bestimmt stellen die Kerls ihr reihenweise nach.«

»*Reibzeug, mon Dieu,* was für ein Ausdruck!«, empörte sich das Burgfräulein.

»*Silencium,* alte Dörr…!«

»Aber, aber, Majestät«, besänftigte der Schultheiß. »Alena kommt sicher zurück, so schnell sie kann. Sie ist ein ›tätig Ding‹, wie Mutter Vonnegut immer sagt.«

Der Schiffer ergänzte: »Was man von dir, Abraham, heute nicht behaupten kann. Du sitzt herum und könntest genauso gut den Mond ansingen. Besorge lieber eine gute Flasche Wein, um Eure Rettung gebührend zu feiern.«

»Du hast recht, Schiffer!«, rief Abraham. »Ich denke an Gott und die Welt und vergesse darüber das Naheliegendste.« Er sprang auf, schlüpfte in seinen Gehrock und eilte, immer zwei Stufen auf einmal nehmend, die Treppe hinab. Sein Ziel war *Fleischhackers Weinladen,* das erste Haus am Platz.

Eine Viertelstunde später war er zurück, eine *Bouteille* Traminer und eine *Bouteille* Tyrannenblut im Gepäck, denn er wusste nicht, ob Alena lieber weißen oder roten Wein trinken würde. Er ging sofort in die Küche und war umso enttäuschter, als er Alena dort nicht antraf, sondern nur die Witwe. »Guten Abend, Mutter Vonnegut«, sagte er außer Atem, »ist Alena immer noch nicht zurück?«

»Doch, Julius, doch.« Die Witwe stärkte sich gerade mit einer Tasse Kaffee und einem Stück Puffer. »Schau nur hinunter in den Keller, dort hat sie ein Auge auf die getrockneten Pilze. Ich sag immer, wenn die Waldwichte erst Schimmel ansetzen, ist's schade ums Bücken. Auch soll sie mal nach den Erdäpfeln sehen. Manche Leut verzehren sie ja, wenn sie schon Schwänze wie Mäuse haben und singen dazu noch ein *In dulci jubilo*. Aber so was gibt's bei Mutter Vonnegut nicht.«

»Gewiss, Mutter Vonnegut, gewiss.« Abraham eilte in den Keller, dabei nach wie vor die Flaschen unter dem Rock verbergend. Er folgte dem schwachen Lichtschein, der aus einem der Räume herüberleuchtete, und rief: »Alena, bist du da?«

»Ja, Abraham, ich bin bei den Kartoffelkisten.«

»Rate mal, was ich hier habe!«

»Gleich, Abraham, gleich bin ich fertig. Dann erzählst du mir deinen Tag. Was hat denn Professor Richter gesagt?« Alena leuchtete sorgfältig die Kartoffeln ab, so sorgfältig, dass es Abraham vorkam, als nähme sie jede einzeln unter die Lupe.

»Liebste, rate doch mal, was ich hier habe.«

Alena hielt die Laterne in Richtung Abraham. »Da steckt was unter deinem Rock. Ist das etwa wieder einer deiner üblichen Scherze? Lass gut sein, Abraham, ich muss noch in den anderen Raum, wo die Äpfel lagern. Äpfel und Erdäpfel zusammen vertragen sich nicht, sagt die Witwe.« Alena ging voran. »Es sind zwei oder drei Kisten übereinander. Du könntest mir helfen, sie anzuheben, dann geht's mit der Kontrolle leichter.«

»Jetzt wird gar nichts mehr kontrolliert!«, rief Abraham in fröhlichem Kommandoton. Er überholte Alena und fing

116

sie vor den Apfelkisten ab. »Zum dritten Mal: Rate, was ich hier habe.«

»Ach, Abraham.« Alena strich sich eine Haarsträhne aus dem Gesicht. »Was weiß ich. Vielleicht ein Zauber-Utensil? Mir ist nicht zum Spaßen zumute. Ich war den ganzen Tag auf den Beinen und bin ziemlich erschöpft. So lieb und nett die Witwe ist, sie scheucht einen ganz schön herum. Lass mich die Äpfel inspizieren, dann habe ich Zeit für dich.«

Abraham zog mit großer Geste die Flaschen unter dem Rock hervor.

»Wein? Was willst du mit Wein?«

»Feiern, Liebste!« Abraham erzählte von der wundersamen Wendung, die sich durch Professor Richters Angebot ergeben hatte. Während er das tat, öffnete er beide Flaschen, indem er einfach die Korken mit dem Daumen nach unten drückte. »Gleich morgen fange ich im Hospital an. Prost, Liebste! Willst du lieber Weißwein oder Rotwein?«

»Lass das, Abraham, so schön das alles klingt, ich meine, es ist wirklich fantastisch, dass unsere Geldsorgen ein Ende haben sollen, aber wir können doch nicht hier …«

»Natürlich können wir!« Abraham trank einen kräftigen Schluck aus der Rotweinflasche. »›Tyrannenblut tut gut dem Blut!‹, wie meine jungen Herren Kommilitonen zu sagen pflegen. Ein schöner Satz, nur spricht er sich mit jedem Schluck schwerer aus. Besonders, wenn man ihn zu fortgeschrittener Stunde umgekehrt aufsagen soll: ›Gut tut Tyrannenblut dem Blut.‹ Komm, sag mal ›Tyrannenblut tut gut dem Blut!‹«

»Abraham, du bist albern.«

»Natürlich bin ich albern, und ich habe auch allen Grund dazu.« Abraham ließ sich in einer Apfelkiste nieder. »Komm zu mir, Weib, gehorche deinem Mann!«

Widerstrebend setzte sich Alena auf Abrahams Schoß.
»Die Äpfel werden leiden.«

»Hauptsache, wir leiden nicht. Außerdem gibt's hier keine Stühle.« Abraham hielt Alena die Flasche hin. »Probier mal.«

»Ich weiß nicht.«

»Nun los!«

Alena nahm einen winzigen Schluck.

»Na, was sagst du?« Abraham drückte sie an sich.

»Nicht schlecht.«

»Nimm noch einen.«

»Und wenn die Witwe kommt?«

»Sie sagte eben, sie wolle noch zur Nachbarin.« Die kleine Notlüge musste sein, fand Abraham.

»Zu welcher denn?«

»Hab ich vergessen. Nun nimm noch einen.«

Alena trank einen etwas größeren Schluck.

»Nun sage: ›Tyrannenblut tut gut dem Blut‹.«

»Tyrannenblut tut gut dem Blut.«

»Du hast noch keinerlei Schwierigkeiten mit der Aussprache.« Abraham klang fast ein wenig enttäuscht. »Nimm gleich noch einen Schluck.«

»Nein, Abraham, ich hab nichts im Magen.«

»Dann iss einen Apfel.«

»Das geht nicht.«

»Dann eben eine Kartoffel.«

»Du bist albern.«

»Das sagtest du schon einmal. Sag lieber: ›Tyrannenblut tut gut dem Blut.‹«

»Nein, Abraham. Und nimm deine Hand da weg.«

»Nur, wenn du noch einen Schluck trinkst.«

Alena trank abermals. Und abermals ein wenig mehr.

Abraham registrierte erfreut, dass sie danach ihre Ermahnung, er möge seine Hand fortnehmen, nicht wiederholte. Also ließ er sie unter ihrem Rock und streichelte sacht ihre festen Schenkel. Gleichzeitig drückte er sie an sich und vergrub sein Gesicht in ihren Brüsten.

Alena seufzte. »Solche Sachen hast du lange nicht mehr mit mir gemacht.«

»Es ging mir auch lange nicht so gut. Komm, mach die Flasche leer.«

»Lieber nicht, ich glaube, ich bin schon ein wenig beschwipst.«

»Dann sag den Tyrannenblut-Satz.«

»Tyrannenblut tut glu…, Tyrannenblut tut glu…, nein, tut gut dem Blut.« Alena kicherte.

»Du hast dich versprochen!«, rief Abraham triumphierend.

»Du hast mich abgelenkt.«

Abraham trank die Flasche aus und nahm schwungvoll einen Schluck aus der zweiten. »Ich werde dich gleich noch mehr ablenken.«

»So? Wer hat dir das eigentlich erlaubt?« Alenas Augen neckten ihn.

»Ich mir selbst.« Seine Hand wanderte nach innen und berührte wie zufällig ihren Schamhügel. Dann schob sie sich behutsam weiter, schlüpfte durch den Spalt in der Leibwäsche und begann, sich mit den knisternden Härchen zu beschäftigen.

»Oh, Abraham, die Witwe …«

»Kommt nicht.« Abraham spürte, wie ihm die Hose enger wurde. Lange konnte es nicht mehr dauern, und er würde dort unten jemanden freilassen müssen. Er blickte zu Alena auf, Übermut und Schalk in den Augenwinkeln. »Liebste, du sagtest vorhin, die Witwe wäre der Meinung, Kartoffeln und Äpfel vertrügen sich nicht, wie steht es denn mit Pflaumen und Gurken?«

Alena wurde aus ihren Gefühlen gerissen. »Pflaumen und was …?«

»Gurken.«

»Wie kommst du denn darauf?«

Abraham grinste vielsagend und presste seine Männlichkeit gegen sie.

»Du bist unmöglich!«

»Das ist mir egal, mir ist nichts Gescheiteres eingefallen, ich will dich besitzen, jetzt, sofort … bitte!« Er öffnete mit einiger Mühe seine Hose, fühlte sich endlich frei und richtete es so ein, dass sie rittlings auf ihm saß. »Ich werde dir zeigen, wie gut sich beides verträgt.«

»Du bist wirklich unmöglich. Oh, Abraham …!«

»Sag nichts mehr, sag einfach nichts. Genieße mit mir, was nur wir genießen können, du und ich, ich und du. Komm, komm, so komm doch.«

Sie wiegten sich im Takt ihrer Liebe, spürten den anderen so nah, wie zwei Menschen einander nur spüren können, kosteten jede einzelne ihrer Bewegungen aus, umschlangen sich, liebkosten sich, atmeten heftig, keuchten, stöhnten, wurden schneller und schneller, bis Alena schließlich nicht mehr an sich halten konnte. »Oh, Abraham, was machst du bloß mit mir, oh, Abraham, oh, Abraham, oh, Liebster, Liebster, oooh …!«

»Pssst.« Abraham, der den Augenblick der höchsten Lust um einiges früher erlebt hatte und dabei selbst fast aufgeschrien hätte, zog Alenas Kopf zu sich herab und küsste ihre Augen.

Heiser flüsterte er: »Es ist vorbei, aber es ist auch ein neuer

Anfang, und noch immer hast du die schönsten Augen der Welt.«

»Das war ein liebes Kompliment.« Sie küsste ihn ebenfalls, lange und leidenschaftlich. Und ebenso dankbar wie er. Dann lachte sie plötzlich auf.

»Was ist, Liebste?«, fragte Abraham verdutzt.

»Ich dachte gerade daran, dass wir bestimmt einige Äpfel zerquetscht haben.«

»Zerquetscht?« Abraham musste ebenfalls lachen. »Das sollte mich nicht wundern. Weißt du was, wir legen sie einfach in die Schreibtischschublade der Witwe.«

Am nächsten Morgen verließ Abraham beschwingten Schrittes das Haus in der Güldenstraße, wandte sich nach rechts, bog in die Geismarstraße ein und strebte dem südlichen Stadttor entgegen, wo das Akademische Hospital, auch »Richters Hospital« oder einfach »Hospiz« genannt, lag. Ihm war bekannt, dass die segensreiche Einrichtung seit 1781 bestand und ihre Existenz der Initiative seines Professors zu verdanken hatte. Richter war, was wenige wussten, Freimaurer in der Loge *Augusta zu den drei Flammen*.

Vor 1781 war der Zweck des Gebäudes nicht ganz so segensreich gewesen, denn seine Mauern beherbergten über viele Jahre das Wirtshaus *Zu den Sieben Thürmen*.

Da vorn lag das Hospital schon. Es war ein zweistöckiger Fachwerkbau mit Walmdach, schmalen hohen Fenstern und einem vier Stufen hoch gelegenen Eingang in der Mitte. Am rechten Außenflügel befand sich ein größeres Tor, Abraham vermutete, dass dahinter die Remise war. Während er rüstig weiter ausschritt, überprüfte er noch einmal den Sitz seiner Kleidung. Er trug zwar nichts anderes als sonst,

121

nämlich Rock und Hose aus schwarzem Nankinett, dazu
ein einfaches weißes Leinenhemd, dessen Kragen einen
schlichten Spitzensaum aufwies, aber Alena hatte es sich
nicht nehmen lassen, alles noch einmal gründlich aufzu-
bügeln.

Alena … Ein zärtliches Gefühl überkam Abraham, als er
an sie dachte. Sie war wirklich eine außergewöhnliche Frau.
Klug, hübsch und leidenschaftlich. Und überdies sehr verständnisvoll, denn nachdem er mit ihr gestern den Keller
verlassen hatte, waren sie natürlich prompt der Witwe begegnet, die noch immer in der Küche saß – eingenickt über
Kaffee und Kuchen. Alena war sofort klar gewesen, dass
Abraham sie zuvor angeschwindelt hatte, als er behauptete,
die Hausherrin sei bei einer Nachbarin, aber ihre Augen
hatten ihn nur leicht belustigt angesehen. Die Witwe hingegen war völlig ahnungslos und umso erfreuter, als Abraham
drei Gläser auf den Tisch gestellt und Wein eingeschenkt
hatte. »Zur Feier des Tages«, wie er erklärt hatte, bevor er
von seiner Anstellung im Akademischen Hospital berichtete.

Nun stand er vor dem Eingang. Er drückte die Klinke
nieder und trat ein. Der Vorraum war dunkel und karg mö-
bliert, er erkannte zwei Schränke, deren massive Türen
ihren Inhalt verbargen, eine Kleidertruhe mit verrosteten
Beschlägen, zwei, drei Stühle und rechts dahinter eine Stiege, die in den Keller hinabführte. Abraham ging weiter und
gelangte auf einen langen Gang, der quer durch das gesamte
Haus verlief. Vor ihm führte eine Treppe in den ersten
Stock, und links daneben lag eine Kammer, aus der Stimmen drangen. Abraham öffnete die Tür, klopfte gegen den
Pfosten und wünschte höflich »Guten Morgen«.

»Guten Morgen, Abraham.« Drinnen stand Richter, wie

immer die Hände hinter dem Rücken gefaltet, und unterhielt sich mit einem kleinen, drahtigen, schnauzbärtigen Mann. »Ich darf Euch Hasselbrinck, den Hospitalwärter, vorstellen. Daneben seht Ihr seine liebe Frau.«

»Guten Morgen«, sagte Abraham nochmals.

»Hasselbrinck, Ludwig«, sagte Hasselbrinck überflüssigerweise, trat einen halben Schritt vor und verbeugte sich zackig. Seine Frau deutete einen Knicks an.

Richter fuhr, zu Abraham gewandt, fort: »Ich habe Hasselbrinck schon umfassend informiert, er weiß, wer Ihr seid und dass Ihr Doktor Stromeyer in allem vertretet.«

»Vielen Dank«, sagte Abraham, dem darauf nichts anderes einfiel.

Richter deutete auf einen Stuhl, einen Scheibtisch und mehrere Regale, die von Papieren überquollen, und sagte mit jovialem Unterton: »Wir stehen hier in Hasselbrincks Reich, es ist sozusagen das Herz des Hospitals, nicht wahr, Hasselbrinck?«

»Jawoll, Herr Professor.«

»Kommt, Abraham, ich zeige Euch, welchen Papierkram Ihr beaufsichtigen und abzeichnen müsst.« Richter trat an den Schreibtisch und erklärte die Grundzüge des Hospitalbetriebs. Er zeigte das Aufnahmeregister, in das jeder Neuzugang eingetragen und wieder ausgetragen werden musste, dazu Tabellen über die am häufigsten auftretenden Krankheiten und deren Therapieschritte, holte Aufzeichnungen über Geschlecht, Familienstand, Durchschnittsalter und Herkunft der Patienten hervor, verwies auf Untersuchungen, aus denen deutlich wurde, welcher Berufsstand zu welchen Krankheiten neigte, präsentierte Abrechnungen über die Einkäufe von Speisen, Instrumenten und Ausstattungsgegenständen, ferner ein *Inventarium* über sämtliche Gerätschaften, dazu Rechnungen über laufende Reparaturen sowie Korrespondenzen mit der Universität und den Behörden der Stadt, gab Auskunft über Einnahmen und Ausgaben, stöhnte ein wenig über die ständig steigenden Preise und sagte schließlich: »Das Wichtigste aber, mein lieber Abraham, sind die Krankenjournale. Jeder Patient hat ein eigenes Journal, in das alles eingetragen wird, was im Rahmen seiner Behandlung notwendig ist, und zwar so lange, bis er – oder sie – hoffentlich gesund entlassen wird. Und dieses Journal führt allein Ihr. Genauigkeit ist dabei das A und O, denn ich will die Journale in regelmäßigen Abständen für die wissenschaftliche Veröffentlichung drucken lassen. So weit, so gut. Alles andere macht mehr oder weniger Hasselbrinck. Nicht wahr, Hasselbrinck?«

»Jawoll, Herr Professor.«

»Hasselbrinck wird Euch auch über seinen eigenen Aufgabenbereich informieren sowie über den seiner lieben Frau, denn das kann er selbst am besten, nicht wahr, Hasselbrinck?«

»Jawoll, Herr Professor.«

»Schön, damit ist alles geklärt. Über die Kranken, die im Moment hier liegen, ich glaube, es sind fünf oder sechs, müssen nicht viele Worte verloren werden. Wenn Ihr sie Euch anschaut, werdet Ihr feststellen, dass sie an nichts Außergewöhnlichem leiden. Tja, ich glaube, das wär's. Möge Asklepios, der Gott der Heilkunst, mit Euch sein. Ich werde versuchen, jeden Tag einmal vorbeizuschauen und nach dem Rechten zu sehen. Im Übrigen verlasse ich mich ganz auf Euch. Einen schönen Tag noch allerseits.« Richter hob grüßend die Hand und verschwand.

Abraham stand da und kam sich ein wenig verlassen vor. Zu abrupt hatte Richter sich empfohlen. Zum ersten Mal beschlichen ihn ernste Zweifel, ob er der Aufgabe gewachsen sein würde. Er wusste zwar, dass er sich auf seine erworbenen Kenntnisse verlassen konnte, sowohl in der Medizin als auch in der Chirurgie, er wusste auch, dass im Zweifelsfall der erfahrene Professor zur Stelle sein würde, aber dass alle Verantwortung plötzlich allein auf seinen Schultern ruhte, war ein neues, belastendes Gefühl.

»Äh, hm.« Hasselbrinck räusperte sich. »Wenn's beliebt, Herr Doktor, zeige ich Euch jetzt das Haus.«

»Ihr braucht mich nicht mit ›Herr Doktor‹ anzureden, so weit ist es noch nicht. Abraham genügt.«

»Bin's aber so gewohnt. Bin von Anbeginn dabei. Habe immer ›Herr Doktor‹ zu den Vorgesetzten gesagt, ist besser so, sorgt für klare Verhältnisse.«

»Nun ja.« Abraham beschloss, die Sache auf sich beruhen zu lassen, es war sicher nicht gut, gleich in den ersten Minuten auf dem eigenen Willen zu beharren. »Ihr habt gedient, nicht wahr?«

»Jawoll, Herr Doktor.« Hasselbrinck straffte sich. »War bis zu meiner Pensionierung Soldat, habe im Mündener Infanterieregiment gedient.«

»Ich war auch Infanterist, allerdings im preußischen Freikorps von Kleist und habe anno 62 in der Schlacht von Freiberg gekämpft.«

»Was Ihr nicht sagt.« In Hasselbrincks Augen trat so etwas wie Bewunderung. Damit, dass der neue »Doktor« ein ehemaliger Soldat war, sicher ein hochdekorierter, hatte er nicht gerechnet. »Dann seid Ihr bestimmt auch König Friedrich, dem Alten Fritz, begegnet?«

»Ich habe ihn mehrfach gesehen. Einmal half er mir sogar aus einer vertrackten Situation.«

»So was aber auch.« Noch immer beeindruckt, sagte

Hasselbrinck: »Ich geh dann mal vor. Frau, du kannst wieder in die Küche, der Herr Doktor braucht dich jetzt nicht.«

In der nächsten Stunde lernte Abraham nahezu jeden Quadratzoll des alten Gebäudes kennen. Er erfuhr, dass es insgesamt zwei Säle, sieben Stuben, neun Kammern, eine Küche und einen Keller gab. Die Säle lagen im ersten Stock, wobei sich in dem einen, des guten Lichts wegen, die einzige Operationsbettstelle befand. Für die Luftventilation sorgten acht eiserne Öfen, was zu wenig war und in manchen Räumen zu abgestandener Luft und übler Feuchtigkeit führte.

Ein weiterer Nachteil war das Fehlen von fließendem Wasser; das frische Nass musste eimerweise aus einem siebenundzwanzig Fuß tiefen Brunnen im Hof heraufgeholt und mit dem Trageholz mühsam ins Haus geschafft werden. Auch der Wasserabfluss war schlecht, weil es kein ausreichendes Gefälle zur Straße gab.

»Wir haben fünfzehn Betten, Herr Doktor«, sagte Hasselbrinck, als sie nach dem Rundgang wieder im Erdgeschoss angelangt waren, »immer zwei in einer Kammer, bis auf den Patientensaal oben, da stehen mehr drin, aber das habt Ihr alles ja selbst gesehen. Sind ein bisschen eng und dunkel, die Kammern, und niedrig sind sie auch, aber was will man machen. Die Kammern sehen alle gleich aus, ob da nun Frauen oder Männer drin liegen. Frauen und Männer liegen natürlich getrennt. Und mit der Ansteckung ist es auch so eine Sache, wenn einer gefährlich krank ist, haben es bald auch die anderen. Na ja, ist eben so. Jetzt erzähle ich Euch noch, was im Haus zu tun ist: Jeden Tag muss der grobe Schmutz weggeräumt werden, ob das nun Verbandsreste sind oder verlorene Sachen von den Besuchern oder sonst was. Dann müssen die Zimmer mit feuchtem Fluss-sand bestreut werden und anschließend ausgefegt werden, ein Mal im Monat muss der Boden gescheuert und gewaschen werden, und wenn er mit Blut, Eiter und Urin verschmutzt ist, muss das natürlich auch weggewaschen und gehörig mit Essig besprengt werden – es sei denn, die Patienten können es selber machen. Dasselbe gilt natürlich auch, wenn ein Botschamper umgefallen ist.«

»Äh, ja.« Abraham fragte sich, was ein »Botschamper« sein könne, kam dann aber darauf, dass damit wohl ein *Pot de chambre,* ein Nachttopf, gemeint war.

»Die Nachtstühle müssen auch geleert und gespült werden, zweimal am Tag, wozu sie vorher rausgetragen werden sollen. Wenn ein Patient das Hospital verlässt oder ein Kranker gestorben ist, muss seine Matratze an die frische Luft gebracht werden und ausgeklopft und im Bedarfsfall auch ausgewaschen werden. Die Matratzen haben gute Qualität, sind mit Pferdehaaren gestopft und nicht mit Rehhaaren. Rehhaare klumpen zu leicht.«

»Ich verstehe.«

»Die Betten werden alle vierzehn Tage frisch bezogen, die schmutzige Wäsche macht meine Frau, zusammen mit der alten Grünwald. Die alte Grünwald hat oben über der Remise ein kleines Zimmer, dahin zieht sie sich manchmal zurück, deshalb habt Ihr sie noch nicht gesehen. Die alte Grünwald und meine Frau besorgen auch das Kochen, die *Victualien* sind nicht gerade was für feine Gaumen, aber von Hafergrütze, Reis, Perlgraupen, Mehl und so was in der Art ist immer ausreichend Vorrat da.«

»Aha, sehr schön.« Abrahams Achtung vor Hasselbrinck wuchs, der Mann hatte viel Verantwortung und ein gewaltiges Tagespensum.

»Die Arzneien für die Kranken müssen auch noch täglich verteilt werden.«

»Und das ist sicher ebenfalls Eure Aufgabe, nun, über mangelnde Arbeit scheint Ihr Euch nicht beklagen zu können«, scherzte Abraham.

Hasselbrinck blieb ernst. »Nein, Herr Doktor, aber wenn Ihr die Arzneien lieber selbst geben wollt ...«

»Wir werden sehen. Wenn das fürs Erste alles ist, würde ich gern eine Stube oder eine Kammer haben, in der ich mich während meines Dienstes aufhalten kann.«

»Jawoll, Herr Doktor. Der Herr Professor hat gesagt, Ihr sollt die Stube vom Doktor Stromeyer bekommen, jedenfalls so lange, bis er wieder da ist.«

»Das ist mir recht. Ist das die Stube gegenüber dem Patientensaal?«

»Jawoll, Herr Doktor.«

Kurz darauf stand Abraham im Raum des Hospitalarztes und sah sich um. Wie überall war auch hier die Einrichtung spartanisch. Tisch, Stuhl, Bett, das war schon alles. Ein Panorama-Kupfer der Stadt Göttingen an der Wand, eine Standuhr und ein Regal mit Fachliteratur kamen noch dazu. Auch ein abgeschlossenes Schränkchen hing da, wahrscheinlich mit den persönlichsten Habseligkeiten Stromeyers.

Abraham trat an das Regal mit der Literatur und studierte die Buchrücken. Neben Richters Werken, von denen ihn am meisten die *Abhandlung über das Ausziehen des grauen Stars* interessierte, fielen ihm noch *De Causis Pestis* des Vitus von Campodios auf, der *Tractatus de Herebis et de Lapidibus* des Teodorus Rapp, des berühmten Apothekers und Schöpfers der nach ihm benannten *Rapp'schen Beruhigungstropfen,* sowie das Hauptwerk des Lorenz Heister. Es war in der ersten Auflage anno 1702 erschienen, danach mehrfach überarbeitet und erweitert worden und trug den ebenso langen wie altertümlichen Titel *Chirurgie, In welcher alles, Was zur Wund-Artzney gehöret, nach der neuesten und besten Art, gründlich abgehandelt, und in Acht und dreyßig Kupfer-Tafeln die neu-erfundene und dienlichste Instrumente, Nebst den bequemsten Handgriffen der Chirurgischen Operationen und Bandagen vorgestellet werden.*

So lang der Titel war, so ausführlich ging das Werk auf sämtliche Gebiete der Skalpellkünste ein, weshalb es zur Pflichtlektüre aller Medizinstudenten gehörte. Abraham hatte viel daraus gelernt, wusste aber auch, dass manches darin nicht mehr dem neuesten wissenschaftlichen Stand entsprach, da Heister bereits 1758 verstorben war.

Er setzte sich an den Tisch und ließ die Hände über die Platte gleiten. Hier sollst du also deine Tage verbringen, sinnierte er, sofern die Patienten deiner Aufmerksamkeit nicht bedürfen. Bei dem Gedanken an die Patienten fiel ihm ein, dass er sie beim Rundgang nur kurz begrüßt, sich aber nicht weiter mit ihnen beschäftigt hatte. Ein Versäumnis, das es umgehend nachzuholen galt.

Er sprang auf und lief zur Treppe, denn die Kranken, insgesamt fünf Männer und eine Frau, waren alle im Erdgeschoss einquartiert. In der Kammer neben der Eingangstür lag ein ehemaliger Dachdeckermeister namens Cloose, der in die Hände eines Kurpfuschers geraten war. Dieser hatte ihm den Star so ungeschickt operiert, dass eine gewaltige Entzündung, gepaart mit großen Schmerzen, die Folge gewesen war. Der Augapfel hatte sich bizarr vergrößert, war zu einem sogenannten Elefantenauge angewachsen und aus der Augenhöhle herausgeeitert. Professor Richter, so erzählte Cloose, war nichts anderes übriggeblieben, als ihn zu entfernen. Nun wartete er auf ein künstliches Auge.

Abraham nahm den Verband behutsam ab und untersuchte die Stelle des Eingriffs. Das Gewebe um die Augenhöhle herum sah gut aus, die Entzündung war nahezu abgeklungen. Clooses Journal entnahm er, dass die Wunde mit einer Salbe aus Zinnkraut, Kamille und Leinsamen behandelt wurde. Alles schien so weit in Ordnung. Abraham erneuerte den Verband, und Cloose fragte: »Woraus wird das Kunst-Auge eigentlich gemacht, wenn's genauso aussehen soll wie das andere?«

»Hat Professor Richter Euch das nicht erklärt?«

»Kann schon sein, aber der Professor hat immer wenig Zeit.«

»Nun, es gibt Augen aus geschmolzenem Glas und solche aus Gold-, Silber- oder Kupferplättchen, die der Goldschmied formt. In beiden Fällen muss im Anschluss ein geschickter Maler die Farben des gesunden Auges genau kopieren, damit kein Unterschied mehr festzustellen ist. Das künstliche Auge darf nicht zu klein sein, damit es nicht herausfällt, und nicht zu groß, weil es sonst nicht unter die Lider geschoben werden kann. Es muss gepflegt und oft abgewischt werden, damit es seinen Glanz nicht verliert. Ich bin sicher, Cloose, dass Ihr in den nächsten Tagen ein wunderschönes Kunst-Auge bekommen werdet, doch zunächst wollen wir den Heilprozess der Wunde in Ruhe abwarten.«

»Ist recht, Herr Doktor.«

Der Mann in dem anderen Bett war jung, fast noch ein Knabe, dessen Unterschenkel gestreckt, geschient und eingebunden war.

»Kannst du die Zehen bewegen, Johannes?«, fragte Abraham.

»Etwas, Herr Doktor.« Der Junge demonstrierte es.

Abraham schloss daraus, dass *tibia* und *fibula* nicht beide gebrochen waren. Er erinnerte sich, dass Schienbeine fest, aber nicht zu fest verbunden sein mussten, und drückte an einigen Stellen behutsam auf den Verband. »Tut das weh?«

»Nein, Herr Doktor.«

»Sehr schön. Hab Geduld, in der Jugend wächst alles noch gut wieder zusammen.« Er ging in die nächste Kammer, wo zwei ältere Männer lagen.

Beide waren Bäckergesellen und hatten Fieberschübe sowie Ausschlag im Gesicht, was in ihren Journalen allerdings nicht näher erläutert worden war. Sie hießen Bornitz und Möller und lagen schon seit einer Woche im Hospital. Wo und bei wem sie sich angesteckt hatten, wussten sie nicht zu sagen, denn ihre Kollegen hatten das Fieber nicht. Ihre Behandlung bestand aus der Applikation eines *unguentums* von Kamille, wärmenden Tees, kräftigender Speise und Ruhe. Bornitz als der Blutreichere war zweimal zur Ader gelassen worden. Auch ihr Gesundheitszustand war zum Glück nicht besorgniserregend, zumal beide bei Abrahams Eintreten einen mit Pistazien verfeinerten Napfkuchen verzehrt hatten – vermutlich ein Geschenk der Kollegen aus der Backstube.

Ein Zimmer weiter lag ein Zinngießer. Warners, so hieß der Mann, war wegen Schwindelanfällen eingeliefert worden. Richter hatte ihn eingehend untersucht, aber nichts Ungewöhnliches feststellen können. Warners konnte einwandfrei sehen, hatte keine Kopfschmerzen, einen regelmäßigen, guten Appetit und einen normalen Stuhl. Der Verdacht lag nahe, dass er sich ein paar freie Tage auf Kosten der Armenkasse gönnen wollte, aber wer ihn ansah und mit ihm sprach, kam bald zu einem anderen Schluss. Warners war ein höflicher, freundlicher Mann, Familienvater obendrein und stolzer Besitzer einer kleinen Manufaktur. Er konnte es sich gar nicht leisten, blauzumachen. An den Rand seines Journals hatte Richter hingekritzelt: *abwarten, manches heilt die Natur selbst.*

»Gute Besserung, Warners«, sagte Abraham.

»Danke, Herr Doktor. Wisst Ihr eigentlich, dass ich Euch kenne?«

»Tatsächlich?« Abraham kramte in seinem Gedächtnis, aber er konnte sich nicht erinnern, Warners je gesehen zu haben.

»Kennen ist vielleicht zu viel gesagt, aber meine Frau ist mit der Witwe Vonnegut befreundet, und die Witwe hat einiges über Euch erzählt.«

»So, was denn?«

»Nur Gutes, Herr Doktor, nur Gutes.«

»Dann bin ich ja beruhigt.« Abraham kam sich recht leutselig vor, nickte freundlich und wandte sich dem vierten und letzten Krankenzimmer zu. Hier lag die einzige weibliche Patientin, ein altes Mütterchen, das unter Gichtanfällen litt. Ihr Name war Lampert, Anna-Maria Lampert. In ihr kleines Gesicht hatte der Schmerz tiefe Furchen gegraben. Abraham nahm das Journal zur Hand und stellte erleichtert fest, dass kein Blut in ihrem Harn festgestellt worden war. Ansonsten waren alle Anzeichen des Zipperleins vorhanden. Die alte Lampert hatte verdickte, entzündete Gelenke und die verräterischen Knoten am Ohrknorpel, weshalb ihr Leiden auch Knotengeißel genannt wurde.

»Wer seid Ihr?«, ächzte Mutter Lampert.

»Mein Name ist Abraham, ich sagte es vorhin schon, ich vertrete ab jetzt Doktor Stromeyer.«

»Ach ja, jaha.«

»Ich sehe, Ihr bekommt Weidenrindentee gegen die

Schmerzen und Absude vom Giersch zur Therapie, aber Ihr spürt dennoch große Pein, habe ich recht?«

»J… ja, Herr Doktor.«

»Ich werde versuchen, etwas *Laudanum* für Euch aufzutreiben, für dieses Mal jedenfalls. Ihr dürft nicht zu viel und nicht zu oft davon nehmen, sonst gewöhnt der Körper sich daran. Sollten die Anfälle morgen nicht abgeklungen sein, wird Hasselbrinck Eure Gelenke mit eiskaltem Brunnenwasser kühlen. Auch das hilft gegen Schmerzen. Wie steht es mit dem Appetit?«

»Ach, ach. Ich mag nichts.«

»Ihr müsst essen. Leichte Kost, Suppen, Obst, Gemüse und Ähnliches. Kein Fleisch, kein Fett, kein Alkohol. Nicht einmal Wein.«

»Danke … Herr Doktor.«

»Nun versucht, ein wenig zu schlafen.« Abraham verließ die Kammer, ging zu Hasselbrinck und gab ihm die nötigen Anweisungen wegen des *Laudanums*. Es war unterdessen schon weit nach zwölf Uhr, und Hasselbrincks Frau erschien und fragte, ob der Herr Doktor nun das Mittagessen einnehmen wolle. Sie habe heute Morgen frischen Fisch aus Seeburg erhalten, dazu gebe es Pellkartoffeln und Salz, nichts Außergewöhnliches, aber der Fisch sei sehr bekömmlich.

»Ich nehme dankend an«, sagte Abraham, der eigentlich zu Hause mittagessen wollte, aber er hatte das Gefühl, Hasselbrincks Frau nicht gleich am ersten Tag enttäuschen zu dürfen. Während der Mahlzeit, die im Übrigen sehr schmackhaft war, nutzte er die Gelegenheit, um den Speiseplan der Patienten mit Hasselbrincks Frau genau abzusprechen. Dabei zeigte sich, dass die alte Lampert abends jeweils ein Glas Rotwein erhalten hatte, »um den Schmerz zu dämpfen«, wie Hasselbrinck erklärte. Abraham wies darauf hin, dass Wein für Gichtkranke Gift sei, und ordnete an, dass die Verabreichung von Rotwein von Stund an zu unterbleiben habe. Hasselbrinck und seine Frau versprachen es, und die alte Grünwald, die aus ihrer Kammer über der Remise hervorgekommen war, sicherte es ebenfalls zu – allerdings erst auf mehrfache Nachfrage, denn sie war ziemlich schwerhörig.

»Ich danke für das leckere Essen«, sagte Abraham.

»Hat es Euch wirklich geschmeckt, Herr Doktor?«, fragte Hasselbrincks Frau, eine schmale, verhuschte Person.

»Das hat es. Ich werde jetzt nach Hause gehen und dort einige Dinge erledigen. Falls etwas sein sollte, wisst Ihr, wo Ihr mich findet. Ich werde gegen drei Uhr zurück sein.«

»Jawoll, Herr Doktor«, sagte Hasselbrinck.

Abraham stand auf und registrierte mit Genugtuung, dass seine Tischgenossen sich aus Höflichkeit ebenfalls erhoben. Es ist doch sonderbar, dachte er, was so ein Doktortitel alles ausmacht. Aber Hand aufs Herz, Julius Abraham, unangenehm ist es dir nicht.

Er trat hinaus auf die Geismarstraße, hielt sich auf der rechten Seite und schritt nach Norden. Der Weg entlang den Häusern war wie überall sehr schmal, umso mehr, als fast vor jedem Gebäude eine Fußbank stand, die es dem Hausbesitzer erlaubte, beim Heimkommen bequem sein Schuhwerk zu säubern. Er war in Gedanken schon bei Alena, als er plötzlich einen älteren *Burschen* im dunkelblauen Rock auf sich zukommen sah. Es war der Pommeraner. Der Kerl trug wie üblich seine volle Montur, nur mit dem Unterschied, dass ihm diesmal noch ein Hieber an der Seite hing. Fast alle landsmannschaftlich organisierten Studenten trugen einen solchen Degen, die meisten zur Zierde, einige

wenige jedoch nutzten ihn auch für Duelle, obwohl Zwei-
kämpfe jeglicher Art vom Prorektor verboten worden wa-
ren. »Sieh da, der Puppenspieler und Possenreißer, der ein
Medikus werden will!«, rief der Kerl mit breitem Grinsen.
»Mach Platz, Possenreißer, oder ich renne dich über den
Haufen!«

Abraham hatte angehalten und versuchte, ruhig zu bleiben. »Mein Name ist Julius Abraham«, sagte er, »ich bin *Philistrant* und gehöre der medizinischen Fakultät an – genau
wie Ihr. Wer seid Ihr, dass Ihr mir den Weg verbauen wollt?«

»Ah, der Possenreißer ist neugierig. Nun denn, Reinhardt von Zwickow ist der Name. Und jetzt Platz da, Possenreißer!«

Auf Abrahams Stirn entstand eine steile Falte. »In Göttingen gilt immer noch das Gassenrecht, und das ist eindeutig: Wer die Straße zur Rechten hat, weicht aus, in diesem
Falle Ihr. Ich darf also bitten.«

»Ich darf also bitten«, äffte von Zwickow Abraham nach.
»Was bildest du dir eigentlich ein? Wer bist du eigentlich?
Ein kleiner Bauchredner, der schmutzige Witze erzählt,
mehr nicht.«

»Wenn Ihr Streit sucht, sucht Euch einen anderen. Was
wollt Ihr überhaupt von mir?«

»Ich will, dass Abschaum wie du nicht studiert.«

»Daran werdet Ihr nichts ändern können.«

»Die Welt soll bleiben, wie sie ist. Wenige sind oben, viele sind unten. Das war immer so. Du bist unten. Wo kämen
wir hin, wenn jeder hergelaufene Puppenspieler als Arzt
auf die Menschheit losgelassen werden könnte.«

»Genug der Unverschämtheiten.« Abraham ließ alle Höflichkeit fahren. »Nun werde ich dir sagen, wer du bist: Du
bist ein kleiner, dummer Junge, mehr nicht.« Er hatte seine

Worte mit Bedacht gewählt, denn »kleiner, dummer Junge«
galt als eine der stärksten Beleidigungen unter Studenten.

In von Zwickows Augen blitzte es auf, vor Wut und vor
Triumph, denn er hatte Abraham genau da, wo er ihn haben
wollte. »Nimmst du das zurück?«

»Ich denke nicht daran.«

»Dann fordere ich dich zum Duell! Ich werde dir dein
vorlautes Maul stopfen!«

Abrahams Mundwinkel zuckten verächtlich.

»Als Possenreißer kennst du vielleicht die Regeln nicht,
also höre: In Göttingen ist der Hieb *Comment,* komm mir
also nicht mit Pistolen oder anderen Waffen. Ich warte auf
den Termin durch deinen Sekundanten, und vergiss nicht:
Ich habe den Aushieb, den ersten Schlag also, und das
Recht, Satisfaktion zu nehmen. Sorge für einen geeigneten
Ort, einen Mediziner und zwei Zeugen!«

»Ich werde für gar nichts sorgen«, sagte Abraham. »Deine Herausforderung kannst du dir an den Hut stecken.«

»Ah, ich habe es also nicht nur mit einem Puppenspieler
und Possenreißer zu tun, sondern auch mit einem Feigling!«, höhnte von Zwickow.

»Nenn es, wie du willst.« Abraham trat entschlossen ei-
nen Schritt vor, so dass er von Zwickow Nasenspitze an
Nasenspitze gegenüberstand. Er suchte den Blick seines
Widersachers und hielt ihn fest. »Und nun scher dich fort.«

»Feigling, Jammerlappen, Hosenscheißer!«

»Seitdem ich Student bin, kämpfe ich nur mit den Augen.
Scher dich fort.«

»Hasenfuß, Drückeberger!«

Abraham schaute weiter – unbewegt und furchtlos.

»Du ... du!« Von Zwickow wandte den Kopf zur Seite,
er schien sich geschlagen zu geben. Dann, ohne jegliche

Vorwarnung, zog er den Hieber, holte aus und wollte ihn seinem Gegenüber durchs Gesicht ziehen, doch er hatte nicht mit Abrahams Schnelligkeit gerechnet. Es war die Schnelligkeit eines alten Überlandfahrers, entstanden aus der Notwendigkeit, immer und überall mit Gefahren zu rechnen. Noch bevor der Hieb ihn traf, riss Abraham den Arm hoch, packte das Handgelenk seines Angreifers und drückte mit großer Kraft zu.

Von Zwickow wollte sich losreißen, zog, zuckte, zappelte, doch es war, als stecke seine Hand in einem Schraubstock. »Du, du …!«

Abraham lächelte, während er von Zwickow weiter unverwandt anstarrte. Dann verstärkte er den Druck, mehr und mehr, bis von Zwickow den Schmerz nicht mehr aushielt und die Waffe fallen lassen musste. Der Hieber landete auf der Straße, zwei Schritte entfernt, in einer Ansammlung von Pferdeäpfeln.

»Nun heb dein Spielzeug auf und scher dich fort.«

Von Zwickow murmelte etwas, rieb sich das Handgelenk und gehorchte mit feuerrotem Kopf. Dann stahl er sich davon.

Abraham atmete tief durch und setzte seinen Weg fort. Er spürte tiefe Genugtuung, es diesem Arroganzling gezeigt zu haben, aber auch Sorge, denn ihm war klar, dass er ab jetzt einen unversöhnlichen Feind hatte.

Wie angekündigt, war Abraham am Nachmittag um drei Uhr wieder im Hospital, wo sich in seiner Abwesenheit nichts Besonderes ereignet hatte. Er ging hinauf in Stromeyers Stube, die jetzt die seine war, setzte sich an den Tisch und breitete die mitgebrachten Unterlagen für seine

Dissertation aus. Es schien ihm wichtig, seine Dienstzeit nicht nur abzusitzen, sondern sie sinnvoll zu nutzen. Doch es dauerte eine Zeit, bis er sich auf die Arbeit konzentrieren konnte, denn wie befürchtet, hatten Alena und die Witwe mit dem Essen auf ihn gewartet und waren über sein Ausbleiben keineswegs erbaut gewesen. Es hatte mancher Erklärung und Entschuldigung bedurft, bis beide versöhnt waren und die Hausherrin gesagt hatte: »Julius, versprich mir steif und fest, dass so was nicht wieder vorkommt.« Und er hatte es hoch und heilig versichert. »Dann ist es gut, du hast das letzte Gewölk unseres Missvergnügens zerstreut. Nicht wahr, Alena, das hat er doch?« Und Alena hatte genickt.

Anschließend waren er und Alena nach oben in ihre Zimmer gegangen, wo er ihr das Erlebte geschildert hatte. Die Zeit war wie im Fluge vergangen, und ehe er sich's versah, hatte er den Rückweg zum Hospital antreten müssen.

Abraham las noch einmal sorgfältig, was er als Letztes geschrieben hatte – spitzte die Feder, tauchte sie ein und formulierte zunächst auf Deutsch:

§ 25
VERSCHIEDENE HYPOTHESEN
ÜBER DIE VERÄNDERUNGEN DES AUGES
1. Die Linse verändert die Gestalt.
2. Die Linse wird vorwärts und rückwärts geführt.
3. Die ganze Zwiebel hat eine veränderliche Länge.
4. Die Hornhaut verändert ihre Konvexität.
5. Die Augenflüssigkeiten werden zum Nahsehen dichter.

Er griff zum lateinischen Wörterbuch und übersetzte:

§ 25

VARIAE VARIORUM
DE OCULI MUTATIONIBUS HYPOTHESES
1. Lens Crystallina figuram mutat.
2. Lens Crystallina antrorsum retrorsumque ducitur.
3. Totus bulbus longitudem …

Er schreckte hoch. Die Tür war aufgerissen worden, Hasselbrinck stand atemlos vor ihm. »Herr Doktor, ich bitte um Verzeihung, aber unten sind neue Patienten eingetroffen, gleich drei auf einmal, liegen alle auf einem Wagen, der Kutscher ist ein Bergmann, er sagt, er heißt Flessner, es wär sehr dringend. Ich sagte, im Moment wär niemand von der Hospitalleitung zu sprechen, weil Ihr ja Eure Arbeit schreibt, aber er gab keine Ruhe, ließ sich nicht abwimmeln, er hätte auch einen Brief, der wär sehr wichtig.« Hasselbrinck zuckte hilflos mit den Schultern.

Abraham legte die Feder zur Seite. »Ich komme.«

Von dannen Er ...

Flessner, der Steiger, hatte die Pferde abgeschirrt und den flachen Transportwagen in die Remise gestellt. Er hielt einen versiegelten Brief in der Hand, den er Abraham gleich nach dem Entbieten der Tageszeit übergab. »Den hab ich für Euch.«

Abraham griff zögernd nach dem Umschlag und schaute auf die Adresse: *An den hochverehrten Herrn Hofrat Professor Doktor A. Gottlieb Richter* stand da, und klein darunter: *oder Vertreter.* Und wieder groß: *Akademisches Hospital zu Göttingen am Geismartor.* Abraham dachte im ersten Moment, der Brief ginge ihn nichts an, denn schließlich war Stromeyer der Vertreter Richters, aber dann fiel ihm ein, dass er ja der Vertreter Stromeyers war – zwar inoffiziell, aber immerhin.

Flessner fragte: »Seid Ihr der berühmte Professor?«

»Nein«, antwortete Abraham, »der Professor ist nicht da, Ihr müsst mit mir vorliebnehmen. Mein Name ist Abraham.«

»Doktor Abraham«, ergänzte Hasselbrinck mit wichtiger Miene.

Flessner hustete. »Jawohl, soll mir recht sein. Hauptsache, jemand kann meinen Kumpeln helfen.«

»Wo sind die Patienten?«, fragte Abraham.

»Noch auf dem Wagen.« Wieder hustete Flessner. Dann deutete er in Richtung Remise.

Abraham ging zur Remise, deren Tor weit geöffnet war,

und schaute die Kranken an. Viel war von ihnen nicht zu sehen, denn sie waren bis ans Kinn in dicke Decken eingewickelt. Ihr Gesichtsausdruck war der von Schlafenden, friedlich und entspannt, nur mit dem Unterschied, dass sie die Augen offen hielten. Abraham merkte schnell, dass sie nicht ansprechbar waren und ihre Pupillen auf kein Zeichen reagierten. Er befahl Hasselbrinck und Flessner, die drei in den leeren Patientensaal im ersten Stock zu tragen.

»Jawoll, Herr Doktor«, sagte Hasselbrinck und kratzte sich am Kopf. »Entschuldigt, wenn ich's sage, aber es ist wegen dem Transport. Wäre es nicht einfacher, die Männer unten einzuquartieren, wir haben da doch noch zwei Kammern frei?«

Abraham überlegte kurz. »Nein, es bleibt dabei. Ich möchte die drei nebeneinanderliegen haben, um ihre Symptome besser vergleichen zu können. Die Kammern unten bieten jeweils nur zwei Patienten Platz.«

»Jawoll, Herr Doktor.«

Abraham zwang sich dazu, nicht mit anzufassen, denn das wäre seiner Würde als stellvertretender Hospitalarzt abträglich gewesen, und stieg hinauf in sein Zimmer hinter dem Patientensaal. Dort öffnete er den Brief, begann zu lesen und musste sich erst einmal setzen. Zu ungewöhnlich war das, was ein gewisser Doktor Tietz an Richter schrieb. Nach allgemeinen Präliminarien über die Wertschätzung des Herrn Hofrats, der Würdigung seiner Verdienste und der guten Wünsche für sein Wohlbefinden, erlaubte Tietz sich, auf die Tatsache zu verweisen, dass er vom Herrn Professor promoviert worden sei, worauf er noch heute stolz sei und weshalb er auch die Kühnheit habe, sich an ihn zu wenden.

Abraham erfuhr im Weiteren, dass es sich bei den drei Kranken um die Bergleute Pentzlin, Burck und Gottwald handele, die Opfer eines Grubenunglücks in Bad Grund geworden seien. Es folgten genaue Ausführungen über die Bemühungen, die Tietz im Rahmen seiner Behandlungsversuche unternommen hatte, sowie der Hinweis, dass sogar ein weiterer Kollege hinzugezogen worden sei, der aber leider auch nicht zu helfen vermochte. Die ganze Hoffnung läge jetzt in den erfahrenen Händen des Herrn Professors, der gewiss die rechte Therapie wüsste. Bei Rückfragen sei er gern bereit, weitere Auskünfte zu erteilen. Mit der vorzüglichsten Hochachtung und so weiter und so weiter …

Abraham faltete den Brief zusammen, legte ihn fort – und nahm ihn wieder zur Hand. Er las ihn nochmals, Zeile für Zeile, und dachte: So macht man das also, wenn man nicht weiterweiß: Man schickt seine Patienten einfach zu seinem alten Professor.

Seine kritischen Gedanken wurden von Schnauf-, Ächz- und Poltergeräuschen unterbrochen, denn auf der anderen Gangseite wurden Richters neue Patienten in den Saal getragen. Richters neue Patienten? Abraham seufzte. Zunächst einmal waren es seine Patienten, obwohl er sie am liebsten zu Tietz, diesem Drückeberger, zurückgeschickt hätte. Aber das kam selbstverständlich nicht in Frage. Er stand auf, ging hinüber und bemerkte mit Befriedigung, dass seine Anweisungen präzise ausgeführt worden waren. Alle drei Patienten lagen frisch verbunden da, Kopf an Kopf wie die Ölsardinen, und schienen gegen die Decke zu starren. »Flessner, ich bitte Euch auf ein Wort in mein Zimmer«, sagte Abraham und ging voran. Er setzte sich wieder an seinen Tisch und ließ Flessner, da kein zweiter Stuhl vorhanden war, notgedrungen stehen.

»Flessner, ich habe den Brief an Professor Richter sorgfältig durchgelesen und bin über die ärztlichen Bemühungen, die an Pentzlin, Burck und Gottwald vorgenommen wurden, genau im Bilde. Wie es scheint, handelt es sich um sehr ungewöhnliche Fälle, deshalb kann alles, was mit dem Unglück zu tun hat, von größter Wichtigkeit sein. Bitte schildert mir den Hergang des Unfalls in allen Einzelheiten, auch die kleinste Kleinigkeit kann wichtig sein.«

Flessner scharrte mit den Füßen, dann erzählte er von dem Unglück, wie schnell alles gegangen sei und dass man die Hoffnung, die drei zu finden, schon fast aufgegeben hätte. Doktor Tietz hätte Pentzlin, Burck und Gottwald, die im Übrigen Familie besäßen und feine Kerle seien, untersucht, aber er wäre wohl nicht recht weitergekommen.

»Und dann?«, fragte Abraham.

Dann hätte der Doktor den Brief geschrieben und ihn zu sich gerufen. Er hätte ihm gesagt, er solle die drei Kumpel nach Göttingen zu Richters Hospital fahren, und zwar sofort, die Genehmigung des Bergwerkdirektors läge schon vor. Es sei keine Zeit zu verlieren.

»Aber von Bad Grund nach Göttingen sind es mindestens dreißig Meilen«, wandte Abraham ein.

»Eher vierzig, Herr Doktor. Bin seit Montagmittag unterwegs, bin über Denkershausen und Northeim und Elvese gefahren, hab mich höllisch beeilt, aber schneller ging's nicht.«

Abraham musste dem Bergmann recht geben, er hatte die mühsame Strecke in knapp zweieinhalb Tagen geschafft. Ihm war in keinem Fall etwas vorzuwerfen, eher schon diesem Doktor Tietz, dem als Arzt klar gewesen sein musste, dass ein so langer Transport den Tod der Patienten hätte bedeuten können. »Ihr habt Euch wacker gehalten, Flessner.«

»Danke, Herr Doktor.« Flessner hustete qualvoll.

»Habt Ihr den Husten schon länger?«

»Vielleicht zwei oder drei Jahre.«

»Blutiger Auswurf dabei?«

»Nein, Herr Doktor.«

»Ihr habt ganz offenkundig eine Staublunge. Es wäre besser, Ihr würdet in frischer Luft leben, vielleicht im Land der Eidgenossen oder an der See.«

Flessner lächelte schief. »Im Land der Eidgenossen und an der See gibt es keine Bergwerke, Herr Doktor, und ich bin Steiger, kann auch nichts anderes.«

»Natürlich, natürlich.« Die Überflüssigkeit seines Ratschlags war Abraham in dem Moment klar gewesen, als er ihn ausgesprochen hatte.

»Was wird aus meinen Kumpeln? Kriegt Ihr die wieder hin?«

»Ich werde sehen, was ich machen kann. Heute Abend oder morgen wird sich auch Professor Richter der Patienten annehmen können.«

»Danke, Herr Doktor. Da ist noch was.«

»Ja, was denn?«

»Ich hab Geld mit von den Familien, aber ich weiß nicht, ob's für die Behandlung reicht.«

Abraham musste lächeln. An diesen Punkt hätte er zuallerletzt gedacht, aber natürlich war es richtig, die Kosten anzusprechen, denn das Hospital arbeitete nicht für Gotteslohn. »Das müsst Ihr mit Hasselbrinck regeln, der ist dafür zuständig. Und fragt ihn bei der Gelegenheit auch gleich, wo Ihr für eine Nacht unterkommen könnt.«

»Jawohl, Herr Doktor, allerdings, wenn's recht ist« – Flessner drehte seine Bergmannskappe in der Hand –, »würde ich gern so lange hierbleiben, bis die Kumpel wieder auf den Beinen sind, dann könnte ich sie gleich wieder zurückfahren. Jedenfalls wünschen's die Familien so, und der Herr Direktor von der Grube hat auch gesagt, ich dürfte so lange bleiben, wie's dauert.«

»Nun gut, auch das könnt Ihr sicher mit Hasselbrinck regeln.«

»Vielen Dank, Herr Doktor.«

Bis zum Abend beschäftigte Abraham sich eingehend mit den drei Neuzugängen. Er machte mit ihnen alles das, was auch Tietz schon unternommen hatte, und kam zu dem gleichen Ergebnis: Die Patienten litten an einer Art Bewusstlosigkeit, die ihr Reaktions- und Sprechvermögen ausschaltete. Alle Versuche, diese Bewusstlosigkeit zu beenden, schlugen fehl. Abraham spürte tiefe Enttäuschung, dachte aber nicht daran, aufzugeben. Als er hörte, dass ganz in der Nähe in der Kurzen Straße ein Leierkastenspieler von Haus zu Haus zog, beorderte er den Mann umgehend vors Hospital und ließ ihn eine halbe Stunde lang seine Weisen vortragen. Während dieser Zeit beobachtete er seine Patienten auf das genaueste, aber nichts, gar nichts, war an Veränderungen festzustellen. Sie lagen nach wie vor da wie lebende Tote.

Danach hatte er es mit dem Zufügen von Schmerzen versucht. Er hatte eine Knochenzange genommen und die ihm Anvertrauten an den verschiedensten Körperstellen gezwickt, an Armen, Beinen, Rumpf und sogar am Ohrläppchen – alles vergebens.

Schließlich war er auf eine letzte Idee gekommen, nachdem Hasselbrincks Frau zum Abendessen gebeten und sich bei dieser Gelegenheit über den betrügerischen Eierverkäufer beschwert hatte, weil drei seiner Hühnerprodukte faul gewesen waren und erbärmlich stanken. Abraham hatte die drei Eier in eine Schüssel legen lassen und diese mit einiger Überwindung seinen Patienten unter die Nase gehalten. Doch auch dieser letzte Versuch war genauso erfolglos verlaufen wie alle anderen.

Abrahams ernüchterndes Fazit war, dass die Kranken ebenso wenig auf Musik, Schmerz und Gestank reagierten wie auf die bereits von Tietz durchgeführten Untersuchungen.

Die Unempfindlichkeit gegenüber Gestank musste später auch Hasselbrinck leidvoll feststellen, denn einer der Patienten entleerte sich völlig teilnahmslos ins Bett. Der Hospitalwärter fluchte und versuchte daraufhin, die Patienten für die kommenden Stunden auf den Nachtstuhl zu setzen, aber auch dieses Unterfangen misslang, obwohl die alte Grünwald ihn nach Kräften unterstützte. Pentzlin, Burck und Gottwald klappten, sobald man sie losließ, zusammen wie die Taschenmesser. Die einzige Möglichkeit war, für alle drei einen Botschamper im Bettboden zu installieren, was sich als mühsam erwies und nur durch das Aussägen eines Lochs zu bewerkstelligen war.

Mittlerweile war es acht Uhr geworden, Abraham dachte an Alena, an die Witwe und verstärkt an Professor Richter. Hatte der Hospitaldirektor nicht versprochen, täglich nach dem Rechten sehen zu wollen?

Abraham schob die nutzlosen Gedanken beiseite. Er setzte sich in seine Stube und spitzte die Feder, denn ihm war eingefallen, dass für Pentzlin, Burck und Gottwald ein Krankenjournal eingerichtet werden musste. Er legte für jeden eines an und schilderte darin minutiös seine Beobachtungen. Die Angabe der Diagnose musste er schuldig bleiben, was ihn besonders verdross. Stattdessen schrieb er in jedes Journal den abschließenden Text: *Die fünf Sinne scheinen gestört. Es mag sein, dass der Patient fühlen, hören, sehen, riechen und schmecken kann, aber es ist ihm nicht anzumerken. Vermuteter Grund: Apathie. Vielleicht auch Paralyse des* Cerebrums. *Sprache und muskuläre Kontrolle fehlen. Grundfunktionen wie Atmen, Aufnehmen und Ausscheiden von Nahrung sind dagegen ebenso zu konstatieren wie regelmäßiger Wimpernschlag.* Er überlegte einen Augenblick, dann, weil er glaubte, dass Richter besonders daran interessiert sei, schrieb er dazu: *Augen wandern nicht,* miosis *und* mydriasis *der Pupille sind jedoch bei unterschiedlich starkem Lichteinfall festzustellen; Verkleinerung und Vergrößerung gleichzeitig bei der Pupille des Gegenauges zu beobachten.*

Danach legte er die Feder beiseite. Weil er sich noch geringe Hoffnung auf Richters Erscheinen machte, blieb er sitzen und nahm sich sämtliche Journale der ehemaligen Patienten vor, in der Erwartung, einen Parallelfall zu entdecken und daraus Erkenntnisse ziehen zu können. Aber so sorgfältig er auch las, einen ähnlichen Fall hatte es nie gegeben. Abraham presste die Lippen zusammen. Es konnte doch nicht sein, dass dieses Phänomen eines Krankheitsbilds zum ersten Mal ausgerechnet bei ihm auftrat! Er wandte sich Stromeyers Buchregal zu und ging dessen Literatur durch. Wieder nichts. Es war wie verhext! Nochmals nahm er sich die Journale vor und blieb schließlich bei dem des Zinngießers Warners hängen. Was hatte Richter da an die Seite gekritzelt? *Abwarten, manches heilt die Natur selbst.*

Abraham beschloss, der Empfehlung zu folgen, nicht zuletzt, weil ihm nichts Besseres einfiel. Dennoch blieb ein unbefriedigendes Gefühl zurück. Es gab für einen Arzt nichts Schlimmeres, als vergebens nach der Ursache eines

Leidens zu forschen, denn Unwissenheit bedeutete nichts anderes als Unfähigkeit – die Unfähigkeit, zu heilen.

Mit diesem Gedanken begann er, die Journale zu ordnen. Er sortierte sie chronologisch zu einem großen Stapel und stieß den Stapel anschließend um, ohne es zu bemerken, denn sein Kopf war nach vorn auf die Tischplatte gesunken.

Er war eingeschlafen.

Die Arbeit im Hospital war in der Tat sehr anstrengend.

Zu dem Zeitpunkt, als Abraham vor Erschöpfung über den Journalen einschlief, herrschte beim *Schnaps-Conradi* alles andere als Schläfrigkeit, im Gegenteil, in der Kneipe ging es hoch her, Philister und *Burschen* rauchten, tranken, lachten und furzten ungeniert, niemand tat sich einen Zwang an, obwohl an diesem Abend sehr hochwohlgeborene Herrschaften unter den Gästen weilten. Es handelte sich um keine Geringeren als die drei jüngsten Söhne Seiner Majestät König Georgs III. von England, den dazugehörigen Schranzen ihres Hofstaats und den weit über die Landesgrenzen hinaus bekannten Professor Georg Christoph Lichtenberg.

Lichtenberg, der bald seinen siebenundvierzigsten Geburtstag begehen sollte, war einer, bei dem – wie er wohl selbst gesagt hätte – die Natur den äußeren Putz vergessen hatte. Er war von kleinem Wuchs, hatte einen Buckel und neigte seiner eigenen Einschätzung nach zum Kränkeln. Sein Kopf allerdings wog alle Makel auf: Er war groß und markant, steckte voller Brillanz und Dominanz, und seine scharfe Zunge sowie sein treffender Witz wurden gleichermaßen geliebt und gefürchtet.

Lichtenberg hatte eine Schwäche für das schöne Geschlecht, und er machte daraus – Respektsperson hin oder her – keinerlei Hehl. An diesem Abend hatte er ein Auge auf eine neue Schankmagd geworfen, ein strammes Ding, das keineswegs uneben zu nennen war, und er bestellte ein ums andere Mal bei ihr, obwohl sie für ihn nicht zuständig war. »Einen Rotwein noch, du Tochter der Aphrodite«, rief er mit heller, kräftiger Stimme.

»Aber Herr Professor«, schmollte die Schöne, »ich hab's Euch schon gesagt, die Elsie soll Euch heut Abend bedienen.«

Lichtenberg kicherte, denn er hatte schon mehrere Gläser Wein intus. »Die Elsie darf jeden bedienen außer mir, sie ist eine Frau, der bereits die Tagundnachtgleichen des Lebens im Gesicht stehen, und deshalb nichts für mich und meine hochwohlgeborenen Schützlinge, nicht wahr?«

»Jawohl, Herr Professor«, sagte Ernst August, der älteste der drei Prinzen, mit englischem Akzent. Und weil er genau wie seine Brüder ein glühender Bewunderer Lichtenbergs war, kicherte er auf ganz ähnliche Weise und fragte: »Wo stehen, äh, diese Tagundnachtgleichen im Gesicht, *Sir?*«

Lichtenberg winkte ab. »Überall stehen sie, sie werden mit jedem Jahr deutlicher, entpuppen sich als Runen und Runzeln und machen den wenigsten unter uns *Plaisir*. Schaut nur genau hin bei Elsie, meine Herren Prinzen, dann werdet Ihr sehen, was ich meine, und begreifen, warum ich meinen Rotwein nicht bei ihr bestelle. Die unterhaltsamste Fläche auf der Erde ist immer noch das menschliche Gesicht.«

»*Yes, Sir.*« Die drei Prinzen lachten höflich.

»Meines allerdings schaut gerade etwas enttäuscht, so scheint mir.«

»*Sir?*«

»Weil mein Glas schon wieder leer ist.« Lichtenberg ki-

cherte und bestellte erneut von dem wohlschmeckenden
Rotspon. Nachdem die neue Schankmagd es schmollend
abgestellt hatte, stieß sie mit einem jungen Mann zusammen, der gerade den Raum betreten hatte.

Es war Heinrich von Zettritz, der frischgebackene *Fuchs*.

»Darf ich mich zu Euch setzen, Herr Professor?«, fragte er
etwas schüchtern.

»Nur immer zu, wir kennen uns ja schon«, rief Lichtenberg jovial. »Ihr wohnt im Büttnerschen Haus, genau wie
meine drei Zöglinge. Was unter einem Dach lebt, soll auch
zusammen feiern.«

»Jawohl, Herr Professor.« Heinrich quetschte sich zwischen die Prinzen und saß ein wenig verloren da. Eigentlich hatte er an diesem Abend in die Bücher schauen und
das im *Collegium* Gehörte aufarbeiten wollen, doch er war
mit seinen Gedanken ständig woanders gewesen. Er hatte
an Abraham denken müssen und an dessen Worte, dass ein
Studium von Anfang an sehr ernst genommen werden müsse. Angesichts der Fülle des Stoffs, den man sich als *Fuchs*
einzuprägen hatte, schien der Weg zu einem erfolgreichen
Arzt in der Tat mit Dornen gepflastert zu sein.

»Prost, Henry«, sagte Adolf Friedrich, der jüngste der
englischen Prinzen, und schob ihm ein volles Glas zu.
»Trink was, dein Gesicht ist ja gleich wie Tag und Nacht.«

Ernst August und August Friedrich, der zweitälteste der
Prinzen, kicherten.

Heinrich verstand nicht und lächelte scheu.

Lichtenberg klärte den Hintergrund der Bemerkung auf
und fuhr fort: »Nun, mein lieber von Zettritz, wie ich weiß,
reitet Ihr die Medizin im ersten Semester, da wird ein wenig
Wissen um die Geheimnisse der Physik nicht schaden. Wie
Ihr seht, ist das Glas, das Seine Königliche Hoheit Euch

gerade zugeschoben hat, fast bis zum Rand gefüllt. Nennt mir nun eine einfache, aber überzeugende Methode, in dieses Glas Luft zu bringen und gleichzeitig den Rotwein restfrei verschwinden zu lassen.«

»Nun, Herr Professor« – Heinrich wurde rot –, »ich muss zugeben, dass ich mich in der wissenschaftlichen Erforschung der Naturerscheinungen noch nicht so auskenne.«

»Das macht nichts. Denkt nur ein wenig nach.«

»Nun, vielleicht funktioniert das Ganze mit einer Art Unterdruck?«

»Nein, mein Sohn.« Lichtenberg blickte betont ernst. »Eigentlich eher durch eine Abfolge mechanischer Kräfte.« Dann schaute er in die Runde, um sicherzugehen, dass ihm allseitige Aufmerksamkeit zuteil wurde, ergriff das Glas und leerte es mit drei großen Schlucken.

Die drei Prinzen lachten. Ernst August, der älteste, sogar so sehr, dass er sich am Rauch seiner Tonpfeife verschluckte. Dann, unvermittelt, sog er am Stiel und stieß den inhalierten Rauch zu beiden Ohren hinaus, ein Kunststück, das niemanden zu beeindrucken schien. Niemanden außer Heinrich.

Lichtenberg ergriff wieder das Wort: »Ja, mein lieber von Zettritz, manches im Leben ist leichter, als es auf den ersten Blick erscheint. Oder anders ausgedrückt: Es wird viel zu viel Aufhebens um Dinge gemacht, die leicht erklärlich sind. Ich zum Beispiel habe vor den Augen meiner Studenten schon mit heißer Luft gefüllte Schweinsblasen an die Decke meiner Wohnung segeln lassen, lange bevor die Gebrüder Montgolfier ihren Heißluftballon in Paris aufsteigen ließen. Aber das nur nebenbei. Insgesamt ist die Wissenschaft mit ihren Erkenntnissen nicht aufzuhalten.«

»Sicher, Herr Professor.« Heinrich lächelte etwas mühsam. Er ärgerte sich, dass er nicht auf die Lösung gekommen war.

Lichtenberg seufzte. Und während er mit den Augen die junge, stramme Schankmagd verfolgte, die am Nebentisch Bier abstellte, fügte er an: »Ebenso wenig wie das drohende Alter und die damit verbundenen Zipperlein aufzuhalten sind. Wir alle werden älter, und der Zahn der Zeit nagt an uns, und an mir besonders.«

Die drei englischen Prinzen grinsten. Sie kannten Lichtenberg gut genug, um zu wissen, dass er bei einem seiner Lieblingsthemen angekommen war – seinen vielen eingebildeten Krankheiten. Heinrich jedoch war ahnungslos, deshalb fragte er höflich: »Ich hoffe, es ist nichts Bedenkliches?«

»Oh, wer will das wissen angesichts der zahllosen Beschwerden, die meinen Körper quälen! Irgendeine hinterhältige *inflammatio* wird schon dabei sein.« Lichtenberg blickte mit komischer Verzweiflung zu den rauchgeschwärzten Deckenbalken empor, und niemand hätte zu sagen gewusst, wie ernst sein Ausruf zu nehmen war.

»Ihr solltet die entzündlichen Herde einem guten Arzt anvertrauen, Herr Professor.«

»Aber wem denn, tausendsackerment! Soll ich zu einem meiner Professorenkollegen gehen und ihm die Ohren vollstöhnen? Nichts lieber als das würden diese, diese … äh, geschätzten Mitstreiter hören! Nein, nein, das kommt überhaupt nicht in Frage. Lichtenberg bleibt Lichtenberg!«

Heinrich wusste darauf nichts zu sagen. Er bestellte einen neuen Wein bei Elsie, und dann kam ihm eine Idee. »Ich habe einen Kommilitonen, Herr Professor, der als ein sehr tüchtiger Mediziner gilt. Er ist zwar noch ein *Philistrant* und nicht promoviert, aber ich glaube, Professor

Richter hält große Stücke auf ihn. Er ist schon heute ein wahrer Gelehrter.«

Lichtenberg unterdrückte ein Aufstoßen. »Was Ihr nicht sagt. Im Wort ›Gelehrter‹ steckt nur der Begriff, dass man ihn vieles gelehrt, aber nicht, dass er auch vieles gelernt hat.«

Heinrich runzelte die Stirn. Er wollte einerseits höflich sein, andererseits aber nicht die Zweifel an Abrahams Fähigkeiten im Raume stehen lassen, deshalb sagte er: »Ich bin überzeugt, dass mein Kommilitone Julius Abraham Euch in dieser oder jener Hinsicht helfen könnte.«

Ernst August schaltete sich ein: »Herr Professor, das ist dieser, äh, wie sagt man? *Puppet player?*«

Heinrich ergänzte: »Er ist nicht nur Puppenspieler, sondern auch Ventriloquist, und ein besonders guter dazu.«

»Ach der.« Lichtenberg schien nachzudenken. »Ist das nicht der, der schon so alt ist, dass er seinen eigenen Professor gezeugt haben könnte?«

»So alt ist er nicht, er ist zweiundfünfzig.«

»Ihr scheint ihn gut zu kennen?« Lichtenbergs Augen blickten wachsam.

»So gut nun auch wieder nicht«, sagte Heinrich hastig. »Wir sind uns nur ein paarmal begegnet.«

»Und dennoch wisst Ihr um die besonderen Fähigkeiten dieses *Studiosus?*«

Ehe Heinrich klein beigeben musste, winkte Lichtenberg ab und gleich darauf der hübschen Kellnerin, um neuen Wein zu ordern.

Heinrich war froh, dass der scharfzüngige Professor nicht weiter insistierte, doch gleich darauf sagte dieser: »Mir ist ein ungewöhnlicher Mann tausendmal lieber als einer, bei dem mit jedem Wort die Langeweile aus dem Mund hervorquillt. Alter schützt vor Torheit nicht, aber ich kenne viel mehr junge Toren als alte.«

»Jawohl, Herr Professor.«

»Ihr könnt mich bei Gelegenheit mit Abraham bekannt machen.«

»Gern, Herr Professor. Und wo, wenn ich fragen darf?«

»Wo? Na, hier natürlich.«

Zwei Tage später gelang es Abraham, rechtzeitig zum gemeinsamen Mittagessen im Haus der Witwe Vonnegut zu erscheinen. Es gab dicke Bohnen mit gekochten Schweinerippen, eine Speise, die von den zurzeit im Haus logierenden Studenten – es waren vier – wahrscheinlich als Schlangenfraß bezeichnet worden wäre, hätten sie nicht einen Heidenrespekt vor ihrer Vermieterin gehabt. Alena aß schweigend, doch dafür redete die Hausherrin umso mehr.

»Du weißt, Julius«, sagte sie, »dass ich dich von Herzen hochschätze, aber ich würd mich Sünde fürchten, dir zu verschweigen, dass ich mir Sorgen um dich mache. Du zeigst dich in letzter Zeit seltener in diesem Haus als ein Hausierer, der im Winter Singvögel verkaufen will. Nimm mir's nicht übel, aber das muss sich ändern. Alena vermisst dich sehr.«

Das stimmte in der Tat. Die Bemerkung trug allerdings nicht zu Alenas guter Laune bei, denn sie fand es mehr als unpassend, dieses Thema vor versammelter Gesellschaft anzusprechen. So sagte sie nichts und stocherte nur weiter in ihrem Essen herum.

Abraham tat es ihr gleich. Er hatte ein schlechtes Gewissen und fühlte sich denkbar unwohl in seiner Haut. Aber was sollte er machen! Er konnte sich nicht zerteilen. Und das Schlimmste: Bei der Heilung der »wachtoten Patienten«, wie Hasselbrinck sie nannte, hatte er noch keinerlei Fortschritte erzielen können. Nichts als Sorgen und Ärger hatte er, im Hospiz ebenso wie zu Hause. Damit nicht genug, schlummerte seine Dissertation weiter unbearbeitet vor sich hin.

»Du sagst ja gar nichts, Julius?«

»Ihr habt recht, Mutter Vonnegut. Ich werde mir Mühe geben und mich bessern.«

»Oder schmeckt dir das Essen bei der alten Hasselbrinck etwa besser?«

»Auf keinen Fall, Mutter Vonnegut, auf keinen Fall.«

Besänftigt wechselte die Witwe das Thema. Sie blickte in die Runde und verkündete: »Ich hab noch ein paar heiße Kastanien, für jeden drei. Sie kamen gestern frisch mit dem Postwagen aus Frankfurt, genauer gesagt, aus Kronburg. Kronburger Kastanien sind die besten, müsst ihr wissen, darauf verwett ich meinen Hut.«

Beifälliges Gemurmel setzte ein, doch schwang auch ein wenig Heuchelei darin mit, denn niemand am Tisch machte sich viel aus Esskastanien, zumal diese nicht frisch sein konnten, da sie vom letzten Jahr waren.

»Ihr mögt doch alle Kastanien?«

»Doch, ja. Ja, ja.«

»Dann ist es gut.«

Oben im Puppenzimmer wandte Alena sich mit zornigen Augen an Abraham. »So geht das nicht weiter, Abraham«, sagte sie, während sie das Bettzeug, das sie am Vormittag gelüftet hatte, in der Truhe verstaute. »Die Witwe hat recht, du lässt dich hier überhaupt nicht mehr sehen. Wenn das so weitergeht, frage ich mich, wozu wir überhaupt verheiratet sind.«

Der Söldner, der mit den anderen Puppen in einer Zimmerecke saß, rief: »Ich sag ja immer, heirate nie, und wenn deine Kinder dich auf Knien anflehen.«

Und Friedrich der Große krähte: »Hab's auch immer so gehalten! Eine *Kanaille,* wer sich den Weibern untertan macht, hähä!«

»Abraham!« Alena stemmte die Arme in die Hüften. »Mit deinem Puppengerede kommst du mir diesmal nicht davon. Ich will von dir klipp und klar hören, dass du in Zukunft regelmäßig zum Mittagessen und auch nachts hier in der Güldenstraße bist.«

»Aber Liebste.« Abraham zuckte hilflos mit den Schultern. »Ich stecke, wie du weißt, in einer Zwickmühle. Das Tragische ist, dass ich, egal, wie ich mich verhalte, immer die andere Seite vernachlässige.«

»Dann vernachlässige das Hospiz.«

»Das kann ich nicht, das weißt du selbst. Wenn ich es täte, hätten wir kein Geld. Ich bin froh, dass wir zurzeit alles bezahlen können, was der Alltag verlangt.«

»Was der Alltag verlangt, ist mir egal, Abraham. Ich verlange nach dir, und das muss das Wichtigste sein.« Plötzlich gab Alena ihre herausfordernde Haltung auf und schmiegte sich an ihn. »Ich bin dir doch das Wichtigste, oder?«

Abraham küsste Alena auf die Stirn und roch den Duft ihres herrlichen schwarzen Haars. »Natürlich«, murmelte er. »Das war schon immer so, und es wird auch immer so sein.«

»Versprich mir steif und fest, dass du in Zukunft häufiger zu Hause bist.«

Er löste sich von ihr und sagte ernst: »Ich verspreche steif und fest, dass ich alles versuchen werde, in Zukunft häufiger bei dir zu sein.«

Sie küsste ihn.

»Ich hoffe, das genügt dir?«

»Ich weiß es nicht, Abraham, ich weiß es wirklich nicht.«

Unwillkürlich tastete sie ihren Leib ab. Abraham bemerkte es und fragte: »Hast du Bauchweh, Liebste?«

»Nein, wie kommst du darauf?«

»Ich dachte nur, es wäre, äh, mit deiner Regel wieder so weit.«

»Nein, ist es nicht.«

Er atmete auf. »Dann kann ich jetzt wieder ins Hospital zurück?«

»Ja, geh nur.«

Wieder zwei Tage später, am Sonntag, dem sechsundzwanzigsten April, befand Abraham sich im Hospital und war ratloser denn je. Noch immer hatte er nicht herausgefunden, was den drei wie tot daliegenden Bergleuten fehlte. Flessner, der Steiger, der sie aus Bad Grund herbeigeschafft hatte, war zwischenzeitlich wieder zurückgefahren, er wollte Frau und Kind nicht so lange allein lassen. Auch wollte er, wie er hustend fortfuhr, der Bergwerksdirektion und Doktor Tietz über den Stand der Dinge Bescheid geben. Abraham hatte ohnmächtig dagestanden und genickt. Der Aufbruch Flessners kam einer schmerzlichen Niederlage gleich, einer Niederlage, die umso schwerer wog, als auch Professor Richter, der sich endlich im Hospital hatte sehen lassen, Abrahams Hilflosigkeit nicht verborgen geblieben war. Wenigstens hatte Richter ihm keinerlei Vorwürfe gemacht, sondern nur gesagt: »Solange die Patienten essen und die übrigen Körperfunktionen normal ablaufen, ist nichts verloren. Vertrauen wir auf die Zeit, mein lieber Abraham – und macht weiter so.« Und zu Hasselbrinck, der in strammer Haltung neben ihm stand, hatte er gesagt: »Dreht die Patienten häufiger im Bett herum, Hasselbrinck, damit wir Liegegeschwüre vermeiden.« Und wieder zu Abraham: »Der *ulcus per decubitum* ist keineswegs zu unterschätzen. Er kommt manchmal schneller, als man denkt.« Dann hatte er auf seine Taschenuhr geschaut und sich eilig empfohlen.

Abraham versuchte, sich in Stromeyers Stube mit der weiteren Arbeit an seiner Dissertation etwas abzulenken, doch nach zwei oder drei Seiten warf er den Griffel hin. Er konnte sich nicht konzentrieren. Er musste hinübergehen zu Pentzlin, Burck und Gottwald, er musste irgendetwas tun, egal, was, denn so konnte es nicht weitergehen.

Nach wenigen Schritten stand er vor ihnen und tat, ohne nachzudenken, etwas, was er zuvor noch nie getan hatte. Er rief, so laut er konnte: »P E N T Z L I N !«

Täuschte er sich? Oder hatte Pentzlin tatsächlich mit einem kurzen Flattern der Wimpern auf seinen Namen reagiert? Abraham holte erneut Luft und brüllte mit aller Kraft die Namen der beiden anderen Patienten. Doch diesmal war keinerlei Reaktion zu beobachten. Enttäuscht wandte er sich ab – und starrte in das hochrote Gesicht von Hasselbrinck, der, aufs höchste beunruhigt durch die lauten Rufe, die Treppe heraufgestürmt war. »Was ist denn bloß los, Herr Doktor?«

»Nichts«, antwortete Abraham. »Es war nur ein weiterer Versuch, durch *actio* eine *reactio* auszulösen.«

»Ach so.« Der Hospitalwärter schnaufte verständnislos.

»Leider wieder wohl ohne Erfolg.« Abraham ließ Hasselbrinck stehen und stieg die Treppe hinunter. Hasselbrinck folgte ihm und meldete: »Ich war grade dabei, den unteren Patienten die Medizin zu geben. Johannes, der Junge mit dem Schienbein, ist ja nun weg, wie Herr Doktor befohlen haben, er wird nächste Woche noch mal vorbeikommen, um das Bein zu zeigen, wie Herr Doktor befohlen haben, und das Mütterchen mit der Gicht ist auch weg, sie wollte nach Hause, jetzt, wo die Schmerzen nachgelassen haben.«

Sie waren mittlerweile in Hasselbrincks Reich, der kleinen Bürokammer, die von Papieren überquoll, angekommen, und Abraham fragte: »Was ist mit Cloose? Hat der Goldschmied endlich Nachricht gegeben, wann er das künstliche Auge fertig hat?«

»Nein, Herr Doktor, aber Cloose geht's so weit gut.«

»Wenigstens etwas.« Abraham verließ den Raum und ging zu der Kammer, in der Bornitz und Möller, die beiden Bäckergesellen mit dem seltsamen Gesichtsausschlag, lagen. Ihr Krankheitsbild gab ähnliche Rätsel auf wie das der Bergleute, denn die Ursache ihres Leidens war nicht zu diagnostizieren. Dennoch schienen sie wenig unter ihrem Zustand zu leiden, sie aßen kräftig und redeten viel. Nachdem Abraham höflich die Tageszeit entboten und sich nach ihrem Befinden erkundigt hatte, besah er sich wohl zum hundertsten Mal die Stellen im Gesicht, seltsame, bläschenartige Läsionen, die trotz aller Salben und Tinkturen, trotz bester und gesündester Kost nicht abheilen wollten. Irgendetwas stimmte da nicht. Abraham hatte noch nie den Gedanken erwogen, dass es sich bei Bornitz und Möller um Simulanten handeln könne, doch nun keimte dieser Verdacht in ihm auf. Wieder besah er sich die befallenen Gesichtspartien auf das genaueste und sagte: »Mit den Krankheiten ist es wie mit dem menschlichen Verhalten: Wenn man erst die Ursache erforscht hat, kann man beides besser verstehen – und entsprechende Maßnahmen ergreifen.«

»Wie meint Ihr das, Herr Doktor?«, fragte Bornitz. Und sein Bettnachbar fügte hinzu: »Heißt das etwa, Ihr könnt uns heilen? Das wäre ja fast schade, wo es uns hier doch so gut gefällt.« Dann merkte er selbst, wie unpassend seine Rede war, und sprach schnell weiter: »Aber Spaß beiseite, Herr Doktor, wir wären natürlich heilfroh, wenn wir die Stellen endlich loswären.«

»Nun, wir werden sehen«, sagte Abraham bedeutungsvoll und verließ die Kammer. Auf dem Flur fing er Hasselbrinck ab. »Wohin habt Ihr die gebrauchten Verbände der letzten Tage geworfen?« fragte er.

Der Hospitalwärter wunderte sich. »Wie meinen, Herr Doktor?«

Abraham wiederholte seine Frage, bemüht, geduldig zu wirken.

»Wie immer, Herr Doktor, die ollen Verbände sind im Müll.« Dann fügte er unaufgefordert hinzu: »Und die Essensreste gehen immer zu Nachbar Hennemann, der hat doch die Sau im Stall.«

»Ja, ja.« Abraham dankte und lief zur Mülltonne auf dem Hof. Dort begann er unverzüglich, nach den alten Leinenstreifen zu graben. Es war ein nicht gerade angenehmes Unterfangen, am Ende aber hatte er gefunden, was er suchte. Es waren mehrere krompressenartige Stoffstücke. Er nahm sie, steckte sie ein und ging zurück zu Bornitz und Möller, die gerade über irgendetwas lauthals lachten. »Wie es scheint, habt Ihr einen Anfall von Heiterkeit«, sagte er mit schiefem Lächeln. »Aber ich denke, ich habe ein gutes Mittel dagegen.«

»Verzeihung, Herr Doktor«, sagte Bornitz.

»Nichts für ungut, Herr Doktor«, sagte Möller, »aber es heißt doch immer, Lachen ist die beste Medizin?«

Abraham ging nicht darauf ein. »Wie gesagt, ich habe das rechte Mittel, Eurer Heiterkeit einen Dämpfer aufzusetzen – und gleichzeitig das Geheimnis Eurer seltsamen Krankheit zu lüften.«

Die beiden guckten dumm.

»Ihr leidet beide an einem sogenannten *Pemphigus vulgaris*, einem Bläschenausschlag, der gemeinhin mit der richtigen Behandlung nach ein paar Tagen abklingt.«

»Und was bedeutet das, Herr Doktor?«, fragte Möller mit schief gelegtem Kopf.

»Nun, da die Behandlung richtig war, der *Pemphigus vulgaris* aber dennoch nicht weichen wollte, gibt es nur eine Erklärung: Es war ein vorgetäuschter Bläschenausschlag.«

»Aber Herr Doktor!« Bornitz blickte empört. »Jedermann kann die Krankheit doch sehen. Wie hätten wir sie denn vortäuschen sollen?«

»Hiermit.« Abraham zog die Stoffstücke hervor und hatte Mühe, nicht allzu triumphierend zu klingen. »Es sind sogenannte spanische Fliegenpflaster, ein probates Mittel unter Studenten, die Bläschenkrankheit vorzutäuschen, wenn eine Klausur droht und man sich dieser entziehen will. Irgendjemand hat Euch die List verraten. Ich will gar nicht wissen, wer.«

»Aber Herr Doktor …«

»Steht sofort auf. Und dann geht zu Hasselbrinck und erstattet ihm sämtliche Kosten, die Euer Aufenthalt hier verursacht hat. Und dann schert Euch raus.«

»Aber Herr Doktor« – Möller gab sich noch nicht geschlagen – »wir haben nicht den kleinsten Pfennig, sind total abgebrannt, wir appellieren an Euer gutes Herz …«

Abraham wischte seine Bettelei mit einer Handbewegung beiseite. »Wenn Ihr heute nicht bezahlt, gehe ich morgen zu Eurem Meister oder gleich zum Zunfthaus. Ich bin gespannt, was man dort zu Euren Betrügereien sagt.«

»Jawohl, Herr Doktor.« Kleinlaut nahmen die beiden ihre Sachen und stahlen sich aus der Kammer. Abraham blickte ihnen hinterher, atmete tief durch und musste grinsen. Der Sieg hatte ihm gutgetan. Es war ein Sieg nach Maß. Die Kerle würden bei Hasselbrinck bezahlen, morgen wieder ihrem Beruf nachgehen, ansonsten aber schweigen. Und das war gut so. Nicht auszudenken, wenn die Öffentlichkeit erführe, wie lange er sich an der Nase hatte herumführen lassen!

Abraham erklomm schwungvoll die Treppe ins Obergeschoss und arbeitete die nächsten zwei Stunden mit Erfolg an seiner Dissertation. Unter einem der letzten Paragrafen, die das Werk komplettieren sollten, schrieb er Folgendes über die Muskulatur des Auges:

§ 46

Wie wir in dem Vorhergehenden gezeigt haben, wird das Auge von geraden Muskeln zusammengedrückt; nicht wenige Argumente sprechen für diese Darstellung. Bei einer krampfartigen Kontraktion wird die Augenwurzel kräftig zusammengedrückt …

Er schrieb noch eine Weile weiter und begann dann in bewährter Manier zu übersetzen:

§ 46

Quod a priori demonstravimus, oculum a musculis rectis comprimi …

Er hatte ein gutes Gefühl beim Niederschreiben, denn er wusste, wenn er die wenigen noch verbliebenen Paragrafen beendet hatte, würde abschließend nur noch das Kapitel über den Vergleich zwischen dem menschlichen und dem tierischen Auge – und hier im Besonderen den Okularen der Säuger und der Insekten – zu verfassen sein. Ein Versuch, den niemand vor ihm unternommen hatte. Jedenfalls nicht mit der von ihm geplanten wissenschaftlichen Untermauerung ... Endlich war ein Ende in Sicht!

Unten hörte er plötzlich Stimmen. Was war da nur wieder los, wo er doch gerade so schön in Fahrt war! Ärgerlich sprang er hoch, riss die Tür zum Gang auf und rief in Richtung Eingangstür: »Donner und Doria, Hasselbrinck, was ist denn nun schon ... ach, du bist es, Heinrich!«

Heinrich, der an diesem Sonntag ein sandfarbenes Kamelott aus feinstem holländischem Tuch trug, das besonders gut zu seinem braunen Haar passte, nahm die letzten beiden Stufen der Treppe auf einmal und sagte schelmisch: »›Donner und Doria‹ scheint einer deiner Lieblingsausdrücke zu sein, wenn du missgelaunt bist, Julius. Warum bist du missgelaunt?«

»Ich bin nicht missgelaunt.«

»Vielleicht bist du es nicht, aber über deiner Nasenwurzel steht eine steile Falte.« Noch immer sah Heinrich ihn schelmisch an.

Abraham hob entschuldigend die Hände. »Ich war nur gerade in meine Dissertation vertieft. Es sieht ganz so aus, als würde der Tag, an dem ich sie beende, nicht mehr allzu fern sein.«

»Ich wusste schon immer, du hast was los!«

»So wild ist es nun auch wieder nicht.«

»Doch, doch! Darf ich sehen, was du geschrieben hast?«

Natürlich durfte Heinrich das. Nur allzu gern zeigte Abraham die eben verfassten Passagen, denn auch er war nicht unempfänglich für ein Lob. Nachdem Heinrich alles gelesen und auch die neuesten Entwicklungen bei den Bergleuten und den nichtsnutzigen Bäckergesellen erfahren hatte, sagte er: »Bei so vielen guten Nachrichten müssten wir eigentlich einen kneipen, Julius.«

Abraham winkte ab. »Zum Kneipen fehlt mir die Zeit. Und das bisschen Zeit, das mir verbleibt, gehört meiner Frau und meinen Puppen.«

»Natürlich.« Heinrich wirkte leicht enttäuscht, sagte aber tapfer: »Das verstehe ich.« Dann hellte seine Miene sich wieder auf. »In jedem Fall wirst du demnächst promoviert sein.«

»So Gott will.«

»Als frischgebackener Arzt wirst du dich sicher in Göttingen niederlassen wollen?«

Abraham zog die Brauen hoch. »Darüber habe ich mir noch kaum Gedanken gemacht. Aber wenn ich es recht bedenke, gefällt es mir hier. Die Stadt ist mir ans Herz gewachsen. Ein Geist von Forschung und Lehre weht durch ihre Straßen.«

»Famos! Dann können wir auch weiterhin zusammenbleiben. Du als Arzt und ich als *Studiosus*.« Heinrich legte seine Hand auf Abrahams Schulter. Es war eine Geste, die Abraham als zu vertraulich empfand. Aber er hätte es unhöflich gefunden, die Hand fortzuschieben. Deshalb nickte er nur.

Heinrich lächelte. »Wenn du als Arzt in Göttingen bleibst, werden gute Beziehungen dir nicht schaden. Ein Doktor der Medizin lebt nun einmal von seinen Patienten.«

»Gewiss.« Abraham fragte sich, worauf Heinrich hinauswollte.

»Ich finde, du solltest Professor Lichtenberg kennenlernen. Er hat vielerlei Beziehungen, ist hoch angesehen und unterhält sogar Kontakte zum englischen Königshaus. Man sagt, König Georg III. sei ihm freundschaftlich verbunden. Vergiss nicht: Georg III. ist die Würde des Rektors vorbehalten, des *Rector Magnificentissimus.* Was er wünscht, ist dem Prorektor Befehl.«

»Sicher, sicher, wem sagst du das. Aber wie kommst du ausgerechnet auf Lichtenberg? Es gibt noch andere bedeutende Größen an der Georg Augusta. Kennst du ihn etwa?«

Heinrich nahm seine Hand fort, doch gleich darauf legte er sie wieder an den alten Platz. »Ja, gewissermaßen schon.«

Abraham schüttelte den Kopf. »Im Prinzip hast du ja recht. Beziehungen können nicht schaden. Aber ich will mich niemandem aufdrängen.«

Heinrich lächelte. »Das ist wieder mal typisch Julius Abraham. Und wenn ich dir nun sage, dass es eigentlich umgekehrt ist? Lichtenberg höchstpersönlich zeigte Interesse daran, dich kennenzulernen.«

»Mich? Willst du mich auf den Arm nehmen?«

»Keineswegs. Kommst du mit zum *Schnaps-Conradi?* Dort sitzt der Professor am Sonntagabend immer.«

»Ich kann nicht.« Abraham dachte an die Auseinandersetzung mit Alena, die nur zwei Tage zurücklag. »Ich muss in einer halben Stunde zum Abendessen in die Güldenstraße.«

»Schick Alena doch eine Nachricht, dass du später kommst. Die Chance, einen Georg Christoph Lichtenberg näher kennenzulernen, ergibt sich nicht alle Tage.«

Das stimmte allerdings. Abraham zögerte.

»Schreib Alena ein paar Zeilen, dass es später wird, und lass Hasselbrinck die Nachricht überbringen.« Heinrich strahlte ihn an.

Abraham zögerte noch immer.

»Komm, gib dir einen Ruck.«

»Nun denn, in Gottes Namen.«

»Ihr müsst ein Genie sein.« Professor Lichtenberg saß ohne seine Prinzen in einer Eckbank beim *Schnaps-Conradi* und blickte Abraham verschmitzt entgegen.

»Ich verstehe nicht ganz.« Abraham war leicht verwirrt. Die Begrüßung durch den berühmten Professor hatte er sich anders vorgestellt. Auch Heinrich, der neben ihm stand, machte ein fragendes Gesicht.

»Weil Eure Ohrläppchen nicht angewachsen sind.«

»Wie meinen …?«

Lichtenberg amüsierte sich. »Ein gelöstes Ohrläppchen bedeutet Genie und Verstand, ein angewachsenes hingegen Dummheit und Trägheit des Geistes.«

»Aha.« Unwillkürlich betastete Abraham sein Ohr.

»Setzt euch erst einmal.« Lichtenberg machte eine einladende Geste. Dann bestellte er dreimal vom besten Rotwein – leider musste es diesmal bei der hässlichen Elsie sein – und fuhr fort: »Die Ohrläppchen-These stammt von Lavater, äh, Ihr kennt doch Lavater?«

»Leider nein, Herr Professor.«

»Ein Schweizer Pfarrer, der viel von Physiognomie verstehen will. Wenn es nach ihm ginge, bestünde die Hälfte der Menschheit aus Genies, weil ihre Ohrläppchen nicht angewachsen sind. Das ist natürlich Unsinn.« Lichtenberg grinste. »Euch ausgenommen.«

»Danke, Herr Professor.« Auch Abraham musste schmunzeln.

Der Wein wurde gebracht, und Lichtenberg prostete seinen beiden Gästen zu. »Wohl bekomm's, die Herren!« Er trank. »Um auf Lavater zurückzukommen: Wir beide sind einander in herzlicher Polemik verbunden. Zwar gestehe ich dem Manne zu, dass dem Antlitz eines Menschen gewisse Grundzüge des Charakters zu entnehmen sind, auch mögen darin Zeichen seiner Gedanken, Fähigkeiten und Neigungen abzulesen sein, aber von der Schädelform auf die Natur eines Menschen schließen zu wollen ist barer Unsinn!«

Wieder trank er. »Wenn die Physiognomik das wird, was Lavater von ihr erwartet, so wird man die Kinder aufhängen, ehe sie böse Taten begangen haben. Ein physiognomisches *Autodafé,* sage ich Euch! Viel mehr hingegen verrät das Mienenspiel. Und Euer Mienenspiel, mein lieber Abraham, verrät mir, dass Ihr Euch die ganze Zeit fragt, warum ich das alles so episch breit erzähle.«

»Nun, ich … finde es sehr interessant.«

»Ja, sehr interessant«, bestätigte Heinrich.

»Wir können gar nichts von der Seele sehen, wenn sie nicht in den Mienen sitzt. Die Seele legt, so wie der Magnet den Feilstaub, das Gesicht um sich herum. Je länger man Gesichter beobachtet, desto mehr wird man an den sogenannten nichtssagenden Gesichtern Dinge wahrnehmen, die sie individuell machen.«

Abraham räusperte sich. »Ja … sicher.«

Lichtenberg trank abermals einen Schluck. »Nach diesem kleinen Exkurs zur Begrüßung ist es mir ein Bedürfnis, Euch, lieber Abraham, zu versichern, wie sehr ich mich freue, Euch kennenzulernen.«

»Die Freude ist ganz auf meiner Seite.«

»Wie der junge von Zettritz Euch sicher erzählt hat, sind es Eure ausgezeichneten medizinischen Fähigkeiten, die mich neugierig auf Euch gemacht haben.«

»Was hast du da *schwadroniert*?« Abraham fuhr zu Heinrich herum. »Wie kommst du dazu?«

»Gemach, gemach, Abraham, stellt Euer Licht nicht unter den Scheffel. Ich weiß, dass Ihr noch kein approbierter Arzt seid, ich weiß aber auch, dass Ihr als Puppenspieler und Bauchredner tätig wart. Der Gedanke, dass ein Puppenspieler demnächst die Göttinger Ärzteschaft mit ihren zahlreichen Arroganzlingen bereichern soll, macht mir durchaus *Plaisier*. Wie steht's, beabsichtigt Ihr, den Doktorring zu tragen?«

»Darüber habe ich mir noch keine Gedanken gemacht, Herr Professor.«

»Der Ring an sich ist ein seltsam Ding! In ihm stecken Zahlen wie Pi, die schönste Zahl im Erdenrund – dreikommaeinsviereinsfünfneunzweisechsfünf und so weiter –, zudem vielerlei kabbalistische Kräfte, wenn man den Beteuerungen der vielen Spintisierer Glauben schenkt, aber auch Zeichen der Macht und der Würde – oder des Verfalls. Wisst Ihr, was für ein Stein das ist?« Lichtenberg streckte Abraham den Mittelfinger seiner rechten Hand entgegen, an dem ein dicker Goldring saß.

»Nun, äh, das sieht wie Elfenbein aus.«

»Nicht schlecht geraten. Es handelt sich um den Zahn eines männlichen Rinderkalbs.« Lichtenberg unterbrach seine seltsamen Ausführungen, um einen weiteren Schluck zu trinken. »Der Ring ist mindestens hundert Jahre alt, eine Tante vererbte ihn mir, als ich achtzehn war. Und wisst Ihr, was passierte, als ich zwanzig wurde? Der Zahn bekam plötzlich die Fäule! Nach so vielen Jahren! Lange nachdem aus dem Kalb ein Bulle, aus dem Bullen ein Ochse und aus dem Ochsen ein Stück Braten geworden war.« Lichtenberg kicherte. »Ich weiß nicht, ob daher der Ausdruck ›Zahn der

Zeit‹ kommt, jedenfalls ließ ich die kariöse Stelle ausbohren und mit eingefärbtem Gips plombieren, so dass man heute nichts mehr davon sieht.«

Heinrich fragte: »Meint Ihr, dass nach so langer Zeit immer noch Leben in dem Zahn steckte, Herr Professor?«

»Aber sicher! Nur was lebt, kann verfallen. Allerdings weiß ich nicht, welche Art von Leben die Fäule verursachte. Doch sei es, wie es sei: Auch an mir nagt der Zahn der Zeit, und Ihr, mein lieber von Zettritz, wart so freundlich, mir die Bekanntschaft mit dem angehenden Mediziner Abraham zu ermöglichen.« Lichtenberg blickte Abraham an, und diesem wurde plötzlich klar, warum der Professor die weitschweifige Rede zu Beginn ihrer Unterhaltung geführt hatte: Es war seine ganz eigene Art, auf ein bestimmtes Thema zuzusteuern – in diesem Fall auf die Fragen, die er stellen wollte.

»Was kann ich für Euch tun?«, fragte Abraham freundlich, obwohl er sich kaum denken konnte, warum ausgerechnet er, ein medizinischer Niemand, einen besseren Rat geben sollte als Koryphäen wie Richter oder Kaestner oder Wrisberg.

»Ich fürchte, nichts.« Der Hypochonder in Lichtenberg kam wieder durch. »Es geht bergab mit meinem Korpus. Der Geist ist zwar noch willig, aber das Fleisch wird zusehends schwächer.«

»Wie äußert sich das?«

»Ach, wo soll ich nur anfangen.« In Lichtenbergs Bewegung lag etwas Tragikomisches, als er abermals sein Glas ergriff, feststellte, dass es leer war, und neuen Wein orderte. »Ein *Marasmus senilis* plagt mich von Tag zu Tag mehr, wie es scheint.«

»Ihr sprecht von Altersschwäche, Herr Professor? Darf ich fragen, wie alt Ihr seid?«

»Fast siebenundvierzig. Man mag glauben, das sei für den *Marasmus senilis* zu früh, doch umso schwerer wiegt der Verdacht! Dazu kommt ein gespürter Anfang der Brustwassersucht, die ihr Skalpellkünstler wohl *Hydrothorax* nennt, ferner von Zeit zu Zeit ein konvulsivisches Asthma, das mir die Luft abzuschnüren droht. Im Herbst, wenn die feuchten Nebel aufsteigen, ein schleichendes Fieber, häufig gepaart mit einer hinterhältigen Gelbsucht, und über allem hängt ständig das Damoklesschwert des Schlaganfalls, der *Apoplexie,* außerdem eine *Paralysis* und Disfunktion der rechten Körperhälfte, da ich dort Lähmungserscheinungen wahrnehme. Nicht zu vergessen die Verknöcherung meiner Arterien und Venen, den *Polypus* im Herzen, das Geschwür in der Leber, Wasser im Kopf und die heimtückische Zuckerkrankheit.«

Nachdem er seine Zipperlein genannt hatte – der Geläufigkeit nach zu urteilen nicht zum ersten Mal –, blickte Lichtenberg Abraham erwartungsvoll an.

Dem schwirrte der Kopf. Am liebsten hätte er gesagt: Wer so viele Krankheiten hat wie Ihr, kann längst nicht mehr am Leben sein. Doch das verbot sich natürlich von selbst. Ebenso, wie es zwecklos war, einem eingebildeten Kranken seine Angst vor den zahlreichen Gebrechen ausreden zu wollen. Das hatten sicher schon andere versucht. Wie also vorgehen? Abraham räusperte sich. »Angesichts Eurer vielen Leiden müsst Ihr sicher täglich viele Arzneien zu Euch nehmen?«

»So ist es, Gott sei's geklagt. Im vergangenen Februar litt ich zusätzlich neun Tage lang an einer Blatterrose, die nicht ganz ausbrach. Von dem Verdruss, dem Kummer und von den *Fatiguen,* die mich regelmäßig quälen, nicht zu reden.«

»Und jetzt erwartet Ihr wahrscheinlich von mir, dass ich Euch zu weiteren Medikamenten rate?«

»Deren Einnahme wird sich wohl nicht vermeiden lassen. Ein gewisser Freund, den ich kannte, pflegte seinen Leib in drei Etagen zu teilen, den Kopf, die Brust und den Unterleib, und er wünschte öfter, dass sich die Hausleute der obersten und der untersten Etage besser vertragen könnten.« Lichtenberg unterbrach sich, grinste kurz über sein Bonmot, und fuhr dann fort: »Bei meinen drei Etagen, so fürchte ich, verträgt sich nichts miteinander, jede Einzelne ist des anderen Feind. Wie viele Arzneien wird mein gemarterter Körper noch aushalten müssen?«

»Gar keine, Herr Professor.«

Abraham holte tief Luft. Er hatte sich entschlossen, die Verschreibungswut seiner Ärztekollegen nicht mitzumachen. Es war zwar noch immer die einfachste Methode, einem Kranken mit diffusem Krankheitsbild irgendetwas zu verschreiben – vielleicht ein *Aqua vitae* – und ihn dann fortzuschicken, doch von derlei Therapien hielt er nichts.

»Gar keine, Herr Professor«, wiederholte er. »Vertraut auf die Selbstheilungskräfte Eures Körpers, und lasst die Medikamente ein paar Tage weg. Nehmt leichte Kost zu Euch und geht öfter auf dem Wall spazieren. Die frische Luft wird Euch guttun.«

»Was, das soll Euer Rat sein?« Lichtenbergs Gesicht zeigte Staunen und einen Anflug von Ärger. »Ich soll nicht nur nicht mehr Medikamente nehmen, sondern gleich gar keine? Wollt Ihr mich töten, Mann?«

»Keineswegs, genießt die Abende – und die Nächte.«

»Die Nächte? Meint Ihr etwa, ich soll meine hinreichend bekannte Vorliebe für das schöne Geschlecht, äh, stärker ausleben?« Lichtenberg blickte Abraham an und sah dann hinüber zu Heinrich, der allerdings wegschaute. »Ihr seid sehr offen, Abraham!«

»Ich bin Arzt, Herr Professor. Zwischen Arzt und Patienten soll immer Gelegenheit für ein offenes, gut gemeintes Wort sein. Die Liebe zu einer Frau verjüngt den Körper, man fühlt sich, als könne man Bäume ausreißen – und vergisst darüber sämtliche Arzneien dieser Welt. Und vielleicht sogar das eine oder andere Zipperlein.« Abraham dachte an Alena, die ihm in der Vergangenheit so oft dieses Hochgefühl vermittelt hatte, und für einen Moment durchströmte ihn tiefe Dankbarkeit.

Lichtenberg spitzte den Mund, wackelte mit dem Kopf und begann zu kichern. »Fürwahr, das ist der seltsamste Rat, den mir ein Arzt je gegeben hat! Aber er klingt nicht schlecht. Ihr habt mich überrascht, Abraham, angenehm überrascht. Vielleicht mache ich die Probe aufs Exempel! Trinkt Ihr noch einen mit mir auf Eure *grandiose* Therapie? Ich bin nicht sicher, ob sie bei mir wirken wird, aber *conveniren* wird sie mir auf alle Fälle!«

Abraham dachte abermals an Alena und erhob sich. »Ich muss leider ablehnen, Herr Professor, auf mich wartet noch einige Arbeit in dieser Nacht.«

Lichtenberg wieherte. »Schon gut, ich verstehe. Sicher braucht Ihr ebenfalls die von Euch empfohlene Therapie, hoho!«

»Ich darf mich dann verabschieden.« Abraham nickte steif. »Stets zu Diensten, Herr Professor.«

»Auch ich empfehle mich«, sagte Heinrich.

»Halt, nicht so schnell! Ich muss mich noch für Euren Rat erkenntlich zeigen, Abraham! Da Ihr ein Honorar sicher verschmäht, lade ich Euch zu meiner nächsten Vorlesung ein, ganz ohne Pultgeld, versteht sich. Sie findet morgen Vormittag in meinem Haus statt. Es ist das Eckhaus Gothmarstraße / Prinzenstraße, ›Schmahlens Laden‹ genannt. Ihr, mein lieber von Zettritz, die Ihr nur ein Haus weiter wohnt, seid natürlich ebenfalls willkommen. Ich bin sicher, Abraham, mein neues Experiment mit dem Elektrophor wird Euch als Arzt interessieren. *Manus manum lavat,* nicht wahr?«

»Danke, Herr Professor.«

»Allerdings« – Lichtenberg blickte verschwörerisch – »wie heißt es so schön: Wenn eine Hand die andere wäscht, werden meistens beide schmutzig. Lassen wir also die lateinischen Phrasen. Kommt einfach so vorbei, pünktlich um zehn.«

»Jawohl, Herr Professor.«

»Gerne, Herr Professor.« Heinrich nahm Abraham beim Arm und zog ihn hinaus.

Als sie draußen waren, wollte Abraham sich rasch verabschieden, doch der junge *Fuchs* hielt ihn zurück. »Könnten wir nicht noch einen Moment zu mir gehen?« Seine Stimme zitterte leicht.

»Tut mir leid, Heinrich, ich muss …«

»Es wäre nur für einen Augenblick. Ich würde dir mein Logis zeigen und … und … ich habe auch noch einiges bei Professor Richter für dich mitgeschrieben. Es geht ums Innere des Auges, speziell um Entkrampfungsmittel vor Operationen, um Geist und Körper zu beruhigen.«

Abraham zögerte. Er kannte die in diesem Fall von Richter empfohlenen Schritte, hatte sie auch in seiner Dissertation berücksichtigt, doch es konnte nicht schaden, sich Heinrichs Aufzeichnungen einmal anzusehen. »Nun gut, ich komme mit. Aber wirklich nur kurz.«

»Fein.«

Die wenigen Schritte bis zum Büttnerschen Haus schweigen beide. Heinrich hatte sich wieder bei Abraham einhaken wollen, aber dieser hatte seinen Arm steif gemacht und so getan, als bemerke er die Absicht nicht. Sie stiegen zwei Treppen empor, und Heinrich schloss umständlich eine schwere Tür auf. »Hier ist es, mein Reich«, sagte er. »Ich gehe voran.« Er entzündete ein paar Kerzen, und Abraham hatte Gelegenheit, sich umzusehen. Er hatte sich noch nie Gedanken gemacht, wie es wohl in Heinrichs Bude aussehen möge, war jetzt aber doch überrascht über die peinliche Ordnung, die überall im Raum herrschte. Alles stand an seinem Platz, Tisch, Stühle und eine alte Kleidertruhe aus Brasilholz, an der Wand eine hohe Standuhr und in der Ecke daneben ein Kachelofen, in dem allerdings kein Feuer brannte. »Zieh doch deine Jacke aus, Julius.«

»Nein, verzeih mir, ich möchte wirklich nicht lange bleiben. Vielleicht nächstes Mal.« Abraham legte die Hände auf den Rücken. »Du hast es hier schön getroffen, aber könntest du mir nun das Mitgeschriebene geben?«

Heinrich sah Abraham an. In seinen Augen schienen Entschlossenheit und Unsicherheit um die Oberhand zu ringen.

Abraham streckte die Hand aus. »Bitte, gib's mir.«

»Warte hier. Ich hole es aus dem Schlafzimmer.« Heinrich verschwand, und Abraham hatte Muße, sich im Raum umzusehen. Eine kleine Anrichte gab es da noch neben der Truhe, darauf stand ein kleines, farbiges Doppelporträt, offenbar Eheleute, wahrscheinlich Heinrichs Eltern. Abraham nahm das Bild zur Hand und betrachtete die Gesichter eingehend. Der Mann mochte in seinen Dreißigern sein, er trug eine weißgepuderte Perücke und hatte ein freundliches Gesicht, das von einem stattlichen Oberlippenbart bestimmt wurde, seine Gemahlin dagegen wies strengere Züge auf, ihre Nase und ihr Mund wirkten schmal und aristokratisch. Unter dem Bild war in verschnörkelter Schrift zu lesen: *Seine / Ihre Hochwohlgeboren Baron Georg Heinrich von Zarenthin und Gemahlin Auguste Catharina, geb. Freiin zu Burgfeld*. Abraham überlegte. Dem Namen nach handelte es sich wohl doch nicht um Heinrichs Eltern. Er stellte das Bild zurück, sah sich weiter um und fragte sich, warum sein junger Kommilitone so lange brauchte. »Findest du die Unterlagen nicht?«, rief er in Richtung halboffene Tür.

»Nur einen Augenblick noch.« Heinrichs Stimme klang leise.

Wieder wartete Abraham. Allmählich wurde er ungeduldig. »Wenn du die Sachen nicht findest, komme ich gern ein andermal wieder. Ich muss jetzt wirklich …«

»Nein, nein, komm nur herein.«

Kopfschüttelnd betrat er den angrenzenden Raum – und blieb wie angewurzelt in der Tür stehen. Ein großes, nur durch schwaches Kerzenlicht erhelltes Pfostenbett stand in der Mitte des Zimmers, und auf diesem Bett saß eine junge Frau. Sie trug ein langes, einfaches Kleid aus Blautuch, dazu einen breiten rosa Stoffgürtel mit silberner Schnalle. Am Ansatz ihres zarten Halses hing ein kleines, blitzendes Medaillon, das halb von der Fülle ihres blonden Haars verdeckt wurde. Ihr Gesicht kam Abraham merkwürdig bekannt vor. »Verzeihung, mein Fräulein …«, stotterte er und wusste nicht weiter.

Über das Gesicht der jungen Frau glitt ein scheues Lächeln. »Erkennst du mich nicht?«, flüsterte sie.

»Donner und Doria, bist du es wirklich?«

»Ja, Julius.«

Abraham war so verblüfft, dass er sich erst einmal setzen musste. Er wählte dazu einen Stuhl neben dem Bett, doch Heinrich – oder vielmehr: die junge Frau – sagte: »Du kannst dich ruhig neben mich setzen, ich beiße nicht.«

Abraham gehorchte, den Kopf voller Gedankenwirbel. Insgeheim beobachtete er sie aus dem Augenwinkel, doch als er bemerkte, dass sie genau dasselbe mit ihm tat, blickte er fort. Schließlich sagte er: »Was hat das alles zu bedeuten?«

»Bist du mir böse, Julius?«

»Nein … ja. Nun ja, vielleicht etwas. Jedenfalls bin ich dir ganz schön auf den Leim gegangen. Ich weiß gar nicht, was ich sagen soll. Du bist mir ziemlich fremd.«

»Gefalle ich dir nicht?«

»Doch, doch, es ist nur … wie heißt du überhaupt?«

»Henrietta.«

»Und weiter?«

»Henrietta von Zarenthin.«

»Also nicht Heinrich von Zettritz, wie du alle Welt glauben machen willst.«

Henrietta schlug die Augen nieder. »Es war nicht anders möglich. Erinnerst du dich, als wir uns das erste Mal am Albaner Tor sahen? Es ging um dein Studium, und du sagtest zu mir: ›Ich weiß, dass ich nicht mehr der Jüngste bin. Aber ich wollte unbedingt Mediziner werden.‹ Und ich antwortete: ›Genau das will ich auch!‹ Seitdem weiß ich, dass uns viel verbindet.« Henrietta rückte ein wenig näher.

Abraham ließ es geschehen und gab einen grunzenden Laut von sich.

»Was hättest du denn an meiner Stelle gemacht? Dich einfach damit abgefunden? Es ist eine schreiende Ungerechtigkeit, dass wir Frauen nicht studieren dürfen, das findest du doch auch, oder?«

»Doch, ja.« Abraham hatte sich mit solchen Gedanken nie näher beschäftigt. »Was sagen eigentlich deine Eltern dazu, dass du täglich diese Maskerade veranstaltest und aller Welt den jungen *Studiosus* vorgaukelst?«

»Ach, die.« Henrietta begann, ihre Hände zu kneten. »Ich habe mich heimlich fortgeschlichen, nachdem ich mich wochenlang auf diesen Schritt vorbereitet hatte. Vater und Mutter waren strikt gegen ein Studium und verließen sich letztendlich auf die Gesetzeslage, die uns Frauen das Studium verbietet. Aber da kannten sie mich schlecht! Ich bin allein nach Göttingen gefahren und habe alles selbst gemacht: Zimmersuche, Immatrikulation und so weiter, und häufig habe ich dabei Blut und Wasser geschwitzt, das kannst du mir glauben.« Henrietta richtete sich auf. »Aber ich habe es geschafft! Und du, Julius, du hast mir dabei geholfen. Du hast es vielleicht nicht gemerkt, aber du hast so eine Art« – sie zögerte – »so eine ruhige, überlegene Art, die einem Kraft gibt. Und außerdem bist du genau wie ich ein Außenseiter.«

»Hm, ja.« Abraham spürte Verlegenheit. Um sie zu überbrücken, fragte er: »Und deine Eltern? Wenn sie dich lieben, müssen sie sich zu Tode ängstigen. Wie kannst du ihnen das nur antun!«

Henrietta biss sich auf die Lippen. »Ja, ja, ich weiß. Das habe ich mir auch gesagt. Ein paar Tage nachdem ich in Göttingen eingetroffen war, bekam ich ein furchtbar schlechtes Gewissen und wäre fast wieder nach Hause gefahren. Aber ich musste mich entscheiden, und ich entschied mich fürs Studium.« Sie griff nach Abrahams Hand. Er wollte sie zurückziehen, doch sie sagte: »Bitte, lass sie mir.«

Also hielt Abraham still, und Henrietta erzählte weiter:

177

»Nachdem zehn oder zwölf Tage vergangen waren, stand in einem Wochenblatt, dass die junge Freiin Henrietta von Zarenthin verschwunden sei. Der Graf und seine Gemahlin seien krank vor Sorge, Himmel und Hölle seien in Bewegung gesetzt worden, um die geliebte Tochter zu finden, allein, sämtliche Bemühungen seien bisher umsonst gewesen. Im Übrigen sei für Hinweise über den Aufenthalt der jungen Adligen eine Belohnung von hundert Talern ausgesetzt worden.«

Henrietta lehnte den Kopf an Abrahams Schulter. »Ja, so war das. Eine schreckliche Zeit – und gleichzeitig eine überaus aufregende, schöne, denn ich durfte lernen, und ich hatte in dir einen guten Freund gefunden. Nur die Nächte wurden mir lang, da dachte ich an mein Zuhause und an die ausweglose Lage, in der ich mich befand. Gern hätte ich mit dir darüber gesprochen, aber ich traute mich nicht. Einen Tag nachdem der Artikel in dem Wochenblatt erschienen war, ließ ich meinen Vater auf Umwegen wissen, dass seine Tochter lebte und dass ihr Aufenthaltsort bekannt sei. Wenn er Näheres erfahren wolle, solle er an einen geheimen Ort vor der Stadt kommen.

Dort traf ich mich wenige Stunden später mit ihm. Er war allein, wie ich es zur Bedingung gemacht hatte. Er erkannte mich zuerst nicht, doch als er meine Stimme hörte, liefen ihm die Tränen über die Wangen, und er stammelte fortwährend: ›Mein Kind, mein Kind, du lebst, mein Kind!‹ Auch ich musste schrecklich weinen, und fast hätte ich alles aufgegeben und wäre mit ihm nach Hause zurückgekehrt. Doch ich ließ mich nicht beirren, obwohl mein Vater sich alle erdenkliche Mühe gab, mich umzustimmen. Er erinnerte mich an unseren Stand, die Vorbildfunktion, die wir Adligen hätten, den Gesetzesbruch, der mit meinem Han-

deln verbunden sei, und so weiter, doch es nützte alles
nichts. Auch seine Drohung, er würde mich in Göttingen
verhaften lassen, wenn ich nicht endlich einsichtig sei, be-
eindruckte mich nicht. Ich wies ihn auf den Skandal hin,
den es geben würde, wenn alles aufflöge. Dann fing ich
abermals an zu weinen, und zwar in der Art, die ich von
klein auf einsetzte, wenn ich unbedingt etwas von ihm
wollte. Meine Tränen verfehlten auch diesmal ihre Wirkung
nicht. Schließlich sagte er: ›In Gottes Namen, du magst erst
einmal so weitermachen. Ich werde ein paar meiner Verbindungen spielen lassen, für alle Fälle. Das letzte Wort in dieser Angelegenheit ist aber noch nicht gesprochen.‹ Doch
mir war das egal, ich war selig!«

Abraham brauchte eine Weile, um das Gehörte zu verar-
beiten, dann murmelte er: »Mein Gott, was hast du nur alles
mitgemacht. Und nichts davon habe ich bemerkt.«

»Nein, nichts.«

»Das Schicksal geht seltsame Wege.«

»Ja, Julius.« Henriette kuschelte sich noch näher an ihn.
Ihre Hand begann mit einem seiner Jackenknöpfe zu spielen. »Hätte ich dich früher einweihen sollen?«

Abraham beobachtete die Hand. »Ich weiß es nicht.«

»Wirst du mich auch nicht verraten?«

»Äh, nein, sicher nicht.« Seine Stimme klang heiser. »Warum hast du mir dein Geheimnis überhaupt verraten?«

»Ganz einfach.« Henrietta blickte ihn an. Im Kerzen-
schein schimmerte ihr Haar wie das eines Engels. »Ich
musste mit jemandem darüber reden. So schön das Studium
auch ist, es ist eine ziemlich einsame Sache. Und ich habe
nur dich.« Ihre Hand ließ den Knopf los und streichelte
seine Wange. »Nur dich.«

»Hm, hm.«

»Es ist ein bisschen wie bei meinem Vater: Auch ihn kann ich auf die Dauer nicht anschwindeln. Irgendwann muss die Wahrheit heraus.«

»Ich bin aber nicht dein Vater.«

»Nein, das bist du nicht.« Henrietta richtete sich auf und hauchte ihm einen Kuss auf die Wange.

Abraham ließ es geschehen. Alles kam ihm seltsam unwirklich vor. Noch vor einer halben Stunde war er mit Heinrich im *Schnaps-Conradi* gewesen, hatte mit Professor Lichtenberg über dessen zahlreiche Zipperlein gesprochen, Wein getrunken und an nichts Ungewöhnliches gedacht – und nun saß er hier in einer Studentenbude im schummrigen Licht, einer blonden, hinreißend schönen jungen Frau gegenüber, die Henrietta hieß und einem Schmetterling gleich aus einer Verpuppung geschlüpft war.

Er fühlte, wie Henrietta ihn abermals küsste, diesmal auf den Mund, und spürte die Versuchung in sich hochsteigen. Wieder küsste sie ihn, behutsam, aber zielstrebig, als gehöre er ihr. Sein Widerstand ließ nach. Der Duft ihres Körpers, eine feinherbe Note nach Bergamotte-, Lavendel- und Rosmarinölen, berauschte ihn. Herrgott noch mal, was machte er eigentlich hier? Er sollte längst zu Hause in der Güldenstraße sein, bei Alena, seiner schönen, treuen, ahnungslosen Alena. War er von Sinnen …? Tief atmend riss er sich los.

Henriettas Augen leuchten. »Ich weiß«, flüsterte sie, »dass du zurück zu Alena willst, es steht in deinen Augen. Ich weiß, dass ich dich nicht haben kann, aber ich wollte nur ein Mal, ein einziges Mal, wissen, wie es ist, dich zu küssen.«

»Ich, ich …«

»Küss du mich auch.«

Abraham war nicht mehr bei sich. Er riss diese schöne,

blonde, fremde, vertraute, rätselhafte Frau an sich und küsste sie auf den Mund, einmal, zweimal, immer wieder, und während er das tat, merkte er, dass er nicht mehr lange würde an sich halten können. »Willst du, dass ich bleibe?«, fragte er heiser.

»Ja«, hauchte sie, »das möchte ich.«

In seinem Herzen jubelte es, das Verlangen nach ihr überstrahlte jedes andere Gefühl in ihm. Er wollte Henrietta abermals in die Arme nehmen und in die Kissen drücken, aber zu seiner Überraschung machte sie sich los und blickte zur Seite.

»Was ist?«, krächzte er.

»Oh, Julius, ich möchte es auch. Wirklich. Aber genau deshalb musst du jetzt gehen.«

Von dannen Er kommen ...

Alena erwachte aus einem unruhigen Dämmerschlaf, als Abraham sich neben sie legte. Sie wusste nicht, wie viel Uhr es war, aber es musste schon nach zwölf sein. Sie fühlte sich wie gerädert. Stunde um Stunde hatte sie auf ihn gewartet – wieder einmal. Irgendwann am Abend war Hasselbrinck gekommen und hatte ihr eine Nachricht überbracht, in der Abraham versprach, es nicht allzu spät werden zu lassen, doch die Nachricht war das Papier nicht wert, auf dem sie geschrieben stand. Sie kämpfte mit den Tränen und drehte sich zur Wand, denn sie wusste, wenn sie jetzt mit ihm sprach, würde sie ihm bittere Vorwürfe machen.

»Liebste, bist du wach?«

Alena schwieg.

»Du bist wach, ich höre es an deinem Atem.«

Alena hielt den Atem an.

»Du bist wach, und es tut mir leid, dass es so spät geworden ist.«

»Wenn der Herr noch ein einziges Mal geruht, erst mitten in der Nacht zu erscheinen, braucht er gar nicht mehr nach Hause zu kommen!« Alena schleuderte ihm die Worte förmlich entgegen. »Ich habe kein Auge zugemacht.«

Abraham seufzte. Er hatte gehofft, der Kelch würde an ihm vorübergehen. »Ich kann dir erklären, warum es so spät wurde.«

»Ich will deine Erklärungen nicht. Ich will jetzt schlafen.«

»Dann eben morgen.« Abraham deckte sich zu und schloss die Augen.

An Schlaf war allerdings nicht zu denken. Nach einer Weile spürte er, dass es Alena genauso erging. »Kannst du auch nicht schlafen, Liebste?«

Nach einer kleinen Pause kam ihre Antwort. »Nein.«

Gott sei Dank, ihre Stimme klang schon versöhnlicher. »Ich war beim *Schnaps-Conradi*, mit, äh, Heinrich, und weißt du, wer mich dort erwartete? Professor Lichtenberg. Stell dir vor, der berühmte Professor Lichtenberg. Er wollte mich kennenlernen, um mir von seinen vielen Zipperlein vorzustöhnen … Sag, hörst du mir überhaupt zu?«

»Ja. Dieser eingebildete Kranke war also wichtiger als ich.«

»Unsinn.« Abraham wollte zu Alena hinüberfassen, unterließ es dann aber. Noch schien die Festung zu wehrhaft. »Ich glaube, ich habe auf Lichtenberg einen sehr guten Eindruck gemacht. Ich konnte ihm einige Ratschläge für ein gesünderes Leben geben, die er dankbar angenommen hat. Du weißt ja, der Mann hat viele Beziehungen.«

»Nein, weiß ich nicht.«

»Morgen Vormittag hat er mich übrigens zu einer Lesung bei sich zu Hause eingeladen. Eine große Ehre.«

»Und das alles hat bis mitten in der Nacht gedauert?«

»Oh, Liebste, sei gnädig. Einen Mann wie Lichtenberg kann man nicht mit wenigen Worten abfertigen.«

»Wenn du es sagst.«

»Ja, das sage ich.« Abraham beschloss, zusätzlich von der überraschenden Wandlung Heinrichs zu berichten. »Stell dir vor, und dann habe ich noch eine junge Dame namens Henrietta kennengelernt.«

»Henrietta?« Alenas Stimme wurde misstrauisch.

»Ja, stell dir vor …« Abraham berichtete von der seltsamen Begegnung im Büttnerschen Haus – natürlich ohne auf die intimen Augenblicke einzugehen. Wie erwartet, wollte Alena die Geschichte zunächst kaum glauben, aber dann fand sie die Einzelheiten so faszinierend, dass sie eine Frage nach der anderen stellte. Abraham beantwortete sie alle nach bestem Wissen und brauchte dabei alle Konzentration, um die intimen Augenblicke zu verschweigen.

Als Alenas Wissensdurst befriedigt war und Abraham ihr das Versprechen abgenommen hatte, über alles strengstes Stillschweigen zu bewahren, schliefen beide schließlich ein.

Der Haussegen hing wieder einigermaßen gerade.

Nachdem Abraham am anderen Morgen das Haus verlassen hatte, um sich auf den Weg zum Lichtenbergschen Haus zu machen, räumte Alena noch dies und das in der Küche fort. Die Witwe Vonnegut war an diesem Tag ein wenig unpässlich, weshalb sie zum Frühstück nur einen Kamillentee zu sich genommen und beim Tischgespräch ungewohnte Zurückhaltung geübt hatte. Sie trank einen letzten Schluck, setzte die Tasse – ein Stück von echtem blau-weißem China – ab und klagte: »Wenn das Bauchgrimmen weiter die Oberhand behält, werd ich wohl oder übel das Bett hüten müssen.«

Alena hielt in ihrer Tätigkeit inne. »Ist es denn so arg, Mutter Vonnegut?«

»Vielleicht ist es arg, ich weiß es nicht. Auf jeden Fall hab ich das Gefühl, als würden zehn Finger in meinem Leib um die Wette klöppeln.«

»Das tut mir leid. Warum habt Ihr nichts gesagt, vorhin,

als Abraham noch hier war? Wozu haben wir einen Arzt im Haus?«

»Ich mochte ihn damit nicht belämmern. ›Was von selbst kommt, geht auch von selbst‹, hat meine gute Mutter – Gott hab sie selig – immer gesagt, wenn sie etwas plagte. Sie setzte sich ans *Fortepiano* und sang mit ihrer herrlichen Stimme: ›Kennst du das Land, wo die Citeronen blühn?‹ Darüber verging der Schmerz.«

Alena wischte sich die Hände an der Schürze ab und lächelte. »Leider haben wir kein Klavier, Mutter Vonnegut.«

»Es muss auch so gehen. Und wie geht es dir?«

»Mir? Oh, gut, natürlich.«

»Das hoff ich – und will aus meinem Herzen keine Mördergrube machen. Ich hab Augen im Kopf, Alena, und diese Augen sagen mir, dass du häufiger mit der Hand über deinen Leib streichst. Bist du etwa guter Hoffnung?«

»Nun, Mutter Vonnegut …«

»Sag's nur. Es ist, wie es ist. Du wirst die Speichen des großen Rades nicht aufhalten können.«

»Um ehrlich zu sein, ich glaube, ja. Aber ich bin mir nicht ganz sicher. Meine Monatsblutung ist bisher erst ein Mal ausgeblieben.«

»Und was sagt Julius dazu?«

Auf Alenas Gesicht fiel ein Schatten. »Der weiß es noch gar nicht.«

»Das wundert mich nicht. Das Mannsvolk gafft jedem neuen Rock hinterher, aber wenn die eigene Frau was unter der Schürze trägt, ist es blind.«

Alena wollte etwas sagen, aber die Witwe kam ihr zuvor: »Nimm's mir nicht bös, es war nicht auf deinen Julius gemünzt. Da fällt mir ein: Heute Mittag soll's Weißkohl mit Rindfleisch geben, aber Kohl bläht zu sehr für das Kind, das *accordirt* nicht. Jede werdende Mutter weiß das. Statt Kohl wird eine Portion Salzkartoffeln auf den Tisch kommen. Den *Burschen* wird's so oder so schmecken, und ich will sowieso nichts essen. Du bist doch einverstanden?«

»Natürlich, Mutter Vonnegut, ich werde die Kartoffeln schnell schälen.«

»Das hat noch Zeit. Geh erst nach oben und schon dich ein wenig. Ein Kind braucht viel Kraft.«

Alena stieg die Stufen ins Obergeschoss empor, ging durchs Puppenzimmer, wo Abrahams Lieblinge wie die Hühner auf der Stange auf einem Kanapee saßen, und blieb unwillkürlich stehen. »Grüß Gott, ihr Puppen«, sagte sie, »euch geht es wie mir. Auch ihr werdet in letzter Zeit ziemlich vernachlässigt.«

Natürlich bekam sie keine Antwort, und sie wusste auch nicht, was Abraham seinen Figuren an dieser Stelle in den Mund gelegt hätte. Sie wusste nur, dass jede einzelne Puppe für einen Abschnitt im Leben ihres Mannes stand. »He, Söldner.« Ihre Hand strich über den Harnisch des Soldaten. Er verkörperte die Zeit, in der Abraham als Infanterist gedient hatte. Der Schiffer stand für die Zeit als Matrose und der Landmann für die Zeit als Knecht. Die Magd wiederum erinnerte an eine alte Dänin, die der gute Geist im Hause Abraham in Tangermünde gewesen war, und das Burgfräulein an eine adlige Dame, die er als Knabe glühend verehrt hatte. Der bärbeißige Friedrich, der dem Burgfräulein so spinnefeind war, hatte Abrahams Wege in Potsdam gekreuzt – und ihn seinerzeit aufs höchste beeindruckt.

Alle Puppen standen ihm auf ihre Art nahe und waren ein Teil seiner selbst. Am vertrautesten aber war ihm der Schultheiß, obwohl Abraham niemals das Amt eines Bürgermeisters ausgeübt hatte. Bald würde vielleicht ein neuer

Abschnitt in seinem Leben beginnen, mit einer achten Puppe, einer kleinen achten Puppe, die wirklich lebte …

Alena ging hinüber in das angrenzende Zimmer, das unter anderem auch als Schlafzimmer diente. Abrahams schwarzer Gehrock aus Nankinett lag auf dem Bett. Er hatte deren zwei, die er im Wechsel trug. Immer, wenn er einen aufs Bett legte, hieß das, Alena möge ihn auf Staub und Flecken untersuchen und gehörig ausbürsten. Sie nahm das gute Stück auf und begann, es mit der Kleiderbürste zu bearbeiten. Insgesamt machte der Stoff noch einen recht passablen Eindruck, auch wenn das Rückenteil hier und da schon etwas glänzte. Was war das? Alenas scharfe Augen hatten ein langes blondes Haar entdeckt, gleich darauf sah sie noch ein zweites. Ihr erster Gedanke war, dass Abraham wieder einmal seine Puppen einer intensiven Inspektion unterzogen hatte – er tat dies in regelmäßigen Abständen, wobei er es sich nicht nehmen ließ, ihnen eigenhändig die Frisuren zu richten, verblichene Kleidungsstücke auszutauschen oder auch mal einen Knopf anzunähen – und dass bei dieser Gelegenheit ein paar Haare der Magd an seinem Rock haften geblieben wären.

Alena erhob sich und ging hinüber zu den Puppen, nahm der Magd die weißgestärkte Haube ab und verglich ihre Haare mit den beiden gefundenen Haaren. Doch sie stimmten nicht überein, das sah sie sofort. Was hatte das zu bedeuten? Woher stammten die beiden Haare dann?

Ein Verdacht keimte in Alena auf. Ein furchtbarer Verdacht, so furchtbar, dass sie ihn zunächst nicht zu Ende denken mochte – und es dann doch tat. Abraham hatte sie belogen und betrogen! Er hatte mit Henrietta, diesem falschen Heinrich, ein Schäferstündchen gehabt, und mit Sicherheit nicht nur das! Während sie zu Hause im Bett gelegen und wie eine dumme Gans auf ihn gewartet hatte. Abraham, du Schuft! So blöd, wie du glaubst, bin ich auch wieder nicht. Ich werde dich … ich werde dich … ja, was werde ich eigentlich?

Wie eine Tigerin lief Alena im Kreis herum und überlegte, wie sie Abraham, diesen treulosen Schurken, strafen könne. Sie musste augenblicklich ausziehen. Wenn sie ihn verließe, würde er schon sehen, was er an ihr gehabt hatte. Aber wohin? Sie hatte kein Geld, um woanders ein Logis zu mieten. Aber vielleicht könnte sie den Mietzins abarbeiten? Irgendwo in Göttingen musste es doch eine Adresse geben, wo das möglich war? Vielleicht sollte sie zu Ulrich, dem Logis-*Commissionair* in der Burgstraße, gehen? Das schien ein umgänglicher Mann zu sein, wenn auch der Gestank seiner Pfeife kaum auszuhalten war. Doch halt! Ulrich würde ihr nicht helfen können. Er vermittelte nur an Studenten. Verflixt noch mal, was konnte sie nur tun?

Und dann tat Alena das Naheliegendste. Sie stieg die Treppe wieder hinab und ging in die Küche, wo die Witwe noch immer saß, mittlerweile bei einem Gläschen Magenliqueur.

Sie setzte sich zu ihr, nahm sich ein Herz und erzählte ihr alles.

Als sie geendet hatte, lehnte die alte Frau sich in ihrem Stuhl zurück, schnaufte und sagte: »Steh auf, mein Kind und greif dir ein Liqueurglas. Mir glättet das Zeug den Magen, und dir mag's die bösen Gedanken vertreiben. Prost!«

Alena nahm das Glas mit zitternden Fingern und trank. Der Liqueur war scharf, er brannte wie Feuer in der Kehle. »Was soll ich nur tun?«, fragte sie.

Statt zu antworten, goss die Witwe sich nochmals ein,

kippte den Trank wie ein Mann hinunter, schnaufte, trommelte mit den Fingern auf die Tischplatte und sagte dann: »Die Sache ist klar, du musst ihn verlassen.«

»Das will ich ja, Mutter Vonnegut!« Alena schrie fast. »Aber ich weiß nicht, wohin. Kennt Ihr nicht eine Adresse, wo ich für meiner Hände Arbeit unterkommen könnte?«

»Doch, mein Kind, die kenne ich.«

»Wo denn, wo?«

»Hier.«

»Wie?«

»Du nimmst bei mir hier unten Quartier. Es gibt da ein halbes Zimmerchen, man kann darin nur ein paar Füße vor die anderen setzen, aber immerhin. Dort machte mein guter Mann, als er noch bei Kräften war, mit mir gern ein *Rapuse*-Spielchen. Viel mehr als der Kartentisch steht deshalb nicht drin. Wenn du den rausräumst und den kleinen Krimskrams dazu, magst du dort einziehen. Viel hast du ja nicht.«

Alena traten vor Freude die Tränen in die Augen. »Ihr seid ein guter Mensch, Mutter Vonnegut.«

»Ja, ja. Wollen hoffen, dass der liebe Gott dran denkt, wenn ich mal vor ihm steh.«

Abraham ahnte von allen diesen Vorgängen nichts, als er mit großen Schritten dem Hospital zustrebte, ein fröhliches Lied vor sich hin pfeifend. Seine Laune war in der Tat gut, denn die Vorlesung bei Professor Lichtenberg hatte sich nicht nur als äußerst interessant erwiesen – der bucklige Gelehrte hatte über zwei Stunden lang hochkonzentriert über die Hintergründe, die Konstruktion und die elektrischen Eigenschaften des Elektrophors gesprochen –, er war auch so freundlich gewesen, ihm ein Zweitgerät leihweise zu überlassen. Ein kleineres zwar, aber ein ebenfalls voll funktionsfähiges. Und mit dieser Influenzmaschine hatte Abraham etwas ganz Bestimmtes vor.

»Das Auge vom Goldschmied ist gekommen, Herr Doktor«, sagte Hasselbrinck zur Begrüßung im Hospitaleingang.

»Was für ein Auge?« Abraham wirkte etwas zerstreut, weil er in Gedanken bei dem Elektrophor war. »Ach ja, das künstliche Auge.«

»Cloose wollt's nicht haben.«

»Was sagt Ihr da?«

»Cloose wollt's nicht haben, Herr Dokor, weil der Goldschmied gesagt hat, das Auge kostet vier Taler und acht. Und da hat Cloose gesagt, das wär ja ein Vermögen, er wär ja kein Dachdeckermeister mehr, er wär auf dem Altenteil und er hätte höchstens im Monat so viel wie eine Magd, und das wär ein Taler, wenn überhaupt. Und dann hat er noch die Taler in Mariengroschen umgerechnet, weil es den Taler ja nur auf dem Papier gibt, und gesagt, das wären ja hundertzweiundfünfzig Mariengroschen, und wenn ihm das vorher einer gesagt hätte, dann hätte er so ein Goldauge sowieso nicht gewollt. Und die Kosten fürs Anmalen von dem Auge würden ja auch noch anfallen. Und da hätte man ihn ganz schön reingelegt.«

»Schon gut, ich kümmere mich darum. Wenn Cloose davon spricht, man hätte ihn reingelegt, geht er ein bisschen zu weit. Er hätte sich denken können, dass ein Kunstwerk wie ein nachgebildetes Auge nicht billig ist. Er soll mal zu mir in meine Stube kommen.«

»Cloose ist weg, Herr Doktor, nach Hause. Er hat gesagt, ehe er so ein Heidengeld bezahlt, trägt er lieber eine Klappe.«

»Was, Cloose ist weg?«

»Jawoll, Herr Doktor.«

»Nun, meinetwegen. Nach der missglückten Staroperation war sein Elefantenauge gut verheilt. Ihm wird kein Schaden entstehen, wenn er wieder zu Hause ist. Aber die Behandlung muss er bezahlen. Hat er bezahlt?«

»Nein, Herr Doktor. Er ist einfach weg.«

»Dann schickt ihm die Rechnung. Und versucht, dem Goldschmied seine Arbeit zurückzugeben.«

»Jawoll, Herr Doktor. Was ist denn das da für ein rundes Ding?«

»Das ist eine elektrische Influenzmaschine.«

»Was es nicht alles gibt.« Hasselbrinck verzog sich, und Abraham atmete auf. Gerade wollte er mit dem Elektrophor die Treppe emporsteigen, als Warners, sich auf einen Stock stützend, seinen Weg kreuzte. »Guten Tag, Warners«, sagte er notgedrungen. »Wie geht es Euch?«

»Gestern ging es mir besser, Herr Doktor. Wir sprachen ja darüber. Eigentlich wollte ich nachher mit Euch über meine Entlassung reden, aber vorhin, als ich die paar Schritte zum Abort machte, überkam mich der Schwindel wieder. Wenn Hasselbrinck nicht neben mir gestanden hätte, wäre ich wohl der Länge nach hingeschlagen.«

Abraham fiel darauf nichts Gescheites ein. Aber als Arzt musste er etwas sagen, und deshalb sagte er: »Jedenfalls scheinen die Schwindelgefühle in den letzten Tagen seltener aufzutreten. Geben wir der Natur noch etwas Zeit, dann hören die Anfälle der *vertigo* vielleicht ganz auf, und Ihr könnt endlich wieder als Zinngießer in Eurer Manufaktur arbeiten. Legt Euch nun wieder hin. Nachher will ich noch einmal nach Euch sehen.«

»Danke, Herr Doktor.« Warners stakste davon.

Abraham nahm jeweils zwei Stufen auf einmal, als er die Treppe zum Oberstock hinaufstürmte. Er wollte endlich Gewissheit haben, ob seine Idee mit dem Elektrophor etwas bewirken würde, doch wieder wurde er aufgehalten. Die alte Grünwald war es, die er fast umgerannt hätte, als diese den umgekehrten Weg nach unten nehmen wollte.

»Verzeihung!«, rief er. »Ich habe Euch nicht kommen sehen!«

»Was sagt Ihr?« Die alte Frau klammerte sich an das Holzgeländer.

»Es tut mir leid!«

»Was?«

»Ich sagte, es tut mir leid!«

»Ja, nun, es ist ja nichts passiert. Wenn Ihr bloß nicht immer so schreien würdet. Ich bin doch nicht taub.«

»Schon recht.« Abraham drückte sich an ihr vorbei und fragte sich halb belustigt, ob es noch weitere Personen im Hospital gebe, die ihn von seinem Unterfangen abhalten könnten, wobei ihm klarwurde, dass den verbliebenen vier Patienten mittlerweile vier Personen an Personal gegenüberstanden, ihn eingerechnet. Ein Verhältnis, durch das die Kosten des Hospitals keineswegs gedeckt würden. Nun, das sollte seine Sorge nicht sein. Dann betrat er den Patientensaal mit den drei Bergleuten.

Wie nicht anders zu erwarten, lagen sie auch heute da wie die Ölgötzen. Sie hatten die Augen geöffnet und starrten seelenlos an die Decke. Das Bett von Pentzlin stand dem Fenster am nächsten, weshalb er ihn für sein Experiment auserkoren hatte. Er schob einen kleinen Tisch zwischen Bett und Fenster und stellte die Influenzmaschine darauf. Das Gerät bestand aus zwei Teilen: einem flachen Teller aus Metall, in dessen Mitte ein isolierender Griff aus Holz angebracht war, und einem darunter befindlichen, sogenannten Kuchen, einer Scheibe aus Hartgummi, die geerdet werden musste. Abraham beschäftigte sich gerade damit, um anschließend das Gerät in Betrieb zu setzen und herauszufinden, ob die zwischen den Teilen erzeugte Spannung eine Auswirkung auf Pentzlins Körper haben würde – er dachte dabei auch an die Wirkungen des animalischen Magnetismus –, als Hasselbrinck unversehens auftauchte.

»Verzeihung, Herr Doktor«, sagte er und begann übergangslos, den Boden zu wischen, wobei er auffällig unauffällig zu dem elektrischen Gerät schielte. Abraham seufzte. Eine der wenigen Schwächen des Krankenwärters war seine Neugier. »Hört schon auf mit der Wischerei«, sagte er nicht unfreundlich. »Was wollt Ihr wissen?«

»Ich? Nichts.« Hasselbrinck machte weiter, besann sich dann aber und sagte: »Ich hab ja die Verantwortung für alles hier, Herr Doktor, deshalb wollt ich fragen, ob dieses Ding da gefährlich ist. Ich meine, es gibt ja so viele neumodische Apparate, und man hört so viel ...«

»Wenn man richtig damit umgeht, ist der Elektrophor nicht gefährlich. Die Bezeichnung leitet sich ab vom griechischen *elektron,* was ›Bernstein‹ heißt, sowie von *pherein,* was so viel wie ›tragen‹ bedeutet. Wobei Bernstein nur ein Beispiel für den Träger von Reibungselektrizität ist.«

»Ja, so.« Hasselbrinck sperrte den Mund auf. »Meine Frau trägt 'ne Kette aus Bernsteinperlen ...?«

»Nein, auch die ist nicht gefährlich.«

»Ja, wenn das so ist. Nichts für ungut, Herr Doktor.« Hasselbrinck nahm Eimer und Lappen und verschwand wieder.

Abraham war sich keineswegs sicher, ob der Apparat wirklich so harmlos war, aber bei Professor Lichtenberg hatte zuvor alles tadellos geklappt, und er hoffte, bei ihm würde es genauso sein. Er erdete den Kuchen auf der Rückseite und griff zu einem Fell, um damit die Reibung zu erzeugen, als er abermals unterbrochen wurde. Schritte kamen die Treppe empor, näherten sich der Tür, und eine schmale Gestalt betrat den Saal. Es war Henrietta. Oder besser: Heinrich, denn sie trug ihr übliches *Habit,* ein sandfarbenes Kamelott, das gut zu ihrem heute wieder braunen Haar passte. »Guten Tag, Julius.«

»Guten Tag, äh, Heinrich.« Abraham war genauso verlegen wie sein Besucher.

Sie schwiegen und sahen aneinander vorbei. Dann lächelte Heinrich zaghaft und zog ein *Libell* unter der Jacke hervor. »Ich habe in diesem Heft die Aufzeichnungen. Du weißt doch, die Unterlagen über Entkrampfungsmittel vor Operationen, die ich dir gestern Abend geben wollte ...« Er verstummte.

»Ja, richtig. Äh, danke.« Abraham nahm die Papiere entgegen, und da er nicht wusste, wohin damit, legte er sie auf Pentzlins Bett.

Wieder schwiegen sie. Und wieder war es Heinrich, der zuerst sprach. »Du hast sicher bemerkt, dass ich heute Morgen nicht bei Professor Lichtenberg war. Mir, äh, ging zu vieles im Kopf herum. Hast du ... ich meine, hast du Alena etwas gesagt?«

»Nein, habe ich nicht.«

»Vielleicht ist es ganz gut so.«

»Ja.«

»Julius?«

»Ja?«

»Wir ... wir können doch Freunde bleiben, nicht wahr?«

»Natürlich.« Abraham hatte wieder das wunderhübsche

junge Mädchen vor Augen, das ihn am Abend zuvor so zärtlich geküsst hatte. Noch jetzt glaubte er, den berauschenden Duft ihres Parfums zu spüren, und er war keineswegs sicher, ob er Heinrich jemals wieder unbefangen gegenübertreten könnte, aber das durfte er nicht sagen. »Es wird uns bestimmt gelingen.«

»Das ist schön.«

»Ja, schön.«

»Ist das ein Elektrophor?«

»Ja, ich wollte ihn gerade ausprobieren.« Abraham war froh, dass die Unterhaltung sich einem unverfänglicheren Thema zuwandte. »Sieh her, mit diesem Fell will ich auf dem unteren Teil der Maschine Reibungselektrizität in Form überschüssiger negativer Ladungen erzeugen. Anschließend werde ich den Metallteller daraufsetzen, wodurch die Influenz der elektrischen Ladungen eine Änderung des Potenzials gegenüber der Erde bewirkt …«

Abraham dozierte noch eine Weile weiter, machte sich erneut an der Erde zu schaffen, hantierte hier und da und nahm anschließend den Metallteller wieder hoch, wodurch ein kräftiger Funkenschlag entstand. »Es funktioniert!«, rief er.

Heinrich war einen Schritt zurückgesprungen. »Hast du das gesehen?«, fragte er aufgeregt.

»Natürlich habe ich das gesehen. Ich habe den Funken ja selbst produziert.«

»Nein, ich meine Pentzlin. Er hat sich bewegt!«

»Was sagst du da?« Abraham konnte es kaum glauben. Sollte wirklich eingetreten sein, was er sich so sehr gewünscht hatte? Rasch wiederholte er den Vorgang und achtete dabei genau auf Pentzlin. Tatsächlich! Bei der Entstehung des Funkens zuckte der Arm des Patienten. »Das muss an den positiven und negativen elektrischen Ladungen liegen!«, rief er. »Sie füllen als blitzender Funke die Luft und wirken sich aus – genau so, wie ich es mir erhofft habe.«

Heinrich freute sich mit ihm. Dann fragte er: »Bist du sicher, dass Pentzlin sich nicht nur erschreckt hat?«

Abraham überlegte kurz. »Ich glaube nicht. Und selbst wenn es so wäre – der Zweck heiligt die Mittel. Komm, wir versuchen es gleich noch einmal.« Und während Abraham weiter das Gerät bediente, protokollierte Heinrich sorgfältig Pentzlins Reaktionen, um sie für die Wissenschaft festzuhalten.

Wie sich zeigte, zuckte bei jedem dritten oder vierten Mal auch der Kopf des Patienten und einmal sogar der linke Fuß. Es konnte kein Zweifel mehr daran bestehen: Die Maschine war in der Lage, menschliche Bewegungen zu initiieren.

Nachdem sie bei Pentzlin so viel Erfolg gehabt hatten, probierten sie es auch bei Burck und bei Gottwald, wobei Burck recht ähnliche Zuckungen zeigte, Gottwald jedoch nach wie vor stocksteif dalag. »Mehr dürfen wir für heute nicht erwarten«, sagte Abraham. »Was wir erreicht haben, ist ohnehin schon ein kleines Wunder.«

Heinrich korrigierte ihn: »Nicht wir, sondern du, Julius. Es war deine Idee. Du bist ein großartiger Arzt.«

»Nicht doch.« Abraham spürte erneut Verlegenheit und fuhr deshalb rasch fort: »Lass uns für heute Schluss machen, Heinrich. Ich schlage vor, du gehst nach Hause, während ich deine Unterlagen über die Entkrampfungsmittel bei Augenoperationen durcharbeite. Ich habe ohnehin noch Dienst bis zum Abendessen.«

»Du willst mich wohl los sein?«

Abraham sah ihn an. »Nein«, sagte er langsam, »aber es ist besser, wenn du jetzt gehst.«

Alenas Umzug in den Raum, den die Witwe Vonnegut »das halbe Zimmerchen« genannt hatte, währte nicht lange. Sie stellte dabei wieder einmal fest, dass es nur ganz wenige Sachen gab, die nicht Abraham, sondern ihr gehörten. Aber sie hatte zeit ihres Lebens nicht nach großem Besitz gestrebt.

Während sie ihre persönlichen Dinge die Treppe hinuntertrug, konnte sie die Tränen nicht zurückhalten. Am liebsten wäre sie wieder umgekehrt, denn ein Großteil ihres Zorns auf Abraham war verraucht. Aber das wäre eine Schwachheit gewesen, und überdies wollte sie vor der Witwe keinen Rückzieher machen.

»Alena, hast du die Kartoffeln schon geschält?« Die Witwe hatte sich zwischenzeitlich hingelegt, während das Rindfleisch im großen Topf über dem Feuer köchelte. Nun erschien sie wieder in der Küche, offenbar mit regenerierten Kräften.

»Nein, Mutter Vonnegut, ich bin noch nicht dazu gekommen.«

»Mir scheint, es pressiert allmählich. Wenn die *Burschen* gleich vom *Collegium* hereinschneien, werden sie ausgehungert wie die Wölfe sein.«

Die *Burschen*, das waren in diesem Jahr: Hannes, der Mathematik studierte, Jakob, der sich der Juristerei verschrieben hatte, Claus, der die Philosophie ritt, und Amandus, der auf das gleiche Pferd gesetzt hatte. Wie auf ein Stichwort erschienen sie in der Tür, und der erste, Amandus, ein hagerer Jüngling, der trotz seiner Schlankheit Berge von

Essen verdrücken konnte, rief: »Was gibt's denn Schönes, Mutter Vonnegut?«

»Fast hätt es Rindfleisch mit Salzkartoffeln gegeben.«

»Wieso denn fast?«, fragte Jakob, ein pickliger Siebzehnjähriger, aber Claus, der älteste, drängte sich vor und meinte: »Ist doch egal, was es gibt, Hauptsache, es reicht.«

»Mir reicht's auch gleich, ihr vorlauten Vögel! Kaum seid ihr im Nest, sperrt ihr die Schnäbel auf und schreit nach Essen. Aber so weit ist es noch nicht. Das Rindfleisch muss noch ein wenig schmurgeln, und statt der Salzkartoffeln gibt es Pellmänner, die könnt ihr selbst abpuhlen, dann geht's schneller. Außerdem gibt es einen Salat von Rapunzeln, die schießen jetzt wieder überall in den Gärten ins Kraut. Und nun ab mit euch, wascht euch die Hände und kämmt euch. So wie ihr ausseht, würd euch die eigene Mutter nicht erkennen.«

»Jawohl, Mutter Vonnegut.«

Die vier verschwanden eiligst, und Alena warf eine große Portion Kartoffeln in einen Kessel mit heißem Wasser. Zwanzig Minuten würden die *Burschen* sich noch gedulden müssen, bis sie über das Essen herfallen konnten, aber die Witwe sagte: »Das ist Lirum Larum, sie fressen mir so oder so die Haare vom Kopf.«

Eine halbe Stunde später saßen alle bei Tisch und aßen manierlich von ihren Tellern, denn die Witwe führte ein strenges Regiment. Allzu viel Geschwätz schätzte sie nicht und Störungen jeglicher Art ebenfalls nicht. Deshalb war sie auch wenig erbaut, als es plötzlich klopfte. »Wer ist da?«

»Ich bin's, Mutter Vonnegut.« Die Tür ging auf, und ein stattlicher junger Mann wurde sichtbar. Er verbeugte sich höflich vor der Runde und sagte: »Ich bin's, der Franz.«

»Franz Mylius?« Die Witwe fasste sich an die Stirn. »Aus

Kassel? Der Herrgott vergebe mir, dass ich dich nicht gleich erkannt hab! Du hast doch damals mit dem Gottfried und dem Alex hier logiert?«

»Ganz recht, und mit Julius und Alena ebenfalls.«

»So ist es. Hör mal, Alena, hättest du den Franz gleich wiedererkannt? Na, ist ja auch egal, komm, Franz, schlag da keine Wurzeln, iss ein paar Pellmänner mit uns.«

Da Franz zu zögern schien, schaltete Amandus sich ein: »Ihr könnt auch ein Bier haben.«

»Genau«, fiel Claus ein. »Ist gutes Hardenberger und nicht so ein schandbarer Soff wie das Göttinger Gebräu. Neulich hatten wir von dem Zeug. Es war ekelerregend.«

»Jeder Schluck ein *Vomitiv*«, sagte Jakob.

»Pechös geht's dem, der davon trinken muss«, sagte Hannes.

Amandus verkündete: »Das Göttinger Gebräu macht impot… äh, Verzeihung, Mutter Vonnegut.«

Über Franz' Gesicht glitt ein Lächeln. Die Generationen der Studenten kamen und gingen, ihre Redensarten jedoch blieben immer gleich. »Es tut mir leid, dass ich ablehnen muss, aber ich bin in einer Sache hier, die keinen Aufschub duldet.« Sein Blick wanderte zu Alena und dann zur Witwe. »Darf ich Euch und Alena einen Augenblick allein sprechen?«

»Nanu, so förmlich? Aber sei's drum, Franz. Am besten gehen wir in die Küche.« Die Witwe stand ächzend auf und strebte zur Tür. »Und von Euch *Burschen* will ich nichts weiter hören als Essgeklapper, verstanden?«

»Jawohl, Mutter Vonnegut.«

Als sie in der Küche waren, griff die Witwe zur Liqueurflasche und wies Franz einen Platz zu, aber Franz blieb stehen und sagte: »Verzeiht, Mutter Vonnegut, dass ich mich nicht setzen will, aber über unsere Familie ist großes Unglück gekommen. Meine arme Mutter verstarb gestern am Nachmittag gegen drei. Der alte Doktor Tann, unser Hausarzt, war bei ihr. Er sagte, die Hitze in der Brust hätte sie förmlich verbrannt. Ach, es ist ein großes Trauerspiel.« Er kämpfte sichtlich mit den Tränen.

Die Witwe und Alena schwiegen betreten. Dann nahm Alena ihn beim Arm. »Du setzt dich doch besser für einen Augenblick. Im Sitzen erzählt sich's leichter.«

Franz gehorchte. Nach einer Weile sprach er weiter: »Das alles wäre vielleicht nicht so schlimm, denn ein Ende war abzusehen, und Mutter ist gottlob erlöst, nachdem die Geschwulst sich als inoperabel erwiesen hatte. Doch mein Vater ist seit gestern nicht mehr er selbst. Er war immer ein großer, starker, forscher Mann, nun hat er sich neben das Totenbett gesetzt, weint und brütet vor sich hin und lässt niemanden ins Zimmer. Nicht mal der Herr Pfarrer durfte hinein, um die Sterbesakramente zu spenden.«

»Das alles tut mir von Herzen leid, mein lieber Franz. Des Himmels Segen über deine arme Mutter.« Die Witwe, die trotz aller Resolutheit nah am Wasser gebaut hatte, schniefte und wischte sich eine Träne aus dem Auge.

Franz blickte Alena an. »Du bist es, die mir helfen könnte. Ich … ich muss zugeben, dass ich der Situation nicht gewachsen bin. Wenn wenigstens einer meiner drei Brüder bei mir wäre! Aber sie sind alle in Nordamerika, leben mit ihren Familien an der Ostküste, nachdem sie im Unabhängigkeitskrieg in einem hessischen Regiment dienten.« Franz schluckte. »Nur meine beiden Schwestern sind gekommen. Sie haben Dienerschaft mitgebracht, die sofort mit der unseren über Kreuz war. Sie zanken sich und missachten die Würde der Toten. Ich möchte, dass mit Pietät und Aufrich-

200

tigkeit in meinem Elternhaus getrauert wird. Ich brauche jemanden, der die Gefühle in die richtigen Bahnen lenkt, kurzum« – er blickte Alena noch immer an – »ich brauche dich.«

Alena gab den Blick zurück und sagte: »Ich will dir gern helfen, sofern ich es vermag. Die Frage ist nur, ob Mutter Vonnegut mich für mehrere Tage entbehren kann?«

»Natürlich kann ich das. Zwar fürchte ich, dass mir die Arbeit über dem Kopf zusammenschlägt, weil ich mich nicht gut befinde, aber du, Franz, bist in Not, und ich bin kein verzagter Hase. Alena mag mit dir gehen.«

»Danke, Mutter Vonnegut!« Franz sprang auf – die Erleichterung war ihm anzusehen – und gab der alten Frau einen hörbaren Kuss auf die Wange. »Ihr wisst gar nicht, wie dankbar ich Euch bin.«

»Schnickschnack. Lass Alena jetzt packen. Sie wird das eine oder andere brauchen. Ich sag immer: gut *embaliren* heißt gut reisen.«

Wenig später hatte Alena ihren alten, mit einem großen silbernen Kreuz bestickten Ranzen gefüllt. Darin befanden sich für den Körper: das umgearbeitete schwarze *Habit* einer Karmelitin, ein weiteres Kleid von schönem Bordeauxrot, zu dem ein lindgrünes *Chemisette* mit feiner Klöppelspitze gehörte, frische Leibwäsche sowie ein paar Toilettenartikel. Und für die Seele: eine Ausgabe der Heiligen Schrift, das Große Gesangbuch und dazu eine Psalmensammlung.

Während sie die einzelnen Dinge verstaute, hatte sie fortwährend an Abraham denken müssen, wobei es durchaus zwiespältige Gefühle gewesen waren, die ihr durch den Kopf gingen. Einerseits freute sie sich, ihren alten Beruf als Klagefrau wieder ausüben zu können – von dem damit verbundenen Verdienst einmal ganz abgesehen –, andererseits wusste sie, dass Abraham ihr fehlen würde. Er fehlte ihr schon jetzt. Zugegeben, er hatte zwei höchst verdächtige blonde Haare an seinem Gehrock gehabt, aber dafür gab es vielleicht eine einfache Erklärung. War die Frau des Krankenwärters Hasselbrinck nicht blond? Konnte der Wind die Haare nicht von irgendwoher herangeweht haben? Sicher gab es viele, völlig harmlose Erklärungen. Außerdem hieß es, man solle niemals jemanden verurteilen, ohne ihn vorher angehört zu haben. Und Abrahams Erklärung stand noch aus.

Seit dem ominösen Fund hatte sie ihn nicht mehr gesehen. Was er jetzt wohl gerade machte? Ob sie ihm eine Nachricht schreiben sollte? Mutter Vonnegut könnte sie ihm aushändigen, heute Abend, wenn er wieder zurück war …

Mit diesen Gedanken stieg Alena die Treppe hinunter in die Küche, wo Mutter Vonnegut sie sofort bei der Hand nahm und hinaus zu Franz' wartender Kutsche führte. Franz half ihr galant in den Wagen, ein Diener verstaute ihren Ranzen auf dem Dach, und schon knallte der Kutscher mit der Peitsche.

Das Gefährt setzte sich rumpelnd in Bewegung, die Witwe schneuzte sich mit einem großen Taschentuch und winkte anschließend heftig damit. Alena beugte sich aus dem Fenster und winkte zurück. »Auf Wiedersehen, Mutter Vonnegut.«

»Auf Wiedersehen, mein Kind. Pass, um Himmels willen, auf dich auf, ich kenn doch jede Falte in deinem Herzen. Gott beschütze dich!«

Franz saß neben Alena und lehnte sich erleichtert zurück. Er wollte etwas sagen, aber sie unterbrach ihn: »Ich habe ganz vergessen, Abraham eine Nachricht zu schreiben!«

»Ach, halb so schlimm.« Franz winkte ab. »Mutter Vonnegut wird ihm alles erklären.«

Das imposante Patrizierhaus der Familie Mylius lag in der Nähe des Kasseler Pferdemarkts. Es hatte insgesamt drei Stockwerke, siebzehn Zimmer, den sogenannten Großen Salon, den Kleinen Salon und eine Küche im Souterrain. Wie viele Menschen sich zurzeit in dem Haus befanden, wusste selbst Franz nicht genau zu sagen, doch wenn man von der Betriebsamkeit ausging, die in der Küche herrschte, mussten es mehrere Dutzend sein. Alena stand inmitten der hin und her huschenden Mägde und Gehilfen und schaute sich das Ganze eine Weile an. Sie hatte darum gebeten, sich als Erstes hier unten umsehen zu dürfen, denn vom Gesinde war in aller Regel am meisten zu erfahren.

»Bist du eine Nonne?« Alena fuhr herum und entdeckte ein vielleicht fünfjähriges Mädchen. Es hatte strubbelige rote Haare, Sommersprossen auf der Nase und einen vom Honignaschen verschmierten Mund.

»Ich war einmal Novizin in einem Karmelitinnenkloster.« Alena hatte sich, direkt nachdem ihr von einem Hausbediensteten ein Zimmer zugewiesen worden war, umgezogen und trug nun ihr schwarzes *Habit*. Die Erfahrung lehrte, dass einer Trägerin des Nonnengewandes Vertrauen und Respekt entgegengebracht wurden – vorausgesetzt, man nahm sie wahr. Letzteres schien hier angesichts der Hektik nicht möglich zu sein. Von dem Kind einmal abgesehen. »Ich heiße Alena. Und wie heißt du?«

»Mia!«, krähte die Kleine und zog an ihrem Kleid. Sie

schien die einzig Vergnügte unter lauter Trauermienen zu sein.

»Aha, und was machst du hier?«

»Nichts!«

»Nun ja, immerhin hast du mich bemerkt und unterhältst dich mit mir.«

»Jaha! Und meine Mutti ist die Köchin!«

Alena kam eine Idee. »Kannst du mich zu deiner Mutti bringen? Ich muss etwas mit ihr besprechen.«

»Jaha!« Mia grapschte nach Alenas Hand und zog sie mit sich. Vor einer geschlossenen Tür machte sie halt. »Da ist meine Mutti drin.« Dann verschwand sie hüpfend.

Alena klopfte.

»Ich will jetzt nicht gestört werden, und wenn's der junge Herr persönlich wär«, erklang es von drinnen.

Alena öffnete die Tür trotzdem. Sie sah in eine fensterlose Kammer, in der eine korpulente Frau an einem winzigen Tisch saß, vor sich eine brennende Kerze und daneben Schreibzeug und ein Wust von Papieren. »Wer seid Ihr, was wollt Ihr? Ich will nicht …«

Bevor die Köchin weitersprechen konnte, sorgte Alena dafür, dass diese schwieg. Sie bediente sich dazu eines Mittels, das niemals versagte – sie schlug langsam das Kreuz und murmelte dazu: *»In nomine patri et filii et spiritu sancti …«*

»Verzeiht, Schwester. Wollt nicht unhöflich sein.«

»Mein Name ist Alena. Alena wie Magdalena, nach der heiligen Maria von Magdala.« Sie fand, es sei nicht nötig, der Köchin auf die Nase zu binden, dass sie über den Status einer Novizin niemals hinausgekommen war. »Ich bin auf Wunsch des jungen Herrn Franz hier und will diesem Haus Trost spenden.«

Statt einer Antwort beugte die Köchin sich zur Tür hinaus und rief: »Emil, Most! Vom guten! Und zwei Gläser.«

Der ›Emil‹-Gerufene beeilte sich, dem Befehl nachzukommen, und kurz darauf saß Alena Most trinkend der Beherrscherin der Küche gegenüber. »Der Papierkram bringt mich noch mal um! Ich bin Köchin und kein Schreiberling.«

»Gewiss, und Euer Name …?«

»Else, wenn's beliebt. Ich sag Euch, ich mach Euch aus nichts eine *Consommé* mit Eierstich, die selbst unser Kaiser Joseph nicht verschmähen würde, aber das Kalkulieren mit Zahlen bis zum letzten Gran Mehl, das macht mich verrückt.«

»Das verstehe ich.« Alena hob ihr Glas. »Trinken wir auf Eure Kochkünste, Else, und verdammen wir alle Federkiele und Tintenfässer dieser Welt.«

»Da sagt Ihr was.« Etwas wie ein Lächeln erhellte Elses strenge Züge. »Ihr gefallt mir, Schwester Alena. Ihr redet nicht so etepetete wie viele Eurer Zunft – äh, wenn ich das sagen darf.«

Alena lächelte. »Also, auf Eure Kochkünste.«

»Prost, auf meine Kochkünste.« Die Köchin leerte ihr Glas mit einem Zug und schenkte sich nochmals ein. »Und auf den lieben Gott, der meine Herrin zu sich genommen hat.«

»Prost.« Alena jubelte innerlich, denn Else hatte ihr das passende Stichwort geliefert. »Auf unseren Herrgott will ich gern mit Euch trinken, und auf die Verstorbene auch. Wie war sie denn?«

»Ach, was soll ich sagen. Wie die Gnädigen so sind. Hatte nicht viel mit ihr zu tun. Wilhelm, ihr persönlicher Diener, hat immer alles mit mir besprochen. Welches Essen, wie viele Gänge und so weiter. Es musste immer vom Besten sein, aber kosten durfte es nichts. Na ja, ist wohl überall so.«

Alena schwieg und hoffte auf weitere Einzelheiten.

»Wilhelm sagt, die Gnädige wär unglücklich gewesen. Die Ehe war nicht so gut. Vier Söhne, zwei Töchter, drei Totgeburten. Und der Gnädige war trotzdem hinter jeder Schürze her. Oh, vielleicht sollte ich jetzt lieber den Mund halten.«

»Natürlich.« Alena überlegte, wie sie die Quelle wieder zum Sprudeln bringen könnte, und versuchte es mit einer Halbwahrheit. »Ich bin auch einmal betrogen worden. Ich fand auf dem Gehrock meines Geliebten zwei blonde Haare. Wie Ihr seht, bin ich schwarzhaarig ...«

Die Ansprache von Frau zu Frau hatte die gewünschte Wirkung. Else trank einen Schluck und redete weiter: »Na ja, wenn Ihr's wie eine Art Beichtgeheimnis behandelt, will ich Euch sagen, was die Spatzen vom Dach pfeifen, ich mein, dass der Gnädige noch ein paar weitere Kinder hat, von verschiedenen Frauen. Aber jetzt sitzt er da oben am Totenbett und spielt den trauernden Ehemann. Und der arme junge Herr weiß nicht, wie er sich der Verwandtschaft erwehren soll. Und wenn Ihr's genau wissen wollt, Schwester: Ich weiß es auch nicht. Die Herrschaften sitzen nur herum, ziehen übereinander her, statt zu trauern, und verlangen überdies drei reichhaltige Mahlzeiten am Tag. Kaffee mit Kardamom und Kuchen mit Schlagsahne noch nicht mal mitgerechnet. Es wird höchste Zeit, dass die Gnädige unter die Erde kommt, aber solange der Gnädige da oben den Zerberus spielt, wird sich da wohl nichts ändern.«

»Ich will sehen, was ich machen kann. Ich muss nun gehen. Danke für den Most. Ach, übrigens, Ihr habt eine reizende kleine Tochter.«

»Die ihren Vater nicht kennt. Aber mehr will ich dazu nicht sagen.«

Alena verabschiedete sich und verließ die Küche. Sie ging die große Treppe hinauf in den ersten Stock, wo sie hoffte, Wilhelm, den persönlichen Diener der Gnädigen, anzutreffen. Sie hatte Glück, sie traf ihn in einem Nebenraum, wo eine Reihe hoher Vitrinen mit edlen Porzellanfiguren stand. Wilhelm war dabei, einen prachtvollen springenden Rappen mit dem Staubwedel zu bearbeiten. Alena näherte sich unbemerkt und betrachtete ihn. Seine Hände zeigten große Stellen von *vitiligo,* der Weißfleckenkrankheit. Er musste es also sein. Die Köchin hatte ihr von Wilhelms Hautkrankheit erzählt. »Ich möchte nicht stören«, sagte sie.

Wilhelm fuhr zusammen. »Habt Ihr mich erschreckt! Wer seid Ihr?«

»Ich bin Alena. Der junge Herr Franz hat mich gebeten, diesem Haus Trost zu spenden.«

»Davon hat er mir gar nichts gesagt.« Wilhelm holte ein Paar Handschuhe hervor und streifte sie rasch über.

»Ich bin gerade erst angekommen. Wenn Gott einen Menschen zu sich nimmt, sollen die Verbliebenen sich in Trauer vereinen. Geteilter Schmerz ist halber Schmerz. Der junge Herr aber sagte mir, davon könne hier keine Rede sein.«

»Ein Tollhaus ist das hier!«

»Woran liegt das? Habt Ihr eine Vermutung?«

»Nein.« Wilhelm schien nichts hinzufügen zu wollen. Er begann wieder, den schwarzen Hengst abzuwedeln.

»Ich hörte, dass die Schwestern des jungen Herrn im Haus sind und dass es Zwist mit deren Dienerschaft gäbe?«

»Dienerschaft? Pah!« Wilhelm hielt inne. »Drei hochnäsige Nichtsnutze sind das. Meinten, mir Befehle geben zu können, nur weil die gnädige Frau das Zeitliche gesegnet hat. Aber nicht mit mir, ich bin schon dreiundzwanzig Jahre hier, und mir sagt keiner was. Außer der Gnädigen, aber die ist ja nun, Gott sei's geklagt, tot, und keiner weiß, wie's weitergeht.« Wilhelm hob den Staubwedel wie eine Waffe. »Nicht mit mir!«

»Wo sind sie denn jetzt?«

»Wer?«

»Die Diener der Schwestern.«

»Ach so. Was weiß ich. Wenn sie nicht um ihre Herrschaft herumschwänzeln, lustwandeln sie gern zwischen den Rosenbeeten und begaffen die Arbeit der Gärtner. Vielleicht tun sie es auch jetzt. Es ist ja ein schöner Tag.« Wilhelms Stimme triefte vor Ironie.

»Ich werde versuchen, mit ihrer Herrschaft zu sprechen.«

»Tut das nur.« Wilhelm beruhigte sich ein wenig. Dann flackerte der Zorn wieder in seinen Augen auf. »Wenn Ihr mit den Schwestern sprecht, sie heißen übrigens Josepha von Senftleben und Alexandra zur Haid, dann könntet Ihr andeuten, dass es sich wenig schickt, schon jetzt in den Schmuckkästen der Gnädigen zu wühlen und die Stücke unter sich aufzuteilen.«

»Habt Ihr sie dabei beobachtet, Wilhelm?«

»Mit eigenen Augen. Sie und später ihre Diener.«

»Nun, ich will sehen, was ich tun kann. Ich möchte, dass Harmonie in dieses Haus einkehrt. Und nun macht weiter, Wilhelm.«

Alena verließ den Diener und steuerte die Gästezimmer im zweiten Stock an, wo sie die beiden Schwestern anzutreffen hoffte. Doch wie sich zeigte, war nur Madame von Senftleben anwesend. Ihre Schwester hatte anspannen lassen und unternahm eine Ausfahrt in die Umgebung.

208

Alena fragte nicht ohne Scheinheiligkeit: »Ich nehme an, Madame zur Haid will einige organisatorische Dinge wegen der Beerdigung erledigen?«

Madame von Senftleben runzelte die hohe Stirn. Sie trug ein für die Tageszeit wenig angemessenes, sittichgrünes Abendkleid und saß in einem *Fauteuil,* das nach dem neuesten Geschmack gearbeitet und mit Pferdehaaren überzogen war. Ihr zur Seite stand ein Beistelltischchen, darauf eine Schale mit Konfekt, aus der sie sich bediente. »Beerdigung? Wie kommt Ihr darauf? Darum soll sich mein kleiner Bruder kümmern. Er ist schließlich hier zu Hause.«

»Wie es scheint, geht ihm der Tod seiner Mutter sehr zu Herzen.«

»Ja, ja, das stimmt wohl. Ein typisches Mutter-Sohn-Verhältnis war das. Aber auch uns geht der Verlust sehr nahe. Allein die Unruhe, die das Dahinscheiden unserer geliebten Mutter mit sich gebracht hat. Mein Gatte und ich – wir leben in Frankfurt, müsst Ihr wissen – hatten für diese Woche ein dreitägiges Frühlingsfest, mit Zelten, Lampions, Musik und Tanz geplant, als es plötzlich hieß, dass es mit Mutter zu Ende geht. Natürlich haben wir sofort alles abgesagt, aber es war überaus peinlich, das könnt Ihr mir glauben, zumal der Herr Bürgermeister und einige Räte der Stadt mit ihren Damen ebenfalls eingeladen waren. Am Ende musste ich sogar allein hierherfahren, weil mein Gatte unabkömmlich war.« Aus Madames Stimme war deutlich ein Vorwurf herauszuhören. »Nun ja«, fuhr sie fort, »unsere Mutter ist Gott sei Dank erlöst. Ich hoffe, dass Franz die Formalitäten bald hinter sich bringt und dass unser Vater endlich Vernunft annimmt.«

Sie unterbrach sich und wählte sorgfältig ein neues Konfekt. »Versteht mich nicht falsch, der Schmerz ist für ihn natürlich übermächtig, aber irgendwann muss er das Sterbezimmer wieder freigeben. Die Nachbarschaft tuschelt schon.«

»Da habt Ihr sicher recht.« Alena hatte genug gehört. Sie verzichtete darauf, Madame von Senftleben auf die Schmuckkästen der verstorbenen Hausherrin anzusprechen, erhob sich und machte sich auf den Weg zum Kleinen Salon, dem Raum, in dem Franz' Mutter ihren letzten Atemzug getan hatte.

Unterwegs dorthin nutzte sie die Gelegenheit, kurz mit zwei weiteren Bediensteten zu sprechen, einem Zimmermädchen und der Zofe der Verstorbenen. Die Auskünfte, die sie erhielt, waren immer gleich: Schon vor dem Tod der Hausherrin war das Myliussche Haus kein Ort der Harmonie gewesen, doch mit dem Erscheinen der beiden Schwestern hatten Zwietracht und Unfrieden erst recht um sich gegriffen. Dieser Eindruck verstärkte sich noch, als ihr die drei Diener der Schwestern über den Weg liefen. Es war augenscheinlich, dass sie sich etwas Besseres dünkten, denn sie gaben sich, als gehöre ihnen das gesamte Haus. Damit nicht genug, befanden sie es nicht einmal für nötig, zu grüßen. Alena schaute ihnen kopfschüttelnd nach und stand kurz darauf vor der doppelflügeligen Tür zum Kleinen Salon. Sie straffte sich und klopfte an.

Als sie keine Antwort erhielt, klopfte sie noch einmal an. Erneut keine Antwort, nur ein nicht näher zu beschreibender Klagelaut. Dann eine herrische Stimme: »Nein, zum Donnerwetter!«

Alena ließ sich nicht entmutigen. Sie drückte die schwere bronzene Klinke nieder. Die Tür schwang auf. Sie trat ein und sah einen hübschen, mit blattgrüner Seidentapete ausgeschlagenen Raum, dessen Decke mit reichen Stuckornamenten verziert war. In der Mitte stand ein offenes Bett, in dem die Tote lag. Man hatte ihr die Hände über der Brust gefaltet, leichenblasse Hände, die von einem hünenhaften Mann, der an ihrer Seite saß, gestreichelt wurden. Es war kein anderer als der Hausherr, Johann Heinrich Mylius. »Was wollt Ihr hier?«, herrschte er Alena an.

»Ich will Eure Frau heimführen zu Gott«, sagte Alena.

Mylius verzog das Gesicht. »Ich nehme an, der Pfarrer hat Euch geschickt, nachdem ich ihm die Tür gewiesen habe. Wer Ihr auch seid, ich scheue mich nicht, mit Euch das Gleiche zu machen. Verschwindet also lieber!«

Alena zitterte innerlich, aber sie blieb stehen.

Mylius erhob sich und näherte sich ihr drohend. »Niemand hat mich in meiner Trauer zu stören, erst recht nicht Gottes Sendboten. Wie konnte Gott mir das antun, mir das Liebste zu nehmen, das ich auf Erden hatte!«

»Gottes Ratschluss ist unerforschlich.«

»Geht jetzt.« In dem fleischigen Gesicht des Mannes zuckte es. Eine Träne lief ihm die Wange herab. »Geht jetzt, oder ich muss Euch eigenhändig hinauswerfen.«

»Gut, ich gehe«, sagte Alena. »Aber Ihr könnt hier nicht bis zum Tag des Jüngsten Gerichts neben Eurer toten Frau sitzen. Dadurch wird sie nicht wieder lebendig, so hart es auch klingen mag. Gott hat ihr das Leben gegeben, Gott hat ihr das Leben genommen, sein Wille ist geschehen. Holt die schönen Stunden, die Ihr mit ihr verbracht habt, in Eure Erinnerung zurück. Lacht noch einmal in Gedanken mit ihr, geht mit ihr am Ufer der Fulda spazieren, tanzt ein *Menuett* mit ihr, denkt an Euren ersten Kuss … Sprecht ein Gebet und gebt sie frei, damit sie in Gottes Acker ihre Ruhe findet. Sie ist eine getaufte Seele und hat das Recht, in gesegneter Erde zu liegen.«

»Die Stunden, die ich mit meiner Frau verbracht habe, gehen niemanden etwas an.«

»Niemanden, außer Gott.«

»Gott ist für mich tot, so tot wie meine Frau. Es gibt so viele Menschen, die es tausendmal mehr verdient hätten, am Brustfraß zu sterben – warum musste es ausgerechnet meine Frau sein! Ich hätte noch so viel an ihr gutzumachen gehabt.« Jetzt liefen seine Tränen ungehemmt. »Und nun geht!«

Alenas Augen blitzten. »So höret, hochverehrter Herr Mylius: Ich werde tatsächlich gehen. Aber ich werde auch dafür sorgen, dass Ihr Euch nicht an Eurer Frau versündigt, denn ich komme wieder. In der Zwischenzeit will ich für Euch beten.«

Zornbebend wandte sie sich ab und eilte zu ihrem Zimmer. Sie fühlte sich tief in ihrem Stolz verletzt, weil Mylius sie abgewiesen hatte. Indes: Die Trauer des Mannes schien wirklich echt. Sollte aus einem Saulus ein Paulus geworden sein? Man hörte ja häufiger, dass mancher erst angesichts des Todes zur Einsicht kam – und zur Reue. Beides mochte sich gerade in Mylius' Herzen zutragen.

Alena legte sich auf ihr Bett und schloss die Augen. Sie war plötzlich sehr müde. Der Tag hatte ihr viel abverlangt. Heute Morgen noch hatte sie ihre wenigen Sachen genommen und war zur Witwe Vonnegut gezogen – jetzt saß sie in einem fremden Zimmer, in einem Patrizierhaus, in Kassel … verrückte Welt.

Über diesem Gedanken schlief sie ein.

Als sie erwachte, war es tiefe Nacht. Es knackte in den Wänden, irgendwo miaute eine Katze. Sie kam sich einsam und verloren vor und schalt sich wegen ihrer Schwachheit.

Dann spürte sie Hunger, und ihr fiel ein, dass sie seit zwölf oder mehr Stunden nichts gegessen hatte. Im Schein einer Kerze stand sie auf, richtete sich die Kleider und ging mit dem Leuchter in der Hand nach unten. Leise betrat sie die Küche. Wie anders wirkte alles, jetzt, wo kein Mensch mehr den Raum belebte! Irgendwie abweisend und bedrohlich: die Herde, die Töpfe, die Pfannen und Tiegel, die Regale und Borde, die rußgeschwärzte Decke. Es roch nach Kohl und Suppe. Der lange Tisch, an dem das Gesinde sein Essen einnahm, war leer und blankgescheuert, nur zwei Äpfel lagen an seinem äußersten Ende. Alena musste an Mia denken, die kleine Tochter der Köchin. Vielleicht gehörten die Äpfel ihr.

»Es tut mir leid, kleine Mia«, flüsterte sie, »aber ich habe Hunger.« Sie nahm die Äpfel und trat den Rückweg an. Lautlos huschte sie wieder nach oben in den ersten Stock, vorbei am Kleinen Salon. Als sie ihn passiert hatte, glaubte sie etwas vernommen zu haben. Sie schlich zurück und lauschte. Richtig: Sie hörte stockende, geflüsterte Worte und Sätze. Sätze, die zweifelsfrei von Johann Heinrich Mylius stammten.

»… Oh, es ist alles so sinnlos, so sinnlos … nein, meine Liebste, ich bin noch nicht am Ende. Ich muss dir noch so vieles sagen. Erst wenn du es weißt, kannst du mir sagen, ob du mir verzeihst … ich schäme mich so. Du warst mir immer eine treue Frau, und ich … ja, ich habe bei anderen Frauen gelegen, aber du, du warst doch immer die Einzige, die ich liebte. Ich weiß nicht, ob du das verstehen kannst, du warst immer die Einzige, die Einzige …«

Ein Schluchzen unterbrach die Worte. Dann setzten sie wieder ein: »Weißt du noch, als unser erster Sohn geboren wurde? Damals … wir hatten das Haus noch nicht, ich war ein kleiner Kaufmann, handelte mit Hölzern und Türkischem Weizen und hatte noch keine Ämter … und das Geld war knapp. Ich bekam die Mitgift von deinem Vater nicht, denn ich war ihm nicht gut genug für seine Tochter … weißt du noch? Trotzdem waren wir glücklich, so glücklich … wir sangen an der Wiege unseres kleinen Georg. Er war gerade in Sankt Jacobi getauft worden, und der Text des Liedes hieß:

»Barmherziger, lass Deiner Gnade
jetzt dieses Kind befohlen sein,
das wir im heil'gen Wasserbade
auf Deines Sohns Befehl Dir weihn …«

Weiter weiß ich nicht mehr … ist auch egal. Aber Georg ist fern, er fuhr über das große Meer, genau wie Ludwig und Philipp … wir werden sie niemals wiedersehen. Sie sind weit, so weit, wie Gott von mir ist. Verzeih mir, ich glaube nicht mehr an ihn. Ich kann es nicht, ich will es nicht … verzeih mir, du warst immer eine gläubige Christin, und ich, ich war ein Sünder. Ich schäme mich so, ich schäme mich. Hörst du mich? Ich würde alles dafür geben, dich wieder lebendig machen zu können, alles … alles Geld und Gut, sogar meine Seele, der Teufel kann sie gerne haben, und er wird sie nehmen, denn es gibt ihn, an ihn glaube ich, seitdem du tot bist. Es kann keinen Gott geben, o Gott, o Gott, warum hast du mir das nur angetan …«

Alena kämpfte mit den Tränen. Es hätte nicht viel gefehlt, und sie hätte lauthals losgeheult. So schwer die Sünden von Johann Heinrich Mylius auch wiegen mochten, er schien sie wirklich zu bereuen. Man musste ihm helfen und ihm wieder den Weg zu Gott weisen! Sachte drückte Alena die

Klinke nieder und wollte den Kleinen Salon betreten. Doch diesmal war die Tür versperrt. Mylius musste sie abgeschlossen haben.

Ratlos stand sie da. Sollte sie anklopfen? Nein, besser nicht. Sie wollte sich nicht noch einmal fortschicken lassen – und sie wollte Mylius in der Zwiesprache mit seiner Frau nicht stören. Sie spürte, dass er ihr noch viel zu sagen hatte.

Auf leisen Sohlen entfernte sie sich, gelangte zu ihrer Kammer und legte sich wieder zu Bett. Während sie in einen der Äpfel biss, kreisten die Gedanken in ihrem Kopf. Sie wollte Mylius helfen, ihm und seinem gesamten Haus. Doch konnte sie so viele eigennützige Menschen wieder in Eintracht zusammenführen? Konnte sie es mit Gottes Hilfe vollbringen?

Alena legte den Rest des Apfels fort. Zweifel kamen ihr. War sie überhaupt befugt, das Wort Gottes im Mund zu führen? Sie hatte ihren Glauben aufgegeben, hatte einen Pass, der sie als evangelisch auswies. Erst hatte sie ihren Glauben verraten, dann war sie wieder in die Tracht der Karmelitinnen geschlüpft, und nun maßte sie sich an, den Menschen zu sagen, was der Wille Gottes war?

Andererseits gab es nur einen Gott. Er war der Eine, der Große, der über alles Erhabene. Erhaben über die kleingeistigen Zänkereien der Menschen, die seinen Willen immer wieder anders auslegten. Das hatte auch Abraham gesagt und hinzugefügt, dass es genüge, die Zehn Gebote einzuhalten, denn sie galten gleichermaßen für Katholiken, Protestanten und Juden. Ach, Abraham! Könnte ich jetzt mit dir sprechen, würde ich dir sagen, dass Franz, dein alter Kommilitone, mir zehn Taler für meine Dienste versprochen hat. Das ist viel Geld. Wir können es gut brauchen, und vielleicht musst du dann fürs Erste nicht mehr in Richters Hospital gehen, kannst deine Dissertation in Ruhe zu Ende schreiben und wirst promoviert. Und bist endlich ein richtiger Doktor der Medizin …

Alena beruhigte sich allmählich. Sie sprach zum zweiten Mal in dieser Nacht ein Gebet, in das sie Johann Heinrich Mylius und seine verstorbene Frau einschloss, und schlief bald darauf ein.

Der Dienstagvormittag war ein Frühlingstag wie Samt und Seide. Alena stand spät auf und ging hinunter in die Küche, wo bereits emsig die Vorbereitungen für das Mittagsmahl getroffen wurden. Allerorts wurde geputzt, geschnitten und gerührt. Es sollte eine Gemüsesuppe geben, Mengen von Gartensalat sowie zwei knusprige Spanferkel mit Sauerkraut und gerösteten Kastanien. Zur Anregung der Verdauungssäfte hatte Else ein Fässchen Bier und ein Dutzend *Bouteillen* roten Muskatellers vorgesehen.

Alena erhielt von ihr, gewissermaßen als Vorgeschmack auf das spätere Essen, einen Teller Suppe, etwas krossgebratenes Fleisch mit Kraut, dazu frisches Weißbrot und Butter. »Nun esst«, sagte die Köchin nicht unfreundlich. »Frisch dran!«

Alena ließ es sich schmecken. Sie lobte die Suppe und bat um das Rezept. Else nannte die Zutaten und fragte: »Was habt Ihr heute vor, Schwester Alena? Wie man hört, ist der Gnädige noch immer im Kleinen Salon und lässt niemanden rein. Wilhelm hat heute Morgen versucht, ihm eine Eierspeise zu bringen, aber er hat sich an der Tür die Nase gestoßen. So kann es doch nicht weitergehen.«

»Nein, da habt Ihr wohl recht. Danke für das Essen.«

Alena erhob sich und ging in den Garten. Es war eine wundervolle Anlage nach französischem Vorbild, streng geometrisch gestaltet, mit prachtvollen Beeten, großen Rasenflächen und gepflegten Buchsbaumhecken. Tief atmete sie die weiche Luft ein und spürte, wie ihr unter dem schwarzen Stoff der Schwesterntracht warm wurde. Sie setzte sich auf eine Bank und beobachtete ein Heckenbraunellen-Pärchen, das eifrig zwitschernd in den unteren Ästen eines Strauchs hin und her hüpfte.

Einige Zeit verging, dann vernahm sie Stimmen. Sie gehörten den ungehobelten Dienern von Franz' Schwestern. Die Kerle steckten in gut geschnittenen grünen Livrees mit rot abgesetzten Kragen und verhielten sich genau so, wie Wilhelm es am Tag zuvor berichtet hatte – sie taten nichts. Ein paar Schritt entfernt setzten sie sich auf eine andere Bank, lasen Kieselsteine auf und warfen sie nach den Heckenbraunellen. Verängstigt flatterten die kleinen Vögel davon, kamen aber alsbald zurück, wahrscheinlich, weil sie ein Nest in dem Strauch hatten, und wurden abermals beworfen.

Alena stand auf und ging zu den Kerlen hinüber. »Lasst das augenblicklich sein«, fauchte sie.

Die drei musterten sie. Sie waren alle jung und schlank, durchaus gutaussehend, wenn nicht der überhebliche Ausdruck in ihren Gesichtern gewesen wäre. »Warum *echauffirt* Ihr Euch so, Schwester?«, fragte der, der in der Mitte saß. »Ihr habt uns gar nichts zu befehlen.«

Offenbar fanden seine Kumpane die Worte sehr komisch, denn sie begannen laut zu lachen.

Alena lachte nicht, ihre Augen schossen Blitze. »Ich trage das Gewand der Nonnen des Ordens vom Berge Karmel, bin also eine Vertreterin Gottes. Wenn ihr schon nicht vor einer Dame aufsteht, erhebt euch wenigstens aus Ehrfurcht vor Eurem Gott.«

Der Mittlere blieb sitzen, die beiden anderen erhoben sich tatsächlich, wenn auch aufreizend langsam. Der Mittlere, offenbar der Wortführer, sagte spöttisch: »Heißt es nicht: ›Wer von euch ohne Sünde ist, der werfe den ersten Stein‹? Nun, wir sind ohne Sünde und werfen deshalb Steine, ob es Euch nun passt oder nicht. Kommt, Freunde, setzt euch wieder. Die fromme Schwester will sicher wieder gehen.«

»Nein, das will ich nicht.« Alena stemmte die Arme in die Hüften, was ziemlich undamenhaft aussah, ihr aber in diesem Moment einerlei war. Einer Eingebung folgend, sagte sie: »Wo wir gerade von Steinen reden: Madame von Senftleben und Madame zur Haid, eure Herrschaft also, haben, wie ihr sicher wisst, die Schmuckkästen der verstorbenen Hausherrin, äh, inspiziert. Das taten sie, wie ich weiß, heute Morgen wieder. Und siehe da: Einige wertvolle Steine fehlten.«

»Was haben wir damit zu tun?« Das Gesicht des Mittleren schützte Unwissenheit vor. Aber Alena sah genug in seinen Augen – ihr Schuss ins Blaue war ein Volltreffer gewesen. »Was ihr damit zu tun habt? Vielleicht mehr, als euch lieb ist. Im Myliusschen Haus haben die Wände Ohren und die Türen Augen, falls ihr das noch nicht wisst. Wenn euer Gewissen rein ist, habt ihr nichts zu befürchten. Derjenige aber, der die Schmuckkästen der Verstorbenen, nun, sagen wir, ebenfalls inspiziert hat, sollte es vielleicht ein zweites Mal tun – und sich davon überzeugen, dass ihr Inhalt vollständig ist. Anderenfalls …«

Das letzte Wort ließ Alena drohend in der Luft schwingen. Sie drehte sich langsam um – niemand sollte ihr die Erregung anmerken – und entfernte sich.

Sie ging vielleicht fünfzig Schritt und versteckte sich dann hinter einer Hecke. Augenblicke später sah sie die drei Nichtsnutze, wie sie heftig diskutierten und eilig dem Haus zustrebten. Sie grinste schadenfroh. »Jetzt seid ihr es, ihr Schurken, die sich *echauffiren*.«

Am Nachmittag fuhr der Leichenbestatter mit einem prächtigen Gespann vor, denn er wollte für einen würdigen Abtransport von Madame Mylius sorgen. Er hatte angenommen, der Hausherr hätte seine Zwiesprache mit der Verstorbenen beendet, aber er irrte sich. Alena war es, die sich seiner annahm und die ihm auch bedeutete, dass er umsonst gekommen sei.

»Was soll denn nun werden, Schwester?«, fragte er hilflos. »Der Takt verbietet es mir, darüber zu sprechen, aber ich tu's trotzdem: Man kann eine Leiche nicht tagelang bei normaler Temperatur im Haus behalten, anderenfalls, äh, verändert sie sich. Ihr wisst schon, was ich meine. Der Herr Pfarrer ist auch sehr beunruhigt. Er überlegt ernsthaft, ob er nicht den *Commissionair* der Stadtwache verständigen soll, damit dem Ganzen ein Ende gesetzt wird. Allein die hohe Stellung des Hausherrn hält ihn bisher davon ab.«

»Beruhigt Euch. Kommt morgen um dieselbe Zeit wieder. Dann wird alles seinen notwendigen Gang gehen können.«

»Meint Ihr wirklich?«

»Ja, mit Gottes Hilfe.«

»Nun gut, wenn Ihr es sagt. *Adieu*, Schwester.«

Alena war keineswegs sicher, ob es ihr gelingen würde, den Widerstand des trauernden Hausherrn zu brechen, aber sie wollte sich nichts anmerken lassen und musste Zuversicht ausstrahlen. Gegen Abend unternahm sie einen neuen Versuch, Mylius aus dem Zimmer zu locken, nachdem es tagsüber niemandem auch nur annähernd gelungen war. Sie ließ sich von Else ein schönes Stück Spanferkel aufwärmen, legte etwas Kraut und ein paar dampfende Kastanien dazu und trug alles nach oben zum Kleinen Salon. Wie vermutet, war die Tür noch immer verschlossen. Sie stellte den Teller auf den Boden, horchte eine Weile und rief, als sie nichts hörte: »Hier ist Schwester Alena. Schlaft Ihr?«

»Geht weg!«

Alena dachte nicht daran. »Ich habe für Euch und Eure Frau gebetet.«

»Na und, ist sie deswegen wieder am Leben?«

»Eure Antwort ist nicht nur gottlos, sondern auch zynisch. Glaubt Ihr, Eurer Frau hätte sie gefallen?«

»Ich …«

»Glaubt Ihr, Eurer Frau hätte sie gefallen?«

»Nein, vielleicht nicht. Ich will mit Euch nicht über meine Frau reden. Ich will überhaupt mit niemandem reden.«

»Gut, dann habt Ihr ja Zeit, etwas zu essen. Macht die Tür auf, dann bringe ich Euch etwas hinein. Es ist Spanferkel, eine Eurer Lieblingsspeisen, wie man mir sagte.«

»Nein!«

»Könnt Ihr noch etwas anderes sagen außer ›nein‹?«

»Das geht Euch nichts an.«

»Wie Ihr wollt.« Alena versuchte, gleichmütig zu klingen. »Ich lasse das Essen vor der Tür stehen. Ich will, dass Ihr es Euch irgendwann hereinholt. Es wäre ein Jammer, wenn es verdürbe. Denkt an Eure Frau. Sie würde wollen, dass Ihr esst. Die Elenden sollen essen, dass sie satt werden, so steht es schon in der Schrift, Psalm zweiundzwanzig, Vers siebenundzwanzig. Amen.«

220

Alena wartete die Antwort nicht ab, sondern ging hinauf in ihr Zimmer. Wieder war ein Tag vergangen. Ein Tag, der sie keinen Deut weitergebracht hatte. Das hatte sie kurz zuvor auch Franz gegenüber einräumen müssen, als dieser sich nach dem Stand der Dinge erkundigte. »Wie soll es nur weitergehen?«, hatte er gefragt, und Alena hatte geantwortet: »Kommt Zeit, kommt Rat, mir wird schon etwas einfallen.«

Und genau darum bemühte sie sich jetzt. Sie aß den zweiten Apfel von Mia und starrte gegen die Decke. Johann Heinrich Mylius, dachte sie, du bist ein hartnäckiger Fall. Ich gestehe dir zu, dass deine Verzweiflung echt ist, aber sie hilft auf die Dauer niemandem. Das muss ein Ende haben. Aber wie?

Immer, wenn du mit Außenstehenden sprichst, wird dein Herz zu Stein – und immer, wenn du mit deiner Frau sprichst, wirst du weich und nachgiebig und verständnisvoll. Man müsste diese Stimmung in dir wachrufen und verstärken und dich dann von dem Notwendigen überzeugen. Aber wie?

Man müsste die Dinge aufgreifen, die dir zu Herzen gehen, die in deiner Erinnerung sind, Dinge, die du selbst gesagt hast, denn es sind diejenigen, die dich am meisten bewegen. Aber wie?

Und dann hatte Alena eine Idee.

Sie wusste nicht, ob sie durchführbar war – sie wusste nur, dass sie Franz' Hilfe dazu benötigte.

Am anderen Morgen früh um sechs Uhr stand Alena wieder vor dem Kleinen Salon. Franz hatte ihr tatsächlich geholfen und ihr einen Holztisch in den Gang stellen lassen. Auch hatte er dafür gesorgt, dass ein schlichtes Kruzifix darauf stand. Nun blickte er sie fragend an. »Was hast du vor, Alena?«

Sie lächelte. »Du hast mir einen Altar gebaut, ich werde eine Morgenandacht halten.«

»Was? Aber es ist doch kein Mensch da!«

»Das ändert sich vielleicht noch. Es ist die Zeit der Prim, da sollte jedermann beten.«

»Ich fürchte, das wird meinen Vater da drinnen wenig scheren.«

»Das nehme ich in Kauf.«

Franz schüttelte den Kopf. »Du bist wirklich seltsam. Doch ich werde bleiben, dann hast du wenigstens einen Zuhörer.«

»Tu das, aber hole dir zuvor eine Kerze, die du während der Andacht in der Hand halten kannst. Eine brennende Kerze beruhigt die Sinne und öffnet die Seele.«

Franz ging, und Alena blickte auf die verschlossene Tür zum Kleinen Salon. Der Teller mit der Speise, den sie am gestrigen Abend davor abgestellt hatte, war verschwunden. Hatte der Hausherr ihn zu sich hineingenommen? Hatte er gegessen? Kein Laut kam von drinnen. Wenn Alena nicht sicher gewesen wäre, dass der Mann noch immer am Bett seiner Frau saß, hätte sie vermutlich aufgegeben. So aber blickte sie die Tür direkt an und betete mit lauter Stimme die folgenden Verse:

»Auf, auf, den Herrn zu loben,
den Hüter in der Nacht,
bedenke, wie von oben
der Höchste dich bewacht.
Er hat, dich zu bewahren,
die Engel hergesandt

und von dir die Gefahren
der Finsternis gewandt …«

Sie hielt inne und sprach dann weiter: »Diese Worte von Johann Franck sagen uns, dass auch in Zeiten tiefster Verzweiflung die Engel des Herrn uns nahe sind, auf dass sie uns stützen und uns Kraft geben. Der Herr in seiner Güte schenkt uns Gnade und Barmherzigkeit, er verzeiht uns, auch wenn wir es nicht glauben, und er segnet uns, auch wenn wir es nicht spüren …«

Alena faltete die Hände und sah, wie Franz zurückkam. In seiner Begleitung waren Wilhelm, die Zofe und das Zimmermädchen der Verstorbenen. Alle vier trugen eine brennende Kerze in der Hand. Sie stellten sich zu Alena, die weiter gegen die Tür sprach: »Wes Herzen voller Reue ist, dem werde verziehen, und er soll geführt werden auf den Weg zur Frucht des Geistes, zu Liebe, Freude, Friede und Geduld, zu Güte, Glaube, Sanftmut und Keuschheit …«

Alena sah, wie zwei weitere Gestalten sich näherten. Erst zögernd und neugierig, dann entschlossen. Auch sie hielten Kerzen in der Hand. Es waren Else, die Köchin, und die kleine Mia.

»Jesus ist der Weg und die Wahrheit und das Leben; niemand kommt zum Vater denn durch ihn«, rief Alena. »Mein Vater im Himmel, des Nachts und des Tages rufe ich dich, doch wirst du mir antworten? O Herr, gib mir die Kraft, deine Stimme zu hören, spanne alle Segel meines Geistes auf, dass ich deine Verzeihung erkennen kann, dass ich erkennen kann deine Größe und Allgegenwärtigkeit …«

Weitere Menschen kamen und gesellten sich dazu. Es waren Mägde aus der Küche und andere Bedienstete – Gesichter, die Alena nicht kannte. Sie predigte weiter: »Denn Du bist mein Hirte, mir wird nichts mangeln. Du weidest mich auf einer grünen Aue und führest mich zum frischen Wasser. Du erquickest meine Seele, Du führest mich auf rechter Straße um Deines Namens willen. Und ob ich schon wanderte im finstern Tal, fürchte ich kein Unglück, denn Du bist bei mir, Dein Stecken und Stab trösten mich. Du bereitest vor mir einen Tisch im Angesicht meiner Feinde. Du salbest mein Haupt mit Öl und schenkest mir voll ein …«

Alena musste sich konzentrieren, um nicht den Faden zu verlieren, denn jetzt erschien wohl ein halbes Dutzend Menschen auf einmal, alle brennende Kerzen in den Händen, und zu ihrer Überraschung waren auch Franz' Schwestern dabei. Sie stellten sich an die Seite des Halbkreises, der sich mittlerweile vor der Tür des Kleinen Salons gebildet hatte. Sie achtete nicht mehr auf die Herbeiströmenden, die den Gang mehr und mehr füllten, sie sah vielmehr ihre Gesichter, und auf diesen Gesichtern sah sie Freude und Zuversicht. Viele murmelten die Verse des dreiundzwanzigsten Psalms mit, denn die unvergänglichen Worte Davids, des Königs Israels, hatten sie gepackt. Und unter den vielen Gesichtern entdeckte sie jetzt auch die drei Diener von Franz' Schwestern. Sie hatten zwar keine Kerzen dabei, doch immerhin waren sie dazugekommen.

»Du segnest uns und unsere Kinder, denn sie sind Deine Gabe und werden von Dir beschirmt. Du ließest sie gebären, um das Herz der Väter weit zu machen, sie sind die tausendfache Auferstehung des immer Neuen, die Erneuerung des Guten, die ewige Hoffnung. Sie kommen nackt und bloß auf die Welt, wie weiland Dein Sohn Jesus Christus in der Krippe zu Betlehem, und in ihnen leben wir Menschen weiter – vom ersten bis zum letzten Atemzug.«

Alena predigte noch eine ganze Weile weiter, und sie

spürte den Widerhall, den ihre Worte fanden. Dann machte sie abermals eine Pause und rief: »Und nun wollen wir singen das Lied: *Barmherziger, lass Deiner Gnade …*«

Sie stimmte kräftig an:

»*Barmherziger, lass Deiner Gnade
jetzt dieses Kind befohlen sein,
das wir im heil'gen Wasserbade
auf Deines Sohns Befehl Dir weihn …*«

Sie war ziemlich sicher, dass viele das Lied kannten, denn es stammte aus der Feder des berühmten Kirchenlieddichters Benjamin Schmolck – ebenso, wie sie sicher war, dass auch Johann Heinrich Mylius drinnen im kleinen Salon das Lied erkennen würde, denn es war jenes, von dem er gesagt hatte, es wäre zur Taufe seines ersten Sohnes Georg angestimmt worden.

»*… Erfüll an ihm, was Du verheißt,
Gott Vater, Sohn und Heil'ger Geist.*«

Sie sang auch noch die zweite Strophe mit ihrer Gemeinde, rein und klar, und ihr Blick lag dabei unverwandt auf der Tür zum Kleinen Salon. Danach forderte sie ihre Gemeinde auf, ein jeder möge beide Hände um seine Kerze legen und mit ihr beten: »Vater unser, der Du bist im Himmel, geheiliget werde Dein Name, Dein Reich komme …«

Sie beendete das Gebet mit einem lauten Amen und schaute abermals auf die Tür. Als sich noch immer nichts regte, stimmte sie ein weiteres Lied an. Es war ihr Klagelied, das schon unzähligen Trauernden Trost gebracht hatte. Es war ein Stück nach der Melodie *Christus, der ist mein*

Leben von Melchior Vulpius, und seine Verse erfüllten die Luft über dem Lichtermeer im Gang:

»*Am Ende stehn wir stille
und säen Tränensaat;
des Heilands mächt'ger Wille
sich hier erwiesen hat.
Am Ende stehn wir stille,
die Toten ruhen wohl,
denn* vivat *heißet lebe
und* valet *lebe wohl* ...«

Fast alle kannten den Text, und diejenigen, die ihn nicht kannten, summten ihn mit, doch alle spürten die tröstende Wirkung der altehrwürdigen Zeilen.

»*Am Ende stehn wir stille
vor seiner großen Macht;
des Heilands mächt'ger Wille
wohl über allem wacht* ...

*Am Ende stehn wir stille
und sind in guter Hut;
des Heilands mächt'ger Wille,
er macht uns guten Mut.
Am Ende stehn wir stille,
die Toten ruhen wohl,
denn* vivat *heißet lebe
und* valet *lebe wohl* ...«

Und dann konnte Alena nicht mehr an sich halten. Der feierliche Gesang, der Lichterglanz, der bewegende Text ihres

Liedes – alles das ließ ihren Körper erbeben, ihre Schultern begannen zu zucken, und Tränen quollen zwischen ihren Lidern hervor. Aus ihrem Weinen wurde ein Wimmern und aus dem Wimmern ein Schluchzen, das über den ganzen Gang hallte und von einem Aufstöhnen der Anwesenden begleitet wurde – und in dieses Weinen und Wimmern und Schluchzen hinein öffnete sich endlich die Tür.

Johann Heinrich Mylius stand einen Augenblick wie geblendet, dann blickte er zu Boden. »Es ist gut«, murmelte er. »Es ist gut.«

Niemand sagte ein Wort, nur ein Hüsteln hier und ein scharrender Fuß dort.

»Geht wieder an eure Arbeit, Leute.«

Als die Menschen sich zerstreut hatten, richtete Mylius seinen Blick auf Alena. Sein Gesicht war grau vor Kummer, doch er wirkte gefasst. »Ihr, Schwester Alena«, sagte er tonlos, »habt mir das Leben gerettet. Denn als Eure Andacht begann, lag ich bereits neben meiner Frau, das Gift in der Hand. Eure eindringlichen Worte und Euer Gesang haben jedoch dazu geführt, dass ich meinen Entschluss noch einmal überdachte. So habe ich mich letztendlich nicht für das *Valet* entschieden, sondern für das *Vivat*.« Er räusperte sich und fuhr fort: »Ob es die richtige Entscheidung war, weiß ich noch nicht.«

Alena verneigte sich schweigend.

»In jedem Falle aber danke ich Euch.«

»Beginnt ein neues Leben«, sagte Alena leise. »Nehmt die ehrliche Reue, die ihr empfindet, zum Anlass, die Fehler der Vergangenheit wiedergutzumachen.«

Mylius zuckte mit den Schultern. »Das ist schön gesagt. Aber ich habe so vieles falsch gemacht. Wo sollte ich da anfangen?«

Alena legte ihm die Hand auf den Arm. »Beginnt damit, dass Ihr zu Eurer Köchin und ihrem Kind geht.«

»Zu Else?« Mylius blickte verständnislos.

»Und zu ihrem Kind. Es heißt Mia und ist zu einem reizenden kleinen Mädchen herangewachsen.«

»Aha, und warum erzählt Ihr mir das?«

»Nun, Mia wird Euch vielleicht bekannt vorkommen.«

Von dannen Er kommen wird ...

Am Montagabend bog Abraham beschwingten Schrittes in die Güldenstraße ein. Die Reaktionen von Pentzlin und Burck auf die Funkenblitze des Lichtenbergschen Elektrophors beflügelten noch immer seinen Geist. Er hatte, nachdem Heinrich gegangen war, noch einige Zusätze in dem von ihm angefertigten Protokoll aufgenommen und sich anschließend den Unterlagen über die Entkrampfungsmittel gewidmet. Doch seine Gedanken waren dabei immer wieder abgeglitten zu den beiden Bergleuten. Warum hatten sie in großer Regelmäßigkeit auf den Elektrophor reagiert und der dritte Kranke, Burck, überhaupt nicht? Es war wie so häufig in der Wissenschaft: Kaum glaubte man, der Lösung des einen Rätsels nähergekommen zu sein, tat sich bereits das nächste auf. Doch er wollte nicht undankbar sein. Er war am heutigen Tag weitergekommen als jemals zuvor.

Er stieß die Tür zum Vonnegutschen Haus auf und rief frohgemut: »Guten Abend. Niemand soll heute sagen, ich wäre nicht pünktlich zum Essen da!« Er ging geradewegs in die große Stube, in der die Mahlzeiten eingenommen wurden, und sah zu seiner Bestürzung, dass die jungen *Studiosi* bereits am Tisch saßen und es sich schmecken ließen. »Nanu«, sagte er erstaunt, »es ist doch noch gar nicht sieben?«

Die Witwe erschien, aus der Küche kommend, und antwortete: »Es ist schon sieben durch, Julius, du bist wieder

229

einmal zu spät. Ich kann nicht sagen, dass mir das großes *Plaisier* macht. Und nun setz dich.«

Abraham wollte widersprechen, sah aber die Wolken auf der Stirn seiner Zimmerwirtin und fragte stattdessen: »Wo ist denn Alena?«

»Es gibt eine Pastete aus Kalbsbrust, Speck, Schalotten, Petersilie, Salz und Muskatnuss.«

»Aha.« Abraham verstand, dass er keine Antwort bekommen sollte.

Er begann zu essen. Die so ausführlich beschriebene Pastete war deliziös, besonders in Verbindung mit den dazu gereichten gebratenen Pilzen und Kartoffeln, doch wollte es ihm nicht recht schmecken, weil er sich ständig fragte, wo Alena sein mochte. Die Mahlzeit verlief nahezu schweigend, wie die Witwe es schätzte, wenn sie nicht gerade selbst redete, nur als Amandus zum dritten Mal nachnehmen wollte, gebot sie Einhalt.

»Das reicht«, sagte sie. »Bei mir soll keiner verhungern, aber auch keiner platzen.« Und zu den anderen gewandt: »Ihr lebt hier sowieso wie die Vögel im Hanfsamen und tanzt auf meiner Gutmütigkeit herum. Zum Nachtisch gibt's heut Klöße aus Luft, weil dafür keine Zeit mehr war. Und nun räumt ab, ihr *Burschen*. Nein, du nicht, Julius. Bleib sitzen, ich hab was mit dir zu besprechen.«

»Ihr macht es spannend, Mutter Vonnegut. Ist irgendetwas mit Alena?«

»Wart's nur ab.«

Kurz darauf bekam er endlich die Antwort: »Deine Frau ist nicht hier, sie ist mit dem Franz nach Kassel. Du weißt doch, der Franz, der damals bei mir wohnte. Er philosophierte, bevor er seinen Doktor baute.«

»Franz Mylius? Was hat der mit Alena zu schaffen?«

Die Witwe erklärte es mit den ihr eigenen treffenden Worten.

»Und wann kommt sie wieder?«

»Das weiß Gott allein. Aber sicher nicht schon morgen, eher übermorgen oder überübermorgen. Zwischen Göttingen und Kassel sind's nur fünfundzwanzig Meilen, aber wenn das Schicksal es will, werden daraus tausend.«

»Wie meint Ihr das?«

»Wie ich es sage. Der Franz war jedenfalls sehr verzweifelt.« Die Witwe beugte sich vor. »Und wenn du's genau wissen willst: Alena auch.«

»Alena verzweifelt? Wie soll ich das verstehen?«

»Nun, du kennst mich, Julius. Ich mach aus meinem Herzen keine Mördergrube, und das *qu'en dira-t-on* interessiert mich nicht. Wenn ich jemanden mag, dann sag ich's ihm, und wenn ich jemanden nicht mag, dann sag ich's ihm auch. Erst recht, wenn er seine Frau betrügt. Dann gefällt er mir überhaupt nicht. Und wenn er dann noch Julius Abraham heißt, dann hab ich ein gewaltiges Hühnchen mit ihm zu rupfen.«

Klingenthals Herz begann zu klopfen. »Wollt Ihr damit etwa sagen …?«

»Genau das will ich.«

»Das ist lächerlich.«

»Mach mir nichts vor! Ich weiß, dass du gestern Abend bei deinem Kommilitonen Heinrich warst und dass dieser Heinrich in Wahrheit eine Frau ist. Henrietta heißt sie und ist blond. Und wie es der Zufall will, hat Alena heute Morgen zwei lange blonde Haare an deinem Gehrock gefunden.«

»Das ist doch …!« Abraham rang um Fassung.

»Sag jetzt nicht, dass alles ganz harmlos ist.«

»Doch, doch, das ist es! Es ist nichts passiert. Es ist …«
Abraham unterbrach sich. Er sah ein, dass er mit der Wahrheit herausrücken musste, denn die Witwe kannte ihn viel zu gut, als dass sie sich hätte täuschen lassen. Andererseits würde es fatal sein, die Wahrheit in allen ihren Einzelheiten zu erzählen. »Es ist nichts passiert, nichts, was Henriettas oder meine Ehre verletzen würde.«

»Und was ist mit der Ehre deiner Frau? Wenn du die in den Schmutz gezogen hast, gehörst du ins Halseisen gesteckt! Da bin ich altmodisch, Julius.«

»Aber es ist doch nichts geschehen!« Abraham kam sich vor wie ein kleiner Junge beim elterlichen Verhör. Das ärgerte ihn. Andererseits fühlte er sich keineswegs wohl in seiner Haut. Auch wenn es zwischen Henrietta und ihm nicht zum Äußersten gekommen war, so hatten sie sich doch immerhin leidenschaftlich geküsst. War das schon Ehebruch? Nein, dazu bedurfte es der geschlechtlichen Vereinigung, und die hatte nicht stattgefunden. Gottlob, wenn man es recht bedachte.

»Wenn ich das nur glauben könnt, Julius.« Die Witwe klang nicht mehr ganz so streng.

»Wenn Alena Euch alles erzählt hat, dann wisst Ihr auch, dass Henrietta an dem Abend sehr verzweifelt war, weil es ihr als Frau nicht möglich ist, zu studieren. Sie hat sich mir als Frau offenbart und sich in ihrer Verzagtheit an meine Schulter gelehnt. Dabei müssen ein paar ihrer Haare haften geblieben sein.«

»Und das ist schon alles?«

»Sie hat sehr geweint.«

»So, hat sie das?«

»Ja, so wahr ich hier sitze.«

»Das arme Ding. Nun, ich halte nicht dafür, dass das

schwache Geschlecht unbedingt die Universitäten *pöpliren* muss, denn eine Frau, die das Herz auf dem rechten Fleck hat, ist allemal so viel wert wie ein Mann.«

»Dem will ich nicht widersprechen, Mutter Vonnegut.«

»Dass wir uns recht verstehen, Julius: Ich glaub dir, weil ich dir glauben möcht. Sieh ja zu, dass du die Sache mit Alena ins Lot bringst, sobald sie wieder da ist.«

»Ja, Mutter Vonnegut.«

Abraham erhob sich, wurde aber von der Witwe zurückgehalten. »Wenn du jetzt hinaufgehst, wundre dich nicht. Alena ist zu mir nach unten gezogen. Sie wollt mit dir nicht mehr das Bett teilen – jedenfalls vorläufig nicht.«

»Was? Das ist doch …«

»Das ist ganz verständlich.« Die Witwe zögerte einen Augenblick, ob sie Abraham von Alenas Schwangerschaft erzählen sollte, doch sie entschied sich dagegen, auch wenn es ihr in der Zunge kribbelte. »Und nun will ich in die Küche.«

»Ja, Mutter Vonnegut.«

»Die Teller, die sich von selbst abspülen, sind noch nicht erfunden.«

Schon eine halbe Stunde später war Abraham wieder auf dem Weg ins Hospiz. Ohne Alena war ihm die Decke auf den Kopf gefallen, und das, obwohl seine Puppen ihm Mut zugesprochen hatten. »Mach dir nichts draus, Kamerad«, hatte der Söldner gesagt, »das ist nur ein Scharmützel, du wirst die Festung wieder stürmen.«

Und der Schiffer hatte gemeint: »Nach Schwerwetter kommt Schönwetter. Wenn die Wogen sich erst mal geglättet haben, weht wieder ein neuer Wind.«

»Man muss Alena verstehen«, hatte der Schultheiß hinzugefügt. »Sie fühlt sich sehr verletzt.«

Das Burgfräulein war noch weiter gegangen: »Verletzt? Pah, sie fühlt sich belogen und betrogen! *Infam*, wie du dich benommen hast, Abraham.«

»*Absurdité*, Kokolores, du alte Vettel!«, hatte Friedrich der Große gekräht. »Ein braver Kerl ist jeder Weiblichkeit abhold, und die Pompadour und Maria Theresia waren sowieso die größten Huren Europas!«

»Aufhören!«, hatte Abraham mit seiner eigenen Stimme gerufen. Ihm war die Lust vergangen, auch noch die Meinung des Landmannes und der Magd zu erfahren.

Während er seine Schritte weiter nach Süden in Richtung Geismartor lenkte, kam das Akademische Hospital, das von allen nur kurz »Richters Hospital« oder »Hospiz« genannt wurde, in Sicht. Doch er nahm es kaum wahr. Er grübelte über sein Verhältnis zu Alena und zu Henrietta nach. Beide, das wurde ihm klar, nahmen einen Teil seines Herzens in Anspruch, wobei der größere Teil zweifellos Alena gehörte. Doch das würde er ihr niemals so sagen dürfen. Ach, Alena … wie viel weißt du, wie viel ahnst du? Wie viel muss ich dir verschweigen, damit alles wieder so wird wie früher?

Er betrat das Hospital und sah links neben der Treppe Hasselbrinck in seiner Bürokammer sitzen. Der Kopf war ihm vor Müdigkeit auf die Brust gesunken, sein Schnäuzer war der brennenden Kerze sehr nahe. Auf leisen Sohlen trat Abraham heran und rückte die Kerze etwas beiseite. Spätestens wenn sie ausging, würde Hasselbrinck erwachen.

Er stieg die Treppe empor und tat einen Blick in den Patientensaal. Pentzlin, Burck und Gottwald lagen wie immer da. Steif und scheinbar ohne Leben. Abraham spürte einen

Stich der Enttäuschung, sie so zu sehen. Aber was hatte er erwartet? Hatte er wirklich geglaubt, nach der Behandlung mit dem Elektrophor würden sie ihm die Köpfe zuwenden und ihm einen guten Abend wünschen?

Er nahm sich vor, am nächsten Tag die Versuche fortzusetzen, dabei die Spannungsstöße stärker zu variieren und die Reibungsgeschwindigkeit mit dem Fell deutlich zu erhöhen. Dann ging er in Stromeyers Stube, die er mehr und mehr zu seinem eigenen Arbeitsraum gemacht hatte, und beschäftigte sich mit seiner Dissertation. Es würde nicht schlecht sein, einen Sonderparagrafen über die einzusetzenden Entkrampfungsmittel vor Augenoperationen einzufügen. Professor Richter war wie alle Doktorväter auch nur ein Mensch: Er würde es begrüßen, zumindest einen Teil seiner Ausführungen in dieser Arbeit wiederzufinden.

Abraham griff zur Feder. Er beschrieb die Herstellung der spasmenlösenden Tropfen – dazwischen immer wieder an Alena und Henrietta denkend –, zählte die gängigsten Kräuter zur Verwendung auf, wie Baldrian, *Valeriana officinalis*, Schlafmohn, *Papaver somniferum*, Mistel, *Viscum album*, und das Schwarze Bilsenkraut, *Hyoscyamus niger*. Über der näheren Beschreibung des Bilsenkrauts kam er zu den Orten, an denen es anzutreffen war, und über die Orte wiederum kam er zu den unterschiedlichen Bezeichnungen dieser verbreiteten Heilpflanze: Apolloniakraut, Dolldill, Dullkraut, Hühnertod, Rasewurz, Saukraut, Tollkraut, Zahnkraut, Zigeunerkraut, Schlafkraut …

Als Abraham erwachte, herrschte Dunkelheit um ihn herum. Genau wie Hasselbrinck musste er über seiner Arbeit eingeschlafen sein. Er tastete nach einer neuen Kerze und entzündete sie mit einiger Umständlichkeit. Dann lauschte er. Er glaubte, ein Geräusch gehört zu haben. Das allein war noch nicht ungewöhnlich. Es gab viele Geräusche in der Nacht – nur dieses war fremd. Es klang hart, war unregelmäßig und dann wieder ganz verschwunden. Und es kam, wenn er sich nicht täuschte, aus dem Patientensaal.

Aus dem Patientensaal?

Abraham schoss hoch – und mahnte sich gleich darauf zur Mäßigung. Für den Fall, dass sich einer der Bergleute wirklich aus dem Bett erhoben hatte, war sicher Zurückhaltung geboten. Der Patient durfte auf keinen Fall erschreckt werden! Vorsichtig einen Schritt vor den anderen setzend – und dabei die knarrenden Dielen verwünschend –, strebte er der Stubentür entgegen, öffnete sie und schob sich auf den Gang hinaus. Der Gang war die genaue Entprechung zu dem im Erdgeschoss, und genau wie dieser wies er am westlichen Ende ein rundes Fenster auf, durch das ein Schimmer der Göttinger Nachtbeleuchtung fiel.

Und vor dem Fenster sah er schemenhaft eine Gestalt, die auf ihn zukam!

Bevor er etwas unternehmen konnte, war sie zur Treppe gelaufen. Abraham wollte ihr nach, besann sich dann aber. Was war, wenn es sich tatsächlich um einen der Bergleute handelte? Vorsicht war in jedem Fall geboten. Es hieß nicht umsonst, dass man sich zu Tode erschrecken konnte. Der Herzstillstand oder die *Kardioplegie* waren gar nicht so selten, wie mancher annahm. Vorsichtig pirschte er sich zur Treppe und blickte hinunter. Niemand war dort zu sehen.

Abraham zögerte einen Augenblick, was als Nächstes zu tun war. Sollte er die Treppe hinunterlaufen oder in den Patientensaal sehen? Die Sorge um seine Anbefohlenen gab den Ausschlag. Er blickte durch die Tür und sah alle drei dort liegen. Das konnte nur eines bedeuten: Keinen von ihnen hatte er auf dem Gang gesehen. Und das wiederum bedeutete, dass es jemand aus dem Hospital gewesen sein musste: Hasselbrinck? Der saß sicher in seiner Kammer und schlief weiter den Schlaf des Gerechten. Die alte Grünwald? Kaum vorstellbar. Ihre Kammer lag am anderen Ende des Gangs. Hasselbrincks Frau? Sehr unwahrscheinlich. Am ehesten kam noch Warners in Frage. Dem ging es insgesamt recht gut. Ein Ausflug durch das Haus war ihm durchaus zuzutrauen. Außerdem hatte Abraham ihm von dem Experiment mit dem Elektrophor erzählt. Vielleicht hatte er sich das Gerät ansehen wollen und es hier oben gesucht. Nein, auch das war zu weit hergeholt. Und trotzdem …

Abraham stieg die Treppe hinab, um nach Hasselbrinck zu sehen. Wie erwartet, saß der Krankenwärter noch schlafend an seinem Tisch. Die Kerze war nahezu abgebrannt, sein Schnäuzer hatte denselben Abstand zur Flamme wie vorhin. Der Mann hatte sich also keinen Zoll bewegt. Abraham weckte Hasselbrinck und sagte: »Dafür, mein lieber Hasselbrinck, dass Ihr hier sogar noch im Schlaf die Stellung haltet, werdet Ihr nicht bezahlt. Ich schlage vor, Ihr geht zu Bett.«

Hasselbrinck murmelte etwas von »immer im Dienst«, fand den Gedanken, in den Federn zu liegen, aber viel zu verlockend, als dass er lange protestiert hätte. Abraham begleitete ihn ein Stück und verabschiedete sich, bevor er schlurfend das winzige Gemach, das er sich mit seiner Frau teilte, betrat. Im Fortgehen hörte er ihre verschlafene Stimme: »Weißt du eigentlich, wie spät es ist …«

Nein, auch Hasselbrincks Frau war sicher nicht die forthuschende Gestalt gewesen.

Abraham ging zurück und schaute in Warners Kammer. Der Zinngießer lag in seinem Bett, die Decke bis ans Kinn gezogen. Abraham überlegte. Wenn Warners wirklich schlief, wollte er ihn nicht stören. Oder tat er nur so? Vielleicht, vielleicht auch nicht.

Unschlüssig ging Abraham wieder nach oben in den ersten Stock und den Gang entlang, bis er die Kammer der alten Grünwald erreicht hatte. Da er um ihre Schwerhörigkeit wusste, klopfte er nicht an, sondern trat gleich ein. Zu seiner Überraschung lag sie nicht im Bett, sondern saß in einem Armstuhl und blätterte im *Journal des Luxus und der Moden,* welches in Weimar erschien und sich vielerorts großer Beliebtheit erfreute. »Guten Abend!«, rief er.

Die Frau schreckte auf und griff zu einem schwarzen Hörrohr. »Wenn Ihr da reinsprecht, braucht Ihr nicht so zu schreien, Herr Doktor.« Sie hielt das Hörrohr seitlich nach unten, so dass Abraham sich bücken musste, um ihrem Wunsch zu entsprechen. »Wart Ihr gerade auf dem Boden?«

»Nein, Herr Doktor.«

Trotz Hörhilfe war Abraham nicht sicher, ob sie ihn verstanden hatte, deshalb wiederholte er seine Frage, wobei er das Wort »Boden« besonders betonte.

»Nein, nein, Herr Doktor, nicht Boden, *Moden* heißt's! *Journal des Luxus und der Moden!*« Sie hielt ihm die Titelseite der Zeitschrift unter die Nase.

»Das sehe ich!«

»Dann ist es gut. Ich dachte, ich hätte mich verhört. Das Journal ist wirklich sehr interessant. Wenn Ihr hineinseht, werdet Ihr lesen, dass der Dreispitz immer mehr vom Zweispitz abgelöst wird, jedenfalls beim Militär. Auch Gelb ist sehr im Kommen, natürlich nur bei den Damen. Strohhüte, Stoffe und Gürtel werden in Frankreich jetzt zunehmend in Gelb gefertigt. Bis es bei uns so weit ist, vergehen wohl noch ein paar Jahre. Ja, mit der Mode ist es ein eigen Ding …«

»Gute Nacht!«, schrie Abraham und entfernte sich. Während er seine Schritte zum Patientensaal lenkte, wurde ihm deutlich, wie leicht man andere Menschen fehleinschätzte, nur weil sie alt und schwerhörig waren. Beides traf zweifellos auf die Grünwald zu – und trotzdem war sie an Mode interessiert, worauf er, wenn er es recht bedachte, auch vorher hätte kommen können, denn sie war stets einfach, aber tadellos gekleidet. In jedem Fall aber war davon auszugehen, dass auch sie für die Schattengestalt nicht in Frage kam.

Abraham öffnete die Tür zum Patientensaal und entzündete eine von der Decke herabhängende Laterne. In ihrem Licht sah er die drei Bergleute liegen – Pentzlin am Fenster, Burck in der Mitte und Gottwald an der Tür. Auf den ersten Blick sahen sie aus wie immer, nur Gottwald hatte seine Lage verändert. Er hatte seinen Kopf zur Tür hingedreht und schien ihn aus seinen seelenlosen Augen anzustarren. Abraham erschauerte. Welch makabrer Anblick! Und doch mochte er etwas Positives enthalten – wenn man bedachte, dass Gottwald sich zweifellos bewegt hatte. Somit hatte auch der dritte der Bergleute eine Regung nach dem Versuch mit der Influenzmaschine gezeigt. Verspätet zwar, aber immerhin.

Abraham trat näher. »Gottwald, könnt Ihr mich hören?«

Wie erwartet, erhielt er keine Antwort. »Gottwald?« Einen Augenblick wusste Abraham nicht, was er tun sollte. Dann tat er das Naheliegendste: Er drehte Gottwalds Kopf zurück, bis seine Nasenspitze wieder zur Decke wies. Anschließend eilte er nach unten zu dem Arzneienschrank, in dem die Medikamente des Hospitals verschlossen waren, holte etwas *Ammoniumcarbonat* hervor, eilte wieder nach oben und hielt Gottwald etwas von dem Riechsalz unter die Nasenlöcher. Zufrieden beobachtete er, wie die Atemtätigkeit kräftiger und die Gesichtsfarbe rosiger wurde.

Er setzte sich wieder auf den Bettrand, um sich zu vergewissern, dass Gottwald auch weiterhin regelmäßig Luft schöpfte. Während er dasaß, kreisten seine Gedanken um den Elektrophor und die seltsame Reaktion, die das Gerät hervorgerufen hatte. Eines schien klar: Bei seinen nächsten Versuchen musste er noch behutsamer vorgehen, als ohnehin schon beabsichtigt. Er wusste nicht, wie ernst der Zustand Gottwalds gewesen war, doch immerhin ernst genug, um den Vorfall nicht auf die leichte Schulter zu nehmen.

Abraham stand auf, löschte die Laterne und suchte seine Stube auf, wo er sich ein Nachtlager auf dem Dielenboden ausbreitete und bald darauf todmüde einschlief.

»Warners, wie fühlt Ihr Euch heute Morgen?« Abraham stand in der Kammer des Zinngießers und sah gespannt auf ihn herab.

»Nicht schlecht, Herr Doktor.« Warners schwang die Beine aus dem Bett und stand auf. »Seht Ihr, mir ist überhaupt nicht mehr schwindelig.«

»Und wie steht's mit dem Appetit?«

»Ich habe einen Bärenhunger.«

»Schön, glaubt Ihr, wieder ganz auf dem Posten zu sein?«

»Ich hoffe es, Herr Doktor.«

Abraham blickte Warners direkt ins Gesicht. »Könnte es dann sein, dass Ihr in der vergangenen Nacht einen kleinen, äh, Ausflug gemacht habt?«

»Ich, einen Ausflug? Aber ich war doch im Bett!« Warners Stimme klang so verblüfft, dass seine Reaktion zweifellos echt war. Aber das musste nicht unbedingt etwas bedeuten. Abraham setzte nach: »Leidet Ihr womöglich unter *Somnambulie?*«

»Wie meinen?«

»Verzeihung, das könnt Ihr nicht wissen. Ich spreche von der Mondsucht. Manche nennen das Phänomen auch Schlafwandeln oder Nachtwandeln. Dabei verlässt der Schlafende das Bett, ohne aufzuwachen, geht umher, verrichtet vielleicht sogar diese oder jene Tätigkeit und legt sich anschließend wieder hin. Er muss dabei sehr tief schlafen, denn noch niemals ist es vorgekommen, dass sich ein Somnambuler am anderen Morgen an die Ereignisse erinnert hat.«

»Wenn das so ist, Herr Doktor, könnte ich Euch auf Eure Frage, ob ich letzte Nacht einen Ausflug gemacht habe, gar keine Antwort geben.« Warners blickte treuherzig.

»Da habt Ihr recht. Aber Ihr könntet mir die zweite Frage beantworten: Leidet Ihr unter *Somnambulie?*«

»Wie soll ich das wissen, wenn ich mich an nichts erinnern kann?«

»Eure Frau könnte Euch beobachtet haben. Es sind immer die engsten Verwandten oder Freunde, die dem Somnambulen von seinen nächtlichen Spaziergängen berichten. Sie sind es auch, die stets versichern, dass er weder durch Ansprache noch durch Geräusche aufzuwecken ist. In einer Art scheinbarer Zielstrebigkeit wandelt er hin und her, bevor er sich wieder zu Bett begibt, dabei die ganze Zeit ein völlig ausdrucksloses Gesicht zur Schau tragend.«

»Ich bin nicht mondsüchtig, Herr Doktor.« Warners klang etwas beleidigt.

»Nun gut.« Abraham wusste, dass die meisten Schlafwandler es nicht wahrhaben wollten, unter diesem Phänomen zu leiden, ebenso, wie die Schnarcher sich am Morgen an nichts erinnern konnten und stets abstritten, zu den nächtlichen Sägern zu gehören. »Ihr wart also in der letzten Nacht nicht auf dem Gang oben im ersten Stock?«

»Nein, gewiss nicht. Warum sollte ich?«

»Schaut auf meinen Zeigefinger. Seht Ihr ihn doppelt oder dreifach?«

»Nein, Herr Doktor.«

»Gut.« Abraham ließ den Finger vor Warners Augen hin und her wandern und beobachtete dabei seine Pupillen. Sie machten jede Bewegung mit. »Sehr schön.« Abraham trat einen Schritt zurück. »Und nun dreht Euch dreimal schnell um die eigene Achse.«

Warners gehorchte. Er wiederholte die Übung sogar noch einmal, wobei er etwas außer Atem geriet, ansonsten aber nicht das Gleichgewicht verlor.

»Verspürt Ihr ein Schwindelgefühl?«

»Nein.« Warners strahlte.

»Mir scheint, Ihr seid wirklich wieder gesund. Die Selbstheilungskräfte der Natur haben sich segensreich ausgewirkt. Ihr könnt nach Hause gehen und wieder Eure Arbeit aufnehmen. Sollte die *vertigo* jedoch erneut auftreten, kommt ihr sofort zurück, das müsst ihr mir versprechen.«

»Hoch und heilig, Herr Doktor.«

Eine Stunde später zog Warners glücklich von dannen, nachdem er bei Hasselbrinck die Hospitalrechnung in barer Münze beglichen hatte. Seine Frau und die Kinder hatten ihn abgeholt und Abraham immer wieder für seine Bemühungen gedankt, was diesen nicht wenig in Verlegenheit brachte, denn im Grunde hatte er nichts zur Heilung beigetragen.

Als Warners mit den Seinen fort war, blieb er nachdenklich zurück. Die *Somnambulie* und ihre Symptome ließen ihn nicht los. Er ging hinauf in seine Stube und überlegte weiter. »Warum komme ich eigentlich erst durch Warners darauf, dass auch Pentzlin, Burck und Gottwald Anzeichen des Schlafwandelns zeigen könnten?«, murmelte er. »An alles und jedes habe ich gedacht, aber daran nicht. Zwar spricht einiges gegen diese Diagnose, aber auch einiges dafür. Dafür spricht, dass alle drei wie ein Schlafwandler die Augen geöffnet haben, dagegen spricht, dass sie bisher noch keinen Schritt gegangen sind. Doch halt …« Abraham unterbrach sich. »Wenn nun einer der drei die schemenhafte Gestalt gewesen war? Gottwald vielleicht, mit seinem seltsam verdrehten Kopf? Doch nein, das ist Unsinn. Ich habe den Unbekannten die Treppe hinunterhasten sehen, anschließend in den Saal geschaut und alle drei Patienten erblickt. Es kann keiner meiner Bergleute gewesen sein. Also doch vielleicht Warners?«

Abraham nahm sich die Krankenjournale vor. Seinen ursprünglichen Erkenntnissen hatte er noch nichts Entscheidendes hinzufügen können. Dort stand nach wie vor bei jedem: *… Die fünf Sinne scheinen gestört. Es mag sein, dass der Patient fühlen, hören, sehen, riechen und schmecken kann, aber es ist ihm nicht anzumerken. Vermuteter Grund: Apathie. Vielleicht auch Paralyse des* Cerebrums.

Das gestrige – von Heinrich angefertigte – Protokoll über die Auswirkungen des Elektrophors und die damit verbundenen Vermutungen ergänzte er um eine weitere Hypothese: *Unter Berücksichtigung aller Symptome kann auch das Phänomen der* Somnambulie *nicht ausgeschlossen werden. Zwar hat der Patient sich bisher nicht aufgerichtet, geschweige denn einen Schritt getan, wie es für Mondsüch-*

*tige typisch ist, doch ist dies für die Zukunft keineswegs aus-
zuschließen.*

Er seufzte. Die Tatsache, dass er seine Eintragung insgesamt dreimal machen musste, zeigte ihm einmal mehr, wie
sehr er mit seinen Vermutungen noch im Dunkeln tappte.
Er wollte die Feder erneut ins Tintenfass tauchen, um abschließend auszuführen, dass das Verhalten des Patienten in
dieser Hinsicht weiter beobachtet werden müsse, doch eine
Hand legte sich von hinten auf seine Schulter. Er fuhr herum: »Alena …?«

»Ich bin es.« Heinrich stand da, wie immer adrett und
hübsch gekleidet. Er trug eine bordeauxrote Uniformjacke
und enge weiße Hosen, dazu blankgewichste schwarze
Stiefel mit silbernen Schnallen. Seine braune Perücke mit
dem Titusschnitt passte gut zur Farbe der Jacke – und zu
seinem leicht geröteten Gesicht. »Ich war gerade in der
Nähe, und da dachte ich …«

»Was dachtest du?« Abraham sah ihn an. In ihm arbeitete
es. Einerseits hatte sein Herz einen Sprung getan, als er
Heinrich sah, andererseits war der Gedanke, Alena könnte
zurück sein, mindestens ebenso angenehm gewesen. »Musst
du nicht über deinen Büchern sitzen?« Die Worte klangen
strenger als beabsichtigt.

»Ich habe schon drübergesessen. Ich bin fertig mit meinem Tagewerk. Und ich habe etwas für dich.« Heinrich errötete noch stärker. »Hier.«

Rasch griff er sich in den offenen Kragen und holte ein
kleines Medaillon an einer Kette hervor. Es war das Medaillon, das Abraham an jenem bewussten Abend an ihm –
oder besser: an ihr – gesehen hatte. »Das wollte ich dir geben. Es zeigt … mich.«

Abrahams erster Impuls war Ablehnung, was sicher auch

244

seiner Mimik zu entnehmen war, denn Heinrich fuhr hastig fort: »Es zeigt, wie ich wirklich aussehe. Ich dachte, du hättest dann etwas Bleibendes von mir, wo wir doch nur noch Freunde sein dürfen.«

»Das kann ich nicht annehmen.«

»Doch, bitte.« Schnell beugte Heinrich sich zu Abraham hinab und küsste ihn. Es war ein gestohlener Kuss, und dennoch verfehlte er seine Wirkung nicht. Wieder nahm Abraham den berauschenden Duft von Heinrichs – Henriettas – Parfum wahr. »Bitte«, sagte er, »bitte, ich …«, und wurde durch ein Räuspern unterbrochen. Es kam von der Tür, in der Hasselbrinck stand. »Verzeihung, Herr Doktor, es war angelehnt, da dachte ich, ich könnt auch ohne Anklopfen reinkommen.«

Abraham versuchte, Haltung zu bewahren, was ihm im Sitzen nicht ganz leicht fiel. »Schon gut, äh, Heinrich von Zettritz, den jungen Medizinstudenten, kennt Ihr ja bereits. Er hat mich gestern bei meinen Untersuchungen mit dem Elektrophor unterstützt.« Abraham fragte sich, wie viel Hasselbrinck von dem Kuss mitbekommen hatte, ob er überhaupt etwas mitbekommen hatte, und fuhr fort: »Ich wollte von Zettritz gerade bitten, mir einige Informationen zu besorgen, die ich, äh, zum Führen der Journale benötige.«

»Jawoll, Herr Doktor. Ich wollt nur sagen, unten ist ein Arbeiter von der Sägemühle vor der Stadt. Der blutet ziemlich. Hat den kleinen Finger ab.« Während Hasselbrinck das sagte, sah er eigentlich aus wie immer, vielleicht hatte er doch nichts bemerkt.

»Danke, ich komme.« Erleichtert stand Abraham auf. »Von Zettritz, wenn Ihr wollt, könnt Ihr mir assistieren. Mit der Praxis fängt man nie zu früh an.«

245

Sie eilten die Treppe hinab und verarzteten in der nächsten Stunde den Verletzten. Der Mann hatte große Schmerzen, weshalb Abraham ihm ein Viertel Lot *Laudanum* verabreichte, bevor er die Wunde versorgte und anschließend nähte. Dann legte er einen Verband an und befahl dem Mann, den Arm für die nächsten Tage in der Schlinge zu tragen. Normalerweise hätte er im Hospital bleiben müssen, aber da er das rundheraus ablehnte und mehrfach versicherte, er müsse arbeiten, seine Familie sei groß und brauche zu essen, gab Abraham schließlich nach. Jedoch nicht, ohne den Mann nachdrücklich ermahnt zu haben, täglich im Hospital zu erscheinen und den Heilungsprozess überprüfen zu lassen. Er schloss: »Ich nehme an, du hast kein Geld dabei. Dennoch kommst du mir ohne Bezahlung nicht davon. Bring morgen oder übermorgen ein Huhn vorbei und gib es Hasselbrinck, das mag genügen.«

Als der Mann fort war, sah Heinrich ihn an. »Du bist wirklich ein großartiger Arzt.«

»Nur weil ich auf Bezahlung bestanden habe?«

»Du weißt genau, warum. Ich ... ich bewundere dich.«

»Sag so etwas nicht.«

»Kommst du mit zum *Schnaps-Conradi?* Vielleicht ist Professor Lichtenberg da.«

»Nein.«

Heinrich machte ein enttäuschtes Gesicht. »Wir können auch woanders hingehen.«

»Nein, ich will gleich in die Güldenstraße. Ich habe dir ja erzählt, dass Alena nach Kassel musste. Vielleicht ist sie inzwischen zurück.«

»Ist sie nicht.«

»Woher willst du das wissen?«

Heinrich lächelte. »Bevor ich hierherkam, war ich bei der

Witwe Vonnegut und habe nach dir gefragt. Alena war zu dem Zeitpunkt noch nicht da. Gehen wir nun zum *Schnaps-Conradi?*«

»Nein. Vielleicht ein andermal.« Abraham wollte nicht unhöflich sein. »Wenn ich es mir mit der Witwe nicht endgültig verscherzen will, muss ich mich zu den Mahlzeiten sehen lassen.«

»Nun ja, das verstehe ich. Dann will ich mal gehen.«

Es war Heinrichs Gesichtsausdruck anzusehen, dass er das keineswegs verstand, doch er machte keine weiteren Versuche mehr, Abraham umzustimmen. »Auf bald, Julius.«

»Auf bald, Heinrich.«

»Ich sag euch, ihr *Burschen,* Fankfurt ist schöner als Göttingen! Wenn's nur nicht so nah bei Frankreich wär. In Paris brodelt es wie im Wäschekessel! Wenn das so weitergeht, knüpft das Volk bald seinen Sechzehnten Ludwig an der Straßenlaterne auf und die Marie-Antoinette gleich mit. Nun ja, es ist eben überall etwas Wermut bei dem Zucker. Komm, Julius, nimm dir noch von den Kartoffeln, und du, Amandus, hast schon vier von den eingelegten Heringen verschlungen, muss es unbedingt noch ein fünfter sein? Siehst ja bald selbst wie einer aus!«

Wie immer führte die Witwe beim Essen ein strenges Regiment, was nichts anderes hieß, als dass die Unterhaltung im Wesentlichen von ihr bestritten wurde. »Der liebe Herrgott soll mich Lügen strafen, aber in Göttingen gibt es mehr Nörgler und Meckerer als Blätter am Baum. Kroppzeug und Gesindel ist das, sag ich euch. Empfindet es als Zumutung, dass es zu bestimmten Zeiten vor seiner Tür kehren

247

muss, dass es keinen Mist und Unrat auf die Straße werfen darf, dass es seine Hunde nicht frei herumlaufen lassen soll und dass es verboten ist, nach dem Schlachten Blut auf die Straße zu kippen. Hannes, du sollst essen und nicht schmatzen. Dass es dir schmeckt, glaub ich auch so. Und dann die Feuerschutzgeräte! Alle naslang muss wieder ein Löscheimer aus Leder angeschafft werden, wenn man die Gnade hat, ein Bürger dieser Stadt sein zu dürfen. Wenn das so weitergeht, kann man sich gleich den Bettelstab dazukaufen.«

»Warum zieht Ihr nicht einfach fort, Mutter Vonnegut, wenn es so schrecklich in Göttingen ist?«, fragte Amandus mit vollem Mund.

»Und was würde dann aus euch, ihr *Burschen*? Einer muss doch da sein, damit ihr nicht über die Stränge schlagt. Ansonsten stört mich nichts in meinem Frohsinn, auch wenn ich wenig darüber lachen kann, dass irgendwelche Spaßvögel in den Löwenbrunnen am Rathaus eine tote Ziege geworfen haben und irgendwelche *Burschen* es für notwendig fanden, vor dem Anatomischen Theater am Wehnder Tor einen hölzernen Schandesel aufzustellen. Das sind Eulenspiegeleien. Was soll das alles? Die Zeiten ändern sich, ich sag's euch.«

Keiner am Tisch ging darauf ein, womit die Witwe auch nicht gerechnet hatte, denn sie setzte ihre Rede ohne Pause fort: »Mein Sohn in Frankfurt schreibt, dass der Sechzehnte Ludwig Generalstände aus Adligen, Geistlichen und Bürgern eingerichtet hätt, damit die über neue Steuern entscheiden. Ja, da frag ich euch: Was will der Ludwig denn noch auf dem Thron, wenn er nichts mehr allein entscheiden darf! Ich hab's schon gesagt, der baumelt bald am Ast, und das Unterste kehrt sich zuoberst. Demnächst werden noch die Bienen hinter dem Honigtopf hersummen, die Pferde den Reiter besteigen und die Frauen an der Georgia Augusta studieren wollen.« Die Witwe sah Abraham an.

Abraham blickte beschwörend zurück.

»Aber lassen wir das. Alles hat seine Zeit. Mein Sohn schreibt, ein gewisser Rousseau will, dass alle Bürger sich zu einem gemeinsamen Ich zusammenschließen – der liebe Herrgott mag wissen, wie so was aussieht – und dass dieses Ich einen gemeinsamen Willen haben soll und der gemeinsame Wille das Wohl des Staates zum Ziel hätt und dass der Staat wiederum die Freiheit von jedermann garantiert. So oder so ähnlich soll er's gesagt haben. Da sag ich nur, das ist gegen die göttliche Ordnung. Jeder hat seinen Stand und seine Verantwortung. Eher geht ein Kamel durch ein Nadelöhr, als dass so was passiert. Das ist Lamentiererei, das können die in Frankreich machen, aber nicht bei uns. Ich hab meinem Sohn geschrieben …«

Die Witwe redete weiter, und Abrahams Gedanken glitten ab. Er aß die letzten Bissen und musste daran denken, dass die Witwe stets im Keller an ihren Sohn schrieb, wobei der Duft von faulen Äpfeln sie beflügelte. Jeder hatte eben seine eigene Marotte. Wenn er an die Äpfel im Keller dachte, fiel ihm der letzte Liebesakt mit Alena ein. Die Male, die sie beieinanderlagen, waren in letzter Zeit nicht allzu häufig gewesen. Er war meistens vom angestrengten Pauken zu erschöpft, und Alena war es nach der stundenlangen Hausarbeit bei Mutter Vonnegut ähnlich ergangen. Wegen ihrer vielen Aufgaben hatte sie in der Nachbarschaft nur wenige Male als Klagefrau arbeiten können, um auf diese Weise etwas zur gemeinsamen Kasse beizusteuern, und unter dem Strich war es nicht viel mehr als ein Tropfen auf den heißen Stein gewesen. Das Geld, das Geld, das leidige Geld. Ob

Alena für ihre Bemühungen bei Franz Mylius etwas bekam? Wann sie wohl aus Kassel zurückkehrte? Alena, du fehlst mir! Und es wird höchste Zeit, dass wir miteinander reden ...

»Ich bin satt, Mutter Vonnegut«, sagte er. »Wenn es recht ist, möchte ich mich jetzt zurückziehen.«

»Ja, geh nur, Julius. Die anderen *Burschen* werden abräumen. Amandus vorneweg. Wer am meisten isst, soll auch am meisten arbeiten.«

Abraham stieg nach oben zu seinen Puppen und setzte sich in ihre Mitte. Sie waren ihm so vertraut wie die Finger an seinen Händen, und natürlich vertraten sie wieder die unterschiedlichsten Meinungen darüber, wie er sich Alena gegenüber verhalten sollte. Sie waren ein Spiegelbild seiner Gedanken. Doch auch diesmal setzte sich – wie so häufig in letzter Zeit – der besonnene Schultheiß durch. Er vertrat die Auffassung, dass Offenheit der einzige Weg für eine Aussöhnung sei. »Ja, du hast sicher recht«, antwortete Abraham mit seiner eigenen Stimme. »Die ganze Offenheit nützt mir aber nichts, wenn Alena nicht da ist. Sie fehlt mir so sehr. Ich werde noch einen Spaziergang machen, um auf andere Gedanken zu kommen.«

Er verließ das Vonnegutsche Haus und steuerte ganz automatisch die Geismarstraße an, die zum Akademischen Hospital führte. Erst kurz vor dem Eingang erkannte er, wohin ihn seine Schritte geführt hatten. Da er aber einmal da war, ging er auch hinein, stieg die Treppe empor, nachdem er Hasselbrinck, den Unermüdlichen, gegrüßt hatte, und sah nach seinen drei Bergleuten. Natürlich lagen sie da, wie sie immer dagelegen hatten, und er schalt sich, weil er für einen winzigen Augenblick gehofft hatte, es möge anders sein.

Doch bei näherem Hinsehen war tatsächlich etwas anders.

Burck schaute ihn mit verdrehtem Kopf an.

Erst Gottwald und nun Burck? Mit klopfendem Herzen trat Abraham näher und betrachtete den Mann. Es war nichts Auffälliges festzustellen, wenn man davon absah, dass er sehr blass wirkte.

Behutsam rückte Abraham Burcks Kopf wieder in die normale Position, während er sich fragte, was diesmal der Grund für die Veränderung gewesen sein mochte. Wieder der Elektrophor? Eine Wirkung nach so vielen Stunden? Unwahrscheinlich, sehr unwahrscheinlich. Warners? Der war weg, saß sicher zu Hause bei seiner Frau und hatte Besseres zu tun.

Die schemenhafte Gestalt! Sie musste es gewesen sein. Gut und schön, aber was bezweckte sie damit? Was sollte das alles?

Abraham trat auf den Gang hinaus, spähte nach links und rechts, sah natürlich nichts und gab dann kopfschüttelnd auf. Wahrscheinlich machte er sich zu viele Gedanken. Morgen würde er die Versuche mit dem Elektrophor wiederaufnehmen, dann würde man weitersehen. Vielleicht kam auch Professor Richter morgen vorbei. Das Vernünftigste wäre, die Dissertation weiterzuschreiben. Zum Glück war es nicht mehr viel, was niedergelegt werden musste.

Gesagt, getan. Abraham schloss seinen Sonderparagrafen über die einzusetzenden Entkrampfungsmittel vor Augenoperationen ab und wandte sich dem letzten Paragrafen zu, für den er schon einen groben Entwurf angefertigt hatte. Es ging um den Vergleich zwischen dem menschlichen und dem tierischen Auge, wobei er die Okulare der Säuger und der Insekten schon entsprechend behandelt hatte. Nun wandte er sich den Vögeln und Fischen zu. Unter seinen siebenundfünfzigsten und letzten Paragrafen schrieb er:

Dass für Vögel und Fische dieselbe Notwendigkeit besteht, jede Entfernung deutlich zu sehen, wie für den Menschen, wird niemand leugnen. Die Augen der Vögel sind jedoch umgürtet von einem Ring aus Knorpel oder Knochen, wo Hornhaut und Sclerotica sich verbinden ...

Die Übersetzung begann er wie folgt:

Esse et auibus et piscibus eandem, ad omnem distantiam distincte videndi necessitatem, quae homini est, nemo facile inficias iuerit ...

Spät in der Nacht war er fertig, doch fiel es ihm schwer, zu glauben, dass er das Werk nach so langer Zeit wirklich abgeschlossen hatte. Alena würde Augen machen, wenn er ihr davon erzählte. Alena ... Der Kopf sank ihm nach vorn, voll von wirren Träumen. Alena kam darin vor, aber auch Henrietta, sie standen beide auf einer Wiese, zusammen mit Mutter Vonnegut, jede von ihnen hatte einen Elektrophor in der Hand, an dem sie wie wild mit roten Fuchsschwänzen rieben, schneller, immer schneller, und plötzlich verwandelten sich Alena, Henrietta und Mutter Vonnegut und wurden zu Pentzlin, Burck und Gottwald. Alle drei zuckten mit Armen und Beinen, als tanzten sie ein Menuett in abgehackter Zeitfolge, sie tanzten und tanzten, und dann fielen sie plötzlich wie vom Blitz getroffen um. Es gab einen dumpfen Laut ...

Abraham wachte auf und spürte einen Schmerz. Sein

Kopf war auf der Tischplatte aufgeschlagen. Er brauchte einen Augenblick, um zu erkennen, dass er nur geträumt hatte, stellte fest, dass es schon drei Uhr am Morgen war, und beschloss, auch den Rest der Nacht im Hospiz zu verbringen.

Er breitete sein Lager auf den Dielen aus und hoffte auf bessere Träume.

Am anderen Tag ging Abraham nach kurzer Morgentoilette hinunter, um Hasselbrinck zu begrüßen und ihn zu fragen, was es Neues gäbe. Er fand ihn vor dem Haus, wo er die Fassade neu tünchte. »Das muss jedes Jahr im April gemacht werden, Herr Doktor. Ist also höchste Zeit. Aber ich komm ja zu nichts, bei all der Arbeit. Der Herr Professor hat gesagt, bemooste Wände wären nicht gesund.«

»Natürlich.« Abraham ging wieder hinein und stolperte dabei über ein gackernd davonlaufendes Huhn. »Donner und Doria, was ist das?«

»Das ist das Huhn, das ich mitbringen sollt, Herr Doktor.« Der Arbeiter aus der Sägemühle saß im Vorraum auf der Kleidertruhe und grinste ihn an. »Es will wohl nicht in'n Topf.«

»Ja, so scheint's.« Abraham steckte den Kopf wieder zur Tür hinaus. »Hasselbrinck, tut mir den Gefallen und fangt das Vieh ein. Ich will seine, äh, Hinterlassenschaften nicht auf dem Gang haben.«

»Ist es schon wieder ausgebüxt? Ich hab's doch auf dem Hof in den Verschlag gesperrt. Na, ich will mal sehen, wo die Frau ist, die soll sich drum kümmern.«

»Tut das.«

»Jawoll, Herr Doktor.«

Hasselbrinck verschwand, und Abraham besah sich die Verletzung, nachdem er den Verband entfernt hatte. »Hast du Schmerzen?«

»Ja, Herr Doktor, aber 's ist auszuhalten. Wenn man arbeitet, merkt man's nicht so.«

»Es wäre besser, du würdest nicht arbeiten.«

»Hilft nix, Herr Doktor, und mit einer Hand geht's. Ich reich nur Hölzer an.«

»Soso. Jedenfalls gebe ich dir etwas Weidenrinde mit. Daraus soll deine Frau dir regelmäßig einen starken Tee aufgießen. Die Wunde sieht recht gut aus. Noch rot, natürlich, auch ein Serom hat sich gebildet, aber das geht sicher bald zurück.«

Abraham bestreute die genähte Stelle mit Wundpuder und legte einen neuen Verband an. Da der Arbeiter, sein Name war Traugott Moring, ihn fragend anblickte, erklärte er: »Ein Serom ist eine Ansammlung von Wundsekret, nichts Schlimmes. So, und nun geh zu Hasselbrinck, der hoffentlich das Huhn wieder unter Kontrolle hat, und lass dir die Weidenrinde geben.«

»Ist gut, Herr Doktor.«

Im weiteren Verlauf des Vormittags passierte nicht viel. Ein paar leichte Fälle waren zu behandeln, nichts Ernstes, ein eingerissenes Ohr, das von einer Jungenrangelei herrührte, der verbrühte Unterarm einer Magd aus der Nachbarschaft und ein Mann mit nicht genau zu ortenden Zahnschmerzen, dem er ein paar Nelken gab, damit er auf diesen kaue und den Schmerz betäube.

Ansonsten hatte Abraham Gelegenheit, seine drei Patienten einmal mehr zu untersuchen. Er holte den Elektrophor aus seiner Stube, wo er ihn sorgsam unter Verschluss hielt, und versuchte, durch verschiedene Arten der Reibung und

Bedienung zu neuen Erfolgen zu kommen. Doch wenn man davon absah, dass alle drei Kranken, also diesmal auch Gottwald, auf die durch positive und negative elektrische Ladungen entstandenen Spannungsströme mit zuckenden Bewegungen der Arme reagierten, konnte er keine Fortschritte verbuchen.

Enttäuscht brach er kurz vor zwölf Uhr seine Versuche ab, protokollierte sie wie üblich für alle drei Journale und teilte Hasselbrinck mit, er werde zum Mittagessen in die Güldenstraße gehen.

»Jawoll, Herr Doktor.«

Abraham hoffte inständig, Alena würde zurück sein.

VON DANNEN ER KOMMEN WIRD, ZU …

Alena saß allein in der vornehmen *Chaise,* die durch die Wehnder Straße fuhr. Es war Nachmittag, die Straßen belebten sich allmählich wieder, nachdem in den Bürgerhäusern und Handwerksbetrieben das Mittagsmahl eingenommen worden war. Häuser, Gebäude und Kirchen zogen am Wagenfenster vorbei. Fußgänger passierten die Straße, Reiter kamen hoch zu Ross daher. Der Wochenmarkt bei Sankt Jacobi mit seinen zahlreichen Ständen war gut besucht, überall standen Frauen und Mägde herum, plauderten, lachten und blinzelten in die Sonnenstrahlen, die vor kurzem durch eine dichte Wolkendecke hindurchgebrochen waren. Ja, Göttingen war eine pulsierende Stadt. Es war gut, wieder hier zu sein nach den düsteren Stunden im Haus des Johann Heinrich Mylius.

Einzig Franz war die Erleichterung deutlich anzusehen gewesen, nachdem der Hausherr seinen Widerstand aufgegeben hatte. »Jetzt wird alles gut«, hatte er gesagt. »Spätestens nach der Beerdigung wird wieder so etwas wie Normalität in dieses Haus einziehen, dann werden sich auch meine geschätzten Schwestern verabschiedet haben.«

»Du sagst das so, als würdest du sie keineswegs schätzen.«

Franz hatte den Kopf geschüttelt. »Gott bewahre, so ist es nicht. Jedenfalls war es nicht immer so. Früher mochte ich sie gern. Josepha und Alexandra waren meine älteren

Schwestern, die mir nahezu alles durchgehen ließen, wenn sie auf mich aufpassen mussten. Wir hatten viel Spaß miteinander. Ich spielte ihnen zahllose Streiche, aber sie verübelten mir das nie, und vor Mutter nahmen sie mich stets in Schutz. Später, als Vater sie verheiratete, änderte sich unser Verhältnis allerdings. Meine fröhlichen Schwestern wurden mit jedem Jahr zänkischer und übler gelaunt, und das alles nur aus einem Grund: Beide waren unglücklich in ihrer Ehe. Sie hatten zwar Geld geheiratet, aber nicht das Glück. Seitdem suchen sie sich andere Arten der Zerstreuung, sie gehen zu Bällen, Opernaufführungen und Lesungen, überbieten sich im Zitieren von Dichtern wie Goethe, Schiller, Lessing, geben Unsummen für Kleider und sonstige *Staffage* aus, sterben fast an ihrer Vornehmheit und umgeben sich mit Dienern, die keine sind.«

»Das habe ich gemerkt«, hatte Alena gesagt. »Den drei Kerlen, die ich im Garten traf, möchte ich nicht im Dunkeln begegnen.«

»Sie sind eigentlich Landsknechte. Ich habe es gestern erst durch Zufall erfahren. Sie sind wehrhaft auf Reisen und ausdauernd im … nun, an anderer Stelle. Wenn du mich fragst: Auch ich bin froh, wenn die Kerle fort sind. Sie haben nur Unruhe und böses Blut in dieses Haus gebracht.«

»Immerhin sind sie zu meiner Andacht gekommen.«

Franz hatte gelächelt. »Ich glaube, in dem Lichtermeer wäre selbst der Teufel fromm geworden. Du hast es wirklich großartig gemacht.«

»Ich danke dir. Normalerweise muss eine Klagefrau am Tage der Beerdigung dabei sein, aber würdest du mich trotzdem schon heute ziehen lassen?«

»Natürlich. Ich wette, Vater ist wieder ganz der Alte. Er wird alles wie üblich bis ins Kleinste planen und nichts dem

Zufall überlassen. Fahr nur.« Er hatte ihr die versprochenen zehn Taler in Mariengroschen ausgezahlt. »Für das Wunder, das du vollbracht hast.«

Und diese Groschen klimperten nun in Alenas Gürteltasche, während die von vier prächtigen Schimmeln gezogene *Chaise* in die Güldenstraße einbog und nach wenigen Schritten vor dem Vonnegutschen Haus hielt. Der Kutscher sprang vom Bock herab und öffnete ihr die Tür. Alena stieg, die Röcke schürzend, aus und kam sich vor wie eine große Dame. Der Kutscher zog den Dreispitz und verbeugte sich. »Alles Gute wünsch ich Euch, Schwester Alena.«

»Gott befohlen.« Alena ging zur Haustür und wollte den bronzenen Klopfer betätigen, aber das war nicht mehr nötig. Die Tür ging wie von selbst auf, und eine strahlende Witwe erschien. Offensichtlich hatte sie die vornehme Kutsche schon durchs Fenster erspäht, denn sie duftete nach *Eau de Lavande* und trug ihren besten Kopfaufsatz, ein prächtiges golddurchwirktes Gebilde, das üppig von Rüschen und Brüsseler Spitze umkränzt war. Der Fahrer, der schon den Kutschbock erklimmen wollte, drehte sich noch einmal um und zog zum zweiten Mal den Dreispitz. »Auch Euch einen guten Tag, gnädige Frau.«

»Guten Tag.« Mit großer Geste gab die Witwe dem Mann eine kleine Münze. »Für Eure Bemühungen.« Die Anrede »gnädige Frau« ging ihr hinunter wie Öl. »Komm herein, Alena, du hast sicher viel zu erzählen.«

In der Küche griff die Witwe zur Liqueurflasche und sagte: »Setz dich. Was hast du erlebt, Kind? Ein Flitzbogen könnt nicht gespannter sein als ich.«

»Wenn Ihr erlaubt, Mutter Vonnegut, möchte ich eine Weile stehen. Ich habe fürs Erste genug vom Sitzen, fünfundzwanzig Meilen können lang werden.«

»Ja, ja, du hast dich sicher auf zu Hause gefreut. Nun gut, ich sitze, du stehst. Hier, nimm ein Liqueurchen, das ist Labsal für die Seele. Und nun spann mich nicht länger aufs Streckbett. Was hast du erlebt?«

Alena berichtete ausführlich, was sich im Myliusschen Haus zugetragen hatte, und fragte dann nach den Neuigkeiten in der Güldenstraße.

Die Witwe griff nach ihrer Hand. »Du willst sicher wissen, wie Julius auf dein Fortgehen reagiert hat«, sagte sie mütterlich. »Nun, er war kleinlaut wie ein Mäuschen in der Falle, nachdem ich ihm gehörig die Leviten gelesen hatte. Aber er schwört Stein und Bein, da wär nichts gewesen mit dieser Henrietta. Sie war übrigens hier, natürlich als Heinrich verkleidet, und hat nach ihm gefragt. Sie hätt ein paar Sachen für ihn in ihrem *Libell* und dergleichen. Sie war sehr höflich, dass muss man ihr lassen. Ein *convenables* Kind. Fast hätte sie einen Knicks gemacht, hab's genau bemerkt, hab aber so getan, als hätt ich's nicht gesehen.«

»Und habt Ihr ihm geglaubt, Mutter Vonnegut?«

»Wem? Ach so, Julius. Ja, ich hab ihm geglaubt. Nun ja, ein bisschen auch, weil ich es wollte. Man muss den Männern glauben und sollte nicht immer alles wissen wollen. Wer viel fragt, kriegt viel Antwort. Es ist wie beim Arzt: Wer ihn fragt, ob er ein Zipperlein hat, dem wird er schon eins andichten, äh, ich spreche natürlich nicht von Julius. Auf jeden Fall muss einer blind sein, der ihm nicht an der Nasenspitze angesehen hat, wie sehr du ihm fehlst.«

Als Alena diese Worte hörte, war es ihr, als würde ein mächtiger Choral in ihr erklingen. Das Herz wurde ihr weit, und die Sehnsucht nach ihm, die sie so lange unterdrückt hatte, brach sich Bahn. »Er hat mir auch gefehlt, sehr sogar.«

»Das ist gut so, aber zeig's ihm, um des lieben Herrgotts willen, nicht gleich. Es kann nicht schaden, wenn er zunächst noch kleine Brötchen backt.«

»Ich weiß nicht, ob ich das schaffe.«

»Quickquack, das ist nicht *difficil,* du wirst es sehen. Ein bisschen Kalkül steckt in jeder Frau. Und später gibst du nach. Koch ihm was Schönes, nur für euch zwei. *Mache den Raum deiner Hütte weit und breite aus die Teppiche deiner Wohnung,* so heißt es doch.«

Alena konnte sich ein Lächeln nicht verkneifen. Sie stellte sich vor, sie müsste in ihrem »halben Zimmerchen« einen Teppich ausrollen. »Ich werde mir Mühe geben, Mutter Vonnegut.«

Gegen fünf Uhr am Nachmittag machte Alena sich auf den Weg zum Hospital, obwohl die Witwe gemeint hatte, sie solle bis zum Abendessen warten, dann würde Julius sowieso erscheinen.

Alena hatte entgegnet, ein Spaziergang würde ihr guttun, die Luft sei herrlich, und sie könne bei der Gelegenheit noch ein paar Einkäufe für den morgigen Tag erledigen. »Mach einer alten Frau kein X für ein U vor«, hatte die Witwe gemeint und sie mit einer Handbewegung aus der Küche gescheucht. »Geh schon, ich bin's in den letzten Tagen ja gewohnt, alles allein machen zu müssen.«

Nun stand sie, frühlingshaft in ein leichtes Kleid aus grünem Batist gewandet, vor der Fassade des Hospitals, wo Hasselbrinck noch immer mit Eimer, Farbe und Quast gegen die Bemoosung ankämpfte. »Der Herr Doktor ist oben«, sagte er. »Er arbeitet wieder mit diesem Elektrodings.«

Alena bedankte sich und stieg mit klopfendem Herzen

die Treppe empor. Sie nahm den Weg direkt zum Patientensaal und trat leise ein. Abraham wandte ihr den Rücken zu und rieb hektisch an einem metallenen Gerät herum. Plötzlich schlug ein langer Funke daraus hervor, und einer der Patienten zuckte an Armen und Beinen. Alena entfuhr ein Laut des Schreckens.

»Hasselbrinck?« Abraham drehte sich um.

Sie hatte sich viele Sätze für diesen Augenblick zurechtgelegt, Sätze, die nicht zu freundlich und nicht zu abweisend klingen sollten, eher gleichgültig, aber das Einzige, was sie herausbekam, war: »Ich bin es.«

Ein Lächeln aus Staunen und Befangenheit glitt über Abrahams Gesicht. »Du bist es wirklich.«

»Ja …« Alena wusste nicht weiter.

Abraham stellte den Elektrophor ab und sagte: »Ich setze gerade meine Versuche fort …«

»Ich sehe es.«

»Tut mir leid, wenn ich dich erschreckt habe.«

»Das ist nicht so schlimm.« Abrahams Unsicherheit machte sie sicherer.

»Ich bin so froh, dass du wieder da bist. Ich meine, du warst ja so schnell verschwunden.«

Alena wäre am liebsten auf ihn zugeflogen und hätte ihn geküsst, aber sie dachte an die Worte der Witwe und sagte: »Ich hatte auch allen Grund dazu.«

Er hob die Hände. »Du, äh, die Sache mit den Haaren, es hatte nichts zu bedeuten, wirklich nicht.«

»Wirklich nicht?« Alena fragte es nur der Form halber, denn sie kannte Abraham so gut wie niemanden sonst auf dieser Welt, und sie wusste, wenn er dieses Gesicht machte, sagte er die Wahrheit. Ob es die ganze Wahrheit war, interessierte sie nicht mehr. Sie liebte ihn viel zu sehr.

»Komm zu mir … bitte. Wir gehören doch zusammen.«

Er hatte noch nicht ganz ausgesprochen, da lag sie schon in seinen Armen. Lachend und ein bisschen weinend, glücklich wie selten zuvor. Das Schönste an einem Streit war doch die Versöhnung! Sie kuschelte sich an seine Schulter und blickte zu ihm auf.

Er drückte sie fest an sich, so fest, dass ihr fast schwindelig wurde, bevor er sie küsste. Er küsste sie wieder und wieder, und er wollte ihr sagen, dass sie das Wertvollste auf der Welt für ihn war, wertvoller noch als seine geliebten Puppen. Er suchte nach Worten, doch was ihm einfiel, erschien ihm klein und unbedeutend gegen das große Gefühl, das ihn beherrschte, und schließlich flüsterte er ihr ins Ohr: »Stell dir vor, ich habe meine Dissertation fertiggeschrieben.«

»Wunderbar, Abraham!« Sie küsste ihn. »Ich habe dich so vermisst.«

»Ich dich auch, viel mehr, als du dir vorstellen kannst. Du, ich muss die Arbeit noch redigieren, aber im Prinzip ist sie abgeschlossen. Wenn ich das Semester zu Ende gebracht habe, wirst du tatsächlich mit einem Doktor der Medizin verheiratet sein.«

»Wunderbar.«

»Vorausgesetzt, Professor Richter bewertet sie gnädig, und ich überstehe das *Rigorosum*, ich meine, die mündliche Prüfung.«

»Wunderbar«, sagte Alena zum dritten Mal. Ihre Augen leuchteten. Tiefe Zuneigung stand darin. Sie fühlte, dass die alte Vertrautheit zwischen ihnen zurückgekehrt war. »Ich habe auch etwas geschafft.«

Sie berichtete von den düsteren Zuständen im Myliusschen Haus, dem bösen Blut zwischen der Dienerschaft und der schier unüberwindlichen Halsstarrigkeit des Hausherrn. »Mein Klagelied jedoch hat alle wieder zusammengeführt.« Sie lächelte. »Mein Klagelied und tausend brennende Kerzen vor dem Sterbezimmer.«

Sie erzählte weiter und schloss, indem sie ihre Geldkatze unter dem Gürtel hervorholte: »Sieh nur, was Franz mir gegeben hat – zehn Taler! Ein kleines Vermögen. Davon können wir die ganze Miete für dein letztes Semester bezahlen. Das Geld und deine fertige Dissertation werden uns von allen Schwierigkeiten befreien.«

Abraham lachte froh. »Das ist ja wie ein Traum.«

»Und doch ist es Wirklichkeit. Hör mal, die Groschen klimpern ganz leibhaftig. Ich habe sie für uns verdient, nur für uns.« Sie steckte Abraham die Münzen in die Rocktasche.

»Lass doch, Liebste, heb du sie für uns auf.«

»Nein, nein, der Mann soll der Hüter der Barschaft sein. Nanu, da ist ja schon ein Geldstück? Ein großes sogar!« Sie drohte ihm scherzhaft mit dem Finger. »Bist du etwa heimlich zu Geld gekommen? Hast du mir etwas verschwiegen, Abraham?«

»Das würde ich niemals tun, das weißt du doch.« Er küsste sie, knabberte an ihrem Ohrläppchen und fingerte gleichzeitig den runden Gegenstand hervor. »Es ist sicher ...«

Und dann verstummte er, denn es hatte ihm die Sprache verschlagen.

In seiner Hand lag das Medaillon von Henrietta.

Abraham trug mit akkurater Schrift in Gottwalds Krankenjournal ein: *Heute, am Donnerstag, dem 30sten April, gelang es erstmals mit Hilfe des Elektrophors, weitere Re-*

aktionen des Kranken zu generieren. Es handelt sich um Bewegungen von vergleichsweise geringer Stärke, doch mag ihr Auftreten von ebenso großer Bedeutung sein wie das beobachtete Zucken von Arm und Bein: Es ist ein kaum wahrnehmbares Zittern der kleineren Gelenke, ein Klappern der Kaumuskulatur sowie ein leichtes Flattern der Augenlider. Die genannten Bewegungen sind umso interessanter, als sie beim Eintreten des Rigor mortis in umgekehrter Reihenfolge stattfinden. Sollte der Elektrophor tatsächlich in der Lage sein, die scheinbare Totenstarre aufzulösen und den Patienten wieder »zum Leben« zu erwecken?

Abraham legte die Feder beiseite und seufzte schwer. So erfreulich die Entwicklung seiner drei Patienten war, so niederschmetternd war der Abschied von Alena gewesen. Genau genommen hatte es gar keinen Abschied gegeben. Sie hatte ihn nur angestarrt und mit ganz kleiner, aber eisiger Stimme gesagt: »Und ich habe dir geglaubt, du Schuft.«

Dass sie nicht geweint oder geschrien oder ihn mit den Fäusten traktiert hatte, war für ihn das Schlimmste gewesen. Sie hatte nur dagestanden, wie zur Salzsäule erstarrt, und immer wieder nur den einen Satz gemurmelt: »Und ich habe dir geglaubt, du Schuft.«

Dann war sie gegangen.

Und er war sich vorgekommen, als hätte er den Heiland persönlich ans Kreuz geschlagen.

Seitdem hatte er sich im Patientensaal verschanzt und war für niemanden zu sprechen. Sogar für Hasselbrinck nicht, der etwas zu ahnen schien und ein paarmal fragte, ob er irgendetwas für den Herrn Doktor tun könne.

Abraham hatte nur ein »Ich will nicht gestört werden« hervorgepresst und sich wieder in die Versuchsarbeit gestürzt. Während er experimentierte, zermarterte er sich das

Hirn, wie er die Sache wieder einrenken könne, doch ihm wollte nichts einfallen. Dabei konnte er Alena keineswegs verübeln, dass sie so einfach gegangen war. Zu erdrückend war die Beweislast für seine »Untreue« gewesen. Und zu unglaubwürdig, ja, geradezu lächerlich, hatte es geklungen, als er ihr hoch und heilig versicherte, er habe das Medaillon keinesfalls annehmen wollen, und er wisse wirklich nicht, wie es in seine Tasche gekommen sei.

Abraham grübelte weiter und kam schließlich zu einem Ergebnis: Er würde Henrietta bitten, sich mit ihm und Alena zu treffen. Bei diesem Treffen sollte Henrietta bezeugen, dass zwischen ihnen alles ganz harmlos abgelaufen war und dass sie das Medaillon in seine Rocktasche geschmuggelt hatte.

Er fand die Idee nicht sonderlich gescheit. Aber es war immerhin etwas, das er unternehmen konnte. Und besser als gar nichts.

Da er glaubte, von Alena ohnehin eine Abfuhr zu bekommen, beschloss er, zunächst zu Henrietta zu gehen. Die Situation würde nicht gerade einfach sein, aber vielleicht wusste sie einen Rat, wie eine Aussprache zustande kommen könnte. Frauen verstanden von Frauen viel mehr als Männer. Abraham schlug die Journale zu, verabschiedete sich von Hasselbrinck, dem er sagte, er müsse noch etwas erledigen, und trat auf die Straße.

Es war ein milder Tag gewesen, doch jetzt am Abend stieg die Kälte wieder aus dem Boden auf. Abraham fröstelte und zog sich den Gehrock aus Nankinett fester um die Schultern. Er lenkte seine Schritte nach Norden zum Universitätsgelände in der Innenstadt. Er war so in Gedanken versunken, dass er kaum auf die wenigen Passanten achtete. Er nahm auch nicht wahr, dass plötzlich schnelles Hufgetrappel in seinem Rücken erklang. Das Getrappel kam näher und näher, und jählings spürte er einen heftigen Schlag gegen seine linke Schulter. Er taumelte, fing sich und blickte auf die Straße. Der Reiter hatte sein Pferd zum Stehen gebracht und blickte ihn von oben herab an. »Schön, dass ich dich treffe, Possenreißer. Du hast dich in letzter Zeit ziemlich rar gemacht.«

Es war der Pommeraner.

Abraham stöhnte und rieb sich die Schulter. Der Schmerz war so groß, dass er ihm die Luft nahm.

»Du kannst von Glück sagen, dass ich nur die stumpfe Seite meines Hiebers benutzt habe, Possenreißer. Wir haben noch eine Rechnung offen. Der Schlag soll dich ein wenig befeuern, meine Forderung anzunehmen. Oder hast du immer noch die Hosen voll?«

»Ich … duelliere mich nicht«, keuchte Abraham.

»Jammerlappen, Drückeberger!« Der Pommeraner spuckte aus. »Kroppzeug wie du gehört aufs Land, Jauche fahren, und nicht an die Georgia Augusta. Eine Schande ist das!«

Abraham hatte sich so weit erholt, dass ein gewaltiger Zorn sich seiner bemächtigte. »Ich sagte schon, dass ich nur mit den Augen kämpfe.«

»Haha, das sagen alle Feiglinge!«

»Wenn hier einer feige ist, dann du, du kleiner dummer Junge.«

Mit Genugtuung sah Abraham, wie die Beleidigung Wirkung zeigte. Im Gesicht des Pommeraners arbeitete es, doch er beherrschte sich. »Morgen Abend auf unserem Fechtboden«, stieß er hervor. »Das zweite Haus links neben dem Anatomischen Theater. Acht Uhr. Sei pünktlich, Possenreißer.«

»Ich werde nicht kommen. Du wirst gegen Windmühlenflügel kämpfen müssen.« Abraham mühte sich, höhnisch zu klingen. »Das stelle ich mir sehr lustig vor.«

»Verdammter Feigling!« Der Pommeraner riss den Hieber hoch. »Dann werde ich dich jetzt gleich …«

»Was geht da vor?« Zwei Männer der Nachtwache waren um die Ecke gebogen und näherten sich rasch. Der Pommeraner sah sie, verharrte mitten in der Bewegung und riss dann sein Pferd herum. Davonreitend rief er Abraham noch einmal zu: »Glück gehabt, Feigling! Morgen Abend, acht Uhr!«

»Ist Euch etwas geschehen?«, fragte einer der Wachmänner.

»Nein, es ist nichts.« Abraham rieb sich die schmerzende Schulter.

»Es sah aber nach einem Überfall aus«, sagte der andere Mann. »Kennt Ihr den Reiter?«

»Nein«, sagte Abraham. »Aber ich danke Euch vielmals. Ihr seid gerade zum rechten Zeitpunkt gekommen.«

»Schade, dass der Kerl entwischt ist«, sagte der erste. »Na, vielleicht beim nächsten Mal. Wer so schnell auf der Straße reitet, macht sich sowieso strafbar. Braucht Ihr noch Hilfe, mein Herr?«

»Nein danke, mir geht es gut.«

Die beiden grüßten und verschwanden.

Abraham schleppte sich zurück zum Hospiz.

»Wo habt Ihr das bloß her, Herr Doktor?«, fragte Hasselbrinck, während er Abraham in dessen Stube einen Schulterverband anlegte. »So ein dicker Bluterguss, der kommt ja nicht von selbst. Sieht aus, als hätt Euch jemand von hinten eins übergezogen.«

»Ich sagte doch, ich bin mit jemandem zusammengesto-
ßen und rückwärts gegen einen Laternenpfahl geprallt.«

»Ja, ja«, brummte Hasselbrinck und machte einen abschließenden Knoten. »Seltsame Laternenpfähle gibt's in
dieser Stadt. Aber mich geht's ja nichts an, Herr Doktor.«

Da habt Ihr recht, wollte Abraham antworten, aber das
wäre unhöflich und deplaziert gewesen, denn der Krankenwärter hatte sich rührend um ihn gekümmert, hatte ihm
eine Zinksalbe appliziert, einen Weidenrindentee gegen die
Schmerzen aufgegossen und anschließend frisches Ver-
bandsleinen geholt. »Was machen unsere drei Bergleute?«

»Ach, das hab ich vor Aufregung ganz vergessen, Herr
Doktor: Der in der Mitte, also Burck, der hat vorhin, als ich
reinging, die linke Hand bewegt. Wenn's nicht unmöglich
wär, würd ich sagen, er hat sich an der Lende gekratzt.«

»Was?« Abraham fuhr hoch, sank aber augenblicklich
zurück. »Autsch!«

»Ja, ja, die Göttinger Laternenpfähle.« Hasselbrinck gestattete sich ein Grinsen.

»Wann war das?«

»Ihr wart grad weg, Herr Doktor, da wollt ich die Patienten sauber machen und die Botschamper ausleeren. Ja, da
ist's passiert.«

»Ich muss sofort zu Burck hinüber.« Abraham stand
ächzend auf, ließ sich von Hasselbrinck in den Rock helfen
und strebte zum Patientensaal. »Burck!«, rief er und nochmals: »BURCK!«, weil er sich erinnerte, dass Pentzlin vor
ein paar Tagen ebenfalls auf lautes Rufen seines Namens
reagiert hatte.

Täuschte er sich, oder hatte Burck tatsächlich die linke
Hand bewegt? »Burck, könnt Ihr mich hören?«

Wieder keine Reaktion, außer einem Zittern der linken

Hand. Am liebsten hätte Abraham sofort den Elektrophor wieder herbeigeholt, aber das verbot sich natürlich zu so später Stunde. Es blieb ihm nichts anderes übrig, als »Gute Nacht« zu wünschen – für den Fall, dass ihn doch einer der drei wahrnahm – und unverrichteter Dinge wieder abzuziehen.

Er ging zurück in seine Stube, wo er sein Lager auf dem Dielenboden ausbreitete und sich mit einigen Schwierigkeiten zur Ruhe legte.

Doch der Schlaf wollte nicht kommen. Zu vieles hatte sich in den letzten Stunden ereignet. Erst das Zerwürfnis mit Alena und dann der Anschlag auf ihn durch den Pommeraner. Er drehte sich auf die rechte Seite, doch diese war nicht seine Einschlafseite. Er drehte sich auf den Rücken, doch in dieser Position hatte er noch nie Ruhe finden können. Er probierte die Bauchlage – es war wie verhext. Und dann, plötzlich, waren alle Schlafbedürfnisse dieser Welt unwichtig, denn er hörte sie wieder: die Geräusche auf dem Gang!

Unter Schmerzen richtete er sich auf und lauschte erneut. Kein Zweifel, es handelte sich um Laute derselben Art wie beim ersten Mal. Sie klangen hart, waren unregelmäßig und dann wieder ganz verschwunden. Und sie kamen aus dem Patientensaal. »Na, warte«, murmelte Abraham. Ohne Rücksicht auf seinen Zustand eilte er auf den Gang und steuerte den Patientensaal an. Er wollte die Tür aufreißen, doch im gleichen Moment öffnete sie sich schon, und eine Gestalt hastete heraus. Abraham nahm sie nur schemenhaft wahr. Er wollte sie greifen – und verfehlte sie. Alles ging rasend schnell. Der Unbekannte lief im Zickzack zur Treppe, ein lautes »Tock, Tock, Tock« war zu hören, gerade so, als schlüge etwas gegen die Wände oder stampfte auf den

269

Boden. Abraham wollte dem Fliehenden nachlaufen, doch der Schmerz in seiner Schulter lähmte ihn. Er war einfach zu langsam. »Hasselbrinck!«, rief er, »Hasselbrinck!«

Doch es dauerte eine kleine Ewigkeit, bis der Krankenwärter – mit Nachthemd und Nachtmütze ein seltsames Bild abgebend – am Fuß der Treppe erschien. »Was ist denn passiert, Herr Doktor?«

»Jemand war bei meinen Patienten.«

»Wer denn?«

»Das wüsste ich auch gern!« Noch ehe sich Abraham über die sinnlose Frage ärgern konnte, fiel ihm siedend heiß ein, dass Schreckliches geschehen sein konnte, während er nichts anderes zu tun hatte, als mit Hasselbrinck zu palavern. »Wartet!« Er eilte zurück zum Saal, trat ein und entzündete mit fliegenden Händen Licht. Da lagen sie, seine Schützlinge, friedlich und unversehrt. Doch waren sie es wirklich? Abraham betrachtete jeden Einzelnen von ihnen auf das Genaueste. Nein, es war nichts Ungewöhnliches festzustellen. Halbwegs beruhigt trat er wieder hinaus auf den Gang, wo er Hasselbrinck antraf, jetzt wieder in gewohntem Aufzug. »Alles in Ordnung, Herr Doktor?«

»Zum Glück, ja.«

»Seid Ihr sicher, dass Ihr was gehört habt?«

»Nicht nur gehört, sogar gesehen!« Abraham schilderte seine Eindrücke.

»Tja, Herr Doktor, wenn Ihr's sagt, dann wird es so sein. Aber nun legt Euch wieder hin. Diese Nacht passiert nichts mehr. Der kommt nicht wieder, das garantier ich.«

»Euer Wort in Gottes Ohr.«

»Werde Wache halten, Herr Doktor.« Hasselbrinck blickte Abraham treuherzig an. »Wie damals bei der Infanterie, Herr Doktor. Nicht wahr, die kennen wir ja beide.«

»Das wollt Ihr tun?« Abraham gestand sich ein, dass der Gedanke ihm nicht unangenehm war. Schmerz konnte einen zermürben, und er sehnte sich nach Ruhe.

»Ja, und ich hab hier auch noch ein Schlafmittel. Ist etwas getrocknete Mohnmilch drin, die wirkt bestimmt.«

Abraham musste lächeln. Hasselbrinck war wirklich ein braver Mann. »Nun gut, ich werde das Mittel nehmen, obwohl es wahrscheinlich zu stark ist. Wie hätten wir damals beim Militär gesagt: Das ist wie Batterien aufwerfen, um Bachstelzen zu schießen.«

»Haha, Herr Doktor, da habt Ihr recht. Aber nehmt's ruhig trotzdem. Morgen sieht alles wieder besser aus.«

»Danke, Hasselbrinck. Dann gute Nacht.«

»Gute Nacht, Herr Doktor.«

Infolge des starken Schlafmittels erwachte Abraham erst, als die Sonne schon hoch am Himmel stand.

Er brauchte einen Augenblick, um sich zu besinnen. Es war Freitag, der erste Mai, ein Zeitpunkt, zu dem ganz Göttingen grünte und blühte und sich von seiner schönsten Seite zeigte.

Nur war das, was er in der letzten Nacht erlebt hatte, alles andere als schön.

Mit ein paar vorsichtigen Bewegungen prüfte er die Funktion seines Schultergelenks und stellte mit Erleichterung fest, dass eine deutliche Besserung eingetreten war. »Du gehörst wohl doch noch nicht zum alten Eisen«, sprach er grimmig zu sich selbst und schenkte Waschwasser aus dem Krug in die Schüssel ein. Er säuberte sich unbeholfen, wobei er abermals eine Besserung in der Schulter registrierte. Dann stieg er in seine Hosen und streifte mit Mühe ein Hemd über. Der von Hasselbrinck angebrachte Verband war doch recht hinderlich.

Nach diesen eher lästigen, aber notwendigen morgendlichen Verrichtungen führte ihn sein erster Weg hinüber zum Patientensaal, den Hasselbrinck, der Zuverlässige, sicherlich wie seinen Augapfel gehütet hatte. Im Augenblick schien er allerdings anderweitig beschäftigt, denn von ihm war weit und breit nichts zu sehen. Nun, das machte nichts, jetzt war er ja da. Abraham öffnete die Tür und ging hinein. »Guten Morgen«, sagte er wie üblich, wohl wissend, dass er keine Antwort erwarten konnte.

Und dann sah er, dass er wahrhaftig keine Antwort erwarten durfte. Heute nicht, morgen nicht, niemals. Zumindest galt das für einen der drei Bergleute: Burck war es, der in der Mitte Liegende, der mit widernatürlich gedrehtem Kopf in seinem Bett lag und ihn aus seelenlosen Augen ansah.

Abraham wollte es zunächst nicht glauben, denn auch Pentzlin und Gottwald schauten seelenlos drein, und trotzdem gab es einen Unterschied – es waren Burcks lichtstarre, geweitete Pupillen. Mit einem letzten Fünkchen Hoffnung prüfte er den Puls und hielt einen Finger an die Halsschlagader. Nichts. Er betrachtete den Körper, sah die wächserne Gesichtsfarbe, eine beginnende Marmorierung der Haut. Als hätte es noch eines letzten Beweises bedurft, hatte sich auch der *Rigor mortis* nahezu vollständig ausgebildet, ein Anzeichen, dass der Patient schon sechs oder mehr Stunden tot war.

Nur: Wie war er zu Tode gekommen?

Abrahams Gedanken fuhren Karussell. Fragen über Fragen türmten sich vor ihm auf, von denen die zwei wichtigsten diese waren: Erstens – hatte der Tod etwas mit dem abgewinkelten Kopf zu tun? Und zweitens – war die schemenhafte Gestalt zum Hospital zurückgekehrt und hatte den Kopf gedreht?

Beide Fragen mussten mit Nein beantwortet werden. Denn durch einfaches Drehen des Kopfes war noch niemand gestorben, schließlich stellte das eine ganz natürliche Bewegung dar. Gut und schön. Und was hatte es mit der rätselhaften Gestalt auf sich? Sie konnte nichts damit zu tun haben, denn Hasselbrinck, der Wachsame, war auf dem Posten gewesen.

»Donner und Doria! Was hat das alles zu bedeuten?« Ohne es zu merken, hatte Abraham laut gerufen.

»Herr Doktor sind wach?« Hasselbrinck stand in der Tür.

»Guten Morgen, Hasselbrinck. Eine Frage: Habt Ihr die Patienten die ganze Nacht über bewacht?«

Der Krankenwärter streckte sich. »Jawoll, Herr Doktor. Bis vor einer halben Stunde, da musste ich zum Brunnen, Wasser holen. Ist was passiert?«

Abraham überlegte, dass Burck in jedem Fall schon länger als eine halbe Stunde tot war. »Und davor habt Ihr hier im Saal Wache gehalten? Ich meine, durchgehend?«

Hasselbrinck kratzte sich am Kopf. »Ja, wenn ich mich recht erinner, war da kurz vor Morgengrauen ein Gräusch.«

»Ein Geräusch? Wo?«

»Vorm Haus, Herr Doktor.«

»Genauer, bitte!« Abraham konnte seine Ungeduld kaum zügeln.

»Beim Eingang, denk ich. Bin kurz runter und hab mich mal umgesehen, aber da war nichts, und dann bin ich wieder hoch. Das war alles.«

Also doch, dachte Abraham. Himmel und Hölle! Der Unbekannte war noch einmal ins Haus eingedrungen und …

ja, und was eigentlich? Zweifellos hatte er Burck den Kopf zur Seite gedreht, doch das war schon alles. Oder reichte das aus, einen Menschen zu töten? Es hieß doch auch »einem Menschen den Hals umdrehen«?

Unsinn. Um jemandem den Hals umzudrehen, musste man ihm das Genick brechen, und das war hier keinesfalls geschehen. Was sollte das alles überhaupt? Burck hatte sicher keine Feinde. Und falls doch, dann wären sie sicher nicht aus Bad Grund hierhergekommen, um ihn zu ermorden. Krause Gedanken. Ungereimtes Zeug, das er da zusammenspann!

Weitere Frage: Soll ich Hasselbrinck, den stets Braven, Bemühten, *Mores lehren?* Es war sein Fehler gewesen, ganz klar, andererseits hatte er nur seine Pflicht getan, und überdies war er nicht mehr der Jüngste. »Schon gut, Hasselbrinck«, sagte Abraham, »wir haben einen Sterbefall. Burck ist nicht mehr am Leben.«

Der Krankenwärter trat näher. »Ja, der ist tot«, sagte er nüchtern. »Warum hat er den Kopf so komisch, Herr Doktor?«

»Um ehrlich zu sein: Ich weiß es nicht. Ich werde den Totenschein so weit vorbereiten, dass Professor Richter ihn nur noch unterschreiben muss. Seid so gut, und holt mir ein Formular herauf.«

»Jawoll, Herr Doktor.«

Hasselbrinck verschwand, und Abraham richtete Burcks Kopf wieder gerade. Abermals kam er ins Grübeln. Hatte er sich wirklich nichts vorzuwerfen? Immerhin war Burck der erste Tote, der in seiner Verantwortung das Zeitliche gesegnet hatte. Konnten die Stromstöße des Elektrophors eine verspätete tödliche Wirkung gehabt haben? Warum war Burck tot und die anderen nicht? Der Mann war kerngesund gewesen bis zu seinem Unfall in der Grube, genau wie Pentzlin und Gottwald. Gut, alle drei mochten Ansätze einer Staublunge gehabt haben – die hatte nahezu jeder Bergmann –, aber davon starb man nicht.

Rätsel über Rätsel.

Hasselbrinck erschien mit dem Formular. Abraham ging hinüber in seine Stube und füllte es aus. Als Todesursache gab er *Insuffizienz* des Herzens an. Das war in jedem Fall richtig, denn ein versagendes Herz führte immer zum Tod.

Dann wartete er.

Gegen Mittag erschien Professor Richter, »der Notsituation gehorchend«, wie er jovial feststellte. Eigentlich habe er die Zeit nicht, aber nun ja … Er sah Burck nur flüchtig an und erklärte dann: »Der Mann ist zweifellos tot.«

»Es tut mir sehr leid, Herr Professor«, sagte Abraham.

»Was? Dass er tot ist? Aber das ist doch nicht Eure Schuld, Abraham!«

»Ich rätsele, was die Ursache für die *Insuffizienz* war.«

Richter lachte leicht und klopfte Abraham auf die Schulter. Dann faltete er die Hände auf dem Rücken und ging ein paar Schritte auf und ab. »Der erste Tote ficht einen immer am meisten an, wenn ich das so salopp formulieren darf. Und wenn man nicht hinter die Ursache für sein Dahinscheiden kommt, umso mehr. Aber ich sage Euch eines, Abraham: Unter hundert Toten ist immer einer, der auf unerklärliche Weise stirbt. Ihr seid also nicht der erste Arzt, dem das widerfährt. Deshalb: Kopf hoch! Wie geht es denn den beiden anderen Patienten?«

Abraham berichtete von dem Elektrophor und von seinen Bemühungen mit der Lichtenbergschen Influenzmaschine. Er schilderte die kleinen Erfolge, und Richter klopfte ihm abermals auf die Schulter. »Das hört sich doch vielversprechend an! Macht nur weiter so. Ich verlasse mich ganz auf Euch.«

»Danke, Herr Professor.«

»Ich darf doch davon ausgehen, dass Ihr und Hasselbrinck für alles Notwendige Sorge tragt? Ich meine, die Benachrichtigung des Pfarrers mit der Bitte um eine angemessene Totenfeier, das Fortschaffen der Leiche, die Überführung nach Bad Grund ...?«

»Äh, ja, Herr Professor.«

»Ich wusste, dass ich mich auf Euch verlassen kann. Wo ist der Totenschein? Ah, da.« Richter nahm ihn und stiefelte voran in Hasselbrincks Büroraum, wo er zu Tinte und Feder griff und schwungvoll unterschrieb.

Abraham nahm den Zettel entgegen und fragte in möglichst gleichgültigem Ton: »Ach, übrigens, wie geht es Madame Stromeyer?«

Richter stutzte für einen Moment, dann schmunzelte er. »Ich verstehe den Hintergrund Eurer Frage, mein lieber Abraham, aber die alte Dame scheint zäh am Leben zu hängen. Stromeyer selbst weicht nach wie vor nicht von ihrer Seite, mit anderen Worten: Ihr müsst hier noch etwas aushalten.«

Abraham sagte rasch: »So war das nicht gemeint, Herr Professor.«

Richter schmunzelte immer noch. »So habe ich es auch nicht verstanden. Ach, nebenbei, was macht Eure Doktorarbeit?«

»Ich muss sie nur noch ein- oder zweimal gegenlesen, Herr Professor.« In Abrahams Worten schwang Stolz mit.

»Was, so weit seid Ihr schon? Sackerment, Ihr seid ein fleißiger Mann! Bin gespannt auf Eure Ausführungen über die inneren Veränderungen des Auges.«

»Danke, Herr Professor.«

»Gehabt Euch wohl, Abraham. Ich lasse Euch mit ruhigem Gewissen zurück, denn Hasselbrinck steht Euch ja zur Seite.«

»Jawohl, Herr Professor.« Abraham blickte Richter nach, wie er mit raumgreifenden Schritten der Innenstadt zustrebte.

Pfarrer Egidius hatte es eilig, als er drei Stunden nach Mittag kam, was er aber – mehr oder weniger erfolgreich – zu verbergen wusste. Er stieg, die Soutane schürzend, die Treppe zum Oberstock hinauf und stellte sich ohne Umschweife neben Burcks Bett, wo er ein stilles Gebet verrichtete. Abraham und Hasselbrinck taten es ihm gleich, wobei Abraham nur vorschützte zu beten, denn in seinem Herzen war er noch immer Jude. Dann hob Pfarrer Egidius zu predigen an, nachdem er das Kreuz geschlagen hatte. Er hielt eine hölzerne Christusfigur in Richtung des Toten und sprach: »Wir sind hier zusammengekommen, um die Seele dieses armen Sünders zu befreien und die Hoffnung auf sein ewiges Leben zu erfüllen …«

»Verzeihung, Herr Pfarrer«, unterbrach Abraham, »leider kann ich der Handlung nicht beiwohnen, mich rufen andere, noch dringlichere Pflichten.«

»Das ist schade, mein Sohn.« Es war Egidius anzusehen, dass er sich nichts Wichtigeres vorstellen konnte, als seinen Worten zu lauschen. »Aber tue, was du tun musst.«

Abraham ging in seine Stube. Er fühlte sich nicht wohl wegen seiner Notlüge, aber wenn er geblieben wäre, hätte er sich noch schlechter gefühlt. Wie ein Heuchler. Und Heuchelei war eine größere Sünde als Unhöflichkeit. Um irgendetwas zu tun, begann er, seine Dissertation zu redigieren, doch er konnte sich kaum auf die Arbeit konzentrieren, denn die sonore, kanzelgewohnte Stimme des Pfarrer drang durch die dünnen Wände bis zu ihm herüber. Als es ihm endlich halbwegs gelungen war, kam Hasselbrinck herein und sagte: »Das war's, Herr Doktor. Kurz und schmerzlos. Der Herr Pfarrer ist schon weg. Er hat's Euch wohl verübelt, dass Ihr nicht bei der Feier wart, wenn ich das sagen darf.«

Abraham fiel darauf nichts Rechtes ein, deshalb antwortete er: »Wir müssen noch besprechen, wie wir Burck morgen nach Bad Grund schaffen lassen. Wer hat ein entsprechendes Gefährt, wer kann ihn fahren und so weiter … Ich werde den Angehörigen einen Beileidsbrief mit allen Erklärungen mitgeben und überdies ein Schreiben für Doktor Tietz, den Bergwerksarzt, aufsetzen. Kann ich auf Euch zählen?«

»Jawoll, Herr Doktor.«

»Wenn ich Euch nicht hätte.«

Hasselbrinck blühte förmlich auf, nahm Haltung an und verließ die Stube.

Nachdem Abraham die Briefe geschrieben und Hasselbrinck ausgehändigt hatte, wollte er weiter an seiner Dissertation arbeiten, stellte fest, dass er sich noch immer nicht konzentrieren konnte, obwohl der Pfarrer fort war, entschied sich anders, stellte den Elektrophor im Patientensaal auf, wollte mit den Experimenten an Pentzlin und Gottwald beginnen, fühlte, dass er auch dazu nicht in der Lage war, und verfiel schließlich ins Grübeln.

Es kam ihm zwar seltsam vor, aber es schien so zu sein: Burck war ihm als Patient ans Herz gewachsen. Vielleicht, weil er ein so schwieriger, um nicht zu sagen, hoffnungslo-

ser Fall gewesen war. Genau wie seine beiden noch lebenden Kumpel.

Und das wiederum war der Grund, warum Abraham ein
schlechtes Gewissen hatte. Die Feier mit Pfarrer Egidius
war kurz, flüchtig und unpersönlich gewesen, Burck hatte
das nicht verdient.

Und dann kam Abraham eine Idee, wie er gleich zwei
Fliegen mit einer Klappe schlagen konnte: Wenn er Alena
bäte, eine Trauerfeier für Burck abzuhalten, wäre das viel
vertrauter und familiärer, und überdies würde sich für ihn
vielleicht die Möglichkeit ergeben, sie wieder für sich zu
gewinnen.

Er ging hinüber in seine Stube, spitzte die Feder – und
hielt inne. Er wollte den Brief mit »Liebste« beginnen, befürchtete aber, die Anrede wäre zu intim und würde sein
Ansinnen von vornherein scheitern lassen. »Liebe Alena«
oder nur »Alena« hingegen erschienen ihm zu steif und unpersönlich. Nach einigem Hin und Her begann er ohne
Anrede:

Ich habe leider keine gute Nachricht.
Der arme Burck ist tot, aus unbekannter
Ursache gestorben. Morgen Vormittag
lasse ich ihn nach Bad Grund überführen.
Könntest du heute Abend für ihn eine
kleine Andacht hier im Hospiz abhalten?
Ich glaube, Burck hätte es verdient.
                                        Julius

Auch der Schluss hatte ihm Kopfzerbrechen bereitet, denn
zunächst wollte er »Dein Julius« schreiben, aber dann traute er sich doch nicht. »Julius« musste genügen.

Anschließend ging er auf die Straße und bat einen Nachbarsjungen, die Botschaft in die Güldenstraße zu tragen.

Ob Alena wohl kommen würde?

Und Alena kam wirklich. Sie sah sich um und ließ – im Gegensatz zu Pfarrer Egidius – Pentzlin und Gottwald hinaus auf den Gang schaffen.

»Meinst du, die beiden würden deine Worte mitbekommen?«, fragte Abraham.

»Ich weiß es nicht.« Alena vermied es, ihn anzusehen. »Aber wenn es so wäre, würde ich es nicht wollen. Sie sollen leben und nicht an einer Totenfeier teilnehmen.«

»Ich bin dir sehr dankbar, dass du gekommen bist. Du … du weißt gar nicht, wie sehr ich mich freue.«

Alena hob den Kopf und sah ihn aus ihren großen Augen an. Er erkannte darin Trauer. War es vielleicht die Trauer darüber, dass es mit ihnen auseinandergegangen war? Doch sein leiser Hoffnungsschimmer erlosch, als sie antwortete: »Ich bin wegen Burck hier, nur seinetwegen. Um ihn will ich trauern, denn er ist einsam und fern der Heimat gestorben. Und nun möchte ich beginnen.«

Sie richtete einen Tisch neben dem Bett her und entzündete darauf alle Kerzen, die vorher im Hospital aufgetrieben werden konnten. Der Lichterglanz verlieh dem Raum einen ganz eigenen Zauber. Dann stellte sie ein Kruzifix dazu und versammelte Hasselbrinck, dessen Frau, die alte Grünwald sowie Abraham um sich. Gemeinsam traten sie an Burcks Bett.

Mit klarer, anrührender Stimme begann sie zu sprechen: »Wir wissen nicht genau, welchen Glaubens Martin Jeremia Burck war, deshalb entnehmen wir den Inhalt für die heutige Andacht zum größten Teil dem Buch der Psalmen im Alten Testament. Denn die Gebete, Gedichte und Lieder, die dort zu finden sind, werden gleichermaßen von Katholiken und Protestanten genutzt.« Sie machte eine winzige Pause. »Und von Juden.«

Abraham fragte sich, ob die letzte Anfügung ein kleines Zeichen der Hoffnung für ihn sein könnte, aber Alena fuhr schon fort: »Denn so steht es geschrieben: O Tod, wie bitter bist du; er hat nichts getan, was den Tod verdienet. Und doch kommt alles von Gott, Leben und Tod, Tugend und Sünde. Die Sünde aber gebiert den Tod. Und die Liebe gebiert das Leben. Denn so heißt es: Setze mich wie ein Siegel auf dein Herz und wie ein Siegel auf deinen Arm, denn die Liebe ist stark wie der Tod, und Eifer ist fest wie die Hölle; ihre Glut ist feurig und eine Flamme des Herrn. Der Herr züchtiget mich wohl, aber er gibt mich dem Tode nicht preis. Er wird meine Seele erlösen aus der Hölle Gewalt, denn er hat mich angenommen ...«

So predigte Alena immer weiter, und ihre eindringlichen Worte verfehlten ihre Wirkung nicht. Alsbald standen Hasselbrinck und seiner Frau Tränen in den Augen und ebenso der alte Grünwald, obwohl sie mit Sicherheit nur die Hälfte verstand. Auch Abraham konnte sich dem Bann ihrer Worte nicht entziehen, und Hoffnung keimte in ihm auf. Alles würde gut werden mit ihm und Alena, denn Gott war gütig ...

Nach dem Vaterunser bat Alena alle Anwesenden mitzusingen, und sie stimmte ihr Klagelied an:

»Am Ende stehn wir stille
und säen Tränensaat;
des Heilands mächt'ger Wille

sich hier erwiesen hat.
Am Ende stehn wir stille,
die Toten ruhen wohl,
denn vivat *heißet lebe*
und valet *lebe wohl ...«*

Danach hielt Alena inne. Es war ihr nicht möglich, weiterzusingen, denn die Gefühle überwältigten sie. Die kleine Gemeinde sah staunend, wie ihr Körper zu beben begann, wie ihre Schultern zuckten und wie Tränen zwischen ihren Lidern hervorquollen. Sie beobachtete, wie die Zuckungen stärker wurden und eine weitere Veränderung mit ihr vor sich ging, denn heftige Weinkrämpfe setzten ein, beutelten sie, schüttelten sie, und es war, als würden sich in ihren Augen Schleusen öffnen.

Eine ganze Zeit lang weinte sie so, und keiner der Anwesenden konnte sich ihrem Schmerz entziehen. Jeder weinte mit ihr, auf seine Weise.

»Lasst die Kerzen niederbrennen«, sagte Alena, nachdem sie sich wieder etwas gefasst hatte. »Sie werden Burcks Seele den Weg zu Gott weisen ... Amen.«

Sie steckte ihr Kruzifix ein und schickte sich an zu gehen.

»Halt, auf ein Wort noch«, sagte Abraham leise. Er nahm sie beiseite und flüsterte: »Meinst du nicht, dass diese Stunde ... ich wollte sagen, meinst du nicht, dass diese bewegende Stunde der Beginn unserer Versöhnung sein könnte? Burck hat uns gezeigt, wie schnell ein Leben verlöschen kann. Sollten wir da nicht jeden Augenblick nutzen?«

Alena blickte ihn an.

In ihren Augen standen Wehmut und ein Hauch Unentschlossenheit.

Abraham setzte nach: »Ich möchte so gern nach Hause

kommen. Mir fehlt die Güldenstraße, und meine Puppen fehlen mir auch.«

»Du kannst jederzeit kommen. Aber ich wohne unten bei Mutter Vonnegut.«

»Alena, bitte.«

Sie wandte sich ab, doch ihre Hand streifte dabei seinen Arm. »Lass mich, Julius. Ich bin noch nicht so weit. Und nun *adieu*.«

Abraham blieb zurück, in Gedanken versunken. Er wartete, bis die Kerzen niedergebrannt waren, und trug dann mit Hasselbrincks Hilfe den toten Burck hinunter in eine leere Krankenkammer, damit er am nächsten Tag zügig auf das Transportgefährt verladen werden konnte. Anschließend schafften sie Pentzlin und Gottwald wieder in den Patientensaal.

Die Arbeit hatte Abraham abgelenkt, doch nun, da er allein in seiner Stube saß, kehrten die wirren Gedanken zurück. Sie kreisten zunächst um Alena und ihre Ablehnung ihm gegenüber, machten dann einem Fünkchen Hoffnung Platz, denn immerhin hatte sie ihn »Julius« genant und gesagt, sie sei noch nicht so weit. Gut und schön, und wenn sie niemals wieder so weit sein würde? Wenn sie das nur gesagt hatte, um das Gespräch mit ihm schnell zu beenden? Doch nein, so grausam war sie nicht. Ihre echte Trauer um Burck war der beste Beweis. Burck …

Abrahams Gedanken wandten sich dem verstorbenen Bergmann zu. Die Tatsache, dass er noch immer nicht dessen Todesursache herausgefunden hatte, nagte an ihm. Da konnte Professor Richter noch so viel Verständnis zeigen. Wohl zum hundertsten Mal fragte er sich, ob die starke Drehung des Kopfes damit zusammenhing – und auch dieses Mal gab er sich die gleiche Antwort: nein. Nun gut, so

283

kam er nicht weiter. Er musste Hypothesen aufstellen, wie es bei jeder wissenschaftlichen Arbeit üblich war. Denn um nichts anderes ging es hier – um Erforschung und Erkenntnis. Er musste einfach davon ausgehen, dass die Ursache des Todes in der Kopfdrehung gelegen hat.

Nächster Gedanke: Wenn dem so war und die schemenhafte Gestalt die extreme Veränderung der Kopfstellung herbeigeführt hatte, dann musste sie mehr wissen als er. Dann musste sie ein Mörder und – nächste Hypothese – wahrscheinlich ein Mediziner sein!

Ein Mediziner?

Du bist verrückt, Abraham, schalt er sich. Der Gaul ist mit dir durchgegangen. Und trotzdem: Es gehört nicht viel dazu, auf dem Gebiet der Medizin mehr zu wissen als ich. Ich habe noch nicht einmal mein Studium zu Ende gebracht.

Ein Mediziner?

Warum nicht. Ärzte waren keine Heiligen. Es gab in jedem Beruf schwarze Schafe. Aber weshalb, zum Donnerwetter, sollte ein schwarzes Schaf von Mediziner ausgerechnet den armen Burck ermorden? Wer kam da überhaupt in Frage? Abraham überlegte. Tietz vielleicht, der Bergwerksdoktor aus Bad Grund? Der konnte Burck näher gekannt und aus irgendeinem Grund gehasst haben.

Unsinn! Beide waren von unterschiedlichem Stand, hatten keine Berührungspunkte gehabt, außer vielleicht bei einer ärztlichen Untersuchung. Außerdem war wohl kaum davon auszugehen, dass Tietz bei Nacht und Nebel hier anreiste, um Burck aus irgendeinem Grund zu meucheln.

Warum aber war Burck ermordet worden, wenn niemand eine Veranlassung dazu hatte? Wenn niemand einen Grund hatte, ihm zu schaden?

Abraham begann in seiner Stube hin und her zu wandern, ganz ähnlich, wie Richter es zu tun pflegte. Und dann blieb er jählings stehen. Ein Gedanke war ihm gekommen, so neu und abwegig, dass er ihn faszinierte: Was war, wenn der Mörder gar nicht Burck hatte schaden wollen, sondern ihm, Abraham? Wenn der Meuchler nur den armen Burck benutzt hatte, um ihn zu treffen?

Aber wer, um Himmels willen, konnte das sein?

Abraham nahm seine Wanderung wieder auf und blieb abermals stehen. Der Pommeraner!, schoss es ihm durch den Kopf. Reinhardt von Zwickow, diesem hinterhältigen Hundsfott, traue ich alles zu. Und Mediziner ist er auch! Ja, alles scheint auf einmal zu passen. Auch das seltsame »Tock, Tock, Tock«, das jedes Mal zu hören war. Es rührte wahrscheinlich von seinem Hieber her, der beim schnellen Gehen an die Wände schlug.

Von Beginn an hatte der Kerl es auf mich abgesehen, schon am Albaner Tor, wo ich die Vorstellung mit meinen Puppen gab, um etwas Geld hinzuzuverdienen. Das Einzige, was ich ihm je getan habe, ist, dass ich nicht von Adel bin ... das heißt, ein Mal habe ich ihn gedemütigt, als er mir das Gassenrecht nehmen wollte. Da habe ich ihm den Hieber aus der Hand gequetscht, der daraufhin in einen Haufen Pferdeäpfel fiel. Ich fühle immer noch Genugtuung, wenn ich daran denke!

Der Pommeraner ein Mörder?

Ja, um dafür zu sorgen, dass ich von der Universität gejagt werde! Er hat es schon mehrere Male versucht. Wenn bisher nicht jedes Mal etwas dazwischengekommen wäre, würde heute nicht nur Burck tot sein, sondern auch Gottwald. Und Pentzlin dazu.

Na warte, *Bürschchen!*

Abraham stellte fest, dass es ein Viertel vor acht Uhr war, und warf sich den Gehrock über.

Wenn er sich beeilte, würde er pünktlich um acht auf dem Fechtboden der Pommeraner sein.

Abraham hatte keine Mühe, das Haus zu finden, denn das Wappen der Pommeraner prangte unübersehbar an der schweren Eichentür. Aber auch sonst wäre er mit Sicherheit nicht an dem Gebäude vorbeigelaufen, denn aus den oberen, halb geöffneten Fenstern drang ein höllengleicher Lärm. Die Landsleute, die der Burschenschaft ihren Namen gegeben hatten, galten allgemein als trinkfest; sie schienen auch heute ihrem Ruf gerecht werden zu wollen.

Ohne zu zögern und ohne den Klopfer zu betätigen, betrat Abraham das Haus. Seine Miene war grimmig und sein Zorn auf diesen kleinen dummen Jungen keineswegs verraucht. Als er in der Eingangshalle stand, ermahnte er sich selbst zur Ruhe. Wut war noch nie ein guter Berater für ein klärendes Gespräch gewesen. Und Klärung tat not. Abraham war zwar sicher, in von Zwickow den Täter gefunden zu haben, doch ein Beweis dafür stand noch aus. Und dieser Beweis konnte nur darin bestehen, dass von Zwickow seine Schuld zugab.

Der Lärm aus dem ersten Stock hatte sich mit seinem Eintreten noch verstärkt. Gegröle und Gläsergeklirr, unterbrochen von Liedfetzen, drangen von oben herunter. Er versuchte, einen klaren Kopf zu behalten. Die Wahrscheinlichkeit, dass von Zwickow sich im Erdgeschoss aufhielt, war zwar gering, musste aber ausgeschlossen werden. Abraham sah sich um, öffnete nacheinander alle Türen, entdeckte eine Bibliothek, einen kleinen Rauchsalon, mehrere

Studierzimmer und eine Garderobe. Nein, hier war der Gesuchte nicht.

Abraham ging die breite, marmorne Treppe hinauf, um von Zwickow unter den Zechern zu suchen. Doch als er im ersten Stock anlangte, kam er nicht weiter. Eine mit Jagdszenen reich intarsierte Tür versperrte ihm den Weg. Er griff nach der schweren Klinke. Sie ließ sich nicht niederdrücken. Aha, die Herrschaften wollten also nicht gestört werden. Aber es musste einen anderen Zugang zum Ort des Geschehens geben.

Abraham stieg die Stufen wieder hinab und drang in den hinteren Bereich des großen Hauses vor. Nach einigem Herumirren kam er in einen halbdunklen Raum, an dessen Wänden mehrere Stichwaffen hingen, dazu einige Wappen und unterschiedliches Gehörn vom Damwild. Er näherte sich dem Fechtboden! In einer Ecke entdeckte er eine hölzerne Stiege, die steil nach oben führte. Sie war schmal und abgenutzt, wahrscheinlich für Bedienstete bestimmt. Er kletterte sie empor, sich noch einmal zur Besonnenheit mahnend, und vernahm mit jeder Stufe größeren Lärm. Beißender Tabakqualm zog ihm entgegen. Nach zehn oder elf Stufen stutzte er. Der Geländerlauf, an dem er sich hinaufgehangelt hatte, nahm hier ein abruptes Ende. Er war gebrochen, vielleicht bei einer heftigen Rauferei. In jedem Fall ragte der untere Teil des Laufs gefährlich wie ein gesplitterter Speerschaft nach oben.

Abraham schüttelte den Kopf und stieg weiter. Er hatte anderes im Sinn, als sich um gebrochene Geländerläufe zu kümmern.

Oben angekommen, hielt er sich nicht lange auf, sondern betrat, ohne zu zögern, den großen, saalartigen Raum, der vor ihm lag.

Und dann blieb er doch stehen. Zu faszinierend war das, was sich ihm darbot. Der Fechtboden – denn um nichts anderes handelte es sich bei dem Saal – war nicht wiederzuerkennen. Lange Tische hatte man hineingestellt, Bänke davor und dahinter, alle dicht besetzt von Dutzenden junger Männer – und alle in bester Laune.

Auf den Tischen standen Bierkrüge, voll, leer oder halb geleert, Speisen lagen wie hingeworfen da, angefressen und liegengelassen. Die leckeren Göttinger Würste ebenso wie das herzhafte Mittelbrot. Zwei oder drei Hunde streunten unter den Tischen zwischen Bierlachen herum, suchten nach Abfällen oder bettelten um Besseres. Auf einem Podium im Hintergrund standen drei Musikanten, die Fidel, Flöte und Trommel bearbeiteten. Sie spielten keine Menuette, sondern derbe Studentenlieder.

Und über allem hingen schwere Tabakwolken aus tönernen Pfeifen.

»Prosit, Collegiales!«, brüllte ein schmerbäuchiger Student an der Stirnseite des längsten Tisches. »*Gaudeamus igitur!*« Er stand auf und hob seinen Krug. »Lasst uns fröhlich sein, wer nicht säuft, soll Grillen fangen! Wie heißt es so schön: Ich liebe den Wein …?«

»… beim Mondenschein!«, kam es von allen Tischen zurück.

»Ich liebe die Weiber …?«

»… und ihre Leiber!«

»Ich liebe den Suff …?«

»… nach dem *actus* im Puff!«

So ging es eine Zeitlang weiter. Nach jeder gereimten Zeile wurden die Bierkrüge erhoben und getrunken. Als Abraham schon dachte, das Treiben würde niemals enden, brüllte der Schmerbäuchige: »Und jetzt den *Landesvater!*«

Dabei handelte es sich um ein Lied, das bei jeder studentischen Versammlung zu Ehren des Landesvaters, in diesem Fall Seiner Majestät König Georgs III. von England, angestimmt wurde. Man sang den *Landesvater* wie üblich im Stehen, und als der letzte Ton verklungen war, spießten die Burschen ihre Hüte auf einen Hieber und schworen mit bierernster Miene, auf ewig brav sein zu wollen.

Abraham blickte grimmig, denn der Schwur schien ihm der reinste Hohn. Er verfolgte, wie die *Burschen* anschließend ihre Hüte wieder von dem Hieber nahmen, und hörte, wie der Schmerbäuchige – gewissermaßen zum Abschluss – einen gewaltigen Rülpser ausstieß. Allgemeines Gelächter. Die Herren wandten sich wieder ihren Tischnachbarn zu und setzten das Gespräch fort, wobei die meisten der *Burschen* schon so verwaschen klangen, als hätten sie Watte im Mund.

Abrahams Blick schweifte über die Tische, doch er konnte von Zwickow nicht finden. Wo steckte der Kerl nur? In einer Ecke des Saals wurde erneut ein Lied angestimmt. Zunächst nicht beachtet, verbreitete der Gesang sich hartnäckig weiter und weiter, bis schließlich der ganze Saal mit erhobenen Krügen inbrünstig mitsang:

»*Ça, ça geschmauset, lasst uns nicht rappelköpfisch sein!*
Wer nicht mithauset, der bleibt daheim.
Edite, bibite collegiales,
weil morgen früh uns schon alles egal ist.«

Abraham fiel ein, dass er schon von diesem Studentenlied gehört hatte. *Ça, ça geschmauset* war ein Rundgesang, bei dem die erste Zeile vorgegeben wurde und die zweite aus dem Stegreif ergänzt werden musste. Der Refrain danach, mit der Aufforderung, zu essen und zu trinken, war immer gleich. Die Schwierigkeit bestand darin, dass in der zweiten Zeile gleich zweimal eine Reimung Bedingung war. Eine Aufgabe, die für benebelte Köpfe schwer sein musste. Andererseits schienen die *Burschen* an den Tischen es sich leichtzumachen und nur Bekanntes wiederzugeben:

> *»Der Herr Professor liest heute kein Collegium,*
> *er weiß nichts besser, ist selber dumm.*
> *Edite, bibite, collegiales ...*
>
> *Auf, auf, ihr Brüder, erhebt den Bacchus auf den Thron,*
> *und setzt euch nieder, wir trinken schon.*
> *Edite, bibite collegiales ...«*

Abraham spähte weiter in die Runde. Es war nicht leicht, die einzelnen Zecher zu erkennen, denn er blickte von der Stirnseite der Tische auf das Geschehen, so dass die *Burschen* an den langen Seiten einander verdeckten. War von Zwickow womöglich gar nicht da?

> *»Trinkt nach Gefallen, bis ihr das Fingerlein leckt,*
> *dass keiner von allen in den Arsch ihn sich steckt.*
> *Edite, bibite collegiales ...*
>
> *Holla, ihr Weiber, in Gottes weitem Erdenrund,*
> *her eure Leiber, Fotz' oder Mund.*
> *Edite, bibite collegiales ...«*

Abraham stellte fest, dass die Sprache zunehmend obszön wurde. Ein kräftiger Kerl sprang auf einen der Tische, wankte einen Augenblick, weil er stark angetrunken war, und schwenkte sein Glas im Kreis. Es war von Zwickow. Er sah schon recht *derangirt* aus, weshalb Abraham ihn zunächst nicht erkannt hatte. »*Silentium!*«, brüllte er. »Ruheee! Hat jeder was im Becher? Es geht los!« Er ließ sein Biergefäß den Körper hinauf- und hinabwandern, und das gesamte Corps machte es ihm nach:

»*Vom Hoden
zum Boden,
zur Mitte,
zur Titte,
zum Sack,
zack …!*

Prost, ihr Säcke!« Von Zwickow nahm einen langen Zug und stieg vom Tisch herab, torkelnd und fast zu Boden fallend. Er landete zwischen seinen Kameraden, die ihn lachend auffingen und wieder aufstellten. Als er die *Contenance* wiedergefunden hatte, blinzelte er und machte große Augen. Wie aus dem Boden gewachsen stand Abraham neben ihm.

»Hupps, das ist aber eine Überraschung«, brachte er hervor.

»Wie du siehst, bin ich doch gekommen. Aber nicht, um mich mit dir zu duellieren.«

»Feigling, Schwanzeinklemmer!«

Beim Stichwort Duell wurden die anderen *Burschen* hellhörig. Die Auseinandersetzung mit scharfen Waffen war immer eine spannende Sache und umso aufregender, je mehr Blut dabei floss.

»Wie gesagt, ich kämpfe nicht.« Abrahams Worte hatten die Schärfe eines Rasiermessers. »Aber ich habe mit dir zu reden.«

»Was hast du mir schon zu sagen, Hosenpisser. Wenn du nicht kämpfen willst, pack dich.«

Gelächter bei den Umsitzenden. Abraham musste an sich halten, damit ihm nicht die Hand ausrutschte. »Was ich mit dir zu bereden habe, ist nicht für andere Ohren bestimmt. Komm mit hinaus.« Er machte eine Pause und setzte dann hinzu: »Oder hast du etwa Angst?«

Das gab den Ausschlag. Langsam stellte von Zwickow seinen Bierkrug auf dem Tisch ab und sagte mit überraschend klarer Stimme: »Wartet, Freunde, ich muss diesem Hanswurst nur rasch das Maul stopfen.« Dann folgte er Abraham zum Ausgang.

Auf dem schmalen Treppenabsatz vor der obersten Stufe drehte Abraham sich um, ließ von Zwickow an sich vorbei und machte den Nachdrängenden die Tür vor der Nase zu. »Geht wieder zurück auf eure Plätze, *Burschen,* hier gibt es nichts zu sehen. Wir werden nur reden. Euer Freund ist gleich wieder da.«

»Das stimmt«, sagte von Zwickow. »Es wird nicht lange dauern.« Er ballte die Fäuste, um auf Abraham loszugehen, aber dieser hielt ihn mit dem ausgestreckten Arm mühelos auf Abstand. »Lass das. Die Lust, dir dein Mütchen zu kühlen, wird dir gleich vergehen. Du bist in den letzten Tagen mehrfach nachts in Professor Richters Hospital eingedrungen und hast versucht, einen meiner Patienten zu töten. Erst letzte Nacht wieder, nachdem ich dich fast erwischt hätte. Du besaßest die Dreistigkeit, zurückzukommen, und hast deinen perfiden Plan wahrgemacht. Burck, der Bergmann, ist tot. Von deiner Hand gemeuchelt. Nun, was sagst du dazu?«

Von Zwickow musterte Abraham, als sei dieser ein seltenes Tier in einer Menagerie. Plötzlich begann er zu lachen.

Er bog sich vor Lachen, prustete vor Lachen. Dann wurde er abrupt wieder ernst. »Die dummen Witze werden dir nichts nützen, Hosenscheißer. Ich werde …«

»Halt den Mund«, fuhr ihm Abraham in die Parade. »Und erkläre mir lieber, wie es passieren kann, dass jemand an einem verdrehten Kopf stirbt. Du bist doch Mediziner.«

Es fehlte nicht viel, und von Zwickow hätte wieder gelacht. Doch er beherrschte sich, sein Gesicht nahm abermals den gewohnten arroganten Ausdruck an. »Du faselst dummes Zeug, Angsthase, was habe ich mit verdrehten Köpfen oder Richters Hospital zu schaffen? Nimm die Fäuste hoch, oder willst du, dass ich dir so eine reinschlage?«

»Gib zu, dass du der Mörder bist. Steh dazu. *Noblesse oblige,* heißt es doch so schön. Oder bist auf einmal du der Jammerlappen von uns beiden?«

Von Zwickow schlug unvermittelt zu. Abraham konnte ausweichen, aber nicht ganz. Er spürte einen Schmerz an der linken Schläfe. Helle Wut wallte in ihm auf. Dieser kleine, miese Hundsfott! Er trat einen Schritt zurück zur Treppe und sagte mühsam beherrscht: »Als *Studiosus* der Georgia Augusta bist du nicht der Göttinger Gerichtsbarkeit unterstellt, sondern wirst das Urteil des Prorektors und der Kommission abwarten. Gib deine Tat zu und folge mir freiwillig. Ich bringe dich zum Pedell der Universität.«

Abraham war bei seinen letzten Worten für einen Augenblick unachtsam, von Zwickows Faust schoss unvermittelt ein zweites Mal hervor und traf ihn auf den Mund. Ein Schmerz wie eine Explosion zerbarst in seinem Gesicht. Benommen taumelte er nach hinten, konnte sich gerade noch fangen, um nicht die Treppe hinunterzustürzen, taumelte wieder nach vorn und spürte den nächsten Stoß, der

293

ihn die Engel im Himmel singen hören ließ. Von Zwickow hatte ihm in den Unterleib getreten. Abraham sank auf die Knie. Er war benommen, aber noch bei Sinnen. Er würde nicht aufgeben. Er hatte schon manchen Kampf auf den Landstraßen dieser Welt bestehen müssen, und er wusste, dass ab einem bestimmten Zeitpunkt alle Regeln des Anstands nicht mehr galten. Und dieser Zeitpunkt war gekommen. Es galt nur noch eines: siegen oder untergehen.

Seine helle Wut wich kalter Entschlossenheit. Den zweiten Tritt, den von Zwickow anbringen wollte, fing er ab, seine Fäuste umschlossen den Fuß wie ein Schraubstock und drehten ihn mit großer Kraft, so dass von Zwickow gar nicht anders konnte, als ebenfalls zu Boden zu gehen. Er strampelte und trat dabei weiter nach Abraham, aber dieser hielt den Fuß eisern fest, während er sich langsam wieder aufrichtete. Der Kampf hatte eine Wendung genommen. Nun stand Abraham, und von Zwickow lag ihm zu Füßen.

»Sag, dass du es warst«, keuchte Abraham.

»Niemals, Hosenscheißer!«

Abraham begann den Fuß weiter zu drehen, es knackte vernehmlich, so dass von Zwickow sich wohl oder übel am Boden mitdrehen musste. Endlich schien er sein dreistes Mundwerk verloren zu haben, denn er begann zu wimmern und zu klagen.

»Sag, dass du es warst!«

»Nein, du verfluchter …!«

»Sag es!«

»Ja, in Gottes Namen, ja!«

»Sag es noch einmal.«

»Ja, verdammt noch mal!«

Abraham ließ von Zwickow schwer atmend los und richtete sich auf. Mund, Genitalien und auch die Schulter schmerzten ihn höllisch. Doch er war am Ziel. Der Kerl hatte endlich gestanden. Der rätselhafte Mord an dem armen Burck war gelöst. »Mach mir keine weiteren Scherereien, *Bursche,* und komm mit«, sagte er. »Ich gehe vor, und du kommst mir nach. In dieser Reihenfolge. Sonst reißt du mir noch aus, und das wollen wir doch nicht, oder?«

Abraham schickte sich an, die steile Stiege rückwärts hinunterzusteigen. Für einen Moment richtete er seine Aufmerksamkeit auf die hinunterführenden Stufen, und diesen Moment nutzte von Zwickow heimtückisch aus.

Er stürzte sich voller Wut auf den abgelenkten Abraham, bespuckte ihn und trat mit aller Kraft zu. Sein erster Tritt erwischte Abrahams Brustkorb, der zweite ging ins Leere, denn Abraham hatte sich zur Seite geworfen. Eine folgenschwere Reaktion, denn sie sollte von Zwickow zum Verhängnis werden. Vom Schwung des eigenen Tritts mitgerissen, verlor er das Gleichgewicht, stürzte die Treppe hinunter und fiel mit voller Wucht in das abgesplitterte Geländerstück. Ein gutturaler Laut entrang sich seiner Kehle. Dann ruderten nur noch seine Arme und Beine.

Abraham, der einiges gewohnt war, musste an sich halten, damit ihm nicht schlecht wurde, denn – so makaber der Vergleich auch schien – von Zwickow war aufgespießt worden wie ein Schmetterling.

Er hastete hinunter zu seinem Widersacher. Nur kurz besah er sich die blutige Geländerspitze, die aus dem Rücken herausragte, dann stand es für ihn fest.

Von Zwickow würde nur noch wenige Atemzüge zu leben haben.

VON DANNEN ER KOMMEN WIRD, ZU RICHTEN ...

Es war zehn Uhr am Vormittag des nächsten Tages, als Alena die Küche so weit aufgeräumt hatte, dass sie einen Augenblick verschnaufen konnte. Die Hausarbeit war eine ewige Wiederholung von immer denselben Handgriffen: Vorbereitungen für das Frühstück, danach Spülen und Abtrocknen der Teller und Bestecke, danach Kochen des Mittagessens, danach erneutes Spülen und Abtrocknen der Teller und Bestecke, danach Herrichten des Abendessens, danach zum dritten Mal Spülen und Abtrocknen der Teller und Bestecke. Und zwischendurch fielen Tätigkeiten wie Putzen, Scheuern, Fegen, Wischen und Plätten an, tagein, tagaus. Die hungrigen Mägen der in Kost und Logis wohnenden *Burschen* fragten nicht nach Sonn- oder Feiertagen.

Aber Alena wollte nicht undankbar sein. Die Witwe hatte vom ersten Augenblick an zu ihr gestanden, als Abraham sie betrogen hatte, und ihr das halbe Zimmer im Erdgeschoss zur Verfügung gestellt – ohne etwas dafür zu verlangen. Das war schon eine Menge Hausarbeit wert. Außerdem war die Witwe in letzter Zeit nicht mehr ganz so gut zu Fuß. Sie verschwand zunehmend häufig im Keller, um mit ihrem Sohn in Frankfurt zu korrespondieren, was dazu führte, dass Alena den Berg an Arbeit allein bewältigen musste.

Auch heute war das so. Obwohl Kartoffeln und Karotten darauf warteten, geschält zu werden, legte sie eine kleine Pause ein. Sie setzte sich und trank eine Tasse Tee mit Honig. Der heiße Aufguss tat ihr gut. Nur die Gedanken, die ihr unweigerlich kamen, wenn die Arbeit sie nicht ablenkte, waren nicht angenehm. Noch immer glaubte sie, das Medaillon, den Beweis für Abrahams Untreue, wie Feuer in der Hand zu spüren. Wenn er wenigstens seine Schuld eingestanden hätte! Aber nein, er hatte alles abgestritten, hatte hoch und heilig versichert, die Bildkapsel sei ihm aufgedrängt worden, er habe sie keineswegs haben wollen und so weiter. Und je länger Abraham nach Ausflüchten gesucht hatte, desto wütender war sie geworden. Für wie dumm hielt er sie eigentlich?

»Dann werde doch glücklich mit deiner Henrietta!«, hatte sie am Ende gerufen, war aus dem Hospital gestürzt, nach Hause gelaufen und hatte sich am großen Busen von Mutter Vonnegut ausgeweint.

Eigentlich hatte sie das Hospital nie wieder betreten wollen, aber der Todesfall von Burck war natürlich etwas anderes gewesen, und überdies hatte sie ihrer Mission als Klagefrau gerecht werden müssen. Mehr nicht. Mit Abraham hatte das nichts zu tun.

Er konnte dahin gehen, wo der Pfeffer wuchs.

Aber was sollte aus ihr werden? Sie konnte doch nicht bis in alle Ewigkeit bei der Witwe Vonnegut bleiben?

Alena legte die Hand auf ihren Leib. Und was war, wenn sie wirklich ein Kind unter dem Herzen trug?

Daran durfte sie gar nicht denken.

Draußen wurde der Türklopfer betätigt. Alena schreckte aus ihren Gedanken auf und ging zur Eingangstür. Wahrscheinlich wollte irgendein Hausierer etwas verkaufen. Tönerne Ware oder Leinen. Vielleicht auch Walnüsse oder

Dörrobst oder Salz. Apfelmus, Butter und Eier wurden ebenfalls gern angeboten. Das meiste von alledem war auf dem Markt billiger, was manche der fahrenden Händler aber hartnäckig leugneten. Am besten, man wimmelte sie ab, indem man sie fragte, ob sie einen Hausierschein hätten. Das wirkte in aller Regel Wunder.

Alena öffnete die Tür und machte ein abweisendes Gesicht. »Ja?«

»Guten Morgen.« Vor ihr stand ein junger *Bursche* in einem grauen Kamelott mit tizianroten Aufschlägen, weißen engen Hosen und schwarzen Schaftstiefeln.

Das konnte kein Hausierer sein.

»Ihr seid sicher Alena. Ich bin … Henrietta.«

Einem ersten Impuls folgend, wollte Alena die Tür zuschlagen, aber Henrietta sagte hastig: »Ich habe lange gezögert, ob ich mit Euch sprechen soll. Ihr müsst einen großen Zorn auf mich haben. Aber es ist wichtig.«

»Was kann so wichtig sein, dass Ihr Euch in eine Ehe einmischt?«

»Ich liebe Julius.«

»Ich höre wohl nicht recht?«

»Doch, es ist so. Gleich beim ersten Mal, als ich ihn sah, wusste ich es.«

»Dann liebt ihn nur weiter …«

»Es war am Albaner Tor, wo er eine Vorstellung mit seinen Puppen gab. Ich habe dagegen angekämpft, glaubt mir, denn natürlich sah ich den Altersunterschied. Auch fand ich schnell heraus, dass er verheiratet ist, aber alle klugen Gedanken nützten mir nichts, sie kamen nicht an gegen das, was mein Herz empfand.«

»Ich denke, das genügt …«

»Von Stund an suchte ich seine Nähe, erfand Vorwände,

um ihn zu sehen, überredete ihn, mit mir zum *Schnaps-Conradi* zu gehen, zu dieser schrecklichen Fuselhöhle, obwohl ich Alkohol gar nicht mag.« Henrietta machte eine hilflose Geste. »Verzeiht mir, das Gefühl ist übermächtig. Es ist so rein und groß, dass es durch jedes Drumherumreden in den Schmutz gezogen würde. Bitte glaubt mir, zwischen uns ist nie etwas Ernsthaftes geschehen, obwohl ich es mir manchmal anders gewünscht hätte. Ich liebe ihn wirklich.«

Alenas Augen funkelten. »Dann nehmt ihn Euch doch! Ihr könnt ihn haben. Er interessiert mich nicht mehr. Guten Tag.«

Alena wollte die Tür endgültig zuschlagen, aber Henrietta rief: »Halt, bitte warte« – in der Aufregung verfiel sie ins Du –, »Julius steckt in schrecklichen Schwierigkeiten! Ich dachte, das solltest du wissen. Darf ich reinkommen?«

Alena zögerte. »In welchen Schwierigkeiten?«

»Es heißt, er hätte gestern Abend ein Handgemenge mit einem Pommeraner gehabt und ihn dabei getötet. Reinhardt von Zwickow heißt der Mann. Die halbe Universität spricht schon davon. Morgen oder übermorgen soll Julius an höchster Stelle aussagen, danach wird entschieden werden, ob er sich vor dem Universitätsgericht der Georgia Augusta verantworten muss.«

Alenas Puls begann zu rasen. Von Zwickow, der *Bursche* war ihr ein Begriff. Abraham hatte so manches Mal zähneknirschend über ihn gesprochen. Mit weichen Knien ging sie voran in die Küche. »Ich kann, äh, dir leider nichts anbieten.«

Henrietta brachte ein kleines Lächeln zustande. »Einen Stuhl vielleicht?«

»Ja, ja natürlich. Bitte.« Alena setzte sich ebenfalls.

»Wir dürfen nicht zulassen, dass Julius ins Gefängnis kommt. Bestimmt ist er unschuldig. Dieser von Zwickow ist ein ganz übler *Bursche,* wahrscheinlich hat er Julius so provoziert, dass dieser gar nicht anders konnte, als sich zu wehren.«

»Das könnte sein. Wo ist es denn passiert?« Alena hatte zwiespältige Gefühle. Einerseits musste Abraham trotz aller seiner Verfehlungen geholfen werden, das war klar, andererseits scheute sie die Verbrüderung mit einer Rivalin. Einer Rivalin? Henrietta konnte Abraham haben. Sollte sie doch selig werden mit ihm – so lange, bis er auch sie betrog.

»Im Haus der Pommeraner. Dort soll ein furchtbares Besäufnis stattgefunden haben.«

»Was hatte Abraham denn im Haus der Pommeraner verloren? Hat er etwa mitgefeiert?«

»Ich weiß es nicht. Alena, ich bitte dich, wenn du Julius liebst, dann …«

»Ich liebe ihn nicht mehr.«

»O doch, das tust du. Ich müsste blind sein, wenn ich es nicht sehen würde. Ich war mir sicher, dass es so ist. Die verrücktesten Gedanken habe ich gehabt. Ich dachte, wenn ich ihn zu retten versuche und es gelingt, habe ich nichts davon, denn er wird ohnehin zu dir zurückfinden. Also wollte ich tatenlos zusehen. Ich sagte mir, wenn ich ihn nicht kriegen kann, soll sie ihn auch nicht kriegen. Aber dann kam ich mir klein und schäbig vor. Ich fragte mich: Was ist das für eine Liebe, die so selbstsüchtig ist? Wo bleibt das große, übermächtige Gefühl, wenn ich es dermaßen mit Füßen trete? Und dann wusste ich die Antwort: Die größte Liebe, der größte denkbare Liebesbeweis, ist der Verzicht. Eine reinere Form der Liebe gibt es nicht. Sag, Alena, rede ich dummes Zeug?«

Alena schwieg. Henrietta, dieser kleine, verkleidete *Fuchs,* hatte sie sehr nachdenklich gestimmt.

»Wirst du mir helfen, Julius zu retten?«

»Wie sollte ich das tun?«

»Indem du ihn versteckst, falls er fliehen muss.«

»Was, hier?« Alena schüttelte den Kopf. »Selbst wenn ich es wollte, müsste ich es doch mit Mutter Vonnegut abstimmen. Und ob die dazu ja sagen würde, möchte ich sehr bezweifeln.«

»Versuche es wenigstens. Versprichst du mir das?« Henriettas graue Augen blickten in die ebenholzschwarzen Augen Alenas.

»Nun gut, ich verspreche es. Aber wo soll das alles enden?«

»Kommt Zeit, kommt Rat.« Henrietta stand auf und lächelte voller Wehmut. »Du bist sehr schön, Alena. Viel schöner als ich. Ich hatte es befürchtet. Leb wohl.«

»Leb wohl.« Alena blickte Henrietta nach, wie sie mit leichten Schritten die Küche verließ. Dann fiel die Haustür ins Schloss. Alena begann, Kartoffeln zu schälen, und während sie mechanisch die Tätigkeit ausübte, wanderten ihre Gedanken immer wieder zu Abraham und zu der schrecklichen Situation, in der er steckte. Konnte sie ihm wirklich helfen?

Die Frage war nur von der Witwe zu beantworten. Alena ließ eine geschälte Kartoffel ins Wasser plumpsen und ging hinunter in den Keller. Sie trat in den kleinen Schreibraum, der stets ein wenig nach faulen Äpfeln roch, und sagte: »Auf ein Wort, Mutter Vonnegut, entschuldigt, wenn ich störe.«

Die alte Frau blickte auf. »Du störst nicht mehr als Feder und Tinte, wenn man schreiben will. Was gibt's?«

Alena berichtete mit knappen Worten von der Notlage,

in der Abraham sich befand, scheute sich aber, den Tod des von Zwickow zu erwähnen. »Könnten wir Julius hier unten im Keller für eine Weile verstecken, falls man seiner habhaft werden will?«

»Puh, Kind, da fragst du was! Du weißt, ich schätze Julius hoch, aber das klingt mir nicht *bon bon* im Ohr.«

»Bitte, Mutter Vonnegut.«

Die Witwe zog eine Schublade ihres Schreibtischs auf, roch an einem der angefaulten Äpfel und schloss sie wieder. »Wenn etwas faul ist, ist es faul. Manchmal ist es gut, wenn's ein Apfel ist, der die Worte beim Schreiben beflügelt, manchmal ist es schlecht, wenn es sich um eine Sache wie beim Julius handelt. Ich bin eine ehrbare Witwe und kann's mir nicht leisten, einen gesuchten *Philistranten* in meinem Haus zu verbergen. Wenn das rauskommt, ist mein Broterwerb *perdu,* und das in diesen schwierigen Zeiten.«

»Ja, Mutter Vonnegut.« Alena resignierte.

»Weißt du, was mein Sohn mir gerade schreibt? In Paris ist die Hölle los. Vor einer Woche hat's dort dreihundert Tote bei einem Arbeiteraufstand gegeben. Irgendein Tapetenfabrikant wollte da die Löhne kürzen. Als ob so ein Fabrikant am Hungertuch nagen würde! Ich sag dir was: Wenn die Luft knapp wird, braucht jeder seinen eigenen Blasebalg. Nimm's mir deshalb nicht bös.«

»Jawohl, Mutter Vonnegut.«

»Dann stecken die Nägel ja fest.« Die Witwe räumte ihr Schreibzeug fort und erhob sich ächzend.

»Mutter Vonnegut, ich … ich würde gern zum Hospital gehen, um weitere Erkundigungen einzuholen.«

»So, würdest du das? Ich will dir *etwas untern Fuß geben,* wie wir in Frankfurt sagen. Lass dich, um des lieben Herrgotts willen, nicht reinziehen in die Sache. Julius hat dich belogen und betrogen, vergiss das nicht. So, und nun Schluss damit. Wie steht's mit dem Mittagessen? Ist alles vorbereitet?«

»Noch nicht, Mutter Vonnegut.«

»Na dann, hopp, hopp.«

Kurz vor dem Ende des Mittagessens – es hatte eine Stunde später als üblich begonnen, was von den *Burschen* mit kaum verhohlenen Unmutsäußerungen bedacht worden war – erschien ein hagerer Mann mit vorstehenden Augen und spitzem Adamsapfel in der Küche. Er stellte sich als Tobias Fockele vor, *Secrétaire* in der Verwaltung der Georgia Augusta und zurzeit Referent Seiner Exzellenz des Prorektors, Herrn Professor Runde. »Ich möchte nicht stören«, sagte er mit wichtiger Miene, »aber die Sache, um deretwillen ich hier bin, ist eilbedürftig.«

»Es wär noch Suppe da, Herr *Secrétaire*«, sagte die Witwe. »Niemand soll sagen, er wär am Tisch der Zimmerwirtin Vonnegut verhungert.«

»Nein, äh, danke. Darum geht es nicht.« Fockele wandte sich Alena zu. »Vermute ich richtig, dass Ihr Alena Abraham, die Ehefrau des Studenten Julius Abraham, seid?«

»Die bin ich.« Trotz ihres Herzklopfens versuchte Alena, ruhig zu bleiben. Wenn sie sich nicht irrte, war Fockele der Mann, der Abraham bei dessen Immatrikulation in einem nicht enden wollenden Sermon über die Pflichten eines Göttinger Studenten aufgeklärt hatte.

»Ich denke, Ihr braucht Euch nicht zu legitimieren, es genügt, wenn einer der Anwesenden mir bestätigt, dass Ihr die gewünschte Person seid.« Fockele blickte auffordernd in die Runde.

Von den *Burschen,* die sich bisher jeder Bemerkung enthalten hatten, meldete sich Amandus: »Ich glaube, das ist die gewünschte Person. Ich meine, wenn mich nicht alles täuscht.«

Jakob runzelte die Stirn, als überlege er stark. »Ich kenne keine junge Dame, die so heißt.«

»Ach?«, sagte Fockele. »Nun, dann ...«

»Ich meine natürlich, außer dieser.«

»Ach so«, sagte Fockele. »Ich verstehe ...«

»Nicht so schnell, ihr *Burschen!*«, rief Hannes. »Ich kenne eine, die heißt ebenfalls Abraham.«

»Ach?«, sagte Fockele.

»Sie wohnt in der Barfüßerstraße. Die Nummer weiß ich nicht mehr. Aber wenn es wichtig ist, könnte ich sie besorgen.«

»Nun, wenn das so ist ...«, sagte Fockele.

»Sie heißt Berta mit Vornamen.«

»Eine Berta suche ich nicht«, sagte Fockele steif. Langsam ahnte er, dass mit ihm Schindluder getrieben wurde. »Ich verbitte mir ...«

»Nun ist es aber genug«, ging die Witwe dazwischen. »Natürlich ist das Alena Abraham. Ich als ihre Zimmervermieterin muss es ja wissen, schließlich hat sie mir ihren Pass beim Einzug gezeigt. Worum geht es denn, Herr *Secrétaire?*«

»Danke, Madame Vonnegut, Euer Wort genügt mir.« Fockele wandte sich Alena zu. »Ich muss Euch, Frau Alena Abraham, fragen, wo Euer Mann ist. Gleichzeitig muss ich Euch darauf aufmerksam machen, dass eine unwahre Antwort Eurerseits strafbar wäre.«

»Der ist nicht hier.«

»Das dachte ich mir schon. In Richters Hospital ist er

auch nicht. Wie Euch vielleicht bekannt ist, war Euer Ehemann letzte Nacht in eine Auseinandersetzung verwickelt, in deren Verlauf einer seiner Kommilitonen zu Tode kam. Der Name des Toten ist Reinhardt von Zwickow. Er ist der Spross einer hochangesehenen Familie aus Wollin im Pommerschen. Die Sache ist deshalb *précaire.*«

»Was hören meine Ohren da?« Die Witwe fasste sich an den Busen. »Das muss ein Irrtum sein.«

»Leider nein, Madame. Der Fall wird noch eingehend untersucht und verhandelt werden. Ich habe hier eine schriftliche Aufforderung für Julius Abraham, des Inhalts, dass er bis zum Abschluss der Untersuchung die Stadt nicht verlassen darf.« Fockele wedelte mit dem Papier in der Luft herum.

Alena wollte es an sich nehmen, aber der *Secrétaire* zog das Papier zurück. »Nein, tut mir leid. Ich darf diese amtliche Verordnung nur dem Empfänger persönlich aushändigen. Bitte teilt Eurem Ehemann, so Ihr ihn seht, mit, was ich Euch kraft meines Amtes übermittelt habe.«

»Das werde ich.« Tausend Gedanken schwirrten in Alenas Kopf herum.

Wenn sie Fockele richtig verstanden hatte, war Abraham unter eine Art Arrest gestellt. Er durfte sich frei bewegen, aber nicht die Stadt verlassen, bis sich alles geklärt hatte. Und dann? Was kam dann? Musste er ins Gefängnis? Hatte er vielleicht doch Blut an den Händen, obwohl Henrietta von seiner Unschuld überzeugt gewesen war? Wusste sie mehr, als sie gesagt hatte?

»Ich darf mich dann empfehlen.« Fockele hüstelte. »Und vergesst nicht, was ich Euch gesagt habe. Der *Philistrant* Julius Abraham hat sich bis auf weiteres zur Verfügung zu halten.«

Der *Secrétaire* ging und entfachte eine lebhafte Diskussion unter den jungen *Burschen*. Keiner glaubte an Abrahams Schuld. Andererseits: Sollte er von Zwickow doch erschlagen haben, so tönten sie, hätte er ein gutes Werk vollbracht. Der Pommeraner sei schließlich ein arrogantes und aggressives Rindvieh gewesen. Dumm wie der Ochs auf der Weide. »Allenfalls«, sagte Jakob, der angehende Jurist, »kann es sich um Notwehr handeln. *Vim vi repellere licet,* das wussten schon die alten Römer. Gewalt darf mit Gewalt erwidert werden. Und dass dieser erbärmliche von Zwickow den Zwist begonnen hat, steht für mich fest.«

»Für mich auch«, sagten die drei anderen.

Die Witwe war derselben Ansicht: »Mach dir keine Sorgen, Kind. Alles wird sich zurechtrücken, und Kastanien packt man zwischen die Betten.«

»Ja, Mutter Vonnegut.«

»Und nun geh auf dein Zimmerchen und ruh dich nach dem Schreck etwas aus. Die *Burschen* werden dir heute die Küchenarbeit abnehmen.« Die Witwe hob die Hand, um den aufkommenden Protest zu unterdrücken. »Keine Widerrede.«

»Danke«, flüsterte Alena. »Danke.«

Als sie die Tür ihres Zimmers hinter sich schloss, hatte sie das Gefühl, sie sei innerlich tot. Sie setzte sich auf ihr Bett und knetete die Hände. Stocksteif saß sie da, den Blick leer auf die wenigen Gegenstände im Raum gerichtet. Warum geht dir Abrahams Geschick so sehr zu Herzen?, fragte sie sich. Du bedeutest ihm nichts mehr – genauso wie er dir nichts mehr bedeutet. Aber warum wünschte ich dann, ich könnte weinen? Ich verstehe mich nicht. Sonst bin ich es doch, die anderen Trost spendet. Warum bin ich nicht in der Lage, mir selbst Mut zuzusprechen? Was ich brauchte, wäre eine Klagefrau. Eine Klagefrau braucht eine Klagefrau.

Ein flüchtiges Lächeln huschte über ihr Gesicht. Sie stand auf und wanderte im Zimmer umher. Doch plötzlich war ihr alles fremd, jeder Gegenstand, jedes Utensil. Sie fragte sich, warum das so war. Und dann wusste sie es. Abraham fehlte den Dingen, das Stück Vertrautheit. Sie waren alle fremd, denn sie stammten von Mutter Vonnegut.

Alena verließ den Raum und stieg die Treppe in den ersten Stock empor. Sie ging in das Puppenzimmer. Da saßen sie, Abrahams Lieblinge, ordentlich nebeneinander. Jede Puppe stand für einen Lebensabschnitt ihres Meisters und für einen Teil seiner Denkweise. Welcher Teil konnte ihn zum Mörder gemacht haben? Welche Puppe war dafür verantwortlich?

Alena musterte die Figuren. Kamen der Söldner oder der Schiffer dafür in Frage? Nein, sie hatten zwar ein lockeres Mundwerk, aber Hunde, die bellten, bissen nicht.

Der Schultheiß, der Besonnene, kam auch nicht in Betracht.

Der Landmann? War viel zu friedlich.

Gleiches galt für die Magd.

Und das Burgfräulein? Das war zänkisch und trug alleweil die Nase hoch. Aber war sie deshalb eine Anstifterin zum Mord?

Blieb nur noch Friedrich der Große, das alte Schlachtross. Der hatte drei Schlesische Kriege geführt, doch der dritte, der auch der Siebenjährige genannt wurde, lag über sechsundzwanzig Jahre zurück, und seitdem hatte er niemals wieder einen Krieg geführt. Er war friedlich geworden, vielleicht sogar weise, auch wenn er manches Mal wie ein Rohrspatz schimpfte und wie ein Specht auf das Burgfräulein einhackte.

Als Alena mit ihren Gedanken so weit gediehen war, fühlte sie eine große Erleichterung. Abraham war frei von Schuld, das hatten ihr die Puppen verraten.

Sie setzte sich zwischen den Schultheiß und die Magd.

Dann flossen ihre Tränen.

Abraham schlug den Kragen seines Gehrocks hoch. Er befand sich auf dem alten Wall, der Göttingen von alters her eingrenzte, und schritt kräftig aus. Doch es war kein Spaziergang, den er seit fast drei Stunden absolvierte, sondern eher eine Flucht vor den eigenen Gedanken.

Eine Flucht, die nicht gelang, denn die Geschehnisse der vergangenen Nacht holten ihn immer wieder ein.

Von Zwickows Herz hatte nur wenige Minuten nach dem Kampf aufgehört zu schlagen, zu einem Zeitpunkt, als Abraham und der Sterbende schon umringt waren von zahlreichen Gaffern. Doch er hatte sie nicht bemerkt, zu sehr war er bemüht, noch etwas für seinen Widersacher zu tun. Doch es war hoffnungslos gewesen. Abraham hatte mit ansehen müssen, wie von Zwickow keuchend und röchelnd sein Leben aushauchte. Gern hätte er den Sterbenden von der Spitze des Geländers befreit, um ihm Erleichterung zu verschaffen, gern hätte er ihm etwas Wasser eingeflößt, die Stirn abgetupft oder ein aufmunterndes Wort gesagt, doch es war alles viel zu schnell gegangen.

Er hatte sich aufgerichtet und in die aufgerissenen Augen der Pommeraner geblickt. Wut, Rauflust und Aggression hatte er darin gelesen, doch ihm war nicht nach weiteren Auseinandersetzungen zumute gewesen. Deshalb hatte er nur gesagt: »Ihr seht selbst, dass der Geländerlauf ihn aufgespießt hat. Ich bin nur seinen Tritten ausgewichen. Dabei hat er das Gleichgewicht verloren.« Und ehe jemand widersprechen konnte, hatte er hinzugefügt: »Holt einen Arzt, damit er die Todesursache feststellt und den Totenschein ausfüllt. Und schafft einen Karren herbei. Der Tote kann nicht hierbleiben, er muss ins Leichenhaus.«

Dann hatte er gewartet. Und während er wartete, hatten sich die großspurigen, trinkfreudigen Pommeraner einer nach dem anderen aus dem Staub gemacht. Heimlich, still und leise, denn mit einer Leiche und einer drohenden Untersuchung wollte keiner von ihnen etwas zu tun haben.

Gegen Mitternacht war ein Arzt aufgetaucht. »Doktor Rauch«, hatte er sich vorgestellt. Abraham hatte ihm mit kurzen Worten den Hergang geschildert, und Rauch hatte genickt. »Was Ihr sagt, klingt plausibel. Ich werde den Totenschein ausstellen und dem Gang des Gesetzes Genüge tun. Doch fürchte ich, Ihr werdet noch die eine oder andere Unannehmlichkeit haben, bis die Sache ausgestanden ist. Ich darf Euch bitten, den Toten zum Leichenhaus zu begleiten, wenn der Wagen kommt. Ach ja, ich werde eine Kopie des Totenscheins anfertigen lassen, damit sowohl die Georgia Augusta als auch die örtlichen Behörden ein Exemplar bekommen können. Und nun entschuldigt mich, ich bin selber ein bisschen unpässlich. Als angehender Arzt wisst Ihr ja, was es bedeutet, Ödeme in den Beinen zu haben.«

Abraham hatte noch bis in die frühen Morgenstunden auf den Wagen warten müssen, den Toten anschließend im Leichenhaus abgeliefert, eine Unterschrift geleistet und war dann ins Hospital gegangen. Doch auf dem harten Dielenlager in seiner Stube hatte er keine Ruhe gefunden. Nachdem er sich eine Zeitlang hin und her gewälzt hatte, war er aufgestanden und hatte seine Schritte auf den Wall gelenkt, wo stets ein frischer Wind blies.

Doch die frische Luft hatte ihn nicht abgelenkt, sondern nur dazu geführt, dass er seine Lage umso klarer sah. Sie war ausweglos.

Der Tod Reinhardt von Zwickows würde eine offizielle Verhandlung nach sich ziehen, in deren Mittelpunkt er stehen würde – als Angeklagter. Ob er seine Unschuld würde beweisen können, stand dabei in den Sternen. Wahrscheinlich nicht, denn die Familie von Zwickow galt als sehr einflussreich. Er dagegen war nur ein kleiner ehemaliger Puppenspieler, der zum fahrenden Volk gehört hatte. Und wohl auch noch immer gehörte.

Wenn man ihn für schuldig befand, wäre sein ganzes Studium umsonst gewesen. Sein Doktortitel *passé* und seine Approbation erst recht. Im günstigsten Falle. Im ungünstigsten Falle würde er bis an sein Lebensende in einem Gefängnis schmachten. Vielleicht sogar am Galgen hängen.

Was würde dann aus Alena werden?

Es konnte ihm egal sein. Sie wollte ohnehin nichts mehr von ihm wissen. Ob er noch einmal zu ihr ging oder nicht, war einerlei, denn sie würde ihm ohnehin die Tür weisen. Er konnte nur abwarten, bis der Arm des Gesetzes ihn traf.

Ohnmächtig.

»Da war einer hier, der hieß Fockele, Herr Doktor.« Hasselbrinck hielt ein Papier in der Hand. »Das heißt, erst war er hier, und ich war nicht da, und dann ist er zur Witwe Vonnegut, und da wart Ihr nicht, und dann ist er wieder hierhergekommen, und ich war da.«

Abraham verstand nur die Hälfte. Er wollte hinauf in den ersten Stock, um in seiner Stube allein zu sein, nichts zu hören und nichts zu sehen, aber Hasselbrinck ließ nicht locker. »In dem Papier steht, dass Ihr nicht weggehen dürft, ich meine, wegen dem Schlamassel letzte Nacht.«

»Das wisst Ihr also auch schon.«

»Jawoll, Herr Doktor. Hab's von meiner Fau gehört, und die hat's heut Morgen auf dem Markt aufgeschnappt. Da ist natürlich nichts dran, Herr Doktor. Wir alle wissen das. Auch die alte Grünwald hat gesagt, dass Ihr bestimmt nichts Böses verbrochen habt. Na ja, jedenfalls wollt der Fockele mir das Papier erst nicht geben, aber dann hab ich ihm gesagt, ich würd ihm den Empfang auch quittieren, und einem Altgedienten des Mündener Infanterieregiments könnte er geheime Sachen ruhig anvertrauen. Ich würd Euch den Zettel bestimmt geben. Hier ist er.«

Abraham nahm das Papier entgegen und las:

ARREST-ANORDNUNG

Der Student Julius Abraham, geb. am 25. Juni 1736 in Tangermünde / Elbe, zum unten angegebenen Datum logierend bei der Zimmerwirtin Catharina E. Vonnegut, Güldenstraße 3 zu Göttingen, wird hiermit höchstamtlich angewiesen, Göttingen bis auf weiteres nicht zu verlassen.

Göttingen, 2. Mai 1789

Es folgten zwei kaum lesbare Unterschriften, von denen eine wahrscheinlich die des Jura-Professors Runde war, der zurzeit das Amt des Prorektors ausübte. Der andere Krakel konnte Fockele bedeuten oder auch nicht. Das war schon alles. Keine Begründung, keine Erklärung, nichts. Abraham fand, die Kürze der Anordnung kam schon einer Verurteilung gleich. Er wollte das Papier in der Faust zerknüllen, wurde aber von Hasselbrinck daran gehindert. »Zinksalbe oder Kamillensalbe oder Aloesalbe, Herr Doktor?«

»Äh, wie meinen?«

Der Krankenwärter deutete vielsagend auf Abrahams Mund. »Der *Bursche* scheint sich gewehrt zu haben. Na, ich hoffe, Ihr habt's ihm tüchtig gegeben, Herr Doktor. Welche Salbe soll's nun sein?«

Abraham wollte keine Salbe. Eine Salbe war im Augenblick so ziemlich das Letzte, was er sich wünschte, aber das zu sagen wäre unhöflich gewesen. Also wählte er Kamillensalbe und ließ sich bei der Gelegenheit eingehend über die Expedierung von Burck nach Bad Grund informieren. Er hatte zwischenzeitlich überhaupt nicht mehr an den Abtransport gedacht, aber zum Glück war alles wie am Schnürchen gelaufen, wie der Krankenwärter nicht ohne Stolz mitteilte. Abraham lobte ihn dafür ausdrücklich, denn Hasselbrinck war nicht nur tüchtig, er hörte auch gern, wie sehr man seine Leistungen schätzte. Ansonsten war er bedingungslos loyal, und Abraham fand es tröstlich, dass er in ihm wenigstens einen hatte, der zu ihm stand.

Doch Abraham war nicht der Einzige, der an diesem Samstagvormittag einer Behandlung bedurfte. Nacheinander kamen eine Magd, die sich beim Absanden von Zinntellern eine stark blutende Schnittwunde zugezogen hatte, ein Junge, der sich beim Sprung von einer Mauer den Arm ausgekugelt hatte, ein Ofensetzer mit Nasenbluten und ein Botenjunge mit Blasen an den Füßen.

Alles mehr oder weniger medizinischer Kleinkram, wenn man von einer jungen Mutter absah, die mit Fieber eingeliefert wurde. Sie litt unter einer Entzündung der Brustdrüsen, einer *mastitis,* und hatte große Schmerzen beim Stillen durch zusätzliche Eiteransammlungen in den Höfen. Abraham ließ ihr und ihrem Kleinen eine Kammer im Erdgeschoss zuweisen, nachdem er die Abszesse behutsam geöffnet, eine zehrende Salbe, ein fiebersenkendes Mittel und eine schmerzlindernde Arznei verschrieben hatte. Um der Schicklichkeit Genüge zu tun, wurde Hasselbrincks Frau beauftragt, für das Verbinden zu sorgen. Danach sollte sie eine Amme auftreiben.

Darüber war es Nachmittag geworden. Abraham machte seine ursprüngliche Absicht wahr und stieg hinauf zu seiner Stube. Die Arbeit hatte ihn abgelenkt, nun drängten die Ereignisse der vergangenen Nacht wieder mit Macht in sein Hirn. Doch die Natur zeigte sich gnädig. Er war seit über dreißig Stunden auf den Beinen und schlief ein, kaum dass er sich auf seinem Dielenlager ausgestreckt hatte.

Als er erwachte, war es schon dunkel. Er brauchte einige Zeit, um sich zurechtzufinden, doch dann standen die Vorfälle wieder so klar vor seinen Augen, als wären sie gerade erst geschehen. Er erhob sich und spülte sich das Gesicht mit Wasser ab. Dann nahm er seine Dissertation zur Hand und legte sie gleich wieder beiseite. Verzweiflung überkam ihn. Wenn wenigstens seine Puppen da gewesen wären! Doch die saßen fein säuberlich wie die Hühner auf der Stange in der Güldenstraße. Er wünschte sie sehnlichst herbei, denn sie waren ein Stück von ihm. Sie waren er. Und er war sie.

In Gedanken strich er dem Schultheiß über seine goldene Amtskette, und dieser begann wie von selbst zu sprechen: »Ich weiß«, sagte er, »du bist zweiundfünfzig Jahre alt und hast vieles erlebt. Und ich weiß auch, dass du neben der

Kunst des Bauchredens am meisten die Medizin liebst. Die eine Kunst bringt den Menschen das Lachen nahe, die andere hält sie am Leben. Doch die zweite Kunst ist wichtiger. Da wäre es ein Frevel, wenn du dich aufgibst. Denk an die vielen Kranken, die dich noch brauchen, denk nicht an dich, denk nicht an jetzt, denk einfach, es wird weitergehen.«

»So ist es, mien Jung«, fiel der Schiffer ein. »Erinner dich an die Stürme in der Biscaya, die du abgewettert hast. Sechs Tage und sechs Nächte lang blies dir der Orkan um die Ohren, alle Segel zerfetzt, alle Fracht über Bord, da hast du auch gedacht, die Fische würden dich holen. Aber sie haben dich nicht geholt, und zwei Tage später warst du wieder in La Rochelle und hast den französischen Mädels den Vormast gezeigt.«

Abraham lächelte zaghaft.

»Oder denk daran, wie wir dem Feind in die Falle gegangen sind«, sagte der Söldner. »Du hattest die Hosen gehörig voll, aber du hast den Kopf nicht hängen lassen und wie ein Alter gekämpft. Den ganzen Tag dauerte die Schlacht, immer neue Angreifer stürmten den Berg runter, und am Ende wussten wir kaum mehr, wer Feind und wer Freund war. Da dachtest du auch schon, alles wär zu Ende. Aber es kam anders. Unsere Ersatztruppen rückten an und hauten uns raus. Merk dir: Es gibt immer einen Ausweg, man muss nur dran glauben.«

»Oder«, sagte die Magd, »denk an die Zeit, als du jung warst und zwischen meinen Brüsten schliefst. Du durftest sie anfassen und schmecken und später, da durftest du sogar noch mehr – ein Mal jedenfalls, ein erstes Mal. Einerlei, was kommt, es war schön, und niemand wird dir die Erinnerung nehmen können.«

»Denk an die Farben, die wundervollen Farben der Stoffe, und an die herrlichen Düfte«, schwärmte das Burgfräulein ganz ohne seine sonst so gezierte Art. »Die Stoffe waren marineblau, jadegrün, rosarot. Am liebsten aber trug Demoiselle von Ratorff Rosa, ein schönes, lichtes, zartes Rosa. Einmal jedoch trug sie ein Sommer-*Habit* in einer Farbe, die sich *Ägyptische Erde* nannte. Du schwärmtest sehr für das junge Fräulein, und trotzdem mochtest du den Ton nicht, jedenfalls nicht sehr. Aber du wurdest entschädigt durch das verführerische Parfum, das deine Angehimmelte trug: Es hieß *Agua di Colonia* und war nach einer Rezeptur der Katharina von Medici komponiert. Denk an die Stoffe, die ihren Körper umschmeichelten, an Seide, Musselin, Batist, Brokat, Taffet, denk an alles das und an die leuchtenden Farben dazu, leuchtender und schöner, als der schönste Regenbogen es wiederzugeben vermag. Nun, geht es dir da nicht gleich besser?«

»Ja, vielleicht«, murmelte Abraham.

»Vergiss nicht den Blitz, der dich einmal fast erschlagen hätte«, sagte der Landmann. »Du standest auf einem Kartoffelfeld, hattest den Pflug zur Seite gelegt und wolltest das Mittagsbrot einnehmen, als es plötzlich über dir blitzte und donnerte. Du gingst zu dem einzigen Baum auf dem Feld und stelltest dich darunter. Dann schlug der Blitz ein. Der Baum brannte lichterloh und war am Schluss nur ein schwarzer Strunk, aber dir war kein Haar gekrümmt. Nimm das als gutes Zeichen, wirf nicht die Flinte ins Korn. Alles wird wieder gut.«

»*Naturellement* wird es das«, krächzte Friedrich der Große. »Lass dich nicht hängen, Kerl, sonst setzt es was mit dem spanischen Röhrchen! Denk an den Siebenjährigen Krieg, den hatten wir fast schon verloren, als die Schlampe Elisabeth, die Zarin von Russland, ihren letzten Seufzer tat. Daraufhin kam Peter, ich weiß nicht mehr, der Wievielte, auf den Thron. Dem hab ich erst mal ein *Compliment* zukommen lassen, ihm dann den *Hohen Orden vom Schwarzen Adler* verliehen, und *voilà,* schon schloss er Frieden mit mir. Der Rest war ein Kinderspiel. Denk an Freiberg anno 63, da haben wir das letzte Treffen gehabt und den Krieg gewonnen.«

»Ja«, flüsterte Abraham, »das stimmt.«

Er rieb sich die Augen. Die Bilder der Vergangenheit schwanden, doch sie hatten ihm Trost gespendet. Vielleicht würde tatsächlich alles irgendwie weitergehen und gut werden. Er stand auf und ging hinunter in die Kammer, in der die junge Mutter lag. Eine Amme saß neben ihrem Bett, den Busen entblößt, einen eifrig suckelnden Säugling daran. Abraham strich dem Kind über das Köpfchen, erkundigte sich nach dem Befinden, nickte, als er hörte, dass so weit alles in Ordnung sei, und stieg anschließend wieder hinauf in den Patientensaal, wo Pentzlin und Gottwald lagen. Ihr Zustand schien unverändert.

Abraham setzte sich auf das leere Bett von Burck und kam neuerlich ins Grübeln. Besonders ein Gedanke ließ ihn dabei nicht los: Es war die Befürchtung, dass die unterschiedlichen elektrischen Ladungen der Influenzmaschine mittelbar mit Burcks Tod in Verbindung stehen könnten. Der Auslöser für den Tod, das schien klar, war die mysteriöse Drehung des Kopfes, für die von Zwickow gesorgt hatte. Was aber war, wenn nicht von Zwickow, sondern die Maschine die Drehung bewirkt hatte, sozusagen durch einen zeitlich verzögerten Effekt?

Oder hatte von Zwickow mit dem Elektrophor absichtlich so hohe Ladungen erzeugt, dass Burck daran verstorben war? Theoretisch hätte das sein können, denn von

Zwickow war ebenfalls Mediziner und verstand sicher auch etwas von Physik. Darüber hinaus wurde der Elektrophor in einem abgeriegelten, aber nicht verschlossenen Instrumentenschrank verwahrt. Die Maschine hätte einem, der Übles wollte, ohne weiteres zur Verfügung gestanden ...

Abraham erhob sich und ging hinüber zu dem Schrank. Der Elektrophor stand im untersten Fach an seinem Platz. Er nahm ihn heraus und betrachtete ihn. Sollte das Geheimnis von Burcks Tod in dieser Maschine begründet sein?

Abraham stellte das Gerät wieder an seinen Platz und verließ eilig das Hospital.

Er hatte einen Entschluss gefasst.

Von den sieben Tagen der Woche hatte der *Schnaps-Conradi* sieben Tage lang geöffnet. Der schummrige Schankraum, der nur in das spärliche Licht von ein paar Tischkerzen getaucht war, belebte sich spätestens am Nachmittag. Am Abend jedoch, ab sechs Uhr, herrschte regelmäßig drangvolle Enge darin.

Klingenthal betrat die Räucherhöhle und hatte das Gefühl, er renne gegen eine Wand aus Lärm, Qualm und Bierdunst. Hustend schob er sich zwischen den Zechern hindurch, dabei in alle Richtungen Ausschau haltend. Er hatte Glück, an einem Ecktisch saß Professor Lichtenberg, allerdings nicht allein, sondern in Begleitung von Ihren Königlichen Hoheiten, den Prinzen Ernst August, August Friedrich und Adolf Friedrich. Eigentlich hätten alle drei nichts an diesem Ort zu suchen gehabt, denn der Älteste war siebzehn, der Mittlere sechzehn und der Jüngste erst fünfzehn Jahre alt, aber in Begleitung des Professors war vieles möglich – unter anderem ein Verhalten, das durchaus nicht als standesgemäß gelten konnte. Ernst August, zum Beispiel, zog wieder an seiner billigen Pfeife, unter den *Burschen* »Tonprügel« genannt, und machte sich einen Spaß daraus, den Rauch aus den Ohren herauszublasen, während die beiden anderen Herrschaften sich gegenseitig mit einem Becher Bier zuprosteten und dazu mehr schlecht als recht ein englisches Trinklied schmetterten, das sich in den Londoner Herrenclubs gerade großer Beliebtheit erfreute:

»*To Anacreon in Heav'n,*
where he sat in full glee ...«

Lichtenberg selbst saß hinter einem Zinnteller mit dicken Scheiben Göttinger Mettwurst, grob und fein, gepfeffert und muskatiert, dazu ein paar Scheiben Edamer Käse. Er schien allerbester Laune zu sein, denn sein Kichern war über mehrere Tische hinweg zu hören. »Ah, was sehen da meine entzündeten Augen? Abraham, mein Lebensretter! Kommt, setzt Euch zu uns.«

Abraham quetschte sich zwischen zwei Königliche Hoheiten und setzte sich *vis-à-vis* zu Lichtenberg.

»Ihr wollt Eure Sorgen also in Alkohol ertränken?«, begann Lichtenberg das Gespräch.

»Ihr wisst es also auch schon, Herr Professor?«

»Ich höre die Flöhe husten, und diese Flöhe sagen mir, dass Eure letzte Nacht nicht die angenehmste war und dass Ihr darauf eine bessere folgen lassen solltet. He, Hilda, bring dem Doktor *in spe* einen Wein auf meine Kosten. Los, los, ich weiß, dass du heute für mich zuständig bist.«

Lichtenberg strahlte sie an und sagte dann zu Abraham: »Ich habe mich extra so gesetzt, dass Hilda mich bedienen muss. Sie ist die neue Schankmagd, ein strammes Weib!«

Das war Abraham bekannt, ihm fielen die Bemerkungen Lichtenbergs zu den Tagundnachtgleichen im Gesicht einer Frau ein, doch es schien ihm unangebracht, daran zu erinnern. Ihm lagen andere Dinge auf der Zunge. Zunächst jedoch gebot es die Höflichkeit, sich nach der Gesundheit seines Gegenübers zu erkundigen. »Wie geht es Euch, Herr Professor?«

»Der Appetit ist gut, wie Ihr seht, und der Durst steht ihm in nichts nach. Ich habe festgestellt, dass sich die Zipperlein sehr wohl in Alkohol ertränken lassen. Die meisten jedenfalls.«

»Habt Ihr die Medikamente weggelassen, wie ich es Euch riet?«

»Nun, vielleicht ein paar. Wenn ich es genau sagen sollte, müsste ich lügen. Und lügen darf ich doch nicht, Herr Doktor *in spe,* oder?«

Klingenthal musste schmerzlich daran denken, dass es bei ihm mit dem Doktortitel wahrscheinlich nichts mehr werden würde, versuchte aber dennoch einen Scherz. »Ich habe Euch viel frische Luft auf dem Stadtwall verordnet, Herr Professor, aber Euch heute Morgen dort nicht gesehen.«

»Mein lieber Abraham« – Lichtenberg faltete die Hände wie zum Gebet – »Bewegung und frische Luft tun zweifellos gut, aber alles zu seiner Zeit. Ah, da kommt Euer Wein. Danke, Hilda, mein schönes Kind. Ich sage immer: Trinken, wenn es nicht vor dem fünfunddreißigsten Jahr geschieht, ist nicht so sehr zu tadeln. Prosit!«

»Prosit.«

»*Cheers!*«

Dass die jungen Prinzen seiner Auffassung zuwiderhandelten, schien den Professor nicht zu stören. Er trank genussvoll und verkündete: »Solange ich gesund bin, soll die aufgehende Sonne mich nie im Bett finden.«

Abraham wunderte sich einmal mehr über den seltsamen Mann. Sosehr er einerseits Koryphäe war, so sehr war er andererseits fröhlicher Zecher. Der Zeitpunkt, ihn über weitere Eigenschaften des Elektrophors zu befragen, schien denkbar ungeeignet.

Gerade wollte er es trotzdem versuchen, als Lichtenberg erneut nach Hilda rief. Wieder orderte er Wein und schmetterte Abrahams Einwand, er dürfe ihn nicht immer einladen, mit einer Handbewegung ab. »Unsinn, nehmt den Rebensaft nur an. Als *Philistrant* muss man auf den Pfennig sehen. Im Übrigen macht es mir viel zu viel Freude, mich bei dem hübschen *Reibzeug* spendabel in Positur zu bringen. Hilda erinnert mich an meine liebe Margarethe. Margarethe ist ohne priesterliche Einsegnung meine Frau, müsst Ihr wissen. Ich gestehe es frei heraus, weil's mich nicht schert, was die Leute plappern, und weil's sowieso stadtbekannt ist. *Honi soit qui mal y pense,* haha. Ach, *by the way,* ihr hochwohlgeborenen Söhne: Wie heißt der französische Satz auf Deutsch?«

»Ein Narr, wer Arges dabei denkt, Herr Professor«, antwortete Adolf Friedrich, der Jüngste, der dabei verschwörerisch grinste.

»Und was hat es mit dem Satz auf sich?«

»Es ist der Wahlspruch des Hosenbandordens, des wichtigsten Ordens im Vereinigten Königreich.«

»*Très bien, mon cher.* Wenn Ihr so weitermacht, tragt auch Ihr ihn vielleicht irgendwann unter dem Knie. Aber um auf die gute deutsche Sprache zurückzukommen: Hilda erinnert mich sehr an Margarethe, und da meine liebe Fast-Gattin auf den Nachnamen Kellner hört, müsste eigentlich sie hier servieren – und Hilda zu Hause auf mich warten. Ach, welch erregender Gedanke!« Lichtenberg kicherte.

Abraham schielte nach links und rechts zu den Prinzen, aber die schienen sich nicht im mindesten an den schlüpfrigen Kapriolen ihres Mentors zu stören. Auch nicht, als dieser weitersprach: »Der liebe Gott würde meine letzten Worte ganz sicher nicht gutheißen, insofern dank ich ihm tausendmal, dass er mich zum Atheisten hat werden lassen.«

Abraham lachte höflich.

»Davon abgesehen, gebe ich zu, dass die Lehre Christi, gesäubert von allem Pfaffengeschmiere, das vollkommenste System sein kann, Ruhe und Glückseligkeit zu erwerben.« Wieder nahm er einen kräftigen Schluck aus seinem Weinglas und fuhr, einmal in Fahrt, fort: »Die Bibel ist das beste Not- und Hilfsbüchlein, das je verfasst worden ist, doch sie ist ein Buch, von Menschen geschrieben.«

»Wie Ihr meint, Herr Professor.«

»Und jetzt hört einmal weg, ihr jungen Herren, denn eurem Vater, Seiner Majestät, dem König von England, wäre diese Rede wohl nicht recht. Ich sag's aber trotzdem: Dass in einem Buch steht, es sei von Gott, ist noch kein Beweis, dass es auch von Gott ist. Da mögen die Theologen mit ihrem *Muckertum* ein noch so großes Geschrei erheben.«

»*Yes,* Sir.«

»Das musste mal von der Leber herunter.« Lichtenberg atmete durch und fixierte dann Abraham. »Ihr seid sicher nicht nur gekommen, um Euch nach meinem Befinden zu erkundigen oder um meine Einstellung zum lieben Gott zu erfahren. Was die Sache von heute Nacht angeht, so will und darf ich mich dazu nicht äußern. Nur so viel: Ihr habt

Feinde, aber auch Freunde, mein lieber Abraham. Es wird
darauf ankommen, welche Seite auf der Schlachtbank siegt.
Euch bleibt nichts anderes übrig, als abzuwarten. Doch in
dieser Zeit solltet Ihr beten und den lieben Gott einen guten Mann sein lassen, so Ihr an ihn glaubt. Prosit!«

Während Lichtenberg doziert hatte, waren von ihm weitere Gläser geordert worden. Abraham trank zögernd.
»Prosit, Herr Professor.« Es war schon sein drittes Glas,
und der Alkohol machte sich allmählich bemerkbar. Er
suchte nach einem Übergang zu dem Thema, das ihn bewegte, brachte schließlich aber nichts anderes hervor als:
»Die Arbeit mit dem Elektrophor war sehr interessant.«

»Und? War sie auch erfolgreich?«

Abraham berichtete von den kleinen Fortschritten bei
Pentzlin und Gottwald und musste dann wohl oder übel
einräumen, dass Burck gestorben war.

»Ihr scheint die Toten anzuziehen, Abraham. Verzeiht,
ich wollte nicht witzeln. Dafür ist die Sache zu ernst.«

»Meine Frage an Euch ist: Was passiert, wenn ich mittels
stärkerer Reibung an dem unteren geerdeten Teil dafür sorge, dass später die positiven und negativen Spannungen höher werden? Ich meine, viel höher?«

Lichtenberg schwieg einen Moment. Fast glaubte Abraham, er hätte nicht zugehört, denn seine Augen verfolgten
Hilda, die mit gekonntem Hüftschwung an ihm vorbeisteu-
erte und am Nachbartisch neue Bierkrüge absetzte. Doch
dann sagte er: »Ich bin ein Mathematikus und ein Physikus.
Wenn Ihr wollt, sogar ein Experimentalphysikus, mein lieber Abraham, und deshalb kann ich Euch nur die Antwort
geben, die von der Naturwissenschaft bereitgehalten wird.«

»Und die wäre, Herr Professor?«

»Die Antwort ist: Schnellere Reibung erzeugt stärkere

Ladungen und stärkere Ströme und somit auch stärkere Funken. Inwieweit dieses Phänomen eine Verbesserung der Rekonvaleszenz Eurer Patienten herbeiführen kann, müsst Ihr als Arzt selbst herausfinden. Doch möchte ich Euch warnen. Je näher der menschliche Körper an den Funken gerät, desto größer ist die Gefahr von Verbrennungen. Seid deshalb besonders vorsichtig. Ich vermute, dass um den Funken herum unsichtbare Kraftlinien existieren, ähnlich wie um einen Magneten, dessen Kraftfelder wir durch Eisenspäne sichtbar machen können. Doch wir verstehen die Gesetzmäßigkeiten noch nicht. Es muss wohl noch viel Wasser die Leine hinabfließen, bis es so weit ist.«

»Danke, Herr Professor. Ich werde mich an Euren Ratschlag halten und Euch gern bei Gelegenheit meine Protokolle über die Experimente zukommen lassen.«

»Das würdet Ihr tun?« Lichtenberg schien sichtlich erfreut. »Hilda! Wein, schnell!«

Abraham wehrte ab. »Herr Professor, ich möchte wirklich nicht …«

»Ach was, natürlich möchtet Ihr. Seid froh, dass Ihr es dürft. Meine drei *Burschen* dürfen nämlich nicht mehr, anderenfalls würde ihr Vater mich in den Tower werfen. Verstanden, Herrschaften?«

»*Yes,* Sir.« Die Bestätigung klang nicht sehr begeistert.

Lichtenberg und Abraham tranken. Abraham unterdrückte ein Aufstoßen und sagte: »Ich habe noch eine zweite Frage an die Naturwissenschaften, Herr Professor.«

»Da seid Ihr bei mir an der richtigen Adresse. Nur heraus damit.«

»Kann durch übermäßige Entladungskraft der Tod von Burck eingetreten sein?«

Wieder wog Lichtenfeld seine Antwort ab. Dann sagte

er: »Wenn Ihr eine Fliege in den Funken haltet, wird sie sterben. Wenn sie eine Elle entfernt daran vorbeisummt, nicht. Es kommt *nota bene* nicht nur auf die Stärke des Funkens an, sondern auch auf den Abstand, den man zu ihm hält. Kurzum: Nach allem, was Ihr mir über Eure Versuche erzählt habt, kann Burcks Tod nicht mit dem Elektrophor in Zusammenhang gebracht werden. Im Gegenteil, vielleicht wird die Maschine zur endgültigen Gesundung Eurer Patienten beitragen. Habt Ihr schon einmal von dem *Élan vital* gehört?«

»Ehrlich gesagt, nein.«

»Nun, darunter versteht man … wartet einen Augenblick, da kommen die Aufpasser der jungen Herren, um sie nach Hause ins Bett zu bringen. Es sind wehrhafte Aufpasser, sozusagen fleischgewordene Argusaugen des englischen Hofes, mit denen nicht gut Kirschen essen ist.«

Lichtenberg übergab seine Schutzbefohlenen mit einem freundlichen »Gute Nacht« und wandte sich Abraham erneut zu. »Wo waren wir stehengeblieben? Ach ja, bei dem rätselhaften *Élan vital,* der Kraft, die Totes zum Leben erweckt – tote Materie jedweder Art. Es gibt verständlicherweise kaum einen Ort, an dem man diese Essenz nicht gesucht hat – die Fahndung nach ihr kommt der Suche nach dem Goldenen Vlies gleich –, doch einige meiner geschätzten Kollegen glauben, man müsse sie gar nicht suchen, sondern könne sie mit Hilfe einer elektrischen Entladung erzeugen.«

»Herr Professor, glaubt Ihr etwa …?«

»Ich glaube gar nichts, mein lieber Abraham, und wenn, dann nur an die segensreiche Wirkung des Weines. Prosit.«

»Prosit.« Abraham wollte eigentlich nichts mehr trinken, befürchtete aber, durch eine Ablehnung den Professor in seinen Ausführungen zu unterbrechen.

»Wie gesagt: Ich glaube gar nichts. Glauben soll man an den lieben Gott, die Wissenschaft jedoch will Fakten. Und diese Fakten könntet Ihr, lieber Abraham, schaffen, indem Ihr Eure Patienten, äh, sozusagen wiederauferstehen lasst. Dann hätten wir ein erstes Indiz dafür, dass in meinem Elektrophor so etwas wie der *Élan vital* schlummert.«

»Erzählt mir mehr über den *Élan vital.*«

»Nun ja, Ihr lockt den Dozenten in mir hervor, und das um« – Lichtenberg schielte zu der Standuhr an der Tür – »ein Viertel vor elf in der Nacht. Aber sei's drum, auch wenn ich dabei ins Chemische abgleiten muss, was meine Profession nicht ist. Es gibt Theorien, die besagen, dass der *Élan vital* in manchen Substanzen vorkommt, in anderen wiederum nicht, woraus sich zwei Felder der Chemie ergeben: die organische mit den Stoffen der Lebenskraft – mit dem *Élan vital* also – und die anorganische mit allen anderen Stoffen. Auch Lavoisier ist dieser Meinung. Von ihm stammt das Prinzip der Oxydation. Er fand heraus, dass in der Luft ein Gas existiert, das er Oxygenium taufte, und dass besagtes Oxygenium ursächlich damit zusammenhängt, warum ein rostender Metallgegenstand nachweislich nicht leichter, sondern schwerer wird. *Voilà,* da fragen wir uns, wodurch eine nicht gegenständliche Materie plötzlich zum eigenen Gegenstand wird. Was bewirkt, dass aus nichts plötzlich Rost wird? Der *Élan vital?* Ich weiß es nicht, ich glaube, Lavoisier weiß es auch nicht.«

Lichtenberg kicherte in der ihm eigenen Art und trank. Er schien große Mengen vertragen zu können, ohne dass seine Aussprache darunter litt. »Ja, ja, die Suche nach Dingen, die es nicht gibt, sie fesselt uns alle. Denn vielleicht gibt es sie ja doch? Müssen wir nur eine wissenschaftliche Klippe umschiffen, damit sie sich vor uns auftun? Müssen wir

325

nur den richtigen Zeitpunkt abpassen, um das andere, das unbekannte Ufer zu erreichen? Geben sie sich dort zu erkennen, alle die Mirakel, die Miasmen, die vergifteten Lüfte, die phlogistonfreien Meeressäuren, die Phloxine, die Ausdünstungen der Erde? Und vor allem: Begegnen wir dort dem Phlogiston, jener kryptischen Substanz, die das aktive Prinzip der Verbrennung sein soll? Wir wissen es nicht. Immerhin, zwischen alledem, so wird vermutet, liegt der geheimnisvolle *Élan vital*, prosit!«

Lichtenberg trank, und Abraham konnte nicht umhin, ebenfalls zu trinken.

»Seht Ihr, Abraham, da sind wir wieder beim unerklärlichen *Élan vital*, beim Nichts, beim scheinbar Sinnlosen, dem wir keine Gesetzmäßigkeiten abringen können. Wisst Ihr, was eine Fatrasie ist? Es sind ebenso große Sinnlosigkeiten aus der schönen Stadt Arras im Französischen. Jahrhundertealte Buchstabenfolgen in scheinbar willkürlicher Reihung. Es sind Sinnlosigkeiten, Leerformeln, Unverständlichkeiten. Bizarr in Worte getaucht, Verse, die solche Herren wie Goethe, Wieland oder Schiller *ad absurdum* führen. Ich liebe sie. Seht Ihr die Käsescheiben da auf meinem Teller? Sie erinnern mich an eine wunderbar abstruse Fatrasie, also höret.« Lichtenberg stand auf und deklamierte mit weit ausholenden Bewegungen:

»Der Furz einer Käsemade
wollte in seinem Käppchen
Rom davontragen.
Ein Ei aus Baumwolle
nahm den Schrei
eines Ehrenmannes beim Kinn.
Der Gedanke eines Spitzbuben

hätte ihn schließlich fast verprügelt,
als ein Apfelkern
ganz laut ausrief:
›Woher kommst du? Wohin geht's? Welcome!‹«

Lichtenberg setzte sich wieder und sah Abraham erwartungsvoll an. »Na, wie findet Ihr das?«

Abraham räusperte sich. Ihm war es ähnlich ergangen wie den meisten Zuhörern im Schankraum. Er hatte sich gleichermaßen amüsiert und veralbert gefühlt – vermischt mit einer Prise Staunen, dass so viel Absurdität möglich war. »Sehr interessant – und sehr verblüffend.«

»Das höre ich gern, Abraham! Verblüffung ist ein Hauptziel der Fatrasie. Verblüffung, Staunen, Ungläubigkeit über das Sinnlose, dem unser Verstand nach jedem Vers einen Sinn zu geben versucht – und es dennoch nicht schafft, weil der folgende Vers ihn wieder in Unverständnis stürzt. Am Ende bleibt Verwunderung und, zumindest, was mich betrifft, auch *Be*wunderung für so viel sinnlose Fantasie. Wobei hinzugefügt werden muss, dass die deutsche Übersetzung zwar sehr gut klingt, aber dennoch nicht in der Lage ist, alles das wiederzugeben, was die französische Urfassung uns sagt.«

»Da habt Ihr sicher recht.«

»Und doch erkennen wir auch hier trotz aller Sinnlosigkeit eine Logik! Und das wiederum lässt uns hoffen, eines Tages vielleicht auch den *Élan vital* zu verstehen und sein Geheimnis zu lüften. Es gilt nur, anders, neu und nie gekannt zu denken.« Lichtenberg trank. Seine Äuglein glitzerten vor Fabulierlust.

»Von welcher Logik sprecht Ihr, Herr Professor?«

»Von der festen Form, in die eine jede Fatrasie gegossen

ist. Sie besteht aus elf Versen, von denen die ersten sechs jeweils fünf Silben haben, die letzten fünf dagegen sieben. Die Anzahl der Verse, also elf, ist dabei bestimmend, sie bedeutet mehr als eine Handvoll und weniger als ein Dutzend. Sie symbolisiert gleichermaßen ein Zuviel und Zuwenig. Ihr seht also, auch hinter dem scheinbar Sinnlosen verbirgt sich durchaus ein Sinn – wenn auch ganz anders als erwartet.«

»Das klingt alles ein wenig verwirrend.«

»Haha, das soll es auch! Wo kämen wir hin, wenn ein Professor seine *Studiosi* nicht mehr verwirren könnte!

Lieder aus Lauchsuppe
hatten eine alte Stadt
ganz und gar ausgeweidet.
Eine lange Wartezeit
raubte den Peleponnes
aus lauter Demut.
Wer die Zerbrechlichkeit gesehen hätte,
die ihr Fass anstach
im Arsch der Eitelkeit!
Die Weißes für Schwarzes ausgeben,
haben sich geschickt davongemacht.«

Lichtenberg war diesmal sitzen geblieben, wahrscheinlich, weil der Alkohol seinen Beinen die Standfestigkeit genommen hatte.

»Engländer aus Holland
raubten Irland,
um es mit Knoblauch zu essen.
Ein Schneckerich verschickt
Leute mit weiten Röcken ...

Er hielt inne. Vielleicht, weil ihm der restliche Text abhandengekommen war, vielleicht auch, weil er spürte, dass er die Aufmerksamkeit seiner Zuhörer verlor. »Nun ja, und so weiter«, sagte er. »Ich werde jetzt die Wurst und den Käse essen. Beides, so bilde ich mir ein, wirkt der *Paralyse* und Disfunktion meiner rechten Körperhälfte entgegen. Der Käse, mein lieber Abraham, besteht ja im Prinzip aus nichts anderem als verfaulter Milch. Er verdankt sein Vorhandensein einer Mutation, einer mystischen Wandlung, einem alchemistischen Vorgang, an dem Paracelsus seine Freude gehabt hätte …«

»Herr Professor, bitte nehmt es mir nicht übel, aber ich muss langsam gehen.« Abraham stand auf.

»Das kommt ja etwas plötzlich.«

»Oh, ich möchte nicht unhöflich sein. Ich danke Euch für den Wein, die Ratschläge und für die, äh, Ablenkung. Es war ein sehr anregender Abend, doch ich muss nun wirklich los. Morgen früh im Hospiz wartet wieder der Dienst auf mich.« Und mehr zu sich selbst fügte er hinzu: »Und wer weiß, was sonst noch alles.«

Lichtenberg blickte auf und sah Abraham direkt an. »Ich danke Euch ebenfalls. Die Unterhaltung mit Euch hat mir *Plaisir* gemacht, obwohl ich die meiste Zeit monologisiert habe. Es war auch ein Versuch, Euch auf andere Gedanken zu bringen. Wisset in jedem Fall eines: Das Leben geht weiter. Auch das Leben des Julius Abraham.«

»Danke, Herr Professor.« Abraham verbeugte sich. »Ich weiß Eure Worte sehr zu schätzen.«

»*Adieu,* Abraham.«

Er schaffte es, trotz der Wirkung des Alkohols einigermaßen geraden Schrittes zum Hospiz zurückzugehen, und stellte dort mit Schrecken fest, dass es schon halb drei am Morgen war. Die Uhr in Hasselbrincks Büroraum zeigte es. Der Krankenwärter selbst war wie so häufig über seinen Büchern eingeschlafen. Abraham beschloss, ihn in Morpheus' Armen zu lassen, nahm eine Laterne und steuerte müde den ersten Stock an. Er sehnte sich selbst nach Schlaf. Doch vor der Tür zu seiner Stube hielt er inne und überlegte es sich anders. Er wollte noch einen kurzen Blick in den Patientensaal werfen. Wie erwartet, lagen Pentzlin und Gottwald in ihren Betten, stocksteif und scheinbar seelenlos wie immer. Abraham trat näher und hielt ihnen die Laterne ins Gesicht.

Und dann sah er es.

Gottwald lag da mit völlig verdrehtem Kopf.

VON DANNEN ER KOMMEN WIRD, ZU RICHTEN DIE ...

Am Sonntagnachmittag hatte Margarethe Kellner alle Hände voll zu tun, um die Gäste ihres nicht angetrauten Mannes mit leiblichen Genüssen zu versorgen. Die Gäste, das war ein illustrer Kreis Göttinger Professoren, der sich regelmäßig privat traf, um zu plaudern, Whist zu spielen oder auch ein Picknick auf dem Kerstlingeröder Feld vor der Stadt zu veranstalten. In jedem Fall jedoch wurden fakultätsübergreifend Neuigkeiten ausgetauscht.

Neben dem Gastgeber waren an diesem Tag sieben Herren anwesend, deren Geist und Temperament die Vielfalt ihrer Professionen widerspiegelte. Zuerst war wie immer Christian Gottlob Heyne erschienen, Professor für Rhetorik und Altphilologe, der neben seinem Lehrauftrag die wichtige Aufsicht über die Universitätsbibliothek innehatte.

Dann waren in bunter Reihenfolge die anderen Herren eingetroffen: August Ludwig von Schlözer, Professor für Geschichte, der neben seinen erworbenen *Meriten* auch eine Tochter namens Dorothea sein Eigen nannte, der vor zwei Jahren anlässlich des fünfzigjährigen Bestehens der Georgia Augusta als erster Frau Deutschlands die Doktorwürde verliehen worden war, nachdem sie sich zuvor ihr Wissen autodidaktisch angeeignet hatte.

Außerdem Johann Stephan Pütter, Professor für Rechtswissenschaft und Geheimer Justizrat, der sich dadurch auszeichnete, dass er seine Vorlesungen ausschließlich auf Deutsch und in sehr lebhaftem Stil hielt.

Der Nächste war Abraham Gotthelf Kaestner, Professor für Mathematik und Physik, der Senior unter den Anwesenden, der schon Lichtenberg zu seinen Schülern gezählt hatte.

Es folgte August Gottlieb Richter, Professor für Medizin und Chirurgie, ein ausgewiesener Spezialist in der Augenheilkunde und im Starstich, dem das Hospital am Geismartor seine Gründung verdankte.

Sodann kam Gottlieb Christian Schildenfeld, Doktor der Anatomie und Gastprofessor, der den von ihm beschriebenen Fischvogelsäuger, auch Schnabeltier genannt, als Erster wissenschaftlich untersucht und beschrieben hatte.

Und zuletzt erschien Justus Friedrich Runde, Professor der Jurisprudenz, seines Zeichens Prorektor und oberste Instanz der Georgia Augusta. Er war, wie üblich, für ein halbes Jahr in dieses Amt gewählt worden und würde es am zweiten Juli des gleichen Jahres wieder abgeben. Rundes Entscheidungen als Prorektor waren bindend und konnten nur von Georg III., dem König von England und eigentlichem Rektor, höchstselbst rückgängig gemacht werden. Eine Intervention, die allerdings noch niemals vorgekommen war.

Die Professoren Wrisberg und Blumenbach hatten sich entschuldigen lassen. Wrisberg, weil ein eiternder Zahn ihm Verdruss bereitete, Blumenbach, weil er sich auf einer London-Reise befand, um sich mit Sir Joseph Banks, einem weltbedeutenden Botaniker, auszutauschen.

Alle Herren saßen an einem großen, ovalen Mahagonitisch, tranken Wein oder Bier oder auch Kaffee, rauchten Pfeife und sprachen zwischendurch der opulenten Flott-

Torte zu, einer lukullischen Köstlichkeit aus Hefeblätterteig, eingekochten Schattenmorellen und saurem Flott. Lichtenberg war der Einzige, der sich in allem etwas zurückhielt – einerseits, weil ihm die vergangene Nacht noch in den Knochen steckte, andererseits, weil er am Morgen wieder einen seiner krampfartigen Asthmaanfälle gehabt hatte. Vielleicht hing beides auch zusammen.

»Nun, mein Guter«, sagte Kaestner vergnügt-vertraut, »habt Ihr gestern Abend wieder hoheitlich gesoffen? Die prinzlichen Lebern müssen geschont werden, sag ich Euch, sonst kriegen wir Ärger mit Seiner Majestät in London.«

Lichtenberg antwortete säuerlich: »Die jungen Herren halten sich wacker beim Bier. Man könnte glauben, ihre Lebern wären aus Papiermaché, so saugen sie den Gerstensaft auf.«

»Papiermaché?«, fragte Pütter, sich ein großes Stück Torte in den Mund schaufelnd. »Was ist das denn nun wieder?«

»Ein Gemisch aus Papier und Kleister, aus dem sich Skulpturen und Ähnliches anfertigen lassen. In England sind Verzierungen aus dem Zeug so in Mode gekommen, dass man, glaube ich, in nicht allzu ferner Zukunft Denkmäler in Westminster Abbey davon machen wird. Überhaupt wäre der Gedanke nicht übel, wenn mancher Gelehrte seine Schriften zu Makulatur stampfen und daraus eine Büste verfertigen ließe – meinetwegen sogar seine eigene.«

»Hoho, Lichtenberg.« Richter lachte. »Ich nehme an, Eure letzte Bemerkung gilt nicht für die Elaborate der Anwesenden? Aber um auf die Lebern zurückzukommen: Vielleicht bin ich nicht der Richtige, in dieser Hinsicht Moral zu predigen, doch eine Steinleber ist schneller erworben, als man denkt.«

Lichtenberg bediente sich aus einer dreibeinigen Kaffeekanne, trank einen Schluck und sagte abweisend: »Die mir anbefohlenen Prinzen gingen gestern zeitig genug zu Bett.«

Von Schlözer fragte grinsend: »Wollt Ihr damit sagen, Ihr habt Euch den ganzen Abend selbst zugeprostet? Das wäre wahrlich ein Tag, der in die Geschichte eingehen würde.«

Lichtenberg wollte antworten, dass er mit Abraham zusammengesessen habe, besann sich aber eines Besseren, weil es ihm verfrüht erschien, den Namen schon zu erwähnen. Stattdessen sagte er: »Ich habe mir nicht selbst zugeprostet, aber ein paar Fatrasien deklamiert. Mit einigem Erfolg, wie ich in aller Bescheidenheit hinzufügen darf. Ich …«

»Haben die Herren auch alles?«, wurde er von Margarethe unterbrochen. Seine nicht eheliche bessere Hälfte war an den Tisch herangetreten und blickte fragend in die Runde. Die Anwesenden blickten zurück und bejahten freundlich. Margarethe war, nach allem, was man wusste, keine Frau von Stand, vielmehr hatte sie vor ihrem Zusammenleben mit Lichtenberg den Beruf der Wäscherin ausgeübt. Manche behaupteten auch, sie sei Näherin gewesen. Wieder andere waren der Meinung, sie hätte sich als Tabakspinnerin durchs Leben geschlagen. Doch abgesehen von all diesen Spekulationen, war Margarethe ein hübsches rund- und rosiggesichtiges Weibsbild, dessen natürliche Freundlichkeit jedermann für sich einnahm.

»Wie es aussieht, haben alle, was sie brauchen, meine Liebe«, sagte Lichtenberg. »Ich erzähle den Herren gerade, dass ich am gestrigen Abend im *Schnaps-Conradi* einige Fatrasien vorgetragen habe.«

»Dann will ich nicht weiter stören.« Margarethe hatte verstanden und verschwand.

Lichtenberg fühlte sich, vielleicht durch die anregende

Wirkung des Kaffees, etwas wohler und sagte: »Wenn die Herren Interesse haben, bin ich gern bereit, ein paar weitere Verse vorzutragen:

Ein Würfel mit neun Punkten
presst derart seine Fäuste,
dass ein Ochse herausspringt.
Ein zusammengenähter Fischteich
war schwer beleidigt ...«

»Gnade!«, flehte Schildenfeld. »Immer, wenn wir die Gastfreundschaft Eurer verehrten Frau Margarethe genießen dürfen, gießt Ihr eine Portion Wermut dazu.«

»Aber wieso?«, entrüstete sich Lichtenberg mit einem Augenzwinkern, »Ihr als Namensgeber des Fischvogelsäugers, einer Nomenklatur der immanenten Unlogik, wie Ihr zugeben werdet, müsstet diese Verse doch lieben?«

Noch ehe Schildenfeld etwas erwidern konnte, hatten andere den Part für ihn übernommen. »Lichtenberg«, erklang es von allen Seiten, »bei aller gebotenen Höflichkeit dem Gastgeber gegenüber – verschont uns mit Euren Fatrasien und Fantastereien. Wir wissen, dass sie ihren Ursprung im nordfranzösischen Arras haben, wir wissen, dass sie aus dem dreizehnten Jahrhundert stammen, und wir wissen ebenfalls um ihre erstaunlichen Gesetzmäßigkeiten. Gibt es nichts anderes, das der Rede wert wäre?«

Lichtenberg musste an sich halten, um nicht zu kichern. Es bereitete doch immer wieder Freude, seine ehrenwerten Gäste ein wenig aus ihrer Behäbigkeit zu locken. »Nun«, sagte er, »ich habe beim *Schnaps-Conradi* läuten hören, dass einige der *Burschen* wieder Ärger mit den Schreinergesellen hatten. Da schwelt was, meine Herren. Es soll im

Drei Lilien gewesen sein, wo sie sich in die Haare gekriegt haben. Ein paar Quetschungen und blaue Augen sind dabei wohl herausgesprungen. Später sollen die *Burschen* noch das Schreinerschild an der Schreinerherberge niedergerissen haben. Alles in allem ein unangenehmer Vorgang.«

Runde, der Prorektor, der bisher geschwiegen hatte, sagte: »Wenn das unsere einzige Sorge wäre, meine Herren, wäre das Ganze ja noch harmlos zu nennen. Ihr wisst, dass es einen viel unangenehmeren Vorgang gegeben hat.«

Die Herren nickten und verstummten.

»Ich spreche von den Ereignissen auf dem Fechtboden der Pommeraner. In der Nacht zum Samstag ist dort der *Studiosus* von Zwickow zu Tode gekommen, und zwar im Verlauf einer Auseinandersetzung mit unserem ältesten *Philistranten*, dem angehenden *Doctorus medicinae* Julius Abraham.«

Die Herren nickten abermals, sie hatten das Thema wohlweislich nicht angesprochen, da es von heikler Natur war. Studenten, die im Kampf gegeneinander zu Tode kamen, wurden schnell Gesprächsthema in der Stadt und trugen nicht gerade zur Reputation der Universität bei.

»Wie ist es denn passiert?«, fragte Heyne.

Runde räusperte sich und tippte die Fingerspitzen aneinander. »Bisher gibt es zu dem Vorfall nur die Aussagen von drei Pommeranern. Sie behaupten, Abraham hätte von Zwickow auf dem Fechtboden provoziert und dann aufgefordert, ihm nach draußen zu folgen. Dort hat er, wie sie Fockele gegenüber versicherten, von Zwickow gewaltsam auf ein abgebrochenes Geländerstück gespießt, woraufhin dieser nach wenigen Augenblicken jämmerlich verschied.«

»Das glaube ich nicht«, rief Richter. »Ich kenne Abraham. Der tut so etwas nicht, das ist ein besonnener Mann.«

»Der früher allerdings ein Gaukler war und zum fahrenden Volk gehörte«, wandte von Schlözer ein. »Wie man hört, hat er sogar vor nicht allzu langer Zeit am Albaner Tor eine Puppenvorstellung gegeben und dabei schmutzige Witze erzählt. Und das als *Studiosus* unserer Universität!«

»Er ist ein exzellenter Arzt.«

»Er ist noch nicht einmal promoviert, Herr Kollege. Ich bin zwar kein Jurist, aber ich könnte mir vorstellen, dass es rechtliche Probleme gibt, wenn ein *Philistrant* wie Abraham das Hospiz am Geismartor leitet. Besonders dann, wenn einer der Patienten unter mysteriösen Umständen zu Tode kommt, wie gerade geschehen.«

»Das gehört nicht hierher«, antwortete Richter schärfer, als es sonst seine Art war. »Ich habe die Aufsicht über das Hospital, verehrter Herr Kollege, und Abraham ist nur mein ausführendes Organ. Im Übrigen haben Menschen nun mal die Eigenschaft zu sterben, auch wenn wir Mediziner die Ursache nicht immer erkennen können.«

»Aber meine Herren, bitte.« Runde hob besänftigend die Hände. »Wir wollen doch nicht streiten.«

Pütter, ganz Jurist, fragte: »Waren die drei Zeugen denn bei dem Kampf zugegen?«

»Sie behaupten es«, antwortete Runde.

»Ist Abraham denn schon angehört worden?«, hakte Pütter nach, während er an seinem Kaffee nippte. »Ich meine, man spießt seinen Gegner doch nicht so einfach auf einem Geländerstück auf?«

»Abraham wird noch vernommen werden«, sagte Runde. »Ich habe ihn unter Arrest stellen lassen. Er darf Göttingen nicht verlassen.«

»Wird das Universitätsgericht offiziell Anklage erheben, Runde?«, fragte Lichtenberg.

»Ich fürchte, wir kommen nicht darum herum. Es ist ein schwerer Fall, das heißt, auch die Dekane der vier Fakultäten werden mit auf der Richterbank sitzen müssen.«

»Dann schießt Ihr womöglich mit Kanonen auf Spatzen. Ein Donnerhall wird über Göttingen liegen, und wenn der Pulverdampf sich verzogen hat, wird der Ruf der Georgia Augusta ein Trümmerhaufen sein. Im Übrigen soll dieser von Zwickow einer von jener Sorte sein, die anderen Salzgurken in die Hose steckt – gelinde gesagt.«

Schildenfeld wedelte mit dem Zeigefinger. »Aber Recht muss Recht bleiben! Immerhin ist ein Toter zu beklagen.«

Von Schlözer hieb in die gleiche Kerbe: »Wir kommen in Teufels Küche, wenn wir die Angelegenheit unter den Teppich kehren. Die Familie des Verstorbenen ist sehr einflussreich.«

»Das sind andere Familien auch.« Lichtenberg grinste. »Da wo das meiste Geld sitzt, sitzt auch der meiste Einfluss.«

»Vielleicht war es Notwehr?«, vermutete Pütter.

Kaestner, der Senior, mischte sich ein: »Wenn von Zwickow auf ein Geländerstück gespießt wurde, hat es am Ort des Kampfes vermutlich eine Treppe gegeben. Vielleicht hat Abraham den von Zwickow die Stufen hinuntergeworfen? Abraham ist ein stattlicher Mann, ich würde ihm das ohne weiteres zutrauen.«

»Ich auch«, sagte Heyne. »Warum hatten die beiden überhaupt Streit?«

»Genau wissen wir es nicht«, erwiderte Runde und seufzte. »Einer der Zeugen sagte, es sei irgendwann einmal um die Wahrnehmung des Gassenrechts gegangen.«

Ehe die Diskussion fortgesetzt werden konnte, erschien Margarethe Kellner, die Hausherrin. »Verzeihung, wenn ich störe. Haben die Herren auch alles?«

»Ja, meine Liebe, das haben wir«, sagte Lichtenberg.

»Gut, dann geh ich jetzt wieder.«

»Das tu nur.«

Durch die Unterbrechung kam die Unterhaltung nur stockend wieder in Gang, und als sie erneut im Fluss war, wogten die Meinungen hin und her wie zuvor. Es zeigte sich, dass Heyne, von Schlözer und Schildenfeld gegen Abraham sprachen, Richter und Lichtenberg jedoch für ihn Partei ergriffen. Pütter, Runde und Kaestner wiederum nahmen eine neutrale Position ein. Sie wollten die Verhandlung abwarten.

»Verhandlung?«, fragte Lichtenberg. »Muss das überhaupt sein? Heutzutage wird über alles und jedes verhandelt, und hinterher stellt man fest, dass die Hälfte sich von selbst erledigt hätte.«

Diese Meinung allerdings vermochte keiner am Tisch zu teilen, und die Diskussion flammte abermals auf. Bis Runde schließlich sein Glas erhob und einen Toast auf die scheu in der Tür stehende Hausherrin ausbrachte. Margarethe errötete, stammelte einen Dank und zog sich rasch wieder zurück.

»Tja, meine Herren«, sagte Runde daraufhin. »Wir sind in dieser leidigen Angelegenheit offenbar uneins. Nun, das war vielleicht nicht anders zu erwarten. Doch es hilft nichts. Frau und Kind rufen, sie wollen am Sonntagabend noch etwas von ihrem Familienoberhaupt haben. Jedenfalls ist es bei mir so, doch bei euch, meine Herren, dürfte es nicht viel anders sein. Ich hoffe, Ihr verübelt es mir nicht, mein lieber Lichtenberg, wenn ich unsere Zusammenkunft jetzt beende?«

»Aber nein, Herr Kollege. Alles, was beginnt, muss einmal enden.«

339

»Äh, wie?«

Lichtenberg kicherte. »Welchen Sinn hätte sonst die Zeit?«

Es war am Montagmorgen gegen halb zehn Uhr, als Abraham in Hasselbrincks schmalem Büroraum saß und zum soundsovielten Mal auf die schwarzen Zeiger der altersschwachen Tischuhr starrte. Die Zeit, nachdem er Gottwald tot aufgefunden hatte, verstrich, so schien ihm, langsamer als ein Tropfen einen Stein aushöhlte, wobei das gleichförmige Ticken der Uhr diesen Eindruck noch unterstrich. »Wie heißt es doch so schön?«, murmelte er. »Die Zeit ist eine lautlose Feile. Ja, das ist sie wahrhaftig, denn sie zerrt an meinen Nerven. Es scheint ihr Vergnügen zu bereiten, mich darüber im Ungwissen zu lassen, wie alles werden mag.«

Bereits in den Vormittagsstunden des vergangenen Tages hatte er nach Professor Richter schicken lassen, wohl wissend, dass es sich um Sonntag und damit um einen arbeitsfreien Tag seines Doktorvaters handelte. Doch er hatte es als seine Pflicht angesehen, Richter raschestmöglich die neue Hiobsbotschaft zu übermitteln. Gleichzeitig hatte er die Gelegenheit nutzen wollen, noch einmal über den rätselhaften Tod seiner Patienten zu sprechen. Vielleicht hatte er sich auch etwas Zuspruch von dem erfahrenen Lehrer erhofft.

Doch Richter war in der Kirche gewesen. Und am Nachmittag hatte es geheißen, er mache einen Besuch bei Kollegen, der Zeitpunkt seiner Rückkehr sei nicht vorauszusagen.

Heute, am Beginn der Woche, hatte Abraham abermals nach Richter schicken lassen, mit der dringenden Bitte, er möge umgehend ins Hospital kommen.

Doch statt seiner erschien Hasselbrinck.

Abraham versuchte, seine Enttäuschung zu unterdrücken und fragte: »Nun, was hat Professor Richter gesagt? Wann wird er hier sein?«

Hasselbrinck kratzte sich am Kopf. »Ich hab ihn leider wieder nicht erwischt, Herr Doktor. Er war gerade in einer Vorlesung, und da konnt ich natürlich nicht stören.«

»Habt Ihr wenigstens eine Nachricht bei einem der Pedelle hinterlassen?«

»Nein, Herr Doktor, daran hab ich nicht gedacht.«

»Nun, gut. Ihr könnt es heute nach dem Mittagsmahl noch einmal versuchen.«

»Jawoll, Herr Doktor.«

Abraham verkniff sich einen Tadel, denn das hätte auch nichts mehr genützt. Ebenso wenig Sinn hätte es gemacht, Hasselbrinck noch einmal über die Nacht zum Sonntag zu befragen. Wohl ein halbes Dutzend Male hatte Abraham ihn bestürmt, wann genau er das seltsame »Tock, Tock, Tock« gehört habe, aber der alte Krankenwärter hatte sich nicht mehr genau erinnern können. »Irgendwann zwischen Mitternacht und ein Uhr muss es gewesen sein, Herr Doktor«, hatte er immer wieder beteuert. »Ich war über der Arbeit eingeschlafen, bin dann hoch, wollte nachgucken im Patientensaal, weil das Geräusch ja von oben kam, und dann hat der Kerl mich fast umgerannt auf der Treppe. Nein, erkannt hab ich ihn nicht, aber wenn ich ihn erwischt hätte, hätt ich Hackfleisch aus ihm gemacht, das könnt Ihr mir glauben, Herr Doktor.«

Immerhin hatte Hasselbrinck durch sein Eingreifen wenigstens Pentzlin das Leben gerettet.

»Es ist gut«, sagte Abraham. »Geht an Eure Arbeit, Hasselbrinck. Und schafft Gottwald schon mal in die Remise.«

341

»Jawoll, Herr Doktor.«

»Und deckt ihn mit feuchten Tüchern ab, damit er kühl bleibt.«

»Jawoll, Herr Doktor.«

Er beschloss, sich seinen anderen Patienten zu widmen. An erster Stelle der jungen Mutter mit der *mastitis*. Auf Nachfrage versicherte sie ihm, es ginge ihr schon sehr viel besser, dank der hilfreichen Salbe und der kundigen Hände von Hasselbrincks Frau. Der Verband sitze sehr gut. Auch über das Essen sei nicht zu klagen.

Abraham freute sich und kam zu den im Vorraum wartenden Patienten.

Es waren am Montag stets mehr als an normalen Wochentagen, da der Sonntag dazwischenlag. An diesem Morgen war auch Traugott Moring erschienen, der den Arm jedoch nicht mehr in der Schlinge trug.

»Hatte ich dir nicht gesagt, der Arm sei bis auf weiteres hochgebunden zu tragen?«, mahnte Abraham.

»Habt Ihr, Herr Doktor. Aber seht selbst.« Moring nahm den Verband ab und wies den verletzten Finger vor.

Abraham sah sich die Wunde genau an und staunte: »Du hast wirklich gutes Heilfleisch. Ein kleines Wunder. Wenn ich mich recht entsinne, hast du trotz der Verletzung weiter in der Sägemühle gearbeitet?«

»Das nicht, Herr Doktor.«

»Sehr vernünftig.«

»Ich meine, ich konnte gar nicht. Das große Wasserrad von der Mühle ist kaputt, und die Reparatur dauert mindestens zehn Tage. So lange hab ich keine Arbeit ...« Moring guckte unglücklich.

Statt einer Antwort steckte Abraham den Kopf aus der Tür und rief den Gang hinunter: »Hasselbrinck!«

»Jawoll, Herr Doktor?« Von irgendwoher eilte der Krankenwärter herbei.

»Haben wir noch das Huhn, das neulich hier durch die Flure gelaufen ist?«

»Jawoll, Herr Doktor. Das pickt hinten auf dem Hof.«

»Fangt es ein und gebt es Moring.«

Hasselbrinck verstand nicht. »Aber, Herr Doktor, von dem haben wir es doch?«

»Stimmt, gebt es ihm trotzdem zurück.«

»Jawoll, Herr Doktor.«

Hasselbrinck verschwand, und Moring sagte: »So war das nicht gemeint, Herr Doktor.«

Abraham klopfte ihm auf die Schulter. »So habe ich es aber verstanden. Nehmt das Huhn zurück. Ich weiß, wie leer der Magen ist, wenn man keine Arbeit hat.«

Bevor Moring sich bedanken konnte, wandte Abraham sich den anderen Patienten zu, die an diesem Morgen einer Behandlung bedurften. Es handelte sich um einen Lotterieverkäufer, dem er kunstvoll eine quersitzende Gräte aus der Speiseröhre ziehen musste, einen Knecht, der mit dem Fuß auf die Zinken seiner Forke getreten war, einen Schreinergesellen, der recht kleinlaut wirkte und behauptete, er hätte sich den halben Schneidezahn bei der Arbeit ausgeschlagen. Abraham wusste es besser, denn die Prügeleien zwischen den Schreinern und den *Burschen* waren an diesem Morgen Stadtgespräch. Dem Herrn sei Dank!, hatte er insgeheim gedacht, das lenkt die Neugier der Leute von meinem eigenen Fall ab.

Er besah sich den Zahnstummel und sagte zu dem Schreiner: »Tut mir leid, da kann ich nichts machen.«

»Aber ich hab das abgebrochene Teil hier, Herr Doktor. Bin hinterher extra noch mal zu den *Drei Lilien* hin und hab's gefunden.« Der Mann präsentierte stolz das Stückchen in seiner schwieligen Hand.

»Ich dachte, es sei ein Unfall bei der Arbeit gewesen?«

»Tja, hm …«

Abraham beließ es dabei. Er war selbst in eine Rauferei verwickelt gewesen – sogar in eine mit tödlichem Ausgang – und fühlte sich nicht zum Richter berufen. »Wenn es eine Fingerkuppe wäre, die du dir versehentlich abgesägt hast, hätte man sie wieder annähen können, bei einem Zahnstückchen geht das leider nicht. Da würde der stärkste Leim nichts nützen.« Er musste an Professor Lichtenberg und dessen Goldring mit dem Zahn eines Rinderkalbs denken und sagte: »Vielleicht lässt du dir das Zahnstückchen als Ring einfassen.« Dann schickte er den verständnislos dreinblickenden Raufbold fort.

Er versorgte noch zwei weitere Patienten an diesem Vormittag, und nachdem er das erledigt hatte, stieg er hinauf zu Pentzlin.

Er legte dem Kranken die Hand auf die Stirn und spürte eine seltsame Verbundenheit. Vielleicht, weil Pentzlin als Einziger übrig geblieben war und weil er ihm deshalb besonders am Herzen lag. »Du bist nun der Letzte«, murmelte er. »Gewissermaßen der Beweis für meine Unfähigkeit als Arzt. Es ist mir nicht gelungen, dich zu heilen, und es ist mir ebenso wenig gelungen, den Mörder deiner beiden Kumpel zu ermitteln. Denn von Zwickow kann es nicht gewesen sein. Der war schon tot, bevor auch Gottwald sterben musste. Ich will alles daransetzen, dass du nicht ebenfalls sterben musst. Professor Lichtenberg sagt, der Elektrophor scheidet als Todesverursacher aus. Es muss also diese verdammte schemenhafte Gestalt sein, die mir nachts über den Weg gelaufen ist. Nur: Wer ist sie?

Wer verbirgt sich hinter ihrem Schatten? Und vor allem: Steht es in meiner Macht, dich vor diesem Unhold zu schützen?«

Abraham zog seine Hand zurück und setzte sich auf den Bettrand. Er ergriff Pentzlins Finger und betrachtete jeden einzelnen genau. Sie waren trocken und warm. Die Nägel, ehemals rußverschmutzt, waren weitergewachsen und mussten gekürzt werden. Abraham nahm sich vor, Hasselbrinck nachher darum zu bitten.

Doch dann sagte er sich, dass der Krankenwärter weiß Gott genug zu tun hatte. Der musste dem Patienten nicht auch noch die Nägel schneiden. Das konnte er als Arzt ebenso gut selbst erledigen. Abraham stand auf und holte eine kleine Schere. Er nahm Pentzlins linke Hand in die seine, bog den kleinen Finger ab und – stutzte.

Der Finger hatte gezuckt.

Hatte er sich getäuscht?

Abraham wiederholte das Abbiegen des kleinen Fingers und stellte mit angehaltenem Atem den gleichen Effekt fest. Der Finger zuckte, ganz ohne Elektrophor.

Mühsam seine Erregung niederkämpfend, bog er nun jeden weiteren Finger ab, und – hurra! – bei jedem wiederholte sich das Zucken.

Abraham musste an den *Rigor mortis* denken, die Leichenstarre und ihren Beginn. Konnte es sein, dass sich hier der umgekehrte Vorgang abspielte? So, wie er es schon einmal in der Theorie durchdacht hatte?

Er sprang auf und holte ein Stück Seife. »Nimm es und halte es fest«, sagte er fast beschwörend zu Pentzlin. Und tatsächlich: Mit einer unendlich langsamen Bewegung schloss der Bergmann seine Hand zur Faust, das Seifenstück dabei umklammernd.

In fliegender Hast holte Abraham den Elektrophor herbei, richtete das Gerät her und rieb hektisch mit dem Fell am unteren Teller. Beim Abnehmen des Oberteils sprang der Funke über, wie schon hundert Male zuvor, nur diesmal war es anders. Es war ganz anders: Pentzlins Arm mit der Hand und der darin befindlichen Seife hob sich für den Bruchteil eines Wimpernschlags an und senkte sich dann wieder auf die Bettdecke.

»*Heureka!*«, schrie Abraham und wiederholte den Versuch umgehend.

Und wieder hob sich Pentzlins Arm. Und nicht nur dieser, sondern auch der andere. Gleichzeitig begannen Pentzlins Augenlider zu zucken.

Abraham verschnaufte und setzte sich abermals zu seinem Patienten.

»Weißt du«, sagte er zu ihm, »dass ich eben zum ersten Mal das Gefühl hatte, du könntest wieder ganz gesund werden? Ich würde zu gern die Versuche mit noch stärkeren Entladungen fortsetzen, aber ich habe das Gefühl, ich sollte es nicht übertreiben. Nur jetzt keinen Fehler machen! Obwohl: Dein sicherster Schutz vor dem schemenhaften Unhold wäre natürlich, du könntest aufstehen und einfach fortgehen. Aber so weit bist du noch nicht.

Wer ist nur dieser vermaledeite Mörder? Er dreht seinen Opfern den Kopf zur Seite und weiß, dass sie daran sterben. Wieso weiß er das? Wer ist er? Und vor allem: Was passiert im Körper, dass dadurch der Tod eintritt?«

Abraham stand auf und sprach weiter: »Ich werde dich jetzt allein lassen, Pentzlin. Du brauchst keine Angst zu haben. Am Tage passiert dir nichts. Ich werde zur Universitätsbibliothek gehen und dort versuchen, klüger zu werden, denn meine eigene bescheidene Literatur bringt mich nicht weiter. Selbst Professor Richter kann sich keinen Reim auf den Tod deiner Kumpel machen. Aber jetzt ist wieder Hoffnung. Warte auf mich. Ich bin bald zurück.«

Er lief die Treppe hinunter, immer zwei Stufen auf einmal nehmend. »Hasselbrinck!«

»Herr Doktor? Potztausend, Ihr habt's aber eilig.«

»Ich muss zur Bibliothek. Bitte versucht, Professor Richter in seinem Privathaus zu erreichen. Dort müsste er jetzt sein. Er soll sich herbemühen und den Totenschein für Gottwald ausstellen. Entschuldigt mich bei ihm. Und dann schneidet Pentzlin die Nägel, aber vorsichtig, es könnte sein, dass er dabei mit den Fingern zittert ...«

»Herr Doktor, ich kann ...«

Was Hasselbrinck konnte oder nicht, erfuhr Abraham nicht mehr, zu schnell hatten ihn seine Beine aus dem Hospital getragen. Er stürmte die Geismarstraße nach Norden, erreichte den Kornmarkt gegenüber dem Rathaus, bog links dahinter ab, gelangte in die Pauliner Straße und von dort mit wenigen Schritten zu den Universitätsgebäuden. Atemlos verschnaufte er vor der Bibliothek, trat ein – und war augenblicklich von Ruhe umgeben.

Abraham schätzte die Stille und die Abgeschiedenheit dieses Ortes, das geballte Wissen, das in den zahllosen Regalen schlummerte und auf den Forschenden wartete, die Muße, sich mit einem Werk, einem Folianten oder einer Dissertation an einen der bereitstehenden Tische zurückzuziehen und mit Bedacht darin zu blättern.

Doch vor diesen Genuss hatten die Götter die Suche gesetzt. Wo sollte er anfangen?

»Nanu, Abraham, Ihr hier? Ich glaube, Ihr habt diese Stätte lange nicht beehrt.« Wie aus dem Erdboden gewachsen war Professor Heyne hinter Abraham aufgetaucht und sah ihn mit einer Mischung aus Neugier und Distanziertheit an.

»Ich habe sehr viel zu tun, Herr Professor.«

»Das haben wir alle.« Heyne stand ins Gesicht geschrieben, dass er gern mehr über den Tod des von Zwickow erfahren hätte, sozusagen aus erster Hand, doch Abraham dachte nicht daran, das Thema anzuschneiden. »Ich möchte mich ein wenig in der Literatur über die Anatomie des menschlichen Körpers umsehen«, sagte er.

»Nur zu.« Heyne klang ein wenig enttäuscht. »Ihr wisst ja, wo Ihr die Werke findet. Die *Fabrica* von Vesalius ist zurzeit aber ausgeliehen.«

»Das macht nichts, Herr Professor.« Was Abraham suchte, stand ohnehin nicht in dem Werk, das vollständig *De humani corporis fabrica* hieß und bereits anno 1543 in Basel erschienen war. Es galt als Standardlehrbuch über den Aufbau des menschlichen Körpers, umfasste über zweihundert anatomische Zeichnungen und hatte schon Generationen von Studenten gute Dienste geleistet. Abraham kannte es in- und auswendig.

»Alles andere ist wohl da.«

»Vielen Dank, Herr Professor.«

»Meine Bemühungen, die wesentlichen Werke in Philosophie, Jurisprudenz und Medizin gleich mehrfach bereitzuhalten, tragen in letzter Zeit zunehmend Früchte. Nur die *Fabrica* wird so oft verlangt, dass zurzeit alle Exemplare komplett verliehen sind.«

»Natürlich, Herr Professor«, sagte Abraham und dachte: Du kannst noch bis zum Sankt-Nimmerleins-Tag um den heißen Brei herumreden, ich werde dir nichts von den Vorfällen auf dem Fechtboden erzählen. Laut fügte er hinzu: »Wenn Ihr gestattet, sehe ich mich jetzt ein wenig um.«

»Ja, äh, tut das. Und solltet Ihr ein Werk mit nach Hause nehmen wollen, tragt es bitte in die Liste mit dem Datum des heutigen Tages ein.«

»Selbstverständlich, Herr Professor.«

Endlich entfernte sich Heyne, und Abraham begann seine Suche. Da er nicht genau wusste, was er zu finden hoffte, stöberte er bis weit über die Mittagszeit in den zahllosen Regalen und Vitrinen herum, ärgerte sich ein ums andere Mal, wenn Bücher nicht nach den geltenden Prinzipien eingeordnet waren, hustete in der staubigen Luft, setzte sich hin mit einem Werk, blätterte es durch, stand wieder auf, stellte es wieder zurück, nahm das nächste aus dem Regal und so fort. Er glaubte schon nicht mehr an seinen Erfolg, als ihm endlich ein Werk in die Hände fiel, das den Titel trug: *De caputitis aspera et venae,* was auf Deutsch »Über die Luftröhre und die Adern des Kopfes« bedeutete. Es war im Jahr 1751 in Göttingen erschienen und schilderte profund die Wirkweisen und Zusammenhänge zwischen Muskeln, Sehnen, Bändern und Adern im oberen Bereich des Körpers. Abraham studierte es eingehend und mit immer größer werdender Erregung, bis er fast ein zweites Mal an diesem Tag *heureka!* gerufen hätte. Er hatte einen Abschnitt entdeckt, in dem die verschiedenen Operationslagen des Kopfes und ihre Auswirkungen auf den Patienten beschrieben wurden. Da hieß es:

… Wird bei Operationen der Kopf längere Zeit über einen Winkel von 50–60° hinaus seitlich gedreht, so kann es zwar nicht zu einer Einschränkung der Atmung, wohl aber zur Abklemmung einer oder beider Wirbelarterien, zu einer Thrombose und zu Durchblutungsstörungen des Gehirns kommen … Einmal war bei einem derartigen Vorgehen sogar der Tod eingetreten …

Immer wieder las Abraham diese Passage, besonders aber den letzten Satz: *Einmal war bei einem derartigen Vorgehen sogar der Tod eingetreten …* Das also war des Rätsels Lösung! Eine oder beide Wirbelarterien wurden durch die Verdrehung des Kopfes abgeklemmt, die Blutzufuhr zum Gehirn wurde dadurch mehr oder weniger unterbrochen, was den Tod zur Folge haben konnte.

Es lag auf der Hand, dass der Mörder danach getrachtet hatte, den Kopf von Burck und Gottwald so stark zu verdrehen, dass mit Sicherheit beide Arterien, die hintere *Arteria vertebralis* und die vordere *Arteria carotis communis,* abgedrückt wurden, weil nur so der sichere Tod die Folge war. Und er, Abraham, hatte die ganze Zeit den gedanklichen Fehler gemacht, von einem Erstickungstod auszugehen! Wo die Lösung doch so nahelag! Sogar in der guten alten *Fabrica* hätte er sie jederzeit finden können. Professor Lichtenberg hatte recht: Es galt nur, anders, neu und nie gekannt zu denken.

Aber welcher Mordbube war auf diese abgefeimte Tötungsmethode gekommen?

Hatte er sein Wissen aus diesem Buch?

Wie hieß überhaupt der Verfasser des Werkes?

Abraham blätterte zurück zur Titelseite, denn auf den Namen des Autors hatte er am Anfang nicht geachtet. Es war ein gewisser Professor Arminius Pesus.

Arminius Pesus – als Abraham diesen Namen las, traf es ihn wie ein Schlag.

Wie ein Schlag mit dem Elektrophor.

»Wie geht es Euch, mein Lieber?«, fragte Professor Richter, als Abraham im Hospiz eintraf. Er saß in Hasselbrincks Büroraum, vor sich eine Tasse Kaffee mit Zimt und Kardamom. »Ihr habt wahrhaftig im Moment keine Glückssträhne. Jetzt sind es schon zwei Patienten, die unter Eurer Leitung gestorben sind – von dem ungeklärten Todesfall auf dem Fechtboden der Pommeraner einmal ganz abgesehen.«

»Jawohl, Herr Professor.« Abraham biss sich auf die Lippen. Das Hochgefühl, das er noch vor wenigen Minuten wegen seiner neuen Erkenntnisse gehabt hatte, schwand rapide.

»Was die Sache mit von Zwickow angeht, so werde ich gleich noch einmal darauf zurückkommen. Scheußliche Geschichte, das Ganze.« Richter trank mit spitzen Lippen einen Schluck, denn das Gebräu war noch sehr heiß. »Ich will zunächst von Euch nur eines wissen: Wer hat den ersten Schlag getan?«

»Von Zwickow, Herr Professor.«

»Dann ist es gut. Dann habt Ihr Euch nur gewehrt und seid in meinen Augen unschuldig.« Er blickte zu Abraham auf. »Es wäre mir auch sehr gegen den Strich gegangen, als Euer Doktorvater und« – ein Lächeln huschte über seine markanten Züge – »als Euer zukünftiger Kollege etwas anderes erfahren zu müssen.«

Abraham wollte antworten, wurde aber von Hasselbrinck unterbrochen. »Entschuldigt, Herr Professor, habt Ihr den Totenschein für den armen Gottwald schon ausgestellt?«

»Das habe ich.« Richter gab dem Krankenwärter das Papier und wandte sich erneut an Abraham: »Die Ursache des *Exitus* von Gottwald dürfte dieselbe sein wie vormals die von Burck: *Insuffizienz*, also Herzversagen. Hasselbrinck, seid so gut und sorgt für die Überführung des Toten nach Bad Grund. Das Ganze ist natürlich etwas leidig, weil der Kutscher, der Burck fortbrachte, noch nicht zurück ist.«

»Jawoll, Herr Professor.« Hasselbrinck verschwand.

Richter schob die Kaffeetasse beiseite, nahm Abraham beim Arm und stieg mit ihm hinauf in den Patientensaal. Hier fuhr er fort: »Wir wollen nur hoffen, dass Pentzlin nicht auch noch das Zeitliche segnet, wenn Gottwald schon unterwegs ist. Versteht mich nicht falsch, Abraham, diese pragmatischen Gedanken haben natürlich nichts mit meiner Anteilnahme am Schicksal der armen Bergleute zu tun.«

»Natürlich nicht, Herr Professor.« Abraham überlegte, ob er Richters Todesdiagnose widersprechen konnte, ohne unziemlich zu erscheinen, und sagte: »Die Diagnose Herzversagen ist selbstverständlich richtig, Herr Professor, und doch habe ich mir erlaubt, eine weitere Ursache in Erwägung zu ziehen. Sozusagen eine Ursache für die Ursache.«

»Ihr macht mich neugierig.«

»Durch die Drehung des Kopfes könnte die Blutversorgung des Hirns unterbrochen worden sein, was letztendlich zum Herzversagen und damit zum Tode führte.«

Richter runzelte die Stirn. »Welche Drehung des Kopfes?«

»Verzeiht, das vergaß ich zu erwähnen. Beide Patienten wurden mit seitlich abgeknicktem Kopf tot aufgefunden.« Für einen kurzen Moment dachte Abraham daran, über die schemenhafte Gestalt und ihre Untaten zu sprechen, entschied sich aber dagegen. Die Sache war noch nicht spruchreif.

»Ein abgeknickter Kopf? Das kann Zufall sein. Es gibt keine Sterbestellung, die nicht irgendwann schon einmal vorgekommen wäre. Meist natürlich nach äußerlicher Einwirkung, aber immerhin.« Richter schürzte die Lippen. »Ihr meint, durch Abkanten der Wirbelarterien soll der Tod eingetreten sein? Das ist nicht auszuschließen. Im Endergebnis aber unwichtig. Trotzdem kein schlechter Gedanke. Ist der auf Eurem eigenen Mist gewachsen?«

»Ich habe in die Bücher geschaut, Herr Professor.« Abraham vermied es, den Namen Arminius Pesus zu nennen, denn dieser Name bedeutete das Böse schlechthin.

»Nun, gleichwohl habt Ihr einmal mehr ›Warum?‹ gefragt, und das ehrt Euch. Wir alten Ärzte tun das nicht immer, vielleicht, weil wir schon zu vieles gesehen und erlebt haben. Wie gesagt, ich habe Euch noch mitzu… Sackerment, habt Ihr das gesehen, Abraham?«

Abraham hatte es gesehen. Pentzlin hatte klar und deutlich die linke Hand bewegt und dann zu ihnen herübergeblickt. Es hatte den Anschein, als habe er ihnen zugewinkt.

Richter stand mit einem Satz neben dem Bett und ließ seinen Finger vor Pentzlins Augen wandern. Kein Zweifel, die Pupillen wanderten mit. »Ich glaube, er kommt zu sich!«, rief er. »Pentzlin, kannst du mich hören? Pentzlin?«

Abraham trat dazu. »Er hat heute Vormittag schon vielversprechende Anzeichen gemacht«, sagte er.

»Ja, ja! Seht nur, wie die Pupillen wandern. Und sie reagieren gleichermaßen auf unterschiedliches Licht!« Richter zog hektisch die Vorhänge der Fenster auf und zu. *Miosis* und *mydriasis* sind eindeutig festzustellen.«

»Die Wirkung des Elektrophors …«, begann Abraham, doch er hielt inne, als er merkte, dass Richter ihm nicht zuhörte. Dieser war jetzt dabei, den linken Arm des Patienten anzuheben, und als der Arm in der erhobenen Position wie von selbst verharrte, stieß er Laute der Begeisterung aus. »Ich spüre es, Abraham, der *Sensus* des alten Arztes sagt es

353

mir: Dieser Mann wird gleich wieder ganz bei sich sein. Welch ein Erfolg! Sagt, habt Ihr auch jeden Schritt der Krankheitsgeschichte im Journal festgehalten? Ich denke, dieser Fall ist eine Publikation wert. Seid so gut und holt mir die Aufzeichnungen.«

»Jawohl, Herr Professor.« Abraham eilte hinaus und brachte das Verlangte. Er kam gerade noch rechtzeitig in den Saal zurück, um Pentzlins erstes gesprochenes Wort mitzuerleben. Es war die Antwort auf Richters Frage »Kannst du mich sehen, Pentzlin?«.

»J-h-ha.« Pentzlins Lippen bewegten sich, als würge er etwas hervor.

»Sag das noch einmal.«

»J-ha.«

Richter strahlte. »Er hat den Sinn meiner Frage verstanden. Jetzt wird es nicht mehr lange dauern, bis er sich aufrichten kann. Nicht wahr, Pentzlin, du kannst dich doch aufrichten?«

»Ja.«

Abraham, den die Erregung ebenso gepackt hatte, fragte: »Soll ich den Elektrophor holen, Herr Professor? Die Wirkung der Maschine könnte den Vorgang beschleunigen.«

»Nein, nicht nötig.« Richters Gesicht nahm wieder den würdigen Ausdruck des Professors an. »Ich hatte vorhin schon gesagt, dass ich noch einmal auf den Tod des von Zwickow zu sprechen kommen werde. Nun ist es so weit, denn es ist bald vier, und zu diesem Zeitpunkt sollt ihr Euch bei Professor Runde, dem Prorektor unserer so hervorragend beleumundeten Universität, einfinden. Steht ihm Rede und Antwort in dieser Angelegenheit und sorgt dafür, dass der Ruf der Georgia Augusta keinen Schaden nimmt. Ich wünsche Euch alles Gute.«

Abraham wusste kaum, wie ihm geschah. Zu plötzlich hatte Richter das Thema gewechselt. Und doch war es nun so weit. Sein ganzes Schicksal würde von dem Gespräch mit Runde abhängen. »Ich würde gern noch bei Pentzlin bleiben«, murmelte er.

»Das verstehe ich«, sagte Richter bestimmt. »Aber um den Patienten macht Euch nur keine Gedanken. Der ist bei mir in den besten Händen. Und nun müsst Ihr gehen. Viel Glück.«

»Danke«, sagte Abraham. »Ich fürchte, das werde ich brauchen.«

Zum zweiten Mal an diesem Tag legte Abraham die Strecke vom Hospital zu den Universitätsgebäuden zurück, nur dass seine Gedanken bei diesem Mal deutlich düsterer waren. Mit entsprechender Miene betrat er die schwere, eichengetäfelte Amtsstube des Prorektors, nachdem man ihn eine gebührende Zeit hatte warten lassen.

Runde blickte von seinen akkurat auf dem Schreibtisch ausgerichteten Papieren auf und erhob sich. »Guten Tag, Abraham«, sagte er steif und fuhr, ohne eine Antwort abzuwarten, fort: »Unangenehme Gespräche führt man am besten im Stehen, und dies ist ein unangenehmes Gespräch.«

»Jawohl, Euer Exzellenz.« Abraham, der bis eben noch vor Aufregung gebebt hatte, wurde plötzlich ganz ruhig. Vielleicht, weil er innerlich aufgegeben hatte. Seine Haltung, seine Würde, sein Stolz, alles das, was er sich in den letzten Jahren so mühsam bewahrt hatte, schien in diesem Augenblick zusammenzubrechen. Er fühlte sich wie gelähmt. Sollten sie ihn doch hängen, vierteilen, teeren oder federn, er war die ganze verlogene Gesellschaft satt. Er war es leid, gegen Hierarchien anzukämpfen, gegen den Dünkel, die Borniertheit, die ganze Ungerechtigkeit. Ein letztes Beispiel hatte Richter soeben geliefert. Der Herr Professor würde ernten, was er, Abraham, in mühevoller Arbeit gesät hatte. Die Genesung Pentzlins würde er sich wie einen Orden an die Brust heften und sich den Erfolg durch eine Publikation für alle Zeiten sichern. Sollte er doch. Ihm war alles egal. Und Alena hatte er auch verloren. Seine geliebte Alena und die Puppen ...

»Von dem Ergebnis dieses Gespräches wird es abhängen, ob von Seiten der Universität Anklage gegen Euch erhoben wird. Überlegt Euch also jedes Wort genau.«

Abraham zog es vor, zu schweigen. Es schien ohnehin alles verloren.

»Wir kennen uns nicht persönlich, Abraham, aber Euch dürfte bekannt sein, dass ich Professor der Jurisprudenz bin. Ich beschäftige mich also von Hause aus mit Recht und Gerechtigkeit, und ich nehme diese Berufung sehr ernst. Sie führt zu einer Einstellung, die der Grundstein für die Leitung eines so hochsensiblen Gebildes wie die Georgia Augusta ist. Das sollt Ihr wissen. Wenn ich zu der Überzeugung komme, dass Ihr unschuldig seid, könnt Ihr diesen Raum als freier Mann verlassen und Euer Studium wie geplant zu Ende führen, sollte ich jedoch zur gegenteiligen Auffassung gelangen, werdet Ihr Euch vor dem Gericht dieses Hauses zu verantworten haben – mit allen Konsequenzen.«

Ja, wollte Abraham sagen, ja, das kenne ich. Schon einmal habe ich mich vor diesem Gericht zu verantworten gehabt, damit mir Gerechtigkeit widerfahre, aber die Gerechtigkeit wurde damals mit Füßen getreten. Ich wurde verurteilt, weil man mir nicht glaubte, und man glaubte mir nicht, weil ich ein Niemand war, ein Nichts gegen den großen Hermannus Tatzel, dem die Hand bei der Operation ausgerutscht war. Aber das durfte natürlich nicht wahr sein, das ging nicht, das war gegen die gottgewollte Ordnung. Und mich, mich warf man mit Schimpf und Schande von der Universität. Ich konnte von Glück sagen, dass ich nicht hinter Gittern landete …

Das alles dachte Abraham in diesem Moment, aber er sagte kein einziges Wort.

»Ich habe hier die Aussagen dreier Zeugen, die an Eides statt versichern, Ihr hättet den Streit begonnen und ohne erkennbaren Anlass auf Reinhardt von Zwickow eingeschlagen. Ihr hättet ihn ferner die Treppe hinuntergestoßen, mit der Absicht, ihn zu töten. Was habt Ihr dazu vorzubringen?«

»Wer behauptet das?«

»Wer das behauptet, tut nichts zur Sache. Die Herren Zeugen haben ihre Aussage zu Protokoll gegeben und die Erklärung eigenhändig unterschrieben. Der *Secrétaire* der Verwaltung, Tobias Fockele, war dabei persönlich anwesend.«

»Die Aussagen sind das Papier nicht wert, auf dem sie geschrieben wurden.« Ein kleiner Funke Kampfesmut glomm in Abraham auf.

»Wie darf ich das verstehen?«

»Die drei Herren waren bei der Auseinandersetzung überhaupt nicht zugegen.«

Auf Rundes Stirn entstand eine Falte. »Überlegt gut, was Ihr sagt, Abraham. Hier ist die Wahrheit gefragt – und nichts als die Wahrheit.«

»Die Pommeraner auf dem Fechtboden waren allesamt betrunken. Um die Situation nicht von vornherein zu verschärfen, forderte ich von Zwickow auf, mir nach draußen zu folgen. Ich wollte dort etwas, äh, mit ihm klären.«

Rundes scharfe Augen hatten den kleinen Moment der Unsicherheit bemerkt. »So? Was wolltet Ihr denn mit ihm klären?«

Abraham suchte nach Worten. Er konnte dem Prorektor schlecht sagen, dass er von Zwickow des Mordes an Burck verdächtigt hatte. »Nun, äh, es ist so, dass der tote Pommeraner von Anfang an etwas gegen mich hatte.«

»Ihr meint, seit Eurer eines Studenten unwürdigen Vorstellung am Albaner Tor?«

Abraham schwieg.

Runde wiederholte seine Frage.

»Ich … ich musste Geld verdienen, um mein Studium weiter finanzieren zu können. Ich sah keine andere Möglichkeit. Es tut mir leid, ich hoffte, die Führung der Universität würde es nicht erfahren.«

»Die Führung der Georgia Augusta weiß mehr, als Ihr denkt – viel mehr. Und das liegt daran, dass Ihr nicht nur Freunde habt. Die Fürsprache Eurer Freunde jedoch und Eure zweifellos ausgezeichneten Leistungen während des Studiums haben dafür gesorgt, dass Ihr die Nachteile, die Ihr, nun, sagen wir, von Hause aus mitbringt, immer wieder ausgleichen konntet. Doch das nur nebenbei. Warum also hatte von Zwickow von Anfang an etwas gegen Euch?«

»Ich war ihm ein Dorn im Auge.«

»Warum?«

Abraham merkte, dass er um die Antwort nicht herumkam. Er blickte Runde direkt an. »Ihn störten mein Alter und das fehlende ›von‹ in meinem Namen.«

»Aha, soso.« Runde räusperte sich.

Abraham wagte einen Vorstoß. »Darf ich Eurer Reaktion

entnehmen, dass Ihr das Verhalten von Zwickows als ungerecht empfindet?«

Runde machte sich an den Papieren auf seinem Schreibtisch zu schaffen. »Die Fragen stelle ich hier.«

»Jawohl, Euer Exzellenz.«

»Ihr wolltet also draußen vor dem Fechtboden mit von Zwickow etwas klären. Wolltet Ihr ihn verprügeln?«

»Am liebsten hätte ich es.«

»Ihr seid von großer Offenheit. Passt auf, dass Ihr Euch nicht um Kopf und Kragen redet.«

»Es war so, dass ich kaum zu Wort kam. Von Zwickow beschimpfte mich aufs übelste und ging sofort mit den Fäusten auf mich los.«

»Das schildern die Zeugen ganz anders.«

»Diese sogenannten Zeugen waren während des Handgemenges überhaupt nicht dabei. Nachdem von Zwickow mir nach draußen auf den Treppenabsatz gefolgt war, schloss ich die Tür vor ihnen.«

»Nehmen wir an, es war so. Warum tatet Ihr das? Wolltet Ihr keine Zeugen haben bei dem, was Ihr vorhattet?«

»Ich … ich …« Abraham suchte nach Worten. »Ich wollte keine Schlägerei provozieren.«

»Stattdessen habt Ihr von Zwickow getötet.«

»Nein, Euer Exzellenz, er hat sich selbst gerichtet.«

Runde zog die Brauen hoch. »Aha, er hat sich selbst gerichtet! Wollt Ihr damit sagen, der Mann wäre freiwillig von oben gegen die Geländerspitze gesprungen?«

»Nein, natürlich nicht. Es war vielmehr so, dass er ohne Vorwarnung auf mich losgegangen ist, mich unflätig beschimpfte und nach mir schlug und trat. Ihr seht es an meiner verletzten Lippe.«

»Meine Unterlagen sagen das Gegenteil aus.«

»Die Zeugen lügen. Sie haben sich abgesprochen, um ihren Kameraden zu rächen.«

»Das könnte sein. Aber es steht Aussage gegen Aussage. Die Erklärungen dreier Jünglinge aus bester Familie gegen die Beteuerungen eines, verzeiht, wenn ich es so deutlich ausspreche, ehemaligen Puppenspielers.«

»Ich sage die Wahrheit.«

»Die Ihr aber nicht beweisen könnt.« Runde schnitt eine Grimasse. »Wie es aussieht, habt Ihr schlechte Karten. Ganz schlechte Karten.«

In dieser Situation, in der alles schon verloren schien, kam Abraham ein Geistesblitz, der seine Lage auf einmal in ein ganz anderes Licht tauchte. »Vielleicht kann ich meine Unschuld beweisen.«

»Wie wollt Ihr das denn zuwege bringen?«

Statt einer Antwort begann Abraham, die Köpfe an seinem Gehrock zu öffnen.

»Was macht Ihr da?«

Abraham ließ seinen Rock zu Boden gleiten und zog das Leinenhemd über den Kopf.

»Seid Ihr von allen guten Geistern verlassen?«

»Nein, Euer Exzellenz, ich versuche nur, meine Unschuld zu beweisen. Seht meine Brust an. Ihr werdet darauf außer der Behaarung ein ausgeprägtes Hämatom erkennen. Es stammt von einem Fußtritt des von Zwickow. Eine ähnliche Einblutung, wenn auch deutlich kleiner, seht Ihr an meiner Schläfe.« Abraham beugte sich vor, damit Runde die Stelle begutachten konnte. »Ein Faustschlag des von Zwickow.«

Runde setzte sich hinter seinen Schreibtisch. »Zieht Euch wieder an.«

Abraham gehorchte. Während er die Kleider überstreifte,

beobachtete er den Prorektor, doch nichts war in dessen Gesicht zu lesen. »Ihr könnt ebenfalls Platz nehmen, Abraham.«

»Danke, Euer Exzellenz.«

»Die Tatsache, dass Ihr Kampfspuren am Körper tragt, sagt zunächst noch gar nichts. Ihr könntet von Zwickow noch immer zu Tode gebracht haben, indem Ihr ihn die Treppe hinunterstießet.«

»Nein, euer Exzellenz.«

»Nein?«

»Es ist allein mein Körper, der Spuren des Kampfes aufweist, bei von Zwickow wird man solche nicht finden, denn ich habe ihn weder getreten noch geschlagen.«

»Das behauptet Ihr.«

»Die Untersuchung des Toten wird meine Behauptung bestätigen.«

Runde faltete die Hände und ließ die Daumen umeinander kreisen. Ein Zeichen dafür, dass er stark nachdachte. »Bei einem heftigen Kampf ist es höchst unwahrscheinlich, dass nur ein Kämpfer Blessuren davonträgt. Ihr, Abraham, seht mir nicht danach aus, als würdet Ihr Euch nach einem Hieb auch noch bedanken.«

»Das mag sein, Euer Exzellenz, aber ich habe meinem Gegner den Fuß umgedreht, nachdem er mir gegen den Brustkorb getreten hatte. Daraufhin ging er zu Boden. Als ich losließ und er sich wieder auf mich stürzen wollte, wich ich aus. So fiel er die Treppe hinunter. Das geborstene Geländer war dann leider im Weg.«

»In der Tat, in der Tat, so mag es gewesen sein. Falls Ihr die Wahrheit sagt. Nun, das lässt sich nachprüfen. Die Leiche des von Zwickow befindet sich zurzeit im Anatomischen Theater. Ich werde Professor Wrisberg bitten, den

Toten akribisch auf Kampfspuren an Kopf und Körper zu untersuchen. Sollte er nichts finden, will ich Euch glauben – und dem Universitätsgericht empfehlen, von einer Verhandlung abzusehen. Bis dahin seid Ihr weiter auf freiem Fuß.« Rundes Daumen kamen zum Stillstand.

Abraham strahlte. »Dies scheint, allem Anschein zum Trotz, doch ein guter Tag für mich zu sein.«

Runde nickte grimmig. »Für Euch vielleicht. Für die drei Herren, die diese eidesstattlichen Erklärungen abgegeben haben, weniger. Sie werden viele Fragen zu beantworten haben. Ich wusste doch, dass es – so oder so – ein unangenehmes Gespräch werden würde.«

»Jawohl, Euer Exzellenz.«

»Ihr könnt jetzt gehen.«

Von dannen Er kommen wird,
zu richten
die Lebendigen ...

Die Uhr der Johanneskirche zeigte ein Viertel nach fünf, als Abraham das Rathaus passierte und sich auf den Weg zurück zum Hospiz machte. Er ging beschwingten Schrittes, denn ganze Mühlsteine waren ihm vom Herzen gefallen.

Im kleinen Krankenhaus angelangt, führte ihn sein erster Weg nach oben in den Patientensaal. Der Anblick, der sich ihm bot, machte alle Mühen, Sorgen und Ängste der vergangenen Tage wett: Pentzlin saß aufrecht im Bett und sah ihn an.

»Guten Tag, Pentzlin«, sagte Abraham, wobei er sich bemühte, das Vibrieren in seiner Stimme zu unterdrücken. »Ich bin nicht ganz sicher, ob du weißt, mit wem du es zu tun hast?«

»Nein, weiß ich nicht.« Pentzlin krächzte. Seine Stimmbänder mussten sich erst wieder an ihren Dienst gewöhnen.

»Mein Name ist Julius Abraham. Ich leite dieses Hospital.«

»Ach ja, der Professor hat's erzählt.«

»Weißt du, was in Bad Grund passiert ist und wie du hierhergekommen bist?«

»Ja, weiß ich. Vom Professor.« Auf Pentzlins bleiches Gesicht legte sich ein Schatten.

Abraham suchte nach Worten. Er war nicht sicher, ob Richter auch von Burcks und Gottwalds Tod berichtet hatte, mochte das Thema aber nicht anschneiden. »Wir sind sehr froh, dass wir dich durchgekriegt haben. Warst du schon auf?«

»Bin ein paar Schritte gegangen, weil's der Professor so wollte. Ging aber schlecht. Ein Alter hat mich gestützt.«

»Hasselbrinck?«

»Ich glaub, so hieß er.«

»Hast du schon etwas zu essen bekommen?« Abraham setzte sich auf den Bettrand und griff automatisch nach Pentzlins Handgelenk. Der Puls war normal.

»Nein. Dieser Hassel… sollte mir was bringen.«

»Warte.« Abraham stand auf und ging hinunter, doch Hasselbrinck war nicht aufzufinden. Nach vergeblicher Suche betrat er die kleine Küche und sagte zu Hasselbrincks Frau: »Bitte seid so gut, und macht etwas Suppe für Pentzlin warm. Und bringt die Suppe mit einer Scheibe Brot nach oben.«

»Gern, Herr Doktor.«

»Wisst Ihr, wo Euer Mann steckt?«

»Nein, Herr Doktor.«

»Nun ja.« Abraham stieg wieder nach oben und nahm erneut am Bettrand Platz. Er sagte sich, dass es wahrscheinlich besser wäre, nicht allzu viele Fragen zu stellen, konnte aber nicht umhin, sich zu erkundigen, ob Pentzlin sich an irgendetwas nach dem Unfall im Bergwerk erinnern könne.

»Kann ich nicht, tut mir leid.«

»Keine Bilder, keine Geräusche, keine Gerüche, keine Schmerzen …?« Abraham merkte selbst, dass er seinen Patienten überforderte. »Vergiss die Fragen. Wahrscheinlich war es so, als ob du abends eingeschlafen und am Morgen

364

aufgewacht wärst. Und dazwischen nichts geträumt hättest. Könnte das sein?«

»Ja, ja, genau.«

»Leidest du unter *Somnambulie?*«

»Äh, wie?«

»Es ist gut. Gleich kommt etwas Suppe. Hasselbrincks Frau wird sie dir bringen. Ach übrigens, wie steht es mit der Notdurft? Hast du schon ...?«

»Hab ich. Der Alte hat mir runtergeholfen. Die Beine sind noch wackelig.« Pentzlin grinste schief.

»Das wird schon wieder. Ich schau nachher noch mal nach dir.« Abraham tätschelte Pentzlin aufmunternd den Arm und verließ den Saal. Er ging hinüber in seine Stube und setzte sich an den Schreibtisch. Das Buch *De caputitis aspera et venae* lag vor ihm. Er hatte es ausgeliehen, um es von der ersten bis zur letzten Seite durchzuarbeiten. Doch nach ein paar Seiten merkte er, dass er dazu nicht in der Lage war. Er musste ständig an den Verfasser des Werkes denken. Arminius Pesus.

Der Name bereitete ihm körperliches Unbehagen. Er stand auf und schritt ruhelos in der kleinen Stube auf und ab. Der Abend und die kommende Nacht standen ihm bevor wie selten etwas in seinem Leben. Er wusste nicht, was ihn erwartete. Aber er verspürte Angst.

Schließlich blieb er stehen, atmete tief durch und nahm aus einer Schublade ein Fläschchen mit weißem Pulver. Es handelte sich um ein Sedativ. Die Arznei war nicht für ihn bestimmt, sondern für Pentzlin. Es war wichtig, dass der junge Bergmann in der kommenden Nacht tief und fest schlief.

Er ging hinüber und sagte: »Guten Appetit, Pentzlin. Ich sehe, du hast die Suppe schon fast aufgegessen. Nimm auch etwas von dem Brot, das Hasselbrincks Frau dir dazugelegt hat.«

»Jawohl.« Pentzlin legte den Löffel zurück in den Teller und griff nach dem Brotkanten, der auf der Bettdecke lag.

»So ist es recht. Zu viel Suppe ergibt einen wässrigen Stuhl, da ist ein Bissen Brot genau das Richtige.« Abraham setzte sich zu Pentzlin und ließ unbemerkt den Inhalt des Fläschchens in die Suppe rieseln. Nachdem er sie umgerührt hatte, sagte er: »Neben dem feinen und dem groben haben wir hier in Göttingen das sogenannte Mittelbrot. Es erfreut sich bei Alt und Jung großer Beliebtheit wegen seines Geschmacks. Schmeckt es dir, Pentzlin?«

»Ja, hm, danke.« Pentzlin kaute mit vollen Backen.

»Ähnlich ist es mit der Göttinger Wurst. Sie ist über die Genzen hinaus bekannt für ihre köstliche Würze. Ich will sehen, dass du morgen ein Stück davon probieren kannst. Doch nun iss deine Suppe auf.«

Abraham machte ein möglichst gleichgültiges Gesicht, während er Pentzlin den Rest der Suppe löffeln sah. Er hoffte, das Sedativ würde nicht allzu sehr durchschmecken. Doch seine Sorge war unbegründet. Pentzlin aß den Teller restlos leer, ohne auch nur mit der Wimper zu zucken.

»Du bist ein guter Esser, Pentzlin.«

»Das sagt Mutter auch immer.«

»Bald wirst du wieder Bäume ausreißen können.«

Pentzlin lächelte geschmeichelt.

Abraham ging hinüber in seine Stube, um die heutigen entscheidenden Fortschritte in Pentzlins Journal einzutragen, konnte die Krankenakte jedoch nicht finden. Wahrscheinlich hatte Richter sie mitgenommen. Er ging nach unten, um Hasselbrinck danach zu fragen, aber der Krankenwärter war immer noch nicht wieder im Haus. Doch da: Die

Eingangstür knarrte in den Angeln, das musste er sein. »Hasselbrinck, ich …«, begann er und verstummte. Vor ihm stand Heinrich, wie immer tadellos als junger *Fuchs* gekleidet. Heinrich lächelte scheu. »Ich bin so froh, dich hier zu sehen. Bei dir ist ja eine ganze Menge passiert in den letzten Tagen.«

»Das kann man wohl sagen.« Abraham spürte ebenfalls Unsicherheit. Eigentlich hatte er allen Grund, zornig auf Heinrich zu sein, denn dieser hatte einen Keil zwischen ihn und Alena getrieben. Doch er konnte keinen Groll empfinden. Zu viel anderes bewegte seine Gedanken.

»Draußen haben eben ein paar Pommeraner herumgelungert, mit finsteren Mienen und geballten Fäusten. Denen passte es nicht, dass du auf freiem Fuß bist.«

»Was?« Abraham wollte vor die Tür eilen, aber Heinrich hielt ihn zurück. »Sie haben sich schon verzogen, nachdem ein paar Universitätsjäger auftauchten.« Er lächelte. »Ich hatte sie schnell geholt.«

»Danke.«

»Wollen wir zu dir nach oben gehen? Hier unten ist es so ungemütlich.«

Widerstrebend willigte Abraham ein. Er stellte fest, dass immer noch ein ganz besonderer Zauber von Heinrich ausging. Seitdem dieser sich als Henrietta offenbart hatte, wusste er nie, wie er sich ihm – oder ihr – gegenüber verhalten sollte. Er beschloss, ihn weiter als Heinrich zu behandeln, auch wenn es ihm schwerfiel. Das war unverfänglicher. Er steuerte absichtlich nicht seine Stube an, weil dort noch sein Dielenlager aufgeschlagen war, sondern wählte den Patientensaal. »Vielleicht hast du schon gehört, dass auch Gottwald inzwischen tot ist«, sagte er, um irgendetwas zu sagen.

Auf Heinrichs Gesicht fiel ein Schatten. »Nein, das ist mir neu. Und es tut mir sehr, sehr leid für dich.« Er wollte Abraham tröstend die Hand auf den Arm legen, aber dieser sagte schnell: »Pentzlin jedoch ist aus seinem todesähnlichen Zustand erwacht. Er spricht und isst.«

Heinrich begann zu strahlen. »Oh, wirklich? Das ist ein wunderbarer Erfolg! Ich freue mich so für dich.«

»Ja«, sagte Abraham und fügte unnötigerweise hinzu: »Jetzt schläft er gerade.«

»Ich sehe es. Er sieht ganz normal aus.«

Abraham rückte einen Stuhl heran. »Aber setz dich doch.«

Heinrich nahm Platz und schaute ihn aus seinen großen grauen Augen an. »Und was ist mit dir?«

»Was soll mit mir sein?«

»Willst du dich nicht auch setzen?«

»Doch, ja.« Abraham ließ sich auf Pentzlins Bett nieder.

Eine Zeitlang schwiegen beide. Dann deutete Heinrich auf Abrahams Lippe. »Hast du das diesem üblen von Zwickow zu verdanken?«

»Ja, das habe ich.«

»Ich finde es nicht schade, dass er tot ist.«

»So etwas darfst du nicht sagen.«

»Warum nicht? Ich spreche nur aus, was viele denken. Sag, war es sehr schlimm? Ich meine, wie er dir zugesetzt hat?«

Abraham wollte nicht über das Thema reden, deshalb fiel seine Antwort kurz aus. »Er ist tot, ich lebe.«

»Und hast den Prorektor von deiner Unschuld überzeugt.« Es war mehr eine Feststellung als eine Frage.

»Ja, so ist es wohl.«

Wieder schwiegen beide. Dann sagte Heinrich: »Ich bin hier, damit du es mir wiedergibst.«

»Was meinst du damit?«

»Mein Medaillon.« Heinrich streckte die Hand aus.

Abraham griff in die Rocktasche und nestelte das ovale Schmuckstück hervor.

Heinrich öffnete das Medaillon und schaute sein Ebenbild an.

Abraham sah mit Bestürzung, wie eine Träne unter seiner Wimper hervorquoll und langsam die Wange hinunterlief. »Henrietta, bitte«, sagte er heiser.

»Ich bin Heinrich. Ich will Heinrich sein. Es ist besser, wenn ich Heinrich bin, auch wenn ich dich sehr liebe.« Jetzt begannen die Tränen zu fließen.

»Henriett... Heinrich.« Abraham wollte seine Hand nehmen, aber er entzog sie ihm. »Lass das, du machst alles nur noch schlimmer.«

»Ich wollte doch nur ...«

»Das wollte ich auch. Ich wollte einfach nur glücklich sein. Mit dir, nur mit dir. Ich dachte, eine Liebe muss nur groß genug sein, um alle Hindernisse überwinden zu können, aber ich habe mich geirrt.« Heinrich schlug die Hände vors Gesicht.

Abraham kam sich vor wie der schändlichste Wicht auf Erden. Er suchte nach Worten, wollte Heinrich trösten, aber der Mund war ihm wie mit Brettern vernagelt.

Allmählich beruhigte sich Heinrich. Er nahm die Hände von seinem Gesicht, und Abraham sah seine geröteten Augen. »Ich muss schrecklich aussehen.«

»Du ... du bist der hübscheste junge Mann, den ich kenne.«

Einen Augenblick lang sah es so aus, als würde Heinrich wieder weinen müssen, aber er beherrschte sich. »Jedenfalls habe ich das Medaillon, und damit ist zwischen uns alles

369

wieder so, wie es am Anfang war. Wir wollen Freunde bleiben, mehr nicht.«

Abraham verspürte einen Stich.

»Ich war bei Alena.«

»Was?«

»Es war vor zwei Tagen, am Samstagvormittag. Die Nachricht vom Tod dieses von Zwickow hatte sich wie ein Lauffeuer unter den *Burschen* herumgesprochen, und ich hatte große Angst um dich. Ich musste mit jemandem darüber sprechen, und da bin ich in die Güldenstraße gegangen. Alena ist sehr schön. Noch schöner, als ich befürchtet hatte. Allein ihre Augen, sie hat die schönsten schwarzen Augen, die ich jemals sah.«

»Ja, das glaube ich.«

»Ich bat sie, dich zu verstecken, falls man dich ins Gefängnis werfen wollte, und sie sagte, dafür käme, wenn überhaupt, nur der verwinkelte Keller in Frage, aber das müsse sie erst mit der Zimmerwirtin besprechen. Sie war genauso verzweifelt wie ich, das konnte ich in ihrem Gesicht lesen. Und genauso konnte ich darin lesen, dass sie dich noch immer liebt. Obwohl sie es abstritt. Ich habe ihr gesagt, dass ich dich aufgeben will, denn es gibt keinen größeren Liebesbeweis als den Verzicht. Ich will auf mein Glück verzichten, damit ihr wieder glücklich werdet. Sie ist die Richtige für dich – nicht ich.«

Nun stürzten bei Heinrich doch wieder die Tränen hervor, und diesmal ließ er es zu, dass Abraham ihn in die Arme nahm und tröstend wiegte.

Nach einer Weile befreite er sich und sagte: »Wir müssen vernünftig sein. Wenn Pentzlin aufwacht und uns sieht, könnte er die Situation missverstehen.«

»Er wird nicht aufwachen.« Abraham wollte Heinrich

wieder in die Arme nehmen, aber dieser fragte: »Wieso, schläft er denn so fest?«

Abraham schwieg.

»Wenn du so schweigst, verheimlichst du mir etwas. Ich kenne dich besser, als du denkst. Was ist mit Pentzlin los?«

»Ich habe ihm ein Sedativ gegeben, mehr nicht.«

Heinrich kniff die Augen zusammen. »Entschuldige, Julius, aber das klingt nicht sehr logisch. Wenn ich wochenlang versuche, einen Patienten zu erwecken, gebe ich ihm kein Sedativ, kaum dass er wach geworden ist. Da stimmt doch etwas nicht? Erzähl es mir. Ich habe ein Recht darauf, es zu erfahren. Immerhin haben wir zusammen mit dem Elektrophor gearbeitet, um Pentzlin und seine bedauernswerten Kumpel wieder ins Diesseits zu holen.«

»Es ist eine Sache, in die du nicht hineingezogen werden sollst.«

»Vertraust du mir etwa nicht?«

»Doch, doch, natürlich, aber …«

»Willst du mich beleidigen?«

»Nein, Donner und Doria, das will ich nicht …«

»Dann heraus mit der Sprache.«

Abraham seufzte. Es blieb ihm nichts anderes übrig, als die Vorfälle mit der unbekannten, schemenhaften Gestalt zu schildern und anzudeuten, dass Burck und Gottwald nicht eines natürlichen Todes gestorben waren. Er tat es mit knappen Worten, vermied jede Einzelheit und versuchte, möglichst gleichgültig dabei zu klingen.

»Und weiter?«

»Nichts weiter.«

Heinrich bemühte sich noch ein paarmal, mehr aus Abraham herauszuquetschen, aber es gelang ihm nicht. Schließlich gab er es auf. »Du bist ein Dickkopf, Julius.«

371

»Das sagt Alena auch immer.«

»Ja, Alena. Ich habe das Stichwort verstanden. Ich werde jetzt gehen.«

»So habe ich das nicht gemeint.«

»Ich werde trotzdem gehen.« Heinrich stand auf und beugte sich zu Abraham herab. »Leb wohl – und pass auf dich auf.« Er küsste ihn auf die Wange.

Es war nur ein Wangenkuss. Aber er war voller Glut.

Als Heinrich fort war, ging Abraham in seine Stube, streckte sich auf seinem Dielenlager aus und versuchte zu schlafen.

Er wollte Kraft sammeln für die kommende Nacht.

Nachdem Hasselbrinck zufällig mit angehört hatte, wie Professor Richter Abraham befahl, sich bei dem Prorektor im Universitätsgebäude zu melden, hatte er seine Arbeit liegenlassen und sich umgehend auf den Weg in die Güldenstraße gemacht. Nun stand er vor dem Haus mit der Nummer 3, betätigte den Türklopfer und wartete auf Einlass.

Wie er erhofft hatte, war es Alena, die ihm öffnete.

Hasselbrinck drehte die Kappe in den Händen und sagte: »Einen schönen guten Tag, wünsche ich, Frau Doktor, ich bin Hasselbrinck, wie Ihr Euch vielleicht erinnert.«

»Ja, natürlich, Hasselbrinck, wir haben uns schon ein- oder zweimal gesehen. Kommt doch herein.« Alena führte Hasselbrinck in die Küche. »Setzt Euch. Nehmt Ihr einen Kaffee? Es ist guter Kaffee, kein Zichoriengebräu.«

»Ich bin so frei, Fau Doktor. Aber nur, wenn's keine Umstände macht.«

»Nein, nein.« Alena hantierte geschickt mit Kohle und

Kanne und stellte Hasselbrinck kurz darauf eine dampfende Tasse vor die Nase.

»Danke, Frau Doktor.«

»Sagt nicht immer ›Frau Doktor‹ zu mir. Ich führe den Titel nicht. Was kann ich für Euch tun?«

»Tja.« Da Hasselbrinck nicht recht wusste, wie er anfangen sollte, trank er erst einmal einen Schluck. »Der Kaffee ist gut, Frau Do…, ich meine, Frau Abraham.«

»Das freut mich.« Alena fragte sich bang, ob etwas mit Abraham passiert sei. Seit Samstag, als Henrietta bei ihr gewesen war, hatte sie mit sich gekämpft, ob sie ihn aufsuchen solle, und sich schließlich am Sonntagvormittag auf den Weg zu dem kleinen Hospiz gemacht. Doch als sie dort eingetroffen war, hatte es geheißen, der Herr Doktor sei unterwegs. Wo, wisse man nicht. Sie war unverrichteter Dinge wieder umgekehrt, das Herz voller Sorgen. Am Sonntagnachmittag und am heutigen Montag hatte sie im Haus alle Hände voll zu tun gehabt, denn die Beine der Witwe kränkelten mal wieder und bedurften strenger Bettruhe. So hatte Alena nicht nur den ganzen Haushalt versorgen, sondern auch die Pflege von Mutter Vonnegut übernehmen müssen.

Zwischendurch hatte sie Todesängste ausgestanden, denn ein paar Pommeraner hatten sich vor dem Haus zusammengerottet, die Fenster mit Kieseln beworfen und lautstark nach Abraham verlangt. Gottlob war nichts passiert, denn Hannes, Jakob, Claus und Amandus, die *Burschen* der Witwe, waren hinausgelaufen und hatten es verstanden, die Wogen zu glätten, indem sie die Kerle auf ein Glas in den *Braunen Hirschen,* ihre derzeitige Lieblingswirtschaft, einluden.

»Ist etwas mit meinem Mann?«, fragte Alena.

»Nein, nein, macht Euch man keine Sorgen, das heißt …«

»Ja?« Alenas Herz begann heftig zu klopfen.

»Macht Euch keine Sorgen.« Hasselbrinck, der ohnehin nicht unbedingt ein Mann der flüssigen Rede war, suchte nach Worten. »Ich meine, es geht ihm gut. Die Sache auf dem Fechtboden hat er ja heil überstanden, wenn bloß nicht dieser von Zwickow dabei draufgegangen wäre. Die meisten sagen, es wär nicht schade um ihn, andere behaupten das Gegenteil, na, es nützt ja nichts, tot ist er trotzdem.«

»Ja, ja, sicher, ich habe auch schon davon gehört. Ist Abraham denn noch auf freiem Fuß? Ich meine, da war am Samstag ein *Secrétaire* der Georgia Augusta hier, ein Mensch namens Fockele ...«

»Ja, ja, den kenn ich, der war auch bei mir im Hospiz. Mit 'ner Arrest-Anordnung für den Herrn Doktor, und vorhin musste er zum Runde, ich meine, zu dem Herrn Prorektor, zum Rapport.«

»Um Gottes willen, und was ist dabei herausgekommen?«

»Weiß ich nicht, weiß ich leider nicht, Frau Abraham.« Hasselbrinck nahm schlürfend einen großen Schluck. »Aber eines weiß ich: Der Herr Doktor hat gerade 'ne schwere Zeit, 'ne sehr schwere Zeit. Zwei von seinen Bergleuten sind tot, und das nimmt ihn furchtbar mit. Na, wenigstens der dritte Mann, der Pentzlin, ist wieder wach.«

»Muss Abraham denn ins Gefängnis?« Alena merkte, wie sie am ganzen Körper zu zittern begann.

»Vielleicht ja, vielleicht nein. Wenn er Glück hat, ist er jetzt schon wieder im Hospiz. Wir glauben ja alle an seine Unschuld, meine Frau und die alte Grünwald und ...«

»Ich muss unbedingt zu ihm!«

»Ich hab gehofft, dass Ihr das sagen würdet, Frau Abraham. Wollt Ihr gleich mitkommen? Ich mach mich jetzt auf die Socken. Danke für den Kaffee.« Hasselbrinck stand mit knackenden Gelenken auf. »Wenn es noch 'ne Gerechtigkeit gibt, dann ist er da.«

Alena schüttelte den Kopf. »Ich weiß Eure Freundlichkeit zu schätzen, Hasselbrinck, aber ich kann jetzt noch nicht. Pünktlich um sieben gibt es in diesem Haus das Abendessen, und eher fallen Ostern und Weihnachten auf einen Tag, als dass sich daran jemals etwas ändern würde. Nein, nein, ich muss mich noch um einiges kümmern, geht nur schon vor.« Alena zögerte einen kurzen Moment und fügte dann hinzu. »Und grüßt mir Abraham, wenn Ihr ihn seht. Ich wäre auf dem Weg zu ihm.«

»Ist recht, Frau Abraham. Nochmals meinen Dank für den Kaffee, ich finde allein raus.«

Abraham wälzte sich auf seinem Dielenlager hin und her. Seine Absicht, noch ein wenig zu schlafen, stellte sich als undurchführbar heraus. Für einen Moment fiel sein Blick auf Pentzlin, der tief und fest in seinem Bett schlummerte, und der Gedanke keimte in ihm, selbst ein Sedativ zu nehmen. Doch das kam auf keinen Fall in Frage. Die Wirkung der Cannabis-Pflanze trat zwar jedes Mal sicher ein, doch wie lange sie anhielt, hing von vielerlei Faktoren ab, und Abraham wollte auf keinen Fall im Schlaf von den zu erwartenden Ereignissen überrascht werden.

Seine Gedanken wanderten zurück zu Heinrichs Besuch. Er war bei Alena gewesen und hatte versichert, sie liebe ihn immer noch. Er hätte es in ihrem Gesicht gelesen.

Abraham erhob sich. Er war drauf und dran, zur Güldenstraße zu gehen, doch dann pfiff er sich zurück. Es musste schon gegen sechs Uhr sein, und zu diesem Zeitpunkt des Tages herrschte im Haus der Zimmerwirtin stets betriebsame Geschäftigkeit. Das Abendessen musste rechtzeitig fertig werden, und die hungrigen *Burschen* lungerten meist schon in der Küche herum, um den einen oder anderen Bissen vorab zu ergattern. In diesen Trubel wollte Abraham nicht geraten. Wenn er mit Alena sprach, wollte er allein mit ihr sein. Vielleicht oben im Puppenzimmer, dann könnten seine Lieblinge dabei sein, wenn alles wieder gut würde. Vielleicht ...

Ein kräftiges Klopfen unterbrach seine Gedanken. Unten vor der Haustür stand jemand, der Einlass begehrte. Abraham öffnete die Tür seiner Stube und rief in den Gang hinaus: »Hasselbrinck, bitte macht mal auf, da scheint jemand zu sein. Wahrscheinlich ein Patient!«

Dann merkte er, dass der Krankenwärter noch nicht zurück war – von welchem Gang auch immer. Eine Verwünschung murmelnd, stieg er selbst nach unten und schaute nach. Vor ihm stand kein Patient, sondern ein recht hochnäsig dreinblickender junger Mann, der eine rote Livree trug. Die drei Löwen auf seiner Brust wiesen ihn als einen Diener des englischen Königshauses aus. »Ich komme im Auftrag von Professor Lichtenberg«, sagte der Mann in holprigem Deutsch, »und soll Euch das hier geben.« Er überreichte ein *Compliment,* das aus wenigen Zeilen bestand und folgenden Inhalt hatte:

Lieber Freund und Lebensretter,
je interessanter die Kunde, desto lauter pfeifen
sie die Spatzen von den Dächern. Auch zu mir
ist es gedrungen, dass Prof. Runde Euch gnädig
in die Freiheit entlassen hat. Halleluja und willkommen wieder in der Niederung des Alltags!

Um es kurz zu sagen: Ich muss den Elektrophor von Euch zurückerbitten, wenigstens für einen Tag, da ich ihn für die morgige Frühlesung in meinem Hause benötige. Doch gebt ihn um des lieben Heilands willen nicht dem aufgeblasenen Höfling mit, der vor lauter Vornehmgetue keine zwei Schritte geradeaus gehen kann.
Kommt lieber selbst.

L.

Abraham steckte den Zettel ein und sagte: »Richte dem Herrn Professor aus, ich würde mich umgehend auf den Weg machen und das Gewünschte bringen.« Er wartete die Reaktion des Arroganzlings nicht ab, sondern ging hinauf und holte das wertvolle Gerät aus dem Instrumentenschrank hervor. Bei dem Gedanken, noch einmal das Hospiz verlassen zu müssen, war ihm nicht wohl, aber es nützte nichts. Wenn der hilfreiche Professor um einen Gefallen bat, konnte man ihm diesen schlecht abschlagen.

Abraham packte den Elektrophor in das eigens dafür angefertigte, mit rotem Samt ausgeschlagene Behältnis, zog seinen Rock über und verließ wenige Minuten später das Haus, um zum dritten Mal an diesem Tag die Geismarstraße nach Norden in Richtung Innenstadt zu gehen. Der Zufall wollte es, dass im gleichen Moment, als die Hospitaltür hinter ihm zufiel, Hasselbrinck den rückwärtigen Hof betrat, weil das Feuerholz hier gestapelt war und er ein paar Scheite mit ins Haus nehmen wollte. So verpassten sich beide.

Abraham ging schnell, ohne nach links und rechts zu schauen, und erreichte alsbald die Rote Straße, in die er nach links abbog. Von hier war es nicht mehr weit bis zum

Kornmarkt und zu Schmalens Laden, dem Haus, in dem Lichtenberg wohnte. Es schien, als hätte der Professor auf ihn gewartet, denn er öffnete selbst die Tür und sagte: »Ich hoffe, es *incommodirt* Euch nicht allzu sehr, dass ich Euch bemühen musste?«

»Natürlich nicht, Herr Professor.«

»Verzeiht, dass ich eine der Schranzen meiner Prinzen bemüht habe, Euch die Nachricht zu überbringen, aber bei mir liegt das Herz dem Kopf wenigstens um einen Schuh näher als bei den übrigen Menschen, und eine Paralysis der rechten Körperhälfte bereitete mir heute schon den ganzen Tag über argen Verdruss. Ah, da haben wir ja den elektrischen Apparat.«

»Herr Professor, ich möchte gleich wieder …«

»Die Paralysis glich übrigens einer Starre, so mächtig, als stünde ich unter elektromagnetischer Kraft, als würde ich unter Blitz und Donner verharren, dabei gleichsam wie ein Kaninchen auf die Schlange stierend.« Lichtenberg kicherte. »Und das, wo doch gerade mir die Elektrizität recht familiär ist. Wenn mich mein in die Jahre gekommenes *cerebrum* nicht täuscht, habe ich bereits in den siebziger Jahren den einen oder anderen Papierdrachen fliegen lassen, um die Phänomene der Gewitterelektrizität zu durchschauen …«

»Herr Professor …«

»Ich weiß, mein lieber Abraham, das war lange vor Eurer Göttinger Zeit. Und 1780 – oder war es 1781? – wollte ich den ersten Blitzableiter am Rathaus installieren, aber in diesem Fall waren sie sich alle einig, die Herren Bürgermeister, Stadtsyndikusse, Kämmerer, Senatoren und so weiter, sie wollten das Ding *partout* nicht auf ihrem Dach haben. Vielleicht, weil ich's ›Furchtableiter‹ genannt hatte. Na, ich

habe Newtons Erfindung dann an einem meiner Garten-
häuschen anbringen lassen. Und was soll ich Euch sagen,
niemals seitdem hat mir der Blitz eine Pflanze verkohlt, geschweige denn die Laune verhagelt.«

»Herr Professor, verzeiht …«

»Oh, wie unbedacht von mir! Ich vergaß, der Elektrophor hat sein Gewicht, und Ihr haltet ihn die ganze Zeit in
der Hand. Seid bitte so gut und tragt mir das Ding in die
Stube, dahin, wo der große ovale Tisch steht. Dann ist es
morgen früh gleich an Ort und Stelle, wenn die Lesung beginnt.«

Wohl oder übel gehorchte Abraham. Wer A sagt, muss
auch B sagen, dachte er. Wer dem Professor den Elektrophor nach Hause bringt, kann nicht an der Tür wieder um-
kehren. Er tat, wie befohlen, und packte das Gerät aus.

Lichtenberg stand daneben, klein und verkrümmt und
blinzelte ihn aus klugen Äuglein an. »In Frankreich gärt
es«, sagte er übergangslos, »ob es Wein oder Essig werden
wird, ist ungewiss. Doch Ihr, mein lieber Abraham, habt
schon, wofür die Franzosen auf die Barrikaden gehen wollen – die Freiheit! Noch gestern haben wir Professoren an
diesem Tisch gesessen, Runde mitten unter uns, und über
Euch gesprochen. Die Meinungen über Euch und Eure Unschuld waren sehr geteilt, wenn ich es gelinde ausdrücken
soll, doch umso besser, dass Ihr heute ›*Liberté!*‹ rufen
könnt.«

»Gewiss, Herr Professor. Ich möchte …«

»… sicher mit mir ein Gläschen Wein trinken. Natürlich!
Eure Freiheit muss begossen werden. Schade, dass ich keine
Wetten auf den Ausgang des Gesprächs bei Runde abge-
schlossen habe. Ich wäre heute Abend ein reicher Mann.
Aber auch so reicht's noch zum Saft der Reben. Da kommt

übrigens meine bessere Hälfte, Frau Margarethe Kellner, von der ich Euch schon beim *Schnaps-Conradi* erzählte. Stell die Karaffe und die Gläser nur auf den Tisch, meine Liebe, wir schenken uns selbst ein.«

Margarethe nickte Abraham freundlich zu und verschwand ohne viele Worte.

»Prosit, Abraham. Trinken wir auf alles, was frei, unabhängig und selbstbestimmt ist. Ich freue mich für Euch.«

»Danke, Herr Professor.« Abraham trank widerstrebend einen Schluck.

»Nun setzt Euch doch. Ich brauche den Elektrophor zwar morgen für meine Lesung, das heißt aber nicht, dass ich mich auf dieselbe vorbereiten müsste. Ich habe Zeit. Die Grundgeheimnisse der Elektrizität sind ein wenig gelüftet, seit Galvani seine Froschschenkel tanzen ließ. Er verstand nicht genau, warum sie tanzten, aber ich denke, ein Stromfluss sorgte dafür. Strom, so meine These, ist überall in der Natur anzutreffen, und die Kraft, die im geriebenen Bernstein zieht, ist dieselbe, die in den Wolken donnert.«

»Jawohl, Herr Professor.« Obwohl Abraham nicht bleiben wollte, begannen die Worte des kleinen Gelehrten ihn wie üblich zu fesseln.

»Andererseits gibt es im Bereich der Elektrizität viele Erkenntnisse, die einander scheinbar widersprechen. Für sich allein ergeben sie keinen Sinn, sie dienen lediglich dazu, irgendwann von der wahren Erkenntnis abgelöst zu werden. Ich halte mich nicht für einen Gesalbten der Weisheit, aber ich sage immer, es muss eine Formel geben, die allumgreifend ist – und zwar auf Erden genauso wie im Planetenraum. Da können die Herren Astronomen noch so viel prüfen und spähen und messen und rechnen.«

»Sicher, Herr Professor.« Abraham unternahm einen

zaghaften Versuch, den Redefluss seines Gastgebers zu unterbrechen. »Der Wein ist wirklich sehr gut, ich möchte nicht unhöflich sein, aber …«

»Wie könntet Ihr unhöflich sein, wenn Ihr die Qualität meines Weines lobt?« Lichtenberg kicherte. »Wusstet Ihr, dass Johannes Kepler die Arbeit des Dänen Tycho Brahe fortführte, indem er dessen riesige Mengen an Zahlen und Messungen auswertete?«

»Nein, das wusste ich nicht.«

»Kepler war Philosoph, Mathematiker, Theologe, Astronom, Astrologe und Optiker in einem. Im Übrigen muss er auch eine musische Ader gehabt haben, wie ich immer zu behaupten pflege. Er glaubte doch tatsächlich, jeder Planet habe eigene Töne und besäße sogar eine eigene Tonleiter.«

»Auch das wusste ich nicht.«

»Wir alle wissen viel zu wenig, mein Lieber, und je mehr Wissen wir anhäufen, desto unvollkommener erscheint uns, was wir in unser kleines Hirn hineingestopft haben. Der Mensch ist ein fleischgewordener Irrtum, sage ich Euch. Er bildet sich ein, Dinge vorhersehen zu können, doch dem ist nicht so. Es regnet allemal, wenn's Jahrmarkt ist oder wenn wir Wäsche trocknen wollen. Was wir suchen, ist immer in der letzten Tasche, in die wir die Hand stecken. Was uns fehlt, ist Bescheidenheit. Bescheidenheit und Mäßigung.«

»Jawohl, Herr Professor.« Abraham hatte jetzt Mühe, den gedanklichen Sprüngen des kleinen Gelehrten zu folgen. Er schielte zu der Uhr im Raum und stellte fest, dass es schon nach halb acht war. Draußen war es zu dieser Jahreszeit noch taghell, doch er wollte spätestens bei Einbruch der Dämmerung wieder im Hospiz sein.

»Trinken wir auf die Mäßigung, Prosit!«

»Prosit, Herr Professor.«

Lichtenberg grinste vergnügt. »Nach diesen Präliminarien müsst Ihr mir erzählen, was meine Influenzmaschine bewirkt hat. Sie hat doch etwas bewirkt, nicht wahr? Ihr habt es mir erzählt. Ihr wart mit Euren Patienten auf einem guten Wege.«

Abraham berichtete mit kurzen Worten, dass Burck und Gottwald trotz all seiner Bemühungen verstorben waren – den wahren Grund dafür nannte er nicht –, und schilderte dann die Gesundung Pentzlins, die fast einer Auferstehung gleichgekommen sei. »Wenn nicht alles täuscht, wird er noch ein langes Leben vor sich haben«, schloss er.

»Ja, ja, ein langes Leben.« Lichtenberg wurde nachdenklich. »Je mehr Zipperlein einer hat, desto mehr schneidet's ihm vom Leben ab. Nur wie viel, fragt sich. Auch hier fehlt's an der rechten Formel.«

Abraham fühlte sich bemüßigt, auf seine Ratschläge im Umgang mit den Arzneien zu verweisen. Er wiederholte noch einmal, dass weniger häufig mehr sei und dass ein Spaziergang an frischer Luft so manches Medikament überflüssig machen könne. Auch bei dem verehrten Herrn Professor.

Doch Lichtenberg schien ihm nicht zugehört zu haben, er kam vielmehr ins Philosophieren. »Es gibt zwei Wege, das Leben zu verlängern, mein lieber Abraham«, sagte er. »Erstens, dass man die beiden Punkte ›geboren‹ und ›gestorben‹ weiter auseinanderbringt und also den Weg länger macht. Diesen Weg länger zu machen, hat man so viele Maschinen und Dinge erfunden, dass man, wenn man sie allein sähe, unmöglich glauben könnte, dass sie dazu dienen könnten, einen Weg länger zu machen. Vermögt Ihr, mir zu folgen?«

Abraham versuchte einen Scherz. »Noch geht es. Ihr wollt damit sagen, dass vielerlei Unnützes und Überflüssiges erfunden wurde.«

»Richtig erkannt.« Lichtenberg fuhr fort: »Auch wenn einige unter den Ärzten mit Hilfe der Maschinen sehr viel geleistet haben. Der Elektrophor und Eure Kunst mögen dafür ein Beispiel sein. Nun, die andere Art, das Leben zu verlängern, ist, dass man langsamer geht und die beiden Punkte stehen lässt, wo Gott will. Die Philosophen haben nun gefunden, dass es am besten ist, dass man im Zickzack geht.«

»Ihr meint, man nimmt sich mehr Zeit, um von einem Punkt zum anderen zu kommen?«

»*Recte!* Indem man über Gräben springt, hin und her, und ruhig einmal einen Purzelbaum wagt.«

»Meint Ihr denn, von Glück kann nur sagen, wer ein langes Leben hat?«

Lichtenberg zuckte mit den Schultern. »Ein langes Glück verliert schon bloß durch seine Dauer. Und dennoch ist Glück erstrebenswert. Es liegt in vielen kleinen Dingen diesseits und jenseits des Grabens. Und es liegt am Grunde des Weinglases. Prosit.«

»Prosit, Herr Professor.«

Lichtenberg trank aus und beugte sich verschwörerisch grinsend zu Abraham hinüber. »Euch steht ins Gesicht geschrieben, was Ihr denkt, mein Lieber. Ihr denkt, wann kann ich endlich gehen, wann lässt der Professor mich aus seinen Klauen? Die Antwort ist: jetzt.«

»Herr Professor …«

Lichtenberg winkte ab. »Verzeiht, wenn ich Euch missbraucht habe, um ein Schwätzchen zu halten, aber meine gute Margarethe hat mir für heute Abend *Schnaps-Conra-*

di-Verbot erteilt, und ich pflege, wenn auch vielleicht für manchen überraschend, ihr in den meisten Fällen zu gehorchen.«

»Ich verstehe. Es ist mir« – Abraham suchte nach Worten – »ein wenig peinlich, dass man mir mein Innerstes so angesehen hat.«

»Das braucht es nicht.« Lichtenberg stand auf. »Wir sind alle nur Menschen, für manche allerdings scheint diese Bezeichnung ein wenig zu hoch gegriffen zu sein. Nun ja, ich will nicht schon wieder ins Schwätzen kommen. Ich wünsche Euch, mein lieber Abraham, einen angenehmen Heimweg und noch einen schönen Abend. Und grüßt mir Eure Gemahlin.«

»Ja, danke«, sagte Abraham. »Ich hoffe, dass er schön wird.«

Aber sicher war er keineswegs.

Pentzlin schlief tief und fest, als Abraham eine Viertelstunde später nach ihm schaute. Sein Gesichtsausdruck war anders als in den Tagen zuvor, viel friedlicher, was daran lag, dass er die Augen geschlossen hielt. Abraham prüfte den Puls und stellte fest, dass er ruhig und stetig schlug. Er hätte viel darum gegeben, zu erfahren, welche Traumbilder vor Pentzlins geistigem Auge standen. Vielleicht waren es Eindrücke aus seiner Kindheit, vielleicht Erlebnisse beim Volkstanz auf der Tenne, vielleicht auch der Anblick des Mädchens, das ihn zum ersten Mal geküsst hatte.

Die Ereignisse, die er bei seinem Unglück in Bad Grund hatte ertragen müssen, standen ihm mit Sicherheit nicht vor Augen. Dafür wirkte er zu entspannt. Abraham ertappte sich dabei, dass es ihm fast darum leidtat, denn jede erinnerte Kleinigkeit konnte wichtig sein, um hinter die Ursache der seltsamen Schlafkrankheit zu kommen.

Er stieß Pentzlin mehrmals gegen die Schulter und konstatierte zufrieden, dass sein Patient in der Tat sehr fest schlief. Dann schob er mit einiger Anstrengung das Krankenbett direkt an die Wand des Saals. Auf diese Weise war sichergestellt, dass niemand hinter das Bett schlüpfen und den schlafenden Pentzlin als Schutzschild missbrauchen konnte.

Am besten wäre natürlich gewesen, Pentzlin in einem anderen Raum zu verstecken, aber dann – Abraham gestand es sich ein – hätte er keinen Lockvogel mehr gehabt. Es war ein hohes Risiko, das er einging, aber er sah keinen anderen Weg.

Er hoffte inständig, alles würde gutgehen.

»Wo wart Ihr nur den ganzen Nachmittag, Hasselbrinck?«, fragte Abraham Minuten später.

Er stand dem Krankenwärter, der einen vollen Botschamper in der Hand hielt, auf dem Gang im Erdgeschoss gegenüber.

»Der Frau mit der Brustentzündung geht's besser, Herr Doktor. Ich war grad bei ihr.«

»Ich war auch schon bei ihr. Sie macht in der Tat gute Fortschritte. Morgen oder übermorgen kann sie entlassen werden – und mit ihr der Säugling.«

»Jawoll, Herr Doktor.« Hasselbrinck wollte weiter, wurde aber von Abraham zurückgehalten. »Ihr habt meine Frage nicht beantwortet. In diesem Haus ist es üblich, dass man sich bei mir abmeldet, wenn man es verlässt.«

»Verzeihung, Herr Doktor.«

385

»Es ist ja nicht so schlimm.« Abraham tat es fast schon leid, so streng gewesen zu sein. »Also, wo wart Ihr?«

Hasselbrinck trat von einem Bein aufs andere. Es schien ihm nicht richtig, von seinem Besuch bei Alena zu erzählen, weil er gewissermaßen hinter Abrahams Rücken zu ihr gegangen war. Dass sie ihm aufgetragen hatte, ihren Mann zu grüßen, machte sein Problem nicht kleiner. Also versuchte er es mit einer Halbwahrheit. »Ich hab mich ja noch um den armen Gottwald kümmern müssen, Herr Doktor. Der musste ja nach Bad Grund gefahren werden. Bis ich einen Kutscher gefunden hab, das hat gedauert. Und dann war da ja auch noch der ganze Papierkram und das Transportgeld, das nicht so hoch sein durfte, und so weiter.«

»Ach so, natürlich.«

»Und dann musste das ja alles holterdiepolter gehen, Herr Doktor.«

»Ich verstehe.« Abraham musste insgeheim zugeben, dass er an Gottwald überhaupt nicht mehr gedacht hatte. Trotzdem hatte die Fuhre sich wahrscheinlich schon um die Mittagszeit auf den Weg gemacht, und Hasselbrinck war den ganzen Nachmittag nicht da gewesen.

Als hätte der Krankenwärter Abrahams Gedanken gelesen, setzte er hinzu: »Und dann noch Pfarrer Egidius, Herr Doktor. Der musste ja auch noch kommen. Erst wollte er nicht, weil er den Katechismusunterricht abbrechen sollte, aber dann hat er's doch einrichten können. Hat aber gedauert, das kann ich Euch sagen.«

»Ach so.« Auch daran hatte Abraham nicht gedacht. »Fand denn eine Andacht statt? Ich meine, wie bei Burck?« Bei Burck hatte er Alena gebeten, die rechten tröstenden Worte zu finden. Wie lange das her zu sein schien! »War meine Frau auch hier?«

»Nein, Herr Doktor.« Hasselbrinck scharrte mit den Füßen und blickte angelegentlich auf seine Schuhspitzen. »Da war keine Zeit. Der Pfarrer ist allein gekommen. Nur mit seinen heiligen Sachen im Gepäck, ich meine, was ein Pfarrer so braucht, wenn er 'ne Andacht halten will.«

»Ja, natürlich. Das war sehr umsichtig von Euch, vielen Dank.«

»Der Pfarrer hat Gottwald gesegnet und dann den Wagen, mit dem er *chauffirt* wird, und dann den Kutscher. Cord Möllrich ist's, aus der Barfüßerstraße, falls Ihr den kennt. Verheiratet, elf Kinder, und das zwölfte ist schon unterwegs. Und dann hat der Pfarrer noch gebetet und das Kreuz geschlagen und noch mal gebetet, und am Schluss hat er noch das Vaterunser gesprochen, und weil kein anderer da war, mussten ich und meine Frau und die alte Grünwald mitbeten. Und der Möllrich auch, der alte Heide.«

Hasselbrinck machte eine Pause und kratzte sich am Kinn. »Tja, und weil da noch ein Restbetrag für die Behandlung vom Burck aufgelaufen war, hab ich dem Möllrich Rechnungen in die Hand gedrückt, damit er sie Burcks Familie in Bad Grund gibt. Die wird nicht gerade begeistert sein, weil Gottwald ja tot ist und sie trotzdem bezahlen muss. Aber es hilft ja nix, wir arbeiten hier nicht für Gotteslohn, und der Herr Professor hat's nicht gern, wenn Beträge zu lange ausstehen. Wenn das Hospital sich nicht rechnet, sagt er immer, ist niemandem damit gedient. Dann können wir den Laden zumachen.«

»Sicher, sicher.« Abraham fiel ein, dass er es versäumt hatte, dem Werksarzt Tietz und auch den Angehörigen von Gottwald ein Schreiben mitzugeben. Das war wirklich ärgerlich. Auch der Umstand, dass er, selbst wenn er daran gedacht hätte, kaum dazu gekommen wäre, vermochte ihn wenig zu trösten. Nun, wenn alles gutging, würde Pentzlin demnächst nach Bad Grund zurückkehren, heil und gesund, und bei der Gelegenheit ein paar Briefe mitnehmen können. »Ich gehe jetzt auf meine Stube, um noch ein wenig zu arbeiten. Ist sonst alles in Ordnung?«

»Jawoll, Herr Doktor. Sieht nach einer ruhigen Nacht aus.«

Von dannen Er kommen wird,
zu richten
die Lebendigen und ...

Beim abendlichen Essen ging es der Zimmerwirtin besser. »Die Beine wollen wieder«, sagte sie, während sie den letzten Löffel ihrer Lauchsuppe zum Mund führte. »Gutes Heilfleisch ist eben doppelt und dreifach wichtig. Der Julius, der würd mir da recht geben. Ach, der Julius! Da hat man schon einen Arzt im Haus, und dann ist er nie da. Na ja, ich bin viel zu taktvoll, um das Thema auf den Tisch zu bringen. Alena, was schaust du so betreten drein? Es ist alles gut, und die Nägel stecken fest.«

»Jawohl, Mutter Vonnegut.« Alena hatte fast nichts gegessen, was keineswegs daran lag, dass sie die Speise schon vorher mehrfach abgeschmeckt hatte, sondern vielmehr an ihrer Ungeduld.

Sie saß wie auf Kohlen, denn seit Hasselbrinck am Nachmittag da gewesen war, zog es sie mit Macht zum Hospiz am Geismartor.

»Nicht wahr, Alena, heute Abend schaffst du mir die Küchenarbeit noch mal allein? Die Venen im Bein fühlen sich wohl schon wieder brav an, aber ein Hosianna sind sie noch nicht wert. Ich werd ihnen nachher noch mal mit essigsaurer Tonerde zu Leibe rücken. Fünf Esslöffel Erde und die rechte Portion Wasser, die allerdings höchstens lauwarm sein darf, so steht's im Rezept von meiner guten Mutter.

Das wird eine Linderung sein, *grandiose!* Da brauchst du, Claus, dich gar nicht so zu *mokiren.* Du weißt doch, Mutter Vonnegut sieht alles! Nimm deine Gesichtszüge zusammen und sei froh, dass der liebe Gott dir junge Stelzen gegeben hat. Alt werden die noch früh genug, das lass dir gesagt sein.«

»Jawohl, Mutter Vonnegut.«

»Morgen, Alena, kannst du wieder mit mir rechnen. Das heißt, nachdem ich auf dem Albani-Friedhof war. Ich hab mir dort ein Grab gekauft.«

Von den *Burschen,* die bislang mehr oder weniger geschwiegen hatten – nicht, weil sie nichts zu sagen gehabt hätten, sondern weil es am Tisch verpönt war, mit vollem Mund zu sprechen –, fragte Hannes forsch: »Aber was wollt Ihr denn mit einem Grab, Mutter Vonnegut? So weit ist es bei Euch doch noch lange nicht?«

»Papperlapapp, schmier einer alten Frau keinen Honig um den Bart. Das Sterben gehört zum Leben wie das Salz zur Suppe. Den Friedhof gibt es noch nicht so lange, seit dem Jahr dreiundachtzig, glaube ich. Jedenfalls liegt da noch nicht so viel Gebein herum, und das will mir gefallen. Der Steinmetz Grothe hat mir einen lichtechten Rosenquarz hergerichtet, mit meinem Namen drauf und dem von meinem Mann. Adalbert, mein Seliger, liegt in Frankfurt, mein Sohn pflegt sein Grab, aber ich will, dass er umgebettet wird. Grins nicht so frech, Amandus, ich meine natürlich meinen Adalbert. Er war ein guter Mann, der mit einem nicht gar zu spitzen Pantoffel regiert werden konnte. Er soll bei mir sein, wenn's mal so weit ist. Grothe soll dann nur noch mein Sterbedatum in den Quarz meißeln, zusammen mit dem Spruch *Die Liebe höret nimmer auf.* Das muss reichen bis zum Jüngsten Gericht.«

»Ja, Mutter Vonnegut«, ertönte es von verschiedenen Seiten des Tisches.

»Nanu, was schaut ihr alle so sauertöpfisch drein? Nur weil ich vom Sterben rede? Das Grab wird schön, das sag ich euch. Die Gärtner sollen es *convenabel* machen. Ich will eine Buchsbaumhecke drumherum haben und zwei Magnolien vorn und hinten, und am Boden will ich Steinkraut. Ach, ich seh's schon vor mir, wie im Frühling die Farbe von den Magnolienblüten mit dem Rosa von dem Rosenquarz harmonieren. Ein wahres Labsal!«

»Lasst uns nicht mehr davon reden, Mutter Vonnegut«, sagte Alena, die es kaum erwarten konnte, dass die Witwe die Tafel aufhob.

»Aber nur, wenn du die Mondfinsternis aus deinem Gesicht verbannst. Ich sag's euch allen: Wäre ich eine regierende Fürstin, wie's die Maria Theresia in Wien war, so würd ich es wie der Imperator Cäsar halten: Lauter fröhliche Gesichter müssten an meinem Hof zu sehen sein, denn das sind der Regel nach gute Menschen.«

»Gibt es Nachtisch, Mutter Vonnegut?«, fragte Amandus.

»Pflaumenkompott. Es steht auf der Anrichte. Hilf Alena, es zu verteilen. Und du auch, Claus, damit ihr beide euch das Grienen abgewöhnt.« Die Witwe wartete, bis alle ihre Portion vor sich hatten, und redete dann weiter. »Aber die Duckmäuser, die immer unter sich sehen, ob ihnen da jemand am Stuhle sägt, die haben was vom Kain an sich.«

»Kain?«, fragte Jakob mit vollem Mund. »Kenn ich nicht.«

»Der Kain – von Kain und Abel.« Die Witwe schüttelte den Kopf. »Ihr junge Brut reitet alle möglichen Fakultäten, aber von der Heiligen Schrift versteht ihr nichts. Luther hat

Gott zu Kain sagen lassen: *Warum verstellst du deine Gebärde?*, aber es heißt eigentlich im Grundtext: *Warum lässt du den Kopf hängen?*«

»Ja, Mutter Vonnegut.«

»Merkt euch das. Bei allem Trirum Trarum, das ihr heute lernt, kann's nicht schaden, auch den Herrn Luther zu kennen. Und darüber den Kopf nicht hängen zu lassen, nur weil ich von meinem Grab rede. Auch du nicht, Alena. Wenn's allen geschmeckt hat, dürft ihr jetzt aufstehen. Hat es allen geschmeckt?«

»Ja, Mutter Vonnegut.«

»Das ist *bon bon* in meinen Ohren. Und nun ab mit euch. Aber nicht, bevor ihr Alena beim Wegräumen geholfen habt. Sie ist ein tätig Ding und sagt euch, wo die Hände gebraucht werden.«

Ächzend erhob die Witwe sich, griff zur Liqueurflasche und einem Glas und verschwand in ihre Privatgemächer.

Alena atmete auf. Mit flinken Händen räumte sie das Geschirr fort und weichte es im Handstein ein. Die *Burschen,* die ihr helfen wollten, schickte sie fort. Sie standen ohnehin bei dieser Tätigkeit nur im Weg.

Es war schon ein Viertel vor neun, als sie endlich mit allen hausfraulichen Arbeiten fertig war. Sie zog sich in ihr halbes Zimmerchen zurück und trat vor den kleinen Spiegel, der neben der Tür an der Wand hing. Sie blickte hinein. Im letzten Schein des Tageslichts schaute ihr eine ernste junge Frau entgegen, in deren schwarzem Haar sich ein paar Strähnen selbständig gemacht hatten. Sie seufzte. Gern hätte sie sich eine kunstvolle Frisur gemacht, sich die Haare hochgesteckt und zu beiden Seiten ihres Gesichts Korkenzieherlöckchen gedreht, aber ihr fehlte das Brenneisen. So reichte es nur zu einer straff nach hinten gekämmten Frisur und einem *Chignon*, dessen Sitz sie durch eine silberne Nadel verstärkte.

Sie schnitt sich selbst eine Grimasse, denn sie fand sich mit dem Haarknoten alles andere als schön.

Aber schön wollte sie sein. Für Abraham. Sie wagte zwar noch immer nicht, zu glauben, dass er sie, wie Heinrich versichert hatte, noch liebte, aber sie wünschte es sich mittlerweile von ganzem Herzen. Wenn er doch nur heil aus dieser schrecklichen Sache mit dem Pommeraner herauskommen würde! Hasselbrinck, der Besorgte, hatte zu diesem Punkt auch nichts Näheres sagen können. Nur dass alle von Abrahams Unschuld überzeugt waren. Doch würde auch der Prorektor dieser Auffassung sein?

Alena schlüpfte aus dem Hauskittel und zog ihr einziges farbiges Kleid an, das bordeauxrote, zu dem ein lindgrünes *Chemisette* mit feiner Klöppelspitze gehörte. Dazu setzte sie sich eine gestärkte weiße Haube auf den Kopf.

So gefiel sie sich schon besser. Obwohl sie zu den wenigen Vertreterinnen ihres Geschlechts gehörte, die von Natur aus rote Lippen und einen makellos reinen Teint besaßen, hätte sie beides am liebsten noch durch die Farbe der Koschenille und ein wenig Wangenrouge unterstrichen. Aber es musste auch so gehen.

Sie wandte sich zur Tür und hielt inne. Ein Gedanke war ihr gekommen, so schrecklich, dass er ihr den Atem raubte. Was war, wenn Abraham womöglich schon im Gefängnis schmachtete? Wenn es so wäre, könnte sie sich den Gang zum Hospiz am Geismartor sparen. Aber wo lag das Gefängnis? Nein, sie würde zum Hospiz gehen und den Herrgott darum bitten, Abraham dort vorzufinden.

Und sie würde etwas von sich mitbringen. Ein Zeichen ihrer Liebe und ihrer Treue. Da sie eine gepresste Hyazinthe oder eine Strähne ihres Haars für zu albern hielt – das war eher etwas für Backfische –, entschied sie sich für ihr hölzernes Kruzifix, das sie über viele Jahre auf ihren Reisen begleitet hatte. Etwas Persönlicheres gab es nicht, und das wusste Abraham auch.

Und was war mit seinen Puppen?

Es würde sicher nicht schaden, auch von ihnen ein Erinnerungsstück mitzubringen, denn sie wusste: Die Puppen bedeuteten ihm fast so viel wie sie selbst. Sie stieg hinauf in den ersten Stock und schaute sich unter seinen Lieblingen um. Ohne Abrahams Anwesenheit und ohne seine Bauchstimme kamen sie ihr seltsam seelenlos vor, ohne den schöpferischen Funken, der sie sonst belebte.

Die Auswahl fiel ihr nicht leicht. Sie schwankte zwischen dem spitzen Hut des Burgfräuleins, dem spanischen Röhrchen des Alten Fritz und der Amtskette des Schultheiß. Schließlich entschied sie sich für die Kette, weil der Schultheiß diejenige Puppe war, die Abraham von allen am liebsten war. Sie legte die Kette an und freute sich darüber, wie schön ihre goldene Farbe zu dem Rot und Grün ihrer *Staffage* passte. Wenig später verließ sie das Haus.

Draußen stellte sie fest, dass die Luft an diesem Abend wie Seide war. Die Betriebsamkeit auf den Straßen hatte deutlich nachgelassen. Nur hin und wieder begegnete sie einem Passanten. An der Ecke zur Geismarstraße stutzte sie. War das nicht Professor Richter, Abrahams Doktorvater, der ihr da entgegenkam? Sie grüßte höflich, doch er schien sie nicht zu erkennen. Dann, im letzten Moment, stutzte er, blieb stehen und rief: »Meine liebe Frau Abraham, wo hatte ich nur meine Augen!« Er lüftete den Dreispitz und verbeugte sich galant. »Sicher seid Ihr auf dem Weg zu Eurem tüchtigen Mann?«

Alenas Herz machte einen Sprung. Sollte die Frage bedeuten, dass Abraham die Befragung bei Runde heil überstanden hatte?

»Ihr werdet ihn im Hospiz antreffen. Der Schuldvorwurf
an ihn wird bis auf weiteres nicht aufrechterhalten. Das
jedenfalls hat mir Professor Runde, den ich vorhin traf, versichert.«

»Gott sei Dank!« Es hätte nicht viel gefehlt, und Alena
wäre dem Professor um den Hals gefallen.

»Ich wünsche Euch noch einen schönen Abend. Und
grüßt mir Euren Mann, ich hätte nie an ihm gezweifelt und
würde mich sehr für ihn freuen.« Richter verbeugte sich
abermals, murmelte etwas vom heimischen Herd, zu dem
es ihn zöge, und ging rasch weiter.

Alena atmete tief durch. Es war ihr, als würde ein Engels-
chor in ihrem Innersten singen. Abraham war frei, alles
würde gut werden! Sie würden sich wieder vertragen, und
das Kind, das sie unter ihrem Herzen trug, einen Vater haben. Zank, Zorn und Eifersucht, alles das, was gewesen war,
erschien ihr in diesem Moment lächerlich und klein. Die
Liebe allein war es, die zählte.

Kurz vor dem Geismartor passierte sie eine Straße namens In den Wandrähmen und musste kurz danach haltma-
chen. Der Weg war hier wegen eines Neubaus abgesperrt.
Es handelte sich um ein Accouchierhaus, ein Entbindungs-
hospital, vor allem für ledige Mütter, das hier entstehen
sollte. Das Bauvorhaben hatte in der Stadt Fürsprecher und
Gegner gehabt, doch die Fürsprecher hatten sich am Ende
durchgesetzt. Es war vorgesehen, dass die jungen Mütter
zwei Wochen nach ihrer Niederkunft das Haus verlassen
sollten, und zwar frei von jeder Sünde, was keineswegs eine
Selbstverständlichkeit darstellte. Noch immer war es gang

und gäbe, schwangere Mägde oder Zugehfrauen vor die Tür zu setzen, ihnen eine Geldstrafe an die Gemeinde aufzubürden und eine öffentliche Kirchbuße zu verlangen. Da alle diese Repressalien in dem neuen Hospital entfallen würden, schien dem Haus von vornherein großer Zulauf sicher.

Alena hielt inne und tastete unwillkürlich ihren Leib ab. Für sie würde die Fertigstellung der Klinik zu spät kommen, aber gottlob brauchte sie deren Dienste auch nicht in Anspruch zu nehmen. Sie war eine verheiratete Frau und konnte zu Hause in der sicheren Obhut einer Wehfrau niederkommen.

Ihre Gedanken kehrten in die Wirklichkeit zurück. Die Baustelle zwang sie zu einem Umweg jenseits der Straße. Sie bog ab, ging ein Stück an der Stadtmauer entlang, um auf diese Weise zum Geismartor und dem dort befindlichen kleinen Hospiz zu gelangen. Vorsichtig setzte sie einen Fuß vor den anderen, denn in unmittelbarer Nähe der Mauer konnte man keine zwei Schritte weit sehen. Sie blickte zum Himmel empor und sah dort einen blassen Mond stehen.

Und dann wurde der Mond plötzlich schwarz.

Alles wurde plötzlich schwarz vor ihren Augen, denn sie hatte einen heftigen Schlag auf den Kopf bekommen. Bevor sie zu Boden sank, wurde sie aufgefangen und auf einen zweirädrigen Karren gehoben. Kundige Hände untersuchten sie, schienen mit dem Ergebnis zufrieden zu sein und stopften ihr einen Knebel in den Mund. Nach wie vor bewusstlos, richteten die Hände sie halb auf und streiften ihr einen Sack über den Körper. Ein unterdrücktes, höhnisches Lachen erklang.

Rumpelnd setzte sich der Karren in Bewegung. Er wurde den schmalen Weg an der Stadtmauer entlanggezogen, erreichte das Geismartor und passierte es ungehindert, denn die Zeit für den Toresschluss war noch nicht gekommen.

Weiter ging die Fahrt. Weiter und weiter nach Süden zu den angrenzenden Wäldern.

Irgendwann wachte Alena aus ihrer Ohnmacht auf. Ihr Kopf dröhnte, als würde ihr ein Hammer gegen die Stirn schlagen. Sie blinzelte, aber sie konnte nichts sehen. Etwas schnürte sie ein, dem Geruch nach war es ein schimmliger Kartoffelsack. Panik erfasste sie. Sie wollte um Hilfe rufen, aber es gelang ihr nicht. Der Knebel hinderte sie daran. Sie strampelte und trat um sich, wälzte sich von einer Seite zur anderen, versuchte aufzustehen – alles vergebens. Sie konnte sich nicht befreien.

»Ich sehe, Ihr seid wach geworden«, sagte eine Stimme von irgendwo.

Alena erkannte, dass es die Stimme war, die zu dem Mann gehörte, der den Karren zog. Bei jedem zweiten Schritt, den er ging, erklang ein absonderliches »Tock«. Wieder versuchte sie, etwas zu sagen, doch nur ein dumpfer Laut drang über ihre Lippen.

»Ihr seid sehr schön«, sagte die Stimme mit hämischem Unterton. »Es wird Euren Liebsten schmerzen, wenn er hört, dass er Euch nie wiedersehen wird.«

Alena zitterte. War das ein Verrückter, der da zu ihr sprach?

»Ihr wundert Euch vielleicht, dass ich weiß, dass Ihr einen Liebsten habt. Ich weiß aber noch viel mehr. Ich weiß, dass er Julius Abraham heißt und nichts weiter ist als ein armseliger Puppenspieler.« Die Stimme verstummte. Die Räder unter Alena rumpelten. Dann setzte die Stimme wieder ein. »Ein armseliger Puppenspieler und ein noch viel armseligerer Medizinstudent. Seine Stunden als Scharlatan in Richters Hospital sind gezählt. Dafür werde ich sorgen, und Ihr, meine Schöne, werdet es hinnehmen müssen, ob Ihr wollt oder nicht.«

Der Karren machte einen Sprung, als er über einen größeren Stein gezogen wurde, Alena wurde in die Luft geschleudert und landete schmerzhaft auf dem Rücken.

»Ich werde den Scharlatan vernichten, denn er hat es verdient, tausend Mal verdient. Ja, das werde ich. Vielleicht, meine Schöne, fragt Ihr Euch, wer ich bin, nun, meine Antwort ist diese: Ihr könnt mich ›Nemo‹ nennen, denn Nemo bedeutet Niemand. Ihr könnt mich aber auch ›Nemorensus‹ rufen, was so viel heißt wie Der-zum-Wald-Gehörige. Sucht es Euch aus, wenn Ihr wieder sprechen könnt.« Abermals erklang das höhnische Lachen. »Weit ist es nicht mehr. Dann werdet Ihr meine Einladung zu einem Aufenthalt unter der Erde annehmen. Zu einem sehr ungemütlichen Aufenthalt.«

Alena spürte, wie der Karren langsamer wurde. Dann hörte sie kratzende Geräusche an den Wänden des Wagens und erkannte, dass er durch dichtes, zähes Gestrüpp gezogen wurde. Sie wusste sehr gut, welche Geräusche während einer Karrenfahrt auftreten konnten, denn oftmals hatte sie Abraham beim Ziehen der gemeinsamen Habe geholfen. Sie hatte sich wie er in die ledernen Zugriemen gelegt und sich Seite an Seite mit ihm vorwärtsgekämpft – immer dann, wenn die Chausseen wieder einmal unwegsam geworden waren durch Schnee, Matsch oder Steinschlag.

Sie waren schon so lange ein Paar. Genau genommen sechseinhalb Jahre, seit sie sich zum ersten Mal in der Altmark gesehen hatten. Es war ein eigenartiges Aufeinandertreffen gewesen. Abraham hatte zunächst nicht mit ihr sprechen wollen und – schüchtern, wie er war – seine Puppen vorgeschickt. Sie hatten für ihn geredet, jede auf ihre ganz eigene Art. Und Alena hatte gespürt, wie ihr Herz ihm mit jedem Wort der Puppen mehr zuflog. Ach, Abraham!, dachte sie. Wie sehr wünsche ich dich in diesem Augenblick herbei. Du bist stark. Du würdest mit diesem Verrückten fertig werden.

Aber auch sie musste stark sein. Für sich und für das Kind. Sie war in den letzten Tagen ganz sicher geworden, dass sie es unter dem Herzen trug. Ihr Kind, Abrahams Kind. Wenn sie daran dachte, dass sie vielleicht nie wieder zu ihm zurückkehren könnte, schnürte sich ihr die Kehle zu.

Was hatte der Verrückte mit ihr vor?

Sie versuchte, sich abzulenken, indem sie sich Namen für das Kind ausdachte. Wie sollte der Junge heißen? Denn dass es ein Junge werden würde, schien ihr klar. Abraham war nicht der Mann, der ein Mädchen zeugte.

Vielleicht Julius wie sein Vater? Der Name hatte seinen Ursprung im Geschlecht der römischen Julier, deren sagenhafter Stammvater Julus ein Sohn des Aeneas war. Aeneas wiederum, so hatte Abraham ihr einmal erzählt, war der Sohn des Anchises und der Aphrodite. Und Aphrodite war die Göttin der Liebe und der Schönheit – ja, das passte, denn schön sollte er sein, ihr kleiner Sohn …

Seltsame Gedanken habe ich, schoss es ihr durch den Kopf, aber sie lenken mich ab. Oder soll mein Söhnchen Abraham heißen wie sein Großvater? Nein, Unsinn, das geht nicht, dann wäre sein voller Name Abraham Abraham … Dann vielleicht einen Namen der Apostel? Simon oder Andreas? Oder Jakobus? Johannes? Philippus? Judas? Nein, nicht Judas. Dann vielleicht doch besser Julius …

»Wir sind da.« Alena vernahm Laute, die sie nicht zuordnen konnte. Dann folgte ein Knarren und Quietschen. Mit derben Handbewegungen wurde ihr der Sack vom Kopf gerissen. Gleich darauf der Knebel aus dem Mund entfernt. Sie blickte auf und blinzelte. Nachdem ihre Augen sich an die Dunkelheit gewöhnt hatten, erkannte sie schemenhaft einen Mann mit einem Holzbein vor sich. Der gebeugten Haltung nach war es ein älterer Mann. Sein Gesicht konnte sie nicht genau sehen, denn er stand im Gegenlicht. Er hatte eine Falltür hochgeklappt, unter der sich ein Erdloch gähnend öffnete. Eine billige Rüböllaterne flackerte darin und verbreitete schummriges Licht. »Wo bin ich hier?«, stammelte sie.

»Am Ende der Welt.« Der Verrückte hielt einen Knüppel in der Hand, mit dem er unmissverständlich auf das Erdloch deutete. »Los, steigt da hinab!«

Alena blieb stehen und bemühte sich, trotz ihrer Angst kühlen Kopf zu bewahren. »Was wollt Ihr von mir? Ich bin eine unbescholtene Frau. Ich habe Euch nichts getan.«

»Ihr vielleicht nicht, meine Schöne«, kam die Antwort aus dem Halbdunkel, »aber Euer verfluchter Liebster, der sich Julius Abraham nennt.«

Alena dachte an ihr Kind, bat Abraham insgeheim um Verzeihung und sagte: »Der, von dem Ihr redet, ist mir gänzlich unbekannt. Lasst mich gehen. Es kann sich nur um eine Verwechslung handeln.«

Wieder das höhnische Lachen. »Das könnt Ihr jemandem erzählen, der noch an das Gute im Menschen glaubt, einem Träumer oder einem Schwärmer, doch das bin ich nicht. Wenn es noch eines Beweises bedurft hätte, dass Ihr die Richtige wart, der ich auflauerte, dann war es die Kette, die Ihr um den Hals tragt. Es ist die Amtskette einer Puppe, die Euer Liebster Schultheiß nennt. Also, verkauft mich nicht für dumm. Und jetzt marsch, hinunter mit Euch!«

Alena starrte in das Erdloch. Es maß vielleicht drei Schritt im Quadrat, wirkte drohend und schien sie verschlucken zu wollen.

»Na los, wird's bald?«

Es blieb ihr nichts anderes übrig, als über eine grob gezimmerte Leiter hinab in die Tiefe zu steigen. Sie zählte neun Stufen, bis sie unten angelangt war. Die Ausschachtung war so tief, dass sie stehend nicht über den oberen Rand hinausblicken konnte. Sich umwendend stellte sie fest, dass die Höhle sich weiter unter der Erde erstreckte. Es musste Wochen gedauert haben, sie auszuheben und schließlich zu einer Art Erdbehausung zu machen.

»Tretet zur Seite, macht schon!«

Alena gehorchte und erkannte einen roh zusammengezimmerten Tisch, eine ebensolche Bank und eine Lagerstatt aus trockenem Laub mit einigen Fellen darauf. Dazu links, rechts und über sich starke Balken, mit denen wie in einem Bergwerk Wände und Decken abgestützt worden waren. In einigen der Balken steckten Nägel, an denen allerlei Utensilien hingen: Grabewerkzeuge, Angelruten, Haken und Schnüre, zwei oder drei billige Kleidungsstücke, eiserne Töpfe und Pfannen, eine Rückenkiepe, eine Spiegelscherbe und – ein schwarzer Doktorhut.

»Ihr könnt so laut schreien, wie Ihr wollt, niemand wird Euch hören«, sagte der Verrückte, während er zu Alena hinabkletterte.

Trotz der bedrohlichen Situation schwand ein Teil ihrer Angst, denn sie erkannte nun, dass er kaum größer war als sie selbst. Und er war tatsächlich alt. Sein Gesicht, das sie sich als hässliche Fratze ausgemalt hatte, war eher nichtssagend, wenn auch von Runzeln durchzogen wie das Netz einer Kreuzspinne.

»Bitte, lasst mich frei«, bat sie. »Ich kann Euch zu nichts nütze sein. Ich … ich bin schwanger.«

»Setzt Euch.« Der Verrückte deutete auf die Bank. »Dass euch Frauen nie etwas anderes einfällt, als schwanger zu sein, wenn ihr um etwas bettelt. Mir ist es egal, ob Ihr schwanger seid oder nicht. Es ist unwichtig für das, was ich vorhabe. Setzt Euch schon. Und haltet Eure Hände hoch.«

Er fesselte Alena und befahl ihr dann, die Füße zu schließen, die er ebenfalls mit einem Seil zusammenband. »Welch hübsch verschnürtes Paket Ihr seid!«, höhnte er danach. »So wird es Euch schwerfallen, mir zu folgen.«

»Was habt Ihr vor? Ihr könnt mich nicht bis in alle Ewigkeit hier festhalten.«

Der Verrückte setzte sich neben sie. Alena rümpfte die Nase. Der Mann roch penetrant nach Schweiß und ungewaschenen Kleidern. Er steckte in einer Art Überwurf aus dunklem Wollstoff, der aussah, als hätte er ihn selbst zurechtgeschnitten. Sein Schädel war blank und glänzte schwach im Licht der Laterne. »Ich werde Euch so lange festhalten, wie es mir beliebt. Was sind ein paar Wochen oder Monate gegen die vielen Jahre, die ich verloren habe. Vielleicht überlasse ich Euch hier für immer Eurem Schicksal, denn Ihr seid die Frau eines Scharlatans. Ihr habt nichts anderes verdient.«

Alena spürte erneut Panik in sich aufkommen. Wenn der Verrückte ging und tatsächlich nicht wiederkam, würde sie in diesem Loch schon nach wenigen Tagen jämmerlich verdurstet sein. Das musste um jeden Preis verhindert werden! Ruhig Blut, ermahnte sie sich. Was würde Abraham in dieser Situation tun? Er würde den Verrückten in ein Gespräch hineinziehen, ihm den Hass zu nehmen versuchen, er würde scheinbar auf ihn eingehen, in jedem Fall würde er reden, reden, einfach reden … »Vielleicht habt Ihr recht damit, dass Abraham ein Scharlatan ist«, sagte sie, »aber ich habe es bisher noch nicht bemerkt. Was bringt Euch zu dieser Ansicht?«

Im Gesicht des Verrückten arbeitete es. Dann stand er auf, ging zum Tisch und trank Wasser aus einem Krug.

»Kann ich auch etwas Wasser haben?«, fragte Alena.

»Nein. Nicht die Frau eines Scharlatans.«

»Warum bezeichnet Ihr ihn so?«

Der Mann setzte sich wieder, diesmal zum Glück in einigem Abstand. Er schwieg.

Alena wagte nicht, ihre Frage zu wiederholen.

Eine Weile verging. Sie beobachtete ihren Entführer, der mit seinen Gedanken ganz woanders zu sein schien und nur ab und zu das Knie über seinem Holzbein abtastete. Vielleicht hatte er Schmerzen. Dann richtete er den Blick auf sie, durchdringend, tückisch. »Wie ist Euer Name?«

»Ich heiße Alena.«

»Alena«, wiederholte er, als wäre der Name ein Schimpfwort. »Alena und der Scharlatan Abraham. Welch ein schönes Paar.«

»Alena wie Magdalena, nach der heiligen Maria von Magdala.«

»Bigottes Geschwätz! Ich glaube schon lange nicht mehr an einen Schöpfer.«

»Wer seinen Glauben aufgegeben hat, hat sich selbst aufgegeben, so heißt es. Ihr seid nur verbittert, das ist alles. Gott hat sich nicht von Euch abgewendet, Ihr müsst ihn nur erkennen. Wer ihn sehen will, der sieht ihn, und wer beten will, der bete. Wollt Ihr mit mir beten?«

»Bist du von Sinnen, Schlange?« Der Verrückte sprang auf, den Knüppel in der Hand schwingend. »Behalte deinen

403

Apfel! Komm mir nicht mit dem lieben Gott! Den gibt es nicht, denn wenn es ihn gäbe, hätte er nicht zugelassen, was mir geschah!«

»Gott macht nur Angebote, es steht jedem frei, sie anzunehmen oder abzulehnen.«

»Wer bist du, dass du wie eine Priesterin redest? Hüte dich, mich zu reizen. Ein Leben gilt mir nichts – meines nicht und deines erst recht nicht. Ich will nur meine Rache, und die werde ich bekommen. Sie ist das Einzige, für das ich noch lebe. Also, wer bist du, außer, dass du die Frau eines Scharlatans bist?«

Mühsam beherrscht sagte Alena: »Meinen Namen habe ich schon genannt. Ich bin eine Tochter der Freien Reichsstadt Köln, mein Vater besaß dort bis zum Jahr achtzig ein Bankhaus, das *Bankhaus zum Pütz* am Neumarkt.«

Sie hielt inne und dachte: Solange ich rede, wird der Verrückte mir nichts zuleide tun, und solange er mir zuhört, wird er mich nicht allein lassen. Schnell sprach sie weiter: »Es war ein großes, dreigeschossiges Palais aus Sandstein, in dem meine Familie gleichzeitig wohnte. Mit bürgerlichem Namen hieß ich Friederike Philippa zum Pütz, doch als ich im Jahre achtzig als Novizin in das Kölner Karmel *Maria vom Frieden* eintrat, nahm ich den Namen Alena an. Ich dachte, ein beschauliches Leben in der Abgeschiedenheit des Klosters sei das Richtige für mich. Doch ich hatte mich geirrt.«

Wieder machte Alena eine Pause. Sie blickte unauffällig zu ihrem Entführer und sah, wie er mit gleichgültigem Gesicht zur Decke emporstarrte. Offenbar war er mit seinen Gedanken ganz woanders. Vielleicht war er in diesem Moment sogar ein anderer? Alena fiel ein gewisser Pastor Matthies aus dem Elbestädtchen Steinfurth ein, in dessen

Innerem zwei Menschen geschlummert hatten: einerseits der Gottesmann, der betete und Gutes tat – andererseits der Mörder, der andere mit Waffen aus der Folterkammer hinrichtete. Abrahams Onkel, damals schon ein Arzt, hatte erklärt, die Persönlichkeit des Pastors sei wie ein Krug in mehrere Scherben zersprungen, weshalb man die Krankheit, für die es noch keinen Namen gab, *Morbus testae* nennen könne. Seiner Meinung nach müsse es die Aufgabe der medizinischen Forschung sein, die *testae* wieder zu einem guten Ganzen zusammenzufügen, doch leider sei dies bis heute nicht gelungen.

Konnte es sein, dass der Verrückte ebenfalls eine gute Seite hatte? Eine, die in diesem Augenblick wach war, während die andere in seinem Inneren schlief?

Rasch redete Alena weiter: »*Ora et labora et tace,* bete und arbeite und schweige, das war nichts für mich, jedenfalls nicht ausschließlich. Ich spürte mit jedem Tag mehr, wie mir das Lachen, die Muße und das anregende Gespräch fehlten. Ich war nicht zur Nonne geboren. Und doch wollte ich Gott mein Leben lang nahe sein und ihm wohlgefällige Werke verrichten. So kam ich auf den Einfall, mich als Klagefrau zu verdingen, denn gestorben wird auf dieser Welt immer, Tausende von Malen an jedem Tag. Ich wollte den trauernden Hinterbliebenen Trost spenden, ihnen in ihren schweren Stunden zur Seite stehen, mit ihnen beten, weinen, klagen, denn gemeinsame Trauer ist leichtere Trauer. Mein Entgelt sollte nicht bare Münze sein, sondern nur Speise und Trank – das Notwendigste zum Leben, mehr nicht. Denn im Gegensatz zu meinem Vater, der sich das Leben nahm, als sein Bankhaus bankrottging, bedeutete mir Geld nicht viel. Mir nicht, doch meiner Mutter und meinen Geschwistern umso mehr, als klarwurde, dass sie ihren aufwendigen Lebensstil nicht mehr beibehalten konnten.«

»Wie hast du den Scharlatan kennengelernt? Durch einen Trauerfall in seiner Familie?« Die Stimme des Verrückten ließ keinen Zweifel aufkommen: Er besaß keine gute Seite.

Alena kämpfte ihre Enttäuschung nieder. Sie musste die Frage beantworten, wollte sie den Unhold nicht herausfordern. Aber über ihre erste Begegnung mit Abraham gab es nicht viel zu erzählen. Dennoch musste sie viel erzählen, damit der Verrückte nicht fortlief und am Ende vielleicht sogar Vernunft annahm. »Ich hatte drei Geschwister, zwei Brüder und eine Schwester. Von allen vier Kindern meiner Eltern war ich das Nesthäkchen. Meine beiden Brüder arbeiteten bei meinem Vater in der Bank und versuchten, die traditionellen Werte des Hauses hochzuhalten. Das heißt, Geld solide anzulegen und zu mehren, im Sinne unserer Kunden und getreu dem Leitspruch, dem die Bank schon seit dem Dreißigjährigen Krieg verpflichtet war, als sie die Produktion von Kanonen, Musketen und anderen Waffen finanzierte: *Semper fidelis.* Leider waren meine Brüder diesem Motto nicht immer treu. Sie schätzten teure Kleider und aufwendige Feste höher ein als Bescheidenheit und harte Arbeit. Sie fehlten auf keinem der großen Bälle in der Stadt und luden ihrerseits zu prachtvollen Lustbarkeiten ein. Im Park hinter unserem Palais wurden riesige Zelte aufgebaut und mit kostbaren Girlanden, Lampions und *Bouquets* geschmückt, die besten Kapellmeister mit ihren Musikern waren gerade gut genug, um für ihre Gäste aufzuspielen, Sänger, Magier und Rezitatoren boten mannigfaltige Kurzweil, fulminante Feuerwerke wurden abgebrannt, fantastische Maskeraden abgehalten. Und zu alledem wurde stets auf das verschwenderischste getafelt. Die

Tische bogen sich unter den Speisen, Acht- oder Zehn-Gänge-Menüs waren die Regel: Austern, Kraftbrühe mit Schinkenklößchen, garnierter Kalbsrücken, Wildschweinskopf, gefüllte Hamburger Gans, Rindfleischbraten, Peitzer Karpfen, Früchte, Salate, Haselnusstorte, Käsestangen und zum Nachtisch Gefrorenes, um nur eine der vielen Speisenfolgen zu nennen. Dazu wurden Dutzende, wenn nicht Hunderte von *Bouteillen* Champagner getrunken, Fässer mit feinstem Rheinwein geleert, Tresterschnäpse zur Verdauung gereicht. Welch eine Völlerei! Manche dieser Feste dauerten Tage, und jedes einzelne kostete ein Vermögen. So trugen meine Brüder zum Niedergang unseres Bankhauses bei – und damit auch zum Freitod meines Vaters. Heute arbeiten sie in der Bank von Vaters größtem Konkurrenten als unbedeutende Schreiberlinge. Verkehrte Welt.«

Der Verrückte hatte die Augen geschlossen. Er schien eingeschlafen zu sein.

Alena fuhr fort zu reden, damit der eintönige Klang ihrer Worte ihn weiter einlullte. »Meine Mutter starb bald nach Vaters Tod, das war zu einem Zeitpunkt, als ich schon im Kloster war. Meiner Schwester fiel die undankbare Aufgabe zu, den Haushalt der Familie aufzulösen und das wenige, was an Werten übrig geblieben war, unter den Geschwistern zu verteilen. Ich gab die eine Hälfte meines Anteils dem Kloster, die andere an meine Schwester zurück, denn sie ist sehr krank und braucht stets ärztliche Hilfe. Von Geburt an leidet sie unter einem Schiefhals, einem *Torticollis spasticus,* wie die Mediziner sagen. Sie nahm Arzneien gegen die Schmerzen ein und versuchte, das Leiden durch gymnastische Übungen zu lindern. Als alles nichts half, ließ sie sich im Jahre siebenundsiebzig operieren. Ein Chirurgus durchtrennte einige Muskeln …«

»Hör auf, hör auf!« Der Verrückte hatte die Augen geöffnet und starrte sie wütend an.

»Verzeiht. Ich … ich wollte Euch nicht reizen. Es ist nur, weil Ihr gefragt hattet, wer ich sei.«

»Von mir aus erzähl weiter.«

»Jedenfalls geht es meiner Schwester sehr schlecht. Ich schließe sie jeden Tag in meine Gebete ein.«

»Fang nicht schon wieder mit dem bigotten Zeug an, Schlange!«

Alena beschloss, einen Vorstoß zu wagen. »Ihr seid ein verbitterter Mann. Warum Ihr so seid und warum das Leben Euch so übel mitgespielt hat, weiß ich nicht, aber ich werde auch für Euch beten.«

»Lass das! Niemals!«

»Ich habe schon für unzählige Menschen gebetet, überall im Königreich Preußen, auf vielen Wanderungen in Thüringen, Sachsen, Brandenburg und auch in Potsdam. Und nahezu immer ist es mir gelungen, Frieden in die Herzen der Trauernden zu tragen und ihre armen, verletzten, geschundenen Seelen zu trösten.«

»Davon will ich nichts hören. Erzähle von dem Scharlatan. Wie kommt er dazu, Bergleute in Richters Hospital zu behandeln?«

»Ihr wisst sehr viel. Woher?«

Der Verrückte lachte sein höhnisches Lachen. »Ich sagte bereits, dass ich sehr viel weiß. Woher, das tut nichts zur Sache. Obwohl ich es dir verraten könnte, denn du wirst niemals Gelegenheit haben, darüber zu reden.«

Ein Schauer lief Alena den Rücken hinunter. Sie hatte gehofft, den unheimlichen Mann, der mit Nemo oder Nemorensus angesprochen werden wollte, ein wenig beschwichtigt zu haben, nun aber zeigte sich, dass all ihre Bemühungen umsonst gewesen waren. Doch sie wollte nicht aufgeben. Sie sagte: »Abraham hat ein Medizinstudium angefangen, weil er sich diesen Wunsch erfüllen wollte. Im Rahmen des Studiums fiel ihm die Aufgabe zu, Bergleute in Richters Hospital zu behandeln. Aber er hat nicht nur Bergleute in seiner Obhut, auch andere Patienten, Männer, Frauen, Kinder. Jeder, der ein Gebrechen hat, kann zu ihm gehen.«

»Er ist für ein Studium viel zu alt. Er hätte weiter mit seinen Puppen spielen und dümmliche Witze erzählen sollen. Wie ein alberner Narr. Warum hat er die Figuren überhaupt angeschafft?«

»Sie sind ein Teil seines Lebens. Jede für sich.«

»Willst du damit sagen, dass er irgendwann einmal als Bauer gearbeitet hat? Oder als Matrose?«

»Ja, genauso ist es.«

»Hahaha!« Der Verrückte heulte auf vor Lachen. »Hoho, haha, das ist gut, das gefällt mir, der Scharlatan ein Bauer und Matrose!«

»Was ist daran so komisch?«

»Nichts, nichts. Haha, hoho!« Abrupt endete das Lachen. Der Verrückte stand auf. »Es ist jetzt Zeit, dich allein zu lassen. Für immer. Schau dich noch einmal um, denn es wird das letzte Mal sein, dass deine Augen Licht erblicken. Ich werde die Laterne mitnehmen und die Falltür über dir schließen. Dieses Erdloch wird dein Sarg sein, es sei denn, ich überlege es mir anders. Aber das dürfte kaum der Fall sein. Mach dir nichts daraus. Du hast ja deinen lieben Gott. Bete nur schön zu ihm, dann hilft er dir vielleicht. Aber versprich dir nicht zu viel davon, denn es gab eine Zeit, da auch ich zu ihm gebetet habe, doch ich bin bitter enttäuscht worden.«

»Nein!«, schrie Alena. »Nein!« Ihre Beherrschung, die sie die ganze Zeit mühsam aufrechterhalten hatte, war dahin. »Nein, nein, nein! Das könnt Ihr nicht tun. Bitte, habt ein Einsehen! Bitte!«

»*Adieu, Frau Scharlatan.*«

»Halt!« Alena suchte verzweifelt nach einem Grund, das Unvermeidliche aufzuhalten. In ihrer Not begann sie zu singen. Sie wusste nicht, was sie auf dieses merkwürdige Gebaren gebracht hatte, doch die Worte und die Melodie kamen ihr wie von selbst über die Lippen, und sie sang dem Verrückten mitten ins Gesicht:

»Die Sünden sind vergeben!
Das ist ein Wort zum Leben
für den gequälten Geist;
sie sind's in Jesu Namen,
in dem ist Ja und Amen,
was Gott uns Sündern je verheißt.«

Der Verrückte starrte sie mit offenem Mund an, als wäre nicht er, sondern Alena von Sinnen.

»Das ist auch dir geschrieben,
auch dich umfasst sein Lieben,
weil Gott die Welt geliebt;
auch du kannst für die Sünden
bei Gott noch Gnade finden;
ich glaube, dass er dir vergibt ...«

»Mach nur so weiter, Schlange!« Der Verrückte hatte sich wieder gefangen. »Aber du wirst nur noch die Wände ansingen, denn ich verschwinde jetzt.«

»Nein!« Alena streckte ihm flehend die gefesselten Hände entgegen. »Bitte, bitte, nein!«

»*Adieu.*«

»Ihr ... Ihr habt mir noch gar nicht erzählt, wie lange Ihr schon in dieser Erdhütte lebt. Es muss doch eine gewaltige Arbeit gewesen sein, sie zu bauen. Warum habt Ihr das getan?«

»Zum letzten Mal: *adieu.*«

»Wartet! Es hängt dort so vieles an den Wänden, ich glaube, Ihr lebt schon eine ganze Weile hier. Auch die helle Asche am Boden deutet darauf hin. Bestimmt ist das Eure Feuerstelle. Seid Ihr sehr einsam? Bestimmt seid Ihr das. Es muss schrecklich sein, immer allein zu sein und immer allein essen zu müssen. Hattet Ihr manchmal Fisch? Ich sehe da eine Angelrute hängen. Gibt es Fische in den Bächen? Barben, Äschen, Gründlinge? Oder Forellen? Forellen sind sehr schmackhaft, nur die vielen Gräten sind lästig. Man muss sie sehr vorsichtig filetieren. Ich habe in Köln eine entfernte Verwandte, Johanna mit Namen, die sich an einer Forellengräte verschluckte und daran fast ...«

»Genug!«

»Sie war eine geborene ...«

»Genug, sagte ich! Dein Geschwätz wird mich nicht davon abhalten, jetzt zu verschwinden. Es ist Zeit für mich, höchste Zeit.«

»Zeit, wofür? Sagt es mir! Wie könnt Ihr wissen, dass es Zeit ist, Ihr habt doch keine Uhr?«

»Ich sehe es an der Stellung des Mondes.«

»Ihr seht es an der Stellung des Mondes? Das heißt, Ihr kennt die Bahnen, die der Mond am nächtlichen Himmel zieht? Ihr müsst ein gelehrter Mann sein. Ich wusste es. Ihr seid ein Studierter, stimmt's? Ist jener Doktorhut der Eure?«

»Du fragst viel, Schlange. Nun, diese eine Antwort will ich dir noch geben: Ja, es ist mein Doktorhut. Ich habe ihn all die Jahre in Ehren gehalten. Er ist das Einzige von Wert, das ich noch habe – und das Einzige, was mir noch etwas bedeutet. Neben meiner Rache.«

»Also seid Ihr promoviert?«

»Das bin ich.«

»Und Euer Name?«

»*Adieu*, Frau Scharlatan.«

»Ihr sagtet, ich solle Euch Nemo nennen, Nemo wie Niemand. Oder auch Nemorensus wie Der-zum-Wald-Gehörige. Aber Ihr seid weder ein Niemand, noch gehört Ihr in diesen Wald. Ihr seid ein gelehrter Mann, ein Mann der Stadt!«

Der Verrückte setzte sein Holzbein auf die unterste Sprosse der Leiter und machte noch einmal halt. In seinen Augen glitzerte es.

»Euer Name? Sagt ihn mir!«

»Doktor Arminius Pesus.«

Von dannen Er kommen wird, zu richten die Lebendigen und die ...

Abraham hatte sich im Patientensaal neben dem Instrumentenschrank postiert und kam sich vor wie ein einsamer Wachsoldat. Er wusste nicht, wie lange er warten musste, aber er war fest entschlossen, die Sache bis zum Ende durchzustehen, auch wenn Geduld nicht unbedingt etwas war, das zu seinen Stärken zählte. Alles brauchte eben seine Zeit. Wie hatte Professor Lichtenberg neulich beim *Schnaps-Conradi* so treffend gesagt: Die Leute, die niemals Zeit haben, tun am wenigsten.

Abraham hoffte inständig, dass das, was er tat, richtig sein möge, und verlagerte sein Gewicht von einem Bein aufs andere. Anfangs hatte er es sich auf einem Stuhl bequem gemacht, doch er war zu unruhig gewesen. Er stand lieber. Auch hatte man im Stehen einen besseren Überblick. Er schaute zum Fenster hinüber und stellte fest, dass kaum noch Licht in den Raum fiel. Der Tag war der Nacht gewichen.

Wie lange er schon im Schatten des Schranks verharrte, wusste er nicht. Um irgendetwas zu tun, öffnete er ihn und holte eine Operationslampe hervor, die er mit Stahl und Stein entzündete. Dann fiel ihm ein, dass der Lichtschein ihn von der Straße aus verraten konnte. Er löschte die Lampe. Und zündete sie gleich darauf wieder an, denn ihm war eingefallen, dass er für das, was er vorhatte, Licht brauchte – sofort, ohne jede Verzögerung, wenn es so weit war. Also verbarg er die hell leuchtende Laterne unter seinem Gehrock. Er war sehr nervös. Es war die Nacht, in der sich alles entscheiden sollte. Nicht zuletzt seine gesamte Zukunft – und die Alenas.

Abraham hielt es nicht mehr in seiner Ecke. Er ging hinüber zu Pentzlin und setzte sich zu ihm auf den Bettrand. Seine Bewegungen waren steif wegen der verräterischen Laterne. Dennoch schimmerte etwas Licht durch die Spalten seines Rocks und fiel auf den friedlich schlafenden jungen Mann. Abraham dachte, dass auch er einmal so jung gewesen war, damals, vor einer halben Ewigkeit. Bilder tauchten vor seinen Augen auf, gute und schlechte, und er versuchte, sich auf die guten zu besinnen, denn er wollte nicht an die Ungerechtigkeiten denken, die ihm seinerzeit widerfahren waren. Sie würden ihn nur zornig machen, und Zorn war ein schlechter Ratgeber, wenn man einen kühlen Kopf brauchte.

Er stand auf und schritt zum Fenster. Fahles Mondlicht lag wie ein Tuch über der Stadt. Das nächtliche Göttingen war wie ausgestorben. Kein Mensch belebte mehr die Gassen und Plätze. Das Geismartor war verwaist, als hätte niemand es jemals passiert. Er wandte sich ab und begann, ruhelos hin und her zu wandern. Gern hätte er dabei die Hände auf dem Rücken gefaltet, wie Professor Richter es immer tat, doch er musste die Laterne halten. Richter … ihm hatte er viel zu verdanken. Wie würde der Professor nach dieser Nacht zu ihm stehen? Wie würden Runde, der Prorektor, und die vielen anderen honorigen Herren sich verhalten?

Er musste die Sache unbedingt hinter sich bringen. Nicht

nur irgendwie, sondern erfolgreich. Und endgültig. Allein schon um Alenas willen. Er hatte sie die letzten Tage nicht mehr gesehen. Wie lange genau eigentlich? Viel zu lange jedenfalls. Sie war das Wertvollste, was er auf der Welt besaß – wertvoller sogar noch als seine Puppen. Und er sehnte sich nach ihr mit jeder Faser seines Herzens. Sie war die einzige Frau, die er liebte, sie bedeutete ihm mehr als jede andere Frau auf der Welt – auch mehr als Henrietta. Wie gut diese Erkenntnis tat! Warum nur war er nicht früher darauf gekommen …

Wie spät mochte es sein? Er fragte sich, ob er hinüber in seine Stube gehen sollte, denn darin befand sich Doktor Stromeyers Uhr. Doch dann unterließ er es. Er konnte seinen Posten nicht verlassen, er musste jederzeit bereit sein. Bereit? Wofür eigentlich? Was konnte, was wollte er tun, wenn es so weit war?

Doch würde es überhaupt so weit kommen? Was war, wenn der Unbekannte nicht wieder auftauchte? Wenn er es sich anders überlegt hatte?

Das durfte nicht sein! Das durfte einfach nicht sein, denn sonst … Halt! Er glaubte, ein Geräusch gehört zu haben. Ein ganz leises »Tock«. Oder hatte ihm die Fantasie einen Streich gespielt? Er lauschte so angespannt, dass er sein Blut in den Ohren rauschen hörte und schon glaubte, sich geirrt zu haben, als das »Tock« abermals erklang. Diesmal hatte er sich nicht getäuscht.

Die Schattengestalt nahte!

Abraham stellte sich hinter den Instrumentenschrank und überzeugte sich nochmals, dass sein Rock vollständig das Licht der Laterne abdeckte.

Wieder ein »Tock«, gefolgt von einem langsamen »Tock, Tock, Tock«! Der Erwartete schien es nicht eilig zu haben.

Vielleicht war er auch besonders vorsichtig, nachdem er ein- oder zweimal nur um Haaresbreite aus dem Hospiz hatte entwischen können.

Jetzt! Die Tür öffnete sich leise. Abraham ahnte es mehr, als dass er es hörte. Dann spürte er einen schwachen Luftzug, während sein Herz wie ein Rammbock zu schlagen begann. Er sah einen Schatten an sich vorbeigleiten und auf Pentzlins Bett zugehen. Abraham hielt den Atem an.

Eine Weile stand die Gestalt in gebückter Haltung über dem jungen Bergmann. Dann kam wieder Leben in sie. Arme tasteten sich zum Kopf des Patienten vor, umfassten ihn und begannen langsam, ihn zur Seite zu drehen.

Entschlossen riss Abraham seinen Rock auf. Helles Licht schoss in den Raum. Mit zwei, drei großen Schritten war er bei dem Eindringling und hielt ihm die Lampe direkt vors Gesicht. »Ihr also seid es, der Burck und Gottwald auf dem Gewissen hat!«, donnerte er. »Was immer Euch dazu bewogen haben mag, aber an dem armen Pentzlin werdet Ihr Euch nicht mehr vergreifen!«

Der Eindringling fuhr geblendet zurück.

Abraham rief mit unverminderter Lautstärke: »Ja, Ihr seid es tatsächlich! Lange habe ich gegrübelt, wer für die ruchlosen Morde in Frage käme, und erst sehr spät bin ich auf Euch gekommen, Herr Doktor Arminius Pesus!«

»Sehr spät?« Der andere hatte sich gefangen. Er lachte höhnisch und offenbarte dabei Gesichtszüge voller Hass. »Zu spät! Denn heute werde ich Euch vernichten!«

»Ihr seid der Autor des Werks *De caputitis aspera et venae,* und Euer wirklicher Name ist – Hermannus Tatzel! Ehemaliger Professor der Chirurgie an der Georgia Augusta! Ihr seid derjenige, dem ich es zu verdanken habe, als junger *Bursche* mit Schimpf und Schande von der Universität gejagt worden zu sein. Ihr habt Euch nicht verändert, die Tücke in Eurem Gesicht ist noch dieselbe wie damals, auch wenn Ihr zeitweilig Euren Namen latinisiert habt und als Arminius Pesus aufgetreten seid. *Pesus* wie Fuß, Pfote oder – Tatze! Aber nun hat es ein Ende mit Euren Greueltaten. Ich werde Euch dem Universitätsgericht überantworten, auf dass Ihr Eure gerechte Strafe bekommt!«

Tatzel lachte abermals höhnisch. »*Echauffirt* Euch nicht unnötig. Und glaubt ja nicht, ich hätte nicht mit Euch gerechnet. Früher oder später musste es zum Zusammenstoß zwischen uns kommen. Doch ein kleiner nichtsnutziger Scharlatan wie Ihr wird mich nicht aufhalten! Schon deshalb, weil ich nicht allein bin.« Tatzel wies zur Tür, und Abraham ließ sich für den Bruchteil eines Augenblicks ablenken. Er fiel auf die Finte herein, und Tatzel stürzte vor. Mit großer Wucht warf er sich auf Abraham und riss ihn um. Die Laterne fiel scheppernd zu Boden und brannte wie durch ein Wunder weiter. Sie beleuchtete zwei erbittert miteinander kämpfende Männer, ein Knäuel aus Armen, Beinen und Köpfen, das wie ein wild gewordener Muskel zuckte. Doch Tatzel hatte das Überraschungsmoment auf seiner Seite, weshalb es ihm gelang, Abraham niederzuringen und ihm mit aller Kraft die Kehle zuzudrücken.

Abraham versuchte verzweifelt, seinen Hals zu befreien, doch Tatzels Hände waren wie Klauen, sie hielten eisern fest. Abraham wurde die Luft knapp, er ruderte mit den Armen, bäumte sich auf, stieß mit den Beinen in die Luft. Immer hektischer wurden seine Bewegungen, und er dachte schon, sein letztes Stündlein habe geschlagen, als der Schrank plötzlich einen Stoß abbekam. Das schwere Möbel fiel auf die Kampfhähne hernieder, die Türen sprangen auf, ein Strom aus blitzenden Instrumenten ergoss sich über sie.

Tatzel war durch das Gewicht des Schranks beiseitegeschleudert worden und hatte wohl oder übel loslassen müssen, doch er fing sich als Erster, ergriff eines der Skalpelle und ging damit auf den noch immer halb benommenen Abraham los. Dieser konnte im letzten Augenblick dem tückischen Stoß ausweichen. Er rappelte sich auf, sprang einen Schritt zurück und war fürs Erste außer Reichweite der mörderischen Klinge.

Tatzel keuchte. Er war ein alter Mann, dem sein Hass übermenschliche Kräfte verlieh. Wieder stieß er zu und zischte: »Das ist eines der Skalpelle, wie Ihr es mir damals bei der Operation angereicht habt, ein viel zu großes. Es ist nur recht und billig, dass Ihr damit den Todesstoß empfangt!«

Abraham entging nur knapp der Attacke. »Ihr selbst habt danach verlangt. Ich habe sogar noch gefragt, ob es nicht eines mit kleinerem Heft sein soll.«

»Niemals habt ihr das gefragt! Ein dummer *Studiosus*, ein Scharlatan wie Ihr, hätte das niemals gefragt!« Wieder stieß Tatzel zu, und wieder ging sein Stoß ins Leere.

»O doch, aber ihr wart so in Eurer Selbstgefälligkeit gefangen, dass es einem Sakrileg gleichkam, Eure Entscheidung in Frage zu stellen. Ihr habt mich keines Blickes gewürdigt und mir das Messer aus der Hand genommen. Ich weiß es, als wäre es gestern gewesen. Und dann tatet Ihr den unglückseligen Schnitt.«

»Niemals!«

»Lasst das Gefuchtele mit dem Skalpell. Ich höre Schritte auf der Treppe. Das muss Hasselbrinck, der Krankenwärter, sein. Ergebt Euch! Gegen zwei Männer habt Ihr in jedem Fall das Nachsehen.«

»Nun gut.« So leidenschaftlich Tatzel bis eben gekämpft

hatte, so plötzlich schien er aufgeben zu wollen. »Vielleicht habt Ihr recht.« Er ging zur Tür, und Abraham folgte ihm dichtauf. Und genau das war sein zweiter Fehler an diesem Abend, denn Tatzel riss mit einem Ruck das Türblatt auf und schmetterte es ihm gegen den Kopf. Abraham taumelte zurück, was Tatzel dazu nutzte, ihm brutal sein Holzbein gegen die Schläfe zu rammen. Das war zu viel. Abraham wurde schwarz vor Augen, und er krachte wie ein Baum zu Boden.

Als er wieder zu sich kam – er glaubte, nur wenige Sekunden bewusstlos gewesen zu sein –, sah er Tatzel in ein heftiges Handgemenge verwickelt. Aber nicht mit Hasselbrinck, sondern mit – Heinrich! Heinrich? Natürlich, schoss es durch Abrahams benebelten Kopf, Hasselbrinck konnte es gar nicht sein, denn der alte Krankenwärter hatte an diesem Abend sein jährliches Treffen mit den Veteranen des Mündener Infanterieregiments. »Heinrich!«, schrie er, »Heinrich, gib acht, der Kerl hat ein Skalpell!«

Heinrich antwortete nicht, er lag am Boden und kämpfte verzweifelt gegen den blindwütigen Tatzel, indem er kratzte, trat und biss, ohne auch nur im Entferntesten Rücksicht auf sein feines *Habit* zu nehmen.

»Gib acht!« Abraham musste alle Kraft zusammennehmen, um halbwegs wieder auf die Beine zu kommen. Er wollte sich auf seinen Widersacher stürzen, doch die Knie waren ihm noch weich.

In diesem Augenblick schrie Tatzel: »Rührt Euch nicht vom Fleck, oder ich bringe den *Burschen* um!« Es war ihm gelungen, Heinrich zu überwältigen. Er hielt ihn von hinten gepackt und setzte ihm das Skalpell an die Kehle. Es konnte kein Zweifel daran bestehen, dass er seine Drohung wahrmachen würde.

Um Zeit zu gewinnen, rief Abraham: »Das bringt Ihr nicht fertig! Der *Bursche* ist unschuldig. Er hat mit Euch nichts zu schaffen.«

Tatzel lachte triumphierend. »Ich bringe noch ganz andere Dinge fertig. Und jetzt werdet Ihr genau das tun, was ich Euch sage: Ihr werdet die Verbände aus dem umgefallenen Schrank nehmen und Euch damit selbst die Füße fesseln. Aber ganz eng, wenn ich bitten darf.«

Abraham sah, dass jeglicher Widerstand zwecklos war. Er musste sich in das Unvermeidliche fügen, wollte er nicht Heinrichs Leben aufs Spiel setzen. Er gehorchte. Während er sich selbst band, sagte er mit möglichst fester Stimme: »Hab keine Angst, Heinrich. Ich werde dafür sorgen, dass dieser Spuk bald ein Ende nimmt.« Und innerlich fügte er hinzu: O Erhabener, Deine Allmacht sei gepriesen, mach, dass meine Worte keine leere Phrase sind. Hilf mir, gib mir einen Wink, wie ich mit diesem Scheusal fertig werde.

»Noch enger, noch enger! Ja, so ist's recht, warum nicht gleich so. Und nun, da Ihr nicht mehr gehen könnt, werdet Ihr dafür sorgen, dass Ihr nicht einmal mehr zu kriechen vermögt. Bindet Eure gefesselten Füße an eines der Türscharniere des Schranks und macht einen chirurgischen Knoten, der nicht aufgeht. Oder könnt Ihr nicht einmal das, Scharlatan?«

Abraham musste notgedrungen gehorchen, auch wenn Heinrich mühsam hervorstieß, er solle sich nicht um ihn kümmern. Welch seltsame, bizarre Situation! Da hatte er über drei Jahre lang alle Handfertigkeiten der Medizin studiert, nur um sich jetzt mit ihrer Hilfe selbst zu lähmen.

Alles schien verloren zu sein, doch dann, unverhofft, nahm Heinrich all seine Kraft zusammen und trat Tatzel mit voller Wucht gegen das Knie, an dem das Holzbein befestigt war. Tatzel heulte auf vor Schmerz, seine Hand verlor die Kontrolle, und das Skalpell schnitt tief in Heinrichs Hals ein. Blut quoll augenblicklich aus der Wunde hervor, Heinrich gab einen gutturalen Laut von sich, seine Augen weiteten sich vor Angst und vor Schmerz. Sein Kopf sank zur Seite, die braune Perücke löste sich und gab eine Flut blonder Haare frei.

Abraham stammelte: »Heinrich, Henrietta …«

Henrietta lächelte mühsam, während das Blut weiter aus ihrer Halswunde troff.

»So tut doch etwas!«, fuhr Abraham Tatzel an. »Sitzt nicht da und glotzt, unternehmt etwas. Nutzt meine Verbände, um die Wunde zu versorgen, die Frau verblutet doch sonst! Tut etwas, ich bitte Euch inständig!«

»Ich denke nicht daran. Eher geht in der Hölle das Feuer aus, als dass ich dir, Scharlatan, eine Bitte erfüllen würde.« Tatzel redete von der Hölle, aber seine Stimme war kalt wie Eis. »Wenn die Frau stirbt, ist es allein deine Schuld.«

»Henrietta!«, rief Abraham, »beim Allmächtigen, wie konntest du nur herkommen. Warum nur, warum?«

Henrietta lächelte mühsam, ihre Stimme war nur ein Flüstern. »Ich … ich musste keine Hellseherin sein … um mir zusammenzureimen, dass heute Nacht die Schattengestalt zurückkommen würde …« Sie machte erschöpft eine Pause. »Ich habe dir doch nur helfen wollen, nur helfen … Aber das ist mir nun gründlich misslungen.« Sie lächelte wehmütig. »Verzeih mir, mein Liebster, verzeih mir …«

»Nein, verzeih du mir. Es ist alles meine Schuld.« Abraham weinte fast. Und in seine namenlose Trauer angesichts seiner sterbenden Freundin mischte sich maßlose Wut auf Tatzel. »Du Ungeheuer!« stieß er hervor, »Du verfluchtes Ungeheuer! Es ist bereits das zweite Mal, dass durch dein

Skalpell ein Mensch zu Tode kommt. Nur dass es diesmal noch viel schlimmer ist. Ich werde ...«

»Du wirst nichts, Scharlatan. Ich habe gegen einen Mann gekämpft und dabei eine Frau getötet. Das konnte ich nicht wissen. Warum die Frau in dieser Verkleidung auftrat, weiß ich nicht. Es interessiert mich auch nicht. Wahrscheinlich war sie deine Geliebte. Gewiss war sie deine Geliebte. Es ist bedauerlich, dass es passierte, doch die Schuld liegt bei dir.«

»Du widerlicher, feiger Hundsfott!«

Tatzel lachte und ließ Henriettas Kopf achtlos zu Boden gleiten. »Ich werde jetzt auch deinen dritten Bergmann töten. Eine kräftige Drehung des Kopfes, und schon nach wenigen Minuten wird es passiert sein. Dann werde ich dein Leben vernichten. Nichts anderes hast du verdient, denn auch mein Leben hast du vernichtet. Wie süß wird meine Rache sein!« Tatzel kicherte und wollte sich erheben, aber mitten in der Bewegung knickte er ein. Er fluchte, tastete sein Knie ab und musste feststellen, dass durch Henriettas Tritt die Verbindung zu seinem Holzbein zerstört war. Die Stütze war nichts mehr wert, ein nutzloser Gegenstand, der polternd auf die Dielen des Raumes fiel.

»Ich bin gespannt, wie du nun fliehen willst.« Abraham gab sich keinerlei Mühe, die Ironie in seiner Stimme zu unterdrücken.

Tatzel fluchte abermals gotteslästerlich. In seinem Gesicht arbeitete es. Seine Kiefermuskeln mahlten, sein Blick wurde starr. Dann huschte ein Lächeln über seine Züge. »Nun gut«, zischte er. »Es scheint, als würde ich diesen Ort nicht mehr verlassen können. Es ist egal. Es geht mir einzig und allein um meine Rache, und die werde ich bekommen.« Mit einer raschen Bewegung schnitt er sich die Pulsader am linken Handgelenk auf.

»Was tust du?« Fassungslos starrte Abraham auf das herausrinnende Blut.

»Ich nehme mir das Leben.«

»Bist du völlig verrückt geworden?«

»Nenn es, wie du willst, Scharlatan. Aber bevor ich mein Leben aushauche, wirst auch du sterben. Welch hübscher Gedanke.« Mit leuchtenden Augen betrachtete Tatzel den unablässigen Blutfluss aus seinem Handgelenk.

Er ist tatsächlich verrückt, dachte Abraham verzweifelt. Wie groß muss der Rachedurst dieses Verblendeten sein, dass er sogar seinen eigenen Tod in Kauf nimmt? »Weshalb, um alles in der Welt, hasst du mich so?«, stieß er hervor.

»Das fragst du noch? Durch deinen Fehler starb bei meiner Operation ein Mensch. Es war nur recht und billig, dass man dich der Universität verwies. Doch kurze Zeit danach geriet ich selbst in die Kritik. Wahrscheinlich hattest du hinter meinem Rücken dafür gesorgt. Der sogenannte ›tatsächliche Verlauf‹ der missglückten Operation kam heraus, und ich wurde ebenfalls der Lehranstalt verwiesen.«

»Ist das wahr?« Abraham staunte.

Tatzel ging nicht auf ihn ein. Es war, als spräche er zu sich selbst. »Welch entsetzliche Schande! Ich wusste nicht mehr ein noch aus. Die Kollegen mieden mich, die Leute auf der Straße tuschelten hinter meinem Rücken, und meine Ehe zerbrach, denn meine Frau wandte sich von mir ab. Meine Kinder wollten nichts mehr von mir wissen. Sie behaupteten zusammen mit ihrer Mutter, ich wäre von jeher ein aufbrausender, ungerechter Tyrann gewesen! Und das mir, der ich die Meinen stets mit meiner Liebe und Fürsorge umhegt hatte. Ja, das tat ich wahrhaftig! Und ich stehe heute noch dazu, dass zur Liebe auch Schläge gehören, harte Schläge, regelmäßig verabreicht! Zucht und Ordnung, das ist es, was gezielte Hiebe herzustellen vermögen, selbst wenn sie einen selber schmerzen.«

Abraham verzichtete auf eine Entgegnung. Wenn überhaupt möglich, wurde ihm der Mann noch unheimlicher.

»In meiner Not ging ich nach Prag, wo ich dank alter Verbindungen einen Lehrstuhl an der Karls-Universität bekam. Hier fragte man nicht nach meiner Vergangenheit, hier glaubte man mir, als ich sagte, an dem Gerede in Göttingen sei nichts dran, nur Neider und Eiferer hätten sich das Maul zerrissen. Lange Zeit arbeitete ich dort, und ich war glücklich. Man achtete, ja, man liebte mich. Wie groß die Anerkennung war, die mir zuteil wurde, erfuhr ich spätestens an dem Tag, als ich auf dem Loretoplatz von einer heranpreschenden Kutsche angefahren wurde und mir daraufhin das Bein amputiert werden musste. Ein solches Ausmaß an Anteilnahme hätte ich nie für möglich gehalten! Es war mein geschätzter Kollege Professor Bartoloměj Holý, der es sich nicht nehmen ließ, den Eingriff kunstvoll durchzuführen. Er tat es unter Verwendung eines Schlafschwamms, wodurch ich nur erträgliche Schmerzen leiden musste. Ich werde Holý ewig dankbar sein. Und nicht nur ihm: Auch den Professoren Matej Rabček und Vojtech Beneš und den vielen anderen. Sie suchten meine Nähe und schätzten meinen Rat – ganz im Gegensatz zu dem, was ich zuvor an der Georgia Augusta erleben musste.«

Die letzten Sätze Tatzels verrieten Abraham, wie maßlos geltungsbedürftig, selbstsüchtig und eitel sein Gegenüber sein musste, und er verstand zum ersten Mal, warum der Mann bar jeder Normalität reagierte. Doch er hütete sich, das anzusprechen.

»Ach, es waren goldene Jahre im Goldenen Prag! Doch trotz alledem: Mit jedem Semester, das verstrich, fehlte mir die Heimat mehr. Es zog mich zurück nach Göttingen, in meine alte Vaterstadt. Hier wollte ich die letzten Jahre meines Lebens verbringen – in der Gewissheit, über die Geschichte von damals wäre längst Gras gewachsen. Doch wie bitter sollte ich mich getäuscht haben, denn kaum war ich zurück, holte die Vergangenheit mich ein. Ich wurde Zeuge einer Puppenvorstellung am Albaner Tor. Erst lachte ich ein paar Male über die schwachen Witze, doch dann, als fast alle Zuschauer sich entfernt hatten, erkannte ich in dem Puppenspieler dich, den Verursacher meines Unglücks.«

»Wärst du doch nach Prag zurückgegangen!«, stieß Abraham hervor. »Niemand hätte dich hier vermisst.«

»Von da an war es mit meiner Ruhe vorbei. Ich forschte behutsam nach und fand heraus, dass du unter falschem Namen abermals wieder Medizin studiertest. Julius Abraham nanntest du dich, und ich beschloss, spät, aber nicht zu spät, der Gerechtigkeit Genüge zu tun. Dazu musste ich dich beseitigen. Da ich nicht an die Öffentlichkeit gehen konnte, ohne mir selbst zu schaden, musste ich mir eine andere Form der Vernichtung einfallen lassen. Ich fand sie – indem ich die in deiner Obhut stehenden Kranken tötete.«

»Du Bestie, du verrückte Bestie!«

Tatzel schien Abraham nicht zu hören. Er schwieg, während er anscheinend interesselos das Leben aus seinem Körper rinnen sah. Doch dann blickte er auf und sagte mit schwächer werdender Stimme: »Bevor ich dich mit dem Skalpell, das du mir damals in deiner tückischen Art angereicht hast, töte, sollst du noch wissen, dass ich heute etwas getan habe, das ich schon lange hätte tun sollen: Ich habe einen Brief an den Prorektor geschrieben, aus dem hervorgeht, wer du in Wahrheit bist. Julius Klingenthal bist du. Ein kleiner dummer *Bursche* damals – und ein großer dummer Puppenspieler heute. Zum Arzt wirst du es niemals bringen, allein, weil ich deinem Leben jetzt ein Ende setzen werde.«

Tatzel schickte sich an, zu Abraham hinüberzukriechen, aber dieser rief: »Bleib, wo du bist! Wie willst du mir mit dem Brief an den Prorektor schaden, wenn du mich vorher tötest? Hast du dir das überlegt?« In Abrahams Worten schwang Todesangst mit, doch er schämte sich nicht dafür. Irgendwie musste es ihm gelingen, den Verrückten von seinem Vorhaben abzubringen.

In der Tat hielt Tatzel für einen Moment inne. Doch dann huschte ein Lächeln über das Spinnennetz seiner Gesichtszüge, und er sagte: »Es ist eine schöne Verheißung für mich, dir über deinen Tod hinaus zu schaden. Dein Ruf als der Musterstudent Abraham wird zerstört sein. Du wirst als Scharlatan und Betrüger in die Annalen der Georgia Augusta eingehen.« Er kicherte. »Als Scharlatan und Betrüger, welch köstlicher, erhebender Gedanke.«

»Aber du selbst wirst ebenfalls tot sein. Wirf dein Leben nicht fort – und meines auch nicht. Du hast einmal den Eid des Arztes geleistet, vergiss das nicht. Wer einmal Arzt ist, ist es für immer.«

»Haha, der kleine Scharlatan argumentiert! Er argumentiert um sein Leben. Oh, wie ich diesen Augenblick genieße. Mach nur weiter so, mach weiter so.«

»Als Arzt bist du verpflichtet, Leben zu retten, nicht zu zerstören. Das hast du einst vor Gott geschworen.«

»Komm mir nicht mit dem lieben Gott, Scharlatan. Deine Metze, diese Alena, hat auch schon versucht, mich damit einzuwickeln.«

»Alena? Was ist mit ihr?«

»Das werde ich dir gerade auf die Nase binden.«

»Was ist mit ihr? Wo hast du mit ihr gesprochen? Heraus mit der Sprache!« Abraham schrie fast.

Wieder kicherte Tatzel. Dann wurde er übergangslos ernst. »Sie ist an dem Ort, wo sie sterben wird.«

Als die Falltür über ihr zufiel, schien es Alena, als würde ihr jemand den Lebensfaden durchtrennen. Alles wollte sie ertragen, nur nicht das! Sie starrte in die Schwärze, die sie wie ein Leichentuch zu ersticken drohte, rief vergebens nach dem Mann, der sich Nemo, Nemorensus oder Arminius Pesus nannte – keiner der drei Namen sagte ihr etwas –, und brach in Schluchzen aus. Die Finsternis um sie herum war so vollständig, so allumfassend, wie sie es noch nie erlebt hatte. Auch in der schwärzesten Nacht gab es immer irgendwo einen Hauch von Licht, und wenn es nur ein Stern gewesen war, der durch eine dichte Wolkendecke geschimmert hatte.

Hier gab es nichts.

Nur Geräusche. Die Geräusche der Nacht. In ihrer ausweglosen Situation kamen sie ihr plötzlich überlaut vor. Das leise Rauschen der Baumkronen, der Schrei eines Käuzchens. Sie nahm diese Geräusche begierig auf, denn sie stellten ihre einzige Verbindung zur Außenwelt dar. Wieder der Schrei des Käuzchens. Er klang bedrohlich, unheimlich, ja, geradezu höhnisch, wie das Gelächter des Verrückten. Märchen von Trollen, Zaunweibern und Dämonen fielen ihr ein. Sie schauderte und schob die unnützen Gedanken beiseite. Sie würden ihr nicht helfen in ihrer Lage. Sie musste durchhalten, nur durchhalten …

Sie spürte die kleine Christusfigur unter ihrem Kleid und küsste sie im Geiste. Das beruhigte sie vorübergehend.

427

Dann begann sie, um Hilfe zu rufen. Sie schrie mit der ganzen Kraft, deren sie fähig war, schrie sich die Seele aus dem Leib, schrie, bis ihre Stimme nur noch ein Röcheln war, schrie, schrie und schrie …

Irgendwann verstummte sie. Nicht, weil sie es wollte, sondern weil sie nicht mehr konnte. Sie hatte bis zur Erschöpfung geschrien, und nun weinte sie. Niemand auf der Welt war so verlassen wie sie. Niemand so hoffnungslos dem Tod ausgesetzt!

Ihr fiel ein, wie es Abraham damals in der kleinen Stadt Steinfurth ergangen war. Er war in einer ähnlichen Situation gewesen. Ein paar Verrückte hatten ihn tief hinab in die Katakomben der Kirche gezerrt und der Länge nach unter den Grundstein geschoben. Eine Tat ohne Beispiel, ruchlos, abscheulich, denn die Kirche senkte sich jedes Jahr um ein oder zwei Zoll, und Abraham, der ebenso wie sie in völliger Finsternis ausharren musste, hatte zusätzlich das Gefühl ertragen müssen, von der Kirche erdrückt zu werden.

Doch er war befreit worden.

Sollte sie das als gutes Zeichen nehmen? Vielleicht würde auch sie befreit werden. Aber durch wen? Niemand außer dem Verrückten wusste, wo sie war …

Alena begann mit schwacher Stimme bis hundert zu zählen, und als sie die Hundert erreicht hatte, begann sie wieder von vorn. Sie wusste nicht, wie lange sie gezählt hatte, aber irgendwann kam es ihr lächerlich und überflüssig vor. Wollte sie zählend auf ihren Tod warten?

Sie versuchte, durch Zerren und Reißen ihre Fesseln zu lockern, aber es gelang ihr nicht. Sollte sie versuchen aufzustehen? Sie saß nach wie vor auf der Bank, umgeben von den spärlichen, selbstgezimmerten Einrichtungsgegenständen des Verrückten, die sie allesamt nicht sah.

Dann begann sie wieder zu zählen und nach einiger Zeit, ohne dass sie es bewusst wahrnahm, fiel sie in einen unruhigen Schlummer. Sie träumte, sie würde laute, verzweifelte Worte ausstoßen, Worte, die sie noch nie gehört hatte, Worte aus Silben, deren Klang ihr unbekannt und fremd vorkam. Doch mit jeder Silbe, die ihren Mund verließ, flackerte Licht in der Höhle auf, und in diesem Licht sah sie die Puppen von Abraham. Sie hockten ihr gegenüber, in der Formation, wie sie immer auf Abrahams Karren gesessen hatten, und sie sahen aus wie immer. Friedrich der Große mit seinem spanischen Röhrchen, der Schultheiß mit seiner goldenen Amtskette, der Söldner im Harnisch, das Burgfräulein mit dem Spitzhut und dem zerknüllten Taschentuch in der Hand, der Schiffer in seinen derben Köperhosen, der Landmann mit der Forke und die Magd mit ihrer gestärkten Haube. Eine große Ruhe durchströmte Alena bei diesem Anblick. Sie war nicht mehr allein! Alles würde gut werden, denn wo die Puppen waren, da war Abraham nicht weit. Froh begann sie, mit ihnen zu sprechen, aber sie antworteten ihr nicht, denn nur Abraham konnte ihnen Leben einhauchen.

Immer wieder bemühte sie sich, den Figuren eine Reaktion zu entlocken, aber sie saßen nur stumm und steif da. Eine große Enttäuschung ergriff von ihr Besitz, und über diesem Gefühl erwachte sie.

Wieder kam sie sich vor wie der armseligste Mensch auf Erden. Sie fragte sich, ob Gott sie dafür strafen wollte, dass sie damals im Kölner Karmel *Maria vom Frieden* die Gelübde nicht abgelegt hatte und stattdessen hinaus in die Welt gegangen war. Doch dann riss sie sich zusammen. Was bin ich nur für eine ungläubige, verzagte, schwache Person!, schalt sie sich im Stillen. Gott ist überall, und er ist

429

auch hier. Wenn ich mich aufgebe, wird er mich aufgeben. Also will ich stark sein!

Abermals versuchte sie, sich aufzurichten. Diesmal gelang es ihr. Doch bei dem ersten Schritt, den sie tun wollte, fiel sie zu Boden. Die Fußfesseln! An sie hatte sie gar nicht mehr gedacht. Sie lag auf dem feuchten, festgestampften Boden und roch die Erde des Waldes. Direkt vor ihr musste der Tisch sein. Richtig, da hatte sie sich auch schon den Kopf gestoßen. Sie musste vorsichtiger sein! Mit schlangenartigen Bewegungen kroch sie um den Tisch herum.

Dann verharrte sie. »Was tue ich hier eigentlich?«, fragte sie sich halblaut. »Es ist doch völlig sinnlos, was ich mache.« Aber sie kroch weiter und gelangte zur gegenüberliegenden Wand der Höhle. Sich halb aufrichtend, spürte sie Stoff und Gerätschaften und erinnerte sich an die Habseligkeiten des Verrückten. Kleider, Angelschnüre. Sie hob ihre gefesselten Hände und berührte die Dinge. Es war unerklärlich, aber irgendwie ging eine beruhigende Wirkung von ihnen aus. Vielleicht, weil es Dinge waren, von denen sie insgeheim hoffte, der Verrückte würde sie sich wiederholen.

Sie tastete weiter und stieß einen erschreckten Schrei aus. Etwas hatte sie getroffen. Es war von oben auf ihren Kopf herabgefallen. Sie überlegte. Wahrscheinlich war es der Doktorhut des Verrückten. Was hatte er gesagt? »Ja, es ist mein Doktorhut«, hatte er gesagt. Er habe ihn all die Jahre in Ehren gehalten. Und er sei das Einzige von Wert, das er noch habe, das Einzige, was ihm noch etwas bedeute. Neben seiner Rache. Dieser irrsinnige Mann!

Es hätte nicht viel gefehlt, und Alena hätte erneut geweint, doch statt sich der Verzeiflung hinzugeben, begann sie zu beten. Und sie betete mit großer Inbrunst die Verse jenes Psalms, der am meisten Trost spendete:

»*Der Herr ist mein Hirte;*
mir wird nichts mangeln.
Er weidet mich auf einer grünen Aue
und führet mich zum frischen Wasser.
Er erquicket meine Seele.
Er führet mich auf rechter Straße,
um seines Namens willen.
Und ob ich schon wanderte im finstern Tal,
fürchte ich kein Unglück;
denn du bist bei mir,
dein Stecken und Stab trösten mich …«

Als sie das Amen sagte, fühlte sie sich seltsam gestärkt. Sie
war in Gottes Hand. Trotz des kalten Bodens unter sich
spürte sie, wie eine wohlige Wärme durch ihren Körper
zog. Sie rollte sich zusammen wie ein Kätzchen und wartete darauf, welches weitere Schicksal Gott für sie vorgesehen
hatte.

»Was weißt du von Alena? Los, rede!« Abraham wollte mit
schier übermenschlicher Kraft die Fesseln an seinem Körper sprengen, doch natürlich war es vergeblich. Mehrmals
versuchte er es gegen jede Vernunft und gab schließlich auf.
Heftig atmend besann er sich eines Besseren und begann,
die Verknotungen an Armen und Beinen zu lösen. Doch
Tatzels Stimme unterbrach ihn. Er sprach mit schwacher,
aber noch immer fester Stimme, obwohl sich schon ein See
aus Blut um ihn herum gebildet hatte. Blut, das im Schein
der Laterne schwarz schimmerte.

»Lass das«, sagte Tatzel. »Es wird dir nichts nützen. Deine Metze ist in der Erdhöhle, die ich mir graben musste,

weil du mich mit deiner Anwesenheit dazu gezwungen hast.«

»Was für eine Erdhöhle?«

»Es war sicherer, mir eine Behausung an unbekannter Stelle zu graben, als eine Wohnung in den Collegienhäusern zu beziehen, wie du dir denken kannst. Schuld daran warst nur du und deine verfluchte Anwesenheit in der Stadt.«

»Sag mir, wo du Alena versteckt hältst!«

»Das könnte dir so passen. Sie wäre mein Faustpfand gewesen, wenn es dir gelungen wäre, mich zu bezwingen. In diesem Fall hätte ich dir das Versteck verraten, unter der Bedingung, mich laufen zu lassen. So aber wird sie elend darin umkommen. Sie wird nichts zu beißen haben und nichts zu trinken, nur noch den lieben Gott, den sie ständig im Munde führt. Sie wird die wenigen Tage, die ihr verbleiben, in stockdunkler Finsternis dahinvegetieren, und es wird gut so sein, denn sie ist die Frau eines erbärmlichen Scharlatans.«

»Wo ist sie? Um der Barmherzigkeit Gottes, des Allmächtigen, willen, sag mir, wo sie ist!«

»Ich sage es dir nicht. Wozu auch. Du könntest sie ohnehin nicht befreien, weil du in wenigen Augenblicken tot sein wirst. Durch dieses Skalpell, mit dem mein ganzes Unglück begann.« Tatzel schickte sich an, auf Abraham zuzukriechen, die Klinge in der erhobenen Hand.

Abraham wich zurück, so weit er konnte, streckte die Arme aus, um ihn abzuwehren, doch Tatzel kroch unbeirrt näher. »Deine Hände können mich nicht abhalten. Wenn du mit ihnen herumfuchtelst, werden sie nur die Schärfe des Skalpells zu spüren bekommen. Die Finger werde ich dir abschneiden, einzeln, als wären sie Butter. Also, ergib dich in dein Schicksal. Halt still, lege dich hin, dann werde ich

dir vielleicht sogar sagen, wo ich deine Metze versteckt
habe. Es ist ja egal, ob du es weißt, denn sie wird sterben.
Ebenso wie du und ich.«

Abrahams Herz raste, aber er legte sich auf den Rücken
und presste hervor: »Sag mir, wo sie ist.«

»Ich könnte dir die Beinschlagader aufschlitzen, dann
ginge es schnell, und du würdest noch vor mir tot sein. Ich
glaube, das mache ich.«

»Sag mir endlich, wo sie ist!«

»Du willst es wirklich wissen, wie? Wenn ich die Halsschlagader nehmen würde, wäre der Effekt ähnlich gut. Du
hast es an diesem Mann, der eine Frau war, gesehen. Sie ist
mittlerweile mausetot.«

»Wo ist Alena?« Abraham krallte sich nur noch an diesen
einen Gedanken. Vielleicht aus der Hoffnung heraus, ihr
dann in seiner letzten Minute näher sein zu können.

»Ich habe sie entführt. Es war ganz leicht. Ein Sack über
den Kopf wirkt Wunder.« Tatzel erzählte in allen Einzelheiten, wie er Alenas habhaft geworden war und wie er sie
versteckt hatte.

»Und wo ist die Höhle?«

»Ist es nicht egal, wo sie ihr Leben aushaucht? Aber gut,
ich will es dir sagen. Sie ist in einer Erdhöhle, die ich selbst
gegraben habe, und diese Höhle befindet sich nicht weit
außerhalb der Stadtmauer, vor dem Geismartor. Man geht
nach Süden hinaus bis zu der Gaststätte *Zum grünen Kranze*. Dahinter wendet man sich nach Westen, geht achthundert Schritt und gelangt in dichtes Unterholz, in dessen
Mitte eine jahrhundertealte Eiche aufragt.« Tatzel machte
eine Pause und weidete sich an Abrahams Anblick, der ihn
wie gebannt anstarrte – in einer Mischung aus Zweifel,
Angst, und Hilflosigkeit.

»Weiter! So rede doch weiter!«

»Vielleicht sollte ich nicht mehr sagen. Ich mache dir nur das Herz weit. Es muss schlimm sein, den Sterbeort der geliebten Frau zu kennen, ohne sie retten zu können. Ich werde fortan schweigen.«

»Du schamloser, gefühlsroher Schurke! Hast du denn gar keine menschlichen Züge mehr? Sprich weiter, los, los, wo ist sie?«

Tatzel lachte meckernd. Er genoss die Situation. Abrahams Qualen brachten ihm ganz offensichtlich ein Höchstmaß an Lustgewinn. »Vielleicht rede ich weiter, aber nur, wenn du sagst, dass du ein kleiner, mieser Scharlatan bist.«

Abraham glaubte, nicht richtig gehört zu haben.

»Sag schon: ›Ich bin ein kleiner, mieser Scharlatan.‹«

Abraham biss sich auf die Lippen.

»Wenn du es nicht sagst, wirst du das Versteck nie erfahren. Dann wirst du sterben – jetzt.«

Mit leuchtenden Augen rückte Tatzel noch näher.

»Du verfluchter Hundsfott, wenn du es *partout* willst, dann höre!«, schrie Abraham. Ihm war auf einmal alles egal. Er wollte nur noch eines: den Aufenthaltsort von Alena erfahren. »Ich bin ein kleiner, mieser Scharlatan! Ist es recht so? Geht es deinem kranken Hirn jetzt besser? Soll ich es noch einmal sagen, ja? Oh, was bin ich doch für ein kleiner, mieser Scharlatan! Ich bin ein kleiner …«

»Genug, genug.« Tatzel kicherte. »Du hast es so laut herausgeschrien, dass ich fast glauben könnte, du hast es ernst gemeint. Selbsterkenntnis ist der erste Schritt zur Besserung. Aber sie wird dir nichts nützen. Ich werde dir zwar sagen, wo ich deine Metze versteckt halte, aber unmittelbar danach wirst du sterben. Wo war ich stehengeblieben? Richtig: bei der jahrhundertealten Eiche. Von dort aus sind es noch einmal hundert Schritt in südwestlicher Richtung. Dann steht man vor der Falltür, die nach unten führt.« Tatzel kicherte schon wieder. »Vorausgesetzt, man findet sie, denn sie ist mit Laub getarnt.«

»Ich werde sie finden.«

»Nichts wirst du. Du wirst jetzt sterben. Entspanne dich, damit wir es hinter uns bringen. Ein schneller Schnitt, der nicht weh tut, und schon ist alles vorbei.«

Tatzel beugte sich über Abraham, und dieser schloss die Augen. Er stellte sich vor, er wäre in der Höhle bei Alena und hielte sie ganz fest in seinen Armen. Ganz fest hielt er sie, und plötzlich schien ihm das Sterben leicht. Doch dann öffnete er wieder die Augen, denn er hatte ein winziges Geräusch vernommen. Es war vom Bett her gekommen. Vom Bett?

»Ich habe mich für die Beinschlagader entschieden. Halte still, Scharlatan.«

Lieber Gott, dachte Abraham, gib, dass der Verrückte nichts gehört hat. Bitte … Laut sagte er: »Du hältst das Skalpell falsch, genauso, wie du es damals falsch gehalten hast bei deiner missglückten Tumoroperation, der Operation, die dein und mein Schicksal so entscheidend beeinflusst hat.« Er redete nur noch um des Redens willen, aber das war egal. Alles war auf einmal egal, denn im selben Augenblick, als Tatzel sich anschickte, den tödlichen Schnitt zu tun, bekam er einen kräftigen Hieb auf den Kopf. Er gab einen Laut von sich, der wie das Seufzen eines Kindes klang, und sank seitwärts zu Boden. Das Skalpell fiel ihm aus der Hand.

Ein Gefühl grenzenloser Erleichterung durchrieselte Abraham. »Danke, Pentzlin«, flüsterte er, »danke, das war wirklich höchste Zeit.«

435

Dann schloss er erschöpft die Augen und war wieder bei Alena in der Höhle. Er hielt sie in den Armen, küsste sie und wiegte sie hin und her, und sie blickte ihn aus ihren wunderschönen schwarzen Augen an.

»Ich komme zu dir«, flüsterte er. »Ich muss dich nur noch finden. Warte ein Weilchen, warte, ich muss dich nur noch finden.«

Von dannen Er kommen wird, zu richten die Lebendigen und die Toten.

Auszug aus dem Apostolikum

Am Mittwoch, dem dreizehnten Mai, wurde Abraham zum zweiten Mal zu Professor Runde zitiert. Die Aufforderung kam per Universitätsbote und überraschte ihn bei seiner morgendlichen Visite im Hospiz. Wider Erwarten durfte er dort noch immer seinen Dienst verrichten, was er einzig und allein Professor Richter zu verdanken hatte, der nach wie vor zu ihm hielt. »Mein lieber Abraham«, hatte er am Tag nach der Greuelnacht zu ihm gesagt, »wie ich die Georgia Augusta im Allgemeinen und Fockele, den *Secrétaire,* im Besonderen kenne, wird jetzt alles auf das Genaueste untersucht. Doch ich muss kein Prophet sein, um vorherzusagen, dass die Geschehnisse keineswegs an die große Glocke gehängt werden dürften. Das Kapitel Hermannus Tatzel, der gottlob – oder Gott sei's geklagt, je nachdem, wie man es nimmt – seinen Verletzungen erlegen ist, gereicht unserer geschätzten Lehranstalt nicht gerade zum Ruhm, und der Tod der Henrietta von Zarenthin, der es gelungen ist, die gesamte Universität über ihre Identität zu täuschen, geht in erster Linie ihre Familie etwas an, die, wie ich hinzufügen möchte, Wert auf äußerste Diskretion legen dürfte. Nein, nein, diejenigen, die es betrifft, mögen ihres Amtes walten, und Ihr, mein Bester, arbeitet derweil für mich weiter. Stromeyer sitzt noch immer am Krankenbett seiner Mutter und fällt als Hospitalleiter nach wie vor aus. Da ist mir Eure Hilfe höchst willkommen.«

»Jawohl, Herr Professor«, hatte Abraham geantwortet, gleichermaßen überrascht und erfreut.

»Dass Ihr der richtige Mann für diesen Posten seid, habt Ihr nicht zuletzt mit der Heilung von Pentzlin bewiesen. Ein sehr interessanter Fall, der dank Eurer Geschicklichkeit ein gutes Ende genommen hat. Wenn Pentzlins Krankenjournal vervollständigt ist, hätte ich es gern, um es bei Gelegenheit für die Fachwelt zu veröffentlichen. Selbstverständlich mit Erwähnung Eures Namens. Ihr habt doch nichts dagegen?«

»Natürlich nicht, Herr Professor.«

»Das freut mich zu hören. Wenn man es recht bedenkt, wäre die mysteriöse Krankheit, die Ihr bei Pentzlin besiegt habt – und sicher bei Burck und Gottwald ebenfalls besiegt hättet, wenn nicht die unselige Geschichte mit Tatzel dazwischengekommen wäre –, auch ein Thema für Eure Doktorarbeit gewesen. Aber, nun ja, das konnte damals ja keiner ahnen, als wir gemeinsam Titel und Inhalt Eurer Arbeit festlegten. Übergebt sie mir in den nächsten Tagen, ich will *De Oculi Mutationibus Internis* wohlwollend in Augenschein nehmen. Und freut Euch ansonsten Eures Lebens, nicht zuletzt, weil Eure liebe Frau ja wieder heil und unversehrt bei Euch ist.«

»Jawohl, Herr Professor«, hatte Abraham gesagt, »ganz wie Ihr meint«, und er hatte an Alena gedacht, und daran, wie er sie im Licht der aufgehenden Sonne in Tatzels Höhlenversteck aufgespürt hatte.

Die Suche nach ihr, auf die er sich sofort nach seiner Befreiung durch Pentzlin gemacht hatte, war schwieriger gewesen als erwartet. Natürlich hatte er auf Anhieb den Weg zum *Grünen Kranze* gefunden, denn das Lokal war ein beliebter Ausflugsort der Göttinger Studenten, und auch den weiteren Weg zu der uralten Eiche hatte er problemlos ausfindig gemacht, denn der Baum ragte viele Fuß über das ihn umgebende Unterholz hinweg. Doch danach war er mit seinem Latein am Ende gewesen. Er hatte sich nicht mehr daran erinnern können, wie viele Schritt in welche Richtung er gehen musste, um zu Tatzels Versteck zu gelangen. Eine Zeitlang hatte er auf gut Glück gesucht, dabei immer unruhiger und hektischer werdend, bis er sich eines Besseren besann und gezielt in immer größer werdenden Kreisen um den Baum herumging, dabei in regelmäßigen Abständen Alenas Namen rufend.

Bei alledem hatte er sich das Hirn über den rechten Weg zermartert und sich ein ums andere Mal über seine Unzulänglichkeit geärgert, über seine Dummheit, sein schlechtes Gedächtnis – gerade in diesem besonderen Fall, wo es um Tod oder Leben ging.

»Alena!«

Immer wieder hatte er ihren Namen gerufen, bis zur totalen Erschöpfung. Er hatte gebetet und geflucht und in seiner Ohnmacht sogar geweint, weniger vor Wut als aus Verzweiflung, bis er endlich eine schwache Antwort auf sein Rufen zu vernehmen glaubte. »Alena?«

Der Laut, den er daraufhin abermals gehört hatte, war dumpf und unverständlich, und die Richtung, aus der er gekommen war, ebenfalls unklar, doch Abraham hatte mit neuem Mut seine Bemühungen fortgesetzt, hatte alsbald eine verborgene Fläche, die mit dichtem Laub abgedeckt war, gefunden, und wie besessen den Waldboden gesäubert. »Alena, ich komme! Hab keine Angst!«

Dann hatte er die Falltür entdeckt und mit einer einzigen Bewegung nach oben gerissen. »Alena!«

Klein und schutzlos wie ein Kind hatte sie auf dem Boden der Grube gelegen, halb auf der Seite, zusammengerollt, neben sich einen schwarzen Hut, den er erst auf den zweiten Blick als einen Doktorhut erkannte. Sie hatte die gefesselten Hände vor ihr Gesicht gehalten, denn das grelle Licht des Vormittags blendete sie.

»Alena, Alena, hab keine Angst!«

Er war in fliegender Hast die Leiter hinuntergeklettert und hatte sie in seine Arme genommen. Sie hatte aufgeschluchzt vor Erleichterung und Glück. »Ich bin ja da. Hab keine Angst, hab keine Angst.«

Immer wieder hatte er diesen einen Satz gestammelt, den Satz, der alles andere bedeutete: Ich bin so froh, dich wiederzusehen. Ich habe Todesängste ausgestanden. Ich habe so viele Fehler gemacht. Du bist das Einzige auf der Welt, das ich habe. Alles wird gut jetzt. Ich liebe dich. Ich will immer bei dir sein. Ich will dich niemals wieder loslassen. Ich liebe dich. Ich liebe dich.

Er hatte sie in seinen Armen gewiegt, gerade so, wie er es während der Begegnung mit Tatzel ersehnt hatte. »Hab keine Angst, hab keine Angst!«

Und dann hatte er sie die ganze lange Strecke nach Göttingen bis zur Güldenstraße zurückgetragen, wo er sie in die mütterliche Obhut der Witwe Vonnegut gab.

Die hatte die Hände über dem Kopf zusammengeschlagen und sich anschließend an den wogenden Busen gefasst. »Dem lieben Herrgott in der Höhe sei Dank, dass ich das noch erleben darf! Alena, Kind, du bist es leibhaftig! Der Spiegel wurd mir blind, so grau war ich vor Sorgen! Wenn ich sagen würd, ich hatte Angst um dich, wär's grenzenlos untertrieben. Welch *infamer* Schurke muss das sein, der eine Frau lebendig begräbt! Na, der gute Ausgang von allem stimmt mich so in einen Freuden- und Jubelton, dass ich es gar nicht aussprechen kann!«

Das alles lag anderthalb Wochen zurück, und auch wenn so etwas wie Alltag wieder Einzug in sein Leben gehalten hatte, musste er doch häufig genug an die Ereignisse denken, die sich unauslöschlich in sein Hirn gebrannt hatten.

Was würde Professor Runde von ihm wollen?

»Ich komme, sowie ich hier fertig bin«, sagte Abraham zu dem Boten. »Richte aus, der Herr Prorektor könne spätestens in einer halben Stunde mit mir rechnen.«

Nun stand er vor der Tür und fragte sich, ob er ohne weiteres Klopfen eintreten durfte, als Fockele plötzlich erschien und mit der für ihn typischen wichtigen Miene sagte: »Seine Exzellenz erwartet Euch.« Dann öffnete er die Tür zum Allerheiligsten und flüsterte zu Abrahams Überraschung: »Viel Glück.«

»Guten Morgen«, wünschte Abraham näher tretend und versuchte, seiner Stimme einen festen Klang zu geben. »Ich wäre gern ein paar Minuten früher gekommen, aber ich musste die Visite im Hospital erst zu Ende führen.«

Runde stand wie schon bei ihrem ersten Gespräch hinter seinem Schreibtisch, nickte kurz und setzte sich. Dann machte er eine einladende Geste. »Nehmt Platz.«

Abraham gehorchte und fragte sich, ob die Aufforderung als gutes Zeichen zu deuten sei, immerhin hatte er bei Beginn der ersten Unterredung stehen müssen.

Runde legte die Fingerspitzen aneinander und musterte ihn mit forschendem Blick.

Abraham wurde unruhig, auch wenn er dem Blick standhielt. Schließlich sagte er: »Ich bedaure die Ereignisse sehr.«

»Das tun wir alle.« Runde begann, die Fingerspitzen aneinanderzutippen. »Jedenfalls die, die von den misslichen Vorfällen wissen. Die Zahl derer, die davon Kenntnis haben, ist ohnehin viel zu groß.«

»Jawohl, Euer Exzellenz.«

»Ich hoffe, Ihr seid mit den Geschehnissen nicht hausieren gegangen?«

»Nein, ganz sicher nicht.«

»Soso, ganz sicher nicht.«

»Wenn ich bisher über die schreckliche Nacht gesprochen habe, Exzellenz, dann immer nur, wenn ich dazu befragt wurde – beispielsweise durch die Universitätsjäger. Das nehme ich jederzeit auf meinen Eid.«

»Das hört sich gut an, gilt womöglich aber nicht viel.« Runde zog die Brauen zusammen. »Immerhin habt Ihr die gute alte Georgia Augusta schon einmal getäuscht, als Ihr Euch in die Matrikel unter dem Namen Julius Abraham eintragen ließet. Dabei ist Euer wirklicher Name Julius Klingenthal.« Er wedelte mit einem Brief in der Luft, von dem Abraham annahm, dass er von seinem Widersacher Hermannus Tatzel stammte.

Runde fuhr fort: »Damit nicht genug, habt Ihr eine weitere Täuschung auf dem Gewissen, die Ihr zwar nicht selbst begangen, aber doch gedeckt habt, nämlich jene der Henrietta von Zarenthin, die in Männerkleidern herumlief und vorgab, ein Student zu sein.«

Abraham blickte zerknirscht. »Es war mein größter Wunsch, mein damals abgebrochenes Studium zu Ende zu führen, Exzellenz. Vieles habe ich dafür in Kauf genommen. Häme, Spott, Anfeindungen und mehr, wie Professor Richter jederzeit bezeugen kann.«

Runde winkte ab. »Das weiß ich alles.«

»Ähnlich mag es Henrietta von Zarenthin ergangen sein. Sie wünschte sich ebenfalls nichts mehr, als eine Ärztin zu werden. Insofern hatten sie und ich etwas gemeinsam. Vielleicht habe ich sie deshalb nicht verraten. Manchmal denke ich, es wäre besser gewesen, es zu tun, dann wäre sie heute noch am Leben.«

Runde schwieg. Dann sagte er: »Ich habe das Protokoll der Universitätsjäger über die fragliche Nacht mehrmals gelesen. Die Fakten, wie sie von Euch geschildert wurden, machen Sinn. Sie scheinen zu stimmen, auch wenn Henrietta von Zarenthin und Hermannus Tatzel beim Erscheinen der Jäger schon tot waren und Pentzlin, wie er aussagte, erst aufwachte, als Tatzel Euch mit einem Skalpell bedrohte. So weit verstehe ich alles. Was mir nicht klar ist, sind die Motive von Tatzel. Warum hat er das alles getan?«

Abraham räusperte sich. Er musste daran denken, wie die sterblichen Überreste des Hermannus Tatzel vor einer Woche in ein Armengrab gelegt worden waren. Der Gemeindepfarrer hatte ein kurzes Gebet gesprochen und abschließend das Kreuz geschlagen, danach war Abraham allein mit dem Toten gewesen. Er hatte keine Bitterkeit oder sonstigen Regungen gespürt, nur ein seltsames Gefühl der Zufriedenheit, weil beide – Tatzel und er – nun ihre Ruhe gefunden hatten. Jeder auf seine Art. Er hatte den Doktorhut genommen, auf den einfachen Holzsarg gelegt und »Der Erhabene sei deiner Seele gnädig« gemurmelt. Dann hatte er den Totengräber gerufen und war gegangen.

Abraham räusperte sich. »Nun, Exzellenz, warum Tatzel seine Taten begangen hat, hängt sicher mit seinem Lebensweg zusammen. Er hat ihn mir in jener Schreckensnacht geschildert, unter zahllosen Vorwürfen und Anfeindungen. Es ist keine schöne Geschichte.«

»Erzählt sie mir trotzdem.«

Abraham berichtete ausführlich über die missglückte Operation, bei der Tatzel das Skalpell ausgerutscht war, und danach in allen Einzelheiten, was dieser über sein weiteres Schicksal erzählt hatte.

Er ließ nichts aus und fügte nichts hinzu, und am Ende sagte er: »Tatzel hat zweifellos manche Tiefen in seinem Leben durchstehen müssen, aber sie rechtfertigen in keiner Weise seine Taten.«

»Da habt Ihr wohl recht. Ich selbst kann zu seiner Persönlichkeit nichts sagen, da er an diesem Institut zu einem Zeitpunkt wirkte, als ich noch nicht mein Lehramt innehatte. Dennoch scheint festzustehen, dass ihn die Flamme seines Hasses verzehrt hat. Er war besessen von der Idee, sich rächen zu müssen.«

»Zweifellos, Exzellenz.«

»Nun, Abraham, äh« – Runde unterbrach sich und tippte wieder die Fingerspitzen aneinander – »wie soll ich Euch eigentlich anreden? Mit Abraham oder mit Klingenthal?«

»Mein Name ist Abraham, Euer Exzellenz. Es ist der Vorname meines verstorbenen Vaters, den ich anlässlich meiner Heirat angenommen habe. Ich will ihn bis an mein Lebensende tragen.«

»Nun ja, meinen Segen dazu habt Ihr. Der Name steht im Übrigen auch in Eurer Dissertation, die bei einer Änderung natürlich wertlos wäre. Ebenso wie Euer gesamtes Studium. Lassen wir es also dabei. Das ist für alle Beteiligten besser. Und wenn ich sage, für alle Beteiligten, dann gilt das auch für den Senat und die Dekane der Fakultäten, die ich selbstverständlich in diesen prekären Fall habe einweihen müssen.«

»Selbstverständlich, Euer Exzellenz.«

»Im Übrigen wird Eure Dissertation, ohne Professor Richter vorgreifen zu wollen, sehr gut bewertet werden.«

Abraham begann zu strahlen. »Oh, wirklich? Ich danke Euch sehr.«

»Dankt mir nicht, denn offiziell wisst Ihr noch von nichts. Es ist im Interesse der Universität, dass mit Euch nach außen hin alles seinen gewohnten Gang geht. Arbeitet also weiter in Richters Hospital, beendet wie geplant Euer letztes Semester, verteidigt an dessen Ende Eure Dissertation vor dem entsprechenden Gremium und empfangt bei der Promotionsfeier wie üblich einen Abdruck des Promotionseides.«

»Jawohl, das werde ich.«

»Wie Ihr wohl wisst, unterscheidet sich der Promotionseid der Georgia Augusta nicht unwesentlich vom Eid des Hippokrates. Er verpflichtet Euch unter anderem, Verletzungen zu melden, die aus einem Duell hervorgegangen sind und von Euch behandelt wurden.« Runde machte eine vielsagende Pause. »Ich darf annehmen, dass gerade Ihr für diesen Passus, der die Häufigkeit von Duellen und ihre fatalen Folgen eingrenzen soll, Verständnis habt.«

»Jawohl, Euer Exzellenz.« Abraham nahm an, dass die Unterredung, die einen so überraschend positiven Verlauf genommen hatte, nun beendet sei, doch er hatte sich geirrt. Denn Runde holte tief Luft und sprach weiter. »Wie heißt es so schön: Wo Licht ist, ist auch Schatten, und dazu komme ich jetzt. Ich sage es Euch ohne Umschweife: Ihr werdet nach Eurer Promotion in Göttingen nicht als Arzt arbeiten können.«

»Wie bitte …?« Abraham war so konsterniert, dass ihm die Worte fehlten.

»Der Grund ist einfach. Wenn Ihr bliebet, würde sich

Eure Namenstäuschung auf Dauer nicht verheimlichen lassen, ebenso wie die Tatsache, dass Ihr unter einem falschen Glaubensbekenntnis studiert habt. Denn das habt Ihr doch, oder? Ich halte es zwar mit dem Alten Fritz, der meinte, in seinem Staat solle jeder nach seiner Façon selig werden, doch eine Täuschung bleibt immer noch eine Täuschung. Ganz zu schweigen von Eurer Bekanntschaft zu einem Studenten, der in Wirklichkeit eine Studentin war. Nun, ich will nicht noch einmal darauf eingehen, nur so viel: Wenn alles das ans Licht käme – und es käme früher oder später ans Licht –, dann würde es der altehrwürdigen Georgia Augusta einen sehr schlechten Leumund bescheren. Und genau das gilt es zu verhindern. Ihr werdet also die Stadt im Herbst verlassen.«

»Aber …« Abraham war noch immer wie vom Donner gerührt.

»Es gibt in diesem Fall kein Aber.« Rundes Ton ließ keinen Widerspruch zu. »Entweder Ihr erlangt Euren Doktorgrad und verlasst nach dem Ende dieses Semesters, also im Oktober, die Stadt, oder Ihr habt dreieinhalb lange Jahre umsonst studiert. Wollt Ihr das?«

»Nein, selbstverständlich nicht.« Abraham schluckte. »Es kommt alles nur so plötzlich.«

Runde stand auf, streckte Abraham die Hand entgegen und lächelte zum ersten Mal. »Das Leben steckt voller Überraschungen, mein Lieber. Ich nehme an, Ihr entscheidet Euch für den Titel, Herr … Doktor *in spe*?«

»Ja«, sagte Abraham und ergriff die dargebotene Rechte.

»Das freut mich. In diesem Fall habe ich Euch einen Brief zu übergeben.« Runde setzte sich wieder, und Abraham, der sich ebenfalls erhoben hatte, folgte seinem Beispiel. »Einen Brief?«

»Ganz recht. Ihr werdet Euch sicher fragen, von wem er ist, doch Ihr werdet den Namen des Absenders nicht von mir erfahren, denn er hat mich ausdrücklich darum gebeten. Allerdings darf ich sagen, dass der Verfasser mir wohlbekannt ist. Es handelt sich um einen Gönner unserer Universität, der ein Interesse an Eurer Zukunft hat.«

»Gönner? Wer sollte das sein?«

Runde schürzte die Lippen. »Wie gesagt, diese Frage beantworte ich Euch nicht. Nur so viel: Es ist ein Jemand, dem unsere Universität manchmal dazu verhelfen kann, seine Sammlung an Kuriosa und exotischen Exponaten zu bereichern – wie zuletzt geschehen durch die Überlassung des einzigen bekannten Exemplars des berühmten Fischvogelsäugers, auch Schnabeltier genannt. Doch zurück zu dem Brief: Der Inhalt wird Euch vielleicht ein wenig aufheitern. Hier, nehmt.«

Abraham nahm das Schreiben entgegen, betrachtete flüchtig das prächtige rote Siegel und blickte dann wieder auf, denn Runde sprach schon weiter.

»Wenn ich eingangs sagte, dass ohnehin schon zu viele um die Geschehnisse in jener unglückseligen Nacht wissen, dann meinte ich damit, dass höchste Diskretion geboten ist. Gleiches gilt auch für diesen Brief. Verwahrt ihn gut, zeigt ihn nicht herum und lest ihn in einer stillen Stunde. Und dann entscheidet Euch.«

»Äh, jawohl.«

Runde stand abermals auf. Diesmal war die Unterredung tatsächlich beendet, denn der Prorektor deutete eine knappe Verbeugung an. »Nun ja, das war es wohl. Gestattet mir abschließend eine private Bemerkung: Ihr sollt wissen, dass der Prorektor dieser Universität es ausdrücklich begrüßt, wenn Ihr – trotz aller Schwierigkeiten – ein Doktor der

Medizin werdet. Ihr habt es wahrlich verdient.« Er streckte
die Hand aus, und Abraham schlug freudig ein.

»Alles Gute für Euch, Abraham.«

»Danke, Exzellenz, danke vielmals für alles.« Abraham
war wie benebelt und stapfte, den Brief in der Hand, aus
dem Allerheiligsten hinaus.

Den Kopf voller Gedanken, kehrte er ins Hospiz zurück
und hatte in den nächsten Stunden so viel zu tun, dass er
den Brief zeitweilig völlig vergaß.

Am Abend nach diesem ereignisreichen Tag saßen er und
Alena in ihrem Logis bei der Witwe Vonnegut. Sie hielten
sich bei den Händen, waren unendlich froh, einander wie-
derzuhaben und schwiegen in ihrem Glück. Doch irgendwann begann Abraham zu sprechen, und er sagte ohne
Umschweife: »Der Prorektor hat mir heute gesagt, ich würde promoviert werden, dürfte mich aber nicht in Göttingen
als Arzt niederlassen.«

Alena erschrak. »Und wenn du es doch tätest?«

»Würde ich den Doktorgrad nicht bekommen.«

»Das ist Erpressung!«

Abraham seufzte. »Sagen wir lieber, es ist die notwendige
Verflechtung zweier Dinge.«

»Unsinn.« Alenas Augen sprühten Feuer. »Es ist eine
Verbannung! Du bist an alledem nicht schuld und sollst
trotzdem dafür büßen. Ich kann nicht gerade sagen, dass
ich vernarrt in Göttingen bin, aber die Stadt ist mir ans
Herz gewachsen. Ich kenne viele Menschen, die ich mag,
und mindestens genauso viele, die gern zu dir als Patient
kämen.«

»Aber es hilft nichts. Die Dinge liegen nun einmal so.«

»Wir wollen nicht streiten.« Alena lenkte ein und küsste Abraham. »Es hat keinen Sinn. Dann gehen wir eben woandershin. Es wäre ja nicht das erste Mal.« Sie küsste ihn abermals.

»Du bist wunderbar.«

»Ich bin deine Frau.« Sie kuschelte sich an ihn. »Was steht eigentlich in dem Brief, den der Prorektor dir gegeben hat?«

»Der Brief? Ach ja. Den hatte ich ganz vergessen.« Abraham stand auf und holte ihn. »Er soll von einem Gönner der Georgia Augusta sein. Als ob mir das irgendwie nützlich sein könnte.«

»Ein Gönner? Wer ist es denn?«

»Ich weiß es nicht.«

»Schau doch auf das Siegel.«

Gemeinsam betrachteten sie den roten runden Wachsabdruck, auf dem lediglich eine stilisierte Weltkugel erkennbar war sowie der Spruch *Comportare gaudium est.* »Sammeln ist Freude«, murmelte Alena. »Wer wohl einen solchen Leitspruch für sich gewählt hat?«

»Wir werden es gleich wissen.« Abraham erbrach das Siegel und faltete das schwere Papier auseinander. Gemeinsam lasen sie den handschriftlich verfassten Text.

Wertgeschätzter Herr Doktor *in spe* Julius Abraham,

hiermit erreicht Euch ein Brief, der wahrscheinlich nie geschrieben worden wäre, wenn der hochvorzügliche Professor Runde nicht meine Gemahlin und mich über den Hergang der Geschehnisse in der Schreckensnacht vom 4. auf den 5. Maius unterrichtet hätte.
Dass unsere Henrietta von uns gegangen ist, ist ein

nicht zu beschreibender Verlust, den meine Gemahlin und ich nach Gottes Willen zu ertragen haben, und es soll Euch ehrlich *communitziret* sein, dass ich mich zunächst mit dem Gedanken trug, Euch zu vernichten, denn Ihr wart es, für den sie sich geopfert hat.

Warum musste sie sterben, wenn Ihr doch lebt!

Doch Gott der Herr hat mir in vielen Gebeten die Einsicht geschenkt, dass es ungerecht wäre, Euch für den Tod unserer geliebten Tochter verantwortlich zu machen. Ihr habt Euch im Gegenteil in guter *Contenance* um sie gekümmert und stets Eure Freundeshand als Kommilitone über sie gehalten, wie sie mir mit ihren eigenen Worten versicherte, als ich mich wenige Tage vor ihrem tragischen Tod mit ihr traf.

Ich bin sicher, Ihr werdet das Gedenken an unsere geliebte Henrietta stets hochhalten, mit *convenabler* Diskretion! Dies vorausgesetzt, möchte ich mich erkenntlich zeigen, denn ich bin sicher, es ist im Sinne unserer Tochter, Euch zu helfen, da sie selbst dazu nicht mehr in der Lage ist.

Als Zeichen meiner Wertschätzung pp. ist diesen Zeilen ein Empfehlungsschreiben beigelegt. Es richtet sich an den Freiherrn Caspar Melchior von und zu Bonnebeck. Das gleichgenannte Dorf an der Aller in der Nähe von Celle zählt etwa sechshundertfünfzig Seelen, brave Bauern, Händler und Handwerker, aber auch ein Gutteil Alte und Sieche, denen allen es an einem tüchtigen Arzt und Chirurgus mangelt.

So es Euch genehm ist, könnt Ihr Euch bei Bonnebeck mit dem genannten Schreiben vorstellen. Ich bin sicher, der Freiherr wird dafür sorgen, dass Ihr die Approbation erhaltet. Die Besoldung dürfte hinlänglich sein, eine Familie zu ernähren, auch wenn ein Teil womöglich *menagirt* werden wird.

Ein *Compliment* an Eure verehrte Gattin.
Lebt wohl und vergesst unsere Henrietta nicht.

Georg Heinrich von Zarenthin, Baron usw.

Als sie zu Ende gelesen hatten, schwiegen beide für lange Zeit. Dann sagte Abraham: »Wir würden sehr viel aufgeben, wenn wir nach Bonnebeck gingen.«

»Aber wir würden auch sehr viel gewinnen«, entgegnete Alena.

Er nahm ihre Hand. »Willst du wirklich wieder die Landstraße unter die Füße nehmen? Wieder von morgens bis abends marschieren, bei Hitze und Kälte, bei Wind und Wetter? Nach Celle sind es mindestens hundert Meilen.«

»Und mit jeder Meile würden wir der Freiheit ein Stück näher kommen.«

»Du meinst also, wir sollten wirklich …?«

Alenas Augen leuchteten. »Ja«, sagte sie fest. »Wir gehen.«

EPILOG

An einem kalten Januartag anno 1790, morgens gegen zehn, nahm Alena die Schürze ab. Sie hatte soeben die letzten Teller und Tassen in der Küche gespült. Nicht nur für diesen Tag, sondern für immer, denn heute wollten sie und Abraham Göttingen verlassen. Ursprünglich hatten sie schon im Oktober des vergangenen Jahres gehen wollen, doch wie so häufig im Leben war manches dazwischengekommen. Zum einen hatte Doktor Stromeyer noch immer am Krankenbett seiner zählebigen Mutter gesessen, so dass Abraham im Hospiz unabkömmlich war; zum anderen hatte Professor Lichtenberg einen neuen Elektrophor entwickelt und darauf bestanden, dass Abraham bei den ersten Versuchen zugegen war; und zum Dritten hatte die Witwe lamentiert, sie könne ohne die Hilfe Alenas nicht auskommen, die Venen seien ihr in den letzten Monaten dick wie Schiffstaue und auch sonst gehe es ihr nicht gut.

Das alles jedoch hätte wenig gegolten, wenn nicht der neue Prorektor, der Professor für Medizin Johann Andreas Murray, so großzügig gewesen wäre, sein Einverständnis für einen längeren Verbleib Abrahams in Göttingen zu geben.

Alena hängte die Schürze an ihren Platz und sah aus dem Fenster. Draußen stand Abraham, der einen prächtigen Braunen vor den hochbeladenen Karren spannte. Das Pferd war ein Geschenk des Barons von Zarenthin, der in seiner freundlichen Art darauf gedrängt hatte, dass »der neue Doktor« von Bonnebeck seine künftige Wirkungsstätte standesgemäß erreichen müsse. »Respekt, mein lieber Doktor Abraham«, hatte er anlässlich eines kurzen Besuchs im Haus der Witwe gesagt, »ist etwas, das man *meritorisch* erwirbt, keine Frage! Aber genauso wichtig ist der erste Eindruck eines Mannes. Und ein Mann, der sich – verzeiht mir die Offenheit – wie ein Vertreter des fahrenden Volkes vor den eigenen Wagen spannt, gerät von Anfang an in die falsche Schublade.« Dann hatte er sich entschuldigt, er müsse zurück zu seiner Sammlung an Kuriosa und Exponaten aus aller Welt. Sie sei das Einzige, was er noch habe. Neben seiner Frau natürlich.

Abraham hätte das Geschenk am liebsten abgelehnt, weil er sich dem Baron ohnehin schon über Gebühr verpflichtet fühlte, aber auch, weil seit Juli des vergangenen Jahres vielversprechende Nachrichten aus Paris kamen. Nachdem am Vierzehnten desselben Monats der Sturm auf die Bastille erfolgt war, galt in Frankreich das Prinzip der Freiheit, Gleichheit und Brüderlichkeit. Sämtliche Privilegien des Adels waren abgeschafft worden, und eine Nationalversammlung, die sich zum größten Teil aus Deputierten des Dritten Standes zusammensetzte, hatte sich konstituiert. Das alles gefiel Abraham, der den größten Teil seines Lebens unter dem Dünkel hochgestellter Herren gelitten hatte, und der Gedanke, nach Frankreich zu gehen, hatte etwas Verlockendes für ihn. Doch letztlich war es bei der Entscheidung für Bonnebeck geblieben, zumal auch Alena und die Mehrheit seiner Puppen darauf bestanden hatten.

Alena strich sich ihr schwarzes Kleid glatt und holte eine kleine Pflanze aus einem Versteck hervor. Dann rief sie: »Mutter Vonnegut!«

Sie musste mehrmals rufen, bis sich die Tür öffnete und die Witwe schweren Schrittes aus ihrer Kammer hervorkam. Sie hatte gerötete Augen, gleichermaßen vom Weinen wie vom Liqueur, und fragte: »Beim lieben Herrgott, ist es etwa schon so weit?«

»Nein, Mutter Vonnegut.« Alenas Augen lächelten. »Aber es dauert nicht mehr lange. Ich möchte Euch zum Abschied für alles herzlich danken und« – sie machte eine Pause, denn sie spürte, wie ihr die Tränen kamen – »jedenfalls möchte ich Euch danken, mehr, als ich es in Worte fassen kann. Deshalb will ich es mit diesem kleinen Bäumchen sagen.«

»Oh, Kind, du rührst mich in der Seele.« Die Witwe schniefte und nahm zögernd das Geschenk an. »Was ist das für ein Gewächs?«

»Ein Myrtenbäumchen. Ich dachte, es passt recht hübsch, denn die Myrte ist ein Symbol für die über den Tod hinausgehende Liebe. Und lieben tun wir Euch, Mutter Vonnegut. Wenn es Euch nicht gegeben hätte, wäre es mit Julius' Studium sicher nichts geworden. So aber hatten wir die ganze Zeit ein Heim und eine Zuflucht.«

»O Gott, o Gott, mach's mir doch nicht so schwer, Kind!« Die Witwe schluchzte auf und drückte das Bäumchen an ihren mächtigen Busen.

»Das Bäumchen soll Euch immer an uns erinnern.«

»Ja, ja, das soll es! Ich werde es hegen und pflegen wie meinen Augapfel, und wenn es ihm gutgeht, weiß ich, dass es auch Euch gutgeht, wenn ihr da draußen in der Ferne seid, du und dein Julius.« Wieder schluchzte die Witwe vernehmlich. Sie nestelte mit einer Hand nach einem Taschentuch, fand es und tupfte sich damit die Augen ab. »Wo ist Julius überhaupt?«

»Hier bin ich, Mutter Vonnegut.« Abraham betrat den Raum. »Ich fürchte, es ist Zeit, Lebewohl zu sagen. Für alles, was Ihr uns an Gutem getan habt, möchte ich Euch herzlich danken, ich …«

»Genug der Worte, papperlapapp.« Die Witwe versuchte heroisch, ihre gewohnte Burschikosität zu erlangen, doch es gelang ihr nur kurz, denn im nächsten Moment schluchzte sie schon wieder. Ihr Weinen war so echt, so herzzerreißend, dass Alena alsbald einfiel. Abraham stand wie ein begossener Pudel neben den beiden Frauen und kam sich überaus hilflos vor. »Tja, dann …«, brachte er hervor. »Es ist Zeit.«

»Nein, noch nicht!« Die Witwe schniefte. »Nicht, bevor ihr den Rat einer alten Frau mit auf den Weg genommen habt. Hör mal, Julius, ein Wort für tausend, denn ich mach's kurz: Ihro Durchlaucht, den Freiherrn von Bonnebeck, den hab ich schon mal in Hannover gesehen, als ich eine entfernte Verwandte besuchte. Gut gewachsen ist er, da beißt die Maus keinen Faden ab, und er hat einen sehr gütigen Blick im Auge. Er kam hoch zu Ross in einem grauen Überrock daher, batistene Manschetten, die Haare in einem Zopf, wahrhaftig jeder Zoll von Adel. Wenn sie nur alle so wären, die hohen und höchsten Herrschaften!«

»Da habt Ihr sicher recht, Mutter Vonnegut.« Abraham versuchte, sich seine Ungeduld nicht anmerken zu lassen. Er liebte keine langen Abschiede.

»Natürlich habe ich recht. Begegnet dem Freiherrn beim ersten Mal nur schön ehrerbietig. Eine tiefe Verbeugung, gern auch *repetirt*, von dir, Julius, auch wenn du jetzt ein ausgewachsener, promovierter Doktor bist, und ein Hofknicks von dir, Alena, recht tief und elegant, da werdet ihr gewiss nichts falsch machen, und die Miene des gnädigen

Herrn wird sich gleich glätten. Und überlegt Euch, was ihr sagt. Na, ich weiß ja, ihr seid beide nicht auf den Mund gefallen. Es wird alles in der Reihe sein, wenn's so weit ist, und wenn nicht, wird's das Myrtenbäumchen mir sagen. Es wird dann wohl die Blätter hängen lassen, vermut ich, aber so weit dürft ihr es nicht kommen lassen, hört ihr?«

»Jawohl, Mutter Vonnegut.« Alena und Abraham sagten es fast mechanisch.

»Versprecht ihr mir's hoch und heilig?«

»Wir versprechen es.«

»Dann ist es gut, und die Nägel stecken fest. Wie man sich erzählt, hat es der Freiherr nicht allzu sehr mit der *Etikette,* aber man kann ja nie wissen. Manch einer tut so fein, als wenn der vornehmste Hof seine Säugamme gewesen wär, und wenn man dahinterblickt, sieht man nicht mehr als einen armseligen Kohlenkasten. Ach Gott, Kinder, ich rede und rede, verzeiht einer alten Frau, die nun wieder in die Einsamkeit gestoßen wird, denn die *Burschen* kommen und gehen, aber ihr, ihr wart was ganz Besonderes.«

»So etwas sollt Ihr nicht sagen, Mutter Vonnegut.«

»Doch, doch, was wahr ist, ist wahr. So, jetzt wisst ihr meine Gedanken – punktum und Streusand drauf.«

Die Witwe schniefte und schluckte und brachte es fertig, nicht wieder in Schluchzen auszubrechen. Auch Alena hatte aufgehört zu weinen und dachte, dass sie nicht viele solcher Abschiede aushalten könnte. Am Vortag hatte sie Abraham nach seinem letzten Arbeitstag im Hospiz abgeholt und dabei Professor Richter angetroffen. Die Trennung von ihm war kürzer, aber nicht weniger schmerzlich ausgefallen, nachdem er Doktor Stromeyer wieder die Leitung des kleinen Hospitals übertragen hatte. Der stets unter Zeitdruck stehende Mann hatte sein markantes Lächeln

457

aufgesetzt und Alena galant die Hand geküsst. »Wie ich höre, verlasst Ihr uns morgen«, hatte er gesagt. »Göttingen wird ärmer sein ohne Euch.« Danach hatte er sich an Abraham gewandt und ihm mit einem kräftigen Händedruck alles Gute und viel Erfolg gewünscht. »Ich weiß, dass Ihr der Georgia Augusta und mir keine Schande bereiten werdet. Ihr seid zu einem respektablen Arzt herangewachsen. Bonnebeck und seine Bewohner dürfen sich glücklich schätzen.«

Und Hasselbrinck, der in strammer Haltung daneben gestanden hatte, war feucht um die Augen geworden, bevor er ein etwas pathetisches »*Adieu* und Gottes reichen Segen über Euch, Herr und Frau Doktor!« hervorbrachte. »Auch im Namen von der Frau und der alten Grünwald.«

Professor Lichtenbergs Verabschiedung dagegen hatte in einem kurzen Brief bestanden, der am selben Abend in der Güldenstraße abgegeben wurde. Er war knapp gehalten, doch enthielt er wie häufig ein kleines *Bonmot:*

Es tun mir viele Sachen weh,
die anderen nur leidtun,
mein lieber Abraham.
Dass Ihr mit Eurer lieben Frau die Stadt
verlassen wollt, schmerzt mich
jedoch überraschend stark.
Gott (so es ihn gibt) befohlen.
Euer L.
N. S. Apropos Schmerzen:
Euer einstiger Patient will sich bessern
und künftig weniger Medizin einnehmen.

»Ich hasse Abschiede, Kinder«, sagte die Witwe in Alenas Gedanken hinein. »Ein guter Abschied ist kurz und besteht in der Hoffnung, dass man sich noch in diesem Leben wiedersieht. Nicht wahr, ihr werdet mich doch in Bälde mal besuchen kommen?«

»Natürlich, Mutter Vonnegut.«

»Dann ist es recht. Ich sag euch, wie wir es machen: Ich geh jetzt in meine Kammer und gebe dem Bäumchen Wasser in den Topf, und ihr verlasst derweil mein Haus. Und wenn ich wieder in die Küche komm, seid ihr weg.«

»Jawohl, Mutter Vonnegut, so machen wir's.«

»Leb wohl, meine liebe Alena, und pass auf dich und die Deinen auf, der Familiensegen hängt immer von der Frau ab, merk dir das. Männer verstehen von solchen Dingen nichts. Die Männer machen ein Lager, und die Frauen machen ein Heim. Das ist der Unterschied. So war's schon immer. Ich würd euch gern ein paar Kronberger Kastanien mitgeben, die sind als Wegzehrung *grandiose*, aber ich hab keine.«

Die Witwe küsste Alena herzhaft auf beide Wangen und machte auch vor Abraham nicht halt. Ihn allerdings küsste sie nur auf die Stirn, nachdem sie ihn energisch zu sich herabgezogen hatte. Dann begann sie wieder zu schluchzen, presste das Bäumchen an sich und ging geradewegs in ihre Kammer zurück.

»Das wär geschafft«, sagte Abraham leise. »Bist du bereit?«

»Ja, Abraham. Die Abreise hat mir bevorgestanden, aber jetzt, wo es so weit ist, muss es auch losgehen.«

»Dann komm.« Er half ihr in den neuen Reisemantel und führte sie nach draußen, wo der Braune mit dem Gepäck und den Puppen auf sie wartete. Die Güldenstraße lag vor

459

ihnen, und in die aufkommende Wehmut hinein erklang die Stimme des Schiffers:

»Die See ruft«, sagte er.

»Und die Ferne lockt«, sagte der Söldner.

»Aber Göttingen werden wir nie vergessen«, sagte die Magd.

»*Absurdité!*«, krähte der Alte Fritz. »Göttingen ist nicht Sanssouci, ich will sofort nach Sanssouci!«

Alena schmiegte sich an Abraham. »Den Puppen scheint es gutzugehen. Und dir auch. Aber was ist mit unserem kleinen Julius?«

Abraham lachte. »Der ist warm eingepackt und schläft in ihrer Mitte. Sie passen auf ihn auf.«

»So ist es«, bestätigte die Magd. »Mach dir keine Sorgen, Alena. Er ist ein kräftiger, gesunder Junge, er giggelt und sabbert und freut sich auf die Reise, aber im Augenblick schläft er tief und fest.«

Alena küsste Abraham. »Dann bin ich beruhigt.«

»Das kannst du auch sein, Liebste.« Er schnalzte mit der Zunge, und der Braune zog an.

Langsam rollte der Karren die Straßen entlang Richtung Norden. Beim Kornmarkt ließen sie das Rathaus links hinter sich und gingen auf der Wehnder Straße weiter. Abraham vorn, wo er das Pferd am Zügel führte, Alena hinter dem Wagen, wo sie ein wachsames Auge auf den kleinen Julius hatte. Alles war so vertraut und doch schon ein wenig fremd. Zur Rechten passierten sie die Jacobi-Kirche, dann die Reformierte Kirche, dann das Anatomische Theater, wo Professor Wilsberg sein Zepter schwang, und den Botanischen Garten. Sie schritten grüßend durch das Wehnder Tor, und Alena dachte: Es ist alles genau so wie vor vier Jahren, nur läuft es diesmal umgekehrt, wir kommen nicht, wir gehen – und Abraham ist ein Doktor der Medizin geworden, und ich bin ungeheuer stolz auf ihn.

Kurz nachdem sie die Stadt verlassen hatten und Felder und Wälder sich weit vor ihnen auftaten, wachte Klein Julius auf und fing fröhlich an zu krähen. Er lachte und streckte die Ärmchen in die Höhe, als wolle er die gesamte Winterlandschaft umarmen.

Abraham brachte das Pferd zum Stehen und sagte glücklich: »Ich glaube, er wird es einmal leichter haben.«

Alenas Augen lächelten. »Ja«, sagte sie. »Das wird er.«

NACHSPANN

KLEINES GLOSSAR
ZEITGENÖSSISCHER AUSDRÜCKE
UND BEGRIFFE

Absurdité	Unsinn, Ungereimtes
accelleriren	beschleunigen
accordiren	übereinstimmen, entgegenkommen
Ackerleinen	Bindfäden (regnen)
adieu	Gott befohlen
Adlatus	Gehilfe
alter Bursch	Student im vierten Semster
Applausum	hier: Zuhörer, Publikum
Autodafé	Verbrennung durch die Inquisition
bemoostes Haupt	Student im fünften Semester
bon bon	gut, sehr gut
Bonmot	witzig-treffender Ausspruch
Bouquet	Blumenstrauß; Duft des Weines
Bouteille	Flasche
Bursche	allgemein für Student
by the way	nebenbei, übrigens
cerebrum	Gehirn
Chaise	Kutsche
chauffiren	einen Wagen lenken
Chemisette	hier: Einsatz an Damenkleidern
Chignon	Dutt
Coiffeuse	Friseurin
Collegium	hier: Vorlesung(sfolge)
Comment	Gesamtheit der studentischen Regeln

465

Commissionair	Beauftragter, Bevollmächtigter
communitziren	mitteilen
Compliment	Gruß
condemniren	verurteilen, verdammen
confisciren	beschlagnahmen, einziehen
Consommé	klare Suppe oder Fleischbrühe
Contenance	Haltung
continuiren	fortsetzen
convenabel	passend, geziemend, gefällig
conveniren	gefallen, passen
corrosivisch	angreifend, zersetzend, ätzend
Deputation	Abordnung, Vereinigung
derangirt	zerzaust, aufgelöst, unordentlich
difficil	schwierig, kompliziert
distinguiren	unterscheiden
Eau de Lavande	Lavendelwasser
echappiren	entweichen, entwischen
echauffiren, sich	sich aufregen, sich erhitzen
embaliren	verpacken
en avant	vorwärts
ennuyiren	langweilen, auf die Nerven fallen
Etikette	Hofsitte, feine Umgangsformen
Eukrasie	Gleichklang, Gleichgewicht
Exitus (letalis)	Tod, tödlicher Ausgang
Fatiguen	Beschwernisse, Strapazen
Fauteuil	Lehnsessel
flatus	Furz
Fuchs	Student im ersten Semester
gaudeamus igitur	lasst uns also fröhlich sein
grandiose	großartig
Habit	(Ordens-)Tracht, Kleidung, Aufzug
Hedgehog-Coiffure	Igellöckchen-Frisur

heureka	Ich hab's gefunden
incommodiren	stören, belästigen
infam	schändlich
Infusum	Aufguss
in spe	voraussichtlich, bevorstehend
Inventarium	Befund, »das, was man findet«
Invitation	Einladung
Kanaille	»Hundepack«, Schuft, Gesindel
Kaschrut	Jüdische Speisegesetze
Libell	Notizheft für die Vorlesung
Logis-Commissionair	amtlicher Zimmervermittler
Mamertus,	die Eisheiligen
Pankratius,	(11., 12. u. 13. Mai)
Servatius	
Maultier	Student, der sich immatrikulieren will
menagiren	Geld durch Naturalien ersetzen
Menuett	ein alter französischer Volkstanz
Meriten	Verdienste
meritorisch	nach Verdienst
misérable	elend, erbärmlich
mokiren, sich	sich lustig machen über jmd.
mon cher	mein Lieber
mon Dieu	mein Gott
monetair	finanziell
Mores lehren, jmd.	jmd. Anstand beibringen, ihn zurechtweisen
Muckertum	heuchlerische, duckmäuserische Haltung
noblesse oblige	Adel verpflichtet
nota bene	wohlgemerkt
Odeur	Geruch

papillotiren	Haarsträhnen zu Locken aufdrehen
parbleu	bei Gott, Donnerwetter
partout	durchaus, um jeden Preis
passé	vorbei, vergangen
pecunia non olet	Geld stinkt nicht
perdu	verloren, weg
Philistrant	Student im sechsten u. letzten Semester
Plaisir	Freude, Lust
plumerant	unwohl, wirr, verrückt
pöpliren	bevölkern
Pot de chambre	Nachttopf
pränumeriren	vorauszahlen
précaire	misslich, heikel
qu'en dira-t-on	das Gerede der Leute
quitt	frei, unbelastet
Rapuse	Kartenspiel
regaliren	jemanden freihalten
Reibzeug	Teil einer Elektrisiermaschine
repetiren	wiederholen
Schloßen	Hagelkörner
Schutzjude	privilegierter, »geschützter« Jude
schwadroniren	schwätzen, aufschneiden
Secrétaire	Sekretär
Sensus	Gefühl, Wahrnehmung
solenn	alljährlich
Staffage	Ausschmückung, Ausstattung
Studiosus	Student
Stipendium extraordinarium	außerordentliches Stipendium
temetfutue	Leck mich …
très bien	sehr gut

Trottoir	Gehsteig, Bürgersteig
unters Fuß geben,	etwas (heimlich) raten
etwas	
Victualien	Lebensmittel
vis-à-vis	von Angesicht zu Angesicht
voilà	das ist's
Vomitiv	Brechmittel

QUELLEN

Die religiösen Zitate des Romans stammen aus:

DIE BIBEL
Die ganze Heilige Schrift des Alten und
Neuen Testaments
nach der deutschen Uebersetzung
D. Martin Luthers
Siebenundzwanzigster Abdruck
Gedruckt und verlegt von B. G. Teubner in Leipzig, 1877

✻✻✻

Sprechweise und Redensarten der Witwe Vonnegut
wurden entwickelt unter Mithilfe von:

Briefe an ihren Sohn Wolfgang,
an Christiane und August von Goethe
von
Catharina Elis. Goethe
Herausgegeben von Jürgen Fackert
Verlag: Philipp Reclam jun. Stuttgart, 1999

✻✻✻

Professor Richters Vorlesungen wurden beflügelt von:

Chirurgie, in welcher alles, was zur Wund-Artzney
gehöret, nach der neuesten und besten Art

gründlich abgehandelt, und in Acht und dreißig
Kupfer-Tafeln die neu erfundene und dienstlichste
Instrumente, nebst den bequemen Handgriffen
der Chirurgischen Operationen und Bandagen
deutlich vorgestellet werden.
von
Lorenz Heister
Herausgegeben zu Nürnberg
bei J. A. Stein u. G. N. Raspe, 1752

***

Aphorismen und Gedanken des
Georg Christoph Lichtenberg
wurden entnommen bzw. inspiriert von:

G. Chr. Lichtenberg
Aphorismen
Ausgewählt und eingeleitet von Friedrich Sengle
Verlag: Philipp Reclam jun. Stuttgart, 2004

Ferner von:

GEORG CHRISTOPH LICHTENBERG
Genialität und Witz
von
Carl Brinitzer
Wilhelm Heyne Verlag München, 1979

***

*Professor Lichtenbergs Wissen über den
Élan vital etc. stammt aus:*

Eine kurze Geschichte von fast allem
von
Bill Bryson
SPIEGEL-Edition 36, 2006 / 2007

***

Alenas Lieder fanden sich in:

Evangelisch-lutherisches Gesangbuch
der Provinz Schleswig-Holstein

*Herausgegeben von dem evangelisch-
lutherischen Konsistorium in Kiel
in Gemäßheit der Beschlüsse der zweiten
ordentlichen Gesamtsynode 1883
Bordesholm
Druck u. Verlag von H. H. Rölke G. m. b. H.*

***

*Die Fatrasien und die Erklärungen dazu
wurden entdeckt in:*

FATRASIEN
Absurde Poesie des Mittelalters
von
Ralph Dutli
Wallstein Verlag, Göttingen 2010

473

HINWEISE

Die Dissertation *Über die inneren Veränderungen des Auges,* an der Julius Abraham in diesem Roman arbeitet, ist authentisch, stammt aber in Wahrheit von einem gewissen Heinrich Wilhelm Mathias Olbers aus Bremen, der sie am 28. Dezember 1753 öffentlich verteidigte. Das Werk wurde gedruckt und ediert im Verlag Johann Christian Dieterich zu Göttingen. (Siehe auch unter »Anhang«.)

✳✳✳

Alenas Klagelied *Am Ende stehn wir stille ...* ist ein Konglomerat mehrerer Lieder aus dem unter »Quellen« genannten Gesangbuch. Die Mischung war aus inhaltlichen Gründen notwendig und wurde – wenn man so will – Alena auf den Leib geschrieben.

Das zweite Lied *Die Sünden sind vergeben! Das ist ein Wort zum Leben ...* von Philipp Friedrich Hiller wurde wortgetreu übernommen, mit einer kleinen Ausnahme: Der ursprüngliche Text ist in der ersten Person gehalten, ich habe daraus die zweite Person gemacht – aus dem *Ich* wurde also ein *Du.* So konnte Alena ihren Widersacher Hermannus Tatzel gesanglich direkt ansprechen.

✳✳✳

Das Lied *Ça, ça geschmauset* ist ein studentischer Rundgesang aus der zweiten Hälfte des 18. Jahrhunderts. Text und

475

Melodie sind unbekannter Herkunft; der Text wurde von
mir teilweise frei interpretiert und erweitert.

***

Das Zitat: ... *Wird bei Operationen der Kopf längere Zeit
über einen Winkel von 50-60° hinaus seitlich gedreht, so
kann es zwar nicht zu einer Einschränkung der Atmung,
wohl aber zur Abklemmung einer oder beider Wirbelarteri-
en, zu einer Thrombose und zu Durchblutungsstörungen
des Gehirns kommen ... Einmal war bei einem derartigen
Vorgehen sogar der Tod eingetreten ...* stammt nicht aus
dem im Roman genannten Buch *De caputitis aspera et venae* von *Arminius Pesus,* sondern aus dem Werk *Gerichtli-
che Medizin* von *B. Mueller. (Bd. 1, 2. Auflage 1975.)*
Da die Anatomie des heutigen Homo sapiens sicher nicht
anders ist als die des Menschen im achtzehnten Jahrhundert, habe ich mir die Freiheit genommen, den Inhalt eines
modernen Werkes für meine Zwecke zu entlehnen. Der Titel *De caputitis aspera et venae* ist natürlich ebenso frei erfunden wie die Figur des *Arminius Pesus.*

***

Die von Professor Lichtenberg vorgetragenen Fatrasien hat
dieser in Wahrheit wohl kaum gekannt. Doch hätte er sich –
davon bin ich überzeugt – über ihren scheinbar sinnlosen
Inhalt sehr amüsiert. Insofern habe ich mir erlaubt, ihm einige der skurrilsten Zeilen in den Mund zu legen.

***

Um bei Lichtenberg zu bleiben: Der von ihm im Kreise seiner Kollegen angesprochene schwelende Streit zwischen den Göttinger *Burschen* und den Schreinergesellen brach im Juli des darauffolgenden Jahres offen aus. Eine Schlägerei zwischen zwei wandernden Tischlergesellen und dem Studenten Konrad Albrecht Heine eskalierte und führte dazu, dass beide Seiten – Handwerker und Studenten – sich unversöhnlich gegenüberstanden. Welche Partei dabei im Recht war, lässt sich heute kaum mehr sagen. Fest steht jedenfalls, dass es auf beiden Seiten zu Haftstrafen kam. Am Ende verließen an die achtzig Studenten die Stadt und kampierten für mehrere Tage auf dem Kerstlingeröder Feld. Dieser Entschluss wog schwer für die Stadt Göttingen, die zu einem nicht geringen Teil von den Studenten lebte. Erst nachdem der Rat und die Universität eingelenkt und die wichtigsten Forderungen der Studenten erfüllt hatten, kehrten diese triumphierend in die Stadt zurück.

***

Die erste wissenschaftliche Beschreibung des Schnabeltiers erfolgte nach meinen Recherchen im Jahr 1799 von George Shaw, einem englischen Arzt und Naturforscher, nachdem frühe Siedler dem seltsamen Wesen im Osten Australiens begegnet waren. Sie erfolgte also über zehn Jahre später als in meinem Roman durch den fiktiven Doktor der Anatomie und Gastprofessor Gottlieb Christian Schildenfeld, der es zunächst als Fischvogelsäuger bezeichnete. Der geneigte Leser möge mir diese kleine Ungenauigkeit verzeihen.

Anhang

Vier Seiten aus der Inauguraldissertation
DE OCULI MUTATIONIBUS INTERNIS
(Über die inneren Veränderungen des Auges)
von Heinrich Wilhelm Mathias Olbers

Reproduziert nach dem Original aus dem
Institut für Geschichte der Medizin und Ethik
der Universität Göttingen (Georgia Augusta)

TITELSEITE

Die Abbildung rechts zeigt, dass sie in Latein gehalten ist. Sogar der Name des Verfassers wurde teilweise latinisiert. Sprache und Gedanken des gesamten Werks muten nach heutigem Verständnis oftmals zu einfach, zu unwissenschaftlich, ja, teilweise sogar abstrus an. Hier zunächst die Übersetzung des Titels:

PHYSIOLOGISCHE INAUGURALDISSERTATION.

ÜBER

DIE INNEREN VERÄNDERUNGEN

DES AUGES.

DIE

MIT ZUSTIMMUNG

DER BEKANNTEN MEDIZINISCHEN FAKULTÄT

UM

DIE HÖCHSTEN EHREN IN DER HEILKUNST

AUF RECHTE WEISE ZU ERLANGEN

AM 28. DEZEMBER 1753

ÖFFENTLICH VERTEIDIGT.

DER VERFASSER

HEINRICH WILHELM MATHIAS OLBERS

AUS BREMEN

GÖTTINGEN

Verlag JOHANN CHRISTIAN DIETERICH

DRUCKWERKSTATT

DISSERTATIO
INAVGVRALIS PHYSIOLOGICA.

DE

OCVLI MVTATIONIBVS
INTERNIS.

QVAM

CONSENTIENTE

ILLVSTRI MEDICORVM ORDINE

PRO

SVMMIS IN ARTE SALVTARI HONORIBVS

RITE IMPETRANDIS

D. XXVIII. DECEMB. MDCCLXXX

PVBLICE DEFENDET.

AVCTOR

HENR. WILH. MATHIAS OLBERS
BREMENSIS.

GOTTINGAE,
Litteris IOANN. CHRIST. DIETERICH.
ACAD. TYPOGR.

SEITE 1

ÜBER DIE INNEREN VERÄNDERUNGEN
DES AUGES.

§ 1.

Wenn auch schon seit frühesten Zeiten die wunderbare Struktur des Auges den Geist vieler Philosophen beschäftigt, so hat doch erst ein jüngeres Zeitalter eine wahrhafte Theorie des Sehens gefunden. Ich übergehe die Zweifel der Alten, ob durch einen Stoff, der aus dem Auge herausfließt, eher die Sicht von Gegenständen, die in das Auge eingeführt werden, erhellt wird oder Partikel vom Auge gegen die Gegenstände geschlagen werden, oder eher, wie es Plato und ebenso Galen beliebte, aus beiden Augen herausfließen, in der Mitte des Weges eine freundliche Verbindung eingehen und wieder ins Auge zurückgehen. Der Erste, soviel ich freilich weiß, der wahrhaft die Art des Sehens erklärte, war der hochbedeutende KEPLER, der die Tatsache der Strahlung in der Augenflüssigkeit durch die Lichtbrechung, durch die das Bild in der Netzhaut abgebildet wird, geometrisch nachwies. Dadurch jedoch entsteht diese bildliche Wahrnehmung des Sehens, und es ist uns verborgen, was vielleicht nach EUKLID und PTOLEMAEUS, die das System des Ausflusses aus dem Auge durchdachten, die wahre und letztliche Ursache des Sehens war. Denn es ist gewiss, dass der Gesichtssinn nicht in der Netzhaut, sondern allgemein im Gehirn entwickelt wurde …

DE
OCVLI MVTATIONIBVS INTERNIS.

§. I.

Licet mira oculi ſtructura antiquiſſimis iam temporibus multa
philoſophorum exercuerit ingenia, veram tamen viſus theo-
riam recentior demum detexit aetas. Mitto veterum dubia, vtrum
materia quadam ex oculo emanante, aut potius ab obiectis oculo
immiſſa viſus fiat? eiectaene ex oculo particulae ob obiectis reper-
cutiantur, an potius, quod PLATONI et ipſi GALENO placuit, ex
vtrisque effluxae, amica quadam in media via facta coniunctione,
rurſus in oculum redeant. Primus, quantum equidem ſcio, qui
verum explicauit viſus modum, ſummus fuit KEPLERVS *a)*, qui
facta radiorum in oculi humoribus refractione, imaginem in retina
depingi, geometrice demonſtrauit. Quare autem facta hac effigie
viſus perceptio oriatur, aeque obſcurum nobis eſt, quam forte EV-
CLIDI aut PTOLOMAEO, emanationis ex oculo ſyſtema amplectentibus, vera et vltima viſus cauſſa fuerit. Non enim in retina, ſed
in ſenſorio communi viſus ſenſum concipi, certum eſt. Sufficit,
quod

a) Paralip. ad Vitell. p. 170. ſq. Dioptr. p. 21. ſq.

A

SEITE 14

ZWEITER ABSCHNITT.
VERSCHIEDENE HYPOTHESEN ÜBER DIE VERÄNDERUNGEN DES AUGES.

§ 15.

Weil also feststeht, dass das Auge sich bewegt, bleibt also ein großer Knoten in ihm übrig, je nachdem, wie diese Änderung beschaffen ist, und wie dies geschieht, wurde ansehnlich gezeigt. Dass diese Aufgabe allerdings schwierig ist, geht bereits daraus hervor, dass es fast unzählige von hochberühmten Männern ausgedachte und vorgeschlagene dieser Veränderungen gibt. Die vorzüglichsten unter ihnen, soweit sie in einer Reihe aufgezählt werden und auf Hauptinhalte zurückgeführt werden können, haben bereits verschiedene Weisen erwogen, auf die das Auge sich an verschiedene Entfernungen anpassen kann. Diese aber sind folgende:

1. Die Linse verändert die Gestalt.
2. Die Linse wird vorwärts und rückwärts geführt.
3. Die ganze Zwiebel hat eine veränderliche Länge.
4. Die Hornhaut verändert ihre Konvexität.
5. Die Augenflüssigkeiten werden zum Nahsehen dichter.
6. Oder mehrere dieser Veränderungen setzen sich gleichzeitig durch.

Ob und welche Veränderung im Auge stattfindet, ist zum Teil aus ordnungsgemäß durchzuführenden Versuchen, zum Teil aus dem Körperbau, zum Teil aus den Grundsätzen der Optik zu entscheiden.

§ 16.

Wer auch immer seinem Sehvermögen ein wenig Aufmerksamkeit widmet, erfährt wahrscheinlich mit mir, dass das Auge sich eigentümlicherweise nicht an Entferntes anpasst, sondern eher Ruhendes ist, was das Auge verändert, durch die Kräfte im höchsten ...

14

SECTIO SECVNDA.
VARIAE VARIORVM DE OCVLI MVTA-TIONIBVS HYPOTHESES.

§. 15.

Cum itaque oculum mutari, conſtet, nodus tantum in eô ſupereſt, vt qualis ſit haec mutatio, et quomodo fiat, luculenter demon-ſtretur. Arduum ſane hoc negotium eſſe, iam ex eo patet, quod innu-meri fere a Viris Celeberrimis excogitati et propoſiti ſint harum muta-tionum modi. Quorum potiores, vt ordine quodam recenſeri poſ-ſint, et ad capita quaedam reduci, perluſtremus iam varios modos, quibus oculus variis diſtantiis accommodari queat. Sunt autem ſe-quentes.

1. Lens Cryſtallina figuram mutat.

2. Lens cryſtallina antrorſum retrorſumque ducitur.

3. Totus bulbus longitudinem habet mutabilem.

4. Cornea conuexitatem mutat.

5. Humores oculi ad propiora videnda fiunt denſiores.

6. Vel plures ex hiſce mutationibus ſimul obtinent.

Quae et quanta fiat in oculo mutatio, partim ex experimentis rite inſtituendis, partim ex anatomicis, partim ex opticis principiis diiu-dicandum eſt.

§. 16.

Quicunque ad viſum ſuum paulo attentior eſt, probabile me-cum inueniet, oculum remotioribus peculiari vi non accommodari, ſed eſſe potius quieſcentibus, quae oculum mutant, viribus in ſum-mo presbiopiae ſtatu. Niſum enim in valde propinquis ab oculo editum

SEITE 40

§ 55.

Wenn man das Auge mit dem Finger drückt, ist gewiss, dass die Sicht gestört wird. Aber man darf die Betätigung der Muskeln nicht mit dem Druck durch einen rohen Finger vergleichen. Diese nämlich betätigen sich von allen Seiten mit sanfter und gleichmäßiger Kraft, und damit der Druck, der auf die glänzende Flüssigkeit entsteht, auf allen Seiten gleichmäßig verteilt wird, damit die Lage der Netzhautfasern von daher keineswegs gestört werden kann.

§ 56.

Aus welchem Grunde jedoch in einer solchen Lage das Auge von geraden Muskeln verändert werden kann, sehe ich freilich nicht. Denn nichts erfordert, dass dieser Muskel, den die Bewegung des Auges betrifft, stärker sei, die übrigen weniger zusammengezogen werden, und auch zur Seite gebogen sieht das Auge in jeder Entfernung vom Gegenstand deutlich.

§ 57.

Dass für Vögel und Fische dieselbe Notwendigkeit besteht, jede Entfernung deutlich zu sehen, wie für den Menschen, wird niemand leicht ableugnen. Die Augen der Vögel jedoch sind umgürtet von einem Ring aus Knorpel und Knochen, wo Hornhaut und Sclerotica sich verbinden. Bei gewissen Fischen jedoch ist die Hornhaut so hart, knorpelig und fast knöcherig, dass ich annehme, dass nichts davon durch das Zusammendrücken der geraden Muskeln entstehen kann. Da deshalb das in vorliegender Weise beschriebene Auge sich nicht an die Entfernungen verschiedener Dinge anpassen kann, gibt es einige, die zu dem Schluss kommen, dass auch das Auge des Menschen sich durch gerade Muskeln nicht verändert.

§. 55.

Si digito premas oculum, vifum turbari, certum eft. i) Sed mufculorum actionem cum rudi a digito facta compreffione conferre non licet. Hi enim ab omni parte leni et aeqnali vi agunt, preffioque cum in humorem vitreum fiat, aequaliter vndique diftribuitur, vt fitus fibrarum retinae neutiquam exinde turbari poffit.

§. 56.

Quare autem in vno tantum fitu oculus a mufculis rectis mutari poffit, k) ego quidem non video. Nihil enim requiritur, quam vt ille mufculus ad quem motus oculi pertinet, fortius, reliqui minus contrahantur, et etiam ad latus flexus oculus in omni diftantia ab obiecto diftincte videbit.

§. 57.

Effe et auibus et pifcibus eandem, ad omnem diftantiam diftincte videndi neceffitatem, quae homini eft, nemo facile inficias iuerit. Auium autem oculi cartilagineo feu offeo annulo, vbi cornea et fclerotica coniunguntur, cincti funt. l) In pifcibus autem quibusdam adeo dura, cartilaginofa et fere offea eft fclerotica, vt nulla de quadam por mufculos rectos compreffione oriri poffit, fufpicio. m) Cum itaque in his defcripto modo oculus variis rerum diftantiis accommodari nequeat; non defunt, qui hominum oculos etiam mufculis rectis non mutari, concludunt.

Egre-

i) IVRIN l. c. §. 122. LOBE' p. 119. PEMBERTON p. 141. PORTERFIELD p. 428.

k) GRAVESANDE l. III. c. 20. §. 720. DEN APPEL p. 37. LOBE' p. 119. PORTERFIELD p. 428.

l) HALLER l. c. p. 361. BOSE de morb. corn. p. 8. 9. ZINN Com. Goett. Vol. IV. p. 247. MVSSCHENBROECK l. c. p. 720. PORTERFIELD p. 429. 430.

m) RVYSCH Thef. Anat. II. Tab. I. SANCTORINI obferuat. anat. Cap. IV. Sect. 2. cf. PORTERFIELD, HALLER, S' GRAVESANDE, MVSSCHENBROECK, etc.

DANK

Mein besonderer Dank gilt wie immer zuerst meiner Frau, die mir auch diesmal wieder mit Ruhe, Rat und Recherche zur Seite gestanden hat.

Außerdem bin ich dem ehemaligen Leiter der Abteilung »Ethik und Geschichte der Medizin« der Universität Göttingen, Herrn Prof. em. Dr. Dr. Volker Zimmermann, sehr verbunden, der es mir auf erfrischend unbürokratische Art ermöglichte, mich in die Geschichte der Göttinger Universität einzuarbeiten, und mir darüber hinaus Gelegenheit gab, mich unter den Dissertationen vergangener Jahrhunderte intensiv umzuschauen. Ich wünsche ihm für die Zukunft alles Gute sowie einen baldigen Wiederaufstieg des Karlsruher SC in die Erstklassigkeit.

Ebenso dankbar bin ich Frau Kornelia Drost-Siemon aus oben genannter Abteilung, mit deren Hilfe ich die historischen Unterlagen über »Richters Hospital« und viele andere Schriftstücke ausleihen durfte. Sie war auch so freundlich, meiner Frau und mir die vielfältigen institutseigenen medizingeschichtlichen Exponate zu zeigen. Von der Möglichkeit, an Ort und Stelle ausgiebig zu fotokopieren, ganz zu schweigen.

Und nicht zuletzt bin ich Herrn Wolfgang Barsky vom Städtischen Museum Göttingen sehr zu Dank verpflichtet.

Er hat mich mit unschätzbarem Wissen bis ins Detail versorgt, indem er mir jene Fakten, Listen, Pläne und Broschüren zur Verfügung stellte, die das i-Tüpfelchen auf jedem guten historischen Roman ausmachen.

Wolf Serno
Hamburg, im Juni 2011

WOLF SERNO

Der Puppenkönig

Roman

Die Altmark im Jahre 1782: Der Bauchredner Julius Klingenthal ist auf dem Weg in das Städtchen Steinfurth – zusammen mit seinen Puppen, die für ihn so lebendig sind wie Menschen. Da begegnet er der geheimnisvollen Alena, die sich ihren Lebensunterhalt als »Klagefrau« verdient – und um Julius ist es geschehen. Die beiden ziehen gemeinsam weiter und werden von Pfarrer Matthies aufgenommen, der Alena als Haushälterin einstellt. Plötzlich wird die kleine Stadt von einer furchtbaren Tat aufgeschreckt: Ein Salzkaufmann wird mit einem Schwert getötet. Bald passiert ein zweiter Mord – und Julius gerät unter schweren Verdacht …

Knaur Taschenbuch Verlag

WOLF SERNO
Das Spiel des Puppenkönigs

Roman

Berlin, anno 1783: Als der Puppenspieler Julius Klingenthal
die Stadt an der Spree betreten will, wird seine gesamte Barschaft beschlagnahmt. In seiner Not wendet er sich an niemand Geringeren als Friedrich den Großen, der in Potsdam
residiert. Friedrich zeigt sich gnädig und hilft ihm.
Doch beim Verlassen des Schlosses taumelt Julius ein Ster-
bender in die Arme, und wider Willen wird er in einen Kri-
minalfall hineingezogen …

»Brillant geschrieben,
spannend bis zur letzten Zeile …«
Schweriner Volkszeitung

Knaur Taschenbuch Verlag